JEAN JAURÈS

HISTOIRE
Socialiste
de la
Révolution Française

Édition revue par A. MATHIEZ

———o———

TOME V

La Révolution en Europe

PARIS

LIBRAIRIE DE L'HUMANITÉ

120, Rue Lafayette, 120

1923

HISTOIRE SOCIALISTE

DE LA

RÉVOLUTION FRANÇAISE

JEAN JAURÈS

HISTOIRE SOCIALISTE

DE LA

RÉVOLUTION FRANÇAISE

ÉDITION REVUE PAR A. MATHIEZ

TOME V

LA RÉVOLUTION EN EUROPE

PARIS

ÉDITIONS DE LA LIBRAIRIE DE L'HUMANITÉ

120, RUE LAFAYETTE, 120

1923

LA RÉVOLUTION EN EUROPE

I

LA CONDITION POLITIQUE ET ÉCONOMIQUE
DE L'ALLEMAGNE

L'INFLUENCE DE L'ENCYCLOPÉDIE

L'Allemagne était toute préparée à s'intéresser à la Révolution française. L'action intellectuelle de la France sur l'Allemagne au XVIIIᵉ siècle avait été immense. Voltaire, Diderot, Rousseau, l'Encyclopédie, l'Académie des Sciences avaient au delà du Rhin suscité les idées, passionné les esprits. Et même, quand l'esprit allemand prit conscience de son originalité, quand il s'affranchit, dans l'ordre de l'art et de la pensée, de l'influence exclusive de la France et se créa sa littérature, son théâtre, sa philosophie, il resta en communication vivante avec l'esprit français. C'est Klopstock qui donne le premier au génie allemand une expression épique et lyrique vraiment nationale et c'est Klopstock qui vibrera d'enthousiasme aux premiers événements de la Révolution française, aux premières affirmations de la liberté. En Lessing, qui libère le théâtre allemand de l'initiative servile du théâtre français et qui donne à la critique religieuse une profondeur inconnue en France, la marque de l'esprit critique français, si nette et si aiguë, est toujours visible. Lorsque Kant résout le problème des rapports de la pensée et de l'être par une solution d'une hardiesse incomparable, lorsqu'il fait l'accord de la pensée et du monde sur la primauté de la pensée créant elle-même les lois selon lesquelles le monde se manifeste, que fait-il sinon justifier la science, glorifier la pensée, affirmer les fondements de la connaissance et de l'expérience, c'est-à-dire continuer à sa manière la grande tradition du xviii° siècle français? Il intervient en réalité pour protéger contre l'offensive possible du doute les magnifiques audaces de la science expérimentale. Il consolide la voie où marchèrent les encyclopédistes, et il en fait la voie royale de la pensée, législatrice des choses.

En tous les esprits allemands de la seconde moitié du xviii° siècle, chez les plus modestes comme chez les plus grands, se marquent les traits décisifs de la culture française. C'est un libre souci de la vérité universelle, c'est la haine ou le dédain du préjugé, c'est l'incessant appel à la raison, c'est la large sympathie humaine qui va à tous les peuples et à toutes les races, surtout à tous les efforts de civilisation et de pensée, sous quelque forme et en quelque nation qu'ils se produisent; c'est le besoin de tout comprendre et de tout harmoniser, de briser l'unité factice de la tradition pour créer l'unité vivante de la science et de l'esprit; c'est l'inspiration encyclopédique et cosmopolite, la passion de la science et de l'humanité; c'est le grand mouvement que les Allemands ont appelé l'*Aufklaerung*, reflet du mot que le xviii° siècle français aimait tant et qui avait alors un éclat tout jeune et tout vif : *les lumières.*

En même temps, et par un lien plus particulier, par une influence plus singulière et plus pénétrante, le Genevois protestant Rousseau, avec son rationalisme religieux, avec son sens douloureux des problèmes moraux, mettait en communication profonde la pensée de la France et la conscience de l'Allemagne. Quelle fut son action sur toute la pensée allemande, je n'ai pas à le dire.

Comment une Allemagne ainsi façonnée par notre xviii° siècle, ainsi pénétrée d'esprit français, ne se serait-elle point émue au grand événement de liberté qui, en 1789, ébranlait toute la France? Comment n'aurait-elle pas été attentive à cette affirmation des Droits de l'Homme qui semblait donner à un fait historique l'ampleur de la pensée et à l'action particulière d'un peuple une valeur symbolique et universelle?

Mais si l'Allemagne, au moins l'Allemagne pensante, était ainsi disposée d'abord à la sympathie envers la Révolution, il ne pouvait y avoir entre l'Allemagne et la France cette communauté d'action que fonde seule l'union durable des esprits. L'Allemagne, malgré la hardiesse de ses penseurs, n'était pas à l'état révolutionnaire : elle n'était pas prête à accomplir chez elle la révolution de liberté et de démocratie bourgeoise que la France, à ses risques et périls, essayait glorieusement.

LES OBSTACLES A L'ACTION RÉVOLUTIONNAIRE
LE MORCELLEMENT POLITIQUE

Quatre obstacles principaux s'opposaient en Allemagne à l'action révolutionnaire. D'abord le morcellement politique de l'Allemagne empêchait les mouvements d'ensemble. Elle était divisée en plusieurs centaines de petits Etats. Dans la France centralisée et à peu près unifiée, même avant 1789, le terrain large et uni se prêtait, si l'on peut dire, à des opérations de masses. Les Français des diverses régions, des diverses provinces, malgré certaines diversités de législation et de coutumes, vivaient sous le même pouvoir et à peu près sous la même loi. Dès lors, les bourgeois et les prolétaires de la Bretagne, de l'Ile-de-France, du Languedoc, de la Provence, du Dauphiné, n'étant pas animés les uns contre les autres par de violentes rivalités provinciales, disposaient de toute leur énergie contre les privilèges des nobles et du clergé, contre l'arbitraire du roi et des bureaux : ils avaient des intérêts communs évidents, d'où procédait bientôt une action commune.

Au contraire, l'extrême division politique de l'Allemagne en 1789 dispersait la pensée des classes exploitées et l'égarait. Les bourgeois et prolétaires allemands se demandaient, non pas ce qu'ils deviendraient eux-mêmes dans une grande transformation révolutionnaire, mais ce que deviendrait l'Etat particulier auquel des liens multiples d'habitude, d'intérêt et de vanité les attachaient encore.

L'autonomie relative de chacun de ces Etats, si dommageable qu'elle fût à la vie générale de l'Allemagne, à son activité économique, à sa force nationale et à sa liberté, offrait cependant aux esprits superficiels des avantages immédiats. Chacune de ces petites cours avait sa clientèle de fonctionnaires, de fournisseurs et de marchands. Elle apparaissait comme un centre de vie, comme un foyer de richesse et, tandis que l'élan de la production et des échanges qui résulterait d'un mouvement d'unification démocratique paraissait lointain ou incertain, la perte que pouvait entraîner pour toutes ces petites capitales et ces petits Etats une vaste commotion sociale pouvait être prochaine.

A ces inquiétudes de l'égoïsme routinier se joignaient parfois des préoccupations d'un ordre plus élevé. Par sa diversité même et son morcellement, l'Allemagne offrait çà et là un refuge aux libres esprits : c'était une coquetterie ou une gloire pour quelques-uns de ces petits princes d'accueillir les hauts génies qui agrandissaient la pensée allemande. Gœthe avec Wieland, avec les frères Humboldt et les frères Schlegel, avec Voss, Jean-Paul, plusieurs autres, avait trouvé à Weimar une noble liberté; qui sait ce que

réserverait à la pensée une Allemagne unifiée par une secousse violente? Ainsi le souci de la libre culture confirmait, chez les intelligences d'élite, cette politique particulariste où abondait déjà le
bourgeois de petite ville, « le philistin allemand ».

LA RIVALITÉ AUSTRO-PRUSSIENNE

En outre, les intrigues rivales de l'Autriche et de la Prusse qui
cherchaient à dominer l'Allemagne éveillaient de justes défiances.
Lorsqu'en 1785 se forma « la Ligue des princes allemands », dirigée par la Prusse, elle fut plutôt un moyen de combat imaginé par
celle-ci contre l'Autriche qu'un moyen d'émancipation pour l'Allemagne. Ainsi la conscience nationale n'avait aucun centre politique
où elle pût s'attacher et le Reichstag, l'Assemblée d'Empire où se
réunissaient les représentants des princes et des villes, n'avait qu'un
semblant de vie. On n'y discutait même plus : les princes ne prenaient plus la peine d'y venir en personne : ils y faisaient connaître
leur volonté par des mémoires que lisaient leurs secrétaires et,
naturellement, de cet échange protocolaire de pensées diverses et
confuses, qui se refusaient à toute délibération et à toute adaptation, aucun mouvement ne pouvait naître.

Les Allemands cherchaient à se consoler de leur impuissance à se
créer une vie nationale en se disant que par là ils vivaient plus
librement d'une vie humaine. Gœthe, en deux vers qui constataient
cette radicale incapacité, disait aux Allemands :

« C'est en vain que vous espérez, vous, Allemands, former une
nation. Mais c'est une raison de plus pour vous de devenir des
hommes libres : et cela, vous le pouvez. »

Illusion puérile et mensonge des mots! Car, comment séparer
l'homme du citoyen, du producteur?

Comment l'homme peut-il être libre, si le citoyen est opprimé, si
le producteur est chargé d'entraves? Pour libérer « l'homme », il
fallait à l'Allemagne comme à la France une révolution; or, cette
révolution n'était possible que par un mouvement concerté et vaste,
et ce mouvement même supposait une vie nationale puissante et
une.

LA FAIBLESSE DE LA BOURGEOISIE

Cette unité et cette puissance de la vie nationale ne pouvaient
être suscitées, à travers la dispersion du pouvoir politique, par la
force des intérêts économiques, par l'action unifiante d'une classe

homogène et hardie. La bourgeoisie allemande, en cette fin du
XVIIIe siècle, existait à peine; ou du moins elle n'avait pas cette
confiance en soi que donnent la croissance de la richesse et l'essor
des entreprises.

En France, sur un terrain politique déjà presque uni, une bourgeoisie tous les jours plus riche et plus audacieuse avait pu soudain
développer son action. Pour que la bourgeoisie allemande pût abais-

J.-J. ROUSSEAU, ADOLESCENT
(D'après un tableau du Musée des Charmettes)

ser les barrières politiques qui partout brisaient son élan et empri-
sonnaient sa volonté, il lui aurait fallu une impulsion économique
formidable; or, la puissance de production de l'Allemagne, presque
mortellement atteinte par la guerre de Trente ans, était restée
depuis cent vingt ans ou stationnaire ou languissante, ou médiocrement progressive, quand elle ne rétrogradait pas. La bourgeoisie
était donc aussi languissante et débile, de peu d'initiative sociale
et de peu de vigueur. C'est le fait décisif constaté le plus souvent
avec exagération par tous ceux qui ont cherché à pénétrer le secret
de l'histoire allemande.

L'OPINION DE MARX

Dans la post-face de la seconde édition allemande du *Capital*, Marx écrit :

« Des circonstances historiques particulières, déjà en grande partie mises en lumière par Gustave de Grelich dans son *Histoire du Commerce et de l'Industrie*, ont longtemps arrêté chez nous l'essor de la production capitaliste et, partant, le développement de la société moderne, de la société bourgeoise. »

Dans le *Manifeste communiste*, dans le chapitre consacré à la critique du « socialisme allemand ou socialisme vrai », Marx et Engels déclarent que si la littérature sociale allemande, la littérature socialiste du premier tiers du xix° siècle comme la littérature révolutionnaire de la fin du xviii° siècle, a un caractère factice d'idéologie abstraite, c'est parce qu'il manquait à la philosophie allemande, pour lui donner solidité et efficacité, une substance historique; c'est que ni les intérêts de la bourgeoisie, ni conséquemment les intérêts à la fois solidaires et antagoniques du prolétariat n'y avaient été assez développés.

« La littérature socialiste et communiste de la France est née sous la pression d'une bourgeoisie dominante; elle est l'expression littéraire de la lutte contre cette domination. Elle fut introduite en Allemagne à une époque où celle-ci ne venait que de commencer sa lutte contre l'absolutisme féodal.

« En Allemagne, des philosophes ou des gens teintés de philosophie et de bel esprit s'emparèrent avidement de cette littérature. Ils oublièrent seulement qu'en important en Allemagne ces écrits français on n'y transportait pas en même temps les conditions de l'existence française... Pareille éventualité s'était déjà vue au xviii° siècle. Les revendications de la Révolution française avaient paru de même aux philosophes allemands d'alors n'être que des revendications générales de la « raison pratique » (c'est-à-dire de la philosophie de Kant). Les actes par lesquels se manifestait la volonté de la bourgeoisie française révolutionnaire, à leurs yeux, exprimaient les lois de la volonté pure, de la volonté telle qu'elle doit être, de la vraie volonté humaine. »

Je ne recherche point en ce moment si Marx, ici, est juste envers l'effort révolutionnaire de la pensée allemande. Je note seulement que d'après lui, l'insuffisance de la vie économique de la bourgeoisie allemande en 1789 rendait impossible toute application réelle, substantielle, de la Révolution française à l'Allemagne.

L'OPINION DE LIST

D'un point de vue tout différent, Frédéric List dans son *Système national d'économie politique*, publié en 1841, explique par la dispersion et la division politique de l'Allemagne, sa longue décadence économique. Mais la constatation de fait est la même.

« Le malheur de la nation allemande fut complété par l'invention de la poudre et par celle de l'imprimerie, par la prépondérance du droit romain et par la réformation, enfin par la découverte de l'Amérique et de la nouvelle route de l'Inde. La révolution morale, sociale et économique, qui s'ensuivit, enfanta la division et la discorde dans l'Empire, division entre les princes, division entre les villes, division même entre la bourgeoisie des villes et ses voisins de tout rang. L'énergie de la nation fut détournée alors de l'industrie manufacturière, de l'agriculture, du commerce et de la navigation, de l'acquisition de colonies, du perfectionnement des institutions et, en général, de toutes les améliorations positives; on se battit pour des dogmes et pour l'héritage de l'Eglise.

« En même temps tombèrent la Hanse et Venise et avec elles le grand commerce de l'Allemagne, et la puissance et la liberté des cités allemandes du Nord comme du Sud.

« La guerre de Trente ans vint ensuite étendre ses dévastations sur toutes les campagnes et sur toutes les villes. La Hollande et la Suisse se détachèrent, et les plus belles portions de l'Empire furent conquises par la France. De simples villes, telles que Strasbourg, Nuremberg et Augsbourg, qui auparavant avaient surpassé des électorats en puissance, furent réduites alors à une impuissance absolue par le système des armées permanentes.

« Si, avant cette révolution, les villes et l'autorité impériale s'étaient plus étroitement unies, si un prince exclusivement allemand s'était mis à la tête de la réformation et l'avait accomplie au profit de l'unité et de la puissance et de la liberté du pays, l'agriculture, l'industrie manufacturière et le commerce de l'Allemagne auraient pris un tout autre développement. »

Frédéric List ajoute que si, malgré tout, quelque espoir de renaissance économique survécut, c'est parce que les princes allemands employèrent une partie des biens de l'Eglise sécularisés à favoriser la culture de l'esprit allemand; et tout peuple, puissant par l'esprit, doit tendre ensuite, quoique bien maladroitement peut-être et bien gauchement, à accroître la puissance matérielle qui d'abord lui a fait défaut.

« La première base de la renaissance de la nationalité allemande fut évidemment posée par les gouvernements eux-mêmes, lorsqu'ils

appliquèrent consciencieusement le revenu des biens sécularisés à
l'éducation et à l'instruction, à l'encouragement des arts, des
sciences et de la morale, et, en général, à des objets d'utilité
publique. C'est par ce moyen que la lumière pénétra dans l'administration et dans la justice, dans l'enseignement et dans les lettres,
dans l'agriculture, dans les arts industriels et dans le commerce,
qu'elle pénétra en un mot dans les masses.

« *L'Allemagne a suivi ainsi dans sa civilisation une toute autre*
marche que les autres pays. Au lieu que, partout ailleurs, la haute
culture de l'esprit a été le résultat du développement des forces
productives matérielles, le développement des forces productives
matérielles en Allemagne a été la conséquence de la culture morale
qui l'avait précédé. Ainsi toute la civilisation des Allemands est
pour ainsi dire théorique. De là ce défaut de sens pratique, cette
gaucherie que de nos jours l'étranger remarque cez eux. Ils se
trouvent aujourd'hui dans le cas d'un individu qui, ayant été
jusque-là privé de l'usage de ses membres, a appris théoriquement
à se tenir debout et à marcher, à manger et à boire, à rire et à
pleurer et s'est mis ensuite à exercer ces fonctions. De là leur
engouement pour les systèmes de philosophie et pour les rêves cos-
mopolites. »

Ce que Frédéric List notait, en 1841, dans son livre célèbre,
comme une suite de toute l'évolution allemande, ce qu'il voulait
corriger par un vigoureux nationalisme économique et politique,
était plus vrai encore de l'Allemagne de 1789. Marx et List sont
tous deux à la recherche de la force réelle, concrète, qui donnera
enfin à l'histoire allemande restée jusque-là à l'état de théorie ou
de rêve un contenu et une substance. Pour Marx, cette force
concrète sera le prolétariat; pour List, ce sera l'unité économique
préparée par l'union douanière et aboutissant à l'unité politique.
Mais tous deux sont d'accord pour dire que l'histoire allemande
porte en quelque sorte sur le vide. Et, ce vide, depuis deux siècles,
c'est le défaut de développement de la bourgeoisie qui l'a fait. Marx
l'a dit avec force, en 1844, dans sa *Critique de la philosophie du*
droit de Hégel : « L'Allemagne n'a accompagné que de l'activité
abstraite de la pensée l'évolution des autres peuples. »

L'OPINION DE MŒSER

C'est ce que, quelques années avant 1789, Mœser, dans son *Esprit*
national allemand et dans ses *Lettres patriotiques*, expliquait avec
une remarquable pénétration : « Nous sommes, s'écriait-il, un seul
et même peuple, n'ayant qu'un nom et qu'un langage; nous sommes

groupés sous des lois qui créent pour nous unité de constitution, de droits et de devoirs, et liés d'un même et grand intérêt à la liberté; nous avons depuis des siècles une représentation nationale commune; en force et en puissance intérieure nous sommes le premier Empire de l'Europe, qui pose sur des têtes allemandes la splendeur de ses couronnes royales, et pourtant, tels que nous sommes, voilà des siècles que nous sommes une énigme politique, un imbroglio constitutionnel, une proie pour nos voisins et un sujet de dérision, divisés entre nous et sans force par nos discordes, assez puissants pour nous faire du mal, impuissants à nous sauver, insensibles à l'honneur de notre nom, indifférents à la dignité des lois, jaloux de notre souverain et nous défiant les uns des autres, un peuple grand et aussi méprisé qu'il est grand, un peuple qui pourrait être heureux et qui est le plus déplorable des peuples. »

Et d'où vient ce chaos d'impuissance où tous les germes heureux s'étiolent et avortent? D'où vient cette sorte d'incapacité fondamentale d'agir, de s'organiser, de vivre, cette essentielle « misère » allemande? Mœser répond nettement que ce qui fait défaut à l'Allemagne, c'est une bourgeoisie, une classe moyenne ou, comme il dit lui-même en insérant le mot français dans sa prose allemande « un Tiers Etat ».

« Il nous manque cette puissance intermédiaire et médiatrice que Montesquieu considère comme le soutien d'une bonne monarchie et comme le sel qui la préserve de la décomposition du despotisme : *le Tiers Etat* (der dritte stand), tel qu'il existait en France au temps des bons rois peu passionnés pour les conquêtes; la Chambre basse qui, si souvent en Angleterre, maintient l'équilibre entre le roi et la cour des pairs; le conseil des Etats, qui, en Hollande, était placé entre le stathalter héréditaire et les Etats généraux. Il nous manque en un mot un pouvoir prenant subitement parti contre un Empereur qui laisserait percer des vues despotiques, qui méconnaîtrait ou attaquerait ouvertement les libertés des Etats de l'Empire, qui jouerait avec les lois et les éveillerait ou les endormirait aux caprices de sa faveur; mais, au contraire, soutenant d'une fidélité sérieuse et efficace la puissance légale, la juridiction légale de l'Empereur si elle était outragée ou paralysée..., s'occupant avec impartialité des choses religieuses et mettant à nu les intrigues politiques qui s'y dissimulent, et, pour tout dire d'un mot, mettant en action l'antique formule de l'Empire : « *de minoribus rebus principes consultant, de majoribus omnes* ». « Les choses de petite importance sont à la discrétion des princes; celles de grande importance sont à la décision de tous. »

Et Mœser s'exalte orgueilleusement à la pensée de la puissance universelle qu'aurait conquise l'Allemagne si un Tiers Etat sage, vigoureux et hardi avait concilié et équilibré les éléments hostiles,

donné à tout le peuple l'union et l'élan. Si la bourgeoisie industrielle
et marchande qui avait fait déjà de quelques grandes cités des
foyers de richesse et de gloire rayonnant au loin sur le monde, avait
pu étendre son action sur toute l'Allemagne, si elle n'avait pas été
abattue et abaissée par les princes, si la lutte engagée entre la puissance territoriale de ceux-ci et la puissance industrielle et commerciale de la bourgeoisie avait tourné à la victoire de celle-ci et non
point à sa défaite, ce n'est pas lord Clive, « c'est un conseiller de
Hambourg qui donnerait des ordres aux bords du Gange ». Mais
les Empereurs, aveugles ou débiles ou médiocrement allemands,
se sont laissé domestiquer par les princes; ils se sont faits leurs
serviteurs et leurs complices et ils ont éteint ce grand esprit de « la
nation, qui serait maintenant le maître des deux Indes et qui aurait
élevé l'Empereur allemand à la monarchie universelle! »

Quel rêve prodigieux de domination et d'orgueil dans cette Allemagne morcelée, impuissante et abaissée! Et comme on voit bien la
double imprudence, la double erreur des révolutionnaires français!
D'une part, ils n'ont pas pris garde à cette débilité économique et
sociale de la classe bourgeoise allemande qui rendait presque impossible une révolution allemande secondant la Révolution de France.
Et d'autre part, ils n'ont pas assez compté avec les terribles susceptibilités nationales d'un peuple d'autant plus fier et ombrageux qu'il
ressentait douloureusement la contradiction de sa force interne et
de sa destinée! C'est Robespierre, en ce point, qui avait vu juste.

LE DÉCLIN ÉCONOMIQUE

Quel déclin économique dans cette bourgeoisie des grandes cités
marchandes, si audacieuses au XVI° siècle et si orgueilleuses, au
moins de quelques-unes d'entre elles! Je traduis, du substantiel
ouvrage de M. Biedermann sur l'*Allemagne au XVIII° siècle*, la rapide
esquisse de cette décadence. « Les villes de la Haute Allemagne,
si riches autrefois et si puissantes, Augsbourg, Nuremberg, Ulm,
Ratisbonne, n'étaient guère plus qu'une ombre de leur ancienne
splendeur. La fière Augsbourg, la ville des Fugger, ces marchands
princiers, dont Charles-Quint disait orgueilleusement qu'ils pourraient acheter en pur argent tout le trésor royal de Paris, conservait
péniblement un reste de son ancien commerce si vaste; elle était
encore un centre d'échanges, mais seulement entre l'Autriche, la
Suisse, la Souabe et le nord de l'Italie; elle ne développait plus la
vaste sphère commerciale où se rencontraient les marchandises de
l'Orient, des Flandres, de l'Angleterre et de la Scandinavie. Son
négoce vers le Sud-Est était contrarié par les mesures prohibitives

de l'Autriche, celui vers le Nord-Ouest par celles de la Hollande. Son art, jadis l'orgueil de l'Allemagne, sombrait de plus en plus et se rapetissait en un mince commerce de statuettes coloriées et d'amulettes. Ses orfèvres et ses joailliers qui avaient travaillé au XVIIᵉ siècle pour le czar de Russie et le roi de France, étaient tombés comme les travailleurs sur bois dans le plus mauvais goût et ils étaient de beaucoup dépassés par l'art français. Le tissage d'Augsbourg, si florissant naguère, avait été comme anéanti par la guerre de Trente ans. De six mille tisserands il n'en restait que cinq cents.

« Pour Nuremberg aussi, les temps brillants de la richesse et de l'art universellement glorieux, du bien-être libéral et distingué étaient passés; ces temps où l'envoyé du pape Œnas Sylvius écrivait : « Les rois d'Ecosse seraient bien heureux d'avoir des « demeures comme ces moyens bourgeois de Nuremberg... » Maintenant, stagnation, décadence; c'est à peine si la ville retenait un peu de son art d'autrefois pour le travail des jouets, pour la ciselure du bois, du métal...

« Plus profonde encore était la chute d'Ulm et de Ratisbonne... Et la situation des villes du Rhin si prospère autrefois, n'était pas meilleure. Cologne, la métropole du Rhin, est tombée dans la crasse et dans la misère... Aix-la-Chapelle aussi, la vieille ville impériale, est gisante. Des cent mille habitants, qu'elle abritait jadis dans ses murs, il en reste à peine un quart. »

Est-ce à dire que toute activité industrielle ait disparu de l'Allemagne? Non certes; s'il est des villes qui déclinent, d'autres grandissent ou se maintiennent. A Francfort-sur-le-Mein des opérations de banque solidement assises sur des traditions de prudence et d'habileté renouvelaient la richesse de la haute bourgeoisie. Mayence, au témoignage de Forster, contrastait par son activité, sa propreté, avec la paresseuse et pauvre Cologne. Les villes de la Hanse, si elles avaient perdu leur suprématie commerciale et politique, maintenaient cependant leur chiffre d'affaires à force d'ingéniosité et d'audace. Leurs capitaux accumulés leur permettaient de commanditer au loin des entreprises, de participer aux sociétés par actions qui commençaient à se fonder pour l'exploitation des colonies, pour les assurances de tout ordre et aussi de devenir créancières de tous les Etats de l'Europe. C'est ainsi que Hambourg avait mainte fois souscrit, comme la Hollande, aux emprunts de la monarchie française. Son port avait un mouvement annuel (entrées et sorties) de 2.000 navires dont 160 étaient sa propriété. Les sociétés d'assurances maritimes y couvraient un capital de 60 à 120 millions de thalers. L'indépendance des colonies anglaises d'Amérique servit les intérêts de Hambourg, en supprimant le lien de commerce exclusif que l'Angleterre avait prétendu leur imposer.

LES MANUFACTURES

En Prusse, en Bohême, en Silésie, en Saxe, les rois et les princes encourageaient ou même suscitaient les manufactures. En Saxe, les premières manufactures de coton furent protégées par un privilège de trente années. A Vienne, Joseph II élargit au contraire et même brise la corporation des grands marchands et il permet le commerce en gros à quiconque possède une fortune de 35.000 florins. En Bohême, le nombre des fabriques qui en 1780 était de 50, s'élève en 1786 à 172, occupant 400.000 ouvriers hommes et dans les trois années 1785-1788, 14.697 nouveaux métiers à tissage entrent en mouvement et occupent 14.962 ouvrières sans compter les ouvriers fileurs. Trieste était un des ports les plus actifs de l'Europe. Un correspondant du *Moniteur de l'Etat* rédigé par Schloezer évalue en 1782 à 21 millions de florins la valeur annuelle des entrées et des sorties; le mouvement des navires y est de 4.288 en 1788 et de 6.750 en 1790. En Prusse, les fabriques de soie, créées par la volonté de Frédéric-Guillaume Iᵉʳ et surtout de Frédéric II, se développent rapidement; Frédéric II poussa aussi les manufactures de laine et permit l'établissement des manufactures de coton que son père, routinier jusque dans l'effort de progrès, avait interdites, sous prétexte qu'elles faisaient concurrence par l'emploi d'un produit étranger à l'emploi d'un produit national.

La Silésie, protégée par des droits prohibitifs contre les fers étrangers, expédiait, en 1788, 11.000 quintaux de fer en Angleterre. De 1763 à 1777, 30.000 ouvriers et artisans affluaient en Silésie, attirés par la tolérance religieuse du roi. Vers la fin du règne de Frédéric II, le produit des fabriques prussiennes était évalué à 30 millions de thalers (environ cent millions de francs), et il est bien entendu que la production à domicile et pour les usages domestiques n'est pas comptée dans ce chiffre. En 1783, il y avait à Berlin 2.316 métiers à soie avec 2.316 ouvriers; 2.566 métiers à laine avec 3.022 ouvriers.

En Saxe, malgré les souffrances de la guerre de Sept ans, malgré la barrière de tarifs dressée du côté de la Prusse par Frédéric II, les manufactures ont grandi. En 1785 les fabriques de coton ont une production élevée et, dès 1780, des fileuses mécaniques sont introduites. La Saxe veut rivaliser avec l'Angleterre pour l'emploi des machines. Les manufactures de toile, de bas, de gants subissaient des fortunes changeantes. Zittau avait jusqu'à 28.000 métiers à tisser le lin. Les mines saxonnes, d'où était sorti le grand Luther, occupaient 80.000 ouvriers. Les foires de Leipzig donnaient lieu à un mouvement d'affaires de 18 millions de thalers. Des caravanes de marchands russes venaient s'y approvisionner, surtout de soieries françaises. Ainsi il n'y avait pas langueur générale de l'industrie et des échanges; et comment cela eût-il été possible dans un grand

JOSEPH II
(D'après une estampe du Musée Carnavalet)

empire qui comptait 30 millions d'habitants, qui avait un sol riche, des traditions splendides de richesse et d'activité et des souverains aussi entreprenants, aussi passionnés que Frédéric II et Joseph II ?

JUSTUS MŒSER
ET L'ESSOR DU CAPITALISME INDUSTRIEL

Visiblement, c'est l'essor du capitalisme industriel qui commence alors en Allemagne, et je m'étonne que Marx n'ait pas illustré, par les traits que pouvait lui fournir l'évolution allemande de cette époque, ses admirables études sur la période manufacturière où il cite surtout des exemples anglais. Dans les articles qu'il publia à partir de 1774 sous le titre d'*Imaginations patriotiques*, Justus Mœser a noté, non sans quelque préoccupation rétrograde et une complaisance excessive pour le passé, mais avec une fine exactitude, tous les traits du mouvement industriel. Partout il signale l'empressement fébrile des capitalistes à créer de grandes manufactures. Partout il les montre en quête de la main-d'œuvre enfantine. Certes, elle abondait et les enfants étaient associés déjà à l'industrie domestique ; mais il fallait les discipliner, les plier au travail régulier.

Parfois, c'est sous la forme adoucie d'une idylle religieuse qu'apparaît cette première concentration industrielle de l'enfance. Voici un village paresseux, pauvre et malpropre, où l'activité économique d'un croyant, d'une sorte de frère morave, suscite la richesse et la vie.

« Tout ce changement heureux fut l'effet de l'industrie et du commerce que mon père a introduits ici, soutenus et portés au point où ils sont. Cet homme, qui croyait avoir trouvé une religion à lui et qui songeait à former une communauté particulière, s'établit ici pour y exercer en paix sa profession de fabricant de camelote et servir Dieu selon sa fantaisie. Le pasteur de l'endroit, qui vivait dans un état de particulière sainteté et en qui mon père avait toute confiance, lui facilita la chose. Il se bâtit une petite maison, mais qui avait quelque chose de si plaisant que tous les habitants en souhaitaient une pareille. Il y installa son métier à tisser, et le pasteur lui procura quelques enfants de l'endroit, qui filèrent et travaillèrent pour lui. Il sut leur inspirer une telle affection que tout ce qui était né dans la petite ville se pressait vers lui. Le pasteur venait tous les jours et instruisait les enfants pendant le travail même; mon père veillait à ce qu'ils fussent toujours vêtus proprement et même élégamment de l'étoffe qu'il fabriquait et les parents qui, eux, ne savaient pas discerner le vrai du faux, se réjouissaient de voir leurs enfants si bien élevés. Les pères se laissaient peu à peu entraîner au service de la fabrique, sous une forme ou sous une autre; et les mères considéraient souvent comme un signe de piété de se vêtir de la même étoffe que leur fils; aussi, dans l'espace de douze ans, les physionomies et les hommes étaient changés et il y avait en tous un esprit nouveau. L'accord régnait dans la nouvelle secte et les hommes se plaisaient de plus en plus en une vie qui avait le charme de la nouveauté et qui leur semblait leur œuvre. Ils travaillaient et priaient et se réjouissaient, et le renom de cette heureuse communauté de frères attirait les enthousiastes, les visionnaires laborieux qui consentaient bien à travailler pour d'autres, mais qui voulaient penser par eux-mêmes. Ils étaient dans une persuasion si ferme et si vive de ce principe que quiconque travaille et prie doit avoir du pain, que, dès l'âge de vingt ans, tous les habitants de la cité se mariaient avec une entière confiance dans l'avenir. Pleins de cette idée que la probité et l'habileté leur créaient un crédit auprès de leurs frères autant qu'il le fallait pour mener à bien leurs entreprises, ils ne doutèrent jamais du progrès de celles-ci. Leur commune foi était pour eux comme un capital qui valait la plus solide hypothèque. »

Sous le voile de fraternité mystique, c'est bien la manufacture qui se crée. Elle n'est pas toute absorbante encore : ceux qui s'y rassemblent pour le travail gardent la faculté de s'établir à leur compte, soutenus par une sorte de crédit fraternel; mais c'est bien l'active coopération manufacturière qui se substitue à la vie dispersée, autonome et languissante de jadis. Naturellement, c'est par des moyens plus rudes, c'est par une discipline plus contraignante que les fondateurs et chefs de manufactures façonnaient au régime nouveau les forces de travail.

Justus Mœser, dans une lettre où il veut mettre en garde les capitalistes contre des créations hâtives et étourdies, signale la double difficulté. Il faut habituer les enfants à des formes de travail plus strictes, plus réglées qu'autrefois, et il faut en même temps inculquer à un grand nombre l'habileté technique qui était auparavant le lot de quelques ouvriers. La manufacture, en effet, ne suscite pas d'emblée une technique nouvelle, ni elle ne remplace encore le travail à la main par le travail à la machine, ni elle ne pousse immédiatement la division du travail au point où l'ancienne habileté technique de l'ouvrier est décomposée en un certain nombre d'automatismes. Il s'agit donc, par une lente et difficile éducation, de transférer aux ouvriers plus nombreux parqués dans la manufacture le savoir-faire, le tour de main qui distinguaient les artisans de telle ville ou de tel village et en caractérisaient les produits. Et Mœser ne reproche aux capitalistes contemporains que de vouloir aller trop vite, de brusquer la difficile évolution du travail de l'artisan au travail manufacturier.

« Vous voulez créer une fabrique et cela sous les yeux d'une foule curieuse et railleuse! Oh! épargnez votre argent et votre santé. Celui qui veut réussir dans de telles entreprises ne doit éveiller ni l'attention, ni la médisance. Il doit longtemps travailler dans une obscurité silencieuse, subir bien des essais inutiles, bien des faux frais, bien des peines secrètes avant qu'il puisse emporter les préjugés et dresser son œuvre à découvert. S'il n'agit pas ainsi, il devient le martyr de son ambition, la vanité le conduit des voies

LE SANS-CULOTTE DU 10 AOUT
(D'après une estampe de la Bibliothèque Nationale)

pénibles et sûres aux voies vertigineuses, et il imite ces princes fabricants ou leurs jeunes conseillers qui préfèrent la louange hâtive et bruyante de la foule à l'approbation et à la gratitude silencieuse de la postérité, qui sèment une fabrique au printemps et qui veulent en quelques semaines recueillir la moisson.

« Je me souviens toujours avec plaisir de la femme qu'un soldat avait amenée avec lui du Brabant. Elle faisait les plus belles dentelles et elle avait deux jeunes enfants, auxquelles elle ne pouvait enseigner que cela. Les filles des voisins dans le village allemand où elle s'était établie s'émerveillèrent de ce travail et elles voulurent rivaliser avec leurs compagnes de jeu. Leurs mères les envoyèrent à l'école chez la dentellière et, au bout de trente ans, toutes les femmes du village faisaient de la dentelle et en enseignaient l'art à leurs enfants. Maintenant dans ce village se font les plus belles

LA FEMME DU SANS-CULOTTE
(D'après une estampe de la Bibliothèque Nationale)

dentelles de Brabant. Voilà, selon moi, la vraie manière de propager l'esprit de fabrique. Mais où est l'homme puissant qui a la patience d'attendre si longtemps le produit de ses efforts?

« Ne croyez pas que je blâme ces sortes d'entreprises princières. Non, je les loue, parce que de leurs ruines reste quelque chose qui, des années après, sert à des constructions nouvelles; mais un particulier ne peut procéder ainsi...

« C'est une chose merveilleuse que la propagation des fabriques. Nos vieux marchands de toile de lin disent qu'ils peuvent recon-

naître, à chaque pièce de lin, en quel village elle a été faite ; j'ai
connu un marchand de chanvre qui expédiait tous les ans quelque
cent mille pièces de chanvre et qui distinguait aussi bien la main
de la famille qui l'avait filé qu'on distingue l'écriture d'un homme
de celle d'un autre. L'inspecteur d'une galerie de tableaux qui sait
reconnaître l'œuvre de cent maîtres n'était qu'un enfant auprès de
ce marchand de chanvre. Chaque endroit a ses particularités de
travail comme il a sa bière particulière... Il faut donc une longue et
pénible préparation pour créer une fabrique. *Il faut que l'éducation
des enfants, d'esprit comme de corps, soit toute dirigée, et que les
habitudes, les mœurs, les préjugés, les exemples concourent au
progrès du régime nouveau. Que de peine dépensait Nicolini pour
dresser les enfants à la pantomime! Mais qu'est-ce que cela à côté
des exemples vigoureux, de la direction constante, des efforts incessants par lesquels les enfants dans les fabriques d'aiguilles à coudre
doivent être amenés au point nécessaire d'habileté?...* Quelle précoce
et forte impression doit agir sur l'esprit des fileurs de laine pour
que dérober le moindre brin leur *apparaisse comme le plus grand
des crimes! Comme l'oreille du futur virtuose doit être formée de
bonne heure! Combien d'années il travaille pour façonner ses doigts,
ses bras, tout son appareil sensitif! Comme ses efforts sont con-
tinus!* Et si des études aussi précoces, aussi grandes, sont requises
pour former des hommes habiles en chaque art, si l'influence de
tant d'exemples, si une habitude constante, si une éducation morale
toute tournée vers ce but sont nécessaires pour que telle nation aille
avec joie sur la mer et telle autre descende en chantant dans les
mines; *si, avec l'aide de l'éducation, on doit enlever au peuple qui
doit être consacré toute sa vie à une forme déterminée de travail,
tous les autres sens, et lui laisser le seul dont il fera usage, pour faire
de lui l'esclave perpétuel de sa profession, lui retirer l'habileté, le
goût et la force d'en prendre une autre, et le contraindre ainsi à
rester éternellement dans ses chaînes,* comment peut-on, si on crée
de nouvelles fabriques dans des endroits où il n'y a dans aucune
maison des hommes et des enfants ainsi façonnés, où personne
encore n'est contraint par l'éducation, l'habitude et la nécessité, à
mendier du travail dans les fabriques, où toute la pensée des
habitants n'est pas accoutumée à tout ramener à ce point décisif,
comment peut-on attendre les mêmes résultats que là où tous les
avantages que j'ai dits plus haut sont tout prêts pour les fabricants
et n'attendent qu'une forme d'entreprise qui les rassemble ? »

C'est vraiment terrible et j'ose dire que jamais Marx n'a trouvé
d'expressions aussi fortes. Quand il parle, au chapitre xiv du
Capital, du caractère capitaliste de la manufacture, il dit :

« Un certain rabougrissement de corps et d'esprit est inséparale
de la division du travail dans la société. Mais, comme la période

manufacturière pousse beaucoup plus loin cette division sociale,
en même temps que par la division qui lui est propre elle attaque
l'individu à la racine même de sa vie, c'est elle qui la première
fournit l'idée et la matière d'une pathologie industrielle. »

Et il cite les paroles du docteur Urquhart :

« Subdiviser un homme, c'est l'exécuter, s'il a mérité une sentence
de mort; c'est l'assassiner, s'il ne la mérite pas. La subdivision du
travail est l'assassinat d'un peuple. »

Mais rien, je crois, n'est comparable à la force tranquille et
cruelle des expressions de Mœser, à cette atrophie systématique,
qui prend à l'ouvrier tous ses sens, sauf le sens spécial de son
travail spécial et qui le réduit ainsi à être l'esclave éternel du sens
unique qui lui a été laissé.

Ce qui épouvante, c'est la sérénité avec laquelle Mœser accepte
ce parti pris industriel de détérioration, de mutilation de l'humanité, cette déformation monstrueuse et voulue de la nature humaine.
S'il demande que les capitalistes allemands procèdent avec plus de
prudence et de lenteur, ce n'est pas pour qu'ils puissent éduquer
les ouvriers plus doucement : c'est pour qu'ils ne s'engagent pas
dans leur difficile entreprise avant que cette éducation, si l'on ose
l'appeler ainsi, soit assez poussée. Mais comment Mœser aurait-il
pu avoir cette conception de la vie si déjà l'Allemagne n'était pas
entrée à fond et d'un mouvement rapide dans la période manufacturière?

Dès lors d'ailleurs, le triomphe de la manufacture allemande sur
les petits ateliers, sur l'industrie familiale, se marque par des traits
décisifs. D'abord, dans les petites villes et dans les villages, les
artisans, les petits producteurs vont disparaissant et ils sont rem-
placés par de petits marchands, par de petits détaillants qui ne
créent pas, mais qui débitent les marchandises produites dans les
grands centres de manufactures. Et si les petits artisans dispa-
raissent, c'est parce qu'en effet la concurrence de la manufacture
devient meurtrière pour eux. Si l'industrie déserte les petites villes,
c'est parce que la division du travail, réduisant chaque ouvrier à
n'exécuter qu'une part infime de l'œuvre, suppose le concours d'un
grand nombre d'ouvriers, qui ne se trouvent que dans les grandes
villes; c'est aussi parce que chaque ouvrier, ainsi resserré à une
spécialité étroite, ne peut vivre que s'il reproduit souvent son
travail démembré et il n'est assuré que dans un grand centre de
l'emploi à peu près constant de sa spécialité. C'est Mœser lui-même
qui analyse avec cette précision le mouvement économique et
social de la fin du xviiie siècle :

« Les artisans décroissent de plus en plus dans les villes petites
et moyennes et leur sort va toujours empirant. La raison en est
simple et il convient de comprendre d'abord pourquoi les grandes

villes ont tant gagné et gagnent tellement sur les petites. Le premier
maître qui, dans une grande ville put occuper jusqu'à trente, quarante compagnons et plus, eut naturellement la pensée d'assigner
à chacun de ces jeunes compagnons sa spécialité. Ainsi l'horloger
n'instruisit tel ouvrier qu'à fabriquer les ressorts de montre, tel
autre que les pointes, tel autre encore que les roues. Celui-ci préparait les cadrans, cet autre les émaillait, un autre encore les gra-
vait, etc. Ils restaient ainsi dépendants du chef horloger et contraints à rester groupés autour de lui dans la grande ville où il
s'était créé un marché. De même pour le menuisier. Il avait cinquante ouvriers ou plus; l'un n'apprenait qu'à tailler les pieds de
chaises, un autre à les travailler, un troisième à les polir. Par une
suite nécessaire, il retenait auprès de lui, en qualité de salariés, ces
hommes devenus d'une habileté minutieuse dans une spécialité
très étroite et, s'ils s'en allaient, ce ne pouvait être que pour travailler dans une autre grande ville. »

Là, toutes les industries sont à la fois très diverses et très liées
les unes aux autres; à raison même de la division des industries
et du travail, elles ont besoin les unes des autres et ce vaste système
industriel ne peut exister dans les petites villes. Ainsi les grandes
villes, par l'excellence et le bon marché des produits, écrasent les
petites. C'est une suite inévitable de la division croissante du travail
et de la concentration manufacturière.

J'ai montré, par l'étude de Roland de la Platière, qu'en France,
en certaines régions, comme la Picardie, la production industrielle
était au stade qui précède immédiatement la période manufacturière : c'est l'époque où les petits producteurs continuent à travailler à domicile, mais où ils produisent pour le compte d'un riche
marchand qui parfois les commandite et leur fournit de la matière
et qui, en tous cas, centralise les marchandises en vue de vastes
opérations sur de vastes marchés. Que le marchand réunisse en
un seul bâtiment, pour mieux les diriger et les surveiller, ces producteurs, qui ne sont plus qu'en apparence autonomes, et voilà la
manufacture.

Or, Mœser constate précisément que s'il est des régions où le
marchand n'est encore que l'entrepositaire, en beaucoup il est
devenu fabricant. Mœser, qui a des tendances économiques rétrogrades et qui croit volontiers que la grandeur industrielle de
l'Allemagne est attachée aux formes anciennes de la production
et de l'échange, déplore cette transformation; mais ses plaintes
nous intéressent peu, et nous retenons seulement le fait noté par
lui, et qui est caractéristique de l'avènement de la manufacture.

« Puis-je dire que le système de nos fabriques est incompara-
blement plus mauvais que l'ancien? Autrefois, le partage des attri-
butions était tel que toutes les fabriques étaient la propriété de

l'artisan et que le marchand n'était à l'égard de l'artisan qu'un dépositaire et un expéditeur. Maintenant, au contraire, le marchand devenu fabricant est le maître et celui qui travaille pour lui n'est

LE NOUVEL ASTRE FRANÇAIS
(D'après une estampe de la Bibliothèque Nationale)

qu'un compagnon et ce compagnon, cet ouvrier travaille pour un salaire au jour le jour. Dans cette organisation, à moins qu'elle ne soit accompagnée d'un rare bonheur, il y a beaucoup plus de défauts que dans l'ancienne. Le salarié ne prend pas la chose aussi à cœur, il vole beaucoup d'heures; et il est besoin d'une surveillance constante et d'un grand nombre d'employés pour assurer, dans de bonnes conditions, le passage du produit manufacturé d'une main à l'autre, pour tenir les comptes et établir la balance. Au contraire, le maître artisan qui se distingue du salarié comme le fermier de l'intendant, pouvait servir beaucoup plus utilement le marchand et l'Etat avait des citoyens au lieu d'ouvriers vagabonds. C'était la maxime des villes en ces temps que nous appelons barbares ; c'était la vraie source de leur grandeur, c'est par là que se relèvent encore les villes dans la Lusace et le Voigtland. »

Il est impossible, en lisant ces lignes, de ne pas se reporter ici encore à l'analyse magistrale faite par Marx :

« Pendant toute la période manufacturière on n'entend que plaintes sur plaintes à propos de l'indiscipline des travailleurs. Et, n'eussions-nous pas les témoignages des écrivains de cette époque, le simple fait que depuis le seizième siècle jusqu'au moment de la grande industrie, le capital ne réussit jamais à s'emparer de tout le temps disponible des ouvriers manufacturiers, que les manufactures n'ont pas la vie dure, mais sont obligées de se déplacer d'un pays à l'autre, suivant les émigrations ouvrières, ces faits, dis-je, nous tiendraient lieu de toute une bibliothèque. »

Chose curieuse! à propos de cette « indiscipline » des ouvriers. Marx dit en note : « Ceci est beaucoup plus vrai pour l'Angleterre que pour la France et pour la France que pour la Hollande » et il ne fait pas même allusion à l'Allemagne. Il avait fait du néant de la bourgeoisie allemande une pièce si importante de sa dialectique historique qu'il a sans doute négligé outre mesure d'étudier le mouvement de la production allemande, dans cette période encore embryonnaire.

Je note enfin un dernier trait qui achève la concordance du tableau tracé par Mœser et de l'analyse faite par Marx. Celui-ci, dans son chapitre « sur la genèse du capitaliste industriel », dont la première réalisation ou incarnation est le manufacturier, étudie les résistances qui contrariaient ou retardaient la transformation du capital commercial en capital industriel.

« La constitution féodale des campagnes et l'organisation corporative des villes empêchaient le capital-argent formé par la double voie de l'usure et du commerce de se convertir en capital industriel. Ces barrières tombèrent avec le licenciement des suites seigneuriales, avec l'expropriation et l'expulsion partielle des cultivateurs, mais on peut juger *de la résistance que rencontrèrent les marchands, sur le point de se transformer en producteurs marchands,* par le fait que les petits fabricants de draps de Leeds envoyèrent encore en 1794 une députation au parlement pour empêcher tout marchand de devenir fabricant. *Aussi les manufactures nouvelles s'établirent-elles de préférence dans les ports de mer, centres d'exportation,* ou aux endroits de l'intérieur situés hors du contrôle du régime municipal et de ses corps de métiers. De là, en Angleterre, lutte acharnée entre les vieilles villes privilégiées (corporate towns) et ces nouvelles pépinières d'industrie. Dans d'autres pays, en France, par exemple, celles-ci furent placées sous la protection spéciale des rois. »

Quelques lignes plus bas, Marx ajoute : « Les différentes méthodes d'accumulation primitive que l'ère capitaliste fait éclore se partagent d'abord par ordre plus ou moins chronologique, le Portugal, l'Espagne, la Hollande, la France et l'Angleterre. »

Et toujours, sur l'Allemagne, silence complet. Or, à propos des ports, des centres d'exportation, Mœser constate deux choses. D'abord, là comme partout, le marchand se refuse à être simplement l'entrepositaire et l'expéditeur. Tandis qu'autrefois, du temps de la Ligue hanséatique, les producteurs expédiaient leurs marchandises à leur compte et à leurs risques, par l'intermédiaire de la Ligue, maintenant les grands expéditeurs des ports sont acquéreurs des produits. Ils substituent leur responsabilité à celle des producteurs. Et, en même temps, ils deviennent producteurs eux-mêmes; ils installent dans les grandes villes maritimes des manufactures à eux.

« Nous devrions avoir honte si nous pensions à la pratique de nos ancêtres dans la Compagnie allemande (la Hanse). Tout ce que nous faisons dans les villes de l'intérieur, c'est livrer nos produits manufacturiers à un capitaliste de Brême ou de Hambourg et nous laisser duper par lui. Plus d'un parmi les fabricants est assez lâche et besogneux pour vendre à Brême même et à Hambourg et se soumettre aux prix que les acheteurs réunis à la Bourse imposent à sa gêne ou à son imprévoyance. A peine nos habitants de l'intérieur savent-ils le temps où leurs marchandises sont au meilleur prix. Ils vendent leur blé après la moisson, leur lin à la Pentecôte... Comme les vues de nos ancêtres étaient larges, fortes, heureuses! Ils se servaient des navires des expéditeurs des ports : mais ils ne vendaient pas leurs marchandises sur le marché de Brême, ils ne se livraient pas corps et âme à l'imprévoyance d'un Hambourgeois. C'est pour leur propre compte que la marchandise était vendue. Aux lieux de destination, à Bergen, Londres, New-York, ils avaient leurs employés à eux, leurs propres dépôts et comptoirs.

« ... La Hanse d'autrefois ne considérait les capitalistes des ports que comme des entrepositaires... Que penseraient les hommes d'alors s'ils savaient que maintenant dans les ports il y a des fabriques de toute sorte et que de là des chapeaux et des bas peuvent être expédiés dans l'intérieur ? »

Et presque toutes les marchandises subissent dans les ports une dernière façon, apprêt ou teinture. Mœser qui démêle bien les faits, mais médiocrement les causes, ne dit pas comme Marx que cette floraison de manufactures dans les ports tient à ce que, là, les

résistances du régime corporatif étaient moindres. Mais réellement
tous les caractères du grand mouvement manufacturier se retrou-
vent dans l'évolution économique de l'Allemagne à la veille de la
Révolution française. Il n'y a pas pleine stagnation et routine :
l'Allemagne industrielle, sans avoir l'essor de la France, est dans
une crise de transformation qui atteste la puissance de forces
jeunes. De même que la partie la plus audacieuse et la plus progressive de la bourgeoisie française a échappé, surtout pendant la
deuxième moitié du XVIII° siècle, à l'étreinte du régime corporatif,
de même les producteurs allemands les plus hardis, les plus agis-
sants, les plus soucieux de l'avenir, tentent à la même époque de
briser le cercle de la corporation ou d'en sortir.

LE TABLEAU DE FORSTER

George Forster, avec sa pénétrante intelligence, a noté toute cette
poussée capitaliste, tout ce travail obscur ou éclatant de transformation. C'est du régime suranné des corporations que meurt Aix-
la-Chapelle et au contraire, hors des prises du système corporatif,
la vie économique est puissante et fourmillante. Les quatorze corporations industrielles et marchandes de la cité s'épuisent en rivalités grossières ou s'immobilisent par une réglementation étroite.

« Mais, des hommes instruits et entreprenants, qui ne voulaient
plus subir, comme une corvée, le non-sens du régime corporatif et
exposer plus longtemps leur crédit à fabriquer de mauvaises toiles,
se retirèrent peu à peu d'Aix-la-Chapelle et s'établirent dans les
régions voisines en terre hollandaise, en terre d'Empire, où ils
avaient la liberté de diriger souverainement leurs fabriques et où
ils ne subissaient d'autre restriction que celle qui leur était imposée
par la mesure même de leurs forces et l'étendue de leur capital.
A Burtscheid, à Vaals, à Eupen, à Montjoie, à Verviers, et surtout
dans tout le Limbourg s'élevèrent d'innombrables fabriques de
toiles, dont quelques-unes mettaient en œuvre tous les ans, et dans
le procédé de reproduction le plus rapide, un capital d'un demi-
million et dont les comptoirs étaient établis à Cadix et à Constantinople, là pour acheter les laines espagnoles, ici pour vendre les
toiles les plus riches.

« Les suites d'une organisation déplorable ont été funestes à
Aix-la-Chapelle et elles éclatent à tous les yeux. Les rues fourmillent de mendiants et la corruption des mœurs est si générale,
dans le petit peuple surtout, que l'on entend des plaintes à ce
sujet à tout propos et dans toutes les sociétés... Les enfants de

l'homme du commun sont devenus des voleurs de laine, des paresseux et des joueurs de loto. »

Et voici, en regard, l'activité des manufactures affranchies des vieilles entraves :

« Burtscheid est à l'orient d'Aix-la-Chapelle... Les sapins sont très soigneusement entretenus dans cette vallée, parce qu'ils servent beaucoup pour la fabrication des aiguilles à coudre... Nous n'avons vu de ces fabriques que les plus remarquables, le moulin à polir, qui au moyen d'une roue à eau met en mouvement tout le mécanisme utile. »

Et Forster décrit les appareils ingénieux et puissants qui permettent à l'ouvrier le plus ordinaire de pousser très vite la production :

« ... Burtscheid occupe en proportion plus d'ouvriers en toiles qu'Aix-la-Chapelle. La plus importante fabrique, celle de M. de Lawenich, se compose de bâtiments très vastes et bien disposés et les toiles qu'on y produit sont particulièrement estimées. Là, comme à Vaals et Aix-la-Chapelle, on ne prépare des toiles que d'une seule couleur, qui sont peintes en pièces; tandis que Verviers et les régions voisines ne livrent que des toiles mêlées et peintes d'abord en chanvre. »

Forster est induit par tout le spectacle de cette activité à pressentir et à désirer de nouveaux progrès de la production, la substitution du mode capitaliste à tout ce qui subsiste encore du travail dispersé et rudimentaire :

« La laine la plus fine est tirée de Bilbao à cause du voisinage des belles prairies des Asturies et de Léon; la plus grossière vient de Cadix : elle est débarquée à Ostende et de là, par des canaux, va jusqu'à Aix-la-Chapelle. Là elle est lavée dans de profondes cuves en maçonnerie d'où l'eau sale s'échappe facilement. Pour prévenir toute tromperie des ouvriers, ces lavoirs à laine sont installés aux endroits les plus découverts et les plus fréquentés. Là où cette précaution n'est pas prise (ce qui a lieu souvent à la ville où le lavage se fait parfois la nuit) on ne peut, par la plus étroite surveillance, empêcher le vol d'importantes quantités de laines ; suivant que les ouvriers la livrent plus ou moins chargée d'eau, ils peuvent en dérober.

« La laine lavée est distribuée aux paysans pour être filée. Pour Aix-la-Chapelle et les centres de fabriques voisins, ce sont les Limbourgeois surtout et les Flamands qui filent. Dans le grand duché de Liége, où l'agriculture est très fortement poussée, le paysan a les mains trop dures pour pouvoir filer les fils fins. Mais, dans les grasses prairies du Limbourg où se pratique l'élève du bétail et où l'occupation principale du paysan est la fabrication du beurre et des fromages, les doigts restent plus souples et partout les

femmes et les enfants filent le fil le plus fin. Toutes ces variétés
du travail humain, correspondant à la diversité des lieux et des
occupations traditionnelles, intéressent surtout lorsqu'on songe
qu'elles sont suscitées par les besoins pressants de l'industrie et
par les calculs de l'homme cherchant à porter au point de perfection un produit déterminé. Des besoins de cet ordre ont conduit
les esprits spéculatifs, à Berlin, à observer que le soldat était incom-
parablement plus apte à filer que le paysan poméranien. Et, si l'on
voulait pousser cette spéculation plus loin encore, on devrait partir
de cette idée que chaque acte est d'autant plus perfectionné que les
forces de l'homme se concentrent davantage sur cet objet. Sans
aucun doute on progresserait beaucoup dans l'art de filer *si le travail se faisait dans des établissements industriels où les ouvriers
trouveraient la lumière, le feu et l'abri et où une classe spéciale de
travailleurs serait appliquée à cette forme du travail. Des hommes
qui, dès l'âge de sept ans, seraient voués exclusivement à cette
occupation, y acquerraient bientôt une grande habileté; ils feraient
mieux et plus vite que ceux pour lesquels ce n'est qu'un travail
accessoire; et, comme, dans un même espace de temps ils livreraient
des fils plus fins et en plus grand nombre, les produits seraient
meilleur marché sans qu'il y eût désavantage pour les ouvriers eux-
mêmes.* »

Forster note avec profondeur que, pour s'accomplir sans désastre,
cette transformation industrielle doit s'accompagner d'une vaste
réforme dans l'intérêt des paysans. Comment leur retirer en effet le
travail accessoire qui les aide à soutenir leur misérable vie, si on
ne les libère pas des fardeaux qui les accablent? Ainsi l'industrie
ne peut entrer pleinement dans la grande production et échapper
à la routine corporative si les paysans ne sont pas soustraits à
l'oppression féodale. C'est donc un mouvement vaste qui apparaît à
l'Allemagne et qui commence à solliciter les pensées et les rêves.

« Mais, comme un pareil progrès industriel devrait être harmo-
nisé avec les conditions de travail et de vie des paysans, de façon
que ceux-ci qui ne sont pas déjà très heureux ne soient pas accablés
par la perte d'une ressource complémentaire, il faudrait procéder
à une enquête attentive qui confirmerait ce que depuis longtemps
l'expérience nous enseigne : que l'effroyable oppression, sous
laquelle gémit le paysan, est l'obstacle le plus insurmontable au
progrès de toutes les branches de l'industrie. On s'étonne que le
mal ne soit pas complètement supprimé et on ne se sert que de
palliatifs. Par suite, toute la nouvelle économie d'Etat, tout le zèle
empressé et essoufflé des employés des finances n'est que pure
charlatanerie, ou, ce qui est pire encore, un détestable système
d'artifices, par lesquels le sujet, pareil, sous un autre nom, à
l'esclave nègre des îles à sucre, est abaissé jusqu'à n'être qu'une

bête de somme dont l'entretien laisse chaque année quelque excédent. Et si, pour perfectionner la production, on change quoi que ce soit à ce mécanisme tendu à l'excès, aussitôt la comptabilité proteste et le faiseur de plus-value fiscale rejette sur le progrès à peine tenté la responsabilité de toutes les sottises que lui suggère sa tête vide. Partout où les fabriques ne sont pas l'œuvre de la libre activité du citoyen, mais des spéculations financières du gouvernement, on compte beaucoup moins sur la valeur des produits que sur les débouchés artificiellement créés par l'ordre du pouvoir; et dès lors il est impossible de porter cette industrie au point de perfection où elle aurait pu atteindre. »

A ces liens de routine, de réglementation corporative, de fiscalité monopoleuse, Forster oppose, avec une sorte d'enthousiasme admirable de la raison, le magnifique épanouissement des industries libres. Il faudrait pouvoir citer sa dixième lettre sur Aix-la-Chapelle. C'est par la liberté et par l'ampleur croissante des échanges que se réalisera peu à peu l'unité humaine; et c'est l'idéal des économistes les plus hardis, les plus optimistes, que Forster, d'un esprit si sobre pourtant et si mesuré, se complaît un moment à retracer. Il retombe bien vite à la conscience triste des misères présentes, de l'impuissance où l'Allemagne se débat.

LES LIMITES DU MATÉRIALISME HISTORIQUE

Mais quoi! lorsque je surprends dans les analyses de Mœser, si rétrogrades qu'en soient parfois les tendances, tout le travail de transformation industrielle de l'Allemagne, lorsque je constate avec Forster les progrès hardis réalisés malgré tout par des hommes d'initiative et de liberté, je me demande : D'où vient donc l'impuissance révolutionnaire de l'Allemagne? Et est-il possible de l'expliquer toute par l'insuffisance du développement économique de la bourgeoisie? Le recours pur et simple aux thèses du « matérialisme économique » serait ici trop commode. Certes, pour abolir le régime féodal et limiter l'arbitraire princier, il faut une bourgeoisie riche, confiante et active. Et l'essor économique de la bourgeoisie allemande était bien inférieur à celui de la bourgeoisie française. Mais à quel degré de sa croissance économique commence la faculté révolutionnaire d'une classe? Si débile que fût encore le mouvement de production de l'Allemagne en regard de celui de la France, il se produisait dans le même sens: c'est bien vers le régime des manufactures et de la grande industrie, vers la division du travail et la liberté du travail, que tendaient, en cette moitié du xviii° siècle, les forces productives allemandes comme les forces productives fran-

çaises; elles se heurtaient aux mêmes obstacles et elles présentaient
sans doute la même solution. Il paraît donc impossible qu'une
simple différence de degré, dans une évolution économique de même
origine et de même sens, suffise à expliquer l'animation révolutionnaire de la France, l'atonie révolutionnaire de l'Allemagne. Les
forces d'ordre politique et intellectuel doivent certainement intervenir ici et dans une très large mesure. Isolé, le mouvement économique n'est qu'une abstraction, et jamais je n'ai senti plus vivement qu'en étudiant à la même date l'action si différente de l'Allemagne et de la France, la préparation révolutionnaire de celle-ci
et l'inaptitude révolutionnaire de celle-là, à quel point il serait
dangereux de considérer le matérialisme économique comme une
explication adéquate de l'histoire. Comme l'a si justement dit
Benedetto Croce, il nous ouvre des jours nouveaux sur la profondeur des phénomènes historiques, mais il n'en épuise pas la réalité.
Que l'on suppose un instant, sans rien modifier à son état économique de 1789, une Allemagne politiquement unifiée et où les
recherches des penseurs aient été directement appliquées depuis
un siècle à l'étude de l'organisation sociale, et il est probable qu'un
mouvement révolutionnaire bourgeois se produira en Allemagne
comme en France et avec une intensité sensiblement égale. Je crois
que c'est pour assurer au matérialisme économique une victoire
trop commode que l'on a considéré comme une quantité négligeable
et comme une force à peu près atone l'industrie allemande à cette
époque. Elle était assez développée et assez active pour que nous
ayons pu saisir en elle, d'après des observateurs pénétrants et exacts,
tous les traits et toutes les tendances du grand mouvement capitaliste de la même époque en France et en Angleterre, à un degré bien
plus humble à coup sûr et dans des conditions toutes particulières
de dispersion et de dépendance.

LA BOURGEOISIE ET LES PRINCES

Nulle part la production n'avait cet ensemble, cette puissance,
cette incohérence et cet élan qui donnent à la classe productrice la
pleine conscience de sa force et l'ambition du pouvoir. Tandis que
les bourgeois des villes allemandes du XVIᵉ siècle se considéraient
comme la vraie force politique et prétendaient de toute part à la
souveraineté, la bourgeoisie allemande de 1789, ou bien se désinté-
ressait des destinées générales de la nation, ou bien vivait sous la
discipline des princes et des rois et n'avait ni vigueur, ni ressort.
Les anciennes villes de la Hanse n'avaient plus le droit de se fédé-
rer, d'appeler à elles d'autres villes. Chacune se bornait à travailler

FRÉDÉRIC II, LE GRAND
(D'après une estampe de la Bibliothèque Nationale)

égoïstement pour elle-même et distendait même le plus possible les liens qui l'enserraient à la grande Allemagne afin de ménager ses intérêts commerciaux. Hambourg était une ville cosmopolite où affluaient les spéculateurs, les aventuriers, les trafiquants du monde entier. Quand l'Allemagne est en guerre avec la France révolutionnaire, Hambourg continue son négoce avec la France sous le drapeau danois et approvisionne de blé les cités de la Révolution.

Ailleurs, c'est sous l'action des décrets princiers ou royaux, c'est grâce aux ouvriers étrangers appelés par Frédéric, c'est à l'abri des privilèges et des monopoles que l'industrie commence à se développer. La bourgeoisie allemande ne ressemble que médiocrement à cette bourgeoisie française créancière pour plusieurs milliards du roi de France, incorporée depuis des siècles à une nation unifiée et assez puissante maintenant par l'effet prolongé des règlements de Colbert pour prétendre à la liberté économique et au pouvoir politique. Les observations de Mirabeau concordent en ce point avec celles de Mœser et M. Biederman les résume excellemment :

« Cette classe moyenne puissante, intelligente indépendante par la propriété et la libre activité industrielle, qui dans les États modernes est le soutien et le ressort du mouvement politique, n'était représentée en Allemagne au XVIII⁰ siècle que par un petit nu... re d'éléments isolés et sans influence. La vieille bourgeoisie, fi.ée de sa propre force, ne se rencontrait presque plus dans les villes d'Empire ; elle avait été presque toute déracinée par les désastres de la guerre de Trente ans. La classe d'artisans, de manufacturiers, de commerçants qui l'avaient remplacée dans les États monarchiques avait de tout autres fondements de son existence matérielle; elle dépendait à peu près, directement ou indirectement, de la faveur des princes, des cours, des administrations et des fonctionnaires; c'est de ce côté qu'elle avait à craindre ou à espérer pour ses entreprises. Une grande partie des artisans vivait de métiers que le luxe des cours multiples, partout répandues, entretenait... Ainsi toutes les classes de producteurs étaient liées au système dominant. »

La bourgeoisie allemande n'était pas assez puissante pour être, comme la bourgeoisie française, son propre débouché; elle était donc engagée à fond dans l'Allemagne féodale et princière. Tandis qu'en France la concentration de la noblesse riche à Versailles et à Paris avait déshabitué la bourgeoisie des petites et moyennes villes de compter sur la clientèle des nobles et qu'à Paris même, la multitude des rentiers, des financiers, assurait aux marchands un large débit, dans l'Allemagne morcelée le négoce et la fabrique subissaient les influences de cour. En d'innombrables petits cercles une bourgeoisie débile attendait le mouvement, la vie, des Électeurs, des princes, des évêques, des grands propriétaires fonciers. Et ces

influences locales étaient souveraines; la ville était animée au travail ou endormie dans une paresse crapuleuse selon le tempérament, les idées, les intérêts des gouvernants immédiats. Les évêques
de Cologne, par exemple, jugeaient plus sage, pour prévenir les
mouvements d'un peuple libre, pour amortir les passions nobles et
assoupir les consciences, de réduire au minimum l'activité industrielle; il leur était commode de régner sur une clientèle de mendiants et par elle. De là une dégradation infinie dont George
Forster, dans ses *Vues du Bas-Rhin*, etc., nous a laissé une forte
peinture (printemps de 1790) :

« C'est avec plaisir que nous avons quitté hier la triste et sombre
Cologne. Comme l'intérieur de cette ville étendue mais à demi
dépeuplée répond mal à la vue qu'on en a du côté du fleuve! Parmi
toutes les villes des bords du Rhin, il n'en est point qui soit aussi
magnifiquement étalée, aussi ornée de clochers innombrables. Il y
a tant de clochers d'églises et d'autels qu'il ne reste plus de place
pour leur culte aux chrétiens qui ne reconnaissent pas le pape. Le
magistrat avait accordé aux protestants la liberté du culte dans
l'enceinte de la ville; mais il a dû bientôt retirer cette permission
devant le soulèvement d'une populace superstitieuse qui menaçait
les dissidents du meurtre et de l'incendie. Cette populace qui forme
la moitié des habitants, une masse de vingt mille hommes, a une
énergie qui serait mieux employée à rendre à Cologne sa puissance
d'autrefois. C'est une triste chose de voir une ville aussi bien disposée que Francfort pour le commerce et de ne pouvoir se dissimuler
que partout les mêmes causes s'opposent à l'universel bien-être qui
n'a pu se développer qu'à Francfort. Il doit y avoir à Cologne de
riches familles; mais cela ne m'apaisera pas tant que je verrai se
traîner dans les rues des troupes de mendiants en haillons... Qui ne
devine que la bande si nombreuse des mendiants sans mœurs et
sans conscience donne ici le ton? Mais comme elle est paresseuse,
ignorante et superstitieuse, elle est un instrument dans la main de
ses meneurs à courte vue, sensuels, intrigants et ambitieux. Les
ecclésiastiques de tout ordre, qui fourmillent ici dans toutes les
rues, pourraient moraliser cette foule grossière et, peu à peu, l'habituer au travail... mais ils ne le font pas. Cette tourbe de mendiants
est leur milice; ils la conduisent comme par la corde de la plus
vaine superstition et, par des secours chichement mesurés, ils la
tiennent à leur solde et la soulèvent contre le magistrat aussitôt
qu'il contrarie leurs vues. »

Mais partout, même là où l'action des princes laïques ou ecclésiastiques s'exerçait avec plus d'intelligence et de respect pour la
dignité humaine que dans l'abjecte cité du cléricalisme paresseux
et mendiant, partout la bourgeoisie était tenue par des lisières et
elle n'avait pas ou presque pas l'orgueil de classe. Lorsque, en

France, Sieys lança sa fameuse formule, modeste et superbe :
« Qu'est-ce que le Tiers Etat? rien. Que devrait-il être? Tout. Que
veut-il être? quelque chose », un magnifique et puissant écho lui
répondit. La même question posée en Allemagne, en 1789, se serait
perdue dans le silence universel; ou tout au moins c'est une réponse
incertaine, molle, inefficace, qui aurait été faite.

LE DISCOURS DE SCHILLER SUR L'HISTOIRE UNIVERSELLE

Ce n'est pas que dans cette Allemagne d'un esprit si puissant et
hardi la bourgeoisie n'eût pas conscience de l'évolution historique
qui dissolvait peu à peu le moyen âge et suscitait des formes nouvelles de production, d'échange et de vie. Précisément en 1790, dans
le discours d'ouverture que Schiller prononça le 26 mai à l'Université d'Iéna, sur ce sujet : « Qu'est-ce que l'histoire universelle? », il
traça un magnifique tableau de cette évolution.

Mais, chose caractéristique, il insiste moins sur les efforts et les
luttes par lesquels une vie plus haute fut conquise que sur les
ingénieuses et pacifiques adaptations qui permettent à la vie nouvelle de s'accommoder des formes anciennes. Et il ne propose à la
jeunesse, qui l'écoute en ces jours ardents qu'animent les premiers
feux de la Révolution française, aucun but immédiat, aucun effort
prochain. On dirait qu'elle n'a qu'à se laisser porter doucement au
cours d'un grand fleuve.

« Un ciel serein rit aujourd'hui au-dessus des forêts de Germanie, que la main robuste de l'homme a déchirées et ouvertes aux
rayons du soleil, et les vignes de l'Asie se reflètent dans les ondes
du Rhin. Sur ses bords s'élèvent des cités populeuses qui, dans une
allègre activité, retentissent du bruit du plaisir et du travail. Nous y
trouvons l'homme en paisible possession de ce qu'il a acquis, en
sûreté parmi des millions de ses semblables, lui à qui jadis un seul
voisin ravissait le sommeil. L'égalité, qu'il a perdue en entrant dans
la société, il l'a regagnée par de sages lois. Il a échappé à l'aveugle
contrainte du hasard et de la nécessité pour se réfugier sous l'empire plus doux des contrats et il a sacrifié la liberté de la bête de
proie pour s'assurer la liberté plus noble de l'homme. Ses soins se
sont distribués, son activité s'est partagée d'une manière salutaire.
Maintenant le besoin impérieux ne l'enchaîne plus à la charrue ;
l'ennemi ne l'appelle plus de la charrue au champ de bataille pour
défendre sa patrie et son foyer. Par le bras du cultivateur il remplit
son grenier, par les armes du guerrier il protège son domaine. La
loi veille sur sa propriété et il garde le droit inappréciable de choisir lui-même son devoir.

« Combien de créations de l'art, combien de prodiges de l'industrie, quelles lumières dans tous les domaines de la science, depuis que l'homme ne consume plus sans profit ses forces dans la triste dépense de sa personne, depuis qu'il dépend de lui de transiger avec la nécessité, à laquelle il ne doit jamais se soustraire entièrement; depuis qu'il a conquis le précieux privilège de disposer librement de son aptitude et de suivre l'appel de son génie! Quelle vive activité partout depuis que la multiplication des désirs a donné de nouvelles ailes à l'esprit d'invention et ouvert de nouveaux espaces à l'industrie! Les barrières qui isolaient les Etats et les nations dans un hostile égoïsme sont rompues. Toutes les têtes pensantes sont unies maintenant par un lien cosmopolitique et désormais l'esprit d'un Galilée et d'un Erasme modernes peut s'éclairer de toutes les lumières de notre siècle. »

C'est un hymne splendide à la bourgeoisie, à la grande civilisation bourgeoise, à la sécurité, à l'activité productrice, à la division du travail et des fonctions, à la liberté de l'industrie, à l'élargissement des marchés et des esprits, à l'universel échange des marchandises et des idées. Schiller a une conscience très nette de ce mouvement; et c'est bien à la classe bourgeoise, c'est bien au *Tiers Etat* qu'il fait explicitement honneur de tout cet admirable progrès de la civilisation.

« *Il fallait que des villes s'élevassent en Italie et en Allemagne, qu'elles brisassent les chaînes du servage*, qu'elles luttassent pour ôter à des tyrans ignorants le sceptre de la justice et qu'elles se fissent respecter en formant une hanse guerrière, pour que le commerce et l'industrie pussent fleurir, l'abondance faire appel aux arts de la joie; pour que l'Etat honorât l'utile agriculteur *et que dans le bienfaisant Tiers Etat, le vrai créateur de toute notre civilisation, se développât pour l'humanité une prospérité durable.* »

C'est donc bien une glorification expresse et délibérée de la puissance bourgeoise et, si discret, si prudent que dût être à ce moment un professeur d'Université allemande, on attend au moins qu'il indique d'un mot que le travail de transformation par lequel cette puissance s'affirme n'est point achevé. Mais non, il semble dire au contraire que la liberté nouvelle a décidément assoupli à son usage toutes les forces du passé, toutes les institutions anciennes et qu'il n'y a plus qu'à laisser se développer à l'infini les effets réguliers d'une puissance désormais souveraine.

« Jusque dans notre siècle, il est vrai, se sont glissés, des siècles précédents, maints restes de barbarie, enfants du hasard et de la violence, que l'âge de la raison ne devrait pas éterniser.

« *Mais avec quelle sagesse l'intelligence de l'homme n'a-t-elle pas su diriger vers une fin utile, même cet héritage barbare de l'antiquité et du moyen âge! Combien n'a-t-il pas su rendre inoffensif et souvent même salutaire ce qu'il ne pouvait encore se décider à détruire! Sur la base grossière de l'anarchie féodale l'Allemagne a élevé l'édifice de sa liberté politique et ecclésiastique. Le simulacre d'empereur romain qui s'est conservé en deçà des Apennins fait aujourd'hui au monde infiniment plus de bien que son prototype dans l'ancienne Rome; car il maintient uni par la concorde un utile système d'Etats, tandis que l'autre comprimait les forces les plus actives de l'humanité dans une servile uniformité. Notre religion même, altérée à un tel point par les infidèles mains qui nous l'ont transmise, qui peut méconnaître en elle l'influence ennoblissante d'une philosophie meilleure? Nos Leibniz et nos Locke ont aussi bien mérité du dogme et de la morale du christianisme que le pinceau d'un Raphaël et d'un Corrège de l'histoire sainte. »*

J'entends bien que Schiller était tenu dans sa chaire d'Iéna à beaucoup de réserve. Et je sais aussi qu'au moment précis où il parlait, en mai 1790, l'heure semblait favorable aux pensées de paix, de lent et tranquille développement. En France même, après la tourmente des premiers mois, une sorte d'équilibre paraissait s'établir entre la tradition royale et la volonté nationale. Il était possible à Schiller d'élargir un horizon d'universelle paix.

« Enfin, nos Etats, avec quelle intimité, avec quel art ne sont-ils pas liés entre eux! Combien leur fraternité n'est-elle pas rendue plus durable par la salutaire contrainte de la nécessité, qu'autrefois par les traités les plus solennels! Maintenant la guerre, toujours armée, veille sur la paix, et l'intérêt propre d'un Etat l'établit gardien de la prospérité d'un autre. *La société politique européenne semble être changée en une grande famille, dont les membres pourront encore se quereller, mais non plus se déchirer et se dévorer.* »

J'ajoute que Schiller avait des raisons de fond de souhaiter pour l'Allemagne une lente et presque insensible transformation. Un mouvement vif et brusque supposait une concentration des forces et des pouvoirs, une vigoureuse unité à la mode française. Les luttes violentes, en chaque Etat, de la bourgeoisie et des princes et nobles auraient aussitôt déterminé de vastes groupements de forces; et celui des deux vastes groupements hostiles qui l'aurait emporté aurait imposé à l'Allemagne cette centralisation de combat. Au contraire, si le Tiers Etat, porté par le courant puissant et clair de l'histoire, se développait peu à peu en chaque principauté, la liberté pourrait s'accommoder de la vivante diversité de l'Allemagne. C'était là le rêve de bien des penseurs et voilà pourquoi Schiller insiste avec complaisance sur les ressources d'adaptation de l'histoire. Puisque la liberté allemande a su utiliser, pour son premier établissement, le morcellement politique, « l'anarchie féodale », pourquoi n'assurerait-elle point aussi ses derniers et décisifs progrès par la dispersion même de la souveraineté politique, par l'effacement du pouvoir impérial?

C'est une fédération fraternelle d'Etats allemands autonomes, pénétrés d'une liberté croissante et harmonisés par cette liberté même, que le grand poète entrevoit. Après tout, les voies de l'histoire sont multiples, et ce n'est pas dans des moules d'airain qu'est coulée la vie humaine. Peut-être, si la guerre n'avait pas éclaté entre la France révolutionnaire et l'Allemagne, si cette guerre n'avait pas tendu tous les ressorts de la vie allemande, affermi et militarisé tout ensemble l'idée d'unité, c'est sous la forme fédérative et pacifique préférée par Schiller que la nation et la démocratie allemandes se seraient constituées.

Mais, même à Schiller, ce rêve idyllique aurait été interdit si, au moment où il parlait, il y avait eu en Allemagne une bourgeoisie active, puissante, impatiente. Quoi! après la convocation des Etats généraux de France, après le Serment du Jeu de Paume, après le 14 juillet et la chute de la Bastille, après les journées d'octobre et la victoire de Paris reprenant le roi, après la nuit du 4 août et l'abolition du régime féodal, après la destruction des dîmes et la nationalisation de tous les biens d'Eglise, il est possible à l'ardent poète des *Brigands* et de *Don Carlos* de paraître se contenter pour l'Allemagne de ce qui est! Il peut glorifier l'évolution humaine et il n'a pas un mot pour constater que ce Tiers Etat, créateur de la civilisation, n'a en Allemagne aucune garantie politique et aucune part de pouvoir, que ni l'arbitraire princier, ni les servitudes féodales, ni les entraves corporatives n'ont été brisés! Non, il n'aurait pu se jouer ainsi en des perspectives illimitées, et négliger les questions de l'heure présente, s'il y avait eu une classe énergique, consciente, intrépide, ambitieuse d'action et de pouvoir.

Il disait à la jeunesse d'Iéna de grandes et calmes paroles :

« En analysant le délicat mécanisme par lequel, *sans bruit*, la main de la nature, depuis le commencement du monde, développe, d'après un plan régulier, les facultés de l'homme, et en indiquant exactement ce qui a été fait, à chaque époque, pour l'accomplissement de ce grand plan de la nature, l'histoire universelle rétablit la vraie notion du bonheur et du mérite que l'erreur dominante de chaque siècle a diversement faussée. Elle nous guérit de l'admiration exagérée de l'antiquité et du puéril respect des temps passés... C'est à amener notre siècle *humain* qu'ont travaillé, sans le savoir et sans y tendre, toutes les époques précédentes. A nous sont tous les trésors que l'industrie et le génie, la raison et l'expérience ont fini par amasser dans la longue vie du monde. »

Si les jeunes étudiants d'Iéna avaient été, comme les étudiants de Rennes, les fils de bourgeois audacieux et ambitieux, arrivés à une haute conscience de classe, ils n'auraient pas souffert que leur maître illustre déroulât devant eux l'évolution silencieuse et illimitée et ne les conviât pas à l'action précise et retentissante. — Quoi! nous nous bornons à faire l'inventaire des trésors humains accumulés par le passé, et nous ne nous levons pas pour accroître ces trésors, à l'heure même où tout un grand peuple voisin enrichit l'humanité des merveilleuses richesses du droit? Quoi! nous attendrons qu'un jour, sous la tendre lumière de soleils que nos yeux ne verront peut-être pas, la liberté et la justice fleurissent sans bruit de la terre allemande comme des fleurs silencieuses s'ouvrent dans la prairie! Ce n'est pas de si haut, ce n'est pas de si loin, ce n'est pas du point de vue de l'évolution éternelle que nous voulons regarder le monde et ses combats. C'est dans la vie, c'est dans l'action, c'est dans le tumulte humain que nous voulons nous jeter!

Mais non, ils ne tiennent pas ce langage et cette impatience n'est pas en eux, car elle eût vibré, malgré lui, dans la parole du grand poète ardent qui leur livrait son âme et qui cherchait la leur.

A coup sûr, ni la conscience ni la pensée allemandes ne sont à l'unisson de la conscience et de la pensée françaises. Aucun souffle chaud de Révolution n'est passé sur la bourgeoisie allemande. Ah! Girondins imprudents, qui avez cru que l'ardeur secrète du monde allait éclater soudain dans la flamme révolutionnaire de la France! C'est une lune rêveuse et pâle qui se lève derrière la cime empourprée du volcan.

Mais, ce n'est pas seulement le morcellement politique de l'Allemagne, ce n'est pas seulement l'insuffisante préparation économique de sa bourgeoisie qui y frappaient d'emblée l'esprit révolutionnaire de paralysie ou de langueur. C'est aussi que depuis un demi-siècle l'Allemagne était habituée à recevoir le progrès d'en haut.

L'INFLUENCE DE FRÉDÉRIC II

En France, la monarchie avait accompli depuis longtemps sa fonction essentielle qui était de créer l'unité nationale, et elle avait été récemment discréditée par les vices personnels de Louis XV et par les incohérences de sa politique : la pensée française, en son essor du XVIII⁰ siècle, se sentait indépendante de la royauté. Au contraire, l'Allemagne morcelée, abaissée, humiliée depuis le traité de Westphalie, n'avait recommencé à prendre confiance en elle-même que sous l'action héroïque de Frédéric II, sous l'action réformatrice de Joseph II. Le souverain admirable qui, dans la guerre de Sept ans, avait lutté contre presque toute l'Europe, qui ne s'était laissé abattre par aucun revers, éblouir par aucune victoire, qui

avait ensuite, dans la paix, donné l'exemple d'un labeur infatigable
et scrupuleux et qui, tout en méconnaissant et dédaignant les
efforts immédiats et les œuvres présentes de la pensée allemande,
lui avait ouvert les voies de la grandeur, était pour toutes les
classes du peuple allemand, pour les soldats comme pour les lettrés,

LA JOLIE SANS-CULOTTE ARMÉE EN GUERRE
(D'après une estampe de la Bibliothèque Nationale)

pour les paysans comme pour les artistes, le héros de la renaissance nationale.

A quoi sert-il à M. Franz Mehring de le nier, dans son livre sur
la *Légende de Lessing?* Pourquoi, en se refusant à voir l'action
éclatante et fascinatrice de Frédéric II, se condamne-t-il par là
même à ne pas comprendre l'histoire de l'Allemagne moderne ?
Il s'imagine, par une application tout à fait artificielle de la théorie
des classes et du matérialisme économique, que la bourgeoisie allemande du XIXᵉ siècle, n'ayant pu accomplir elle-même l'œuvre
d'unité nationale, qui lui était assignée par l'histoire, et en ayant
laissé le soin et l'honneur aux Hohenzollern, a cherché à couvrir sa

défaillance en alléguant que, dès Frédéric II, il y avait eu pénétration de l'action royale et de la pensée allemande.

La vie de Lessing, qui a séjourné près d'un demi-siècle en Prusse, se prêtait, selon M. Mehring, à cette légende, et voilà pourquoi la bourgeoisie allemande, par une sorte de domesticité rétrospective, a mis le grand esprit libre de Lessing dans l'ombre des Hohenzollern. Mais que cette construction de M. Mehring est artificielle et fragile! D'abord, si la bourgeoisie allemande n'est, selon sa propre expression, qu'un « avorton tardif » dans l'histoire du monde, si elle a été radicalement incapable au XIXᵉ siècle d'accomplir sans le concours désastreux des Hohenzollern son œuvre historique, pourquoi s'étonner que, dès le XVIIIᵉ siècle, le plus glorieux des Hohenzollern ait contribué, par son activité héroïque, à l'élan des esprits, à l'éveil de la pensée ? Les témoignages abondent de l'influence décisive de Frédéric II sur le génie de l'Allemagne : c'est comme un sillon d'héroïsme et de gloire qui se prolonge en un sillon de lumière. M. Mehring ne parvient pas aisément à se débarrasser du témoignage historique de Gœthe.

« Le premier contenu vivant, élevé et fort fut donné à la pensée allemande par Frédéric II et la guerre de Sept ans... Les rois sont à peindre surtout dans la guerre et le péril, où ils apparaissent comme les premiers, parce qu'ils déterminent et partagent le destin de tous, et sont par là plus intéressants que les dieux qui créent le destin, mais n'en portent pas leur part. En ce sens, toute nation, si elle veut valoir quelque chose, doit posséder une épopée... La Prusse et l'Allemagne protestante acquirent ainsi pour leur littérature un trésor qui manqua au parti opposé (l'Autriche catholique), et que celui-ci ne put suppléer plus tard par aucun effort...

« Je dois parler ici avant tout avec honneur d'une œuvre, qui est bien née de la guerre de Sept ans, et dont la substance est prise vraiment du fond national de l'Allemagne du Nord... C'est la pièce de théâtre *Mina de Barnhelm*. »

Je n'ai point à rechercher ici si Gœthe a bien saisi les rapports particuliers de l'œuvre de Lessing et de l'action de Frédéric II. Peut-être M. Mehring fait-il vraiment la partie trop belle aux nationaux-libéraux en traitant de philistins bourgeois tous ceux qui ont accordé quelque importance à ces paroles de Gœthe. Mais il ne s'agit point ici de Lessing : c'est l'influence générale de Frédéric II sur la vie intellectuelle de l'Allemagne que je dois noter, car elle explique pour une part le défaut de spontanéité révolutionnaire de la bourgeoisie allemande à la fin du XVIIIᵉ siècle.

Lessing lui-même, quels qu'aient été les déboires de sa vie, de quelque ingratitude qu'aient été payés à Berlin ses services durant la guerre de Sept ans, a toujours reconnu que les audaces nouvelles du génie allemand jaillissaient des grandes audaces d'action de Frédéric II. Il avait délivré l'Allemagne des chaînes de l'imitation et de la peur.

FRÉDÉRIC JUGÉ PAR HERDER

Et comment M. Mehring peut-il invoquer les colères de Herder maudissant Berlin? C'est Herder, je crois, qui a le plus puissamment glorifié et commenté Frédéric II. Dans ses *Lettres pour l'humanité*, il écrit, peu après la mort du roi :

« Nous pensons tous que si un grand nom a puissamment agi sur l'Europe, c'est Frédéric. Lorsqu'il mourut, il sembla qu'un haut génie venait de quitter la terre. Amis et ennemis de sa gloire furent émus : on eût dit que, même sous sa forme terrestre, il devait être immortel... Vous voulez donc que je cherche des souvenirs dans les années plus mûres et plus difficiles de sa vie. Presque à chaque année croît mon admiration silencieuse pour le grand homme et, au temps de la guerre de Sept ans, elle s'élève à une tragique pitié. Une âme qui était née pour la joie, pour l'activité la plus belle en des jours de repos et de paix, qui dans les années de la jeunesse avait été emportée deux fois vers les lauriers de la gloire militaire, soit par un enthousiasme momentané, soit par des raisons politiques, et qui avait eu des succès rapides, est obligée maintenant d'acheter bien cher cette couronne de victoire. Toutes les puissances de l'Europe s'unissent pour accabler l'homme isolé et faible, et son incroyable vaillance, son courage inébranlé, au lieu d'apaiser leur colère, l'animent au contraire... Dans ces heures où le péril même se surpasse sans cesse et où il semble que le destin soit inévitable, il écrit du fond de son âme de héros des lettres *dont chez aucun autre peuple, ancien ou moderne, ne se trouve l'équivalent...* L'âme de Caton ou de César ou de Brutus ou d'Othon n'offre rien de comparable. »

C'est vraiment un drame héroïque qui a remué l'âme allemande et qui, des nuées incertaines et traînantes encore de la pensée, a fait jaillir l'éclair sublime. Ce n'est pas en l'esprit de Herder un grossier éblouissement de victoire et d'orgueil. Il déplore, au contraire, que la politique des cours ait contraint Frédéric II à des moyens de violence :

« Par là, sans doute, bien des rameaux d'humanité tendre, qui se seraient développés naturellement de son âme généreuse, ont été perdus : l'humanité a-t-elle jamais eu en Europe un pire ennemi que la politique des grands États? »

Ainsi la pensée de l'Allemagne aime à deviner, sous l'armure que

le roi guerrier a dû fermer sur sa poitrine, un cœur d'homme
souffrant et bon. Voilà, si l'on veut, « la légende ». Mais comment
M. Mehring a-t-il pu invoquer le nom de Herder pour nier l'influence de Frédéric II sur la grande pensée allemande?

FRÉDÉRIC JUGÉ PAR KLOPSTOCK

Même chez ceux qui, comme Klopstock, ont le plus souffert des
préjugés et des dédains du roi à l'égard de la littérature naissante
de l'Allemagne, l'admiration éclate et il est visible que c'est Frédéric II qui est pour leur esprit le type même de la grandeur. Non
point dès l'origine : il n'apparaît d'abord à Klopstock, dans la campagne de Silésie, que comme un conquérant, et il déteste ou déplore
la violence, l'œuvre de mort; il détourne sa pensée de ces « champs
de fer où la mère ne peut, par la force de ses gémissements, arracher à la mort son fils qui défaille », et il s'enfuit vers les régions
sereines « où il n'y a pas de héros qui tue ». C'est vers une plus
haute gloire et immortelle, la gloire de la pensée créatrice, que vont
les élans de son âme et « ses larmes de désir ».

Mais, malgré tout, à mesure que Frédéric II déploie son effort,
le poète s'émeut. Il aurait voulu que le grand roi héroïque devînt
l'ami, le conseiller de la poésie allemande. Mais non, il ne connaît,
il n'aime que les œuvres de la France. Et pourtant la patrie allemande ne demande qu'à sourire et à ceux qui pensent et à ceux
qui agissent. De quel accent passionné et douloureux Klopstock
s'adresse à elle :

« Non, je ne peux plus me taire : mon âme est brûlante, elle veut
s'élever d'un vol hardi. Oh! sois bonne pour moi, ma patrie, toi
qu'une gloire de mille ans couronne! Je t'aime, ma patrie ! Ah !
elle me répond d'un signe; oui, j'ai osé; ma main frémit sur les
cordes. Sois indulgente et tendre, ô grande mère; un souffle passe
dans ta couronne sacrée et tu as la démarche des immortels... J'ai
entrevu les hauts chemins et, enflammé d'un désir toujours plus
ardent de gloire, je les ai gravis : ils me conduisent jusqu'à la haute
patrie commune de l'humanité (la patrie surnaturelle de la *Mes-*
siade). Et maintenant, c'est toi, ô ma patrie allemande, que je veux
chanter à toi-même; tu es le sol où les pensées et les actions mûris-
sent pour de hauts destins. »

Et comme ils sont coupables, ceux qui refusent leur âme à la
grande Allemagne ! « Je suis une jeune fille allemande; mon œil
est bleu et doux mon regard; j'ai un cœur noble et fier et bon.
Et mon œil bleu s'irrite et mon cœur a de la haine contre ceux qui
méconnaissent la patrie... Je suis une jeune fille allemande et nulle

autre patrie ne m'aurait agréée si mon choix avait été libre... Je
suis une jeune fille allemande et mon haut regard n'a que mépris
pour ceux qui hésitent dans leur choix... Non, tu n'es pas digne de
la patrie si tu ne l'aimes pas comme moi !... Je suis une jeune
fille allemande; mon cœur noble, bon et fier bat au doux nom de
la patrie; et il ne battra qu'au nom du jeune homme qui comme
moi est fier de la patrie, qui est bon et noble, un vrai Allemand. »

Ainsi chantait, en 1770, la muse de Klopstock; et ces allusions
irritées sont à l'adresse du grand roi qui est à la fois pour l'Allemagne une gloire et une douleur. Quelques années après, quand
Frédéric II eut dit à Gellert la fameuse parole : Pourquoi les Allemands ne font-ils pas comme les Français des livres qui m'obligent
à les lire?

« O toi, s'écrie Klopstock, qui, d'un regard pénétrant, as vu le
chemin de la victoire et de l'immortalité, mais qui t'égares peut-être
loin du but dans les chemins multiples de la vie, ne vois-tu donc
pas comment la pensée allemande a grandi vite, comme le tronc
résistant s'appuie à la ferme racine et étend l'ombre de ses
rameaux !... *Frédéric, où était ton regard d'aigle* quand s'élevait
la force de l'esprit, quand jaillissaient l'inspiration et la flamme,
toutes choses que les rois peuvent récompenser, mais qu'ils ne
peuvent pas créer?... Mais pourriez-vous écouter la chanson allemande, vous dont l'oreille est obsédée par les rimes françaises ? »

On sent que pour Klopstock la patrie allemande eût été complète
si le génie héroïque de Frédéric et le génie des penseurs et des
poètes s'étaient comme fondus en un patrimoine commun; mais
qui ne reconnaît, à la souffrance même de la pensée allemande
méconnue, l'invincible attrait que le héros de la guerre de Sept ans
exerce sur elle? Et, quand Frédéric est mort, Klopstock laisse échapper son secret : les actions du roi étaient pour lui le sommet du
siècle, la plus haute mesure de toute gloire. A l'approche des Etats
généraux de France, il s'écrie : « La sage assemblée de France est
encore à l'état crépusculaire, les souffles du matin nous pénètrent
jusqu'au cœur. Oh! viens, soleil nouveau et qu'on n'avait même pas
rêvé! Je bénis la force vitale qui m'a porté jusqu'ici et qui me
permet, après mes soixante ans, de vivre ce jour. Pardonnez-moi,
ô Français (c'est un noble nom fraternel) d'avoir si longtemps
détourné les Allemands de ce que je leur conseille aujourd'hui
de vous imiter. *J'avais cru jusqu'ici que le plus grand acte du siècle
c'était la lutte de l'Hercule Frédéric se défendant avec sa massue
contre tous les souverains et toutes les souveraines de l'Europe.* Je
ne pense plus ainsi. La France se couronne d'une gloire civique
qui n'a point d'égale! Elle brille d'un éclat plus beau que le laurier
qui rayonne de l'éclat du sang. »

L'INFLUENCE DE JOSEPH II

L'Allemagne, au moment où elle venait de mettre sa complaisance et sa pensée en la vie héroïque du roi de Prusse, était mal préparée à susciter en elle-même, par une action spontanée, un mouvement révolutionnaire. Elle était troublée aussi par l'exemple de l'Empereur Joseph II, archiduc d'Autriche. C'est lui qui, tout le long de son règne, et jusqu'à sa mort, en 1790, prend l'initiative de réformes incessantes et hardies. C'est lui qui multiplie les écoles, limite la puissance de l'Eglise, saisit les biens des couvents, encourage le commerce et l'industrie, proclame la tolérance religieuse. Par lui aussi, l'Allemagne s'habitue à attendre le salut et le progrès de haut; mais en lui aussi elle constate combien l'œuvre de réforme est malaisée. Malgré sa toute-puissance impériale malgré sa volonté inflexible, Joseph II se heurte sans cesse aux résistances du passé et les préjugés auxquels il veut faire violence se soulèvent contre lui. Les Pays-Bas s'insurgent pour garder la domination de leurs moines; les multitudes fanatiques s'obstinent sous le joug de l'Eglise; et les paysans ne secondent pas l'Empereur qui abolit les corvées. Ainsi, de l'effort impérial semblait sortir pour l'Allemagne une double leçon d'impuissance; d'abord, parce que la politique de réforme était une politique d'autorité, faite de haut, et ensuite parce que, au service des réformes, même cette autorité se brisait. Que faire donc? C'est en une grande tristesse et un grand doute que se résout pour les contemporains la vie inquiète, agissante et inefficace de Joseph II. Wieland a traduit cette impression dans un écrit de mars 1790 :

« Un gouvernement où presque chaque jour était marqué par une nouvelle loi, par l'abolition systématique d'un abus ou par le commencement d'une entreprise — mais où en même temps (malgré une activité et un dévouement sans exemple d'un souverain qui voulait tout voir et tout diriger) il y a eu tant de lois prématurées et rendues impuissantes par des changements continuels, tant d'entreprises malheureuses et de pas rétrogrades que la postérité ne saura pas si elle doit admirer davantage l'inépuisable et infatigable génie du prince qui eut tant de grandes et bonnes pensées, ou s'étonner du caprice du mauvais génie qui travaillait avec tant d'acharnement et d'amertume contre tout ce à quoi il mettait la main... Qui, ayant un cœur, pourrait rester indifférent à cette double pensée? Qui ne jettera pas ici un regard de tristesse sur le sort de l'humanité et sur la destinée des princes si élourdiment enviée ? »

WIELAND COMPARE JOSEPH II A LA CONSTITUANTE

Et, après avoir retracé les hardies réformes qui au même moment s'accomplissaient en France, Wieland conclut :

« Nous ne devons pas cacher que les législateurs français sont fort heureux d'avoir affaire à une nation qui a fait de si grands progrès en culture et en instruction; qui, au lieu de mettre des obstacles aux réformes, va vers elles avec enthousiasme et tient pour bien tout le bien qui peut être fait, pour mal tout le mal dont on la délivre.

« Il y a longtemps, disait le duc de la Rochefoucauld dans la « session du 13 février, que l'opinion publique en France a décidé « la question posée aujourd'hui, depuis longtemps elle demande la « suppression des ordres monastiques et des couvents. »

« Il ne s'agit point là des sentiments et des actions du parti aristocratique et hiérarchique qui, par intérêt privé ou par passion, ne perd aucune occasion de troubler le peuple autant qu'il le peut, de le jeter dans la défiance et l'agitation. Même le peuple le plus noble et le plus raisonnable reste peuple. Mais le peuple français a déjà donné trop de preuves que même la classe la plus inculte revient au premier appel de la raison, pour que l'on ait sujet de craindre que les efforts exaspérés de ces boute-feu réussissent.

« *Comme l'empereur Joseph avait affaire à d'autres hommes et comme ses Etats étaient loin d'être préparés à une réformation universelle et d'être assez éclairés pour reconnaître comme tels les bienfaits qu'il voulait leur dispenser! Lui aussi avait eu la grande pensée que l'Assemblée nationale française réalise maintenant en son entier, bien avant que nul ne soupçonnât même la possibilité de la Révolution si rapidement accomplie en France. Mais quels obstacles insurmontables s'élevèrent contre lui! Comme chaque pas lui fut disputé et comme il devait être heureux, même avec beaucoup de peine, de réaliser une petite partie de ce que les législateurs français, dans des circonstances favorables, peuvent réaliser en un coup et sans restriction! C'est une grande chose de savoir si la volonté qui est à la tête d'un Etat est, ou non, la volonté universelle. »*

Ainsi l'impuissance constatée du despotisme éclairé à ouvrir des voies nouvelles, à accomplir les réformes, laissait dans la pensée de l'Allemagne un doute pesant et triste. Herder, dans une de ses *Lettres pour l'humanité*, a bien exprimé aussi cette sorte de tristesse universelle et de déception :

« C'est une chose singulière que la mort d'un monarque. Nous avions prévu celle de Joseph II : nous le savions malade et déclinant; et pourtant, aujourd'hui que sonnent les cloches des morts,

comme l'impression est autre! Sans l'avoir connu et sans avoir
jamais reçu de lui un bienfait, j'aurais presque pleuré en lisant les
derniers événements de sa vie. Il y a neuf ans, quand il monta sur
le trône, il fut imploré comme un dieu libérateur; et l'on attendait
de lui le plus grand, le plus glorieux, l'impossible même : maintenant, on le porte en terre comme une victime expiatoire du temps.
Jamais un empereur, jamais, puis-je dire, un mortel a-t-il voulu
davantage, peiné davantage et plus agi sans relâche ni repos? Et
quel destin d'être obligé, en présence de la mort, non seulement
d'abandonner l'œuvre de ses années les plus fécondes, mais de la
révoquer, de la biffer lui-même! Il n'y a pas, dans l'histoire, de
monarque qui ait subi un aussi dur destin. — Oui, oui, il a beaucoup vu : il a trop vu. Non seulement les pays de l'Europe, qu'il par-
courut, qu'il apprit à connaître de bonne heure, comme héritier et
co-régent, jusque dans leurs moindres détails : il vit aussi des
fonds vaseux qui l'écœuraient, des marécages de trahison, de corruption, de désordre, qu'il voulait assainir et transformer en jardin
joyeux et pur : et maintenant il est enseveli dans ces abîmes. »

Il avait voulu le bien du peuple, il avait proclamé avec courage
des principes excellents : « N'est-ce pas un non-sens, écrit-il dans
le préambule de plusieurs de ses ordonnances contre le servage et
les droits féodaux, que les seigneurs aient possédé le pays avant
qu'il y eût des sujets, et qu'ainsi ils aient pu concéder leur domaine
à ceux-ci à des conditions déterminées? Ne seraient-ils pas morts de
faim sur place, si personne n'avait travaillé la terre? Il serait
absurde qu'un prince s'imaginât que c'est le pays qui lui appartient,
et non pas lui qui appartient au pays, que des millions d'hommes
ont été faits pour lui, et non pas lui pour eux. »

Mais ces paroles révolutionnaires, qui ruinaient dans sa base
même le droit féodal, se perdaient dans l'épaisseur dormante des
préjugés et des routines. Pour leur donner force de vie, il aurait
fallu un vaste soulèvement des paysans; or, ce soulèvement était
deux fois impossible, d'abord parce que Joseph II lui-même, qui
voulait libérer le peuple et non que le peuple se libérât, l'aurait
réprimé; et ensuite parce que les paysans des pays de l'empire
auraient eu besoin, pour se risquer, de se sentir protégés contre les
nobles, comme les paysans de France, par une audacieuse bourgeoisie révolutionnaire. Et la bourgeoisie des pays allemands, morcelée
et languissante, n'était guère que néant.

Un jour, à une ville qui voulait lui élever une statue, Joseph II
écrit :

« Quand les préjugés seront déracinés et qu'un véritable patriotisme se sera formé, avec des vues justes pour le bien de tous;
quand chacun contribuera avec joie en proportion de ses ressources
aux charges de l'État, à sa sûreté et à sa grandeur; quand les

lumières seront répandues par des études mieux conduites, par un

KLOPSTOCK
(D'après une estampe allemande de la Bibliothèque Nationale)

système plus simple d'éducation et par l'harmonie des véritables idées religieuses avec les lois civiles; quand la justice sera plus exacte, quand la richesse sera accrue par l'accroissement de la population et le progrès de l'agriculture, quand l'industrie et les manufactures auront amené dans tout l'empire la circulation des produits, comme je l'espère fermement, alors j'aurai mérité une colonne honorifique, mais pas maintenant. »

Vastes espérances! Vastes projets! Mais, même sous l'énergique impulsion de la volonté souveraine, le vieil Etat disparate, clérical et féodal ne se transformait pas aisément en Etat moderne et Joseph II mourut brisé.

JOSEPH II JUGÉ PAR FORSTER

George Forster, cet esprit si actif et si mesuré, cet homme à la fois ardent et sage, constate, dans son voyage de 1790 aux Pays-Bas autrichiens, peu après la mort de Joseph II, combien noble fut l'effort de celui-ci et combien stérile. Et la conclusion qui s'impose à lui, c'est que le progrès est une œuvre difficile et lente, qu'il est impossible de brusquer. Ainsi l'activité réformatrice de l'empereur se tourne en une leçon de patience, de résignation, de temporisation.

A Liége, où la force des préjugés corporatifs et de la superstition religieuse s'était opposée à tout mouvement de liberté, Forster sent soudain se rapetisser sa pensée et son espoir. Il lui semble voir en cet exemplaire réduit l'image vraie de l'Allemagne routinière et impuissante :

« Notre point de vue, jusqu'ici, avait été beaucoup trop haut pour la politique présente : nos regards portaient beaucoup trop loin, notre horizon s'était trop élargi, et le détail des objets avait échappé à nos regards. Ici, dans le bas, tout ce qui planait pour nous si haut, si clair, les droits de l'homme, le progrès des forces de l'esprit, le perfectionnement moral, tout cela n'existe plus. »

Forster est comme étreint et rabaissé par les forces misérables de réaction qui tiennent l'humanité rampante. Et, à Louvain, comme Joseph II s'était inutilement débattu contre toutes les routines, toutes les ignorances et tous les fanatismes!

« Joseph II reconnut bientôt que sans une meilleure forme de l'éducation publique dans ses provinces belges, il n'y pouvait espérer aucun progrès sérieux des lumières; il reconnut en même temps que ce progrès de la raison était la seule pierre fondamentale sur laquelle ses réformes dans l'Etat pussent s'appuyer. Par suite, il transporta les Facultés laïques à Bruxelles pour les soustraire à l'influence des nuées théologiques et pour les mettre sous le regard plus proche de son gouvernement. Ce projet, digne d'un grand chef politique, et qui prouve à lui seul combien l'empereur pénétrait profondément l'essence même des choses et comme il savait toucher

au point vif, aurait peut-être réussi si l'empereur n'avait pas eu à
cœur, en même temps, de dissiper par de vigoureux rayons de
lumière les ténèbres dont le clergé des Pays-Bas s'enveloppait systématiquement et tout le reste avec lui. Malheureusement, ces traits
de lumière n'étaient que des éclairs dont la clarté débile ne servait
qu'à rendre plus sensible l'horreur de la nuit. *Le grand principe,*
que tout vient lentement et peu à peu, que l'ardeur d'un feu dévo-
rant est vaine, et que seule la douce chaleur du soleil est bienfai-
sante, dissipe les nuages et assure la belle croissance des êtres orga-
niques, semble avoir été étranger à l'esprit de Joseph II et ce
manque ruina tous les grands desseins royalement conçus. »

Ainsi, au moment même où de l'ardente terre de France tous les
germes semblaient subitement éclore, les tentatives malheureuses
de Joseph II pèsent comme une ombre sur la pensée de l'Allemagne.
Attendons, sous la succession lente des tièdes soleils, l'incertaine
maturation des semences cachées.

« Du moment où l'empereur toucha aux privilèges du clergé dans
les Pays-Bas, du moment où il voulut débarrasser l'enseignement
théologique de ses crasses les plus grossières et de l'aigre levain
bollandiste, sa perte et celle de toute son œuvre fut jurée. En un
temps où toute l'Europe catholique, sans en excepter Rome même,
avait honte des superstitions qui déshonoraient la sainteté de la
religion et qui ne pouvaient durer qu'autant qu'on prétendait gouverner par la force du mensonge, à la fin du xviiie siècle, le clergé
belge osa défendre les plus grossières idées d'infaillibilité hiérarchique et, à la face des contemporains éclairés, prêcher la bienheu-
reuse ignorance et l'obéissance aveugle. »

Par une ruse diabolique, le clergé tourna la liberté contre la
liberté, la lumière contre la lumière. Il abusa de ce que Joseph II
tendait à imposer le progrès, même par la force, pour soulever le
peuple au nom du droit humain, proclamé par la raison du
xviiie siècle.

« Sachant que son action avait éteint la raison dans les esprits,
ou tout à fait ou à moitié, et qu'il pouvait compter sur le dévouement de la classe la plus nombreuse du peuple, des hommes du
commun, le clergé osa faire appel aux droits imprescriptibles. Il
tourna perfidement les armes de la raison contre la raison même...
Le principe de Joseph II, qui se croyait obligé d'appliquer *sa* vérité
au bonheur des peuples, même par la force, le conduisit à un despotisme que notre époque ne peut plus souffrir; le clergé belge le
savait et il éleva audacieusement la voix. »

Douloureuse alternative : ou attendre le mouvement spontané
d'un peuple croupissant, dont l'éducation cléricale a assoupi toutes
les forces vives et immobilisé tous les courants, ou s'exposer aux
révoltes de la liberté même que l'on prétend instituer! C'est dans

ce dilemme, où avait succombé Joseph II, que l'hésitante conscience révolutionnaire de l'Allemagne se sentait prise et l'effroyable échec de l'empereur glaçait en elle toutes les forces d'action. A Bruxelles même, Forster scrute encore ce triste problème d'impuissance et de contradiction :

« On pouvait attendre d'un peuple de ce caractère des changements heureux, si seulement il recevait une impulsion.

« Déjà la seule ouverture de l'Escaut aurait dû suffire à réveiller les activités... Mais le peuple belge n'eut pas la moindre parcelle d'enthousiasme; il ne soutint à aucun degré le prince. L'Empereur ressentit profondément cette indifférence; elle le ramena nécessairement à la racine même du mal et le confirma dans la persuasion où il était qu'il ne devait retenir de son plus haut dessein que la grande œuvre d'éducation : donner à ses sujets une âme nouvelle. S'il eut peu d'égard pour la raison de la grande masse, s'il se sentit appelé à conduire ses sujets, qui lui semblaient des enfants, par les voies de l'autorité et pour leur propre bien, qui, après de tels exemples, ne trouvera pas son erreur excusable? Comment ne pas plaindre le monarque dont le peuple était si loin derrière lui? »

C'est avec une sympathie passionnée et triste que Forster suit Joseph II dans sa lutte contre un cléricalisme abêtissant :

« En la personne des prêtres, il voulait préparer au peuple de meilleurs éducateurs, de meilleurs guides et il créa à cet effet dans tous ses Etats un institut d'éducation pour les futurs prêtres et pasteurs, où ils seraient formés d'après de meilleurs principes qu'auparavant et élevés non seulement dans les devoirs du système hiérarchique, mais aussi dans les devoirs de l'homme et du citoyen. Louvain, cette vieille Université si célèbre autrefois, et qui était dotée plus que toute autre par la largesse de ses fondateurs, mais qui maintenant était tombée dans un bourbier d'ultramontanisme ignorant, appela toute l'attention et toute la sollicitude du monarque et de ses commissions d'étude. Les privilèges presques illimités de cette haute école étaient devenus, aux mains des prêtres ambitieux, tout un système d'abus, une conjuration contre l'humanité et ce qui l'ennoblit, la pensée...

« L'éducation du peuple, l'objet principal des soins paternels de Joseph II, ne pouvait être mise sur un meilleur pied qu'au prix de grandes dépenses; les nouveaux traitements des professeurs s'élevèrent à des sommes importantes, et il fallut réaliser des ressources. L'Empereur appliqua ici le même plan qu'en Autriche, en Hongrie et en Lombardie; il saisit la main-morte des couvents, dont il était fait un si déplorable usage. Les dons pieux et les fondations qui entretenaient jadis la sainteté de la vie monastique, mais qui ne servaient plus qu'à nourrir une voluptueuse paresse, durent recevoir à nouveau leur ancienne destination et, réunis en un seul fonds

de religion, être appliqués aux besoins du peuple, dont le plus
grand était de recevoir des idées simples et pures de la divinité et
du christianisme. Les couvents reçurent donc l'ordre de donner
l'état de leur fortune; en même temps on détermina les villages où
les nouveaux prêtres devaient être installés et, pour commencer le
retour à la simplicité et à la pureté du christianisme, les proces-
sions furent interdites et aussi les pèlerinages qui entretenaient la
superstition, la paresse et l'immoralité dans le peuple. Les môme-
ries des confréries disparurent, les jours de fête en excès furent
abolis et ainsi furent rompus bien des fils par lesquels le despotisme de Rome sur les âmes s'était dès longtemps étendu et affermi.
Enfin l'Empereur se décida à supprimer les couvents inutiles. »

Mais contre Joseph II le clergé fanatisa et souleva le peuple.
Ainsi, tandis qu'en France c'est un souverain qui avait manqué au
peuple, en Allemagne c'est un peuple qui manquait au souverain.

L'UNITÉ NATIONALE IMPOSSIBLE

Si le roi de Prusse Frédéric II et l'empereur d'Allemagne
Joseph II avaient été des réacteurs, s'ils avaient été à contre-sens
des mouvements du siècle et du progrès des lumières, s'ils avaient
tenté d'aggraver l'intolérance religieuse du passé et les oppressions
féodales, s'ils avaient soumis les paysans à l'exploitation aggravée
des nobles et les penseurs à la discipline étouffante des prêtres, il
est douteux que l'Allemagne, disloquée et incertaine, eût répondu
par un effort révolutionnaire à ce redoublement d'oppression. Mais,
du moins, c'est en termes nets et décisifs que le problème se fût
posé aux peuples allemands. Ou ils devaient sombrer dans la servitude et dans la nuit, ou ils devaient se coaliser dans un immense
et tragique effort pour secouer à la fois, comme la France révolutionnaire, l'arbitraire royal, l'oppression féodale, le despotisme
clérical. Mais, voici que Frédéric II et Joseph II employaient au
contraire les forces mêmes de leur absolutisme à accroître la vie
moderne de leurs États, la richesse, la pensée.

Et, d'autre part, si les souverains avaient su lire jusqu'au fond
de l'âme allemande les obscures pensées d'avenir, s'ils avaient
interprété dans le sens le plus hardi et le plus vaste les patriotiques
espérances des Klopstock et des Herder, leurs aspirations puissantes et vagues à la plénitude de la vie nationale, et s'ils avaient
tenté de réaliser, d'accord avec les plus hauts esprits, une Allemagne
moderne, libre et une, alors aussi un mouvement révolutionnaire
allemand aurait pu se produire contre toutes les puissances de morcellement, d'exploitation et de ténèbres qui empêchaient l'essor d'un

grand peuple, contre les princes qui se partageaient la souveraineté
de la patrie démembrée, contre toute la hiérarchie féodale qui,
sous la couverture de ces principats multiples, laïques ou ecclésiastiques, extorquait les richesses et étouffait le travail. Alors un
grand souverain audacieux aurait convoqué les Etats généraux de
toute la nation allemande. De ce Reichstag, qui n'était qu'une représentation oligarchique et dérisoire de l'Allemagne féodale et morcelée, il aurait fait la représentation populaire de l'Allemagne aspi-
rant à l'unité. Il y aurait appelé ces classes moyennes, ce Tiers Etat
dont Justus Mœser regrettait l'effacement; il l'aurait renforcé des
paysans d'Allemagne libérés des corvées et des redevances par un
décret impérial et national. Et appuyé sur ces forces à demi suscitées par lui, il aurait réalisé, au profit du souverain et au profit de
la nation, l'unité allemande. Oui, mais il n'y avait pas alors de souverain allemand qui pût former ce rêve et tenter cette politique. Ils
n'en pouvaient même pas concevoir la pensée. D'abord, ils n'y
étaient pas suffisamment sollicités par la pensée nationale. Puis,
si des hommes comme Joseph II et Frédéric II voulurent réaliser
quelques progrès dans le sens de l'Etat moderne, ils voulaient avoir
seuls l'initiative et la conduite de ces progrès.

Joseph II était presque un maniaque d'absolutisme et Frédéric II
n'avait que dédain pour les Diètes, pour les Assemblées délibé-
rantes où, comme il l'a dit, les délégués bavards et impuissants
« aboient à la lune ». Enfin, la rivalité de la Prusse et de l'Autriche
rendait le problème insoluble : quel est le souverain qui eût été le
chef et le bénéficiaire du mouvement national? Pour que la nation
allemande puisse réaliser, même partiellement, son unité politique,
il faudra qu'elle ait fortifié son unité morale par les grandes
épreuves de 1806 et de 1813. Il faudra qu'elle ait accru son unité
économique par la politique du Zollverein. Il faudra enfin que la
question de primauté ait été réglée par la guerre entre la Prusse et
l'Autriche.

Au XVIIIᵉ siècle, même avec Joseph II et Frédéric II, l'Allemagne
était loin du but. Ainsi l'action de ces grands souverains avait été
équivoque et déconcertante. Ils avaient servi à moitié le mouvement
moderne et, par là, ils avaient habitué l'Allemagne à concevoir le
progrès non comme l'effort collectif et libre de la nation, mais
comme un acte d'autorité. Et, en même temps, ils n'avaient pas
poussé jusqu'à l'idée de l'unité nationale et de la monarchie populaire, expression légale et forte de la volonté commune. Ainsi, la
Révolution allemande n'était possible ni contre eux ni avec eux.

L'INFLUENCE DE LA RÉFORME

Enfin, au morcellement politique de l'Allemagne, à l'impuissance ou tout au moins à la langueur économique de sa bourgeoisie, à l'influence ambiguë, progressive tout ensemble et restrictive des souverains, s'ajoutait, pour arrêter tout l'élan d'action révolutionnaire, l'effet continué de la grande crise morale de la Réforme. Cet effet était double. D'abord, la Réforme, si elle avait libéré la conscience et la pensée de l'Allemagne, avait été pour celle-ci l'occasion de terribles déchirements, un principe de grandeur morale et de ruine matérielle. Et, pour ne pas se laisser aller au désespoir, l'Allemagne avait dû se recueillir dans l'orgueil de sa pensée. Elle avait dû faire de la vie intérieure, de la vie de l'esprit, le fond même de l'essence de l'humanité.

C'est surtout dans les hardiesses intellectuelles qu'était pour elle maintenant l'énergie de l'action. Mais aussi les audaces mêmes de l'esprit lui apparaissaient sur le type de la Réforme comme une évolution interne plutôt que comme une rupture. Quelles qu'aient été les batailles du grand Luther contre Rome, il prétendait non pas avoir aboli la tradition, mais l'avoir retrouvée. Il croyait avoir renoué le vrai mouvement de la pensée chrétienne, et c'est à l'intérieur même et au plus profond du christianisme qu'il avait éveillé la liberté moderne de penser.

Ainsi la Réforme, par les désastres matériels qu'elle avait déchaînés sur l'Allemagne, avait détaché à demi de l'action l'esprit allemand et, par l'enveloppe traditionnelle dont elle avait revêtu ses audaces de pensée, elle l'avait accoutumé aux vastes interprétations et aux lentes évolutions infinies. Ce sont ces caractères profonds que je retrouve dans toute la pensée de l'Allemagne en cette deuxième moitié du xviiiᵉ siècle : gaucherie et timidité de la pensée dans les applications matérielles et sociales et, au contraire, dans l'ordre de la pensée pure, magnifique audace créatrice, mais qui répugne aux démarches révolutionnaires.

II

LA PENSÉE ALLEMANDE

LA PENSÉE POLITIQUE DE WIELAND

A côté de Montesquieu, de Voltaire, de Rousseau, de l'Encyclopédie et de toute la littérature pré-révolutionnaire de France, quelle pauvreté ou quelle incertitude chez les écrivains politiques et sociaux de l'Allemagne! C'est Wieland peut-être qui est le plus hardi et le plus précis. On croirait parfois que, sous le voile des fictions orientales où il se complaît, il va risquer une idée forte et nette, mais vite il s'arrête et se perd dans des pauvretés. Mais quoi! dans son *Miroir d'or* de 1772, ne s'est-il pas essayé à une déclaration de principes? Et ne serait-ce point d'aventure, avant la Déclaration française des Droits de l'Homme, et avant même la Déclaration américaine, un projet allemand de Déclaration des Droits de l'Homme? Voici les principes que le sage éducateur inculque au jeune prince :

« 1° Les hommes sont frères et ont reçu de la nature des besoins égaux, des droits égaux et des devoirs égaux;

« 2° Les droits essentiels de l'humanité ne peuvent être perdus ni par l'effet du hasard, ni par l'effet de la force, ni par contrat, ni par renonciation, ni par prescription; ils ne peuvent être perdus qu'avec la nature humaine et il n'y a aucune cause nécessaire ou accidentelle qui puisse, en quelque circonstance que ce soit, délier un homme de ses devoirs essentiels;

« 3° Tout homme doit à un autre ce qu'en des circonstances semblables il attendrait de lui;

« 4° Aucun homme n'a le droit de faire d'un autre homme son esclave;

« 5° Le pouvoir et la force ne donnent aucun droit d'opprimer les faibles, mais imposent au contraire à ceux qui en peuvent disposer l'obligation de les secourir;

ASSEMBLÉE NATIONALE, BÊTE INSATIABLE
Image contre-révolutionnaire allemande
(D'après une estampe de la Bibliothèque Nationale)

« 6° Chaque homme, pour avoir droit à la bienveillance, à la pitié et à l'aide d'un autre homme, n'a besoin que de ce titre : qu'il est un homme;

« 7° L'homme, qui voudrait obtenir des autres qu'ils le nourrissent et qu'ils l'habillent chèrement, — qu'ils le fournissent d'une demeure magnifique et de toutes les commodités matérielles, — qu'ils travaillent incessamment pour lui épargner toute peine, — qu'ils se contentent du strict nécessaire, pour qu'il puisse contenter jusqu'à l'excès ses plus voluptueux désirs, — bref, qu'ils ne vivent que pour lui et que, pour lui assurer tous ces avantages, ils soient prêts à tout moment à s'exposer pour lui à toutes sortes de fatigues et de misère, à la faim et à la soif, au froid et au chaud, à la mutilation de leurs membres et aux formes les plus effroyables de la mort, — l'homme, l'individu qui élèverait une telle prétention sur vingt millions d'hommes, sans se croire tenu à leur rendre en échange des services très grands et équivalents, serait un fou, et ne pourrait signifier ses exigences qu'à des hommes aussi fous que lui, si seulement ils l'écoutaient. »

Déclaration des Droits, ai-je dit? Mais bien plutôt vague proclamation de principes où, à quelques rayons éteints de l'Evangile, se mêlent quelques lueurs amorties de Rousseau : car il n'y a vraiment déclaration des droits que quand il y a un système de garanties, toute une organisation destinée en effet à assurer le droit. De même, à quoi peut servir, dans l'utopique description du pays de Scheschian, ces fortes paroles sur la misère?

« Dans la plupart des autres Etats, l'indigence, la nourriture malsaine, le manque de soins universel, dont pâtissent les corps et les âmes, concourent à faire des enfants des journaliers et de la classe inférieure des artisans, des créatures qui ne se distinguent du plus stupide bétail que par quelque vague et imparfaite ressemblance avec la forme humaine. »

Oui, mais Wieland propose-t-il une réforme sérieuse de la Constitution et des lois? Demande-t-il par exemple, comme à la même date le faisait en France Boncerf, le rachat des droits féodaux et des servitudes féodales? Non : il esquisse un plan assez chimérique d'éducation publique où les enfants, rassemblés sous la discipline du prince, travailleraient de bonne heure, apprendraient un métier et seraient dirigés de là ou vers la demeure des grands et des riches, chez qui ils entreraient en service, ou vers les fabriques : une sorte d'ouvroir national avec placement assuré. Quel projet puéril, quand il s'agissait de créer tout le mouvement d'une société nouvelle et de briser d'innombrables chaînes!

JUSTUS MŒSER ET LE SERVAGE

Justus Mœser est bien plus dans le vif de la réalité quand il étudie les moyens pratiques de transformer le régime du servage. Les lettres qu'il a écrites sur cet objet restent comme un document très curieux sur le lent et presque insensible mouvement social qui s'accomplissait alors en Allemagne. Mais ici aussi quelle timidité! Quelle marche incertaine et oblique! Aucune idée du droit. Pas un moment Mœser ne songe où ne se risque à dire que le servage, qui livrait vraiment toute une famille à la discrétion d'un maître, qui interdisait à de malheureux paysans de posséder et qui, à leur mort, confisquait leur épargne au profit du seigneur, supprimait toute dignité humaine. Au contraire, Mœser conçoit la société humaine comme une association d'intérêts entre les propriétaires du sol. C'est une société par actions, où l'action est territoriale, et chacun doit exercer une part de souveraineté et de droit proportionnée à son apport. Ceux qui n'ont pas une action sont hors du droit social. L'égalité chrétienne ne peut pas plus leur conférer une part de droit dans la grande société territoriale qu'elle ne leur confère, par exemple, une part de droit dans une compagnie de navigation organisée par actions.

Si donc Mœser suggère à ses lecteurs l'idée de transformer le lien du servage en un contrat de métayage, ce n'est pas que l'humanité soit outragée par la mise en esclavage de familles paysannes. C'est parce qu'avec la complication croissante des rapports sociaux, il est de l'intérêt même des propriétaires d'affranchir les serfs. Ils en sont, en effet, pleinement responsables et l'obligation d'intervenir dans toutes leurs affaires, dans leurs procès, difficultés et démêlés, est très lourde. De plus, pour perfectionner la culture, il faut faire des avances à la terre. Si les serfs qui cultivent le domaine n'empruntent pas, ils ne feront pas toujours les avances suffisantes. S'ils empruntent, bien des conflits surgissent entre le droit du prêteur, qui veut prendre gage sur le pécule éventuel du serf, et le droit du seigneur et maître auquel ce pécule, à la mort du serf, doit faire retour. Il est donc peut-être utile d'émanciper les paysans du servage et Mœser indique dans le détail les précautions infinies, les clauses minutieuses et rapaces par lesquelles le propriétaire s'assurera, du serf devenu métayer, des redevances au moins équivalentes à celles du servage.

Parfois, on sent que l'émotion humaine de Mœser va au delà de ses conclusions explicites. Il n'ose pas toujours formuler toute sa pensée, mais il tente d'émouvoir un peu la conscience des propriétaires westphaliens par le tableau des souffrances des serfs, de leur lamentable condition. Elle va s'aggravant par l'indétermination croissante de leurs charges. Il fut un temps où leurs obligations étaient inscrites sur une table de pierre, placée à l'église derrière l'autel. Maintenant c'est la coutume, indéfiniment extensible, qui règle ces obligations. Et les paysans tremblent toujours que la moindre concession ou la moindre imprudence de leur part ne soit saisie comme un précédent par la coutume seigneuriale, toujours aux aguets. Comme un jour le fils du seigneur demandait un baiser à une jeune paysanne charmante, svelte et gaie et comme la jeune fille y semblait condescendre : « Ne fais pas cela, s'écria soudain la mère : *on en ferait une redevance* », et la communauté des familles de serfs du domaine, convoquée en délibération spéciale, décida que la jeune fille n'accorderait le baiser que si la table de pierre était rétablie et faisait seule foi pour les obligations des serfs.

C'était d'ailleurs une croyance des paysans que quiconque étendait, par une concession nouvelle, les droits du seigneur, appelait sur sa demeure la hantise des revenants et l'importunité des fantômes. « Superstition heureuse, dit Mœser, et qui a plus fait que bien des lois pour protéger un peu les paysans contre leur propre faiblesse. »

Mais, comme ils se débattaient péniblement! Ils avaient à lutter parfois contre leurs proches mêmes, complices de l'oppression seigneuriale. Tout régime social, même le plus despotique et le plus barbare, crée des intérêts spéciaux, et, dans la classe même qu'il foule le plus, il trouve des auxiliaires et des instruments. Ainsi le vieux serf dont sa belle-fille contrarie l'émancipation de peur que, devenu libre, il ne laisse son pécule aux enfants d'un second mariage. Ainsi le terrible et navrant complot de deux fiancés contre la liberté du père et de la mère de la jeune fille. Quels tristes abîmes!

« Boïko était le serf d'un très bon maître et pourtant il avait fait, depuis longtemps, le vœu de posséder en libre propriété le domaine qu'il cultivait, par peur que le successeur de son maître ne fût moins généreux ou que celui-ci, par la dureté des temps, ne fût contraint de le vendre à un tyran. La liberté lui était souvent apparue avec tous ses charmes et, plus d'une fois il avait mesuré des yeux le chêne dont il rêvait de devenir pleinement propriétaire.

« — Alice, Alice, disait-il souvent à sa femme, si nous sommes libres, nos enfants le seront aussi et ce que nous acquerrons de notre âpre sueur sera à eux.

« Enfin vint le moment heureux où son maître se vit forcé de vendre quelques-uns de ses domaines éloignés et celui notamment où était Boïko, et, comme il avait toujours tenu celui-ci pour un brave homme, il lui offrit sa liberté et sa terre pour un prix raisonnable :

« — C'est avec peine que je vous vendrais à un autre. Vous m'avez toujours honnêtement servi, et cela me fait mal au cœur de penser que vous tomberez peut-être sous la loi d'un homme qui, lorsqu'il aura perdu au jeu, se refera sur votre pauvreté. On m'offre pour vous deux mille thalers et vous aurez la préférence si d'ici huit jours vous m'apportez cette somme.

« C'est moitié triste et moitié joyeux que Boïko entendit cette proposition inattendue.

« — C'est avec peine, reprit-il, que je quitterai le service de mon gracieux seigneur qui a été jusqu'ici mon maître et mon appui et qui a été patient avec moi, toutes les fois que des événements fâcheux me mettaient hors d'état de lui payer mon fermage. Mais, si je dois le quitter, je le prie de m'accorder en effet la préférence; je vais voir si, dans le délai fixé, je ne suis pas, si dur que cela soit pour moi, recueillir l'argent nécessaire, pour que nous vivions et mourions en liberté, moi et mes descendants, à jamais.

« Quand il eut dit cela, il s'en alla en grand courage à sa maison. Il y avait cinq cents thalers d'argent, il comptait en faire deux cents, en vendant du bois qu'il avait en trop, et il espérait trouver le reste en hypothéquant une partie des terres. A peine eut-il fait part à sa femme et à ses enfants de leur bonheur commun et de son plan, que tous les voisins furent passés en revue et on fit le compte de ce que chaque maison de paysan avait d'argent et pouvait en prêter. L'un avait, d'après les suppositions de Boïko, cent thalers, un autre cinquante, et toutes les fois que l'on constatait un manque, la femme disait que dans l'espace de quatorze jours, elle tâcherait d'avoir prête une pièce de toile de Louvain et que cela permettrait de boucher un bon trou. Tous étaient d'accord qu'ils finiraient bien par attraper l'argent, et des larmes de joie venaient aux yeux de Boïko... Tard dans la nuit, ces braves gens quittèrent le foyer bien chaud et allèrent reposer, emportant jusque dans leur sommeil l'émotion de leur grand dessein. Mais, pendant que tous dormaient profondément, Haseke, leur fille aînée, qui avait tout entendu près du foyer, alla trouver son fiancé pour lui faire part de son infortune :

« — Les cinq cents thalers, que devait me donner mon père et grâce auxquels nous avons été promis l'un à l'autre, vont être employés maintenant à l'achat de la liberté.

« Ce furent ses premières paroles quand elle le trouva à la place accoutumée.

« — Et lorsque le bois aura été coupé, lorsque les terres auront été mises en gage, certainement tu ne viendras plus avec moi et je pourrai courir le monde pour mendier mon pain. O Henri, Henri, il faut que nous empêchions cet achat de la liberté, ou bien toi et moi serons malheureux, insupportablement malheureux : qu'entreprendre en effet avec les mains vides?

« — En effet, dit Henri très gravement, et il ne peut plus être question de notre mariage si tu n'as plus d'argent. Mon maître ne l'acceptera pas et je dois épouser de l'argent si je veux garder mon domaine. Mais cet achat de la liberté, est-ce donc une affaire faite? et l'argent nécessaire a-t-il été payé?

« — Non, répondit-elle avec empressement. Mon père a pris huit jours pour faire l'argent et demain il doit aller dans la communauté trouver les gens qui ont de l'argent et qui le lui prêteront. Il est donc encore possible de tout empêcher, soit en trouvant quelqu'un qui offre pour nous et notre domaine une somme plus forte au seigneur, soit en dissuadant les gens de prêter à notre père. Va-t'en les trouver demain et donne-leur de l'inquiétude. Moi je verrai pendant ce temps, le maître des prairies de notre village; il a de l'argent autant que du foin et je puis le décider à offrir au seigneur cent thalers de plus que mon père. Car les choses sont ainsi qu'aujourd'hui un paysan peut acheter un autre paysan et le maître des prairies, qui a sa chemise cousue d'or, est un brave homme.

« Ils se quittèrent au plus vite, et la rumeur publique dit qu'ils ne passèrent pas un bonne nuit, tant leur amour réciproque animait leur pensée à chercher les moyens de salut. Henri alla, dès que perça le jour, trouver les gens chez lesquels il soupçonnait quelque argent, et il leur révéla en confiance que Boïko viendrait les voir et leur apprendre qu'il s'était racheté pour deux mille thalers; mais il avait offert le double, que son domaine ne vaudrait jamais. Et il fit si bien que Boïko, qui s'était levé plus tard, au lieu d'argent ne trouva que des excuses. Et la jeune fille, de son côté, sut si bien faire avec le maître des prairies que celui-ci persuada aisément au seigneur, qui n'avait rien vu venir de ses terres, que deux mille et cent thalers vaudraient mieux que deux mille.

« Haseke vit souvent plus tard son père faire les besognes du nouveau maître. Mais la joie de se voir heureuse lui fit supporter aisément cet ennui. Elle n'aimait pas son Henri à la grande manière et selon la forme de nos sentiments; mais elle l'aimait assez pour envoyer père et mère au bourreau. »

Oui, mais Mœser ne s'indigne pas contre un régime qui outrageait aussi violemment la nature. Et, quand la Révolution française éclate, quand elle abolit toute servitude personnelle et proclame les Droits de l'Homme, Mœser ne la glorifie point pour cette œuvre d'émancipation humaine. Il lui cherche querelle, au contraire, et il prétend que les Droits de l'Homme sont une chimère et une violation du droit. Il n'y a pas, selon lui, un contrat social universel donnant à tous les membres de la société un droit égal à en déter-

miner la forme et les conditions. Il y a un contrat social premier,
formé entre eux par les occupants et possédants du sol et tous
ceux qui surviennent ne peuvent conclure avec ces premiers contractants qu'un contrat secondaire. Ils ne sont admis à la cité que
sous la condition de respecter le droit et la primauté de la cité elle-
même, fondée sur la propriété territoriale. Hors de là, il n'y a que
le communisme et les Droits de l'Homme ne peuvent être que
l'universel partage de la propriété.

La Constitution ne peut être réformée que par la volonté des
premiers contractants. Ils sont seuls les actionnaires de l'entreprise
sociale. Tant qu'une terre est vacante, le droit de l'homme a un
sens : c'est le droit égal pour tout homme de l'occuper et de défendre ensuite contre tous ce qu'il en a saisi. Mais, quand le sol est
approprié, il n'y a de droit que celui des propriétaires du sol.

Voilà la théorie que, même sous la lumière de la Révolution
française, formulait un des esprits libres de l'Allemagne. C'est
bien l'indice d'un pays où la bourgeoisie industrielle n'a qu'une
très faible conscience d'elle-même, de sa force et de son droit.

Mœser triomphait, il est vrai, ou semblait triompher dans la
controverse, lorsqu'il constatait que la Révolution française elle-
même, par la distinction des citoyens actifs et des citoyens passifs,
subordonnait le droit de l'humanité proclamé par elle au droit de
la propriété. Mais, d'abord, de quel droit confondre un moment
de la Révolution avec la Révolution elle-même? Et surtout
comment faire argument contre les Droits de l'Homme de l'inconséquence de ceux qui, en les proclamant, ne les réalisaient point
tout à fait? Mais, même sous cette forme limitée et trop exclusive,
c'était déjà un immense progrès d'humanité d'abolir la féodalité
comme le servage, d'ouvrir à tout homme l'activité infinie, et
d'admettre au partage de la souveraineté politique, avec les propriétaires fonciers, toute la bourgeoisie et toute la classe des artisans un peu aisés.

Il fallait que l'Allemagne fût livrée à une prodigieuse langueur
politique et sociale pour que Mœser osât, aux premières mesures
libératrices prises par la Révolution française, opposer une conception surannée du droit exclusif et absolu de la propriété territoriale, sous toutes ses formes féodales aussi bien que modernes.

LA PENSÉE SOCIALE DE BASEDOW ET DE CAMPE

Ce n'est pas non plus un mouvement politique et social qu'im-
priment à l'Allemagne ses pédagogues et éducateurs. Il en est de
médiocres, comme Basedow et Campe. Il en est de grands comme

Pestalozzi; mais, quoique la Législative ait accordé à Campe et à Pestalozzi un brevet de citoyens français (Basedow était mort), quoique Campe se soit passionné pour la Révolution, quoique Pestalozzi l'ait approuvée jusqu'au bout, leur œuvre n'était pas directement révolutionnaire. Campe manque tout à fait de vues sociales. Son entreprise pédagogique était de simplifier et d'alléger le plus possible l'enseignement, de faire un peu plus appel à l'initiative des élèves et de rendre la discipline plus libérale, mais surtout d'abréger la durée des études pour que les jeunes gens pussent entrer plus tôt dans la vie. Il multipliait les exercices physiques, dépouillait l'enseignement des langues anciennes de toute recherche d'érudition et de toute curiosité grammaticale et fondait la morale sur une sorte de religion neutre où les diverses confessions chrétiennes se fondaient en un déisme évangélique. Evidemment, l'enseignement ainsi allégé était plus « moderne ». Il risquait aussi d'être superficiel. Campe et Basedow durent défendre leur méthode contre des attaques répétées :

« Que veulent, disaient-ils, les philantropinistes? (c'est le nom qu'ils donnaient à ce système d'éducation). Pourquoi allègent-ils la connaissance des langues et des sciences? Pour éviter le dégoût des études, et par là l'habituelle méthode scolaire qui perd l'esprit et le cœur; pour diminuer les difficultés si grandes de l'éducation morale; et enfin, pour que l'enfant, l'adolescent, le jeune homme aient du temps pour vivre, du temps pour se préparer à la vie, et pour jouir joyeusement et utilement de la vie elle-même. Avec le système qui a été appliqué jusqu'ici, les jeunes gens des classes cultivées n'ont presque pas pu vivre, parce que jusqu'à vingt ou vingt-quatre ans toute leur force a été consumée dans des préparations, et encore dans des préparations qui d'ailleurs, le plus souvent, ne préparaient pas une vie heureuse. Bien rarement, comme l'expérience le montre, l'âme d'un jeune homme, dont la raison et le cœur ont porté jusque-là les lourdes chaînes de la contrainte scolaire (inévitable dans les méthodes actuelles), cherche à s'élever ensuite à une pure pensée d'homme et à des sentiments d'homme. Si nous pouvions être fidèles à tout notre plan, la jeunesse qui grandirait en nos mains ne mûrirait pas trop vite; mais, par l'application de méthodes perfectionnées, elle gagnerait pour elle-même la moitié du temps employé jusqu'ici à l'étude des langues et des sciences et elle pourrait se préparer réellement à la vie humaine et civile. *Il faudrait même consacrer à peu près autant d'heures par jour à des travaux mécaniques et économiques* qu'aux études proprement dites, et ces dernières, jusqu'à ce que les enfants aient atteint un certain âge, ne devraient être qu'en forme de passe-temps pendant le travail des mains.

« ...Notre but de faire, de chacun de nos disciples plus qu'un

Européen, plus qu'un Souabe, un Autrichien ou un Saxon, mais un homme, ne peut être traité de chimère que si on fait vraiment la preuve qu'il ne peut être atteint. Et qui se risquera à le démontrer? L'accusateur n'a pas même ébauché la preuve... Il change cette accusation en une autre lorsqu'il dit que Basedow élève ses disciples

PESTALOZZI
(D'après un dessin à la craie de Deogg, exécuté vers 1804)
Gravure extraite de *Pestalozzi*, étude biographique, par Guillaume,
reproduite avec l'autorisation de l'auteur

pour être seulement des hommes et non des citoyens du monde présent.

« ...Mais ce ne sont pas seulement des hommes, ce sont des citoyens de notre monde que nous voulons faire. S'il est vrai que nous nous appliquons à rendre la future vie de nos enfants aussi innocente, aussi utile au bien commun et aussi heureuse que possible, il est vrai aussi que nous cherchons à leur donner les idées les plus justes de la réalité présente, parce que l'un serait impossible sans l'autre; et, s'ils reçoivent de nous des idées justes, ils comprennent que les sociétés civiles sont faites pour le grand bien de l'espèce humaine, et que ces sociétés à leur tour supposent un ordre et des règlements auxquels tout citoyen doit se soumettre au prix de quelque sacrifice. »

Les grands esprits de l'Allemagne furent divisés sur la méthode éducative nouvelle de Campe et de Basedow, Klopstock parut l'approuver. Herder traita Basedow « d'Erostrate aveugle », qui ruinait, pour faire du bruit autour de son nom, toute la force des études allemandes. George Forster, un esprit bien moderne pourtant et passionné pour la Révolution française, écrit violemment, en 1790, à propos de Campe, qu'il « est extraordinaire qu'avec de pareils éducateurs il reste encore des hommes en Allemagne ».

Ces dissentiments s'expliquent. D'un côté, il y avait à coup sûr dans la méthode de Basedow et de Campe, dans leur appel à l'initiative, dans leur souci de la vie pratique, active et heureuse, un reflet de l'esprit d'émancipation et d'action du XVIIIᵉ siècle. Mais d'autre part, la grande Allemagne sentait d'instinct qu'elle n'était pas prête encore pour la vie expéditive et pratique et que sa vraie force était maintenant dans la puissance de sa pensée qui allait partout au fond des problèmes. Comment saisir l'univers par l'esprit si on réduisait la science à un bagage pratique et la théologie à une sorte de tapisserie aux teintes neutres qui pouvait être accrochée aux murailles de tous les temples? C'est le germe des *Realschulen* de l'Allemagne moderne, des écoles à tendance positive et à objet pratique, que créaient Basedow et Campe. Mais l'Allemagne moderne, industrielle, commerciale, qui a besoin d'innombrables contremaîtres, ingénieurs, comptables, voyageurs de commerce au corps robuste, à l'esprit muni mais dispos, ou n'existait pas ou s'annonçait à peine. Et le faible du système de Campe et de Basedow, c'est qu'eux-mêmes n'ont pas conscience d'une Allemagne nouvelle. Ils ne se donnent pas, il ne se considèrent même pas comme les éducateurs d'une bourgeoisie plus moderne, préoccupée de problèmes économiques et de liberté politique; et leurs écoles semblent ouvrir en effet sur un monde vague et terne. Il leur manque d'avoir pensé qu'un ordre nouveau était en formation pour lequel il fallait des méthodes nouvelles d'éducation, qu'une classe bourgeoise nouvelle allait se pousser, qu'il fallait armer à la légère pour qu'elle pût aller rapidement dans les chemins nouveaux. Leur pédagogie n'aurait eu de sens que par une philosophie politique et sociale profondément révolutionnaire. Et cette philosophie, ils ne l'avaient point. Aussi, leur entreprise ne fut-elle qu'une branche grêle et dépouillée, où ne circulaient plus les nobles sèves de la pensée, où n'affluaient pas encore les fortes sèves de l'action.

L'ŒUVRE DE PESTALOZZI

L'œuvre de Pestalozzi est bien plus profonde. C'est une sorte de christianisme social qui descend jusqu'aux raisons mêmes de la vie. Il a vraiment l'amour passionné du peuple, une ardente et agissante pitié pour la misère, pour l'ignorance et pour le vice, qui en est souvent le triste fils. Il voudrait accomplir au profit des souffrants une révolution morale si hardie qu'elle semble parfois toute voisine de la révolution sociale. Mais sa pensée a, si j'ose dire, deux infirmités essentielles. D'abord, il se défie en quelque mesure de la science. Ce n'est pas qu'il en redoute les effets critiques pour tel ou tel dogme particulier. Pestalozzi n'est pas rigoureusement chrétien.

Mais, il lui paraît que la science disperse l'homme, qu'elle égare son esprit dans la multiplicité des objets et dans le chaos du monde, et qu'elle risque par là de lui enlever son vrai bonheur, qui est dans le recueillement, dans l'exercice tranquille et sûr d'une activité bien ordonnée et bien limitée. La vraie destination de l'homme, selon Pestalozzi, c'est de vivre et de se mouvoir dans un cercle assez étroit, mais où tout soit à sa place et proportionné à la force d'action de chacun. Pas de vue large et trouble sur l'univers et une religion toute d'intimité morale, avec un Dieu en quelque sorte intérieur et domestique, connu comme le Père Suprême, comme la source des affections calmes et pures. Il faut que l'homme sache, mais qu'il sache juste assez pour reconnaître et exercer sa vraie nature, pour se garder des superstitions comme des entraînements de l'esprit, des fantômes de la crédulité comme des curiosités troublantes et vaines.

Dans ses *Heures du soir d'un solitaire,* écrites en 1780, je retrouve, mais avec un accent bien plus sincère et profond, le déisme moral et simple, tout d'émotion et de confiance, du Vicaire savoyard de Jean-Jacques :

« Dieu, père de ta maison, source de ta joie... Dieu, ton père : en cette foi tu trouves le repos et la force et la sagesse... Foi en Dieu, affirmation du sentiment de l'homme dans le plus haut rapport de sa nature, confiant esprit filial de l'homme dans l'esprit paternel de Dieu. Foi en Dieu, source du repos de la vie; repos de la vie, source de l'ordre intérieur; *ordre intérieur, source de l'application précise de nos forces;* ordre dans l'application de nos forces, source de leur croissance et formation à la sagesse; sagesse source de toute joie... L'étonnement du sage dans les profondeurs de la création et ses recherches dans les abîmes du Créateur ne forment point l'humanité à la foi en Dieu. Le chercheur peut se perdre dans les abîmes de la création, et il peut rouler au hasard dans ces eaux, bien loin de la source de l'insondable mer. »

En conséquence de ces principes, l'instruction qu'il veut donner aux enfants du peuple et au peuple même n'est pas une instruction de curiosité ou de vanité, mais une éducation ferme et sobre des forces de l'esprit et du caractère. Il dit souvent qu'il ne voudrait voir dans la cabane du paysan que la Bible, que les autres livres ou l'égarent, ou, en le détournant de sa tâche quotidienne, le détournent du bonheur, qui est la vérité suprême de l'homme. Pour qu'il se garde de l'erreur, il n'est point nécessaire qu'il apprenne beaucoup. Mais il faut qu'il sache toujours faire un usage droit et calme de ses sens et de sa pensée.

Est-il besoin, par exemple, de toute une métaphysique du monde ou d'une théologie savante pour guérir les paysans de leurs superstitions sans nombre, de leur sotte et déplorable croyance aux revenants et au diable? Il suffit qu'ils ne soient pas empêchés par la peur de faire usage de leurs yeux et de leur raison. Toujours, s'ils savent regarder et réfléchir, ils verront que les prétendues apparitions sont ou une illusion des ténèbres ou une supercherie, et c'est l'équilibre de leur être moral, non la spéculation aventureuse sur l'essence même des choses, qui les préservera des humiliantes erreurs, des tristes chutes de l'esprit. Et, c'est à assurer cet équilibre, c'est à habituer les hommes à exercer dans le cercle étroit de leur vie toutes les facultés de leur nature, que doit tendre l'éducation.

Ainsi, ce n'est pas par ouï-dire, ce n'est pas par la fausse vertu des mots, que les hommes apprendront et sauront, mais par l'expérience directe de la vie et par l'affermissement de leurs facultés. Et j'entends bien qu'en un sens, cette méthode est libératrice : elle affranchit l'esprit du préjugé, de la routine, des opinions transmises et des idées vagues; le clair regard se mesure et se limite lui-même, pour ne pas se laisser tromper aux apparences lointaines; et, dans l'horizon rapproché où il se meut, il a la certitude, la précision et la joie. Mais, comme il est dangereux d'écarter ainsi même les suggestions troubles et les imprudences de la science! C'est renoncer à la joie enivrante de posséder l'univers ou de chercher à le posséder. Au moment même où Pestalozzi ramenait l'homme à lui-même et l'enfermait dans l'horizon modeste et pur de sa vie, Gœthe portait dans son esprit les terribles et sublimes impatiences de Faust. Il veut tout connaître pour tout manier.

« Quel spectacle, mais hélas! ce n'est qu'un spectacle : comment te puis-je saisir, ô nature infinie? »

Voilà le vrai cri humain, le grand cri révolutionnaire qui émeut l'univers même. La méthode de pensée et de vie de Pestalozzi, quoiqu'elle tende à l'éveil de l'esprit, risque trop vraiment d'être

conservatrice : si droite que soit la pensée d'un homme, si précis
que soit l'usage qu'il fait de son esprit et de ses sens, comment
pourra-t-il juger même les relations immédiates où son existence
est engagée s'il ne sait pas un peu l'histoire du monde et de l'humanité?

Les formes de vie, les institutions sociales du village sont déterminées par des forces qui dépassent le village infiniment. Comment
discerner en quoi ces institutions sont factices ou naturelles, nécessaires ou contingentes, éternelles ou provisoires, si l'on ignore le
vaste mouvement de la réalité qui les a produites et qui demain
peut-être les abolira? Même contre les superstitions les plus grossières, contre les revenants ou les illusions diaboliques, l'homme
n'est pas sûr de se défendre toujours et, en tout cas, s'il n'a, en
effet, d'autre préservatif que la précision immédiate de ses sens,
qui peuvent être surpris, ou la rectitude de son jugement, qui peut
être faussée. C'est une vue habituelle et large de l'univers et de ses
lois qui seule garantira contre toute surprise les sens et la pensée.

Rousseau, même quand il conseillait le retour à la simplicité et à
la nature, fondait son système sur une conception générale de
l'histoire; et, lorsqu'il rédigeait, dans le *Contrat social,* la charte de
la démocratie et de la souveraineté populaire, il dépassait le cercle
des rapports immédiats, où l'existence quotidienne des hommes
semble enfermée, et il examinait l'ensemble des rapports qui constituent les sociétés vastes.

A circonscrire ainsi l'effort éducatif et le mouvement de la pensée, Pestalozzi abondait dans le sens de ce morcellement infini qui
paralysait en Allemagne toute action et tout esprit révolutionnaire.
Mais, même dans ce cercle étroit qu'il trace autour de chacun, ce
n'est pas de l'action propre des souffrants, des opprimés, des exploités qu'il attend leur relèvement et leur salut. Non, de même que
dans la sphère plus large de l'Etat, c'est le roi ou l'empereur, Frédéric II ou Joseph II, qui prennent de haut l'initiative des réformes,
de même, dans la petite communauté de village où Pestalozzi semble
enclore l'effort de perfectionnement moral et social, c'est par l'initiative généreuse du bon seigneur et du bon patron que tout s'accomplit. Et par là encore la pointe révolutionnaire de l'œuvre du
grand éducateur est émoussée. Mais quelle conscience aiguë des
misères et des injustices, et quelle passion du bien! Quel souci de
relèvement de tous! Quelle haine de la misère et du désordre et de
l'oppression!

Selon sa méthode essentielle, c'est dans le détail le plus familier
de la réalité morale et sociale que descend Pestalozzi, et le champ
qu'il offre à nos regards est singulièrement étroit, puisque c'est en
effet un simple village, mais il est tout fourmillant de vie. Ah !
comme les pauvres paysans sont accablés! et à quel arbitraire

démoralisant ils sont soumis! Voici que dans le village de Bonnal, par la coupable négligence des seigneurs du lieu, un bailli scélérat opprime et dégrade. En même temps que bailli, il est cabaretier et il attire les paysans à son cabaret. Ils y laissent le peu d'argent que ne leur avaient pas pris des charges ou des malheurs de tout ordre. Et il les pousse à boire à crédit, à s'endetter. Quand il les tient par la dette et l'usure, ils sont perdus. Leur pauvre petit bien est au bailli. Celui-ci, au besoin, quand il veut dépouiller un paysan qui résiste, racole dans le village corrompu ou terrorisé de faux témoins, et la justice distraite du seigneur, du *Junker*, dépouille de son champ, de sa vache ou de sa prairie le malheureux voué à la ruine.

Pestalozzi va-t-il s'élever contre cette puissance arbitraire des seigneurs et des baillis? Va-t-il demander une organisation démocratique de la justice et une administration populaire de la commune? Il n'y songe même pas un instant. Le bon prêtre, le bon pasteur de Bonnal gémit, impuissant, de tant de maux. Il n'a pas prise encore sur les hommes et sur les choses. Il est même presque suspect aux paysans superstitieux et routiniers.

Quand il leur dit qu'il ne croit pas aux apparitions du diable, ils ont peur qu'il attire sur le village la vengeance diabolique. Quand, auprès du lit des mourants, il ne se répand pas en vaines formules de prière mécanique, quand il attend d'avoir bien démêlé le secret profond, la préoccupation suprême de celui qui va mourir pour lui parler dans le sens même de son âme, ils le prennent d'abord ou pour un incapable, ou pour un indifférent, ou pour un impie. Mais lui compte toujours sur la force secrète du bien qui saura trouver ses voies.

Et voici que le nouvel héritier du domaine seigneurial et de la toute-puissance seigneuriale a l'esprit élevé et l'âme bonne. La femme d'un pauvre métayer, que le bailli a ruiné au cabaret, va trouver le seigneur pour demander aide. Il s'émeut. Un des paysans que le bailli a dépouillés fait peur à celui-ci, un soir, sur la montagne, au moment où le misérable déplaçait une borne de propriété pour s'emparer d'une partie du domaine communal. Le bailli, troublé par l'apparition brusque de l'homme, croit que le diable le pourchasse. Effaré, affolé, il avoue au pasteur une partie de ses crimes. Ainsi le seigneur apprend que son grand-père, sur de faux témoignages produits par le bailli, a dépouillé une pauvre famille de la prairie qui l'aidait à vivre. Il est épouvanté du mal que peut faire l'étourderie des puissants. Et, de ce jour, il se voue au service de la communauté. Il en sera l'éducateur, le bienfaiteur. Et tout d'abord (c'est le roman pédagogique et social, *Léonard et Gertrude*, écrit en 1780 et en 1785, que je résume), le seigneur convoque l'assemblée de village. Il restitue au paysan dépouillé la prairie

usurpée; il casse le méchant bailli et en nomme un autre. Il fait
conter aux paysans réunis la prétendue aventure du diable et du
bailli par le paysan même que le bailli effaré a pris pour le diable.
Et il se propose de procéder au partage et à la mise en valeur du
bien communal. Il y a un vaste terrain de pâturage, qui ne profite
guère qu'aux paysans riches, à proportion de l'importance du troupeau qu'ils y mènent paître. Il serait bien plus utile aux pauvres
que cette terre fût répartie entre les familles.

On voit que des deux solutions entre lesquelles hésitent, en 1789,
les cahiers des paysans français : ou reconstituer les communaux,
ou, au contraire, les diviser, c'est à cette dernière que se range
Pestalozzi.

Mais les riches paysans de *Léonard et Gertrude* résistent. Ils vont
dans leur égoïsme jusqu'à diriger une sorte de complot contre le
Junker. Ils ressuscitent des histoires de diable; ils prétendent que
le paysan qui a effrayé le bailli avait des accointances diaboliques
et que diabolique aussi sera le partage des communaux. Le seigneur
pourtant, enveloppé de toutes ces haines égoïstes et rétrogrades,
poursuit son œuvre.

« Il allait presque tous les soirs sur le pâturage communal qu'il
voulait partager. Il ne se donna aucun repos qu'il n'en connût à
fond toutes les parties. Il allait à travers les mares et les ravins. Il
trouva enfin au pied de la montagne, dans une des parties de pâturage les plus désolées, trois fortes sources, où croissaient des
plantes épaisses et vigoureuses. Il détermina lui-même le niveau de
ces sources et il étudia le moyen d'en distribuer partout la
richesse... Ainsi fait un père qui, dans son jardin, choisit pour ses
enfants des plates-bandes où ils pourront cultiver arbres et fleurs...
Et il se réjouit pour son fils, qui est encore au berceau, et pour
tous ceux qui naîtront de lui et il sent que ses enfants sont les
enfants de Dieu et que le jardin n'est pas à lui, mais qu'il est le
père afin qu'il donne à ses fils ce qu'il a et les instruise à en user.
Ainsi sentait Arner. Une larme coula sur son visage lorsque, dans
la fraîcheur de l'air du soir, sous un grand chêne, près d'une chute
d'eau mugissante, il sentit les devoirs et les joies du père sur le
trône et les devoirs et les joies du père dans la plus humble cabane.
Lentement, il chevaucha face au soleil qui se couchait; son œil
voyait le ciel et son cœur était avec le père des hommes. Thérèse
(sa femme) le reçut dans un bosquet devant la porte et la soirée
s'écoula en conversation sur l'état de prince et de noble. Le dernier
mot d'Arner à Thérèse fut celui-ci :

« La loi de Dieu sur les princes et les nobles, c'est que leur
domaine n'est pas à eux, c'est qu'ils ne sont princes et nobles que
pour donner au peuple, pour assurer et perfectionner en ses mains

ce qu'ils peuvent donner, et pour l'instruire à user de ce qu'ils lui donnent, à le transmettre aux enfants de leurs enfants. »

Ainsi, c'est par une large paternité sociale des puissants, reflet de la paternité divine, que Pestalozzi prétend relever la condition des hommes et adoucir la souffrance du pauvre. Mais quoi? ne serait-il pas plus conforme à la dignité des hommes que le salut leur vînt d'eux-mêmes? Et encore, si les nobles et les princes ne comprennent pas ce devoir de paternité, s'ils dépouillent au contraire et oppriment ces « enfants », que le ciel a remis en leurs mains, où sera la garantie de ceux-ci et leur recours? Mais, pas un instant Pestalozzi ne se pose le problème, et c'est la marque la plus sûre de l'absence ou de la langueur de l'esprit révolutionnaire en Allemagne que le grand éducateur ait pu ainsi toucher à toutes les questions sociales et morales sans que jamais l'idée même de la Révolution démocratique ait effleuré sa pensée. Il exalte peu à peu le bon seigneur au-dessus des hommes comme un dieu à la fois bienfaisant et terrible.

« Lorsqu'après de longs jours ardents la terre a soif et que toutes les plantes appellent l'eau, si soudain une nuée d'orage s'étend au ciel de Dieu, le pauvre paysan tremble devant le nuage qui monte au ciel et il oublie la soif des champs et la langueur des plantes sur la terre brûlante et il ne songe qu'aux coups de la foudre, aux ravages de la grêle, à l'éclair incendiaire et aux eaux débordantes; mais celui qui habite dans le ciel n'oublie pas la soif de la campagne et la langueur des plantes dans la terre brûlante et son nuage désaltère les champs des pauvres gens, qui, à la lueur des éclairs de minuit, sous le ciel plein de tonnerre, regardent en tremblant vers la montagne d'où l'orage roule vers eux. Alors, au matin, le pauvre voit l'espérance de sa récolte doublée et il croise ses mains devant le Seigneur de la terre, dont le nuage le faisait trembler. *C'est l'image des pauvres gens qui redoutaient leur seigneur et l'image d'Arner qui se hâtait vers Bonnal pour leur consolation et pour leur aide.* »

Or, dans l'assemblée de village convoquée, selon la coutume germanique, sur la place, sous les tilleuls, le bon seigneur a à vaincre l'égoïste résistance des paysans riches. Mais il avait prise sur eux. Il avait fait constater que dans les déclarations faites par eux au bailli sur la quantité de leurs foins et le nombre de leurs bestiaux, ils avaient fraudé. Ils avaient diminué la quantité de leur foin et exagéré le nombre de leurs bestiaux afin de se ménager éventuellement, en cas de partage, une plus large part du pâturage commun. Arner les brisa. Il destitua d'emblée les vingt préposés du village qui étaient investis par le seigneur. C'étaient tous de riches paysans, ceux que Pestalozzi appelle avec une sorte de violence démagogique « les ventrus » et, après avoir humilié les ventrus, le seigneur suscite les maigres. C'est parmi les plus pauvres, c'est

MACHINE A COUPER LES TÊTES
Image contre-révolutionnaire
(D'après une estampe de la Bibliothèque Nationale)

parmi ceux qui la veille mendiaient leur pain qu'il choisit les préposés de village.

Selon la coutume, au moment où les nouveaux chefs de la com-

munauté étaient choisis, tous les paysans devaient être découverts.
Seuls les chefs gardaient leur chapeau sur la tête. Mais, voici que
les chefs nouveaux investis par Arner, habitués à promener leur
tête nue et misérable sous la pluie et sous le soleil, n'avaient point
de chapeau. Qu'à cela ne tienne! Ce sont les riches qui le fourniront
et le seigneur ordonne que le large et confortable chapeau des
paysans ventrus couvre la tête des paysans misérables. Tout à
l'heure, quand les « ventrus » retourneront au logis, ils seront si
humiliés qu'ils n'oseront même pas raconter à leurs femmes l'affront qu'ils ont subi et ils jetteront au feu, au risque d'empuantir
le village, le chapeau cossu qui, un moment, se sera souillé au
contact de la misère sordide.

Le seigneur ne procède pas seulement au partage, il s'inquiète
de la pauvre nourriture des paysans, qui mangent surtout des
pommes de terre et il distribue des plants d'arbres fruitiers pris
dans ses pépinières et des chèvres de son troupeau pour que
chaque famille ait des fruits et du lait. Sur les conseils du pasteur,
il organise une grande fête le jour où ces arbres commencent à
porter leurs premiers fruits.

Mais l'avènement du régime industriel pose au seigneur de nouveaux problèmes. La filature du coton s'installe dans le pays. Ce
n'est pas encore un riche capitaliste ou un grand manufacturier
qui dirige l'entreprise : le maître de fabrique est lui-même un travailleur robuste, qui vit de la vie large et simple des paysans aisés.
Et c'est à domicile qu'hommes, femmes et enfants filent pour lui.
Or ce maître filateur est, comme le seigneur, un ami des hommes.
Lui et sa femme s'inquiètent et s'affligent du désordre que la nouvelle vie industrielle jette d'abord dans les familles. Et ils voudraient que, par une retenue hebdomadaire sur le salaire et par
l'épargne obligatoire, la propriété d'une petite maison fût assurée
à tous les ouvriers. Ils voudraient aussi qu'aux enfants des familles
ouvrières une instruction suffisante fût donnée :

« Voyez, dit au Junker le maître fileur, *voici cinquante ans que
tout est changé chez nous et que le vieux système scolaire ne convient plus aux gens de ce pays et ne s'adapte plus à leur condition.
Autrefois tout était plus simple et personne ne devait chercher son
pain ailleurs que dans le travail. Avec ce genre de vie, les hommes
n'avaient presque pas besoin d'être instruits par l'école. Le paysan
a dans son étable, dans son bois, dans son aire, dans son champ,
son école à lui et, partout où il va, il trouve tant à apprendre que
l'école lui est pour ainsi dire inutile. Mais, avec les enfants des
fileurs de coton et avec toutes les personnes qui gagnent leur vie
par un travail sédentaire et uniforme, il en est tout autrement. Ils
sont, à ce que j'observe, tout à fait dans la même situation que les*

gens du commun qui habitent les villes, qui gagnent aussi leur pain par le travail de leurs mains et, s'ils ne sont pas bien éduqués, élevés, pour ainsi dire, à une nature supérieure, s'ils ne sont pas façonnés à épargner toujours une part de chacun des kreutzers qui leur passent par les mains, les pauvres fileurs, avec tout leur salaire et avec toute l'aide qu'ils en pourraient tirer, ne font à jamais qu'user leur corps et se préparer une vieillesse misérable. Et, comme on ne peut pas espérer, Junker, que les parents ainsi dévoyés sauront enseigner à leurs enfants une vie plus ordonnée et plus prévoyante, il ne reste plus à tous ces ménages qu'une éternelle misère, tant que continue le travail de la filature du coton; ou bien il faut que l'école supplée à ce que les parents n'enseignent pas aux enfants et qui est pourtant indispensable à ceux-ci. »

C'est donc, au témoignage de Pestalozzi, vers le milieu du XVIIIᵉ siècle que l'industrie a commencé à pénétrer dans la vie des villages allemands, jusque-là presque exclusivement agricoles et ce n'est pas seulement à la misère des paysans opprimés ou exploités, c'est à la misère et à l'imprévoyance d'un prolétariat industriel naissant que le bon seigneur et le bon pasteur doivent remédier. La nécessité de l'école apparaît surtout à mesure que la vie industrielle se développe. Au paysan la nature elle-même et la forte tradition d'un travail varié sont un enseignement. Au contraire, l'uniformité, la monotonie écrasante du travail industriel ne laissent pas au pauvre ouvrier la force de s'élever un moment au-dessus de la minute présente. C'est l'école qui doit lui ouvrir un peu l'horizon. A vrai dire, quelque candide et chimérique que soit l'attente philanthropique de Pestalozzi, supposant chez les puissants de la terre une telle sollicitude pour les ouvriers misérables, il est impossible de n'être pas touché de ce zèle de relèvement et d'ennoblissement pour tous les hommes. Il y a là un fond de richesse morale qu'il serait injuste de dédaigner. Et, comme on déplore que, dès la naissance de la vie industrielle et du régime des manufactures, cette pensée humaine n'ait pas en effet protégé les ouvriers et leurs enfants!

Ce n'est pas que l'enfance des villages, avant d'être saisie par le monotone labeur industriel, vécût d'une vie idyllique et dans une sorte de paradis de nature. Elle était, dans la cabane des pauvres paysans d'alors, trop étiolée et épuisée de misère, mal nourrie, à peine vêtue, débile et fainéante, sans ressort ni santé. L'accession de ces petits êtres au travail industriel aurait pu être un bienfait pour eux comme une richesse pour l'industrie si, dès l'origine, un emploi intelligent et humain avait été fait de leur force. Dans la maison de la bonne Gertrude, où ils apprennent à filer et où ils sont soignés maternellement, c'est pour eux comme une renaissance physique.

« La chambre de Gertrude était si pleine, lorsque le seigneur, le pasteur et le nouveau maître d'école y entrèrent, qu'ils eurent de la peine à y pénétrer à cause des rouets qui l'occupaient toute. Vous ne sauriez croire comme cette chambre réjouissait le cœur. Ce qu'ils avaient vu chez le maître fileur n'était rien à côté. C'est naturel. L'ordre et le bien-être chez un homme riche ne procurent point une joie sans trouble; car on songe que des centaines d'autres hommes faute d'argent n'en peuvent faire autant. Mais la béné- diction et le bien-être dans une pauvre cabane, qui démontre que, pour tous les hommes au monde, avec de l'ordre et de l'éducation, le bonheur serait possible, voilà ce qui réjouit le cœur. Et main- tenant les visiteurs avaient devant leurs yeux une pleine chambre d'enfants pauvres enveloppés de cette bénédiction joyeuse. Il sembla un moment au Junker qu'il voyait, comme en un rêve, l'image du premier né de son peuple transfiguré par l'éducation; et le maître d'école promenait son regard d'aigle d'enfant à enfant, de travail à travail, de main à main. Et plus il regardait, plus il se disait : elle a fait ce que nous cherchons : l'école que nous vou- lons créer est dans cette chambre. Il y eut un moment de silence de mort. Les visiteurs regardaient et se taisaient. Le cœur de Ger- trude battait d'émotion, dans ce silence, aux marques de respect que lui donna le maître d'école. Les enfants, eux, filaient joyeuse- ment et riaient en se regardant dans les yeux; car ils voyaient bien que c'était pour les examiner, eux et leur travail, qu'on était venu. Le premier mot que dit le maître d'école fut celui-ci : « Tous « ces enfants sont-ils à toi, femme? — Non, ils ne sont pas tous « à moi, dit Gertrude, et elle lui montra de rouet en rouet ceux qui « étaient à Rudi et ceux qui étaient à elle. — Songez, maître, dit « le pasteur, que ces enfants de Rudi, il y a quatre semaines encore, « ne savaient pas même filer un fil. — Est-ce possible? — Il en « est ainsi, répondit Gertrude : dans deux semaines un enfant doit « apprendre à filer. J'en ai connu qui apprenaient en deux jours. — « Ce n'est pas ce qui m'étonne le plus ici, dit le Junker, mais tout « autre chose. Ces enfants exténués il y a quelques semaines, avant « que cette femme les prît avec elle, ont si bien changé de mine « que Dieu lui-même ne les reconnaîtrait pas. C'était la mort « vivante et la misère, qui parlaient par leurs visages, et toutes « ces tristesses ont été si bien emportées qu'il n'en reste plus « trace.

« Le maître répondit en français : Mais que fait-elle donc à ces « enfants? — Dieu le sait, dit le Junker. — Et le pasteur ajouta : « Quand on passe toute la journée auprès d'elle, on n'entend rien, « on ne voit rien qui semble particulier. On croit toujours que ce « qu'elle a fait, toute autre femme le pourrait faire et sûrement, « à la femme la plus commune du village il ne vient point la

« pensée qu'elle ne pourrait pas ce que peut celle-ci. — Vous ne
« pourriez rien dire qui la grandisse davantage à mes yeux, dit
« le maître d'école et il ajouta : Le suprême de l'art c'est qu'il
« n'apparaisse point. Et le sublime le plus élevé est si simple que
« les enfants eux-mêmes pensent qu'ils en seraient capables. »

« Comme les visiteurs parlaient français, les enfants commencèrent à se regarder les uns les autres en riant. Gertrude fit un
signe et en un instant le silence se rétablit. Et comme le maître
voyait des livres sur tous les rouets il demanda à Gertrude à quoi
ils servaient. — « Mais, dit-elle, c'est dans ces livres qu'ils étudient.
« — Mais, pas quand ils filent? demanda le maître. — Si vraiment.
« — J'aurais plaisir à le voir, dit le maître. — Et le Junker : Oui,
« tu dois nous montrer. Alors, Gertrude. — Enfants, prenez vos
« livres en main et apprenez, dit-elle.—Haut comme tout à l'heure?
« demandèrent les enfants. — Oui, comme tout à l'heure, mais
« comme il faut, dit Gertrude. »

« Alors les enfants prirent leurs livres et chacun ouvrit le sien
devant lui à la page marquée et apprit la leçon qui lui avait été
donnée pour ce jour-là. Et les rouets continuaient à tourner, même
quand les enfants tenaient leurs yeux attachés sur les livres. Le
maître ne pouvait se lasser de regarder et il la pria de leur montrer
tout son enseignement. Elle voulut s'excuser d'abord et dit que ce
n'était rien que ces messieurs ne connussent bien mieux qu'elle.
Mais le Junker insista. Alors elle fit signe aux enfants de fermer
leurs livres; et elle se mit à apprendre par cœur avec eux ce fragment de la chanson : « Que le soleil est beau, qu'il rayonne magni-
« fiquement et avec quelle douceur! Et comme son doux éclat
« ranime et réjouit l'œil, la pensée, l'âme tout entière! »

« Et le troisième couplet qu'ils apprirent disait ceci : « Et main-
« tenant, il est couché. Ainsi se couche sur un signe que fait le
« maître du soleil, la puissance et la splendeur de l'homme et son
« éclat n'est plus que poussière et que nuit. »

Hélas! Mais où donc est la garantie que les choses iront ainsi,
et que les enfants, dans l'apprentissage de la vie ouvrière, seront
enveloppés de maternelle douceur? Il se peut que parfois, dans cette
première période de l'industrie moderne naissante, et quand l'ate-
lier n'était encore que la famille un peu agrandie, de bonnes âmes
comme Gertrude aient adouci à l'enfance pauvre les rudes sentiers
du travail. Et il était possible, à coup sûr, sans diminuer en rien
la puissance productive de l'enfance, sans contrarier la croissance
et l'accumulation du capital nécessaire à la grande production, de
ménager ou même de fortifier la santé et la joie de ces jeunes
êtres. Mais, encore une fois, où était la garantie? Où était le pouvoir, contrôlé du peuple, et pouvant veiller sur le peuple? Bientôt
c'est le capital lui-même qui sera pour les enfants ensevelis dans

le travail industriel, le vrai « maître du soleil ». Et il le leur cachera; il les laissera s'exténuer et s'étioler dans le long travail démesuré et sombre et bientôt tout l'éclat de l'enfance ne sera plus en effet que poussière et nuit. Mais, en cette période incertaine et diffuse de la vie allemande, où dans le régime féodal intact commence à pointer à peine la force industrielle, c'est le seigneur souverain qui est investi par Pestalozzi du soin de veiller sur les ouvriers comme sur les paysans; sa pensée de régénération ne va pas au delà. Mais quoi! si le seigneur est mauvais, s'il est égoïste et brutal? Si au lieu de répartir entre les paysans des arbres de ses pépinières et de procéder entre eux à un équitable partage du bien communal, il empiète au contraire à son profit et le confisque comme firent tant de nobles en Europe au xviiie siècle, où sera le recours? Et si le hobereau, au lieu d'éduquer les pauvres enfants des filatures naissantes, redoute, comme tant de petits despotes, que ce commencement de lumière n'éveille en effet la fierté des humbles, qui allumera pour le peuple le rayon éteint par l'égoïsme de l'aristocratie? Même cette sorte de démagogie féodale du seigneur abaissant les paysans aisés, « les ventrus », et exaltant les plus misérables, les vagabonds, les mendiants, est suspecte. Ce n'étaient pas les dénués, les misérables, qui pouvaient s'essayer à la liberté. Ce n'étaient pas eux qui pouvaient entreprendre la lutte contre l'absolutisme impérial, royal ou princier et contre l'oppression et l'exploitation des nobles. Ils pouvaient au contraire devenir aisément une clientèle de misère animée par le seigneur contre les paysans aisés cherchant à s'organiser et à s'affranchir. C'est ce qu'esayèrent parfois les seigneurs de France, lorsque, à la veille de 1789, pour s'assurer une sorte de popularité dans leur paroisse, ils défendaient le droit de glanage des pauvres contre l'âpreté propriétaire des cultivateurs aisés. Quand le Junker a ridiculisé et humilié ces paysans, égoïstes sans doute, mais seuls capables d'un peu de résistance et d'action, quand il leur a un moment retiré leur chapeau pour en coiffer les mendiants et les gueux, il paraît avoir été assez avant dans la voie d'égalité sociale. Il a brisé en réalité tout ressort possible de revendication et de révolution. Et, quand le Junker, sa journée accomplie, tourne sa face glorieuse vers le glorieux soleil, il est bien en effet le maître et le seul maître. Il y a si peu d'esprit révolutionnaire latent en Allemagne, en ces années qui précèdent immédiatement la Révolution française, que le noble Pestalozzi, de cœur généreux et d'esprit large, peut descendre jusqu'au fond de la vie sociale et interroger toutes les misères, sans chercher un moment une organisation politique de justice qui protège en effet les faibles.

LA PENSÉE DE LESSING

Mais, le plus souvent, c'est au-dessus du monde social, ou tout au moins au-dessus du monde présent, que se meut la grande pensée allemande. On dirait qu'elle renonce elle-même à chercher les points d'application par où elle pourrait rejoindre la réalité. Quoi de plus hardi et de plus beau que la pensée de Lessing? Mais elle est si bien assurée de l'infini du temps qu'elle n'a aucune impatience de s'accomplir dans le siècle qui passe. Comme en témoigne son écrit célèbre de 1780 : *l'Education de l'humanité,* il conçoit la série des religions par lesquelles a évolué l'esprit humain, comme une lente éducation collective de l'humanité. Ce que l'éducation est à l'individu, la religion l'est à l'espèce. Et, de même que l'éducation est proportionnée à la capacité de l'individu, de même dans la suite des temps chaque religion, moyen d'éducation générale, est accommodée à la faculté de l'espèce. C'est une application systématique à tout le mouvement de l'esprit du procédé d'interprétation appliquée par Spinosa, dans son traité théologico-politique, à la Bible et au judaïsme. C'est un procédé hardi, qui ne nie directement aucune religion, mais qui ne reconnaît à toutes les religions, y compris la chrétienne, qu'une valeur toute provisoire et historique, une vertu éducative et symbolique. A mesure que grandit l'humanité, les moyens d'éducation qui lui conviennent grandissent aussi et une religion supérieure au christianisme apparaîtra pour une humanité supérieure à l'humanité chrétienne. Le christianisme l'emporte sur le judaïsme en ce qu'il a révélé aux hommes l'immortalité personnelle que le judaïsme charnel et borné n'avait pas pressentie. Mais le christianisme est resté inférieur en ce que l'idée de la vie immortelle y est conçue comme un moyen de récompense ou de châtiment, comme une sanction de la vertu ou du vice. Une religion plus haute viendra quand les hommes seront capables de pratiquer la vertu pour elle-même et non par la crainte d'un châtiment ou par l'espoir d'une récompense ultra-terrestre; et alors aussi une immortalité plus pure et toute désintéressée luira aux esprits. C'est seulement pour se renouveler et se compléter, c'est pour reprendre contact avec la réalité et accroître leur connaissance de l'univers qu'en des métempsycoses mystérieuses, et dont Lessing n'a pas nettement formulé la loi, les âmes prendront de nouveau forme vivante.

Sous une enveloppe mystique et qui déconcerte les habitudes un peu étroites de l'esprit français, c'est une affirmation d'une audace révolutionnaire. C'est la prise de possession éternelle de l'univers par l'esprit libre. Jetée violemment dans le monde, cette doctrine, en révolutionnant tout le système des idées, pourrait révolutionner aussi tout le système politique et social; car si l'individu humain, trouvant en soi sa récompense et son châtiment, et capable de renaissances indéfinies dont il est seul la règle et le but, est ainsi, au fond, pleinement affranchi de Dieu, pleinement et à jamais, comment pourrait-il supporter, dans la phase de l'univers où il est engagé, la tyrannie des puissances moindres? Là où M. Mehring, avec son interprétation pauvrement économique et étroitement matérialiste de la pensée humaine, ne voit qu'un reflet de ce qu'il appelle « la misère allemande », je vois, au contraire, une audace de pensée admirable, et qui va à la liberté absolue. Mais, est-ce que ces retours et ces réveils de l'esprit ne laissent pas entre eux de trop longs intervalles d'ombre?

« Est-ce qu'il n'y aura pas aussi trop de temps perdu pour moi? Perdu? Et qu'ai-je donc à m'en inquiéter? *L'éternité tout entière n'est-elle pas à moi?* »

Ce pourrait être, à ce moment, la devise de toute la grande pensée allemande pour ses plus magnifiques audaces : elle dit volontiers : « Qu'ai-je à me passionner pour de précaires et immédiates réalisations? L'éternité n'est-elle pas à moi? » Et, comme ce qui ressemble le plus, dans l'ordre du temps, à l'éternité, c'est cette lente et insensible évolution qui ne permet pas de marquer jamais l'avènement précis d'une force et le terme exact d'un mouvement, c'est sous cette forme d'un mouvement presque immobile que Lessing conçoit les plus audacieux progrès : « Suis ta marche insensible, ô Providence éternelle! Mais ne me laisse point douter de toi à cause de cet insensible progrès! Ne me laisse point douter de toi, même si un moment ta marche paraît rétrograde! *Il n'est pas vrai que la ligne la plus courte soit toujours la ligne droite!* »

C'est dans des courbes, des replis et des enveloppements sans fin que l'esprit allemand se meut vers son but sublime, qui est l'assimilation de l'univers par la pensée souveraine. Mais comme cette géométrie des courbes est peu favorable à l'élan direct des Révolutions! Et comme il sera malaisé d'établir des coïncidences entre le mouvement rectiligne et l'esprit révolutionnaire allemand!

De même, dans ses dialogues sur la franc-maçonnerie en 1778, Lessing formule une idée admirable : celle de la future unité humaine par l'universelle tolérance et l'universelle paix. Il y a, dans la vie de l'humanité, des paradoxes douloureux. Les religions sont faites pour lier, en effet, les hommes, c'est-à-dire pour les unir. Or, en s'opposant les unes aux autres, en se proscrivant les unes les autres, en s'arrogeant chacune le monopole de la vérité, elles deviennent un principe de division et de haine. Mais cela prendra fin quand les hommes seront convaincus que toutes les religions, que toutes les croyances sont également bonnes si seulement elles excitent au bien, à la concorde, à la bonté. De même l'humanité est une masse énorme et qui ne peut être organisée en un seul corps de nation. Il faut donc qu'elle se constitue en Etats distincts; et la fonction de ces Etats est d'unir les hommes. Mais, voici que ces Etats s'opposent les uns aux autres, se défient les uns

LESSING

(D'après une estampe de la Bibliothèque Nationale)

des autres, et deviennent eux aussi un principe de désunion et de
guerre. Quand l'Allemand, l'Anglais, le Français se rencontrent, ce
ne sont pas seulement des hommes, ayant et reconnaissant en eux-
mêmes la pure humanité, qui se rencontrent en effet. Non, avant
même d'avoir discuté et éprouvé leurs intérêts, ils se défient les uns
des autres. Il y a en eux une particularité de nation qui fausse
l'universalité humaine. Et la fonction des hauts et grands esprits
de toute nation est de rétablir sans cesse l'universalité humaine
sans cesse menacée. Oui, c'est une vue admirable, le sublime internationalisme de la conscience et de l'esprit. Mais le commerce idéal
des esprits ne peut suffire à arrêter ou même à amortir le choc
effroyable des passions et des haines de peuple et de race. Comment, par quelle organisation pratique, Lessing espère-t-il assurer
cette efficace et apaisante communication des esprits aux esprits?
C'est, semble-t-il, à la franc-maçonnerie qu'il s'adresse; et il s'y était
affilié en effet, dès 1771, à la Loge des Trois-Roses d'or de Hambourg. C'est même, chose curieuse, au duc Ferdinand de Brunswick, alors grand-maître des loges allemandes, qu'il dédie ses
dialogues, au même duc de Brunswick qui, plus tard, signera à
regret le mémorable manifeste contre la France révolutionnaire.
Qui sait si le souvenir de la grande pensée humaine de Lessing ne
pesait pas sur lui dans sa marche lente et triste à travers la Champagne désolée?

Mais, la franc-maçonnerie n'était, pour Lessing, qu'un symbole.
Il n'espéra pas longtemps, si jamais il l'avait espéré, qu'elle devînt,
en effet, sous sa forme présente, l'organe de l'universelle humanité,
la force agissante de l'universelle paix. Et il ne tarda pas à être
rebuté par la puérilité et la stérilité « des recherches de magies, des
jeux de microcosme et des spéculations sur l'embrasement universel », auxquels se livraient les Loges envahies d'illuminisme et
d'occultisme. Il avait cherché simplement un nom concret pour
désigner cette société internationale des hauts et libres esprits qui
devait s'élever sans cesse au-dessus des préjugés de nationalité et
les réprimer. C'est en ce sens qu'il fait appel à « une Loge invisible » et à une « franc-maçonnerie éternelle »; mais qui ne voit
qu'ainsi, si sa pensée s'élargit magnifiquement, elle perd tout moyen
précis de réalisation et d'application? Et c'est encore à l'insensible
progrès des siècles, au destin lentement manifesté de l'humanité
idéale que Lessing confie son sublime espoir.

Même, il semble se défendre de toute pensée d'action directe, de
toute réforme vraiment nationale et prochaine.

« ERNST. — Donc, d'après tes paroles, je me figure les francs-
maçons comme des gens qui veulent s'efforcer contre les maux inévitables de l'Etat.

« FALK. -- Du moins cette idée ne peut faire aux francs-maçons aucun tort. Garde-la donc; mais comprends-la bien : et n'y mêle pas des éléments étrangers. Les maux inévitables de l'Etat, mais non point de tel ou tel Etat. Non point les maux qui, étant donnée la Constitution particulière d'un Etat, découlent nécessairement de cette Constitution. Le franc-maçon n'a rien à voir avec cela, au moins comme franc-maçon.

« Le soin d'adoucir et de guérir ces maux, il le laisse au citoyen qui s'y emploie selon ses vues et son courage, à ses risques et périls. C'est à des maux d'une autre sorte et d'un ordre plus élevé que son activité s'applique.

« ERNST. — J'ai très bien compris. Non pas aux maux qui excitent le mécontentement du citoyen, mais aux maux qui pèsent sur le citoyen, même le plus heureux.

« FALK. — Très bien. Et c'est contre ces maux, disais-tu, que les francs-maçons s'efforcent? Oui. — *Le mot dit un peu trop.* S'efforcer contre ces maux! Sans doute pour les supprimer tout à fait? Cela ne peut pas être. Car on anéantirait avec eux l'Etat lui-même. Ils ne peuvent d'ailleurs devenir évidents d'un coup à ceux qui n'en ont encore aucun sentiment. C'est à peine si l'on peut préparer de loin et éveiller peu à peu ce sentiment dans chacun, en favoriser la germination et le propager ensuite, le cultiver; c'est à peine si ce lent et pénible travail peut porter ce nom un peu rude; s'efforcer contre! Comprends-tu, maintenant, pourquoi je disais que même si l'activité des francs-maçons était incessante, *des siècles passeraient sans qu'on puisse dire : Ils ont fait ceci ?* »

Ainsi, la pensée allemande, à cette période, se plaît à développer à l'infini des horizons silencieux. Ce n'est pas, comme le disent si souvent les esprits vulgaires, la « nuée allemande », ou le « brouillard allemand ». L'idée au contraire est d'une netteté admirable; mais le germe vigoureux et précis évolue lentement dans la durée illimitée. Le présent se discerne à peine dans l'insensible et puissant progrès du temps et des choses. Sous l'arbre à la croissance lente qui abrite leur second dialogue Ernst et Falk regardent un moment une fourmilière en mouvement.

« — Quelle activité et pourtant quel ordre! Tout porte, traîne, pousse, et nulle n'est un obstacle à une autre. Vois plutôt, elles s'aident les unes les autres.

« — Les fourmis vivent en société comme les abeilles.

« — Et en une société bien plus admirable, car elles n'ont personne parmi elles pour les tenir ensemble et les gouverner.

« — Il faut donc que l'ordre subsiste sans gouvernement.

« — Quand chacun sait se gouverner soi-même, pourquoi pas ?

« — Et s'il en était un jour ainsi parmi les hommes ?

« — C'est bien difficile.

« — A coup sûr !

« — Et c'est bien dommage. »

Ainsi ils écoutent les conseils profonds de la nature et ils entre-voient des possibilités infinies, mais dans l'évolution infinie. Toute impatience, toute brusquerie d'action est coupable et funeste.

« N'aie point de souci. Le franc-maçon attend paisiblement le lever du soleil et il laisse brûler les flambeaux aussi longtemps qu'ils veulent et peuvent brûler. Mais éteindre les flambeaux et, quand ils sont éteints, s'apercevoir qu'il faut rallumer les bouts de chandelle, ou même dresser d'autres flambeaux, ce n'est pas l'affaire du franc-maçon!

« — Je le pense aussi. Ce qui coûte du sang ne vaut pas une goutte de sang. »

Comme on pressent le drame de pensée qui va, à la rencontre de la Révolution française, émouvoir l'esprit allemand ainsi préparé par ses grands hommes! Cette Révolution qui éclate à l'horizon, est-ce bien le soleil qui se lève? Ou est-ce une flamme d'impatience et de colère, une lueur d'incendie qui crée une illusion d'aurore?

Il y aura tout ensemble, chez plusieurs, enthousiasme, trouble, incertitude. Quelle joie si la nature, révélant enfin en jets de flamme le long chemin obscur accompli sous l'horizon, faisait se lever vrai-ment un soleil de liberté et de justice! Mais, quelle déception si ce n'était là qu'une trompeuse clarté! Et même, si elle était vraie, si c'est vraiment le jour qui se lève, quelle mélancolie, peut-être, pour les esprits mieux préparés aux joies profondes et douces de l'attente infinie qu'aux joies nettes et brusques de l'action! Ce n'est pas toujours sans regret qu'ils souffleront sur ces flambeaux d'attente, pâlis par la lumière brutale du matin.

LA PENSÉE DE KANT

C'est pourtant d'une vue admirablement nette et pénétrante que Kant saisit tout le mouvement humain, et son enthousiasme est grave, patient et fort. Il a concilié le plus haut idéalisme moral avec ce qu'on peut appeler le réalisme ou le naturalisme historique le plus précis. Est-il possible de construire une science du mouvement humain, une histoire de l'humanité? Oui, car c'est la loi de l'esprit humain de ramener à un système et à un plan même le désordre et le chaos des faits innombrables et confus; et, si la nature se prête, dans ses manifestations inorganiques ou animales, à ce besoin de l'esprit, pourquoi ne s'y prêterait-elle point dans les mani-festations sociales de l'activité humaine? Aussi bien, quelle que soit la source profonde de l'action humaine et quelque opinion métaphysique que l'on ait sur la liberté de l'homme, les actes par lesquels la volonté humaine s'affirme sont, dans leur multiplicité, soumis à des lois. La statistique des mariages, des naissances et de tous les actes où intervient la volonté, atteste par la régularité et la suite relative des résultats la présence secrète des lois dans l'apparent chaos humain.

Théoriquement, il n'y a donc aucune impossibilité à construire le système de la vie humaine et à démêler les lois générales et essentielles des sociétés en mouvement, comme Kepler et Newton démêlèrent les lois des mouvements sidéraux. Pratiquement, il y a une difficulté extrême; car l'humanité est, en quelque sorte, dans un état intermédiaire. « Les hommes n'agissent pas par pur instinct comme les animaux et pourtant ils n'agissent pas, dans leur ensemble, selon un plan prédéterminé comme des citoyens du monde n'obéissant qu'à la raison. » Il n'y a donc dans la vie humaine, dans la vie sociale, ni la fixité brute de l'instinct, ni la fixité supérieure de la raison. La vie collective de l'humanité est, pour appliquer à la pensée de Kant quelques paroles de Pascal, un « milieu » incertain et trouble, où les actions et réactions mécaniques des forces aveugles et des passions instinctives sont mêlées de lueurs d'idées et comme ordonnées parfois par les lignes confuses d'un plan à demi conçu.

Quand Marx dira plus tard que l'humanité n'est encore que dans sa « préhistoire » parce qu'elle est dominée par les rapports de production au lieu de les dominer et parce qu'elle n'a pas pris encore la direction consciente des forces sociales inconscientes, il fera une application particulière de la grande idée de Kant. Mais, dans cette incertitude, ce flottement et ce mélange, deux choses sont certaines. La première, c'est que la nature, interprétée par l'esprit de l'homme, ne peut avoir d'autre fin que de procurer, dans le développement de la vie sociale, la victoire de la raison. Or, la raison, en qui et par qui chaque liberté se soumet à une règle universelle, fonde par là même l'accord des libertés. Et, comme la société civile parfaite est celle où les libertés ont atteint le plus haut degré possible d'action aisée et concordante, c'est l'institution d'une société civile idéale qui est le but suprême de la nature déployant à travers la durée l'humanité inquiète. Par là, par cette haute fin de liberté, de raison et de volontaire accord proposée au mouvement social, Kant est noblement idéaliste. Mais, quel sens concret et presque brutal de la réalité! Car c'est du fond de l'animalité que l'homme s'élève vers cette fin idéale; il est d'abord et essentiellement un animal; et les forces qui agissent en lui sont des forces animales, instinctives, aveugles, et qui ne se règlent qu'à la longue, par l'effet même des chocs innombrables où elles épuisent peu à peu leur antagonisme. L'homme, dans les limites de sa vie individuelle, ne peut pas réaliser toute sa nature, et bien des germes qui sont en lui périssent. Dans la lutte perpétuelle à laquelle il est condamné, il ne sait pas toujours faire tourner à son profit la dure leçon des choses. Ou il s'irrite, ou il s'abat.

Mais, c'est dans la longue vie de l'espèce que la nature tend à réaliser l'humanité, à développer et à mûrir tous les germes qui sont en elle, toutes ses puissances obscures et incultes. C'est par une rude méthode que la nature cultive l'humanité et l'oblige à manifester toutes ses ressources. En vain un secret désir de paix, de modération, d'innocence, pressentiment de l'état futur de l'humanité, semble envahir parfois le cœur des hommes. L'impitoyable nature ne leur laisse point de repos. Par les nécessaires aiguillons de la cupidité, de l'ambition, de l'orgueil, de l'inquiétude, elle les excite et les enflamme et les oblige à des efforts toujours nouveaux, à des rencontres toujours plus véhémentes avec les hommes et les choses et, ainsi, elle prépare une vivante et pleine harmonie qui ne sera pas le paresseux équilibre de forces inertes, mais l'accord final d'énergies actives et passionnées. Ces énergies auront éliminé peu à peu, par la continuité des chocs et la lente usure de la guerre, leurs éléments antagonistes et se déploieront à la fois dans la puissance et dans l'ordre.

Ce n'est pas, comme on voit, l'idyllique et naïve attente du royaume de la paix. Ce n'est pas la foi candide dans l'avènement de la douceur et dans la réalisation volontaire de l'universelle bonté. C'est un optimisme profondément réaliste, puisque c'est, pour ainsi dire, l'inévitable effet mécanique du choc des forces qui réalisera dans la nature les exigences de la raison. Celle-ci aura prise enfin sur le mécanisme des instincts et des passions, mais par ce mécanisme même. Les grandes périodes de l'histoire laissent au commencement d'accord quelques garanties et quelques fragments d'humanité, et, comme les générations peuvent se transmettre ces réalisations partielles d'humanité, de liberté et de paix, c'est nécessairement vers l'harmonie que va la brutale évolution du monde social.

La vraie philosophie de l'histoire consiste à suivre la formation de ce patrimoine humain, à dresser, de période en période, l'inventaire de l'humanité. En résolvant peu à peu les innombrables antagonismes qui sont le fond même de la vie sociale, la nature travaille à résoudre l'antagonisme essentiel qui est en chaque individu humain et qui est tout ensemble sa force et son tourment. Cet antagonisme fondamental, Kant le résume d'un mot : *c'est que l'individu humain a une sociabilité insociable.* S'il est seul, il est bientôt ou ennuyé, ou effrayé de sa solitude. Il a hâte de retrouver d'autres hommes et de s'associer à eux, soit pour se défendre plus aisément contre les périls dont il est enveloppé, soit pour accroître sa force par l'action combinée des autres forces, soit pour remplir, par les émotions diverses de la vie commune, le vide étrange de la vie.

Mais à peine, poussé par cet instinct irrésistible de sociabilité, a-t-il rejoint d'autres hommes et s'est-il en effet associé à eux, qu'il éprouve le besoin contraire de reconquérir sa solitude. Il veut défendre jalousement sa liberté individuelle et son caprice même. Il s'efforce de soumettre les hautes volontés à la sienne et, par ce despotisme, qui ne laisse subsister qu'une seule volonté, il réalise ce paradoxe de transformer, suivant la forte parole de Spinosa, la société même en solitude. Ces deux forces contraires et inséparables de sociabilité et d'insociabilité se heurteront âprement dans tout le monde social comme en chacun des individus, tant que la nature n'aura pas réalisé une société où toutes les libertés pourront se manifester et s'exercer harmonieusement.

Or, au XVIII° siècle, et en ces années 1784 et 1785 où Kant écrit quelques-uns de ses plus vigoureux opuscules sociaux, cet état d'équilibre des libertés est bien loin d'être réalisé. D'abord, à l'intérieur même de chaque Etat, il y a une telle contrariété des passions et des intérêts qu'un pouvoir contraignant est encore nécessaire pour maintenir la vie sociale. Mais, et c'est par là que le grand esprit d'émancipation du XVIII° siècle se marque avec précision dans l'œuvre de Kant, dès maintenant l'absolue liberté de la pensée doit être assurée à tous les hommes. Cette liberté ne les dispense pas de respecter les mécanismes politiques et sociaux, les mécanismes de hiérarchie et de contrainte qui créent encore le dur lien social. Même la critique libre de l'esprit doit s'appliquer avec plus de réserve et de prudence aux constitutions politiques qu'aux croyances religieuses, car les croyances religieuses sont toutes de l'ordre intérieur; elles se confondent si bien avec la vie de la conscience et de la pensée que si la pensée n'était pas pleinement libre dans les questions religieuses, elle serait menacée de servitude en son centre même.

Peu à peu la liberté de la critique et de l'esprit réagira sur les institutions politiques elles-mêmes et sur la volonté des souverains. Ainsi Kant combine un sens profondément conservateur avec les espérances révolutionnaires d'universel affranchissement politique et social par l'action interne de la pensée libre. Dans son remarquable opuscule de 1784 : *Réponse à la question : Qu'est-ce que l'Aufklaerung?* (c'est-à-dire en quoi consistent *les lumières?*) il affirme le droit de la pensée libre. C'est même la faculté de penser et de vouloir par soi-même qui est à ses yeux la caractéristique de l'homme. Toute pensée en tutelle est une pensée d'enfant.

« L'état d'enfance, c'est l'impuissance de se servir de sa raison sans la direction d'un autre. C'est une enfance dont on est responsable, lorsque cette dépendance de la pensée tient non à un manque de la pensée elle-même, mais à un défaut de résolution et de courage. *Sapere aude.* Ose penser! Aie le courage de te servir de ta propre raison!

« La lâcheté, la poltronnerie, voilà ce qui empêche la plupart des hommes, après que la nature même les a affranchis, de sortir de l'état d'enfance et qui rend si facile à d'autres de les y maintenir. Il est si commode d'être enfant. Si j'ai un livre qui a de la raison pour moi, un directeur spirituel qui a de la conscience pour moi, je n'ai nul besoin de prendre peine. D'autres assument la charge et l'affaire de ma propre vie. »

Et pourtant, quelque douce que soit à la paresse et à la lâcheté humaines cette enfance prolongée, il suffit que la pensée soit libre pour que peu à peu elle éveille tous les esprits aux joies viriles de la liberté. Ce n'est pas pour une élite intellectuelle que Kant demande et espère la pleine liberté de la pensée, c'est pour l'humanité tout entière, qui sera affranchie peu à peu par le vigoureux exemple des esprits libres.

« Il est possible que le public même s'éclaire; oui, c'est possible, et même, si on lui laisse la liberté, c'est à peu près inévitable. Car il se trouve toujours quelques hommes pensant par eux-mêmes *et précisément parmi ceux qui sont officiellement les chefs de la grande foule*, qui, ayant secoué eux-mêmes le joug de l'enfance intellectuelle, propageront autour d'eux le sens de la valeur de la pensée libre et de la vocation de l'homme à penser librement. Il se peut, il est vrai, que quelques-uns des chefs qui ont jadis appesanti parmi les hommes le joug de l'enfance intellectuelle, soient contraints de le maintenir pour le public même qu'ils auront façonné à la servitude, et qui prêtera plus complaisamment l'oreille à ceux de ses guides qui auront été personnellement incapables de s'affranchir. Tant il est dangereux de propager des préjugés, parce qu'ils se vengent plus tard sur ceux-là mêmes qui en ont été, ou eux-mêmes ou en la personne de leurs prédécesseurs, la cause première. (N'est-ce pas une allusion aux difficultés, aux préjugés, aux fanatismes contre lesquels se brisait l'effort philosophique de Joseph II?) *Il suit de là que le public ne peut arriver que lentement à la lumière. Une révolution peut amener la chute d'un despotisme personnel, elle peut mettre un terme à la tyrannie de l'avidité ou de l'ambition. Mais jamais elle ne peut produire une véritable réforme de la manière de penser, elle livre seulement la foule des hommes à la conduite de nouveaux préjugés.* »

C'est bien là tout l'accent de la pensée de Kant, à la fois mâle et réservée, vigoureuse et prudente. Il ne ruse pas avec le droit de la pensée libre. Il faut qu'elle ait toujours le courage de s'affirmer. Et cette pensée libre, en se propageant, refoulera les préjugés et réformera les institutions. Mais ce sera une évolution inté-

La nuit terrible à Paris, le 10 d'Août 1792.   *Die grausame Schröckens Nacht in Paris. d. 10 Aug. 1792.*

LA NUIT DU 10 AOUT 1792, A PARIS
Image contre-révolutionnaire allemande
(D'après une estampe de la Bibliothèque Nationale)

rieure et lente. Les révolutions extérieures, celles qui changent seulement la forme du pouvoir, ne sont que des accidents superficiels et sans valeur. C'est du dedans au dehors que les vraies révolutions doivent s'accomplir. C'est dans la pensée renouvelée et libérée qu'est la vraie source intérieure et profonde des changements sociaux. C'est bien là la méthode de révolution ou plutôt de réforme de cette Allemagne du XVIII° siècle, qui portait en elle toutes les fiertés et toutes les audaces de la pensée, mais qui n'était pas précipitée à l'action immédiate et extérieure par de grandes forces politiques et sociales. Mais, plus Kant limite d'abord à la pensée l'effort d'affranchissement, plus il veut que cet effort soit énergique.

« Pour l'extension des lumières, il n'est besoin que de liberté, et de cette liberté innocente entre toutes, la liberté de faire, en toute question, usage public de sa raison. *Mais maintenant, j'entends dire de tous les côtés : Ne raisonnez pas. L'officier dit : Ne raisonnez pas, mais manœuvrez. Le conseiller de finances dit : Ne raisonnez pas, mais payez. L'ecclésiastique : Ne raisonnez pas, mais croyez. Il n'y a qu'un maître au monde* (c'est à Frédéric II que Kant fait allusion) *qui dise : Raisonnez autant que vous voudrez, et sur tous les sujets que vous voudrez, mais obéissez.* Il y a donc partout ici limitation de la liberté. Mais quelle est la limitation qui fait obstacle aux lumières? et quelle est celle qui ne les contrarie point? Je réponds : l'usage public de la raison doit toujours être libre, et seul il peut répandre les lumières parmi les hommes, mais l'usage individuel et privé de la raison peut être limité sans que les lumières en souffrent. J'entends par usage public de la raison, la communication que l'homme, *comme savant*, fait de ses pensées au monde des lecteurs. J'entends par usage privé celui qu'il en fait dans une fonction civile qui lui est confiée, dans un emploi qu'il exerce. En ce moment, il y a dans beaucoup d'affaires qui concernent l'intérêt public, un mécanisme qui est nécesaire, et à l'égard duquel certains membres de la communauté doivent avoir une attitude purement passive; ils doivent se laisser diriger par l'impulsion gouvernementale ou s'abstenir de tout ce qui pourrait contrarier cette action. Là, à la vérité, il n'est plus permis de raisonner, et il faut obéir. Mais, quelle que soit la valeur de ce mécanisme pour l'homme qui fait partie d'une communauté, et même pour le citoyen du monde, il peut cependant, en sa qualité de savant s'adressant au public par des écrits, raisonner sur ce mécanisme même, sans que les affaires, où il joue pour sa part un rôle passif, puissent en souffrir. Ainsi il serait funeste qu'un officier qui reçoit un ordre d'un de ses chefs s'avisât, au service même, de raisonner sur la convenance et l'utilité de cet ordre : il doit obéir. Mais il peut, comme savant, faire des remarques sur les faits constatés dans le service des armées et la conduite de la guerre, et les soumettre au jugement du public. Le citoyen ne peut pas se refuser à payer les impôts, et si, au moment où il doit les payer, il s'élevait âprement contre ces charges, ce serait un scandale punissable, car il y aurait là un signal d'universelle résistance aux lois. Mais le même ne viole en rien son devoir de citoyen, lorsque, comme savant, il exprime publiquement sa pensée contre l'inconvenance ou l'injustice de ces impositions. De même, l'ecclésiastique est tenu d'instruire ses catéchumènes et sa paroisse selon le symbole de l'Eglise qu'il sert. Mais, comme savant, il a pleine liberté, il a même le devoir de communiquer au public, après de sérieuses méditations, toute sa pensée sur ce qu'ont de défectueux le symbole religieux et l'organisation de l'Eglise, et de proposer des réformes. Il n'y a rien là qui puisse charger la conscience. Car, ce qu'il enseigne en vertu de sa fonction, comme préposé ecclésiastique, il le donne comme un enseignement sur lequel il n'a aucune puissance, c'est seulement au nom d'un autre qu'il parle. Il dira : Notre Eglise pense ceci et cela, et voilà les motifs et les preuves qui la déterminent. Il fait produire par là, pour sa communauté, tout leur effet utile à des propositions qui n'ont pas son entier assentiment. »

Curieux dualisme et où s'exprime toute la pensée, toute la vie sociale de l'Allemagne à ce moment! Kant se préoccupe tout à la fois d'assurer la liberté absolue de la science et de ménager le mécanisme gouvernemental et administratif prussien. Quelle différence avec l'Anglais qui, s'il était convaincu de l'injustice d'un impôt, le refuserait individuellement, ou avec le Français qui prépare une révolution politique pour détruire les abus! Il suffit à Kant que la liberté de l'esprit, sous sa forme scientifique, soit intacte. C'est d'elle qu'il attend, sans impatience, les nécessaires transformations.

En fait, si docile ou même si prudente que soit l'action, cette liberté absolue de la science est un germe révolutionnaire, car, il vient un moment où la contradiction entre le fait et la pensée devient intolérable, même à ceux qui savent le mieux dissocier, selon la méthode allemande, la conduite pratique et la vie idéale de l'esprit. Si le fait ne cède pas, il faut qu'il violente la pensée, ou il faut que la pensée le maîtrise. Si Kant n'éprouve aucun malaise en cette dualité, ce n'est pas seulement parce que l'Allemagne ne se sentait alors capable que de l'audace de la pensée et qu'à lier la pensée et l'action elle aurait appesanti la pensée, mais non pas soulevé l'action. C'est aussi parce que la politique de Frédéric II, accordant toute liberté aux opinions, au moins en matière religieuse, et instituant partout une exacte discipline, donnait un fondement historique et réel aux savantes distinctions

kantiennes. Et, ici encore, l'influence immense de Frédéric II prévient en Allemagne tout mouvement d'action révolutionnaire. Il
a fait à la liberté sa part en laissant tout essor à la pensée. Kant
le dit expressément :

« Maintenant le champ est ouvert qui peut être librement travaillé, et les obstacles à l'universelle propagation de la lumière
pourront décroître chaque jour. *C'est en ce sens que notre âge
est l'âge des lumières ou l'âge de Frédéric.*

« Un prince qui ne juge point indigne de lui de dire qu'il tient
pour son devoir de ne rien prescrire aux hommes dans les choses
religieuses, mais de leur laisser au contraire toute liberté, et qui
éloigne ainsi de lui-même le mot orgueilleux de tolérance, ce
prince est lui-même éclairé et mérite la reconnaissance du monde
et de la postérité pour avoir arraché les hommes, au moins en ce
qui dépendait du gouvernement, à l'état d'enfance et de sujétion
intellectuelle. Sous lui, un ecclésiastique peut remplir le devoir
de sa charge et formuler des idées qui s'éloignent du symbole reçu.
Cette liberté de l'esprit s'étend même là où elle doit lutter contre
le gouvernement lui-même, méconnaissant son propre intérêt. Car
la preuve est faite par un exemple précis que la liberté ne peut
jamais être un péril pour la paix publique et pour l'union de la
communauté sociale. J'ai parlé surtout des lumières et de la liberté
dans les questions religieuses, parce que, en ce qui concerne les
sciences et les arts, nos maîtres n'ont aucun intérêt à se faire les
guides de leurs sujets. *Mais la pensée d'un chef d'Etat,* qui favorise la liberté de l'esprit dans l'ordre religieux, va plus loin, et elle
conclut ceci : *c'est que, même au point de vue de la législation
édictée par lui, il n'y a aucun péril à permettre à ses sujets l'usage
public de la raison.* »

Ainsi Kant, par la logique de la liberté, étend la critique de la
science aux institutions politiques. Mais, ce n'est que des gouvernements eux-mêmes qu'il attend la réforme de ces institutions. Il
dit, dans ses *Idées sur l'histoire universelle,* à propos de la liberté
économique et politique :

« La liberté civile ne peut pas être atteinte sans qu'on en res-
sente un sérieux dommage dans toutes les branches de l'activité,
notamment dans le commerce, et sans qu'il y ait décroissance des
forces de l'Etat. Ainsi la liberté progresse nécessairement. Lorsqu'on empêche le citoyen de chercher sa liberté par les moyens
les plus efficaces, sous la seule condition de s'accorder avec la
liberté d'autrui, on contrarie par là la vitalité de l'industrie intéressée et, par suite, la force de l'ensemble. Dès lors les lumières
apparaissent comme un grand bien : *ces lumières et, avec elles, la
sympathie qui vient du cœur de tout homme éclairé pour le bien*

qu'il a pleinement compris, montent nécessairement jusqu'aux trônes et influent même sur les principes du gouvernement. »

C'est donc des esprits au souverain que le progrès se propage et il se réfléchit ensuite du souverain, du gouvernement, sur les institutions transformées. On ne peut pas dire que Kant attend la réforme graduelle du monde des puissances politiques constituées, puisque c'est de la pensée que l'initiative émane. Mais elles sont l'organe nécessaire de ces réformes. Et même la liberté de la pensée, principe de tout renouvellement et de tout progrès, suppose une grande force gouvernementale. Si un pouvoir est faible, s'il est contesté ou s'il a peur de l'être, il se méfie de la pensée.

Au contraire si, comme celui de Frédéric, il a confiance en sa propre force, s'il est assez vigoureusement constitué pour ne pas redouter les atteintes de la pensée libre et si son mécanisme administratif fonctionne avec une sûreté absolue, il peut laisser toute indépendance à la pensée. Ainsi, en un sens, la pensée est d'autant plus libre que le pouvoir est plus fort. Kant, avec ce pénétrant réalisme dont j'ai déjà parlé, et sous l'influence visible de la politique frédéricienne, explique ce qu'il appelle lui-même un « paradoxe » historique.

« Celui-là seul qui, éclairé lui-même, n'a pas peur d'une ombre et a en même temps en main comme garantie de l'ordre public une grande armée bien disciplinée, celui-là peut dire ce que n'ose dire un État libre : raisonnez tant que vous voulez, et sur quoi vous voulez, mais obéissez. Et ici se révèle la marche surprenante et imprévue des choses humaines, où d'ailleurs, quand on la considère en grand, tout est paradoxe. Un plus haut degré de liberté civile semble avantageux à la liberté de l'esprit du peuple et lui impose pourtant des limites infranchissables; un moindre degré de celle-là crée à celle-ci au contraire un espace où elle peut déployer toute sa force. Mais, lorsque la nature a ainsi entouré et protégé de cette dure enveloppe le germe pour lequel elle a la plus tendre sollicitude, c'est-à-dire l'instinct et la vocation de la pensée libre, ce germe précieux réagit sur la façon de sentir du peuple, (qui devient de plus en plus capable d'agir librement), et enfin sur les principes mêmes du gouvernement qui trouve avantageux de traiter selon sa dignité l'homme qui maintenant n'est qu'une machine. »

Ainsi c'est la dure enveloppe de l'État prussien et du despotisme frédéricien qui protège la liberté de la pensée allemande; et c'est seulement à l'action interne de cette liberté lentement accrue et mûrie que l'enveloppe cédera; briser celle-ci du dehors, ce serait s'exposer à mettre le germe de liberté à découvert avant qu'il puisse supporter cette épreuve. Par ce souci noble, positif et profond de la liberté, combiné avec ce sens des nécessités gouver-

nementales, nous pressentons ce que sera l'attitude du grand
esprit de Kant envers la Révolution française. Il l'accueille avec un
enthousiasme profond parce qu'elle proclame le règne de la
raison, parce qu'elle est à ses yeux la force de l'esprit perçant
enfin la dure enveloppe protectrice de contrainte et s'épanouissant
librement. Kant en est d'autant plus réjoui qu'à l'origine au moins,
c'est avec le concours de la royauté qu'elle semble se produire;
c'est le roi qui convoque les Etats généraux et il accepte ou paraît
accepter le rôle nouveau que la Constitution lui assigne. Et Kant
conçoit l'espérance que, par l'exemple de la Révolution française,
les germes de raison et de liberté mûriront plus vite en Allemagne.
Puisque la raison est, du moins un moment, montée en France
jusqu'au trône, pourquoi ne monterait-elle pas aux trônes d'Allemagne! Puisqu'en France la liberté s'est convertie, par une nécessaire évolution du dedans au dehors, en liberté politique, pourquoi
en Allemagne la liberté intellectuelle ne se réaliserait-elle point
aussi dans l'ordre des faits? Mais cette espérance n'est accompagnée chez Kant d'aucune impatience d'action; et, dès que la
Révolution française est obligée de violenter la royauté et de frap-
le roi, il lui retire son approbation.

Selon lui, les institutions traditionnelles, si brutales qu'elles
soient, n'auraient pu se fonder et durer sans un certain consentement même des opprimés; l'oppression absolue qui suppose le
refus absolu des hommes au régime qu'ils subissent est une impossibilité historique et, dès lors, toute institution étant à quelque
degré un contrat, doit être résolue à l'amiable et par la volonté
commune des contractants. En second lieu, la nécessité où est une
Révolution de recourir à la violence est un signe pour Kant que
la préparation intérieure et profonde des esprits est insuffisante.
Or, c'est cette préparation des esprits qui est pour Kant l'essentiel
des Révolutions; et, si elles sont superficielles, elles ne valent pas
ce qu'elles coûtent; elles ne valent pas le sang qu'elles versent et
les ruines qu'elles font. Voilà les points de vue de Kant sur la
Révolution française et ils sont à l'avance marqués dans son
œuvre. Mais, s'il est prêt à désavouer les violences, il n'est pas
prêt à se laisser décourager par l'insuccès partiel ou même total
des entreprises de liberté; car leur succès est assuré, pour un
temps que l'esprit ne détermine pas; et l'optimisme réaliste de
Kant, s'il est rebelle aux impatiences et aux fièvres, est prémuni
contre tout désespoir ou même contre toute lassitude. C'est ainsi
encore qu'il affirme, sans illusion et sans hâte, la nécessité de l'universelle et éternelle paix entre les nations. Ce qu'il y a de plus
scandaleux et de plus douloureux dans le spectacle du monde,
c'est le régime de guerre perpétuelle et de perpétuelle défiance qui
met les peuples aux prises. Dans l'intérieur de chaque nation,

l'état de nature et de pure violence a fait place à un certain ordre social qui assure en quelque façon et à quelque degré le respect réciproque des libertés. Mais, dans les rapports de nation à nation, c'est l'état de nature qui subsiste en son entier et Kant ne cesse de le déplorer.

« La nature humaine, écrit-il dans son opuscule *Cela peut être bon en théorie,* n'est nulle part moins aimable que dans les rapports réciproques des peuples. Aucun Etat n'est un seul moment assuré à l'égard des autres dans son indépendance ou dans sa propriété. La volonté de s'asservir ou de se frustrer réciproquement est constante; et les préparatifs de défense, qui rendent souvent la paix plus accablante et plus destructive du bien-être que la guerre même, ne peuvent jamais être abandonnés. »

Il dit encore avec force dans ses *Idées sur une histoire universelle :* « Le problème d'une constitution civile dépend du problème des rapports légaux des Etats entre eux et ne peut pas être résolu à part de celui-ci. A quoi sert-il de travailler à une constitution civile conforme à des lois parmi des particuliers, c'est-à-dire à l'organisation d'une communauté sociale définie? La même insociabilité, qui a eu pour effet final d'obliger les individus d'une nation à régler en effet leurs rapports par des lois, fait de chacun de ces Etats, dans ses rapports avec les autres Etats, un Etat de nature qui se meut dans une liberté sans frein; ainsi chaque Etat doit attendre des autres Etats précisément les mêmes maux qui pressèrent et obligèrent les hommes, à l'intérieur de chacun d'eux, à fonder un ordre civil régulier. »

L'état de guerre entre nations est si atroce qu'il justifie presque, selon Kant, les paradoxes de Rousseau contre la civilisation :

« Avant que ce dernier pas soit fait et que les Etats soient liés entre eux, *c'est-à-dire quand la nature humaine n'est encore qu'à moitié de sa formation,* elle a subi les pires maux sous les prétextes trompeurs de puissance, de richesse et de gloire; *et Rousseau n'avait pas tellement tort de préférer l'état sauvage,* si on ne tient pas compte de ce dernier degré où il faut que notre espèce s'élève. Nous sommes cultivés au plus haut point par l'art et la science. Nous sommes civilisés jusqu'à la surcharge, accablés de toutes sortes de raffinements vains. Mais, pour pouvoir nous considérer comme des êtres moraux, il nous manque beaucoup encore... Aussi longtemps que les Etats dépenseront toutes leurs forces en entreprises stériles et violentes d'agrandissement, et contrarieront ainsi sans trêve les efforts d'éducation intérieure des citoyens, il n'y a rien à espérer; car tout progrès humain véritable suppose un grand effort de chaque communauté pour éduquer ses citoyens. Tout bien qui n'est pas greffé sur un noble sentiment moral n'est qu'apparence creuse et splendide misère. Et l'humanité restera dans cet état tant qu'elle ne s'arrachera point à l'état chaotique des relations internationales. »

Mais, comment sortir de cet état de nature et de guerre qui afflige les peuples? Il serait vain d'espérer qu'un habile équilibre politique des États préviendra à jamais les conflits. Les diplomates s'épuiseraient en vain à réaliser des combinaisons que le moindre déplacement des forces jetterait bas.

« Fonder une paix universelle durable sur ce qu'on appelle la balance des pouvoirs en Europe, semblable à cette maison de Swift si parfaitement construite par un architecte d'après toutes les lois de l'équilibre qu'un oiseau en se posant sur elle la faisait crouler, c'est une chimère, un fantôme de l'esprit. »

Non, il faut que tous les États, quelle que soit leur force relative et quelque instable que soit l'équilibre naturel des puissances, soient conduits à accepter une loi de justice supérieure à tous, des sentences conformes à des lois. Mais, comment y seront-ils conduits? Oh! ce sera un long et dur effort. Ceux-là ont été des rêveurs qui ont cru que la paix universelle serait aisément réalisée. Non; elle résultera dans la suite des temps et, après de multiples échecs, de la force de la raison imposant peu à peu aux esprits l'idée d'une règle et aussi de l'action mécanique des chocs épuisant les antagonismes.

L'humanité ne rejettera la guerre que lorsqu'elle en aura éprouvé longtemps encore les détestables effets sans cesse aggravés. Mais, dira-t-on, les États ne se soumettront jamais à ces règles contraignantes; et le projet d'un État universel des peuples, sous la loi duquel tous les États particuliers accepteraient de se placer, peut sonner superbement dans les théories d'un abbé de Saint-Pierre ou d'un Rousseau, il n'aura jamais aucune valeur pratique; et déjà il est pour les grands hommes d'État, et surtout pour les chefs d'État, qui n'y voient qu'un jeu d'enfant ou de pédant, un objet de moquerie.

« Pour ma part, dit Kant, j'ai plus de confiance dans la théorie qui résulte du principe même du droit et qui est appelée à régler les rapports des États comme des hommes. J'ai confiance qu'elle saura peu à peu imposer aux dieux de la terre comme maxime d'action de régler les différends d'État à État de façon à préparer ce lien universel de droit entre les nations, cet État universel des peuples et à en rendre possible la réalisation... Je ne puis tenir la nature humaine pour si enfoncée dans le mal que la raison morale pratique ne puisse triompher enfin après bien des tentatives infructueuses. »

Il compte sur la « nature des choses » qui servira, par de dures expériences, les exigences morales de la raison. Sous l'effroyable continuité des chocs, et sous le poids des croissantes dépenses de guerre, l'humanité cherchera enfin à sortir de « l'enfer des maux de la guerre. »

« Quoique nos maîtres du monde ne puissent consacrer à l'éducation publique les sommes dévorées par la guerre, ils trouveront un jour de leur intérêt d'encourager les pénibles efforts des peuples

EMMANUEL KANT
(D'après une estampe de la Bibliothèque Nationale)

HISTOIRE DE LA RÉVOLUTION. — V.

vers la paix. Et enfin la guerre deviendra peu à peu non seulement si artificielle et d'une issue si incertaine, mais si coûteuse, par le fardeau croissant des dettes d'Etat (une invention récente), que les Etats iront au devant des décisions arbitrales et se disposeront en un seul et immense corps d'Etat dont l'histoire n'offre jusqu'ici aucun modèle. »

Ainsi, pour le dur et nécessaire avènement de la paix internationale, comme pour le progrès de la liberté et de la justice en chaque nation, la confiance de Kant est fondée, non sur la complaisance de l'imagination au bien souhaité, mais sur la certitude d'une double action à la fois mécanique et morale qui déploiera ses effets dans les siècles. La pensée de Kant est ainsi comme un port ouvert sur la Révolution française, mais dont aucune tempête, aucune vague furieuse ou forte n'ébranlera les jetées. Même quand le conflit de la Révolution et de l'Europe aura déchaîné la guerre, il restera immuable en sa certitude de la paix. Il attendra, avec une sorte de fermeté stoïque et sobre de l'esprit, que la nature, par l'extrême tension des ressorts belliqueux et la lassitude des antagonismes exaspérés, ait ouvert la voie à la conscience et à la raison. L'éducation de l'humanité se fera par la culture intérieure et la réflexion, elle se fera aussi par la douleur.

LA PENSÉE DE HERDER

Vaste et hardie est la pensée de Herder, mais sans application précise immédiate, sans force d'impulsion. De sa philosophie audacieuse et puissante ne se dégage aucun programme d'action. D'abord, plus que tout autre, ce pasteur au grand et libre esprit, mais qui prêchait à la Cour et qui enseignait le christianisme, évitait, si l'on peut dire, la pensée directe et agressive. Ce n'était point prudence ou pusillanimité. Kant le félicite justement de la liberté d'esprit dont il donne courageusement l'exemple aux hommes de son état. Sa conception générale du monde est pénétrée de naturalisme et de panthéisme et elle annonce le transformisme.

Dans ses *Idées pour servir à l'histoire de l'humanité* il voit dans tous les êtres des manifestations variées d'une même force organique et vitale. Il note les analogies, qui, de règne à règne et d'espèce à espèce, révèlent la continuité de la nature, et l'homme lui apparaît comme le résumé de toutes les forces et de toutes les formes antérieures. Kant qui, avec son positivisme prudent, répugnait à ces spéculations, lui objecte que l'innombrable multitude des êtres rend ces analogies inévitables.

« Elles n'auraient, dit-il, quelque valeur que si on en concluait la parenté des êtres et des espèces, soit qu'elles naissent les unes des autres, soit qu'elles soient toutes sorties d'un même sein maternel; *mais il ne serait pas juste de prêter à l'auteur une idée aussi monstrueuse.* »

Herder était en tout cas à la limite du transformisme si violemment répudié par Kant. Et il assignait au développement humain des causes physiologiques très précises. Il mettait l'Allemagne en garde contre l'illuminisme, contre les rêveries de la mysticité, contre l'exaltation vaine du sentiment, et c'est, selon sa propre expression, une histoire naturelle de l'humanité qu'il voulait écrire.

« Je ne veux pas disait-il, m'occuper du surhomme, de l'*übermensch;* mais seulement de l'homme; ce sont les lois de la nature humaine que je veux suivre. »

Et il ajoutait : « La raison et la santé sont les deux bases du développement humain ; toutes doctrines, toutes pratiques qui tendent à les diminuer sont inhumaines. »

Il louait, « malgré ses lacunes et la médiocrité de beaucoup de ses plaisanteries », l'*Histoire universelle* de Voltaire, son *Essai sur les mœurs et l'esprit des nations,* parce qu'il y racontait la « pure humanité » et dépassait par là le point de vue de Bossuet et des autres systématiques. C'était donc un esprit robuste, franc et sain. Malgré son admiration pour Lessing, il est sévère pour l'hypothèse des « renaissances » que celui-ci a formulée à la fin de son *Education de l'humanité.* Et pourtant, par une de ces complications qui déconcertent l'esprit français et qui s'expliquent par le génie à la fois rationnel et novateur de la Réforme, Herder commentait en pieuses paroles les textes de l'Evangile et les miracles mêmes qui y sont contés. Evidemment Herder n'admettait point la matérialité de ces miracles; et jamais il ne s'y appuie. Toujours il donne au récit un sens symbolique; par exemple, quand il commente la résurrection du fils de la veuve de Naïm, il note seulement qu'une minute à peine avant le miracle la veuve n'espérait pas; et il dit : « C'est l'image de ce qui se produit en nous chaque jour; nous désespérons, nous sommes désolés et arides juste à l'heure où Dieu va susciter la force dans notre cœur et dans notre esprit. » Ainsi le miracle semble se fondre dans l'intimité de notre vie morale. Mais, pas une minute, Herder ne déchire d'une main brutale le symbole un peu enfantin dont la vérité est enveloppée.

La grandeur de l'esprit c'est de tout comprendre et de s'accommoder aux formes successives que revêt la réalité. «La petitesse de l'esprit, dit-il, est un attentat contre la majesté de la nature » et aussi contre la majesté de la race humaine qui a affirmé sa puissance, ses espérances, ses douleurs et ses joies par le rêve comme par la science, par la religion naïve comme par la philosophie éclairée. Oui, mais ces esprits si accueillants, si compréhensifs et si souples, n'étaient pas prêts à engager contre la vieille Allemagne des préjugés et des tyrannies la lutte directe et claire, le combat révolutionnaire. Pourtant, à sa manière aussi, Herder travaille à l'affranchissement de son peuple. Il lui montre l'humanité toujours en mouvement, toujours en progrès : il lui ouvre par là même de nouveaux horizons. Et surtout il s'applique à rendre à l'Allemagne la conscience intellectuelle d'elle-même. Ah! de quel accent, plus profond que celui de Lessing et de Klopstock, il proteste contre la « gallicomanie », contre l'engouement des puissants de l'Allemagne pour les lettres et les mœurs françaises! Chez Lessing, chez Klopstock, c'est de la littérature. Chez Herder, il y a un sentiment plus pieux, un douloureux respect pour cette profonde nationalité allemande si morcelée, pour cette âme allemande si méconnue et foulée. Comme il s'indigne de l'abaissement social de la langue de la patrie, et du préjugé qui veut que le noble parle français à son égal et allemand à son domestique! Comme il souffre de la terrible dispersion de forces qui, depuis la guerre de Trente Ans et le traité de Westphalie, a presque aboli l'Allemagne! Il parle avec émotion du grand Leibniz qui a reconstitué, en quelque sorte par la puissance de son génie, l'unité intellectuelle de l'Allemagne. Et c'était une Allemagne conciliante, large, humaine, qu'il rêvait. Il lui assignait pour première tâche de réconcilier les religions, non par la puérile uniformisation des pratiques et du culte, mais par l'ampleur de la pensée et la richesse du sentiment. Lorsqu'à la veille de la Révolution française il passe à Nuremberg, allant en Italie, l'œuvre du maître Albert Dürer lui rappelle l'antique puissance créatrice de l'Allemagne : « Oh! comme les princes ont méconnu l'esprit de la nation allemande! Comme ils l'ont opprimé, dissipé en orgies et gaspillé! » Et, par la force même de son pieux désir, il suscite à nouveau la conscience allemande. Il espère que les princes eux-mêmes seront touchés de cette grande pensée commune et qu'avec leur aide aussi, l'Allemagne s'affirmera.

« Quoi? Un mausolée pour l'Allemagne, un monument des morts? Oui, il est vrai que notre patrie est à plaindre de n'avoir aucune voix universelle, aucun lien de réunion où tous puissent parler à tous. Tout en elle est divisé et il y a tant de choses qui maintiennent cette division : religions, sectes, dialectes, provinces, gouvernements, usages et droits. C'est seulement au cimetière, paraît-il, qu'il y a place pour une pensée commune.

« Mais pourquoi seulement là? Est-ce que partout, des classes les plus hautes aux plus humbles, des forces visibles et invisibles ne travaillent pas à faciliter, à préparer cette communauté de pensée, cette mutuelle reconnaissance des esprits allemands? Une partie de l'Allemagne avait grandement distancé l'autre : celle-ci

JOURNÉE DU 2 SEPTEMBRE 1792
Image contre-révolutionnaire allemande
(D'après une estampe de la Bibliothèque Nationale)

s'efforce maintenant de rejoindre la première; et nous serons bientôt en état de trouver une commune mesure. Tout honnête homme
doit s'y efforcer, et aussi les princes. La différence de religion ne
fait rien : car dans toutes les religions de l'Allemagne il y a des
hommes éclairés et bons. La différence des dialectes, des pays de
bière et des pays de vin, n'est pas non plus ce qui nous tient séparés
les uns des autres; c'était le pitoyable particularisme des intérêts
d'Etat : plus de pensée et de culture d'un côté, plus de force matérielle et de richesse de l'autre : voilà ce qui nous divise : et cela,
j'imagine, la force souveraine du temps peut en avoir raison.

« Car, dites-moi, qu'est-ce qui nous empêche, nous Allemands,
de nous considérer tous ensemble comme des collaborateurs à une
œuvre commune d'humanité, de nous respecter et de nous aider?
N'avons-nous pas tous un même langage? Un instinct commun?
une même raison? un même cœur humain? On n'a jamais pu
barrer la voie à la philosophie et à la critique; elles travaillent toujours; elles sont les mêmes dans toutes les têtes bien faites, et leurs
règles sont universelles. Gloire et reconnaissance à tous ceux qui
cherchent à réaliser la communauté des pays allemands par les
écrits, par l'industrie, par les institutions de tout ordre; ils rendent
possible l'action commune et la mutuelle reconnaissance des forces
les plus diverses; ils lient les provinces de l'Allemagne *par des
liens spirituels, les plus puissants de tous.*

« Qu'il nous manque une capitale, cela ne fait rien à l'affaire.
Par là la formation du goût peut être entravée. Mais aussi le goût
peut aussi bien être corrompu et enchaîné par la capitale qu'il en
est d'abord favorisé. Les vues droites, les pensées tranquilles et
fortes, les entreprises vigoureuses, le sentiment profond des réalités familières qui nous procurent la paix, tout cela n'appartient
point aux capitales : c'est à l'air libre que toutes les forces saines
ont tout leur jeu. Plus il y a de messagers allègres de la science
et de la pensée, partout répandus dans le pays, plus est rapide la
communication des sentiments et des découvertes; et, aucun
prince, aucun roi ne cherchera à gêner les communications, s'il ne
perd pas de vue les avantages infinis de l'industrie, de l'esprit, de
la culture...

« Ce n'est pas seulement par la raison que je voudrais que se
réalisât l'unité allemande, mais plus encore par le caractère, par
l'esprit de résolution et d'entreprise. Nous savons tous que dès
longtemps les Allemands ont plus fait qu'ils n'ont fait parler
d'eux. En chaque province de l'Allemagne vivent des hommes qui,
sans la vanité française et sans l'orgueil anglais, patiemment et
douloureusement, font de bonnes et nobles choses qui, mieux
connues, susciteraient le courage et l'enthousiasme. A ceux-là je
ne souhaite ni une Cour ni une capitale, mais un autel de la probité

et de la fidélité, où les cœurs et les esprits se pourraient rassembler. Cet autel ne peut exister que dans l'esprit, c'est-à-dire dans les œuvres des écrivains : c'est là qu'iraient s'enflammer les âmes et se fortifier les cœurs. Le nom allemand, que maintenant bien des nations méprisent et dédaignent, apparaîtrait alors comme le premier de l'Europe, sans tapage, sans prétention, fort de sa propre force, ferme en sa propre grandeur. »

Quelle foi dans la puissance de l'esprit! Quel culte fervent pour la pensée! De même que Kant attend surtout le progrès extérieur, politique et social, du progrès intérieur de la liberté et de la volonté, de même c'est de l'esprit, de son travail profond, que Herder attend l'unité de l'Allemagne : non pas une unité d'agression, de conquête et de violence. Non, non, ce n'est pas pour aiguiser le glaive que l'esprit se lève.

« La gloire d'une patrie ne peut être aujourd'hui la sauvage gloire de conquête qui a bouleversé comme un mauvais démon l'histoire de Rome, des barbares et de tant de fières monarchies. Que serait une mère qui, comme une seconde et pire Médée, immolerait quelques-uns de ses enfants pour réduire des enfants étrangers en esclavage, et en faire le jouet de ceux des siens qu'elle n'aurait pas sacrifiés?... La gloire de la patrie ne peut être aujourd'hui que de donner à tous ses fils la sécurité, l'activité, le libre et joyeux essor, bref, cette éducation qui est le trésor et la dignité de l'homme. »

Mais, si ce n'est pas d'une Allemagne belliqueuse et vaine que rêve Herder, c'est d'une Allemagne forte et grande. Et un magnifique orgueil national s'éveille mêlé à l'orgueil de la pensée. Prenez garde, révolutionnaires de France! En apportant la liberté, en l'imposant du dehors, vous réformez peut-être, mais vous humiliez. Prenez garde, soldats de Custine aventurés jusqu'à Francfort!

LA PENSÉE DE SCHILLER

Au-dessus de ce travail profond de l'Allemagne, les poésies de Schiller s'élevaient parfois comme des nuées ardentes, mais un peu vaines. Dans ses appels à la liberté, il y a plus de rhétorique exaltée que de vertu révolutionnaire. Son fameux drame des *Brigands*, écrit presque sur les bancs de l'école et joué en 1782, atteste, en même temps que la ferveur du rêve de la jeunesse d'alors, l'impuissance de la bourgeoisie allemande.

Karl Moor a beau annoncer qu'il fondera « une république auprès de laquelle Sparte et Athènes n'auront été que des couvents ». Il a beau promettre aux libres énergies impatientes une

carrière infinie. Si l'œuvre de justice prend la forme du brigandage,
si ce sont des révoltés de grand chemin qui entreprennent de protéger le pauvre paysan et l'honnête marchand contre les extorsions
des nobles et des hommes de loi, c'est que la possibilité d'un ordre
politique et social nouveau n'apparaît point.

Les *Brigands* sont un cri de désespoir plus qu'un appel à l'action : et Schiller s'applique vite dans sa préface à en réduire
encore la portée. Son marquis de Posa qui, dans le *don Carlos* de
1787, prêche la tolérance et proclame la souveraineté des peuples,
ne compte pourtant, pour émanciper les hommes, que sur « un fils
de roi suscité par la Providence et enflammé d'un noble enthousiasme ». Ainsi ce n'est pas aux énergies directes d'un peuple
éclairé et fier que Schiller confie l'avenir. Et il attend l'émancipation du monde beaucoup moins d'un acte de volonté des classes
asservies, que d'une sorte de douce et universelle floraison de
bonté. Ecoutez la belle chanson à laquelle bientôt les Allemands
révolutionnaires emprunteront son large et mystique refrain, et
dont ils feront un *Hymne à la liberté* : c'est un *Hymne à la joie*.
« Joie, belle étincelle divine, fille de l'Elysée, nous approchons de
ton sanctuaire, ô déesse, le cœur ardent. Tes enchantements lient
de nouveau ce que la mode a séparé: et tous les hommes deviennent
frères, partout où s'attarde la douceur de ton aile.

> Enlacez-vous, millions d'hommes
> C'est le baiser universel.
> Par delà les célestes dômes
> Bat sans doute un cœur paternel.

« Que tous ceux à qui est échue cette grande fortune d'avoir
vraiment un ami, que tous ceux qui ont gagné le cœur de la femme
aimée mêlent leurs cris d'allégresse. Que tous les vivants de la
terre fêtent la divine sympathie; c'est elle qui les conduit jusqu'aux
étoiles où trône le dieu inconnu. Tous les êtres boivent la joie aux
mamelles de la nature, tous, les bons et les mauvais... La joie est
le puissant ressort dans la nature éternelle. C'est la joie, la joie
divine qui fait aller les roues dans la grande horloge du monde.
C'est elle qui fait éclore les fleurs des germes et les étoiles du
firmament. C'est elle qui meut les sphères dans les profondeurs
où le télescope n'atteint pas... Que tous soient délivrés des chaînes
de la tyrannie et que les méchants mêmes aient de la joie. Que
l'espérance visite le lit des mourants et que le haut tribunal fasse
grâce. Les morts aussi doivent vivre. Frères, buvez et chantez en
chœur : tous les péchés seront remis et il n'y aura plus d'enfer.
Que l'heure du départ soit sereine, et que le sommeil soit doux

dans le linceul. Frères, qu'une douce parole tombe de la bouche
du juge des morts. »

C'est vraiment une large et puissante palpitation : le cœur même
de la nature est ému et se soulève en un vague espoir infini. Par la
douce sympathie universelle et l'universel pardon tomberont toutes
les chaînes : les chaînes du despotisme, les chaînes du péché, les
chaînes de la mort. Mais comme cette vaste et vague libération des

GŒTHE
(D'après une estampe du Musée Carnavalet)

êtres et des mondes sollicite peu l'effort immédiat et la vigueur
précise de l'action révolutionnaire!

Ainsi, quand éclatent à l'horizon de l'Allemagne les premières
lueurs de la Révolution française, l'esprit allemand est soulevé
par une grande force de pensée et par de hautes aspirations. Mais
il n'y a pas de puissance organisée et active prête à entrer brutalement en lutte contre le vieux monde. Pourtant, l'oppression sociale
est plus lourde encore qu'en France; le servage, qui a presque
disparu de la société française, est encore appesanti sur le paysan
allemand et les efforts même de Frédéric II et de Joseph II pour

le réduire se sont à peu près brisés. Du fond de cet abîme, le
paysan n'entend pas ou à peine les premiers appels de la France
révolutionnaire à la liberté; et tout d'abord l'esprit même des plus
nobles penseurs allemands salue en la Révolution un beau spectacle humain, mais non un modèle.

Kant, malgré son enthousiasme pour la Déclaration des Droits
de l'Homme et la liberté, ne se détourne pas un moment de son
chemin ardu. C'est en 1791 qu'il publie sa *Critique du jugement*,
suite de sa grande œuvre critique. Et c'est dans l'ordre de la
pensée qu'il accomplit une révolution silencieuse.

GŒTHE

C'est en 1790 que paraît la première partie du *Faust* de Gœthe.
Et en l'âme de Faust il n'y a pas trace de la grande émotion révolutionnaire et humaine. Quand le vieux savant lassé va boire la
coupe de mort, il est un moment retenu par le chant pieux et pur
des simples: « Christ est ressuscité ». Et les cloches qui sonnent lui
chantent la chanson du passé; aucune ne chante le chant de l'avenir, l'universelle libération révolutionnaire des hommes.

Comme le grand philosophe a pu poursuivre le travail profond
de sa pensée sans que l'ébranlement du sol ait bouleversé ses
travaux, de même le grand poète a préservé son rêve de tout reflet
social. C'est le conflit de l'homme avec toute la nature et toute la
destinée qui éclate dans *Faust;* et Gœthe aurait craint de le rapetisser s'il y avait mêlé le conflit passager et étroit de l'homme avec
un système d'institutions. Mais il n'aurait pu tracer autour de sa
pensée ce cercle de sérénité et de mystère si la conscience allemande avait été comme obsédée par les premiers éléments révolutionnaires de France. Non, l'Allemagne des artisans, des petits
bourgeois et des paysans était somnolente encore et l'Allemagne
des penseurs regardait, curieuse, souvent sympathique, mais d'un
esprit d'abord détaché et à demi passif. Ce n'est que peu à peu et
sous l'action répétée des événements que l'esprit public de l'Allemagne s'émeut et s'ébranle.

WIELAND

Wieland note, presque au jour le jour, les impressions que fait
« sur le spectateur allemand cette intéressante tragédie ». C'était
un esprit mesuré et prudent, une sorte de « juste milieu ». Sa

sympathie pour la Révolution est visible. Mais il redoute les commotions étendues qui en vont résulter. Dans un dialogue d'août 1789, un des interlocuteurs s'inquiète : « Est-il vraisemblable, est-il imaginable que le roi se laissera enlever les droits et prérogatives qu'il a reçus en héritage et qui ont toujours été reconnus, s'il le peut empêcher? Et si son parti (car il n'est sûrement pas encore abandonné de toute la nation) n'est pas en ce moment assez fort pour résister à un peuple soulevé par ses représentants, restera-t-il longtemps aussi impuissant? La noblesse n'est-elle pas le protecteur naturel du trône? Les autres princes assisteront-ils, comme à une pièce de théâtre, à une Révolution qui est pour eux comme un terrible miroir? Peuvent-ils demeurer inactifs quand on leur démontre, non plus par de vaines spéculations imprimées sur du papier, mais par le fait même, qu'il dépend à tout moment de leurs peuples de leur refuser l'obéissance et d'opposer à leurs bras des milions de bras armés? qu'ils ne peuvent plus même compter sur leurs troupes soldées et que ni le droit héréditaire, ni le couronnement, ni l'onction sainte ne gardent quelque valeur quand il vient a l'esprit de la nation de se donner une Constitution nouvelle ? Je le répète : les souverains les plus puissants de l'Europe vont-ils assister en simples curieux, comme Néron à l'incendie de Rome, à une Révolution qui leur présage leur propre destin ou à celui de leurs successeurs? Et si, comme il n'y en a que trop de raisons, on aboutit à une guerre sociale universelle, quel sera le sort de la France? »

Ailleurs, il se demande si la longue servitude où la France a vécu n'a pas laissé en elle des impressions presque ineffaçables. « A mon avis, il en est de la servitude comme de la santé. Un peuple qui pendant des siècles a été courbé sous le joug d'un pouvoir arbitraire et qui a été d'un enthousiasme fervent pour des rois responsables seulement devant Dieu, si on le déclare libre d'un coup, c'est comme si on voulait déclarer sains des hommes maladifs, énervés par les excès ou affaiblis par un travail excessif et une mauvaise nourriture. La liberté dépend, comme la santé, de deux conditions nécessaires et qui doivent être réalisées ensemble : d'une bonne Constitution et d'un bon régime de vie. Or, on peut donner la première à un peuple; mais il ne peut être plié à l'autre que par l'action prolongée des lois. » Mais, malgré tout, il affirme sa sympathie pour la Révolution. C'est avec des précautions infinies et un balancement continuel que tantôt il la loue et tantôt il met le peuple allemand en garde contre l'esprit de système de l'Assemblée Constituante. J'incline à croire qu'en son esprit bienveillant et indécis, Wieland reflétait exactement à cette date l'indécision générale de l'Allemagne. « Qu'un peuple maltraité pendant des siècles, quand enfin la mesure de sa patience est comble, se soulève du

fond de sa misère et prenne soudain conscience de l'infinie supériorité de sa force sur celle de ses oppresseurs, c'est ce qui s'est
souvent produit. Mais, qu'une grande nation, qui se voit dans la
nécessité de faire valoir contre ses tyrans le droit de la force, use
de sa force avec tant de sagesse, et, après avoir invoqué les droits
imprescriptibles de l'homme et du citoyen, se donne une Constitution qui repose sur le solide fondement de ces droits, et qui dans
toutes ses parties forme un tout lié, d'accord avec soi-même et avec
la fin de la société civile : *voilà ce que le monde n'avait pas encore
vu et la gloire d'avoir donné cet exemple semble bien réservée à la
France.*

« Rien d'étonnant par suite que, dès le premier moment d'une
révolution si grande, si inouïe et qui ne fut jamais tenue pour
possible, non seulement l'attention universelle de l'Europe ait été
saisie par cet étonnant spectacle, mais aussi que parmi tant de
millions de spectateurs étrangers qui n'y avaient aucun intérêt
immédiat, il s'en soit trouvé bien peu qui, dans les premiers jours,
ne se soient sentis poussés par un mouvement instinctif et presque
involontaire à prendre une part sympathique à l'événement, à
approuver les nobles hommes que leur caractère, leur courage et
la force éminente de leur esprit mettaient à la tête de la grande
nation éclairée, généreuse, spirituelle et vaillante, qu'un despotisme intolérable avait exaspérée, et à en attendre le succès avec
une inquiétude inaccoutumée et un mouvement de passion plus ou
moins vif.

« Sans doute, cette sympathie était chez plus d'un spectateur
la suite naturelle de leur conviction intime que la cause du parti
populaire en France était la bonne, qu'elle était la cause de toute
l'humanité et de là vint qu'ils ne se laissèrent troubler par aucune
des complications de la bataille, même par des événements qui
excitaient l'universelle désapprobation, et qu'ils restèrent fidèles
à leur désir de voir une grande nation, toute proche de l'entière
dissolution politique, renaître à la vie par la liberté et par une
Constitution conforme à des principes rationnels et vrais. »

Il me plaît, je l'avoue, de voir dans ce miroir trouble encore de
l'Allemagne, la grande image un peu pâlie et incertaine, glorieuse
cependant, de la France révolutionnaire. Wieland note que dans
cette sympathie première de l'Allemagne pour la Révolution il y a
beaucoup de l'attrait naturel à l'homme pour le drame; mais les
premiers désordres, les premières violences de la rue déconcertent
une partie de ces sympathies : « Je trouve donc naturel que le
point de vue d'où la Révolution française fut jugée d'abord par
presque toute l'Allemagne se soit modifié et que le nombre gros-
sisse sans cesse de ceux qui croient que l'Assemblée nationale va
beaucoup trop loin dans ses mesures, qu'elle procède injustement

et tyranniquement et qu'elle substitue un despotisme démocratique au despotisme aristocratique et monarchique. »

Ainsi les esprit flottaient. Les Allemands n'auraient pu bien juger la Révolution que si eux-mêmes avaient cessé d'être spectateurs pour devenir acteurs. Ils auraient compris alors toutes les nécessités de la lutte et ils en auraient ressenti toutes les passions. Mais, si tous regardaient, nul ne songeait à agir. De bonne heure, un flot de calomnies contre la Révolution inonda l'Allemagne. Les premiers émigrants représentaient la Constituante comme un ramassis de coquins imbéciles conduits par quelques scélérats avisés. Et il exploitaient notamment la fâcheuse renommée que ses longs désordres avaient infligée à Mirabeau. Wieland s'élève contre ces polémiques grossières et basses.

« Qui se souvient, demande-t-il, quelques siècles après les grands mouvements d'émancipation, du degré de vertu de ceux qui combattirent pour la liberté? »

Et, à tous ceux qui lui objectent qu'on ne peut écrire l'histoire de la Révolution « à la lueur de la lanterne », il répond qu'on ne saurait l'écrire non plus aux lueurs de fête dont s'illumineraient les maisons aristocrates de Paris si la contre-Révolution triomphait. Wieland paraît craindre bientôt que par les infatigables manœuvres de celle-ci, les premières conquêtes de la liberté ne soient compromises et il atteste que, si les nobles combattants de la Révolution et de la liberté doivent succomber, ce sera du moins glorieusement, et après avoir tenté la plus sublime et la plus nécessaire entreprise.

Mais l'audace de la Constituante, abolissant la noblesse et frappant le clergé, lui révèle toute la force du mouvement révolutionnaire, et il reprend confiance. Chose curieuse, et qui montre bien que l'Allemagne, dont la bourgeoisie était moins puissante que celle de la France, ne démêlait pas bien les causes économiques de la Révolution, Wieland s'étonne et se scandalise que la Constituante ait garanti la dette d'Etat.

« Est-ce que la dette d'Etat, qui a été contractée sous les gouvernements antérieurs et sous le gouvernement actuel jusqu'à la Révolution du 15 juin, est vraiment une dette nationale, c'est-à-dire une dette pour laquelle toute la Nation soit tenue? Mais la réponse va de soi. La Nation, bien loin d'avoir le moindre pressentiment de sa majesté d'aujourd'hui, n'avait, lorsque cette dette fut formée, aucune part à la puissance législative et elle payait simplement des impôts qu'elle n'avait pas consentis. De plus, la plus grande partie de la dette provenait (comme les démocrates le disent bien haut), de l'excès de luxe, de dépenses et de désordre de la Cour, et la Nation avait si peu gagné par là que, pendant que quelques centaines de familles s'enrichissaient aux frais de la Nation, des

millions de familles descendaient dans la misère. Il est donc clair
qu'une dette, qui n'a été ni contractée par la Nation, ni consentie
par elle, ni employée à son profit, ne peut pas être une dette
nationale.

« Et vous, tout-puissants législateurs, vous, auxquels. la Nation
a confié la défense de tous ses droits, vous, dont un peuple gravement malade et à toute extrémité attend (ce sont vos propres
paroles) la guérison et le salut, vous ne craignez pas d'imposer à la
Nation déjà épuisée cet énorme fardeau?... Parmi les vingt-cinq
millions de citoyens et de citoyennes libres dont se compose la
France, n'y en a-t-il pas au moins vingt-quatre millions auxquels
il serait aussi juste de demander le paiement des dettes de l'Empereur de la lune que celui des dettes de la Cour de France? »

Oui, mais à briser et ruiner la bourgeoisie, créancière de l'Etat,
et à supprimer tout crédit public, la Révolution se perdait. Wieland
en aurait eu le sentiment si une classe bourgeoise vraiment révolutionnaire avait en ce moment affirmé sa force en Allemagne et
dirigé l'opinion.

C'est avec cette molle sympathie, toujours un peu incertaine,
prêcheuse et facilement effrayée, que Wieland suit le développement révolutionnaire. Et chaque fois qu'il fait des réserves ou
éprouve un doute, un nouvel acte de vigueur, une nouvelle surprise
de la Révolution vient, pour ainsi dire, forcer sa confiance. Parmi
tant de prodiges qui déconcertent l'esprit, Wieland se fait peu à
peu une sorte de hardiesse résignée qui ne marque plus de limite
au destin. Il accueille la République sans étonnement et sans effroi.
La guerre engagée entre la France d'une part, l'Autriche et la Prusse
de l'autre, n'a point paru d'abord l'émouvoir. Il dit bien (et non
sans une part de raison) que si les souverains avaient eu le dessein
arrêté de détruire la Révolution, ils seraient intervenus dès le début
Mais il ne s'attarde pas à cette pensée et il se laisse porter par le
flot grossissant des événements.

Mais quoi? Voici les soldats de Custine. Voici la Révolution française en armes qui pénètre en Allemagne, qui s'installe à Spire,
à Mayence, à Francfort même. Ce n'est ni un cri d'effroi ni un cri
de haine que pousse Wieland. Et il n'appelle pas non plus l'Allemagne à entrer dans le mouvement révolutionnaire. Il se borne à
avertir les puissants, en un langage prudent et mesuré, que bien
des idées sont peu à peu descendues au fond du peuple, qui naguère
encore étaient inconnues de lui, et qu'il serait sage de se préparer
à de grands changements. On dirait vraiment que toute l'Allemagne est pénétrée de lumières, mais qu'elle n'en est point remuée.
Il n'y a pas de souffle puissant qui ébranle la forêt et fasse gronder
les chênes; mais une sorte de bruissement universel et léger encore
avertit que l'atmosphère commence à s'émouvoir. Qui sait si le

vent se lèvera? En janvier 1793, Wieland prend pour épigraphe la fameuse formule de la Rome antique aux jours du suprême péril : *Videant consules ne quid detrimenti respublica capiat.* (Que les consuls veillent à ce que la République n'encoure aucun dommage.) Et il constate une lente révolution des idées qui prépare la révolution des pouvoirs.

« La culture et l'éducation de l'humanité qui, depuis trois siècles, a fait tant de progrès dans les plus importantes régions de l'Europe, s'est élevée par degré et a produit enfin insensiblement un changement presque complet des idées et des sentiments: *c'est une sorte de révolution intellectuelle et morale dont il serait vain et impolitique de tenter d'arrêter par la force les suites naturelles. Il faut au contraire diriger ce mouvement irrésistible avec sagesse et justice, de façon que, sans ébranlement violent et pour le plus grand bien de l'humanité tout entière et des Etats particuliers, le juste moment et la droite manière d'une transformation nécessaire soient saisis par nous... On ne saurait trop répéter, jusqu'à ce que cette vérité ait été prise à cœur : que maintenant l'humanité en Europe est majeure. Elle ne se laisse plus endormir avec des contes et des chansons de nourrice; elle ne respecte plus aucun préjugé, si autorisé soit-il par une longue tradition. Aucune parole du maître ne vaut plus parce qu'elle est la parole du maître. Les hommes, ceux des classes inférieures comme les autres, voient trop clairement leur propre intérêt et ce qu'ils sont en droit d'exiger, pour se laisser plus longtemps détourner ou apaiser par des formules qui avaient auparavant une sorte de force magique et qui ont été reconnues enfin pour des mots vides de sens. Ils ne peuvent plus croire tout ce que croyaient leurs grands-peres, et ils ne veulent plus supporter tout ce que supportaient leurs pères. Les abus, les souffrances, les oppressions, que l'on supportait jadis en gémissant et murmurant, mais qu'on supportait parce qu'on croyait machinalement que les choses ne pouvaient être autrement, on commence à les trouver insupportables et on voit qu'un ordre nouveau est possible. On se demande même pourquoi on devrait les supporter, on cherche s'il ne serait point possible de se libérer et on pressent la possibilité de s'aider soi-même si on était trompé dans la confiance qu'on met encore en ceux qui devraient prendre l'initiative du mouvement.* »

Comme le ton révolutionnaire s'élève! Comme sous l'action toujours plus pressante et plus ardente de la France révolutionnaire l'Allemagne, malgré sa langueur et sa dispersion, commence à tressaillir! Elle avertit les princes que s'ils ne font pas eux-mêmes, dans le sens de la liberté et de la justice, les réformes qu'on s'obstine encore à espérer d'eux, c'est le peuple lui-même qui prendra sa propre cause en main. Oui, les spectateurs alle-

mands sont tentés de devenir acteurs et d'entrer dans le jeu de
la Révolution. Les idées fermentent et Wieland note que les formules révolutionnaires ont pénétré enfin jusqu'aux couches les
plus profondes, les plus ignorantes et les plus misérables du peuple
allemand.

« Une des suites les plus importantes des événements extraordinaires de ces quatre dernières années est celle-ci : c'est qu'une
foule d'idées fausses ou à demi vraies, ou exagérées et dangereuses,
qui bourdonnent dans bien des têtes, mais aussi beaucoup de
vérités de la plus haute importance, beaucoup de doutes bien
fondés à l'égard de ce qu'on tenait pour le moins discutable, une
foule de questions, de réponses et de propositions pratiques, sur
la législation, le gouvernement, les droits de l'homme et les devoirs
des gouvernements, ont un cours universel et ont pénétré jusqu'aux classes inférieures du peuple. Tout cela a cessé d'être la
propriété d'un petit nombre d'initiés qui s'en entretenaient entre
quatre yeux. L'instruction réelle ou factice, vraie ou fausse a pros-
péré en ce court espace de temps plus visiblement que dans les
cinquante dernières années écoulées. »

Et Wieland note que la Révolution a su choisir des formules si
simples et « si massives » qu'elles entrent dans l'esprit du plus
pauvre manœuvre, du plus inculte salarié.

« S'imaginer que ce progrès des lumières n'aura pas de conséquences dans notre état politique serait folie. Toute tentative pour
mettre obstacle aux progrès de l'esprit humain, à raison des abus
qu'a pu commettre la liberté, serait une impossibilité non seulement morale mais physique. »

Et Wieland, en un mouvement alterné qui est comme l'équilibre
instable de son esprit, tantôt insiste pour avertir les princes sur
les ressemblances de l'état social de l'Allemagne à celui de la
France, et tantôt note les différences des deux pays afin de réserver
à l'Allemagne une plus douce évolution.

« Dans les choses, dit-il, qui offrent des traits communs, le gros
du peuple voit d'abord les ressemblances et ne prend pas les différences en suffisante considération. Comme en Allemagne aussi une
grande partie de la Constitution repose sur les principes du vieux
système féodal et est, pour ainsi dire, bâtie de ses débris, comme
nous avons aussi une noblesse haute et basse dotée de grands privilèges à l'exclusion de tout le reste de la nation, des évêques et
des abbés qui sont en même temps des princes et des souverains,
comme nous possédons une foule de riches bénéfices ecclésiastiques, sur lesquels la noblesse des chevaliers s'est attribuée une
sorte de droit de naissance, comme les restes du vieux régime
social et les diverses espèces d'esclavage personnel et de servitude
réelle qui enchaînent les sujets sur le domaine du seigneur foncier

pèsent çà et là lourdement sur les épaules des assujettis, comme chez nous aussi, le manque de liberté personnelle et de libre jouissance de la propriété et l'énorme inégalité entre une partie relativement petite des citoyens et tous les autres sont très choquants,

WIELAND
(D'après une estampe de la Bibliothèque Nationale)

rien n'était plus naturel que de présumer que des causes semblables produiraient chez nous des effets semblables. Rien d'étonnant donc à ce que, à l'occasion de la Révolution française, la nation allemande aussi se soit partagée en partis qui, grâce à Dieu, n'ont pas troublé la tranquillité publique, mais qui affirmaient leur

existence par des manifestations de toute sorte. A peine en France
le parti populaire eut-il la haute main qu'il se forma aussi en
Allemagne un parti qui avait plus à espérer et un parti qui avait
plus à craindre. »

Mais ce parallélisme va-t-il se continuer et se compléter par un
soulèvement révolutionnaire de l'Allemagne? Deux choses, selon
Wieland, donnent encore aux gouvernants le temps d'aviser et aux
hommes sages le droit d'espérer que le progrès nécessaire s'accomplira sans violence. C'est d'abord que l'esprit allemand a réfléchi,
comme un large miroir, tous les événements de la Révolution et
que la conscience allemande a reçu l'impression des crimes et des
hontes de la Révolution française comme de sa grandeur et de sa
gloire.

« La tranquillité intérieure, dont nous avons joui jusqu'ici, sauf
d'insignifiantes exceptions, dans notre patrie allemande, témoigne
du caractère posé et de la saine raison humaine de la nation qui a
reçu une juste impression non seulement des triomphes de la
liberté et de l'égalité, mais aussi de l'incommensurable misère de
l'anarchie, de l'insécurité de la fortune et de la vie, de la fureur
des factions, de la Vendée et de la foule de crimes et d'inhumanités
auxquels la Révolution a donné lieu en France et qui ont été la
trop chère rançon de chacune de ses victoires. »

Et, en second lieu, il y a entre l'ancienne Constitution toute despotique de la France et la Constitution de l'Allemagne, si imparfaite soit-elle, des différences sensibles.

« Si l'Allemagne se trouvait exactement dans les mêmes circonstances que la France il y a quatre ans, si nous n'avions pas une
Constitution dont les heureux effets surpassent de beaucoup les
désavantages; si nous n'étions pas réellement en possession d'une
grande partie de la liberté que nos voisins de l'Est durent alors
conquérir ; si nous ne jouissions pas le plus souvent de gouvernements plus doux, plus respectueux des lois et plus attentifs au
bien-être des sujets; si nous n'avions pas plus de secours contre
l'oppression que n'en avaient les Français de cette époque; si nos
impôts étaient aussi exorbitants; si nos finances étaient dans un
état aussi désespéré et nos aristocrates aussi intolérablement
orgueilleux et privilégiés contre toutes les lois à la façon de ceux
de France, il n'y a pas de doute que les exemples qui nous sont
donnés par ce pays depuis quelques années auraient agi sur nous
autrement; et, tandis qu'il n'y a eu que des dispositions au soulèvement, les symptômes de la fièvre auraient éclaté et le peuple
allemand serait depuis longtemps de spectateur devenu acteur. »

Et il se peut en effet que le défaut de centralisation du pouvoir
politique en Allemagne ait donné à la liberté quelques garanties.
Mais encore une fois, que les dirigeants d'Allemagne ne s'endor-

ment point, qu'ils ne résistent point au progrès nécessaire. Voici
que les Français, par leur humanité comme par leur vaillance, sont
en train de conquérir les cœurs allemands :

« C'est le courage poussé jusqu'à l'héroïsme et uni à la grandeur
d'âme et à l'humanité qui dompte le plus puissamment les cœurs
et qui excite le mieux l'admiration et l'amour. *C'est une preuve de
grande sagesse chez les généraux de l'armée française d'avoir su
amener leurs soldats à observer dans les contrées voisines, où ils
jouent maintenant aux maîtres, une si bonne tenue, de conquérir
par une conduite au-dessus de toute atteinte (au moins en Allemagne), l'estime et la sympathie des peuples auxquels ils prêchent
leur nouvel évangile. On se demandait, étonné, si c'étaient bien là
les cannibales, les monstres, les bêtes apocalyptiques dont on avait
depuis quatre ans raconté tant de méfaits.* Et l'on se trouvait forcé
de croire que tout ce qu'on avait lu et entendu des horreurs des
fameuses journées noires et de tant de démarches furieuses, par
lesquelles le peuple souverain avait exercé sa façon de justice,
était sinon créé de toutes pièces par les aristocrates et leurs partisans, au moins démesurément grossi. »

Ainsi, la pensée de l'Allemagne chancelait et ne savait au juste
où se fixer. Cette ligne moyenne tracée par Wieland, avec ses
inflexions et adaptations prudentes, représente sans doute assez
bien l'état le plus général des esprits.

KLOPSTOCK

L'enthousiasme premier de Klopstock ne résista pas aux violences de la Révolution. Il avait d'abord salué en elle la liberté et la
paix. Il lui semblait que, par l'organisation légale de la liberté, les
conflits et les guerres allaient disparaître : guerres à l'intérieur
des peuples; guerres de peuple à peuple. Et, plus peut-être que tout
autre Allemand, il avait appelé l'Allemagne à entrer dans les voies
de la France.

« Connaissez-vous vous-mêmes », criait-il en 1789 aux Allemands
qui gardaient envers la Révolution naissante une attitude énigmatique.

« La France s'est donné la liberté. C'est le plus haut fait du siècle
et qui va jusqu'à l'Olympe. Et toi, ô Allemagne, seras-tu assez
misérablement bornée pour le méconnaître? Et ton regard ne
saura-t-il percer le brouillard et la nuit? Parcours les annales du
monde et trouve si tu le peux quelque chose qui approche de ce
qui s'accomplit là-bas. O destin! Les Français sont maintenant
nos frères; et nous? Ah! j'interroge en vain : vous restez muets,

Allemands! Que signifie votre silence? Est-ce la tristesse de la douleur impuissante et résignée? Ou bien annonce-t-il une transformation prochaine? Ainsi le calme profond annonce parfois la tempête qui va se déchaîner en tourbillon et faire éclater ses nuages de grêle. Et, après la tempête, l'air respire à peine d'un souffle léger; les ruisseaux chantent et les gouttes de pluie tombent du feuillage; dans la fraîcheur exquise montent des vapeurs de parfums; et la sérénité bleue sourit, dans la vaste étendue du ciel. Tout est force, vie et joie; le rossignol chante le chant des fiançailles et plus aimante encore chante la fiancée. Les garçons dansent autour de l'homme qu'aucun despote ne méprise plus; et les filles entourent la femme paisible qui donne au dernier né le lait de la liberté. »

Hélas! comme bientôt Klopstock s'effraiera de l'orage! Il ne saura pas attendre qu'après le déchaînement des fureurs et des foudres « la sérénité bleue » de la liberté et de la paix luise sur les hommes. Pendant trois ans encore, de 1789 à 1792, il chante la Révolution. En 1790, il dédie au duc de la Rochefoucauld un poème dont le titre est significatif : *Eux et pas nous.*

« Si j'avais cent voix, elles ne suffiraient pas à célébrer la liberté de la France. Que n'accomplissez-vous pas ! Le plus terrible des monstres, la guerre, est enchaîné par vous. O ma patrie, nombreuses sont les douleurs, le temps les adoucit et elles ne saignent plus. Mais il en est une que rien n'apaise pour moi et qui saigne toujours. Ce n'est pas toi, ma patrie, qui as gravi le sommet de la liberté et qui en as fait rayonner l'exemple, tout autour de toi, aux autres peuples. Ce fut la France. Toi, tu n'as pas goûté à la plus délicieuse des gloires; tu n'as pas cueilli ce rameau d'immortalité... Elle ressemblait pourtant, cette palme glorieuse, à celle que tu cueillis lorsque tu épuras la religion, lorsque tu lui rendis la sainteté que lui avaient ravie les despotes âpres à enchaîner les âmes; les despotes qui faisaient couler le sang à flots quand le sujet ne croyait pas tout ce que la fantaisie délirante du maître lui ordonnait de croire. Si, par toi, ô ma patrie, le joug des despotes tonsurés fut brisé, ce n'est pas toi qui brises le joug des despotes couronnés. »

Glorieuse pour avoir commencé, par la Réforme, l'affranchissement de la conscience, l'Allemagne n'a pas su prendre l'initiative de la Révolution et elle ne s'y engage même pas à la suite de la France.

Même en avril 1792, même au moment où la guerre est déclarée entre la France et la Prusse et l'Autriche, Klopstock reste fidèle à sa foi en la Révolution. Il ne demande point si les révolutionnaires de France n'ont pas contribué, par leur naïveté ou leurs calculs, à déchaîner le conflit. Il ne se souvient que d'une chose :

c'est que la France a proclamé la liberté des hommes : c'est qu'elle a déclaré qu'elle répudiait toute guerre de conquête; et il s'indigne de l'entreprise violente dirigée maintenant contre elle.

Il proteste contre les chefs de l'Allemagne qui méconnaissent le sentiment du peuple allemand et il donne le beau nom de « Guerre de la liberté », (c'est le titre de l'ode) à la guerre que va soutenir la France de la Révolution.

« La sage humanité a créé le groupement des hommes en Etats; elle a fait de la vie le moyen de la vie. Les sauvages ne vivent pas, ils végètent comme des plantes ou comme des bêtes, ils ne jouissent pas de leur âme. L'idée d'association et de paix est allée bien haut en Europe; elle touche presque au but suprême; et il n'y a plus maintenant, selon le secret des grands artistes, qu'à répandre sur le ferme dessin le charme des couleurs. Mais, aussitôt que les chefs des nations agissent à leur place, alors il n'y a plus de loi et les gouvernants deviennent des sauvages; ils sont une force brute de la nature, comme des lions ou de la poudre explosive. *Et maintenant vous voulez le sang du peuple qui, le premier de tous les peuples, s'approche du but suprême, qui, bannissant la furie laurée, la guerre de conquête, s'est donné à lui-même la plus belle des lois; vous voulez, le feu et le glaive en mains, précipiter de la hauteur redoutable le peuple d'effort et de courage, le peuple sauveur de lui-même, qui a gravi le sommet de la liberté; et vous voulez le contraindre de nouveau à être au service des sauvages. Vous voulez prouver par le meurtre que le juge du monde, et, tremblez! le vôtre aussi, n'a pas donné de droits à l'homme. Puissiez-vous, avant que le glaive s'ensanglante dans la blessure, comprendre les avertissements de la sagesse! Puissiez-vous voir! Déjà dans votre pays l'étincelle s'éveille et la cendre rougeoie. N'interrogez pas les courtisans ni les privilégiés de naissance, dont le sang coule pour vous dans les batailles. Interrogez ceux par qui luit le soc de la charrue, le commun de l'armée dont le sang non plus n'est pas de l'eau. Et apprenez, par leurs réponses loyales, ou par leur silence, ce qu'ils voient dans la cendre. Mais vous les méprisez. Jouez donc le jeu effroyable, et où nul ne se risqua encore, d'une guerre à l'aspect tout nouveau.* »

Or, à qui s'adressaient ces véhémentes et presque menaçantes paroles? Au duc Ferdinand de Brunswick. Klopstock lui fit parvenir directement cette ode, au moment même où la campagne allait commencer, en sorte que le généralissime pouvait trouver dans sa bibliothèque l'admirable dialogue que lui dédia Lessing sur la paix universelle et, dans sa correspondance, la poésie enflammée de Klopstock.

Le grand prosateur et le grand poète semblaient s'être entendus à vingt ans d'intervalle pour faire peser sur Brunswick une sorte de malédiction. Comment pouvait-il combattre de grand cœur, quand toute la pensée illustre de l'Allemagne était contre lui? Ainsi la force des idées nouvelles était sur Brunswick comme un fardeau. Mais, quel état étrange et ambigu que celui de l'Allemagne! Par quelques-uns de ses grands écrivains, par Lessing disparu mais toujours vivant dans les esprits, par Klopstock puissant et âpre, elle maudit la guerre d'oppression entreprise contre la France : et elle n'a pas la force de s'y opposer. Elle ne tente pas un mouvement révolutionnaire qui serait au profit de la France et de la Révolution la diversion suprême et le salut. Et bientôt Klopstock lui-même commencera à s'émouvoir de la « tyrannie jacobine ».

Dès 1792, il se plaint qu'après avoir brisé toutes les corporations la Révolution ait laissé se constituer la corporation des Jacobins, ce club qui est « comme un serpent dont la gueule dévore Paris et dont les anneaux enserrent la province ».

Lorsque, par un décret de la Législative, Klopstock est naturalisé français, il ne refuse point cet honneur. Il remercie au contraire avec effusion par une lettre à Roland. Mais il marque ses réserves. Il adjure le ministre de ne pas laisser se reproduire les événements de septembre et d'arrêter la France dans la voie de l'anarchie.

Pour bien montrer qu'il est hostile à la politique d'universelle propagande contre les rois, il célèbre le roi de Danemark, son action émancipatrice et sage. Et il termine sa lettre en disant qu'il est surtout heureux que son titre de citoyen français fasse de lui « le concitoyen de Washington », naturalisé aussi. C'était rappeler la Révolution française à la politique modérée et à demi conservatrice des chefs du mouvement national américain. Et bientôt Klopstock se détachera tout à fait de la Révolution française. Visiblement, ses sympathies, après être allées aux modérés comme le duc de La Rochefoucauld, s'étaient portées et fixées sur les Girondins. Dès que ceux-ci sont menacés, dès que l'influence de Robespierre s'affirme, Klopstock se retire. Il évoque, avec une phraséologie sépulcrale qui est un peu fatigante, le fantôme sanglant de la loi percée d'innombrables coups de poignards : et après avoir ainsi résumé la Révolution en ce triste spectre des jours noirs de septembre, il se désavoue lui-même en 1793, dans un poème, qui est un acte de contrition : « *Mon erreur* ».

« Longtemps je les avais suivis des yeux, non pas ceux qui parlaient, mais ceux qui agissaient... Je croyais, ah! quelle illusion! que c'était la joyeuse aurore des rêves d'or. C'était comme un enchantement, comme une joie de l'amour pour mon esprit altéré de liberté... Liberté, mère du salut, il me semblait que tu serais la créatrice, que de ta main divine tu façonnerais les hommes heureux élus par toi. N'aurais-tu plus la force créatrice? Ou bien sont-ils une matière rebelle à ta main? Leur cœur est-il de roc et

leur œil n'est-il plus que nuit? Ton cœur, ô liberté, est la loi : mais
leur regard est celui du faucon et leur cœur est une lave ardente.
Leur regard étincelle et leur cœur jette du feu quand l'anarchie
leur fait signe. C'est elle seule qu'ils connaissent. Toi, ils ne te connaissent plus. Et pourtant c'est ton nom, ô liberté, qui fait tout. Et
quand le glaive frappe les meilleurs citoyens, c'est en ton nom
qu'il s'abat sur eux. »

Ainsi finissait vite en sombre désillusion l'espérance première de
Klopstock. Mais, n'est-ce point là la lassitude d'un poète vieilli, qui
touchait à sa soixante-dixième année et qui, malgré l'effort un peu
solennel de sa pensée, ne pouvait plus dominer les impressions
immédiates et s'élever à la vision sereine de l'avenir?

LES DÉFIANCES DE SCHILLER

Schiller, en pleine force virile (il avait trente ans en 1789), avait
marqué bien plus tôt sa défiance et sa réserve. Il avait arrêté
soudain les élans du marquis de Posa. Pas un moment il ne s'était
livré à la Révolution. Défiance d'idéaliste qui a peur que son rêve
trop haut et trop beau ne soit déformé et abaissé par les faits. Les
hommes ne lui paraissaient préparés nulle part encore à cette
tâche, but suprême de l'humanité, de transformer, comme il le dit,
« l'Etat de contrainte en un Etat de raison ». Dès lors, pourquoi
s'attarder et s'attrister à regarder les efforts stériles et convulsifs
d'une génération présomptueuse qui veut réaliser la liberté au
dehors avant de l'avoir réalisée en elle-même? Plus d'une fois,
Schiller détourna ses yeux de la Révolution comme d'un spectacle
bizarre et manqué, qui ensanglanterait la scène sans trouver un
dénouement. Il laisse sans réponse les questions pressantes de son
ami Kerner, Souabe de naissance comme lui, qui lui demande son
sentiment sur la Révolution. Il essaie pourtant, en 1792, par la
lecture attentive du *Moniteur*, de se former un jugement exact.

Les approches de la guerre lui font dire que désormais tout
citoyen, tout Allemand, doit prendre parti. Mais il ne parvient pas
à surmonter l'universelle répugnance que lui inspirent toutes les
classes en lutte : corruption et frivolité en haut, instinct grossier
et brutal en bas. Et il ajourne à des siècles lointains ses espérances
d'humanité : « Oui, écrit-il en 1793, s'il était vrai que la raison est
désormais la législatrice de la politique, que l'homme, au lieu d'être
traité comme un moyen est respecté et traité comme une fin, que
la loi est élevée sur le trône et que la vraie liberté est le fondement
de l'édifice de l'Etat, si cet événement extraordinaire était accompli,
je prendrais pour toujours congé des Muses et je consacrerais

toute mon activité au plus glorieux des Arts, au gouvernement de la seule raison. Mais, c'est précisément le fait que j'ose mettre en doute. Oui, je suis si éloigné de croire au commencement d'une régénération en politique que les événements du temps reculent bien plutôt toutes mes espérances de plusieurs siècles.

« Avant que ces événements aient éclaté, on pouvait se flatter de la douce illusion que l'influence insensible et ininterrompue des têtes pensantes, que les germes de vérité répandus depuis des siècles et le trésor d'instruction accumulé avaient formé la sensibilité humaine à accueillir le meilleur, et avaient préparé une époque où la philosophie pourrait assumer l'organisation morale du monde et où la lumière prévaudrait sur les ténèbres. On était allé si loin dans la culture théorique que les vénérables piliers de la superstition commençaient à vaciller et que le trône des préjugés dix fois séculaires était ébranlé. Rien ne paraissait plus manquer que le signal d'une grande réforme, unissant les esprits dans un commun effort. Or, le signal a été donné, et que s'est-il produit?

« La tentative du peuple français de se rétablir dans les droits sacrés de l'homme et de conquérir la liberté politique n'a fait que mettre au jour son impuissance et son indignité; et, par elle, non seulement ce malheureux peuple, mais avec lui une partie considérable de l'Europe et son siècle entier a été précipité à nouveau dans la barbarie et l'esclavage. Le moment était le plus favorable, mais il trouva une génération corrompue, qui n'était pas digne de lui, et qui ne sut ni se hausser à cette occasion admirable, ni en profiter. L'usage que cette génération a fait du grand don de la fortune prouve incontestablement que la race humaine n'est pas encore sortie de l'âge de la violence enfantine, que le gouvernement libéral de la raison vient trop tôt, quand on est à peine préparé à dominer en soi la force brutale de l'animalité, et que celui-là n'est pas mûr pour la liberté civile qui est à ce point dépourvu de la liberté humaine.

« C'est dans ses actes que se peint l'homme et quelle est l'image qui s'offre à nous dans le miroir du temps présent? Ici la plus révoltante sauvagerie; là l'extrémité opposée de l'inertie; les deux plus tristes désordres où puisse sombrer le caractère humain réunis en une seule époque. Dans les classes inférieures nous ne voyons que des instincts grossiers et anarchiques, qui se déchaînent en brisant tous les liens de l'ordre social et se hâtent à leur assouvissement bestial avec une fureur incoercible. Ce n'était pas l'intérieure résistance morale, c'était seulement la force contraignante d'en haut qui jusque-là en avait contenu l'explosion ; ce n'étaient pas des hommes libres que l'État avait opprimés, c'étaient des animaux sauvages auxquels il avait imposé des chaînes salutaires. Si l'État avait réellement opprimé l'humanité, comme on l'en accuse, c'est l'humanité que l'on verrait apparaître après la destruction de l'Etat. Mais la fin de l'oppression extérieure ne fait que rendre visible l'oppression intérieure, et le sauvage despotisme

SCHILLER
(D'après une estampe du Musée Carnavalet)

des instincts fait éclore tous ces méfaits, qui provoquent à la fois le dégoût et l'horreur.

« D'un autre côté, les classes civilisées offrent le spectacle plus répugnant encore de l'atonie complète, de la faiblesse d'esprit et d'un abaissement du caractère qui est d'autant plus révoltant que la culture même y a une plus grande part... Les lumières, dont les hautes classes de notre temps se vantent avec raison, ne sont qu'une culture théorique et elles n'ont guère servi qu'à mettre en système la corruption et à la rendre inguérissable. Un épicurisme raffiné et conséquent a commencé à éteindre toute énergie du caractère et les chaînes toujours plus étroitement rivées des besoins, la dépendance croissante de l'humanité à l'égard du physique, ont conduit peu à peu à ceci : que le marasme de l'obéissance passive est la règle suprême de la vie. De là l'étroitesse dans la pensée, la débilité dans l'action, la pitoyable médiocrité dans les résultats, qui, à sa honte, caractérisent notre temps. Ainsi nous voyons l'esprit du temps chanceler entre la barbarie et l'inertie, la libre pensée vulgaire et la superstition, la grossièreté et l'efféminement, et c'est seulement l'équilibre des vices qui maintient encore le tout.

« Est-ce là, je le demande, l'humanité, pour les droits de laquelle la philosophie se dépense, que le noble citoyen du monde porte en sa pensée, et en laquelle un nouveau Solon réaliserait ses plans de constitution? J'en doute fort... Et s'il m'est permis de dire ma pensée sur les nécessités politiques présentes et sur les chances de l'avenir, j'avoue que je considère toute tentative pour améliorer selon les principes la constitution de l'Etat (et toute autre amélioration n'est qu'un expédient et un jouet) comme prématurée, tant que le caractère humain ne s'est pas relevé de sa chute profonde, et c'est un travail qui exige au moins un siècle. On entendra parler à la vérité de la destruction de maint abus, de mainte réforme heureuse, essayée dans le détail, de mainte victoire de la raison sur le préjugé, mais ce que dix grands hommes auront bâti, cinquante esprits faibles le jetteront à bas. Dans toutes les parties du monde, on enlèvera leurs chaînes aux nègres et en Europe on mettra des chaînes aux esprits... *La République française disparaîtra aussi vite qu'elle est née; la constitution républicaine aboutira tôt ou tard à un état d'anarchie et le seul salut de la nation sera qu'un homme puissant surgisse n'importe d'où qui dompte la tempête, rétablisse l'ordre, et tienne fermes en main les rênes du gouvernement, dût-il devenir le maître absolu non seulement de la France, mais encore d'une grande partie de l'Europe.* »

Hélas! comme Schiller est sévère! et, si l'on me passe ce mot familier, comme il en prend à son aise! Il n'est pas dans la tourmente; il ne comprend pas les colères, il ne subit pas les entraînements d'un peuple que l'absolutisme le plus aveugle a conduit jusqu'à l'extrémité de la ruine et du péril, qui a été obligé de susciter en quelques mois une Constitution nouvelle, qui est passé brusquement du sommeil politique à la vie la plus intense et la plus exaltée, qui était sage pourtant et mesuré, qui s'obstinait à garder sa confiance à ceux mêmes qui le trahissaient, violant la Constitution jurée, appelant l'étranger à le détruire, et qui n'a frappé, pour ainsi dire, que lorsqu'il a été acculé par le cynisme de la trahison infinie et du mensonge éternel. Oui, Schiller, en s'élevant, est injuste pour ceux qu'aveugle dans la triste vallée la poussière sanglante de la bataille.

Et pourtant, il est salutaire pour nous de méditer ces fortes et sévères pensées. Ce n'est point du pessimisme, ce n'est point du découragement. Schiller ne désespère pas de l'humanité; il croit au contraire avec certitude et il sait que par l'éducation elle se libérera; et, s'il faut du temps, s'il faut un siècle, des siècles même, le temps est-il mesuré à l'effort humain? Est-il mesuré à la pensée humaine qui d'avance prend possession des résultats futurs et en nourrit son courage?

Cette sérénité clairvoyante et sévère est admirable. Pas d'illusion sur le présent; mais aucun fléchissement de l'espérance. Le grand poète était injuste pour ses contemporains et pour la France révolutionnaire. Il ne voyait pas assez, il ne disait pas assez combien l'effort, même anarchique et convulsif, du présent contribuait à préparer la paix future, l'ordre de liberté, de démocratie et de justice attendu par les hommes. Mais quelle pénétration et quelle profondeur du regard! Oui, comme il l'annonçait, il a fallu au moins un siècle pour que le gouvernement certain, régulier et légal de la démocratie fût assuré en France et dans une grande partie de l'Europe. Oui, comme il l'annonçait, dès le début de l'année 1793, avec une précision qui épouvante, la République française sera emportée en quelques années, on peut dire, du point de vue de l'histoire, en quelques jours ; et la figure du soldat brutal qui se servira de la Révolution pour s'emparer de la France et d'une partie de l'Europe se dresse dans la prophétie de Schiller au seuil déjà bouleversé des libertés nouvelles.

Ah! comme on se prend à détester, quand on en constate l'impression funeste en de nobles et libres esprits comme Schiller, les inutiles sauvageries qui ensanglantèrent quelques journées de la Révolution et les rivalités misérables des amours-propres et des ambitions! Comme on mesure le mal qu'elles ont fait à la Révolution en lui aliénant au dehors tant de fières consciences et en l'obligeant, par un cercle de fatalité, à redoubler de violence épuisante pour conjurer précisément les périls extérieurs que les premières violences ont ou excités ou aggravés!

Oui, que Marat comparaisse avec l'odieux et niais numéro du 19 août où il montrait aux massacreurs le chemin de l'Abbaye ; qu'il sorte de sa cave obscure, et qu'il regarde le monde; qu'il regarde l'Europe. Il verra combien, par la politique de meurtre, que lâchement d'ailleurs il désavoua quelques semaines après, il a fourni d'armes terribles à la contre-révolution, mais surtout de quel fardeau il a accablé les esprits dont les sympathies premières allaient à la liberté.

Et que Roland aussi sorte du bureau où il confectionne ses lourdes diatribes. Qu'il regarde, lui aussi; qu'il mesure le mal qui a été fait au loin par les divisions insensées dont il fut l'artisan austère.

Et nous, socialistes du xxᵉ siècle, qui nous passionnons et nous attristons à l'effort héroïque et aveugle, sublime et incertain, puissant et contrarié que fit il y a cent vingt ans la liberté, ayons ce haut souci d'incessante et sage éducation, que le grand poète allemand, affligé mais non abattu par la faillite prévue des libertés françaises, recommandait à l'avenir comme le devoir essentiel.

Que de cerveaux de « révolutionnaires » sont encore des caves obscures, et que de cerveaux « d'hommes d'Etat » sont encore de pauvres antichambres d'intrigue et d'ambition! Faisons entrer la lumière dans le souterrain haineux de Marat, dans le terne et pédantesque salon de Roland.

Chercher en toute question toute la vérité et la dire toute, étudier dans le détail exact la réalité prochaine, et regarder aussi à l'horizon du monde : voilà le mot de salut. Voilà la suprême sauvegarde contre des égarements nouveaux et des déceptions nouvelles.

C'est à l'éducation esthétique que Schiller demande d'abord réconfort et joie; sa formule était : « Par la beauté à la liberté, par la culture esthétique à la culture politique. » Mais quoi! Faudra-t-il attendre pour délivrer l'humanité de ses chaînes qu'elle ait appris, dans l'admiration réfléchie des chefs-d'œuvre de l'art, le secret des créations équilibrées et des efforts harmonieux? Peut-être aurait-il eu plus d'impatience révolutionnaire si, au lieu de professer à Iéna auprès d'une jeunesse disciplinée à la prussienne et qui se prêtait volontiers à l'attente grave et aux lentes évolutions de pensée, il était resté en contact avec son pays d'origine, avec l'ardente Souabe. Là, la jeunesse des Universités et des écoles, aussi bien que les corporations d'artisans s'exaltaient, dès 1789, aux premiers bruits de la Révolution française, M. Adolf Wohlwill a rapproché, en un bref et vivant tableau, les traits de ce mouvement (Hambourg, 1875).

LE MOUVEMENT RÉVOLUTIONNAIRE EN SOUABE

Dans le Wurtemberg, dans la Souabe, il y avait, en ce quart de siècle qui précéda la Révolution, une grande animation de pensée, et aussi une vie politique assez riche. Ce fut, avec les pays du Rhin, le plus chaud foyer révolutionnaire d'Allemagne. Les villes y avaient gardé d'importantes franchises et les Etats, où les diverses

SCHELLING
(D'après une estampe de la Bibliothèque Nationale)

classes étaient représentées, avaient quelque puissance et quelque activité.

A vrai dire, l'horizon des bourgeois et artisans était un peu étroit. Il s'était formé des oligarchies bourgeoises qui avaient là, comme partout en Europe, absorbé peu à peu le pouvoir municipal; et la lutte était engagée entre les corporations d'artisans et la bourgeoisie moyenne d'une part, qui voulaient reconquérir leur influence, et l'oligarchie. C'est souvent sur des questions minuscules et d'intérêt purement local que s'engageait la lutte.

Mais, dès que la Révolution française éclata, elle fournit à ces luttes municipales des formules plus vastes. C'est au nom des Droits de l'Homme que les classes moyennes demandaient une interprétation plus large des constitutions municipales. Et la revendication des libertés coutumières du moyen âge, usurpées ou resserrées peu à peu par des coteries de bourgeois riches, s'autorisait parfois du *Contrat social*. C'était comme un grand souffle passant soudain dans un décor d'archéologie. Mais les étudiants, surtout ceux de l'Université de Tubingen, ceux de l'école carolienne, étaient tout préparés à se passionner pour la liberté révolutionnaire. Il y avait d'abord, entre leurs études, qui les mettaient en contact avec la libre vie de la Grèce et de Rome, et la discipline étroitement militaire à laquelle ils étaient soumis à l'école carolienne un contraste qui se traduisait parfois par des soulèvements. Mais surtout, une ardente vie intérieure s'accumulait en eux qui ne tarderait pas à se répandre en sympathies de Révolution. Elle était faite d'éléments multiples et confus, mais dont la confusion même était d'une extrême richesse. C'était un mélange des souvenirs des républiques anciennes et des formules de la démocratie moderne. Quand Sparte, Athènes et Rome les avaient exaltés, Rousseau les enflammait; un vent large et chaud passait sur l'agora ou sur le forum et semblait les élargir, y appeler les multitudes. Le droit inaliénable de l'homme proclamé par Rousseau leur paraissait le moyen nouveau de retrouver l'antique liberté ensevelie sous des siècles d'oppression. C'était comme la pioche, forgée au feu des forges modernes, qui sous l'accumulation des servitudes retrouve la statue mutilée, mais belle encore et noble, de la liberté grecque ou de la liberté moderne. Ils adoraient en démocrates ce que Winckelmann exhumait et commentait en artiste. Et, d'autre part, en ces jeunes esprits effervescents il s'était fait comme une fusion de nationalisme allemand, de loyalisme impérial, de cosmopolitisme humain et de liberté démocratique.

Schubart, Karl Friedrich von Mœser étaient des patriotes ardents. Ils rêvaient de reconstituer une Allemagne une, grande et puissante. Ce n'était point par une entière fusion et centralisation à la manière française qu'ils entendaient la réaliser, mais plutôt par un fédéralisme puissamment ordonné et pénétré du sentiment national. « Dans la confédération suisse, disait Schubart, la division en treize cantons est une division géographique; elle n'atteint pas le cœur même des confédérés... Oh! que l'Allemagne serait heureuse, qu'elle serait tranquille si un Berlinois apprenait à considérer comme sa patrie, à aimer et à vénérer Vienne, Vienne le Hanovre, et la Hesse Mayence ! » Mais c'est la grande autorité impériale fortifiée, affermie, qui leur paraît le lien nécessaire de la fédération allemande. Elle sera le symbole vivant et la garantie de l'unité.

Le jeune poète Thill glorifie l'Empire : « O Père, tu n'as rien montré de plus grand sous le soleil que le trône impérial d'Allemagne. » Et Schubart, en 1784, pousse le cri de guerre du nationalisme et de l'impérialisme allemand. « Les lions s'éveillent, ils entendent le cri de l'aigle (l'aigle impérial d'Allemagne), son battement d'ailes et son appel de combat. Et ils arrachent aux mains de l'étranger les pays qui nous furent dérobés, les grasses prairies et les ceps chargés de raisins. Au-dessus d'eux s'élèvera un trône impérial allemand et il projettera sur les provinces de ses voisins une ombre terrible. » Ces enthousiastes fondaient en une seule et glorieuse image de héros réformateur et guerrier les traits de Joseph II et ceux de Frédéric II, « l'unique, l'incomparable ». Mais ils ne se livraient pas tout entiers à ces élans belliqueux. Souvent aussi, sous l'action de la philosophie française, c'est à l'humanité tout entière qu'ils voulaient se dévouer.

Schiller, en un des premiers numéros de sa *Thalie du Rhin*, avait dit : « J'écris comme un citoyen du monde qui n'est au service d'aucun prince. J'ai commencé par perdre ma patrie pour l'échanger contre le grand univers.» Et ce cosmopolitisme animé de liberté se mêlait dans l'âme confuse et ardente des jeunes Souabes aux rêves de nationalisme héroïque. Ils conciliaient ces tendances diverses en se figurant que la grande Allemagne rétablie en sa puissance servirait la cause de l'humanité et de la paix. A peine Schubart, en 1787, échappe-t-il à la dure captivité de dix ans que lui avait infligée le despotisme du duc de Wurtemberg, il salue l'espérance grandissante d'une Allemagne forte et pacificatrice. Il annonce les jours lumineux, où la libre Germanie sera, comme elle commence à l'être, « le centre de toute la force européenne et le haut aréopage qui apaise les différends de tous les peuples ».

Dans la jeunesse des Universités de Wurtemberg et de Souabe, toutes les espérances mêlées et vastes se répandaient. La Révolution française n'obligea point tout d'abord ces libres et riches esprits à faire un choix entre leurs tendances, à opter entre la liberté et la patrie. Car la Révolution, en ses débuts, fut à la fois une affirmation de liberté humaine et de paix. Elle abolissait les tyrannies et les privilèges et condamnait les guerres de conquête. C'est donc de tout cœur que la jeunesse de l'Université de Tubingue et de l'école carolienne se donnait d'abord à la Révolution et Schubart, dans sa *Chronique allemande*, les y animait. Les étudiants formèrent un vrai club, où les journaux français étaient lus avec

enthousiasme, où des discours enflammés glorifiaient la liberté. Le
voisinage des émigrés qui avaient poussé jusqu'en Souabe les exas-
pérait et il y avait des collisions et des duels. Même sous la discipline militaire de l'école carolienne, les étudiants trouvèrent le
moyen de former un club secret. Les plus brillants d'entre eux,
Christophe Pfaff, Georges Kerner, haranguaient leurs camarades.
Ils s'associèrent, le 14 juillet 1790, à la grande fête française de la
Fédération; et, de nuit, trompant la surveillance de leurs chefs qui
n'avaient point prévu un coup aussi audacieux, ils se rendirent
dans la salle ducale du trône. Ils installèrent sous le baldaquin une
statue en plâtre de la liberté, flanquée des bustes de Brutus et de
Démosthène, et ils annoncèrent, en paroles véhémentes, la fin de
toutes les tyrannies. Que la France révolutionnaire était grande qui
faisait ainsi battre les cœurs!

Les étudiants se risquèrent même à des manifestations publiques.
Aux fêtes figurées données à Stuttgard en l'honneur des émigrés,
des membres de la « Ligue de la liberté » se glissèrent, et une première fois, ils représentèrent, par une pantomime inattendue et
contre laquelle on n'osa pas sévir, l'abolition de la noblesse. Premier châtiment des émigrés qui, hors de la patrie qu'ils avaient
désertée, trouvaient la moquerie et l'affront. Ils peuvent s'enfoncer
au loin, même dans la passive Allemagne, la Révolution est encore
là pour les bafouer. Une autre fois, au cours des fêtes, les jeunes
révolutionnaires brisèrent une urne que portait un de leurs camarades déguisé en dieu Chronos. Et de l'urne s'échappèrent en abondance des bouts de papier où étaient inscrites les devises de liberté
et des attaques contre les princes français. Mais si ces ruses et
espiègleries audacieuses attestent l'esprit de révolution qui fermen-
tait dans la jeunesse, elles témoignent aussi que la Révolution en
Allemagne n'était pas un large mouvement public.

SCHELLING ET HEGEL

Quelle joie de rencontrer parmi les étudiants de Tubingue, à cette
époque et au premier rang des fervents de la liberté, le jeune
Schelling et le jeune Hegel! Hegel semblait tout absorbé en ce
moment par l'étude de la Grèce, dont il dira plus tard en un discours admirable que, « si la Bible a peint le Paradis de la nature,
c'est la pensée grecque qui est le Paradis de l'esprit ». Il ne sortait
de ce paradis que pour se passionner aux événements de la Révolution française, à ces affirmations souveraines du droit qui étaient
l'affirmation vivante de l'esprit. Schelling, qui éblouissait déjà
l'Allemagne par l'éclat prodigieusement précoce de son esprit et
par la merveilleuse variété de son savoir, était si ardemment épris

de la Révolution, qu'il fut suspecté par les chefs de l'Université d'être l'auteur d'une traduction allemande de la *Marseillaise* qui circulait factieusement.

Oui, c'est une joie de voir à cette heure, sous le rayon de la Révolution, ces tout jeunes hommes, presque des adolescents, qui donnèrent à la philosophie allemande toute son audace et toute son ampleur. Quand furent proclamés les Droits de l'Homme, Hegel avait vingt ans; quand retentirent les premiers accents de

HEGEL
(D'après une estampe de la Bibliothèque Nationale)

la *Marseillaise*, Schelling avait dix-sept ans. Et loin de moi de faire à la Révolution française une trop large part dans les futures hardiesses de leur pensée! Je sais bien que c'est des sources profondes de la pensée allemande que jaillirent leurs systèmes. Je sais bien que déjà, malgré son apparente prudence et sa sobriété intellectuelle, Kant, en faisant de la pensée la législatrice même de la nature, avait ouvert la carrière à toutes les audaces. Mais enfin, qui peut douter que l'émotion première du grand événement qui renouvelait le monde par la pensée n'ait soulevé ces jeunes esprits? Comment Schelling ne serait-il pas plus hardi à rechercher l'unité de l'esprit et de la nature, quand, dans la Révolution, qui d'abord

le passionne, se réalise l'unité du droit et du fait, la pénétration de
la raison et des choses? Hegel dira plus tard, avec admiration, que
la Révolution française a fait ce prodige de « mettre l'humanité
sur la tête », c'est-à-dire de donner pour base à la vie réelle les
principes mêmes de la pensée. Et lui même ne sera-t-il pas ainsi
plus audacieux à mettre l'univers « sur la tête », c'est-à-dire à
faire procéder tout le mouvement de la réalité du mouvement et
de la dialectique de l'idée? La flamme de vie de la Révolution
faisait s'évanouir en ces jeunes esprits ce que la philosophie, même
en Kant, gardait encore de scolastique. C'est bien le monde, c'est
bien l'univers qui appartenait à l'esprit; et la réalité sociale, tout
éclairée intérieurement du feu de la Révolution, prenait pour ces
jeunes dialecticiens enthousiastes la transparence de l'idée. Ainsi
se faisait, en ces creusets ardents des laboratoires de pensée de
Tubingue, la fusion de l'esprit allemand et de l'esprit français, du
profond idéalisme de l'Allemagne et de l'actif idéalisme de la
France.

Quand donc les deux peuples retrouveront-ils, au souvenir de ces
heures sacrées, la force de refaire leur union?

Lorsque la France révolutionnaire étendit à l'Alsace les décrets
du 4 août, lorsqu'elle abolit les droits féodaux des princes allemands possessionnés en Alsace, lorsqu'elle parut ainsi, allant au
delà de ce que prévoyait le traité de Westphalie, incorporer décidément l'Alsace à la vie française, les patriotes allemands les plus
ombrageux et les plus fervents ne protestèrent pas. Il leur eût paru
insensé et coupable d'opposer leur patriotisme au progrès pacifique de la Révolution et de la liberté. Schubart lui-même écrivait :
« Devenir ainsi Français est le plus grand bienfait que puisse
imaginer un Allemand qui croit être libre, quand derrière lui
claque le fouet du despote. »

Et il considérait comme le plus grand honneur de sa vie d'être
invité, le 14 juillet 1790, à la fête de la Fraternité par les révolutionnaires de Strasbourg, qui étaient en communication constante
avec la Souabe. Mais le drame de conscience commença pour tous
ces hommes en Allemagne, quand ils durent prendre parti entre
les diverses factions qui se disputaient la France de la Révolution,
et quand la propagande révolutionnaire armée aborda les pays
allemands.

LES SYMPATHIES GIRONDINES EN ALLEMAGNE

Presque tous ces enthousiastes, amis de la liberté, étaient en
quelque mesure monarchistes.

Un des plus ardents parmi eux, George Kerner, qui était allé à

Paris pour être au centre même des événements, était, au Dix Août, parmi les défenseurs des Tuileries et du roi. Peut-être un secret instinct les avertissait-il que plus la Révolution française se développait et poussait loin ses conséquences, plus l'écart s'aggravait entre elle et la médiocrité des forces révolutionnaires allemandes. Ils auraient voulu retenir un peu et ralentir « le char de la Révolution », pour être mieux en état de le suivre. Si l'Allemagne, pour se conformer à la France, était obligée non seulement d'abolir les privilèges féodaux et l'arbitraire princier et d'organiser la représentation nationale, mais encore d'abolir toute royauté et de briser l'Empire, n'allait-elle pas être accablée sous le poids démesuré de l'entreprise? Ne risquait-elle pas aussi de perdre toute chance d'unité en brisant ce lien de l'autorité impériale qui créait seul encore une certaine communauté de vie publique?

C'est sans doute par l'effet du même instinct de prudence que la plupart des jeunes universitaires de Tubingue et de l'école carolienne étaient de cœur avec la Gironde contre la Montagne. Sans doute, ils y étaient prédisposés par leurs relations avec Strasbourg, où le maire Dietrich, suspect dès la fin de 1791 à la Montagne, avait créé un foyer de Révolution modérée semi-feuillant, semi-girondin. Ils y étaient aussi encouragés par leur jeune camarade Reinhard qui, précepteur à Bordeaux, était un partisan passionné de la Gironde et restait en communication avec Tubingue par une correspondance assidue. Et encore, la culture plus fine, plus brillante et plus étendue (au moins c'était la légende) des principaux Girondins éveillait la sympathie des étudiants d'Allemagne, passionnés pour les lumières.

De loin, et à travers les calomnies de ses adversaires ou le parti pris grossier de quelques-uns de ses amis, la Montagne pouvait leur apparaître comme un sans-culottisme grossier, comme la démagogie de l'ignorance. Et ils se détournaient d'elle. C'est elle aussi qu'ils rendaient responsable de toutes les violences qui, commentées et amplifiées en Allemagne, y servaient la cause de la contre-Révolution. Ils prenaient au sérieux et ils accueillaient comme une preuve d'humanité courageuse les tardives et hypocrites protestations de la Gironde intrigante et rouée contre les massacres de septembre. Mais surtout l'indécision fondamentale de la Gironde, cette perpétuelle contradiction des formules hardies et éclatantes et des compromis prudents répondait à la complication hésitante de l'Allemagne, à son audace spéculative et à sa timidité pratique.

Les Girondins se seraient accommodés, même à la veille du Dix Août, de la royauté, à condition de gouverner sous son nom. Après avoir déchaîné les premiers la guerre extérieure pour intimider la monarchie et la mettre à leur merci, ils cherchaient à restreindre, à atténuer le conflit de la France révolutionnaire et du monde; la peur d'animer les puissances de l'Europe contre la Révolution n'était pas étrangère, dans l'esprit de Brissot et de ses amis, aux tergiversations, aux manœuvres subtiles et timides par lesquelles, en novembre, décembre et janvier, ils cherchaient à éluder la nécessité terrible de la mort du roi. En cherchant ainsi à gagner du temps pour eux-mêmes, ils gagnaient du temps aussi pour les révolutionnaires du dehors, qui n'avaient pas hâte de se prononcer. La politique girondine, politique de concessions et de compromis, marquait, pour ainsi dire, l'extrême limite où pouvait atteindre l'effort révolutionnaire général de l'Allemagne. Et qui sait encore si leur lutte contre Paris, leur conception souple de l'unité nationale, qui se serait accommodée, non certes d'un démembrement et d'une dislocation de la patrie, mais d'une fédération suffisamment centraliste, ne s'harmonisait pas avec la pensée politique de cette Allemagne sans capitale, qui ne pouvait arriver à l'unité qu'en resserrant son lien fédératif?

C'est pour toutes ces raisons que les révolutionnaires de la Souabe, du Wurtemberg, étaient avec la Gironde. Aussi, à mesure que le crédit des Girondins est ruiné et que celui de Robespierre et de la Montagne s'élève, les révolutionnaires allemands commencent à se replier sur eux-mêmes, à se retirer à demi de la Révolution. La forme politique très nette, et même brutale, que prend à la fin de 1792 l'intervention de la France révolutionnaire au dehors, les trouble aussi et les déconcerte. Oui, ils étaient prêts à suivre, dans la mesure où l'état politique et social de l'Allemagne le permettait, l'exemple de la France. Oui, cette propagande de l'exemple, qui laissait à la Révolution allemande naissante ou espérée son autonomie, et à la nationalité allemande la liberté de conquérir la liberté, servait en Allemagne le mouvement des idées nouvelles.

Mais quoi! voici que la France s'avise de proclamer elle-même et d'organiser la Révolution, au dehors comme au dedans! Ainsi la liberté est imposée! C'est une étrangère qui s'installe despotiquement dans la vieille maison gothique de l'Allemagne. C'est elle qui abat sans ménagement le vieil édifice et qui trace le plan de reconstruction sur le type de la France nouvelle. O rêveurs de Tubingue, qui amalgamiez les rêves de nationalisme allemand et de liberté universelle, quel trouble d'esprit est le vôtre! Un demi-siècle après, Herwegh dira brutalement : « Nous ne voulons pas de liberté étrangère. Nous ne voulons pas de cette fiancée que les soldats de la France ont tenue dans leurs bras avant de la conduire à nous. »

C'est cette sorte d'orgueil national et de pudeur nationale que les révolutionnaires allemands commencent à éprouver à la fin de 1792.

III

L'IMPÉRIALISME RÉVOLUTIONNAIRE FRANÇAIS

LES NÉCESSITÉS DE LA CONQUÈTE

A vrai dire, la Révolution française ne pouvait tarder davantage à prendre parti. La conquête, même au nom de la liberté, n'échappe pas à la fatalité de sa logique. Déjà il était devenu impossible à la France, quand elle avait occupé un pays et quand des citoyens de ce pays s'étaient compromis à servir la Révolution, de ne pas assurer ceux-ci contre toute violence. C'est sur la réclamation des citoyens du Limbourg et de Darmstadt, craignant d'être abandonnés sans défense après le départ de nos troupes aux représailles de la contre-Révolution, que fut rendu le fameux décret du 16 novembre, que j'ai déjà cité, et où la France promettait protection à tous ceux qui lutteraient pour la liberté. Mais cela ne suffisait point. Car comment s'exercerait cette protection? La Révolution allait-elle donc être obligée de monter la garde à la porte de chacun des citoyens étrangers qui s'étaient prononcés pour elle? Laisserait-elle aux pouvoirs d'ancien régime le droit de fonctionner encore, de s'imposer par la force de l'habitude, du préjugé ou de là crainte, et de menacer ainsi partout la minorité révolutionnaire?

Il n'y avait vraiment qu'un moyen pratique de protéger celle-ci : c'était de révolutionner le pays, d'y organiser la liberté et d'appeler tous les citoyens à exercer leur souveraineté, mais à l'exercer selon les principes nouveaux et dans le sens de la Révolution.

La nécessité financière aussi était pressante. C'étaient les biens de l'ancien régime, les biens de l'Eglise de France et des nobles émigrés de France, qui avaient nourri la Révolution en France. Sur ce fonds national, il était impossible d'entretenir une Révolution universelle, et, à porter seule les frais de la vaste guerre pour la liberté, la France aurait éteint en son foyer même cette liberté universelle. C'était donc la richesse de l'ancien régime européen qui devait nourrir, sous le contrôle de la France et par ses mains, la Révolution européenne. Mais comment disposer partout, en Belgique, en Allemagne, comme en France, des biens du clergé et des biens des nobles, si partout le régime politique et social de la France révolutionnaire n'était appliqué? Et voilà par quel enchaînement de nécessités la liberté, armée en guerre, prenait la forme et les mœurs de la conquête. Voilà comment la libération des peuples leur était imposée par un décret du vainqueur, et comment enfin la Révolution levait tribut sur les nations même qu'elle affranchissait.

Le temps n'est plus où la France de la Révolution s'imaginait qu'à peine le signal de la liberté serait dressé par elle sur le monde, les peuples accourraient tous à cette lumière. Voici que ses armées étaient en Belgique, en Allemagne, et c'était surtout par un silence étonné et un peu inquiet, coupé seulement de quelques acclamations et de quelques rumeurs hostiles, que les hommes accueillaient la Révolution. Ni l'exemple de la France, exemple mêlé d'ailleurs de lumière et d'ombre, de liberté généreuse et de violence sanglante, ni la protection de sa force, promise à quiconque s'émanciperait, ne suffisaient à créer soudain les énergies de liberté et les mœurs de Révolution. Il fallait donc que la Révolution elle-même tentât d'achever l'œuvre incomplète des siècles et de brusquer en Europe l'histoire trop lente.

LA DOCTRINE DE CAMBON

C'est ce que Cambon expliqua sans réticences en la fameuse séance du 15 décembre. Cambon : le choix même d'un financier pour faire le rapport ne révélait que trop les embarras d'argent qui condamnaient la Révolution à une politique aventureuse. Je veux citer ce discours presque en entier avant de le commenter; car jamais ne furent posés de plus formidables problèmes.

« Quel est, dit-il, l'objet de la guerre que vous avez entreprise? C'est sans doute l'anéantissement de tous les privilèges. Guerre aux châteaux, paix aux chaumières, voilà les principes que vous avez posés en la déclarant : tout ce qui est privilégié, tout ce qui est tyran doit donc être traité en ennemi dans les pays où nous entrons. (*Applaudissements.*) Telle est la conséquence naturelle de ces principes.

« Quelle a été au contraire jusqu'ici notre conduite? Les généraux, en entrant en pays ennemi, y ont trouvé les tyrans et leurs satellites; le courage des Français libres fait fuir les uns et les autres; ils sont entrés dans les villes en triomphateurs et en frères; ils ont dit aux peuples : Vous êtes libres, *mais ils se sont bornés à des paroles.* Nos généraux, embarrassés sur la conduite qu'ils avaient à tenir, nous ont demandé des règles et des principes pour les diriger. Montesquiou nous adressa le premier un mémoire à ce sujet... Le général Custine, à peine entré en Allemagne, vous a demandé s'il devait supprimer les droits féodaux, les dîmes, les privilèges, en un mot tout ce qui tient à la servitude, et s'il devait établir des contributions sur les nobles, les prêtres et les riches, en indemnité des secours qu'ils avaient accordés aux émigrés. *Vous n'avez rien répondu à toutes ses demandes.* En attendant, il a pensé ne devoir pas laisser péricliter les intérêts de la République. Il a exigé des contributions des nobles et des riches...

« Dumouriez, en entrant dans la Belgique, a annoncé de grands principes de philosophie, mais il s'est borné à faire des adresses aux peuples. *Il a jusqu'ici tout respecté, nobles, privilèges, corvées, féodalité, etc.; tout est encore sur pied; tous les préjugés gouvernent encore ces pays; le peuple n'y est rien, c'est-à-dire que nous lui avons promis de le rendre heureux, de le délivrer de ses oppresseurs, mais que nous nous sommes bornés à des paroles. Le peuple, asservi à l'aristocratie sacerdotale et nobiliaire, n'a pas eu la force, seul, de rompre ses fers;* et nous n'avons rien fait pour l'aider à s'en dégager.

« Le général a cru, d'après les instructions du Conseil exécutif, devoir rendre hommage à la souveraineté et à l'indépendance du peuple; il n'a pas voulu avoir recours à des contributions extraordinaires; il a tout respecté, et lorsque nos convois passent à quelques barrières ou péages, ils y payent les droits ordinaires. Ce général a pensé ne devoir pas même forcer les habitants à fournir des magasins et des approvisionnements à nos armées. Ces principes philosophiques sont les nôtres. Mais nous ne pouvons pas, nous ne devons pas respecter les usurpateurs ; tous ceux qui jouissent d'immunités et de privilèges sont nos ennemis. Il faut les détruire, autrement notre propre liberté serait en péril. Ce n'est pas aux rois seuls que nous avons à faire la guerre; car s'ils étaient isolés, nous n'aurions que dix ou douze têtes à faire tomber; nous avons à combattre tous leurs complices, les castes privilégiées qui, sous le nom des rois, ruinent et oppriment le peuple depuis plusieurs siècles.

« Vos comités se sont dit : tout ce qui, dans les pays où les Français porteront les armes, existe en vertu de la tyrannie et du despotisme, ne doit être considéré que comme une vraie usurpation, car les rois n'avaient pas le droit d'établir des privilèges en faveur du petit nombre et au détriment de la classe la plus industrieuse. La France elle-même, lorsqu'elle s'est levée le 17 juin 1789, a proclamé ces principes : Rien n'était légal, a-t-elle dit, sous le despotisme. Je détruis tout ce qui existe, par un seul acte de ma volonté. Aussi, le 17 juin, lorsque les représentants du peuple se furent constitués en Assemblée nationale, ils s'empressèrent de supprimer tous les impôts existants; dans la nuit du 4 août, ils s'empressèrent de détruire la noblesse, la féodalité et tout ce qui tenait à la féodalité, qu'un reste de préjugé avait fait respecter. Voilà, n'en doutons pas, quelle est la conduite que doit tenir le peuple qui veut être libre et faire une révolution : *s'il n'a pas les moyens de la faire par lui-même, il faut que son libérateur le supplée et agisse pour son intérêt, en exerçant momentanément le pouvoir révolutionnaire.*

« *Les peuples chez lesquels les armées de la République ont porté la liberté n'ayant pas l'expérience nécessaire pour établir leurs droits, il faut que nous nous déclarions pouvoir révolutionnaire et que nous détruisions l'ancien régime qui les tient asservis.* (Applaudissements.) Nous n'irons point chercher de comité particulier, nous ne devons pas nous couvrir du manteau des hommes, nous n'avons pas besoin de ces petites ruses. Nous devons, au contraire, environner nos actions de tout l'éclat de la raison et de la toute-puissance nationale. Il serait inutile de déguiser notre marche et nos principes. Déjà les tyrans les connaissent et vous venez d'entendre ce qu'écrit à cet égard le stathouder. *Lorsque nous entrons dans un pays, c'est à nous à sonner le tocsin.* (Applaudissements.) *Si nous ne le sonnons pas, si nous ne proclamons pas solennellement la déchéance des tyrans et des privilégiés, le peuple, accoutumé à courber la tête sous les chaînes du despotisme, ne serait pas assez fort pour briser ses fers; il n'oserait pas se lever et nous ne lui donnerions que des espérances, si nous lui refusions une assistance effective.*

« Ainsi donc, si nous sommes pouvoir révolutionnaire, tout ce qui existe de contraire aux droits du peuple doit être abattu dès que nous entrons dans le pays. (*Applaudissements.*) En conséquence, il faut que nous proclamions nos principes, que nous détruisions toutes les tyrannies et que rien de ce qui existait ne résiste au pouvoir que nous exerçons.

« Vos comités ont donc pensé qu'après avoir expulsé les tyrans et leurs satellites, les généraux doivent, en entrant dans chaque commune, y publier une proclamation pour faire voir aux peuples que nous leur apportons le bonheur; *ils doivent supprimer sur-le-champ et les dîmes et les droits féodaux, et toute espèce de servitude.* (Applaudissements.) Vos comités ont encore pensé que vous n'auriez rien fait si vous vous borniez à ces seules suppressions. *L'aristocratie gouverne partout; il faut donc détruire toutes les autorités existantes. Aucune institution du régime ancien ne doit exister lorsque le pouvoir révolutionnaire se montre... Il faut que le système populaire s'établisse, que toutes les autorités soient renouvelées, ou vous n'aurez que des ennemis à la tête des affaires.*

LA FAYETTE TRAITÉ COMME IL LE MÉRITE PAR LES DÉMOCRATES ET LES ARISTOCRATES
(D'après une estampe de la Bibliothèque Nationale)

Vous ne pouvez donner la liberté à un pays, vous ne pouvez y rester en sûreté, si les anciens magistrats conservent leurs pou-

voirs; il faut absolument que les sans-culottes participent à l'admi-nistration. (Vifs applaudissements dans l'Assemblée et dans les tribunes.) Déjà, citoyens, les aristocrates des pays qu'occupent nos armées, abattus au moment de notre entrée, voyant que nous ne détruisons rien, ont conçu de nouvelles espérances; ils ne dissimulent plus leur joie féroce; ils croient à une Saint-Barthélemy, et il ne serait pas difficile de prouver qu'il existe déjà dans la province de Belgique quatre ou cinq partis qui veulent dominer le peuple; déjà les aristocrates versent leur or pour conserver leur ancienne puissance. On n'y voit que les nobles, le clergé, les états, et le peuple n'y est rien, il reste abandonné à lui-même et vous voulez qu'il soit libre! Non, il ne le sera jamais, si nous ne prononçons pas plus fortement nos principes.

« Vous avez vu les représentants de ce peuple venir à votre barre; timides et faibles, ils n'ont pas osé vous avouer leurs principes, ils étaient tremblants; ils vous ont dit : « Nous abandonne-« rez-vous? Vos armées nous quitteront-elles avant que notre « liberté soit assurée? Nous livrerez-vous à la merci de nos tyrans? « Nous ne sommes pas assez forts. Accordez-nous votre protection, « vos forces. » Mais, citoyens, vous ne les abandonnerez pas; vous étoufferez le germe de leurs divisions et des malheurs qui les menacent. (*Applaudissements.*) Votre conduite en Savoie doit vous servir d'exemple. Le peuple, encouragé par la présence de vos commissaires, s'est prononcé plus fortement; il a commencé par tout détruire pour tout exercer; alors son vœu n'a plus été douteux; il s'est montré digne d'être libre et vous a donné un exemple que vous devez porter chez les autres peuples. Suivons donc cette marche dans les pays où nous serons obligés *de faire naître* des révolutions; mais en détruisant les abus, ne négligeons rien pour protéger les personnes et les propriétés (*Vifs applaudissements*). »

Oui, ce sont de formidables problèmes. Et tout d'abord, quel démenti à l'optimisme premier de la Gironde! Voici que les peuples dont elle avait espéré et annoncé le soulèvement spontané, font preuve, en face même de la Révolution victorieuse, d'une force de passivité, d'une résistance inerte extraordinaire. Même après la défaite et la fuite précipitée des Autrichiens, même sous la protection bienveillante de Dumouriez, le peuple belge ne fait pas le moindre effort vers la liberté; il garde, comme une bête de somme dont l'échine ne se dresse plus, toutes ses anciennes institutions, le pli des vieilles servitudes. Et c'est en vain que l'armée prussienne s'est brisée à Valmy, c'est en vain qu'elle a dû repasser le Rhin, c'est en vain que les forces françaises ont occupé une partie de l'Allemagne et que des appels ardents à la liberté ont été lancés aux peuples par nos généraux. L'Allemagne ne se soulève pas; le mouvement révolutionnaire y est très localisé, languissant et pré-

caire. Pas plus que le « despotisme éclairé » de Frédéric II et de
Joseph II, la force révolutionnaire ne peut brusquer la lente évolution des nations attardées.

LA DICTATURE RÉVOLUTIONNAIRE DE LA FRANCE

Et pourtant, il faut qu'elle l'essaie sous peine de périr; car si
elle ne parvient pas à révolutionner les peuples, le poids écrasant
du monde sera bientôt sur elle. Mais en a-t-elle le droit? Cambon
démontre sans doute que la guerre aux rois ne suffit pas; que la
Révolution doit briser encore tous les privilèges féodaux nobiliaires et ecclésiastiques qui sont l'appui des rois. Mais la vraie
question n'est pas là. Ce qu'il faut savoir, c'est si cette Révolution
doit être l'œuvre libre des peuples eux-mêmes ou si c'est la France
qui a le droit de la faire en leur nom et à leur place. Cambon
n'allègue ici d'autre raison que la nécessité.

En fait, les peuples sont incapables de se révolutionner eux-
mêmes. Ils manquent ou d'expérience ou de vigueur ou de courage.
C'est la France qui doit se substituer à eux. Dès ce jour, et par
ce décret, toutes les nations sont mineures; il n'y a qu'un pays
majeur et qui assume, pour tous les autres, la charge de la liberté.
C'est la dictature révolutionnaire de la France qui est proclamée.
Puisque la guerre avait éclaté, puisque, soit par les trahisons de
la Cour, soit par les desseins sournois d'une partie de l'Europe,
soit par l'impatience étourdie et les calculs téméraires de la
Gironde, elle avait été rendue inévitable et, puisqu'il y avait entre
la France révolutionnaire et le reste du continent une inégalité
funeste de préparation politique et sociale, il n'y avait pas d'autre
solution. La guerre engagée n'était pas la lutte d'une nation contre
une autre nation, mais d'un système d'institutions contre un système d'institutions. Dès lors, les institutions de la liberté étaient
condamnées à renverser, même par la force, les institutions de
servitude.

Mais comme la tentative est dangereuse! Comme elle va inoculer
à la France des habitudes dictatoriales! Et comme elle risque
d'identifier chez les autres peuples les servitudes du passé et la
liberté nationale! Du jour où la liberté c'est la conquête, le patriotisme européen tend à se confondre avec la contre-Révolution. Les
Conventionnels acceptèrent sans peur ces hasards redoutables.
Et ils eurent du moins la grandeur de ne pas voiler par des expé-
dients hypocrites la dictature française qu'ils annonçaient au
monde incapable de se libérer. Ils auraient pu constituer en chaque
pays des comités de parade, qui auraient été les instruments

pseudo-nationaux de la France. Ils ne voulurent pas de ces procédés détournés. C'est au grand jour que la France devait assumer la responsabilité universelle de la liberté. Et ils proclament bien haut que c'est la France qui va gouverner.

« Vos comités ont cru qu'en réclamant la destruction des autorités existantes, il fallait que, de suite, les peuples fussent convoqués en assemblées primaires et qu'ils nommassent des administrateurs et des juges provisoires pour faire exécuter les lois relatives à la propriété et à la sûreté des personnes. Ils ont cru, en même temps, que ces administrations provisoires pouvaient nous être utiles sous plusieurs autres rapports. En rentrant dans un pays, quel doit être notre premier soin? C'est de conserver au peuple souverain les biens que nous appelons nationaux, et qui, dans toute l'Europe, ont été usurpés par des privilégiés. Il faut donc mettre sous la sauvegarde de la Nation les biens, meubles et immeubles, appartenant au fisc, aux princes, à leurs fauteurs et adhérents, à leurs satellites volontaires, aux communautés laïques et ecclésiastiques, à tous les complices de la tyrannie. (*Applaudissements.*) Et, pour qu'on ne se méprenne pas sur les intentions pures et franches de la République française, vos comités ne vous proposent pas de nommer des administrateurs particuliers pour l'administration et régie de ces biens, mais d'en confier le soin à ceux qui seront nommés par le peuple. Nous ne prenons rien, *nous conservons tout pour les frais indispensables pour une révolution.*

« Nous savons qu'en accordant cette confiance aux administrateurs provisoires, *vous aurez le droit d'en exclure tous les ennemis de la République qui tenteraient de s'y introduire. Nous proposons donc que personne ne puisse être admis à voter pour l'organisation des administrations provisoires, si l'élu ne prête serment à la liberté et à l'égalité, et s'il ne renonce par écrit à tous les privilèges et prérogatives dont il pouvait avoir joui. (Vifs applaudissements.) Ces précautions prises, vos comités ont pensé qu'il ne fallait pas encore abandonner un peuple peu accoutumé à la liberté absolument à lui-même;* qu'il fallait l'aider de nos conseils, fraterniser avec lui; en conséquence, il a pensé que, dès que les administrations provisoires seraient nommées, *la Convention devait leur envoyer des commissaires tirés de son sein,* pour entretenir avec elle des rapports de fraternité. Cette mesure ne serait pas suffisante; les représentants du peuple sont inviolables, ils ne doivent jamais exécuter. *Il faudra donc nommer des exécuteurs.* Vos comités ont pensé que le conseil exécutif devait envoyer, de son côté, des commissaires nationaux qui se concerteront avec les administrateurs pour la défense du pays nouvellement affranchi, pour assurer les approvisionnements et les subsistances des armées, et enfin concerter sur les moyens qu'il y aura à prendre pour payer les dépenses que nous aurons faites ou que nous ferons sur leur territoire.

« Vous devez penser qu'au moyen de la suppression des contributions anciennes les peuples affranchis n'auront point de revenus; ils auront recours à vous, et le comité des finances croit qu'il est nécessaire d'ouvrir le Trésor public à tous les peuples qui voudront être libres. Quels sont nos trésors? Ce sont nos biens territoriaux que nous avons réalisés en assignats. Conséquemment, en entrant dans un pays, en supprimant ses contributions, en offrant au peuple une partie de nos trésors pour l'aider à reconquérir sa liberté, *nous lui offrirons notre monnaie révolutionnaire*. (Applaudissements.) *Cette monnaie deviendra la sienne; nous n'aurons pas besoin alors d'acheter à grands frais du numéraire pour trouver dans le pays même des habillements et des vivres; un même intérêt réunira les deux peuples pour combattre la tyrannie; dès lors, nous augmenterons notre propre puissance, puisque nous aurons un moyen d'écoulement pour diminuer la masse des assignats circulant en France et l'hypothèque que fourniront les biens mis sous la garde de la République augmentera le crédit de ces mêmes assignats.*

« Il sera possible qu'on ait recours à des contributions extraordinaires, mais alors la République française ne les fera pas établir par ses propres généraux; ce mode militaire ne serait propre qu'à jeter dans l'esprit des contribuables une défaveur non méritée sur nos principes. Nous ne sommes point agents du fisc; nous ne voulons point vexer le peuple; eh bien, vos commissaires, en se concertant avec les administrateurs provisoires, trouveront des moyens plus doux. Les administrateurs provisoires pourront établir sur les riches des contributions extraordinaires qu'un besoin imprévu pourrait exiger, et les commissaires nationaux, nommés par le pouvoir exécutif, *veilleront à ce que les contributions ne soient pas supportées par la classe laborieuse et indigente. C'est par là que nous ferons aimer au peuple la liberté; il ne paiera plus rien et il administrera tout.*

« *Mais vous n'avez encore rien fait si vous ne déclarez hautement la sévérité de vos principes contre quiconque voudrait une demi-liberté! Vous voulez que les peuples chez qui vous portez vos armes soient libres. S'ils se réconcilient avec les castes privilégiées, vous ne devez pas souffrir cette transaction honteuse avec les tyrans.* Il faut donc dire aux peuples qui voudraient conserver des castes privilégiées : Vous êtes nos ennemis; alors on les traitera comme tels, puisqu'ils ne voudront ni liberté, ni égalité. Si, au contraire, ils paraissent disposés à un régime libre et populaire, vous devez non seulement leur donner assistance, mais les assurer d'une protection durable. Déclarez donc que vous ne traiterez jamais avec les anciens tyrans; car les peuples pourraient craindre que vous ne les sacrifiassiez à l'intérêt de la paix. (*Applaudissements.*)

Dictature révolutionnaire de la France, ai-je dit? En tout cas, c'est ce qu'on peut appeler le *protectorat révolutionnaire* de la France sur les peuples.

LA TUTELLE DES PEUPLES LIBÉRÉS

A coup sûr, ils ne seront pas pleinement subordonnés. Ils auront même les formes de la liberté. Ils seront appelés à élire eux-mêmes leurs administrateurs provisoires et puis leurs représentants. Mais ces administrateurs seront soumis au contrôle souverain des commissaires de la Convention et à l'intervention souveraine des commissaires du Conseil exécutif. Seuls, seront admis à voter ceux qui se seront engagés par serment à lutter contre les privilèges.

Et les délégués de chaque peuple ne seront pas autorisés à voter une Constitution semi-libérale; ils ne pourront pas chercher de transactions entre leur état politique et social et la démocratie républicaine dont la France leur donne à la fois l'exemple et la formule. C'est donc, en réalité, la Constitution même de la France qu'ils devront adopter telle quelle; et c'est la République démocratique universelle que décrète la Convention.

De même que les peuples ne pourront disposer de la souveraineté politique que pour des fins déterminées par la Révolution elle-même, ils ne pourront disposer que sous le contrôle de la Révolution, des biens nationaux qu'elle leur restitue. Sans doute, ils ne deviendront pas directement la propriété de la France. Ils seront gérés par des administrateurs que les peuples auront choisis. Mais ils seront destinés d'abord à payer les frais de la guerre. Ainsi, tous les biens « nationaux » seront en quelque sorte sous un séquestre révolutionnaire, c'est-à-dire à la disposition de la France. Et, après avoir imposé aux peuples son gouvernement, après avoir hypothéqué au profit de la Révolution, de sa Révolution, leurs biens nationaux, elle leur impose sa monnaie. L'assignat sera *offert*, c'est-à-dire qu'il aura cours forcé en Europe, partout où la Révolution aura pénétré.

Grande et audacieuse tentative, chimérique aussi, car Cambon avait beau annoncer que le crédit des assignats allait être relevé par un écoulement plus étendu, la valeur de l'assignat ne résultait pas seulement du rapport entre la quantité du papier et la quantité des produits, elle dépendait aussi du degré de confiance des hommes au succès final de la Révolution. Or, à mesure qu'on s'éloignait du foyer même de la Révolution et qu'on allait chez des peuples où la Révolution ne pouvait être excitée et maintenue que par la force, cette confiance diminuait; et c'est dans de vastes dépressions, c'est dans des creux profonds de routine, de défiance et de servitude que le crédit de l'assignat allait se perdre.

LA GIRONDE APPROUVE CAMBON

Chose curieuse! ni la Gironde, ni Condorcet n'ont la franchise de reconnaître à quel point ce programme de Révolution imposée diffère du programme de Révolution spontanée qu'ils ont tracé d'abord. Condorcet surtout avait déclaré bien des fois, en des rapports solennels, que chaque peuple choisirait en toute liberté sa Constitution nouvelle et qu'aucune violence ne serait faite à ses préjugés. La guerre est à peine déclarée depuis six mois, et il est conduit à approuver le système de Cambon.

« Le discours de Cambon, écrit-il le 16 décembre dans la *Chronique de Paris*, étincelant de grandes vérités que la familiarité de son style rendait encore plus piquantes, l'énergique et noble simplicité de son débit ont obtenu des applaudissements universels. *On croirait entendre le génie de la liberté et de l'égalité menaçant de leur destruction prochaine toutes les branches, tous les degrés de la tyrannie.* »

Oui, mais Condorcet avait espéré d'abord que ces branches sècheraient et tomberaient d'elles-mêmes, et qu'il ne serait pas besoin de la hache de la France conquérante pour les retrancher. Brissot caractérise par une expression vaste le plan de Cambon :

« Au nom du Comité diplomatique, de la guerre et des finances, Cambon fait un rapport sur la conduite que doivent tenir nos généraux à l'égard des peuples, dont le territoire est occupé par les armées de la République, et il propose ensuite un projet de décret qu'on peut regarder (c'est Brissot qui souligne) comme *l'organisation du pouvoir révolutionnaire universel*. Les grands principes de liberté et de politique développés par le rapporteur ont fait d'autant plus d'impression qu'il les a exposés avec cette entraînante naïveté, cette simplicité énergique qui caractérisent l'orateur de la nature, lorsqu'il n'est pas corrompu et qu'il ne cherche pas à corrompre. »

L'animation de Cambon contre Robespierre et la Commune de Paris lui valait, à ce moment, les sympathies fleuries de la Gironde. Oui, c'est l'organisation du pouvoir révolutionnaire universel, et cela est grand. Mais c'est aussi, c'est surtout l'extension à l'univers

du pouvoir révolutionnaire de la France; et la Révolution obligée
de suppléer par la force à l'insuffisante préparation des peuples
risque de se heurter à des résistances stupides ou de blesser des
susceptibilités nobles et de sublimes fiertés nationales. La Gironde,
bien loin de pressentir ce danger, renchérit sur le plan de Cambon.

Buzot, préoccupé sans doute de démontrer aux Montagnards
qu'il était plus « révolutionnaire » qu'eux, s'écrie qu'il ne suffit pas
d'exiger des nouveaux administrateurs le serment à la liberté et à
l'égalité et la renonciation de leurs privilèges. Les serments
peuvent être éludés :

« Je demande que toutes les personnes qui auront rempli les
places dans les administrations anciennes n'en puissent obtenir de
nouvelles; je voudrais même qu'on étendît cette exclusion à tous
les individus ci-devant nobles ou membres de quelque corporation
ci-devant privilégiée. » (*Applaudissements sur un grand nombre de
bancs et murmures sur quelques autres*).

Réal protesta : « La proposition de Buzot, s'écria-t-il, tendrait
à créer chez ces peuples deux partis et à y allumer la guerre
civile. »

Le dantoniste Basire s'élève aussi contre la motion de Buzot,
au nom de la souveraineté des peuples qui doivent être pleinement
libres dans leur choix. La Gironde le hue. Barbaroux s'écrie : « Je
demande que Basire soit entendu, car il sera curieux de voir comment il défendra la noblesse et le clergé. »

LES SCRUPULES DE LA MONTAGNE

Les Montagnards avaient des scrupules. Ils se demandaient si
la France avait le droit de gêner et de ligoter, pour mieux les
affranchir, la souveraineté des autres peuples. Ils s'inquiétaient
aussi des suites que pourrait avoir cette intransigeance révolutionnaire. Moins grisés que les Girondins de propagande belliqueuse, ils craignaient d'irriter les nations. Par une contradiction
étrange et qu'explique seul le plus déplorable esprit de parti, la
Gironde qui, à ce moment même, semblait hésiter à frapper le roi
par peur de généraliser la guerre, couvrait d'invectives les paroles
de prudence prononcées par les Montagnards. Brissot dit lourdement dans son *Patriote Français* du 17 décembre : « L'amen-
dement de Buzot, vivement applaudi, était décrété, lorsque Basire,
Chabot, Charlier, *soutenus d'une vingtaine de membres de la même
faction*, s'élèvent et poussent contre le décret rendu *et en faveur
de l'aristocratie belgique* de sophistiques hurlements, entrecoupés

des mots profanés par eux de peuple, de souveraineté, etc. *Dans le temps même que cette scène scandaleuse révoltait tous les républicains... etc.* »

Après tout, ce n'était qu'un détail. Ce qui était grave, c'est que la France de la Révolution, au lieu de laisser à leur libre essor

M. J. CHÉNIER
(D'après une estampe du Musée Carnavalet)

les peuples simplement délivrés de la crainte de leurs oppresseurs, fût obligée de se substituer à eux et de faire pour eux, sans eux, au besoin contre eux, leur Révolution. Terrible dilemme : ou laisser subsister autour de soi la servitude toujours menaçante, ou faire de la liberté imposée une nouvelle forme de la tyrannie. La France expiait par là la magnifique et redoutable avance révolutionnaire qu'elle avait sur le monde. C'est une gloire, mais c'est un péril pour une nation de devancer les autres peuples. Il n'y a pas harmonie entre ses crises sociales et celles de l'univers : et il faut ou qu'elle

soit submergée par le reflux des puissances rétrogrades qui l'enve-
loppent, ou qu'en propageant par la force le progrès et la liberté,
elle s'épuise en une lutte formidable et fausse par la violence la
Révolution même qui doit affranchir et pacifier. Aussi, nos patriotes
ont la vue bien courte et l'esprit bien pauvre quand ils se plaignent
que l'Allemagne et l'Italie ne soient pas restées à l'état de morcellement et d'impuissance, qu'elles soient constituées en nations uni-
fiées et fortes. Car c'est précisément par là qu'il est permis maintenant d'espérer en Europe un développement politique et social à
peu près concordant des diverses nations. Dès lors l'évolution de
l'une ne risque pas de se heurter à l'immobilité des autres, et les
plus grandes transformations intérieures des peuples ne sont plus
une menace pour l'équilibre du monde et pour la paix.

L'APPEL DE LA RÉVOLUTION A L'EUROPE

C'est la Révolution, ce sont ses luttes contre la servitude universelle, ce sont ses appels passionnés et violents à la liberté de tous,
qui ont préparé cette homogénéité de l'Europe. Quand, du haut des
Alpes, la liberté jetait son cri d'aigle à l'univers et appelait à la
liberté et à la vie « les nations encore à naître », elle annonçait
cette sorte d'unité, de concordance politique et sociale qui caractérise l'Europe nouvelle. Quelles qu'aient été les imprudences,
volontaires ou forcées, de la Révolution française, c'est là un
résultat d'une incomparable grandeur.

Elle a adressé à toute l'humanité une sommation hautaine
d'avoir à hâter le pas pour la rejoindre. Elle a animé, secoué, vio-
lenté les nations attardées. Elle les a obligées à sortir de l'ornière
des siècles. Elle a rendu pour elles impossibles à jamais les somno-
lences et les lenteurs de l'ancien régime. Elle a précipité pour
toutes le rythme de la vie. Elle a posé brutalement, et sous l'éclair
d'orage des jours présents, des problèmes qui se développaient en
quelques consciences d'élite avec une sorte de lenteur sacrée. Et
sa proclamation de liberté aux peuples, si elle a l'éclat de cuivre
des sonneries guerrières, en a aussi l'allégresse pressante et entraînante. Debout, peuples belgiques si lourdement endormis sous
l'épais manteau catholique ! Debout, penseurs et étudiants d'Allemagne qui suivez du regard, au ciel profond de la Germanie, le vol
lent des nuées pâles ! C'est une vive aurore qui éclate, une aube
triomphante et rapide, une diane de Révolution !

« Le peuple français au peuple belge, ou au peuple allemand,
ou au peuple...

« Frères et amis,

« Nous avons conquis la liberté, et nous la maintiendrons : nous offrons de vous faire part de ce bien inestimable, qui vous a toujours appartenu et que vos oppresseurs n'ont pu vous ravir sans crime. Nous avons chassé vos tyrans; montrez-vous, hommes libres, et nous vous garantissons de leur vengeance, de leurs projets et de leur retour.

« *Dès ce moment, la nation française proclame la souveraineté du peuple, la suppression de toutes les autorités civiles et militaires, qui vous ont gouvernés jusqu'à ce jour et de tous les impôts que vous supportez, sous quelque forme qu'ils existent, l'abolition de la dîme, de la féodalité, des droits seigneuriaux, tant féodaux que censuels, fixes ou casuels, des banalités, de la servitude réelle et personnelle, des privilèges de chasse et de pêche, des corvées, de la gabelle, des péages, des octrois, et généralement de toute espèce de contributions dont vous avez été chargés par des usurpateurs; elle proclame aussi l'abolition parmi vous de toute corporation nobiliaire, sacerdotale et autres, de toutes les prérogatives et privilèges contraires à la liberté. Vous êtes, dès ce moment, frères et citoyens, tous égaux en droits, et tous appelés également à gouverner, à servir et à défendre votre patrie.*

« *Formez-vous sur-le-champ en assemblées primaires ou de communes; hâtez-vous d'établir vos administrations et justices primaires, en vous conformant aux dispositions de l'article 3 du décret ci-dessus. Les agents de la République française se concerteront avec vous pour assurer votre bonheur et la fraternité qui doit exister désormais entre nous.* »

L'article 3 est celui qui, à la demande de Buzot, décide :

« Tous les agents et officiers civils ou militaires de l'ancien gouvernement, ainsi que les individus ci-devant réputés nobles ou membres de quelque corporation ci-devant privilégiée, seront, pour cette fois seulement, inadmissibles à voter dans les assemblées primaires ou communales, et ne pourront être élus aux places d'administration ou du pouvoir judiciaire primaire. » (1)

La phrase de la proclamation sur les corporations nobiliaire et sacerdotale n'était pas dans le premier projet de rédaction lu le 15 décembre. Elle fut introduite le 17 dans le texte définitif. Ainsi, c'est toute l'œuvre révolutionnaire que la France veut faire passer soudain dans la substance des peuples.

---

(1) Cet article inapplicable fut rapporté, sur la proposition de Couthon, le 22 décembre. — A. Mz.

LA RÉACTION DE LA PENSÉE ALLEMANDE

Que l'Allemagne s'éveille et prenne parti! Il n'est plus permis à ceux que forma la forte et patiente pensée de Lessing, de répéter la parole du maître :

« L'auteur s'est placé sur une colline, d'où il croit découvrir au delà du chemin fait de son temps, mais 'il n'appelle hors du sentier battu aucun voyageur pressé, dont l'unique désir est d'atteindre bientôt le terme de sa route et de se reposer. Il ne prétend pas que le point de vue qui le charme doive avoir le même attrait pour d'autres yeux. »

Non, non, le temps n'est plus de ces méditations et contemplations solitaires. Voici la Révolution impérieuse qui, elle, prétend imposer à tous son point de vue. Elle n'admet pas qu'à sa lumière les yeux se refusent. Et elle veut hâter le pas de tous les hommes, non pas sur le chemin banal où s'affairait jusqu'ici leur ambition, mais sur les voies d'avenir qu'elle a vues du haut de la colline. Et vous, ô sage et noble esprit de Kant, qui, sans illusion et sans faiblesse, attendez le règne futur de la paix de chocs multipliés où s'épuisera l'égoïsme nécessaire et mauvais des hommes, n'allez-vous point trouver que le choc qui se prépare est trop redoutable et qu'il excède la mesure des forces humaines? Voici une grande épreuve à votre grande philosophie de l'histoire. Et vous aussi, généreux et confiant Pestalozzi, il faut prendre parti à fond. Ce n'est plus du « bon seigneur » ou du « bon patron » qu'il est permis d'attendre le salut. Votre bon Junker lui-même, votre bon Arner est rayé par la France révolutionnaire de la liste des éligibles. Ainsi se précise et s'anime, pour toutes les consciences allemandes, le conflit intérieur.

Le doux et modéré Wieland, en son souci d'équilibre et de juste milieu, trouve que le coup est rude et que l'exigence est déplaisante.

« A en croire l'assurance répétée des Français, la libération des peuples de la terre, l'extirpation des tyrans et, s'il est possible, l'organisation de toute la race humaine en une seule démocratie fraternelle, est le seul but des armes de la nouvelle République... En particulier, les vues humanitaires du citoyen Custine, dans sa campagne militaire en Allemagne, vont beaucoup moins à châtier les princes coupables d'avoir soutenu les émigrés (c'est maintenant un souci accessoire), qu'à instruire les habitants de toutes les contrées occupées ou traversées de l'inaliénable souveraineté du peuple et de l'illégitimité du pouvoir des rois. »

Et si ce plan, aux yeux de Wieland, n'est pas sans grandeur, comme il est dangereux aussi et décevant! Comme il tient peu compte des éléments sains de la Constitution allemande et des périls que déchaînerait une brusque transformation!

« Loin de moi, écrit-il, d'avoir assez peu de confiance dans la partie éclairée du peuple allemand et dans l'entendement naturellement sain des classes mêmes du peuple les moins cultivées, pour me figurer que ce plan captieux puisse réussir en Allemagne aussi aisément que le croient le citoyen Rœderer et d'autres du même genre : un plan qui procède si visiblement d'une ignorance complète de notre Constitution... La Constitution impériale allemande, malgré ses défauts indéniables, est dans l'ensemble infiniment plus favorable au repos intérieur et au bien-être de la nation, et beaucoup mieux adaptée à son caractère et à son degré de culture que la démocratie française, beaucoup plus favorable et beaucoup mieux adaptée que ne le serait celle-ci, si quelque enchanteur Merlin prenait sur lui, avec sa baguette magique, de faire de nous d'un coup une démocratie une et indivisible, comme le roi d'Angleterre institue chevalier un brave Londonien de la Cité... Le meilleur pour chaque peuple n'est pas la législation idéale et parfaite, mais celle qu'il peut le mieux supporter. Quelles Furies nous pousseraient donc à cette folie de vouloir améliorer notre régime présent, quelque besoin qu'il ait d'être perfectionné en effet, par un moyen qui l'empirerait à coup sûr et qui amoncellerait sur notre patrie des maux incalculables? Pourquoi achèterions-nous si cher, et avec un si énorme risque, ce que vraisemblablement nous pouvons attendre sans trouble, sans désorganisation, sans crimes et sans le sacrifice de la génération présente, du seul progrès des lumières et de la moralité parmi nous? Au moins est-il sûr qu'avant de recourir à des moyens désespérés, il faut que nous ayons épuisé en vain tous les autres, et ce n'est pas de beaucoup notre cas.

« Les apôtres de la religion nouvelle n'ont qu'une idée très pauvre et très fausse de notre véritable situation, et ils se trompent eux-mêmes, par des imaginations tout à fait exagérées de ce qu'ils appellent notre esclavage. Il suffit cependant de la plus vulgaire connaissance de la Constitution de l'Empire allemand et des cercles et des lois fondamentales de l'Empire, pour savoir que l'Empire allemand se compose d'un grand nombre d'Etats indépendants, qui n'ont au-dessus d'eux que la loi, et que depuis le chef élu de l'Empire jusqu'au plus petit conseiller de ville, il n'est personne en Allemagne qui puisse agir en effet contre la loi... »

A la bonne heure, et voilà un optimisme commode. Mais Wieland en prend bien à son aise avec le problème. Il ne veut pas de moyens « dangereux » et violents : c'est-à-dire qu'il ne veut pas que l'Allemagne s'associe à l'effort révolutionnaire de la France pour chasser ses princes, exproprier ses prélats ou ses nobles et s'organiser en

République démocratique. Il attend les lents effets du progrès intellectuel et moral. Mais quoi! si la France révolutionnaire pousse
plus loin sa pointe, que fera-t-on contre elle? et se lèvera-t-on pour
la combattre?

Wieland se dérobe; pas plus qu'il ne consent à la Révolution
allemande, il ne prêche la croisade allemande contre la Révolution
française. Et cette molle et vague pensée résume bien l'inconsis-
tance fondamentale de l'Allemagne, même à cette heure de crise
aiguë. Au demeurant, il ne se dissimule pas la force de propagande
et de pénétration de la pensée révolutionnaire.

« Il ne faudrait pourtant pas se laisser aller à une sécurité trop
grande, quand à toutes les raisons de prudence, que nous avons
d'ailleurs, se joint la présence prolongée en Allemagne de cinquante à soixante mille prédicateurs armés de la liberté et de
l'égalité. C'est chose bien singulière que cette nouvelle sorte de
religion que nous prêchent les Custine, les Dumouriez, les Anselme
et les autres, à la tête de leurs armées.

« Les fondateurs et protagonistes de cette religion nouvelle ne
reconnaissent d'autre divinité que la liberté et l'égalité et, quoiqu'ils ne propagent pas leur foi à la manière de Mahomet et
d'Omar avec la flamme et le glaive, mais qu'au contraire, comme
les premiers annonciateurs du royaume de Dieu, ils appellent avec
de douces et amicales paroles au royaume de la liberté, ils ont
cependant en commun avec Mahomet de ne souffrir à côté d'eux
aucune autre foi. Quiconque n'est pas avec eux est contre eux. »

Et c'est en effet en ces termes pressants, absolus, que la Révolution posait le problème. Wieland, avec une grande partie de
l'Allemagne, ne voulait être ni contre les révolutionnaires ni avec
eux. Mais c'était au fond prendre parti contre la Révolution; car
cet équilibre d'indécision et d'impuissance permettait aux princes
et souverains allemands d'organiser au service de la contre-Révolution les forces passives d'un peuple sans volonté et sans ressort.

Mais si Wieland, à Weimar, s'attardait en ces formules, tous les
jours plus vaines, de sagesse trompeuse et de juste milieu, si, en
Souabe, les esprits, à la fois révolutionnaires et patriotes, tentaient
encore d'échapper à la nécessité d'une résolution nette, et si notamment Staeudling, dans la *Chronique* où il avait pris la suite de Schubart, conciliait tant bien que mal sa sympathie pour la Révolution et
son patriotisme allemand et enregistrait avec un enthousiasme égal
les hauts faits des armées révolutionnaires et les exploits des armées
autrichiennes et prussiennes, il y a des hommes, eux, qui depuis
des mois étaient dans la fournaise, et qui avaient bien dû prendre
parti. Ce sont ceux qui vivaient dans les pays des bords du Rhin,
menacés d'abord puis occupés par la France révolutionnaire.

IV

LES ALLEMANDS
DE LA RIVE GAUCHE DU RHIN

GEORGE FORSTER

Ah! quel drame poignant de conscience et de pensée que la vie de ce grand et infortuné George Forster! Depuis qu'avait éclaté la Révolution, son esprit n'était que tourment et conflit. Il avait trente-six ans en 1789 et ses étroites fonctions de bibliothécaire à l'Université de Mayence ne suffisaient point à son activité inquiète et à son esprit vigoureux. Il avait du sang anglo-saxon dans les veines. Il descendait d'une famille écossaise qui s'établit en Allemagne au XVIIe siècle. Et c'est sous la direction d'un capitaine anglais, l'illustre Cook, qu'il fit, de 1772 à 1775, à peine âgé de vingt-deux ou vingt-trois ans, un voyage autour du monde. C'était le second voyage de Cook. Forster en a laissé un récit admirable, d'une netteté d'idées et d'images, d'une force et d'une rapidité de style que l'Allemagne n'avait pas encore connues. Et déjà son haut esprit se révèle généreux et exact. Il a la passion de la science, l'orgueil de l'esprit humain.

Il recueille, dessine, catalogue animaux et plantes, et quand il rencontre au Cap ou en Océanie d'intrépides botanistes, des disciples du grand Linné qui vont à travers le monde pour saisir et faire entrer dans les classifications du maître toute la diversité presque infinie de la vie végétale, il s'émeut d'un enthousiasme grave et presque religieux; quoi de plus noble que la pensée conquérante? Mais partout, en même temps que cette curiosité passionnée du vrai, il a le souci de l'humanité. Il s'afflige et proteste, toutes les fois qu'il constate les mauvais traitements infligés aux esclaves. Au Cap notamment, où la Compagnie hollandaise a réduit en esclavage des centaines de Hottentots, il constate avec douleur en quel mépris des hommes peuvent tenir d'autres hommes. Ces Hollandais, pieux lecteurs et commentateurs de la Bible, et qui

croient que sans religion l'homme n'est qu'une brute, laissent systématiquement leurs esclaves en dehors de toute religion et de
tout culte. Ce n'est point par tolérance, mais par extrême dédain.
Les esclaves ne sont vraiment à leurs yeux que des bêtes.

De ce long voyage, Forster a retenu une grande pitié pour les
esclaves, pour les noirs, une grande colère contre les sophismes des
esclavagistes. Il a de même, pour les sauvages, pour les populations
primitives, une sympathie tendre et douloureuse. Il gémit de tout
le mal que leur font les Européens :

« C'est un grand malheur, que toutes nos découvertes aient
coûté la vie à tant d'hommes innocents. Mais, si dures que soient
ces violences pour les petites populations incultes qui ont été
visitées par les Européens, ce n'est qu'un détail auprès du dommage irréparable qui leur a été causé par la ruine de tous leurs
principes moraux. Si du moins ce mal avait été quelque peu mêlé
de bien, si on leur avait appris des choses vraiment utiles, ou si
on avait extirpé parmi eux quelque coutume immorale et funeste,
nous pourrions nous consoler à la pensée qu'ils ont regagné d'un
côté ce qu'ils perdaient de l'autre.

« Mais je crains bien que notre connaissance n'ait fait que du
mal aux habitants de la mer du Sud; et je crois que les populations
qui se sont le mieux tirées d'affaire sont celles qui par crainte ou
méfiance n'ont pas permis à nos matelots d'entrer en relations
avec elle. »

Hélas! Quelle tristesse que l'expansion des races supérieures et
cultivées ait été déshonorée par tant d'inutiles violences et de bas-
sesses! Mais, si Forster est sévère pour les Européens, il n'a sur
les sauvages aucune illusion sentimentale. Il note avec dégoût la
crapuleuse et bestiale saleté des habitants de la Nouvelle-Zélande.
Dans toutes les îles du Pacifique, les filles trafiquent de leur corps
non point par une sorte d'impudeur naïve et d'innocence première.
Elles témoignent au contraire quelque répugnance à se donner.
Mais elles ne résistent pas longtemps à la cupidité, au désir d'avoir
une étoffe voyante ou quelque objet convoité. Et au besoin le père,
qui n'entend pas perdre une belle occasion de profit, oblige à céder
celles qui résistent.

« Est-ce nos hommes, qui prétendent appartenir à un peuple
civilisé et qui sont cependant à ce point bestiaux, ou est-ce ces
barbares qui prostituent si honteusement leurs femmes, qui
méritent le plus de dégoût ? C'est une question à laquelle je ne puis
répondre. »

Presque partout, les sauvages n'ont qu'une loi : lorsqu'ils se
haïssent, poursuivre leurs ennemis jusqu'à l'entière extermination.
Et l'instinct du meurtre s'éveille aisément en eux. Près du rivage,
en Nouvelle-Zélande, Forster et ses compagnons rencontrent une

LES TROUPES PRUSSIENNES ET HESSOISES CHASSENT LES FRANÇAIS DE FRANCFORT, LE 2 DÉCEMBRE 1792
(D'après une estampe allemande de la Bibliothèque Nationale)

famille de sauvages, qui paraît avenante et douce. Ils font don au
chef d'une hache. Ils supposaient que, vivant seul avec les siens
dans une forêt épaisse, il se servirait de sa hache pour abattre des
arbres et travailler le bois. A peine l'eut-il en mains qu'il se mit
à courir en criant qu'il allait tuer. Il avait sans doute quelque
ennemi à l'autre bord de la forêt. Non, il ne faut pas s'imaginer,
comme Jean-Jacques, que l'innocence et la bonté sont dans l'état
de nature. L'humanité est encore atroce et vile, cruelle, lubrique,
avide. Mais, du moins, par la pensée, elle commence à pressentir
un ordre supérieur, et la science apparaît bien belle, quand elle
est brusquement confrontée à cette grossière ignorance primitive
qui n'exclut pas les instincts mauvais. Que de noble orgueil et de
mélancolie dans ce rapide tableau d'une halte européenne en pleine
sauvagerie !

« Au bord d'un ruisseau bruyant auquel nous avions ménagé
une issue commode sur la mer, était l'installation de nos tonneliers
qui faisaient ou réparaient toute une série de tonneaux pour
emporter de l'eau. Ici fumait une grande chaudière où, avec des
plantes indigènes et jusqu'ici inobservées, nous brassions une saine
et rafraîchissante boisson pour nos hommes. A côté, ceux-ci faisaient cuire d'excellents poissons pour leur camarades qui réparaient, nettoyaient, calfataient le navire, remettaient les agrès en
état. Ainsi des travaux divers animaient la scène, l'emplissaient
de bruits variés, tandis que la montagne voisine retentissait des
coups de marteau rythmés des charpentiers. Même les beaux-arts
fleurissaient dans la nouvelle colonie. Un débutant (c'est Forster
lui-même) dessinait, pour son noviciat, les plantes et les animaux
de la forêt que nul encore n'avait visitée ; les romantiques perspectives du pays sauvage étaient fixées aussi par un de nos amis et
la nature s'étonnait d'être reproduite dans la richesse de ses couleurs et la délicatesse de ses nuances. Même les sciences les plus
hautes avaient honoré de leur présence ces lieux déserts. Au milieu
des travaux mécaniques se dressait l'observatoire muni des meilleurs instruments ; et l'astronome, avec un zèle vigilant, suivait
la marche des astres ; les merveilles du monde animal dans les
forêts et les mers occupaient les sages, curieux de connaître l'univers.

« Partout, en un mot, où nous jetions les yeux, on voyait fleurir
les arts, et les sciences siégeaient en un pays que jusqu'ici une
longue nuit d'ignorance et de barbarie avait couvert ! Cette belle
image de l'humanité élevée et de la nature fut de courte durée.
Elle disparut comme un météore presque aussi vite qu'elle avait
apparu. Nous rapportâmes nos instruments et nos outils dans le
vaisseau et nous ne laissâmes d'autre trace de notre séjour qu'une
petite éclaircie dans la forêt. A la vérité nous avions semé là

quelques-unes des meilleures plantes de jardin d'Europe, mais la
végétation spontanée étouffera bientôt toutes les plantes utiles et
dans peu d'années le lieu de notre séjour ne sera plus reconnais-
sable, il sera retourné à l'état originel et chaotique du pays. Ainsi
passe la gloire du monde. Mais qu'importent, pour l'avenir des-
tructeur, les moments ou les siècles de culture? Il efface ceux-ci
comme ceux-là. »

Ainsi la forte pensée de Forster, à la fois vaillante et triste,
dominait le temps. Il revint en Allemagne sans parti pris théorique,
sans esprit de système, plein d'une pitié clairvoyante pour la
pauvre humanité surchargée de maux. Il avait lutté et souffert.
Dans les longs mois de navigation vers le pôle Sud, il avait connu
l'extrémité du péril et de la souffrance, les sinistres tempêtes sous
un ciel tout noir, les fureurs d'une mer sombre soulevant des blocs
de glace. Il avait connu aussi la douceur toute virgilienne et ély-
séenne des horizons de Taïti : *Devenere locos lœtos.* Et après avoir
fait le tour du monde, il se dit, en terminant, avec Pétrarque, que
le monde était bien petit :

« J'ai vu l'un et l'autre pôle, les étoiles errantes et leur voyage
oblique. Et j'ai vu combien notre vision était courte! »

Oui, mais pour cet esprit ardent, actif et clair, qui venait de
mesurer le monde et qui le trouvait étroit, que la médiocrité somnolente de la vie allemande allait paraître opprimante! Il avait
entrevu la grande action, et il était pris maintenant dans une
morne immobilité. Professeur à Vilna, à Mayence, il souffrait de
sa pauvreté, mais surtout de l'impuissance d'agir. Sa gloire même
lui était un fardeau. Les Allemands regardaient curieusement
l'homme intrépide qui avait traversé tant d'horizons inconnus.
Mais lui se disait tout bas : « Que m'importe cette curiosité enfantine et vaine? Ils ne sauront pas faire usage de la force qui est en
moi. » Il avait épousé la fille du grand savant de Gœttingue, Heyne,
le commentateur illustre de Virgile; et il soutenait sa famille à
force de labeur. Il traduisait pour les revues allemandes ou il commentait les œuvres anglaises. Et il souffrait de perdre ainsi à un
travail subalterne l'énergie de ses facultés.

L'Angleterre avait une vie politique et industrielle intense, les
joies de la liberté et l'orgueil de la richesse. La France avait, au
moins en son centre, les joies d'une vie sociale éblouissante où la
puissance de la pensée s'animait de la puissance de l'opinion. En
Allemagne il y avait en quelques esprits d'élite une admirable vie
intellectuelle; mais c'étaient des flammes sur des sommets ; de
grandes ténèbres dormantes couvraient la vallée et, dans le cercle
des petites villes s'agitaient des intérêts misérables. Forster avait
le respect des hauts penseurs de l'Allemagne. Surtout il avait compris toute la grandeur de Kant, et il en voulait à l'Angleterre de

ne pas l'avoir d'emblée admiré, traduit, adopté. Mais il n'était pas
fait pour la pure contemplation. Il lui semblait que ces hautes
flammes de la pensée auraient dû animer tout le peuple à la liberté,
à la grande action politique, et il constatait partout inertie, routine,
sotte admiration de l'ignorance servile pour le privilège infatué.
En sa vie personnelle, étroite et gênée, retentissaient toutes les
misères de la vie allemande. Il n'aimait ni le luxe de délicatesse
ni le luxe de vanité. Mais il aurait voulu pouvoir tout à son aise
acheter des livres, et s'échapper en un rapide voyage, pour
reprendre contact avec le monde. Il s'y décidait parfois, mais en
créant à son ménage des mois de gêne et de souci.

Le cœur de sa jeune femme, qui l'admirait cependant, se
détourna de lui, de sa tristesse, de son imprévoyance. Et Forster
aurait succombé au poids écrasant de la vie s'il n'avait eu dans
l'esprit un merveilleux ressort, une force de curiosité et de pensée
qui toujours soulevait tous les fardeaux de pauvreté et d'ennui.
Il se nourrissait de tout ce que l'esprit humain produit de noble et
de fort. Il possédait les littératures anciennes, « cet incomparable
trésor d'idées et d'images », et il connaissait presque toutes les
langues et toute la littérature de l'Europe. Il suivait avec passion
le mouvement de toutes les sciences, de l'orientalisme, qui décou-
vrait Sakountala, à la physique et à la chimie. Mais quoi! faudra-
t-il toujours lire, toujours méditer, toujours porter en soi l'immobile trésor des richesses humaines ? L'heure ne viendra-t-elle point
d'appliquer à la réalité, au progrès substantiel de l'humanité toute
cette force d'esprit et toutes ces connaissances?

Les Anglais aussi pensaient, savaient. Ils avaient Newton et ils
lisaient Homère. Mais ils combattaient au Parlement, ils gouvernaient des colonies, et chez eux la vie de l'esprit et la vie de l'action
se fondaient en une seule flamme. N'est-ce pas d'un beau vers de
Virgile que Pitt saluait à la Chambre des Communes la prochaine
libération des esclaves noirs? Quelle fatigue pour l'esprit agissant
de Forster d'accumuler en silence des richesses de pensée dont il
n'aurait pas l'emploi, des forces stériles et inquiètes!

Quand éclata la Révolution française, il y eut en lui un grand
trouble. Il pressentit un de ces vastes ébranlements qui mettent en
jeu toutes les énergies obscures et souffrantes. Et malgré sa
réserve, malgré l'indifférence qu'il affectait parfois au dehors et
les conseils de sagesse qu'il se donnait tout bas à lui-même, sa
sympathie secrète alla d'emblée au mouvement révolutionnaire qui
affirmait la liberté et qui déchaînait des forces d'action jusque-là
liées. Ce n'est pas qu'il se livre d'abord tout entier et sans réserve.
Il y avait quelque méfiance des événements et des hommes en cette
nature tourmentée et refoulée. Et puis, en observateur exact et
méthodique, il attendait, pour juger, le développement des phéno-

mênes. Visiblement, il se contraint dans la partie première de la Révolution et il surveille son instinct qui se déclare pour elle.

Il commence par s'étonner qu'un aussi grand drame ne suscite que des acteurs aussi médiocres. Il répète le mot banal propagé alors par la contre-Révolution sur Catilina-Mirabeau. Il dit que ce n'est pas le génie ou la sagesse des hommes qui a assuré les premiers succès de la Révolution, qu'elle a été servie par l'imbécillité des deux ordres privilégiés, par la loi d'airain de la destinée qui condamne un régime corrompu et défaillant. Mais déjà, par une sorte de ruse inconsciente, ce qu'il retire de grandeur aux hommes, il le donne aux événements; ce qu'il prend aux révolutionnaires, il le donne à la Révolution. Pourtant, comment s'engager à fond? Ce serait se découvrir tout seul et se perdre.

Il a bien compris, d'une vue pénétrante et nette, que l'Allemagne ne suivra pas. Il constate, il répète, comme pour se rappeler lui-même à la prudence, qu'elle n'est pas prête pour une Révolution analogue à celle de la France. Même dans ces régions du Rhin, sur lesquelles le souffle de la France passait ardent encore, il n'y a que des pensées mesquines et des mouvements ineptes. A Mayence, c'est la grande querelle des ouvriers de métier et des étudiants qui, un soir, dans une auberge, avaient enlevé des filles réservées aux artisans. L'électeur de Mayence, les prêtres, qui gouvernaient avec lui, laissaient se produire ces désordres misérables, pour épuiser en de viles agitations toute l'ardeur combative du peuple mayençais et aussi pour avoir un prétexte commode à répression vigoureuse et à avertissements sanglants.

Que faire contre cette connivence de la sottise populaire et de la rouerie sacerdotale? Attendre, se ménager, ne pas livrer sa vie et celle des siens au hasard des flots sombres et lourds. Pourtant, il commence à tâter un peu l'opinion de son entourage et il laisse échapper en quelques paroles brèves des pensées hardies, où perce sa connaissance des grands intérêts européens.

« Que vous semble, écrit-il à Heinse, le 30 juillet 1789, de la Révolution française? Que l'Angleterre la laisse tranquillement se produire, c'est beaucoup de loyauté ou bien peu de politique. La République de vingt-quatre millions d'hommes donnera bien plus à faire à l'Angleterre que le despote avec un pareil nombre de sujets. Mais il est beau de voir ce que la philosophie a mûri dans les têtes et ce qu'elle a réalisé dans l'Etat sans qu'il y ait un exemple qu'un changement aussi complet ait coûté aussi peu de sang et de ruines. Ainsi c'est bien là la voie la plus sûre : instruire les hommes sur leur véritable intérêt et sur leurs droits; tout le reste vient ensuite comme de lui-même. »

Que les amis et la famille de Forster se rassurent donc. Ses pensées les plus hardies ne vont pas pour l'Allemagne au delà d'une œuvre lente et prudente d'éducation. Le 28 août, il semble trouver téméraires et excessives les premières démarches de la Révolution.

« La Révolution française est commencée, mais non finie. Pourvu qu'on n'aille pas trop vite! Il est bien certain que la suppression complète de la noblesse devait causer un grand trouble, plus d'un noble n'ayant absolument d'autres revenus que ceux qui proviennent des droits seigneuriaux. Mais il est impossible d'espérer la perfection; c'est bien assez si quelque chose de bon en son genre et de grand se produit enfin. »

Quelle sympathie discrète encore et mesurée! Et où saisirions-nous mieux les hésitations, les lenteurs de la conscience allemande qu'en ce vif esprit qui en est tout appesanti? Mais les thèses de réaction et de compression qui commencent à se multiplier en Allemagne, par un instinct obscur de défense contre la contagion révolutionnaire, indignent Forster.

« J'ai vu avec douleur, écrit-il le 7 septembre, que Meyners, dans le compte rendu d'un voyage de Ludwig à Surinam, loue l'auteur, plus qu'il ne le blâme, d'approuver le commerce des esclaves. Ce misérable n'a pas honte de dire que la Bible prescrit le commerce des esclaves et il ajoute : « Un homme peut être le frère d'un autre « homme en Christ et être corporellement son esclave. » Et ce sont des distinctions, c'est cette casuistique de prêtre que Meyners laisse passer. *La Gazette de Gœttingue* est le véhicule qui répand dans le public l'approbation de ces principes monstrueux. Il y a longtemps que je n'ai été aussi indigné. »

Allons! l'impatience de la bataille le gagne. Il sent qu'il ne sera pas le maître de ses colères, et c'est pour respirer à l'aise et dissimuler son inquiétude d'esprit, autant que pour assister de plus près à l'éruption du volcan, qu'il s'échappe vers la Belgique, l'Angleterre, la France. Il veut voir, interroger le grandiose phénomène qui commence à émouvoir l'Europe. Et ce qu'il aime tout de suite, ce qu'il salue dans la Révolution, c'est l'expansion des forces.

Cet homme se mourait d'étouffement et de resserrement. Ah ! que les cercles innombrables et étroits où un despotisme mesquin tient captive la force de production comme la force de pensée éclatent enfin! Que toutes les poitrines se dilatent et que toutes les facultés donnent leur mesure!

« Partout et toujours, écrit-il d'Aix-la-Chapelle dès les premiers jours de son voyage, le développement économique a été inséparable de la liberté civile et a duré autant qu'elle. En Portugal, l'activité économique ne pouvait être qu'un phénomène accessoire de l'esprit de conquête et elle devait, étant contrainte et artificielle, disparaître bientôt dans les ténèbres du despotisme catholique et de la discorde politique. Dans l'oligarchie allemande, elle a lutté

merveilleusement contre les obstacles terribles du barbare système
féodal et elle se heurte seulement à la multiplicité de frontières
et d'États que nous a léguée le moyen âge et qui grève toute opération marchande. Malgré la déplorable disposition géographique,
il y a un fait qui témoigne de l'influence de la liberté sur le commerce de notre patrie : c'est la prospérité de Hambourg et de
Francfort et la chute de Nuremberg, d'Aix-la-Chapelle et de
Cologne. »

Est-ce que la bourgeoisie allemande ne le comprendra pas ?
Est-ce qu'elle ne fera pas alliance avec les penseurs courageux pour
briser toutes ces entraves et pour imposer au monde, qui adore
encore sottement l'oisiveté titrée et le despotisme stérilisant, le
respect de la bourgeoisie productive? Les manouvriers aussi trouveraient leur compte à cette activité nouvelle. On dirait que Forster
s'essaie, sous l'apparence scientifique et calme de déclarations
d'ordre économique, à rédiger le manifeste révolutionnaire de
l'Allemagne du travail contre l'Allemagne des princes et des
prêtres.

« *De ce point de vue, le grand marchand, dont les spéculations
embrassent toute la sphère terrestre et relient les continents, n'est
pas seulement, dans son activité d'esprit et dans son influence sur
la marche générale de l'humanité, un des plus heureux parmi les
hommes; mais il est aussi, par la masse des expériences pratiques
que chaque échange accroît en lui, par l'ordre et la généralité des
concepts que l'on peut raisonnablement supposer en un esprit qui
domine un si vaste champ de la réalité, un des plus éclairés. Bien
mieux que beaucoup d'autres il atteint ce qui est la fin la plus
haute de notre nature : agir, penser et, par de clairs concepts,
concentrer en soi le monde objectif. Il est digne d'envie, le sort
d'un homme qui, par son esprit d'entreprise, ouvre à des milliers
d'autres hommes la source du bien-être et du bonheur domestique,
d'autant plus digne d'envie qu'il leur procure ce bienfait sans diminution aucune de leur liberté et qu'il est le ressort invisible d'actions que chacun attribue à son propre vouloir. L'État est heureux
lorsqu'il compte en soi des citoyens de cette sorte, dont les grandes
entreprises non seulement peuvent se concilier avec la plus haute
éducation des forces morales des citoyens plus humbles, mais
encore acquièrent par celle-ci plus de stabilité. Là où l'extrême
pauvreté accable le manouvrier, là où avec tout l'effort dont il est
capable, il ne peut jamais arriver à la satisfaction des besoins de
la vie les plus impérieux, là où l'ignorance est son lot au milieu
d'un pays où la science éclaire les hautes classes de son plus clair
rayon; là aussi ce manouvrier ne peut réaliser en soi la plus haute
destination de l'homme, étant réduit à n'être lui-même qu'un outil
qui façonne les moyens d'échange entre les nations. Il en est tout*

autrement là où l'habileté et l'activité, sûres de leur salaire, pro-
curent à celui qui en est doué un certain degré de bien-être, qui
lui rend possible d'obtenir au moins des connaissances théoriques
au moyen d'une instruction convenable et d'une bonne éducation.
Combien petit et misérable apparaît le despote qui tremble devant
les lumières de ses sujets, quand on le compare à l'homme privé,
au fabricant d'un État libre, qui fonde son propre bien-être sur le
bien-être de ses concitoyens et sur leur instruction plus parfaite! »

Quelle intéressante déduction! C'est comme la glorification kantienne de l'industrie. Kant proclame que le devoir suprême de
l'homme envers l'homme, c'est de le traiter comme une fin, non
comme un moyen. Et la dignité de l'individu humain, c'est de
s'apparaître à lui-même comme une fin, comme un but. L'homme
ne doit pas être l'outil d'un autre homme. Même quand il collabore
avec un autre homme, même quand il travaille sous sa discipline,
il faut qu'il ne soit pas un instrument. Il doit, même dans ce travail
subordonné, rester sa fin à lui-même, accomplir et perfectionner sa
propre nature, réaliser sa destinée la plus haute. Or, l'industrie,
la grande et libre industrie, qu'aucun privilège corporatif ne res-
serre, qu'aucune exploitation féodale ou princière n'épuise et ne
ravale, est, dans l'ordre pratique, « le règne des fins », le triomphe
de toutes les libertés. Le chef d'industrie déploie une puissance de
pensée et d'initiative incomparable. Et d'autre part, les ouvriers
appelés au travail, non par la contrainte, mais par l'attrait d'un
suffisant salaire, restent en tout sens des hommes libres. C'est leur
volonté qui adopte et accepte le travail; le salaire assez élevé qu'ils
perçoivent leur donne des intérêts substantiels à administrer et, en
même temps, ils peuvent consacrer à s'instruire, à instruire leurs
enfants, à créer et en eux-mêmes et dans leur famille l'activité
autonome de l'esprit, une part de leurs ressources. Encore une fois,
c'est la philosophie de Kant traduite en concepts économiques.

Je ne puis m'empêcher, en lisant et commentant cette curieuse
page, de songer au chapitre où Barnave donne l'interprétation
industrielle de tout le mouvement politique moderne et de la Révolution. Pour Barnave comme pour Forster, l'industrie est la réalisation de la liberté. Mais comme la pensée de Forster est plus profonde et plus généreuse! Barnave ne songe qu'à la glorieuse et brillante victoire de la bourgeoisie. C'est à toute l'humanité que pense
Forster, sous l'inspiration de Kant. C'est en tout homme, et dans
le plus humble manœuvrier comme dans le chef d'entreprise le plus
puissant, que doit être réalisée la pleine dignité humaine.

Aucune parcelle de la race humaine ne peut être convertie en
outil. Comme il serait aisé au socialisme de se saisir de cette forte
pensée et de démontrer que seul il lui donne vie! Mais, c'est de
l'épanouissement de l'activité bourgeoise, c'est du libre jeu de la

démocratie industrielle que Forster attendait l'avènement de tous les hommes au « règne des fins », au règne de l'humanité.

VUE DE LA VILLE ET DE LA FORTERESSE DE KÖNIGSTEIN DANS LAQUELLE, AU MOIS DE NOVEMBRE 1792, 400 FRANÇAIS ENVIRON ONT ÉTÉ BLOQUÉS PAR LE GÉNÉRAL PRUSSIEN VON PFAU.
(D'après une estampe allemande de la Bibliothèque Nationale)

Je reconnais en cette page de Forster la triple influence de l'Allemagne, de l'Angleterre et de la France. De l'Allemagne, Forster a reçu la haute inspiration et les admirables formules de Kant, qui depuis dix ans a révolutionné tout le système de la pensée allemande. L'Angleterre lui a suggéré le type de la grande activité industrielle et l'idée d'une classe ouvrière active et aisée. Forster lui-même note ailleurs que les ouvriers anglais gagnent *deux ou trois fois plus* qu'en Allemagne. Et c'est la commotion française qui a donné à Forster cette passion de mouvement universel et d'universelle rénovation. C'est l'exemple de la France, réalisant soudain l'idée, qui donne à toutes les idées un coefficient de réalité inattendu.

Forster se dit : Qui sait? Et il ne parle plus tout à fait en simple théoricien, en observateur impassible de phénomènes sociaux. Malgré lui, il se représente la nation allemande secouant la torpeur et les vieilles oppressions. Ce qu'il écrit là, c'est ce qu'il dirait à la tribune d'une grande assemblée allemande si l'Allemagne, concentrant ses forces dispersées et brisant la multiplicité de ses groupes, se donnait, dans l'ordre économique comme dans l'ordre politique, une Constitution nouvelle, unitaire et libre.

C'est la Révolution française qui ouvre ainsi aux esprits des possibilités imprévues. C'est elle qui est la sublime tentatrice. Forster, au plus profond de sa pensée et dans la partie réservée de sa conscience, se surprend sans doute à rédiger comme un fragment anticipé du manifeste économique et politique de la Révolution allemande.

Et partout, la pensée qui le domine, qui l'obsède presque, c'est qu'il faut délivrer d'innombrables énergies captives. Le lourd régime présent lui paraît mauvais, beaucoup moins parce qu'il répartit d'une façon arbitraire et inique les joies de la vie, que parce qu'il opprime et étouffe par milliers, par millions, des germes de pensée et d'action, des forces. C'est comme une croûte pesante et dure qui empêche les semences de lever. Que la charrue fouille et que la herse brise, non afin de niveler, mais afin de libérer.

C'est dans une lettre datée de Liége que Forster trace, en termes admirables, son programme de démocratie individualiste et active. Veut-on réaliser l'entière unité humaine? C'est en un sens un noble idéal : une seule âme dans toute la race humaine, une seule pulsation. Oui, mais cette unité suppose la monarchie universelle réglant et accordant tous les ressorts. Que devient ce rêve le jour où les hommes cessent de croire à l'infaillibilité de la monarchie unique qui s'offre à eux? Il ne reste plus qu'à chercher l'unité dans le jeu puissant et dans le vivant équilibre de toutes les libertés. Funeste serait cet équilibre s'il devait tourner en immobilité, si une morale monotone, une philosophie routinière et un pauvre idéal de la vie réduisaient à une simplicité misérable et abstraite la richesse des esprits et des volontés. Ce serait comme un mécanisme universel s'exprimant par des individus innombrables; ce serait à nouveau

la servitude des hommes qui se seraient liés par un accord trop
étroit et qui, en faisant la chaîne, se seraient enchaînés.

Mais ce péril n'est pas à craindre. Non, non, il n'est pas possible
que les forces de vie, une fois libérées, arrivent à se neutraliser les
unes les autres. Et Forster, dans sa complaisance pour l'universelle
et incessante expansion de toutes les énergies, va jusqu'à reconnaître la légitimité de l'arbitraire momentané de la force. Elle
stimulera, elle réveillera, elle obligera toutes les énergies qu'elle
menace à une vigueur nouvelle. Que cette force seulement ne soit
pas figée et perpétuée en constitution oppressive, en dogmes stupé-
fiants; qu'elle soit le vif et rapide éclair de la liberté humaine.

« Une constitution de toute l'humanité qui nous délivrerait du
joug des passions, et par là de l'arbitraire du plus fort, et impose-
rait à tous comme règle suprême la même loi de raison, manque-
rait probablement le but de l'universelle perfection autant que la
monarchie universelle. Que nous servirait-il que nous ayons la
liberté de développer nos facultés intellectuelles si soudain le désir
de les développer nous faisait défaut?

« Mais il n'est pas à craindre que cet instinct nous soit jamais
arraché, au moins dans le seul monde que nous puissions concevoir, tant que la race humaine se rajeunira et passera des formes
de la vie purement végétative à la vie animale pour s'élever de là
à une vie mêlée d'impulsion physique et de sentiments moraux. La
lettre, les formules, les conclusions toutes faites ne pourront
jamais vaincre dans la jeune génération l'instinct puissant et
obscur de chercher par sa propre action la propriété des choses et
d'arriver par l'expérience directe à la sagesse de la vie. Dans ses
veines coulera, à son insu même, le torrent de feu de la puissance
et du désir. »

Ainsi qu'on ne craigne pas de voir se reformer, pour ainsi dire, à
la surface des sociétés humaines la couche de glace brisée une première fois. La force des courants chauds de la passion maintiendra
l'éternelle fluidité de la vie.

Et quel plaidoyer dissimulé, mais profond, pour la Révolution
française! Ce qu'on lui oppose le plus dès les premiers mois, ce
sont ses violences, ses excès. Mais qui ne voit que ces abus de la
force sont la rançon même de tout grand mouvement? Voudrait-on
que déjà, par une sagesse trop aisément réglée et un peu débile, le
monde nouveau fît pressentir une maturité monotone et une rapide
sénilité?

« Beau est le spectacle des forces qui luttent, beau et sublime
même en leur action destructrice. Dans l'éruption du Vésuve, dans
la tempête nous admirons l'indépendance divine de la nature. Nous
ne pouvons empêcher que les matériaux de tempête s'accumulent
dans l'atmosphère, jusqu'à ce que les replis des nuées, saturés de

foudre, menacent la terre de destruction. Nous ne pouvons empêcher que les flammes de la montagne développent leurs vapeurs
électriques, qui ouvrent un chemin à la lave en fusion. Et il en est
ainsi des tempêtes du monde moral, avec cette seule différence que
la raison et la passion sont des forces plus élastiques encore que la
foudre et l'électricité. »

Ce Vésuve, Forster ne dit pas où il est. Cette tempête grandissante, il ne dit pas où elle gronde. Mais la bouche du cratère est à
Paris; c'est de la France sur le monde que souffle le vent d'orage.

Et à quoi sert alors de se demander si les peuples ont le droit
pour eux, ou si ce sont les rois? Question indéfiniment controver-
sable. Les sujets pourront toujours abuser du droit élémentaire de
résistance à l'oppression pour se révolter sans raison décisive. Les
rois pourront toujours abuser de leur droit traditionnel pour réprimer, sous le nom d'émeutes, les plus justes et les plus nécessaires
soulèvements. La limite théorique du droit des peuples et du droit
des rois ne sera fixée pour personne, ni pour la foule ignorante des
manouvriers, des ouvriers de la mine, ni pour la foule au moins
aussi ignorante des privilégiés, princes, nobles et prêtres.

Ce n'est pas l'éternelle controverse juridique et théorique qui
résoudra le problème; c'est la poussée profonde des forces contraires. Regardez donc les foyers qui se développent et qui
s'allument. Peut-être est-ce un orage et vous ne l'arrêterez point;
peut-être n'est-ce qu'un jeu de l'horizon, l'éblouissant caprice des
nuits d'été. Regardez, attendez : et Forster, interrogeant en effet
l'horizon de l'Europe, voit sur Paris et sur la France de vastes et
ardentes lueurs de liberté, à l'horizon de l'Allemagne de pâles et
fuyantes clartés. Est-ce une lueur jaillissante de la conscience allemande? Est-ce seulement le reflet de l'orage lointain de France?
Forster réserve sa pensée et continue son chemin. Il visite l'Angleterre et il s'étonne de n'y avoir pas trouvé une confiance amie et
une grande ouverture de cœur. Qui sait si, à ce moment, (1790),
l'Angleterre même ne commençait pas à s'interroger? Ce que Forster a pris pour de la contrainte ou pour l'habituelle et déconcertante réserve du caractère anglais n'était peut-être, chez beaucoup
de ses interlocuteurs, qu'un commencement de doute et d'embarras.

En traversant rapidement la France, Forster constate la puissance du mouvement révolutionnaire. C'est dans le mois de juillet
1790, dans le mois de la grande Fédération, qu'il a vu le pays
presque tout entier, vibrant et conflant, de Boulogne-sur-Mer à la
frontière allemande. Décidément ce n'est pas un feu d'artifice;
c'est une large lumière qui emplit l'horizon. A peine rentré à
Mayence, le 13 juillet 1790, Forster écrit à Heinse :

« Mon rapide passage à travers la France a du moins suffi à me persuader qu'il n'est plus possible à penser à une contre-Révolution. Tout est calme, tout promet aux nouvelles institutions les suites meilleures. La vue de l'enthousiasme à Paris et surtout au Champ-de-Mars, où l'on faisait les préparatifs pour la grande fête nationale, élève le cœur, parce qu'il est commun à toutes les classes du peuple, parce qu'il est tout entier dirigé vers le bien commun sans souci de l'intérêt particulier.

« Nous avons à souffrir de bien des choses, m'ont dit beaucoup « de citoyens, et nous sommes en ce moment même aux prises avec « beaucoup de difficultés. Même notre fortune subit de sérieuses « diminutions; mais nous savons que nos enfants nous remercieront, car tout cela tournera à leur bien. » Et avec cette faculté d'illusion qui n'exclut pas une haute jouissance morale, ils concluent à un meilleur avenir. »

Avec Jean de Müller, Forster se livre davantage. Il lui écrit le 12 juillet (en français) :... « Témoin du redoublement d'enthousiasme dans cette nation intéressante, qui est aujourd'hui animée d'un feu, d'un zèle, d'un rayon de lumière enfin, qui ne paraît pas d'abord résulter de ses propres forces mais qui semble au contraire un de ces grands coups du sort inscrutable qui régit l'univers... »

Et, le 18, dans une nouvelle lettre à Jean de Müller, c'est le même acte de foi, tranquille maintenant et profond, en la Révolution :

« Il m'a fait un plaisir infini de vous voir d'accord avec moi sur la solidité de la Révolution en France. Oui, monsieur, cela durera! D'après tout ce que j'ai vu, j'en suis persuadé comme de mon existence. Il n'est pas possible que jamais il se fasse une contre-Révolution; car, effectivement, non seulement la nation est d'accord, mais elle est parfaitement éclairée et instruite sur ses intérêts. Les aristocrates attendent l'Assemblée nationale au moment où elle déterminera les impôts.

« — Le paysan, disent-ils, s'attend à un entier affranchissement; « lorsqu'il s'agira de payer comme auparavant, il deviendra « furieux; c'est alors que nous aurons beau jeu. »

« Je n'en crois rien; le paysan a été suffisamment préparé dans toutes les contrées de la France à l'imposition d'une redevance égale et modérée; la ridicule idée d'un Etat subsistant sans une contribution mutuelle n'est point entrée dans son esprit; j'en suis sûr, d'après ce que j'ai entendu dire à ceux qui avaient eu affaire aux gens du plat pays. »

Mais l'esprit si actif et si clair de Forster ne pouvait s'arrêter là. Puisque la victoire de la Révolution en France semblait assurée sans retour possible, quel en serait l'effet sur l'Allemagne? Et la réponse qu'il fait à la question est très nette. D'une part, l'Allemagne n'est pas prête pour un mouvement comme celui de la France. Mais d'autre part, ce n'est pas impunément que les princes et privilégiés allemands prolongeraient et aggraveraient le régime d'arbitraire. Ils ne pourront pas longtemps résister à une immense force profonde qui ressemble, par sa spontanéité vaste en ses irrésistibles progrès, à un phénomène divin.

« Je veux bien croire aussi, continue Forster, que cela se propagera; mais, en Allemagne, nous ne sommes guère encore préparés; notre petit peuple gémit encore dans les fers de l'ignorance plus durs et plus avilissants que ceux du despotisme; il y a peu de districts de l'Allemagne où le peuple soit assez éclairé pour qu'il puisse faire un bon usage de la liberté. Il importe d'autant plus aux princes de ne pas l'irriter, car il ne se comporterait sûrement pas avec cette modération divine qu'on ne saurait trop admirer dans les Français de nos jours. C'est pour cette raison sans doute que tous les efforts de la hiérarchie pour conserver son ancien empire me paraissent si imprudents dans ce moment. C'est comme si les ecclésiastiques étaient frappés d'aveuglement. Ne voient-ils donc pas que la voie de l'accommodement est la seule qui leur reste? Veulent-ils donc accélérer à toute force la catastrophe? Aiment-ils mieux tout perdre à la fois, que de céder pour le moment à la lumière qui jaillit autour d'eux et qui éclaire leur sanctuaire ténébreux? *Quos Deus vult perdere prius dementat.* (Dieu aveugle d'abord ceux qu'il veut perdre). Il y a certainement de la Providence, de la Destinée, du Dieu, dans tout cela; et cette grande volonté si infiniment indépendante de tous les efforts humains s'accomplira en dépit d'eux. *Nous le verrons encore de nos propres yeux*, et ce n'est pas là le spectacle le moins intéressant auquel nous soyons appelés. En général il vaudra la peine de vivre dans ce moment, pour être témoin d'un développement inattendu, singulier et consolant des forces que la nature a concentrées dans l'âme de l'homme. »

Il est visible que, dès ce moment, Forster s'attend à des événements décisifs en Allemagne même et que, presque sans se l'avouer à lui-même, il s'y prépare. C'est sans doute aussi dès lors qu'il commence à s'ouvrir plus librement avec les professeurs, les médecins qui comme lui aiment la Révolution et la France, avec Hoffmann, Dorsch, Wedekind. Il a beau se surveiller. Il a beau écrire à Heyne, inquiet de ses tendances, qu'il ne peut souhaiter de plus grand bonheur que le travail régulier et paisible dans le cercle de la vie de famille. Il se défend mal du vertige de la grande action; et le gouffre l'attire. Voici d'ailleurs qu'à Mayence l'esprit de contre-Révolution se développe. Voici que les prêtres qui gouvernent l'électorat, s'effraient de la liberté d'esprit de l'Université, et, renonçant au système de tolérance qu'ils avaient pratiqué par mode et par dédain, persécutent le professeur Dorsch, coupable d'avoir enseigné la philosophie de Kant. Voici que l'Allemagne s'emplit d'une rumeur d'intrigue et qu'à la Cour de Prusse, un parti remuant pousse à la guerre, à n'importe quelle guerre, à Liége, en France, pour arracher le roi au gouvernement de ses maîtresses. Voici que l'Electeur de Mayence, changeant de passion avec l'âge, ne demande plus aux vers voluptueux de l'Ardighello, de Heinse, de ranimer un peu sa force lassée et, passant de la galanterie à la politique, cherche à être le chef et l'inspirateur de la contre-Révolution allemande. Les émigrés arrivent, bavards, voraces, insolents, se jetant sur les vivres et le champagne, cajolant l'évêque et l'appelant « papa ». Le prix des vivres haussait sous cette fringale de gentilshommes affamés et Forster était soulevé de dégoût et de colère. Et ce sont ces hommes qui prétendaient faire en Allemagne la loi et l'opinion ! Ce sont eux qui prétendaient dicter aux esprits libres ce qu'il fallait penser de la Révolution et de ses chefs! Et le pamphlet déclamatoire de l'Anglais Burke contre la Révolution, reproduit, commenté, par toute la domesticité de plume des Cours allemandes, donnait aux calomnies plates et à la sottise des émigrés je ne sais quel air d'éloquence et de profondeur!

Forster n'y tenait plus et dans les comptes rendus qu'il publiait de la littérature anglaise, il luttait contre Burke, il en dénonçait les sophismes au grand émoi de Heyne qui le voyait se risquer de plus en plus. N'importe ! que les destinées s'accomplissent!

Les nobles d'Allemagne se laissent griser ou effrayer par les paroles des nobles émigrés de France : « Et vous aussi, vous devrez fuir, et vous aussi vous serez dépouillés, volés, brutalisés, si vous n'écrasez le nid de vipères jacobines qui vont partout en Europe se glisser au cœur des peuples et l'empoisonner. »

Guerre donc! Et que la Révolution périsse! Ah! les insensés!

« Ils auraient pu, dit Forster, à force de prudence et de concessions, ajourner la Révolution de cent ans encore; ils vont maintenant, par leurs provocations, l'avancer d'un demi-siècle. »

Et quelle fatuité! Ils s'imaginent que la Révolution ne saura pas se défendre! Non; elle n'a pas d'armée régulière. Mais elle est forte de la confiance du peuple qui se lèvera tout entier pour la défendre. On affecte de regarder la Révolution comme un spectacle, comme une suite de manifestations théâtrales destinées à éblouir la Nation. Mais la comédie est assez bien jouée puisque les paysans sont débarrassés dès maintenant de la moitié des charges qu'ils portaient. La Révolution a montré sa force, lorsqu'à la fuite du roi l'Assemblée a pris si tranquillement le pouvoir. Trop débonnaire Assemblée! Elle a eu tort de laisser la royauté debout. C'est cette faiblesse qui accule maintenant le monde à la guerre. Cette guerre, la France saura la soutenir. Elle a l'enthousiasme, la force immense d'un peuple ardent et uni, la force de la richesse. On peut lui prendre ses colonies, Saint-Domingue et le reste :

« L'industrie française trouvera toujours son marché, même si la
France n'a aucune possession extérieure. Le manufacturier français est plus économe et plus laborieux, tout au moins aussi laborieux que l'Anglais; il peut donc livrer des marchandises à meilleur marché. »

Ainsi, Forster entre de plus en plus dans les intérêts de la France
et jusque dans le calcul de ses forces. Il admire le discours de
Brissot contre la Maison d'Autriche. Il le trouve substantiel et
décisif. Il est gagné, lui aussi, par l'énervement belliqueux de la
Gironde. Il accuse, il dénonce les prêtres, les princes, les nobles
d'Allemagne qui rendent la guerre inévitable. Mais, au fond, il est
si exaspéré par la nuée bourdonnante des émigrés, par les vantar-
dises et les fanfaronnades de tout le monde dirigeant d'Allemagne,
il a aussi une telle impatience d'échapper à la lourde incertitude de
l'heure présente qu'il souhaite que la foudre éclate, écrasant les
vaniteux, nettoyant l'espace. Et il est de cœur avec les révolutionnaires français qui ont de la vigueur et de l'audace. C'est contre les
Jacobins que déclament les rois, les ministres, les privilégiés, les
journalistes et libellistes de Cour. C'est pour les Jacobins que
Forster prend parti...

« ...J'avoue volontiers, écrit-il le 5 juin 1792 à Heyne dont il cesse
de ménager les inquiétudes, que je suis plutôt pour les Jacobins
que contre eux. Sans eux, la contre-Révolution aurait éclaté dans
Paris et l'ancien régime aurait été entièrement rétabli. Ce ne sont
pas eux, c'est la reine qui met tout le jeu aux mains de la Prusse et
de l'Autriche. Si l'on ne veut pas perdre tout ce qui a été conquis, il
faut que les Jacobins agissent comme ils font. La collusion entre
le cabinet secret (des Tuileries), les émigrés et les Cours étrangères
ne peut être frappée d'impuissance que par des moyens audacieux
et qui couvrent à tous combien est intolérable et faussé l'état
présent des choses de France. *Tous les liens sont dissous et doivent
l'être, si on ne veut pas porter de nouveau les vieilles chaînes.* La
Cour ne songe qu'à sa splendeur et à son despotisme d'autrefois.
Tout peut crouler pourvu qu'elle se dresse sur les ruines. Les puissances étrangères peuvent à leur gré dépecer la France, pourvu que
le morceau réservé à la Cour soit décidément sous le Joug. Mais ce
plan même reste en suspens. Les émigrés le savent bien et n'ont
point d'embarras à dire qu'ils sont trompés par la Prusse et l'Autriche. Entre les trois grandes puissances toutes les conventions
sont remaniées. L'impératrice (de Russie) partage la Pologne, au
lieu d'envoyer ses troupes en France; la Prusse aura sûrement sa
part. L'Autriche et la Prusse cherchent à prendre la Flandre française, l'Alsace et la Lorraine. Elles n'iront pas dans leur marche
beaucoup plus loin. Que l'on pousse devant soi les républicains
comme un troupeau de moutons; il faudra bien cependant qu'ils

se ramassent quelque part et qu'ils livrent le combat du désespoir, dont on laissera sans doute porter surtout le poids aux émigrés. Ceux-ci ne seront admis à agir que lorsque les puissances seront en possession des provinces françaises convoitées.

L'ANNÉE 1792

(D'après une estampe de la Bibliothèque Nationale)

« Le pire de tout cela, c'est le mépris affiché pour tout ce qui ressemble à de la probité et à des principes. L'impératrice est auto-crate en Suède, démocrate en Pologne, monarchiste en France. Quelle contradiction ou plutôt quelle impudeur publique ! La Prusse a fait dire aux cercles rhénans qu'elle paierait les dépenses de ses troupes avec des bons, avec des bordereaux qu'elle mit déjà en circulation lors de la guerre de Sept ans et qui furent si mal remboursés. Les cercles sont impuissants et il faut qu'ils supportent tout ce qui plaît aux forts; et ils sont liés par la protection insensée qu'ils ont accordée aux émigrés français, sans lesquels la Prusse et l'Autriche n'auraient jamais trouvé un prétexte pour attaquer la France.

« C'est bientôt dit que les Jacobins vont trop loin, mais qui peut nier que si, un seul moment, ils quittent la partie, la contre-Révolution est faite? Celle-ci est souhaitée par tous ceux qui parlent contre les Jacobins. En un moment où un poids aussi lourd est jeté dans la balance, ils ont besoin de la tenir de toutes leurs forces pour la faire pencher vers eux. Et c'est de cet état violent à quiconque n'est pas ami ou ennemi, qu'on attend de froides et calmes décisions de raison! Quelle étourderie, alors qu'il n'y a plus que l'action qui compte, alors que depuis quatre ans c'est en vain qu'a été invoquée la puissance de la raison et que contre la Révolution les armes les plus déloyales ont été employées! Non, c'est demander plus que de la résignation chrétienne, plus que la deuxième joue après le premier soufflet. Qui donc songe à nier, qui donc ne déplore pas les maux qui naissent de la guerre civile? Qui conteste qu'il y a des milliers d'hommes toujours prêts, sous prétexte de liberté, à commettre des horreurs? Mais enfin, la guerre civile est là, et cette guerre, la Cour, la noblesse, les prêtres et les Cours étrangères l'ont toute sur la conscience. »

Voilà l'esprit de Forster engagé à fond. Quel regard pénétrant et dur! Quel discernement des mobiles égoïstes! Quel mépris pour la politique de proie de cette Europe qui ne songe même pas à sauvegarder l'ordre social qu'elle prétend défendre et qui n'a d'autre souci que de se partager la dépouille de la France! L'homme qui parle ainsi et qui ne craint pas sous les déclamations hypocrites contre les Jacobins de dénoncer la haine de la Révolution, cet homme ne se donnera pas à demi quand viendra l'heure décisive. Ah! quel grand homme d'Etat, réfléchi, véhément, résolu et clair, eût été Forster pour l'Allemagne révolutionnaire! Mais celle-ci se déroba et le sol manqua sous les pieds du grand homme qui osait trop tôt.

Voici donc la crise de la guerre. Mayence reçoit la visite du jeune Empereur François-Joseph récemment couronné à Francfort; les rues de la ville fourmillent de soldats, de prêtres, de gentilshommes éclatants, d'émigrés hâbleurs. Une flottille toute pavoisée mire dans le grand fleuve ses pavillons multicolores. L'évêque est rayonnant; le ciel est splendide. Les émigrés mangent et boivent. Le soir, les maisons s'illuminent et les clochers réfléchissent leur clarté de fête aux eaux profondes du Rhin. O sérénité de la nuit! O tendresse des étoiles pâlies par l'ardent reflet de la cité! O douceur de vivre et d'oublier! Les hommes, avant d'entrer dans le péril et le hasard, s'éblouissent eux-mêmes. Et le pauvre penseur mêlé à la foule se laisse aller un moment, lui aussi, à cette sorte de joie instinctive. C'est l'enchantement de l'heure qui passe, une arche fragile de clarté sur un abîme obscur. Pitié pour les hommes éblouis qui descendent à l'abîme !

Mais, maintenant des semaines sont passées, pleines d'attente, d'angoisse, de hâbleries, de mensonges. Et trois mois après la fête splendide de Mayence, les soldats de Custine, les soldats de la Révolution y entrent en vainqueurs. Oh ! de quel regard Forster scrutait la foule des Mayençais rangés au passage des soldats de la liberté ! Comme il aurait voulu surprendre, en ce peuple si amorti depuis des siècles et si somnolent, un tressaillement de joie, une espérance, la vive révélation d'une Allemagne nouvelle ! Les amis de la liberté, tous ceux qui, dans la salle de lecture, s'étaient animés aux paroles plus ardentes ou plus amères de Forster, de Hoffmann et de Wedekind, avaient arboré la cocarde tricolore. Mais le peuple, dans l'ensemble, restait morne ou tout au moins réservé. Etait-il déconcerté par l'imprévu des événements ? Gardait-il au fond du cœur quelque haine et quelque méfiance pour ces Français qu'on lui avait dit pillards et cruels ?

Etait-il troublé par le vertige de lâcheté et de fuite qui, à l'approche de l'ennemi, avait emporté l'Electeur, les nobles, les émigrés aux dents longues, tous ceux qui étaient les chefs désignés de la ville et qui l'avaient compromise et désertée ? Ou encore était-il surpris de la tenue plus que simple, délabrée et pauvre, des soldats de la France ? Ils étaient en haillons et souvent les pieds nus; et ils portaient leur viande et leur pain embrochés à leur baïonnette. A un peuple d'antichambre et de cathédrale, habitué à des dorures d'église et de domesticité, cela paraissait étrange. Et il ne savait traduire que par le silence la confusion extrême de ses impressions. O généreux penseurs d'Allemagne, fervents disciples de Kant qui vous hâtez vers la liberté, quel terrible fardeau de servitude somnolente et défiante vous aurez à soulever !

LE CLUB DE MAYENCE

Forster pourtant ne désespérait pas d'animer le peuple de Mayence et du pays rhénan à la liberté. Une « société d'amis du peuple » se forma sur le modèle des Jacobins, et, avec l'assentiment de Custine, s'installa dans la splendide salle de concert du palais épiscopal.

« Aucun symbole n'aurait pu être mieux calculé que celui-là pour agir rapidement et fortement sur le peuple, pour flatter son amour-propre et pour changer en mépris sa vénération ancienne pour les idoles d'hier. »

Du haut de cette « tribune de sans-culottes », les révolutionnaires mayençais instruisirent tous les jours le procès de l'Electeur
et de l'ancien régime. Les griefs ne manquaient pas : quels étour-
dis et quels lâches que les hommes qui avaient ainsi provoqué la
France, qui avaient appelé sur Mayence l'invasion et qui, à l'approche de l'étranger, sans même essayer un geste de défense, avaient
fui ignominieusement! Avec quelle verve Forster les montre entas-
sant dans les coffres tous leurs objets précieux, leurs bijoux, leur or,
leurs étoles splendides, tout leur luxe laïque et sacerdotal! L'Electeur avait fui dans un carrosse, dont il avait d'abord effacé les
armoiries, et il se cachait maintenant on ne sait en quel coin
obscur de l'Allemagne! Pour emporter tous ces trésors, toute une
flottille avait été mobilisée sur le Rhin. Ah! quelle activité maintenant, quel mouvement sur ce grand fleuve dont le gouvernement
des prêtres avait fait une voie déserte et inutile qu'aucun commerce n'animait! C'est la lâcheté des puissants, c'est leur fuite
éperdue qui seule, ô ironie! donnait quelque animation au fleuve
jusque-là nonchalant! Et quelle ignorance, quelle frivolité chez
tous ces hommes!

Quand les Français s'étaient approchés de la ville, le gouverneur
militaire avait cru que c'était une armée amie, l'armée de Condé.
Pourquoi? Parce que les Français s'avançaient avec une tranquillité et une assurance telles que jamais on eût pu supposer qu'ils
allaient à un assaut. O comique méprise de la peur, qui n'a même
plus la force de comprendre le courage et de le supposer en autrui!
Ainsi, tous les jours, Forster et ses amis, flétrissant le gouvernement tombé, esayaient de susciter dans l'âme du peuple l'amour
des libertés nouvelles par le mépris des servitudes anciennes.

« C'était comme le jugement des morts pratiqué par la vieille
Egypte. »

Devant le peuple de Mayence, la tyrannie morte comparaissait.
Un moment, les révolutionnaires mayençais purent croire qu'ils
avaient animé et passionné le peuple. Quand sur une grande place
de Mayence ils plantèrent l'arbre de la liberté, orné de rubans trico-
lores et couronné du bonnet rouge, une foule immense les acclama.
Pourtant Forster n'est pas sans inquiétude. Il ne voit pas autour de
lui des forces d'organisation : quelques professeurs, quelques médecins, quelques juristes, un très petit nombre de bourgeois.

« L'instrument, dont le destin se sert pour l'accomplissement
de ses décrets, n'est bien souvent en effet qu'un instrument sans
valeur propre. Si on ôte aux Jacobins de Mayence la splendeur dont
les enveloppe la salle de réunion, magnifiquement éclairée, et les
mérites solides de quelques hommes instruits et droits, qui forment
le noyau de la société, il reste une foule très hétérogène, qui a tous
les défauts de ces sortes de formations hâtives et qui ne satisfait

en aucune manière un goût un peu délicat. Beaucoup de juristes instruits, dont le régent avait récompensé l'impartialité par la persécution et la disgrâce, plusieurs marchands importants et d'honorables citoyens d'une probité universellement connue, quelques professeurs de l'Université dotée, mais souvent malmenée par l'Electeur, et enfin quelques prêtres vertueux et à l'esprit clair, sont la force de la Société des Amis du peuple, et ils honoreraient toute société. Mais un essaim d'étudiants bruyants et grossiers, d'autres jeunes gens imberbes et quelques hommes d'une moralité suspecte avaient été admis, soit pour grossir le nombre des adhérents, soit pour respecter le principe de l'égalité. »

Des maladresses étaient commises. Le professeur Bœhmer eut l'idée singulière de proposer une sorte de referendum sur deux registres. L'un rouge et à tranche tricolore devait recevoir la signature des amis de la liberté. L'autre, tout noir et garni de chaînes, devait recevoir celle des ennemis de la Révolution. C'était faire grossièrement violence à la liberté même que l'on prétendait honorer. Pourtant, malgré l'opposition de Forster, ce despotique enfantillage fut adopté par la Société. Et telle était la couardise des anciens dirigeants, qu'il ne se trouva pas un seul des anciens privilégiés et de leurs amis qui osât protester sur le registre noir. Mais surtout, quelle politique allait proposer aux citoyens de Mayence la Société des Amis du peuple? Quelle solution? La grande politique, à la fois nationale et révolutionnaire, eût consisté à dire à Custine :

« Nous sommes des républicains comme vous. Nous allons créer la République des pays du Rhin et nous allons joindre nos armes aux vôtres pour révolutionner toute l'Allemagne. Quand nous y aurons réussi, nous nous incorporerons à la République allemande comme nous étions incorporés à l'Empire allemand. Et la nouvelle République allemande sera l'alliée, la sœur cadette de la République française. »

Oui, mais cette grande politique était doublement impossible. D'abord l'esprit des Mayençais eux-mêmes ne s'y prêtait guère. Ils subissaient en vérité les événements plus qu'ils n'y participaient et il aurait fallu au contraire, pour qu'ils prissent l'initiative d'une sorte de croisade révolutionnaire en Allemagne, qu'il y eût une grande force d'enthousiasme. De leur passivité résignée, complaisante ou défiante, on ne pouvait attendre aucun élan. Et d'autre part, il n'était guère permis d'espérer que l'Allemagne se prêtât à un mouvement révolutionnaire. Ah! que Forster dut souffrir d'être obligé de se l'avouer de nouveau à cette heure décisive! Il écrit à propos des manifestations révolutionnaires de Mayence :

« La situation de l'Allemagne, le caractère de ses habitants, le degré et la particularité de sa culture, le mélange des constitutions et des législations, en un mot sa situation physique, morale et poli-

tique lui ont imposé un développement lent et graduel, une lente maturation. Elle doit devenir sage par les fautes et les souffrances de ses voisins, et peut-être recevoir de haut une liberté que d'autres conquièrent d'en bas par la force et d'un coup. »

Ainsi Forster n'a pas foi dans l'Allemagne et il est si convaincu de l'impossibilité, de la folie de tout mouvement révolutionnaire d'ensemble que même le zèle de quelques Mayençais l'inquiète, parce qu'il semble déborder sur l'Allemagne. Ce n'est que dans les pays du Rhin, et sous l'influence immédiate de la France voisine, que la liberté peut être établie tout de suite et le gouvernement populaire organisé. Qu'est-ce à dire? C'est qu'il ne faut pas lier le sort des pays du Rhin à la destinée de l'Allemagne. On ne pourra violenter l'Allemagne que pour lui faire accepter d'emblée les principes auxquels se rallient les pays du Rhin dans la servitude ou dans une demi-liberté, en attendant que toute l'Allemagne ait accompli sa lente évolution.

LA RÉUNION A LA FRANCE

Mais les pays du Rhin, ainsi séparés de l'Allemagne trop routinière et trop pesante, pourront-ils se défendre seuls et sauver leur liberté? Il n'y a pour eux qu'un moyen de salut. C'est d'entrer dans la grande France républicaine et libératrice; c'est de s'unir à elle. C'est, d'emblée, la politique de Forster. Dès les premiers jours, c'est l'annexion à la France de toute la rive gauche du Rhin qu'il préconise. Dès le 27 octobre, six jours à peine après l'entrée de Custine à Mayence, il écrit au libraire Voss, à Berlin :

« La République française ne semble pas devoir abandonner Mayence. Une société de la liberté s'est fondée sous les auspices du général et la population laissée à elle-même paraît disposée toute entière à se jeter, comme la Savoie, dans les bras de la République. Seulement, les gens ont les yeux fixés sur ceux au jugement desquels ils ont confiance et qui ne sont pas encore déclarés. Je me suis jusqu'ici tenu sur la réserve, mais cette neutralité est fâcheuse: la crise oblige à prendre parti. L'exemple de la France a montré ce que serait partout le sort des émigrés et l'esprit révolutionnaire, éveillé par la destruction totale des armées alliées, agit si puissamment, comme on devait le supposer, que tout est à craindre pour la Constitution allemande, *si on ne détache pas pacifiquement et si on ne cède pas de bonne grâce les parties de l'Allemagne qui sont devenues décidément démocratiques. Heureusement pour l'Allemagne, le Rhin est là. Il doit former la limite, qui sépare de l'Allemagne le territoire de la République. Ce serait folie si on songeait*

encore aux vieux rêves d'intangibilité et d'indivisibilité de l'Empire.
Tout est perdu, si on veut tout ressaisir. L'exemple du pouvoir
royal en France suffit à le prouver. La contagion s'étendra sans
cesse, si on n'achète pas, coûte que coûte, une paix qui permette
aux puissances de se rendre maîtresses de leurs sujets. A peine
même peut-on espérer cela maintenant, après la faute si grave
de l'expédition en France. Les soldats, les bourgeois et les paysans
sont mécontents, et l'honneur perdu des premiers ne se peut consoler que par cette parole : qu'il est impossible de lutter contre la
liberté. C'est ce qu'a montré l'Amérique et aussi la France. Qu'on
ne m'objecte pas la Hollande et le Brabant : ces pays combattaient,
non pour la liberté, mais pour l'aristocratie. En Italie tout tremble
devant les progrès de la République française. Je le tiens de la
bouche de voyageurs dignes de toute confiance. La Catalogne attend
le premier signal. La Hesse et la Souabe vont de leur désir impatient au-devant des libérateurs. Coblentz est français dans trois
jours. Courtrai en Flandre est réoccupé par La Bourdonnaye, et
Dumouriez soumettra sans doute avant le nouvel an toute la Belgique autrichienne. La toute puissance de la Russie en Pologne est
fâcheuse pour le roi de Prusse et l'empereur d'Allemagne, et elle
exige tout leur effort de résistance. Thugut demande la paix avec
la France par le seul sacrifice des évêchés de Trèves et de
Mayence.»

Mais quoi, est-on tenté de se demander : quel jeu joue donc
Forster? Et, s'il est vrai que la Constitution allemande est à ce
point ébranlée et menacée par l'esprit révolutionnaire, s'il est vrai
que la Hesse, la Souabe, bientôt sans doute les autres Etats
appellent la République française et la Révolution, pourquoi, lui,
l'homme de liberté, renonce-t-il d'emblée à révolutionner l'Allemagne? Et comment va-t-il jusqu'à dire que la paix est nécessaire
pour arrêter l'ébranlement de la Révolution, pour permettre aux
pouvoirs constitués de maintenir l'ordre ancien? Forster serait-il
assez égoïste et assez vil pour acheter, par l'abandon et le sacrifice
de toutes les espérances révolutionnaires de l'Allemagne, le plaisir
d'aller, comme citoyen français de Mayence, jouer à Paris, à la
Convention peut-être, un rôle équivoque et bruyant? Non, vraiment. Mais la confusion et la débilité des choses allemandes
l'obligent à un jeu tristement compliqué. Il sait bien, malgré
l'entraînement des premiers succès de la France, malgré les
velléités de la Hesse et de la Souabe, il sait bien, par l'expérience
de Mayence même, qu'il n'y a pas en Allemagne une grande force
révolutionnaire. Que Forster n'ait pas espéré un moment en la
Révolution allemande, c'est, je crois, un des symptômes les plus
douloureux et les plus décisifs de l'impuissance fondamentale du
peuple allemand en ces jours pleins de trouble et de promesse.

Forster espérait seulement que si, par l'annexion ou par l'adhésion de la rive gauche du Rhin à la France républicaine, la paix était rétablie, l'exemple de cette grande France victorieuse et libre agirait peu à peu sur l'Allemagne. Mais, pour faire accepter ce plan au patriotisme allemand et aux conservateurs eux-mêmes, Forster disait que la prolongation de la guerre ne pouvait aboutir qu'à une subversion générale en Allemagne. Il se donnait ainsi parfois l'apparence de vouloir limiter la Révolution. De Mayence, il écrit le 21 novembre à son correspondant berlinois, le libraire Voss :

« J'ai depuis hier participé à l'administration publique du pays d'ici de Spire à Bingen, sur l'ordre exprès du général Custine. C'est au plus grand bien du pays qui m'est confié et de ses habitants que je vais m'employer. Je sauvegarde la propriété et le bien-être, et celui qui prendra ensuite possession du pays, quel qu'il soit, le trouvera en bon état. *Si on entreprend une seconde campagne, toute l'Allemagne sera dans une fermentation anarchique et je ne réponds plus aux princes de leur trône. En donnant ce conseil, j'agis en bon Prussien, dans le meilleur sens du mot, en homme qui désire le maintien de la Constitution actuelle, parce qu'il n'est pas convaincu encore de la maturité révolutionnaire de l'Allemagne et qu'une révolution avant maturité pourrait avoir des suites cruelles. Mais, au nom de Dieu, que l'on soit capable enfin de comprendre la marche de notre temps! Les destins de l'heure présente sont dès longtemps préparés et il est impossible que les digues pourries qu'on oppose à l'inondation de la liberté résistent. Nous vivons dans une époque décisive de l'histoire du monde. Depuis l'apparition du christianisme, il ne s'est rien vu de pareil. A l'enthousiasme, au zèle de la liberté rien ne peut s'opposer que la constitution stupide de l'Asie.* »

La solution toute partielle imaginée par Forster lui paraissait réunir tous les avantages. Personnellement, elle le libérait, lui et les siens, de toute inquiétude et elle lui assurait un grand rôle. Devenu citoyen français et, sans aucun doute, représentant de Mayence, il n'avait plus à craindre les représailles de l'évêque et de son parti et il pouvait en outre servir d'intermédiaire entre la France passionnée et l'Allemagne plus lente. D'autre part, l'horreur d'une guerre civile entre les Allemands ennemis de la Révolution et les Allemands révolutionnaires était épargnée à ceux-ci, et la liberté pourrait progresser en Allemagne d'un mouvement tranquille et sûr.

Mais la combinaison de Forster se heurtait aux plus vives résistances. Elle était qualifiée de trahison par un grand nombre d'Allemands. Forster aigri répondait avec une violence extrême, dans une lettre du 21 novembre à Voss :

« En ce qui touche ce point, je dois rester Prussien, j'ai beaucoup à répondre. Si je comprends bien ce vœu, il est en contradiction avec les principes que j'ai toujours exposés — prudemment, il est vrai, à cause du despotisme — et avec mon amour de la liberté. Je suis né à une heure de Dantzig, dans la Pologne prus-

JOSEPH D'ORLÉANS
(D'après un document du Musée Carnavalet)

sienne, et j'ai quitté mon pays natal avant qu'il fût sous la domination prussienne. Je ne suis pas, à cet égard, un sujet prussien. J'ai vécu comme savant en Angleterre, fait un voyage autour du monde et cherché ensuite à communiquer à Cassel, Wilna, Mayence, mes modestes connaissances. Partout où j'étais, je m'efforçais d'être un bon citoyen; là où j'étais, je travaillais pour gagner mon pain. *Ubi bene, ibi patria* doit rester la devise des savants. C'est celle aussi de l'homme libre, qui doit vivre isolé dans de petits pays qui n'ont pas de Constitution.

« Si c'est être un bon Prussien, lorsqu'on vit à Mayence sous la domination française, que de souhaiter à tous les Prussiens, comme à tous les hommes, le bien d'une prompte paix et la fin des maux de la guerre, je suis un bon Prussien, comme je suis un bon Turc, un bon Chinois, un bon Marocain. Mais si on entend par là que je dois à Mayence renier tous mes principes et, dans cette fermentation, ou m'abstenir ou persuader aux Mayençais qu'ils doivent rétablir l'ancien despotisme au lieu d'être libres avec les Français, j'aimerais mieux être accroché à la prochaine lanterne. »

Mais quel désespoir dans ce persiflage! Et quel anachronisme dans cette sorte d'indifférence du lettré, du savant, à l'égard de la nationalité! L'effet de la Révolution française, précisément, était de créer des nations. Et la liberté révolutionnaire ne pouvait vaincre l'Allemagne que si elle se confondait avec l'énergie nationale. Forster se réfugie, de désespoir, dans une conception bien étroite et fragmentaire.

UN SOUVENIR DE VENEDEY

Mais, même dans les pays du Rhin, à quelles difficultés il se heurtait! Sans doute un souffle de liberté semblait se lever sur ces régions. Il se faisait comme une fusion de l'âme allemande et de l'âme française. Au début de son livre, d'ailleurs si lourdement chauvin, sur *les Républicains allemands sous la République française*, le fils de l'un d'eux, Venedey, écrit ceci :

> Enlacez-vous, millions d'hommes,
> C'est le baiser universel.
> Par delà les célestes dômes
> Bat sans doute un cœur paternel.

« Ces vers de Schiller sont la noble bouture qui s'est greffée en mon âme, dans la vie naissante de ma pensée.

« Aux souvenirs les plus lointains de mon enfance appartient un voyage, où je me trouvai à côté de mon père du matin au soir dans une voiture attelée d'un seul cheval; elle était protégée par un capotage et des rideaux de cuir contre la pluie qui tombait parfois à torrents et, bien avant la nuit, elle nous porta à travers la campagne sombre jusqu'à notre métairie de Beckerade.

« Tout le temps que mon père n'avait pas à répondre aux questions d'un curieux enfant de cinq ans, il lisait dans un livre, *l'Esprit des lois* de Montesquieu, et quand il fermait parfois le

livre, il fredonnait et chantait à côté de moi son chant préféré,
dont les deux premiers vers :

> Enlacez-vous, millions d'hommes,
> C'est le baiser universel,

me sont restés dans la mémoire. Deux fois mon père chanta sur le
même air des paroles françaises que je ne comprenais pas; j'appris
seulement plus tard que c'était la *Marseillaise*. La chanson de
Schiller et celle de Rouget de Lisle étaient en ce temps chantées
sur le même mode, et on disait aussi que Schiller avait transformé
en *Marseillaise* son chant magnifique. *L'Hymne à la joie* était
devenu un hymne *à la liberté :* liberté, belle étincelle divine! A la
maison aussi, aux heures solennelles, mon père chantait son chant.
Le soir du nouvel an, le jour anniversaire du père et de la mère,
quelques amis et cousins et aussi l'instituteur Heuter, dans l'école
duquel j'apprenais l'A B C, étaient priés à dîner. Là-haut, dans la
« salle», dont on ne se servait que dans les occasions solennelles,
le repas s'écoulait joyeux et cordial. La mère était fière de l'excellence du dîner, les plus splendides rôtis, les plus magnifiques
gâteaux, les fruits les plus délicats étaient servis.

« Mais lorsqu'une bolée de vin de choix ou, en hiver, de vin
chaud, déliait les langues, mon père se levait de table, marchait de
long en large dans la chambre, tandis que par couplets alternés on
chantait avec enthousiasme la *Marseillaise* et l'*Hymne à la joie*. »

L'Esprit des lois, la Marseillaise, l'Hymne à la joie, Montesquieu,
Schiller, Rouget de Lisle : ainsi les rayons de la pensée française et
de la pensée allemande se fondaient. Ainsi le large et doux appel
de Schiller à toutes les joies de l'univers s'aiguisait en *Marseillaise*,
en paroles de combat contre les tyrans destructeurs de joie.

> Enlacez-vous, millions d'hommes,
> C'est le baiser universel.
> Par delà les célestes dômes
> Bat sans doute un cœur paternel.
>
> Que veut cette horde d'esclaves,
> De traîtres, de rois conjurés ?
> Pour qui ces ignobles entraves,
> Ces fers dès longtemps préparés ?

Soudain la douce voie lactée, toute fourmillante d'étoiles, devenait pour le regard ardent comme un chemin de combat, une glorieuse montée vers les hauteurs libres, soudain le grand cœur
paternel qui battait dans le haut mystère du monde avait des
palpitations de colère contre les oppresseurs qui troublaient l'ordre

heureux des êtres, et rompaient l'universel enlacement. Quel temps que celui qui berçait ainsi les jeunes âmes au rythme ample de la pensée allemande, au rythme fort de la pensée française, et qui harmonisait enfin, dans un même mode musical, toutes les puissances de la pensée, de l'action et du rêve!

FORSTER ET LA RÉUNION A LA FRANCE

Mais toutes les difficultés pratiques du problème subsistaient. Au fond, les Mayençais avaient peur d'un retour triomphal et terrible de leurs anciens maîtres, et ils n'osaient pas se livrer sans réserve à la Révolution. De plus, si les esprits d'élite admiraient et aimaient la France, les préventions de races, les défiances à l'égard des Français subsistaient dans une grande partie du peuple. Forster se multipliait pour dissiper les craintes, pour élever tous les esprits au-dessus des préjugés nationaux jusqu'à la vraie patrie, jusqu'à la liberté, et il n'y a pas de plus bel effort d'internationalisme que le discours prononcé par lui au club de Mayence, à la Société des Amis du peuple, le 15 novembre 1792. Il y justifie avec une véhémence extrême la politique d'incorporation à la France et à la Révolution. C'est, pour la pensée internationaliste du socialisme, un précédent démocratique et révolutionnaire d'une haute valeur.

« Concitoyens, je veux d'abord toucher en passant aux malentendus qui pourraient naître entre nos frères français et nous d'une différence du caractère national, mais que l'on cherche à grossir perfidement au point d'y trouver une preuve de l'impossibilité d'une union politique entre les deux nations. A cet égard, ces malentendus doivent préoccuper une Société dont le but est et doit rester de réaliser précisément cette union.

« Ç'a été, jusqu'ici, une subtile politique des princes de séparer soigneusement les peuples les uns des autres, de maintenir entre eux des différences de mœurs, de caractère, de lois, de pensée et de sentiment, de nourrir la haine, l'envie, l'esprit de moquerie et de mépris d'une nation envers une autre et d'assurer par là leur propre domination. En vain la plus pure doctrine morale affirmait que tous les hommes sont frères... le cœur pervers et endurci des gouvernants ne reconnaissait pas de frère. La satisfaction de leurs passions basses ou âpres, leur *moi* superbe passait avant tout. Dominer était leur premier et dernier bonheur et, pour étendre leur domination, il n'y avait pas de meilleur moyen que d'aveugler, de tromper et, par suite, d'exploiter ceux qui se trouvaient sous leur joug.

« Parmi les inventions innombrables, par lesquelles ils savaient égarer leurs sujets, il faut compter l'adresse avec laquelle ils ont propagé la croyance à des différences héréditaires entre les hommes. Ces différences, ils les ont artificiellement créées par la contrainte des lois, ils les ont fait prêcher partout par des apôtres stipendiés. Quelques hommes, disait-on, sont nés pour commander et gouverner, d'autres pour posséder des bénéfices et des emplois, la grande masse est faite pour obéir. Le nègre, par la couleur de sa peau et son nez écrasé, est prédestiné à être esclave du blanc. Et par d'autres blasphèmes encore la sainte raison humaine était outragée.

« Mais ils ont disparu de notre sol purifié, consacré maintenant à la liberté et à l'égalité, ces monuments de la méchanceté de quelques-uns, de la faiblesse et de l'aveuglement du plus grand nombre. Ils ont été jetés à la mer de l'oubli. Etre libres, être égaux, c'était la devise des hommes raisonnables et moraux, c'est maintenant aussi la nôtre. Pour le plein usage de ses forces corporelles et spirituelles, chacun a besoin d'un droit égal, d'une liberté égale. Et seule la différence même de ces forces doit déterminer entre elles des différences d'application. O toi, qui as le bonheur d'avoir reçu de la nature de grands dons de l'esprit ou une grande robustesse corporelle, n'es-tu pas content de pouvoir déployer toute la mesure de ta force? Comment peux-tu refuser à celui qui est plus faible que toi de tenter avec sa force moindre ce qu'il peut faire sans nuire à autrui?

« C'est là, mes concitoyens, le langage de la raison qui a été si longtemps méconnu et étouffé. Mais, que nous puissions tenir tout haut ce langage dans ce pays où il n'avait jamais retenti, tant que nos frères les meilleurs, nos frères non privilégiés n'avaient pas chassé les privilégiés dégénérés et débiles, rebut de la race humaine, oui, que nous puissions parler ainsi, à qui le devons-nous, sinon aux Français libres, égaux et braves?

« *C'est vrai, on a dès sa jeunesse inspiré à l'Allemand de l'éloignement pour son voisin français; c'est vrai, les mœurs, le langage, le tempérament des Français diffèrent des nôtres. C'est vrai encore : lorsque les monstres les plus cruels dominaient en France, notre Allemagne était toute fumante de leurs crimes. Alors un Louvois, dont l'histoire garde le nom pour que les peuples puissent le maudire, faisait mettre en flammes le Palatinat, et Louis XIV, un misérable despote, prêtait son nom à cet ordre détesté.*

« Mais ne vous laissez pas égarer, mes concitoyens, par les événements du passé; la liberté des Français n'est vieille que de quatre ans, et voyez, déjà ils sont un peuple neuf, créé, pour ainsi dire, sur un modèle tout nouveau. Eux, les vainqueurs de nos tyrans, ils tombent en frères dans nos bras, ils nous protègent, ils nous donnent la preuve la plus touchante d'amour fraternel en partageant avec nous la liberté si chèrement achetée par eux, — et c'est la première année de la République! Voilà ce que produit la liberté dans le cœur de l'homme, c'est ainsi qu'elle sanctifie le temple habité par elle.

« Qu'étions-nous il y a trois semaines? Comment a pu se produire aussi vite le changement merveilleux qui a fait de nous, valets opprimés, maltraités et muets d'un prêtre, des citoyens courageux, libres et à la parole haute, de hardis amis de la liberté et de l'égalité, prêts à vivre libres ou à mourir? Mes concitoyens, mes frères, la force qui a pu nous transformer ainsi peut bien fondre en un seul peuple les Mayençais et les Français!

« *Nos langues sont différentes, nos pensées doivent-elle l'être pour cela?*

« *La* LIBERTÉ *et l'*EGALITÉ *cessent-elles d'être les joyaux de l'humanité si nous les appelons* FREIHEIT *et* GLEICHEIT? *Depuis quand la différence des langues a-t-elle rendu impossible d'obéir à la même loi? — Est-ce que la despotique souveraine de Russie ne règne pas sur cent peuples de langue différente? Est-ce que le Hongrois, le Bohémien, l'Autrichien, le Brabançon, le Milanais ne parlent pas chacun leur langue, et en sont-ils moins les sujets du même Empereur? Jadis les habitants de la moitié du monde ne s'appelaient-ils pas citoyens romains? Et sera-t-il donc plus difficile à des peuples libres de se rattacher ensemble à des vérités éternelles, qui ont leur fondement dans la nature même de l'homme, qu'il ne l'était à des esclaves d'obéir à un même maître?*

« *Autrefois, quand la France était encore sous le fouet de ses despotes et de leurs rusés courtisans, c'était là le modèle sur lequel se formaient tous les cabinets! Alors les princes et les nobles ne trouvaient rien d'aussi glorieux que de renier leur langue maternelle pour parler détestablement un français détestable. Et maintenant voyez! Les Français brisèrent leurs chaînes, ils sont libres, et le goût délicat de nos aristocrates zézayants et balbutiants change soudain : le langage de la liberté blesse leur langue; volontiers ils nous persuaderaient qu'ils sont Allemands, rien qu'Allemands de fond en comble, qu'ils ont honte de la langue française, pour former enfin le vœu que nous n'imitions pas les Français.*

« *Arrière ces hypocrites et débiles prétextes! Ce qui est vrai reste vrai, à Mayence comme à Paris, en quelque lieu et en quelque langue qu'il soit dit. C'est d'abord en un point particulier que le bien doit éclater au jour, et de là il se répand ensuite sur toute la terre. C'est un Mayençais qui a inventé l'imprimerie, et pourquoi ne serait-ce point un Français qui inventerait la liberté au dix-huitième siècle? Concitoyens, prouvez bien haut que le cri d'appel de cette liberté, même en langue allemande, sonne terrible pour*

*des esclaves, annoncez-leur qu'ils doivent apprendre le russe s'ils
ne veulent pas entendre et parler une langue d'homme libre. — Que
dis-je? Non, faites tonner à leur oreille que bientôt les mille
langues de la terre ne seront plus parlées que par des hommes
libres, et que* LES ESCLAVES, AYANT RENONCÉ A LA RAISON, N'AURONT
PLUS DE REFUGE QUE DANS L'ABOIEMENT!

« *Comment? Les folies et les vices de nos voisins, quand ils
étaient sous la direction détestable de leurs tyrans, on les imposait
à l'Allemand en un zèle d'imitation ridicule et coupable; on n'avait
pas honte d'égarer le peuple par les exemples les plus corrupteurs,
et maintenant que nous pouvons tenir de leurs mains la sagesse, la
vertu, le bonheur, ou, pour tout dire en deux mots, la liberté et
l'égalité, on veut nous mettre en garde contre l'exemple de la
France! Qui ne perce pas à jour ces artifices pitoyables et impuissants de l'aristocratie mourante!* »

Et, après avoir ainsi réfuté les sophismes des privilégiés, révélé
le secret du pseudo-patriotisme où ils abritaient soudain leur
puissance menacée, George Forster, avec un optimisme où il entre
évidemment bien du parti pris, et qui recevra sans délai le plus
cruel démenti, essaie de rassurer Mayence :

« Regardez autour de vous : vous voyez que la puissante, la
menaçante conjuration des despotes contre la liberté a manqué
son but.

« Le Brunswickois, avec ses 150.000 mercenaires, n'a pu
arriver jusqu'à Châlons, et, abstraction faite de la trahison de
Longwy et de Verdun, il n'a pu conquérir une seule place forte.
Les étendards victorieux de la République l'ont rejeté hors des
frontières; il a dû fuir devant la famine et la peste et, pendant
qu'il essaie de rallier et de mettre en sûreté les débris de ses
troupes découragées, l'armée de la liberté déborde au delà des
frontières : toute la Savoie, Nice, Spire, Worms, Mayence et Francfort tombent presque sans résistance aux mains des Français.
Mons ouvre ses portes au vainqueur Dumouriez. Trèves peut à
peine attendre l'arrivée du brave Wimpfen et, dans la région mon-
tagneuse de l'autre côté du Rhin, les Hessois et les Prussiens
fuient devant Custine, citoyen et général, et devant les soldats de
la liberté. Toutes les forces autrichiennes dans les Pays-Bas sont
sur le point de se dissoudre par la désertion ou de fuir dans le
Luxembourg; les débris des troupes prussiennes doivent choisir
entre la retraite de Westphalie ou la famine à Coblentz.

« Quelles espérances peut donc offrir la continuation de la
campagne aux ennemis de la liberté? Toute l'Allemagne est complètement épuisée de subsistances de toutes sortes et des moyens
de vie qui sont indispensables à l'entretien de grandes armées.
Les caisses de l'Autriche sont vides et son crédit tombera plus bas

qu'il y a un an les assignats de France; les assignats remontent et
le crédit de l'Autriche ne se relèvera jamais. La Prusse, un petit
royaume qui n'a été élevé au premier rang que par des opérations
de finances et une tension extrême de tous les ressorts, a sacrifié
ses meilleures troupes, vidé son trésor, le véritable secret de sa
grandeur artificielle, et son roi ne sait ni épargner, ni combattre,
ni penser comme son oncle Frédéric ; il a renvoyé les sages
serviteurs de Frédéric, et Herzberg, qui pouvait le sauver,
est chassé par des visionnaires et par des maîtresses de Cour.
L'impératrice russe a surtout mis à profit la belle occasion
de tromper ses deux rivaux, et pendant qu'ils faisaient leur folle
expédition en France, elle mettait toute la Pologne en vasselage;
maintenant ils voient leur faute et ne savent guère comment ils se
garderont de cette femme colossale. — La Saxe, la Bavière, le
Hanovre observent une sage neutralité, qui est maintenant plus
nécessaire que jamais. La Suède, depuis sa guerre avec la Russie,
est tombée dans l'impuissance. Le gouvernement monarchique du
Danemark cherche sagement à durer en allégeant le fardeau du
peuple et en assurant la liberté de la presse; l'Italie fait signe à
ses libérateurs et l'Espagne est si gravement endettée qu'elle ne
peut rien tenter contre la France. Les Anglais libres envoient aux
Français libres leur approbation joyeuse. Voilà la situation de
l'Europe.

« Il n'y a que la folie furieuse qui puisse, en cet état de choses,
conseiller la continuation de la guerre contre la France. A la vérité,
on me dira qu'aujourd'hui on ne peut attendre des cabinets que
fureur et démence! Et je reconnais que jusqu'ici leur conduite est
en effet une manifestation de délire. Mais supposé que les Cours
alliées tendent toutes les forces qui leur restent pour porter de
nouveau la guerre sur le Rhin; supposé que ces armées viennent
soutenues de magasins immenses (et je ne sais comment on pourrait les remplir); supposé qu'elles amènent la grosse artillerie
qu'elles avaient oubliée cette année, où pensez-vous, mes concitoyens, que les Français les attendront? Ce n'est certes pas sous les
murs de Mayence, quand la Franconie et la Souabe sont ouvertes
jusqu'aux limites de la Bohême et de l'Autriche.

« La crainte ridicule d'un siège d'hiver, je ne veux même pas
la discuter, elle trahit trop visiblement les pitoyables efforts de nos
aristocrates pour alarmer nos concitoyens en exploitant leur ignorance des choses de la guerre. Vous, mes frères, vous riez d'aussi
impudentes menaces. Vous savez bien que maintenant, au lieu de
lâches aristocrates qui fuient avec tout leur avoir à la première
ombre du danger, vous avez pour défenseurs des hommes libres
qui ont un cœur dans la poitrine. »

Dès lors, s'il n'y a pas péril pour les Mayençais à unir leur

destin à celui de la France, il faut que cette union soit complète.
Il faut qu'en s'associant à la France ils participent à toute la
liberté, à toute la force de la République. A quoi servirait-il de
rester hors de la France et, pour ainsi dire, en marge de la République française, puisque c'est seulement par son aide et sous son

BOYER-FONFRÈDE
(D'après un document du Musée Carnavalet)

bouclier que les Mayençais peuvent être des citoyens libres? A quoi
servirait aussi d'adopter une Constitution bâtarde qui, en laissant
subsister des vestiges de privilège et d'aristocratie, supprimerait
l'entière coopération de Mayence et de la France, et comment la
France républicaine pourrait-elle protéger à Mayence une liberté
incomplète et trompeuse dont elle a été obligée elle-même de
dénoncer le mensonge?

« Voici, mes concitoyens, le moment favorable où vous pouvez
devenir et demeurer libres, aussitôt que vous aurez pris la résolu-

tion ferme de vous rattacher à la France et de faire avec elle cause
commune. Ayez l'honneur d'être les premiers en Allemagne à
secouer vos chaînes, ne laissez pas vos voisins vous devancer... Le
Rhin, un grand fleuve navigable, est la limite naturelle d'un grand
Etat libre, qui ne désire aucune conquête, mais qui accueille les
nations qui se joignent volontairement à lui et qui est fondé à
exiger une indemnité de ses ennemis pour la guerre arbitraire
qu'ils lui ont déclarée. Le Rhin restera, comme il est juste, la
limite de la France; il n'y a pas de regard un peu exercé aux
choses de la politique qui ne voie cela, et on se serait depuis longtemps décidé à ce sacrifice si un point d'honneur n'obligeait pas
d'abord les Français à arracher aux tyrans la Belgique et Liége.

« Ne doutez pas que la République française n'attend que votre
déclaration pour vous accorder aide et fraternisation. Si le vœu de
Mayence et des habitants de la région environnante se prononce,
s'ils veulent être libres et Français, vous serez tout de suite incorporés à un Etat libre indestructible.

« Peut-être vous a-t-on dit qu'il serait difficile de détacher de
l'Empire allemand les pays de ce côté-ci du Rhin. Je demande si
on n'a pas déjà détaché de l'Allemagne et donné à la France
l'Alsace et la Lorraine... (En ce qui touche la Constitution) l'expérience démontre par des exemples innombrables que dans les
grands et décisifs moments les choses moyennes et médiocres, qui
n'osent être qu'à demi, qui ne sont ni le chaud ni le froid, ne
réussissent qu'à blesser tous les partis et à tout mettre en fermentation. N'êtes-vous point assez avertis par l'exemple de la France
elle-même et du parti prétendu modéré de la Cour et des Feuil-
lants? Souvenez-vous des petits intrigants à courte vue, qui
jouaient toujours à couvert, forgeaient des plans secrets et d'arti-
ficieuses intrigues, qui partout se glissaient et rampaient pour
ameuter obscurément les esprits, semant les calomnies, les
menaces, les écrits outrageants et cherchant à se créer des adhérents par la corruption. Souvenez-vous que ceux-ci enfin ont
essayé, le poignard à la main, de déchirer le vêtement de leur mère,
de leur patrie, de leur France. C'est là le but et la fin du modérantisme qui toujours, avec des mots endormeurs, une voix douce,
un regard angélique, cherche à vous séduire pour vous enlacer et
vous étouffer.

« Je ne dis pas trop : vous perdrez tout si vous ne prenez pas
tout, si vous ne voulez pas de tout votre cœur être pleinement
libres. La chose est claire. Qui vous garantira votre fade et
médiocre compromis, votre projet modéré et feuillantin, votre
prince élu, vos Etats de créanciers et de nobles, vos deux Chambres,
oui, qui vous garantira tout cela? Ce ne sera pas le cher et saint
Empire allemand, qui ne peut même plus se sauver lui-même et

qui est à bout. Ce ne sera pas le Reichstag de Ratisbonne, réduit à l'inaction. Ce ne sera pas la Prusse ou l'Autriche qui ne se soucient guère de vous.

« Ce ne seraient pas les princes auxquels vous voulez vous confier. Vous auriez là vraiment une belle caution. Ceux qui toujours se servent de l'Empire allemand comme d'un épouvantail ne songent pas qu'ils ont oublié de nous dire comment l'Empire allemand négociera avec nous au sujet de la nouvelle Constitution modérée. Avec lequel de nous entrera-t-il en conversation? Reconnaîtra-t-il préalablement notre droit de nous donner une Constitution nouvelle? Nous avons vu le contraire à Liége, et je vais plus loin : je dis que l'Empire allemand ne peut pas, avec ses principes, s'entretenir avec nous sur cet objet; que la forteresse de la Constitution impériale, incapable de toute amélioration, de tout changement, n'est plus qu'une pauvre chambre de décharge, toute branlante et tarée, où on peut faire un trou rien qu'en la touchant du bout du doigt.

« Cette vieille pièce de décharge et de débarras est hantée maintenant par un fantôme décevant, qui se donne pour l'esprit de la liberté allemande ; mais c'est le diable de la servitude féodale, comme on peut le reconnaître aux énormes dossiers qu'il traîne avec lui et au bruit de chaînes qui accompagne chacun de ses pas. Ce spectre horrible qui parle de titres, de féodalité, de parchemins, alors que des gens raisonnables parlent de vérité, de liberté, de nation et de droit humain, ne peut être chassé que si on marche sur lui la dague au poing.

« Laissons cette image, voici ce que je dis en paroles précises : La force des armes peut contraindre l'Empire allemand à des concessions; elle peut l'obliger à reconnaître Mayence comme un État libre, qui a le droit de se constituer lui-même. Mais pendant que la République française est engagée comme en une lutte sanglante avec la Prusse et l'Autriche, croire que Mayence obtiendra par des négociations que l'Empire allemand reconnaisse sa Constitution, c'est une preuve de courte vue politique qui ne peut s'excuser que par l'extrême inexpérience. »

Et, si l'Empire allemand ne peut pas garantir cette Constitution mayençaise, est-il permis d'espérer que la France la garantira?

« Mais voulez-vous m'expliquer comment la République française s'oubliera elle-même au point de vous garantir à vous et à l'Empire allemand une Constitution qui va juste à contre-sens des principes éternels sur lesquels elle-même repose, la liberté et l'égalité? Elle a promis son appui à une Constitution libre, mais non pas à l'antique esclavage sous un nom nouveau. N'imaginez pas qu'une nation libre puisse se contredire aussi violemment elle-même et agir aussi follement. Ne vous éblouissez donc pas de

vaines espérances. Comprenez bien, vous tous, les habitants de la
ville et de la campagne, que le projet captieux et qui paraît innocent vous conduit à votre perte. Si la République française ne s'intéresse pas à vous dans les stipulations de paix, si elle ne vous
garantit point une Constitution qui est contraire à ses principes
et qu'elle ne peut pas vous garantir, que vous reste-t-il ? qu'à vous
remettre aveuglément, en rebelles vaincus et impuissants, aux
mains de vos maîtres d'hier. Abandonnés par la France, abandonnés de tous, vous ne pourrez pas faire vos conditions. Vous devrez
— ô terrible destin pour qui connaît le despotisme et les aristocrates ! — vous devrez vous rendre à merci. »

C'est un discours d'une admirable force politique, peut-être le
seul discours vraiment politique, tout pénétré de réalité et tout
frémissant de passion, qui ait été prononcé à cette date en Allemagne. Je devrais en traduire et en citer les larges extraits pour
donner la sensation exacte, aiguë des problèmes presque désespérés
qui tourmentaient alors la pensée et la conscience de l'Allemagne.
Le glaive de la Révolution oblige l'esprit allemand aux décisions
rapides. La dialectique de Forster est pressante et ses conclusions
sont nettes. Il ne laisse d'autre refuge aux Mayençais et aux pays
du Rhin que dans l'union entière avec la France, dans l'acceptation de l'entière démocratie. Mais comment un lourd malaise n'aurait-il pas pesé sur l'Allemagne? Ah! certes, c'est avec une force
de pensée presque héroïque que Forster tente de dissiper les vieilles
défiances, les haines et les préjugés de race. Et rien n'est plus beau
que cette partie du discours de Forster où il s'empare, au nom de
la liberté, de tous les idiomes, de tous les langages de l'univers et
où il ne laisse plus à l'esclave que le cri de la bête.

Mais quoi! depuis deux générations l'Allemagne rêve de reconstituer son unité politique et nationale par la force de l'unité intellectuelle. La langue allemande, dédaignée encore des puissants,
mais enrichie par de grands poètes et de grands écrivains de merveilleuses beautés, lui apparaît comme le vrai trésor national,
comme la promesse d'unité et de grandeur. Et voici que la partie
la plus progressive, la plus révolutionnaire de l'Allemagne est
invitée à se séparer de la patrie allemande, à s'associer à un peuple
libre, il est vrai, mais qui parle une autre langue et procède d'une
autre tradition. Quel trouble et quel malaise! Voici encore que
jusque dans l'acte constitutif de sa liberté, le peuple des pays
rhénans subit la double servitude de la conquête et de la guerre.
Qu'est devenue la promesse première faite aux peuples allemands
qu'ils choisiront eux-mêmes, en toute souveraineté, la Constitution
qui leur conviendra le mieux? Maintenant il apparaît aux Mayençais qu'ils sont exposés à tous les hasards, à l'abandon de la
France et aux représailles furieuses de l'évêque et des nobles, s'ils

n'adoptent pas exactement la Constitution française que Custine
leur offre à la pointe de son épée. Il y avait une contradiction
lamentable à être libéré par le vainqueur et à croire que cette libération pourrait se produire selon un autre mode que celui du vainqueur. Non, non, il y a trop de malaise en cette liberté imposée et
façonnée par la conquête, et l'Allemagne ne se sentira libre que
le jour où elle se donnera elle-même la liberté.

L'ILLOGISME DE FORSTER

Forster lui-même est dans une situation terriblement fausse et
qui tous les jours s'aggrave. S'il n'espère pas que la France révolutionnaire, une fois accrue de Mayence et portée jusqu'au Rhin,
aidera par son exemple à l'affranchissement politique de toute
l'Allemagne, s'il abandonne presque toute la nation allemande à la
servitude indéfinie, c'est une sorte de désertion. Qui ne surprend,
en tout ce qu'il dit de l'Allemagne, une sorte de désespoir? il
déclare que l'horrible spectre diabolique du féodalisme allemand
ne pourra être chassé que la dague au poing, et il fait tomber la
dague du poing : il arrête aux bords du Rhin le mouvement conquérant de la Révolution. Et il retranche de l'Allemagne ces révolutionnaires rhénans qui seuls pouvaient un peu manier le glaive
contre les vieilles tyrannies. Contradiction et ténèbres! De plus,
au moment même où il appelle les Mayençais à la liberté, à l'indépendance, lui-même a sur l'épaule la lourde main conquérante de
Custine. Il ne peut plus se séparer de lui. Il ne peut plus, sous
peine de se condamner à un isolement mortel, désavouer même les
fautes du général victorieux.

Il les sent pourtant. Il sait, et il écrit, dans ses notes, dans ses
lettres, que Custine commet à Francfort les pires imprudences,
qu'en imposant à la bourgeoisie une contribution que sans doute
elle eût consentie de plein gré, si on la lui avait demandée sous
forme d'emprunt régulier dans l'intérêt de la liberté allemande, il
blesse les intérêts et les amours-propres. Et pourtant il est devenu
si fatalement solidaire du vainqueur qu'il adresse aux habitants
de Francfort un plaidoyer public pour les actes du général qu'il
blâmait le plus.

Forster buvait vraiment jusqu'à l'extrême amertume toute la
servitude allemande. Il avait souffert cruellement, avant la Révolution et durant même ses premières années, du poids du despotisme qui accablait l'Allemagne. Et maintenant, la main étrangère
qui soulève ce poids du despotisme se révèle presque aussi pesante
et elle marque de sa lourde empreinte la liberté déformée. O
impuissance et douleur!

L'AFFAIRE DE FRANCFORT

Mais soudain le destin s'aggrave encore. La résistance de l'Allemagne à la Révolution commence à devenir plus active. La proclamation de Custine contre le margrave de Hesse soulève contre Custine les Hessois blessés dans leur amour-propre par toute attaque de leur chef. Et, à Francfort, la petite garnison française est obligée de capituler. Le 1er décembre, pendant que les Hessois lui donnent l'assaut, presque toute la population la presse. Et le soulèvement universel d'une ville semble annoncer, pour une date un peu lointaine encore, le soulèvement universel de l'Allemagne.

Forster sentait sur lui un terrible fardeau : l'hypothèse d'un siège prochain de Mayence n'était plus absurde. Le peuple hochait la tête et les prêtres criaient malheur dans la cité. Une lourde somnolence, qu'aiguillonnait seulement l'intérêt le plus immédiat, pesait sur les esprits.

« La lâcheté et l'indifférence allemandes, écrit Forster le 6 décembre, soulèvent la colère. Rien ne s'émeut encore et il vient toujours des gens pour nous dire que tous se prononceraient pour la liberté si on faisait remise de tous les impôts. Etre maltraité, trompé, opprimé, cela ne compte pas et il n'y a rien là qui puisse décider les hommes à secouer le joug. Ce qu'il faut, c'est l'assurance complète qu'on n'aura rien à faire, aucun devoir à remplir. »

Le désaveu le plus amer venait au pauvre combattant, celui des savants et des lettrés d'Allemagne.

« Je reçois de Voss (1er janvier 1793) une lettre lamentable. Tout ce qu'il avait prévu arrive : les savants de Berlin raisonnent sur moi; on me méconnaît; on me maltraite dans toute l'Allemagne; je passe pour le principal auteur des maux de Mayence; on imprime contre moi des libelles infamants. Oui, je le sais. Ceux qui me jugent ainsi n'ont pas de cœur. La *fainéantise savante* corrompt tous ces gens-là à fond. Ils ne peuvent pas comprendre un homme qui sait aussi agir à son heure et maintenant ils me trouvent méprisable parce que j'agis selon les principes qu'ils honoraient de leur approbation tant que je me bornais à les inscrire sur du papier. Mais qu'importe le qu'en dira-t-on? »

LA CONVENTION RHÉNANE

Malgré cet effort de Forster pour rester debout, la tristesse et le malaise croissaient et, quand, le 17 et le 18 décembre, le peuple des pays rhénans fut appelé à se prononcer au scrutin sur l'acceptation de la Constitution française, le nombre des votants fut très faible. Les commissaires de la Convention, Reubell, Haussmann et Merlin de Thionville, arrivés à Mayence le 1ᵉʳ janvier, ne réussirent guère à animer les courages. Et lorsque, le 24 février 1793, dans les églises de Mayence, de Worms, de Spire. etc., le scrutin s'ouvrit pour la nomination de la Convention nationale des pays rhénans, le nombre des abstentions fut énorme.

Les corporations bourgeoises s'excusaient en disant qu'il ne serait plus possible aux marchands d'aller aux foires de Francfort s'ils se prononçaient pour la France. Pourtant la Convention rhénane, réunie le 17 mars dans la grande salle de l'ordre teutonique, se risqua, malgré l'absence de plus de la moitié des députés, ou intimidés ou empêchés, à proclamer la rupture avec l'Empire allemand et l'incorporation avec la France. Mais cette décision, qui n'aurait valu que par l'enthousiasme et la ferveur, était pesante et morne. Aucun ressort d'espérance révolutionnaire ne la soutenait et de sombres pressentiments accablaient les âmes. Bientôt Mayence sera investie. Et des bourgeois forcenés de haine, accourus de loin, s'empresseront autour de la pauvre ville ravagée et incendiée par les boulets, et suivront avec une joie féroce l'agonie de la cité qui accueillit la Révolution.

V

LES ALLEMANDS RÉVOLUTIONNAIRES

LES RÉFORMES

Est-ce à dire que la faillite de la Révolution française en Allemagne est complète? Non, certes. D'abord, ce n'était pas en vain que depuis trois ans se déployait le spectacle prodigieux de la France révolutionnaire. Si obtus, si endormis que fussent encore les paysans d'Allemagne, ils apprenaient l'abolition des corvées et des dîmes, et ils s'étonnaient. Les hommes d'État les plus avisés comprenaient bien en Allemagne que, pour prévenir un soulèvement analogue à celui de la France, il faudrait réaliser quelques réformes, alléger le fardeau du peuple. Quelques souverains de petits États, notamment le fantasque et despote margrave de Hesse, eurent bien la pensée qu'il suffirait de mesures répressives pour écraser même les germes de la Révolution. Et en quelques points, la liberté de la presse dont s'enorgueillissait depuis un tiers de siècle l'Allemagne de l'*Aufklaerung*, parut menacée. Il fut interdit de parler politique dans les cabarets et les auberges. « Dans les hôtelleries, il n'y a plus maintenant, disait une Revue satirique, qu'une différence entre les hommes et les bêtes : c'est que les hommes paient. » Le secret de la correspondance fut parfois violé. Mais l'Allemagne tenait à la liberté de la pensée et la réaction s'arrêta.

Ainsi, peu à peu, même par les journaux et les revues qui combattaient la Révolution, les idées de celle-ci se répandaient. Et les gouvernements sentaient approcher l'heure des concessions nécessaires. Dans le *Nouveau Museum allemand*, Schlosser, le serviteur et conseiller du margrave Frédéric de Bade, invitait les souverains à la prudence, à la prévoyance :

« Espérons, écrivait-il, qu'en Allemagne on sera plus sage qu'en France. *Il est impossible d'empêcher le peuple de constater, par l'exemple même des Français, que les choses pourraient aller antrement qu'elles ne vont* et il faut que le penchant à l'obéissance reste assez fort pour neutraliser les impulsions contraires. *Or, pour fortifier l'habitude de l'obéissance, il faut que les princes*

Image contre-révolutionnaire italienne
(D'après un document du Musée Carnavalet)

fassent à temps les réformes indispensables : juste diminution des impôts, limitation des ravages du gibier, adoucissement des corvées, assistance pour les pauvres, facilités plus grandes données au travail, ferme surveillance des employés de l'État, justice plus rapide, voilà maintenant la seule éloquence qui puisse détourner les sujets de la révolte. »

Ainsi, malgré tout, les idées cheminaient, et d'innombrables semences tombaient dans les sillons ouverts.

Même, à l'épreuve de l'action, la haute pensée allemande devenait plus virile... Bien des esprits sans doute se repliaient, se retiraient, Mais d'autres prenaient leur parti de l'inévitable brutalité des grands mouvements humains. Ils maintenaient et élevaient toujours plus haut, contre les fureurs et les menaces croissantes de la réaction, l'idéal du droit et de la liberté, et ils faisaient ainsi, dans l'ordre de la pensée, l'apprentissage du combat.

L'ÉVOLUTION DE PESTALOZZI

Pestalozzi, averti par l'expérience, renonçait à procurer le bien du peuple par la sagesse et la bonté des dirigeants. Non, les princes, les seigneurs, les baillis n'étaient presque tous que des égoïstes et des aveugles. Le peuple ne pouvait être sauvé par les chefs qui l'avaient exploité jusque-là. Il fallait donc qu'il se sauvât lui-même. Et qu'était la Révolution française, sinon cet effort de salut du peuple par lui-même? Aussi, donnant congé au Junker Arner et au pasteur de Bonnal, Pestalozzi, par une révolution héroïque de sa pensée, se donnait tout entier au mouvement révolutionnaire. Dans un livre sur la Révolution, auquel il mit le titre significatif, *Oui ou Non*, il affirme qu'il faut prendre parti, et il prend parti. Il sera jusqu'au bout, même au travers de leurs violences et de leurs fautes, avec les révolutionnaires.

« Tombe la tête des rois, si le sang royal ainsi versé appelle sur les droits de l'homme l'attention des peuples! » Ceux-là aiment médiocrement les hommes souffrants, ignorants, accablés, qui ne leur pardonnent ni les égarements ni même les crimes dans leur marche difficile et troublée vers la lumière et le droit. Ainsi des sources profondes de pitié, d'humanité, qui longtemps en silence alimentèrent l'âme de Pestalozzi, jaillit enfin l'énergie révolutionnaire. Il se rencontrait à Zurich, au commencement de 1793, avec Fichte, et ces deux esprits ardents mêlèrent leur flamme.

FICHTE

Fichte, disciple de Kant, mais plus audacieux que son maître à se jeter aux luttes de la vie, s'était passionné pour la Révolution française. La philosophie de Kant mettait toute la dignité de l'homme dans la liberté de la pensée, dans l'autonomie du vouloir.

Mais, se demande Fichte, que deviendra cette liberté de la pensée et du vouloir, si la Révolution succombe? Ce n'est plus avec le libéralisme avisé d'un Frédéric II ou d'un duc de Weimar, c'est avec la fureur de la contre-Révolution triomphante qu'aura à compter l'esprit humain. Les puissants feront violence à la pensée même pour en arracher toutes les secrètes racines révolutionnaires. Donc il faut lutter. Il ne suffit plus de défendre la pensée libre, comme le fait Kant, en la pratiquant avec une fermeté mesurée et inflexible. Il faut prendre l'offensive, dénoncer les sophismes et déjouer les complots de ses ennemis. Ainsi en Fichte l'animation de la crise révolutionnaire passionne la profonde philosophie kantienne de la liberté et la tourne en une force de combat. En cet homme intrépide et pauvre, qui traversait à pied toute l'Allemagne pour chercher les leçons qui le faisaient vivre, il y avait une sorte de fierté plébéienne à la Jean-Jacques, mais avec plus de tenue morale, de constance et de mesure.

FICHTE ET LA LIBERTÉ DE PENSÉE

C'est de Zurich, en 1793, que Fichte, âgé de 31 ans, lance à l'Allemagne son premier manifeste politique : « La liberté de pensée redemandée aux princes de l'Europe qui l'opprimèrent jusqu'ici. » Le livre est daté « d'Heliopolis », ou « la Cité du Soleil », dans la dernière année des vieilles ténèbres (1793). Il n'est point signé, mais Fichte annonce qu'il ne tardera pas à se nommer.

Donc, ce qu'il réclame, c'est le droit illimité de l'esprit. Il évitera toute parole offensante pour des princes dont plusieurs, en Allemagne, ont su respecter la liberté de la pensée. Il évitera aussi toute vaine bravade. Mais il affirmera, en son intégrité, le droit humain, qui commence d'ailleurs à s'annoncer et qui s'ébauche. Il n'est plus possible d'arrêter le mouvement d'émancipation.

« L'humanité a fait, en notre siècle, surtout en Allemagne, beaucoup de chemin. Il est vrai que le dessin gothique de l'édifice est encore visible presque partout et que les nouveaux bâtiments élevés à côté sont bien loin encore d'être reliés en un tout. Mais enfin, ils sont là : ils commencent à être habités et les vieux châteaux de rapine tombent. Si on ne nous détruit pas, ils seront de plus en plus désertés par les hommes, abandonnés aux chouettes et aux chauves-souris. Les nouveaux bâtiments s'agrandiront et s'uniront en un tout plus régulier. Voilà quels étaient nos desseins, et ce sont ces espérances qu'on voudrait nous dérober en supprimant la liberté de penser? Ce sont ces espé-

rances que nous nous laisserions dérober? Si on arrête la marche
de l'esprit humain, il n'y a que deux cas possibles. Le premier et
le plus invraisemblable est celui-ci : nous restons en effet en place
là où nous étions; nous renonçons à toute prétention à diminuer
notre misère et à élever notre bonheur; nous nous laissons
marquer les limites que nous ne franchirons pas. — Ou bien,
dans une seconde hypothèse, bien plus vraisemblable, la face du
mouvement de la nature, ainsi refoulée, éclate violemment et elle
détruit tout ce qui est en travers de sa voie; l'humanité se venge
cruellement de ses oppresseurs et des Révolutions deviennent
nécessaires. On n'a pas fait encore la juste application d'un terrible exemple de cet ordre que nous offrirent les jours présents.
Je crains qu'il ne soit plus temps ou qu'il soit à peine temps de
pratiquer des passages dans les digues que follement, malgré la
leçon des événements redoutables, on a opposées au flot qui
grandit. »

Ce n'est pas, comme on voit, une spéculation philosophique à
longue échéance. C'est une menace directe de Révolution. Et que
les dirigeants ne se laissent pas induire à une résistance insensée
par les sophismes des complaisants qui leur disent que le contrat
de société implique, de la part des contractants, l'abandon de bien
des droits, que notamment la pleine liberté de penser est incompatible avec le contrat social. Non, nul n'a pu stipuler, pour les
hommes, la renonciation au droit de penser, c'est-à-dire à l'humanité elle-même.

C'est l'essence même de la raison de ne pas connaître de limites:
« La recherche infinie est un droit inaliénable de l'homme. Un
contrat par lequel il accepterait une limite ne signifierait que ceci:
je veux être un animal. Je ne veux aller que jusqu'à un certain
point dans la vérité. Je ne veux donc être que jusqu'à un certain
point un être raisonnable; au delà, je serai un animal dépourvu
de raison. »

Et si le droit de penser est inaliénable, le droit de penser en
commun l'est aussi, car la recherche commune est pour l'homme
la condition de la vérité. Malheur aux puissants, s'ils se résignent
à violenter jusqu'en son fond la nature humaine! Malheur à eux,
s'ils n'attendent que ruines et catastrophes de ce qui sera le salut!

« Et maintenant, permettez-moi, ô princes, de me tourner de
nouveau vers vous. Vous nous annoncez une inexprimable misère
par l'effet de la liberté de penser. C'est seulement pour notre bien
que vous nous la ravissez, que vous l'enlevez de nos mains comme
aux enfants un jouet dangereux. Vous nous faites peindre en
couleurs de feu, par des journalistes qui sont à vos ordres, les
désordres que suscitent les esprits échauffés, divisés par le conflit
des opinions. Vous nous montrez, à ce propos, un peuple natu-

rellement doux, tombé à une fureur de cannibales, qui a soif de
sang et non plus de larmes, qui va assister à des supplices plus
avidement qu'il n'allait naguère au spectacle; vous nous montrez
comment il promène en triomphe et parmi des chants de joie les
membres déchirés de citoyens dégouttants encore et fumants,
comment ses enfants jouent avec des têtes en guise de toupie. Oui,
voilà ce que vous dites. Voilà par quels tableaux vous prétendez
nous effrayer. Et nous, nous ne voulons pas vous rappeler des
fêtes bien plus sanglantes encore que le fanatisme et le despotisme, ces deux alliés naturels, donnèrent au même peuple. Nous
ne voulons pas vous rappeler que ces horreurs sont le fruit, non
de la liberté de penser, mais du long esclavage où fut tenu l'esprit.
Nous ne voulons pas vous dire que nulle part la paix n'est plus
profonde que dans le tombeau. Nous voulons vous accorder tout
ce que vous dites; nous voulons nous jeter repentants dans vos
bras et vous prier avec des larmes de nous cacher dans votre sein
paternel et de nous préserver de toute misère. Oui, nous nous
abandonnerons à vous aussitôt seulement que vous aurez répondu
à une question respectueuse.

« O vous qui, comme nous l'apprenons de votre bouche, êtes
les bienfaisants esprits protecteurs qui veillez sur le bonheur des
nations, vous qui n'avez d'autre objet de votre tendre sollicitude
que cette universelle félicité, pourquoi maintenant, sous votre
haute direction, les inondations ravagent-elles encore nos champs,
et les ouragans nos maisons? Pourquoi des flammes jaillissent-
elles encore du sein de la terre, dévorant nous et nos demeures?
Pourquoi le glaive et la peste enlèvent-ils encore nos enfants par
milliers? Commandez donc à l'ouragan qu'il se taise. Et commandez aussi à la tempête de nos pensées soulevées. Faites pleu-
voir sur nos champs quand ils souffrent de la sécheresse, et
envoyez-nous le réconfortant soleil quand nous vous en implorons,
et donnez-nous aussi la vérité qui rend heureux : vous vous taisez?
Vous ne le pouvez pas? »

Ainsi Fichte signifie aux princes, aux rois, avec une puissante
ironie, qu'ils prétendent en vain se substituer à Dieu même. Non,
ils ne gouvernent pas les forces de la nature : ils ne gouvernent
pas davantage les forces de la pensée; et, de même que le monde
naturel retrouve l'équilibre de ses éléments, le monde social, travaillé par la force divine de la liberté, saura lui aussi faire naître
la paix des orages et des épreuves la joie. Tout l'effort de terreur
déployé par les dirigeants, tous les articles de journaux, toutes les
gravures étalant les massacres de Septembre, n'induiront pas
l'intrépide et indomptable esprit de l'homme à se prosterner sous
la main des faux dieux d'orgueil et d'impuissance. La Révolution
française si calomniée est juste.

Il se peut qu'elle soit mêlée d'erreurs et de crimes. Mais ces restes de fureur servile avertissent les hommes non pas de répudier le droit humain enfin proclamé, mais de le réaliser par des voies meilleures.

FICHTE DÉFENSEUR DE LA RÉVOLUTION FRANÇAISE

C'est pour avertir l'Allemagne, pour la faire profiter de l'expérience de la France et ouvrir les voies au progrès pacifique, que Fichte, en 1793, publie un livre admirable : *Rectification des jugements du public sur la Révolution française.*

« La Révolution française me paraît importante pour toute l'humanité. Je ne parle pas des suites politiques qu'elle a eues pour tous les pays, aussi bien que pour les États voisins, et qu'elle n'aurait pas eues sans une intervention injustifiée et sans la plus frivole confiance de ces États en eux-mêmes. Tout cela est beaucoup, mais c'est bien peu en regard d'un autre objet bien plus important.

« Aussi longtemps que les hommes ne sont pas plus sages et plus justes, tous leurs efforts pour devenir heureux sont vains. Echappés de la geôle des despotes, avec les débris de leurs chaînes brisées ils se tuent les uns les autres. Il serait trop triste que leur propre souffrance, ou bien, s'ils se laissent avertir à temps, la souffrance des autres ne les conduise pas à plus de sagesse et de justice. Ainsi tous les événements du monde ne m'apparaissent que comme d'instructives peintures que développe la grande éducatrice de l'humanité. La Révolution française est un riche tableau sur ce thème : les Droits de l'Homme et la dignité humaine.

« Le but de cette tragique peinture n'est pas que quelques privilégiés seulement apprennent et s'éduquent. La doctrine des devoirs, du droit et de la destinée de l'homme n'est pas un joujou d'école : le temps doit venir où nos gardiennes d'enfants apprendront les devoirs et les droits de l'humanité aux êtres jeunes qui balbutient à peine, où les premiers mots prononcés seront ceux-là; où cette seule parole : « Ceci est injuste », sera la verge du châtiment... »

Mais, pour que cette profonde et universelle éducation de justice soit possible, il ne faut pas attendre que le soulèvement des passions ait rendu l'esprit incapable de se gouverner lui-même. « Est-ce parmi le sang et les cadavres que nous ferons des conférences sur la justice à des esclaves ensauvagés? » Non, non, tant que l'Allemagne est calme encore, tant que le flot qui monte n'a pas débordé, hâtons-nous de faire entrer dans la conscience la notion du droit. Il ne s'agit pas d'appliquer aux constitutions actuelles de l'Allemagne la mesure rigide et brutale du droit absolu. Il ne s'agit pas de provoquer un soulèvement violent.

« Non : ce que nous devons, c'est tout d'abord acquérir la connaissance et l'amour de la justice et les répandre autour de nous, aussi loin que s'étend notre cercle d'action. C'est par un effort intérieur, c'est par un mouvement de bas en haut que les hommes se rendent dignes de la liberté. Mais c'est d'en haut que viendra la libération elle-même. »

Ainsi Fichte n'attend le salut et l'universelle délivrance ni d'un artifice d'autorité, ni d'un mouvement de violence. Il compte sur l'éducation intérieure des consciences.

C'est par la collaboration des consciences éduquées et des princes habitués à respecter de plus en plus une liberté toujours plus fière d'elle-même que la nécessaire et calme transformation s'accomplira. Mais s'il répugne aux mouvements de démocratie tumultueuse, s'il reste fidèle, même au plus aigu de la crise européenne, à la méthode d'évolution et de transaction qui est l'âme même de la pensée allemande, il va droit au problème; et, sans ménagement, sans réticence, il dénonce l'injustice de tous les privilèges du monde féodal et clérical. C'est l'absolutisme monarchique qu'il condamne. « Là où la liberté de la pensée est entière, la monarchie absolue ne peut exister. » Mais surtout c'est la propriété nobiliaire, féodale et ecclésiastique qu'il dissout par une analyse d'une force et d'une précision extrêmes. Visiblement, toutes les grandes mesures d'expropriation de la Révolution française sont présentes à sa pensée. Il commence par répudier toute loi agraire. « Tout homme a originairement un droit d'appropriation sur toute la terre. Mais on ne pourrait déduire de là que tout homme a droit à une part égale du sol et que la terre doit être divisée entre eux par portions égales, comme le prétendent quelques écrivains français, que si l'on confond le *droit d'appropriation* avec le *droit de propriété*. Mais, lorsque l'homme, s'étant approprié une partie de la nature, en a fait, au moyen de ses travaux, sa propriété, il est clair que celui qui travaille davantage peut posséder davantage et que celui qui ne travaille pas ne possède rien légitimement. »

FICHTE ET LE SERVAGE

Mais si la propriété individuelle fondée par le travail et mesurée par lui est juste et nécessaire, tous les contrats par lesquels des hommes ont aliéné au profit d'autres hommes une partie d'eux-mêmes sont précaires et révocables. Les hommes ont été contraints d'aliéner soit une partie de leur droit sur eux-mêmes, soit une partie de leur droit sur les choses. Quand l'homme s'engage à donner à un autre homme ou tout son travail, ou une partie de son travail, il aliène la propriété de sa force de travail, la propriété de lui-même. Quand il s'engage à remettre à un autre homme une partie des fruits nés sur son propre fonds, il aliène, au moins partiellement, son droit de propriété sur les choses. Fichte reproduit ainsi, comme on voit, la distinction, si souvent invoquée dans la France révolutionnaire, de la servitude personnelle et de la servitude réelle. Et, adoptant la solution de la Constituante, il veut libérer les hommes de toute servitude personnelle, sans indemnité, et de toute servitude réelle, avec indemnité.

En vain les privilégiés allègueront-ils que c'est par contrat que d'autres hommes leur ont assuré l'emploi exclusif de leur force de travail. Le contrat de travail (*Arbeitsvertrag*) ne peut pas être un contrat de servitude; et l'homme qui a aliéné à jamais l'emploi de sa force de travail est un esclave.

En fait, même dans l'esclavage, cette aliénation n'est pas absolue, car le maître est obligé de nourrir l'esclave. Le droit à la vie est le plus indéniable des droits et l'esclave lui-même n'a pu y renoncer. Ainsi, jusque dans l'esclavage, le droit humain n'a pas subi une interruption complète, une prescription mortelle, et l'homme peut toujours se revendiquer lui-même, toujours reprendre le libre usage de sa force de travail. Toute la question est de savoir si l'esclave qui s'affranchit, le serf qui se libère doivent au maître une indemnité. Non, répond Fichte; pour l'abolition de la servitude personnelle, esclavage ou servage, aucune indemnité n'est due. « Car le bénéficiaire ne peut se plaindre que d'une chose : c'est que, ayant espéré la continuation du contrat, il a négligé d'en conclure d'autres qui lui auraient été avantageux. Mais la réponse est bien simple; nous aussi, de notre côté, liés par notre contrat envers lui, nous avons négligé des contrats qui nous eussent été profitables; et, en fait, nous n'en avons conclu aucun. Maintenant, nous le prévenons. Il pourra disposer de son temps à sa volonté; nous disposerons de même du nôtre; nous ne l'avons pas surpris; nous sommes sur le même pied que lui. Mais ses plaintes se précisent. En ce qui touche les contrats de travail exclusifs, et le droit total ou partiel que nous lui avions reconnu sur nos propres forces, il se plaint qu'il ne recevra plus son travail tout fait, dès que le contrat aura été résilié par nous. Dès lors, il est obligé de faire plus de travail que n'en peut faire un seul homme, ou qu'en tout cas il n'en peut et n'en veut faire lui-même.

« Mais traduisons exactement ce grief; il revient à ceci. C'estqu'il a trop de besoins pour qu'ils puissent être satisfaits par le travail d'un seul homme; et il demande à employer pour leur satisfaction la force d'autres hommes, qui devront retrancher de leurs propres besoins tout ce qu'ils dépensent de force à contenter les siens. Qu'une pareille plainte puisse et doive être écartée, il n'y a même pas là sujet à discussion. Mais il introduit une raison plus

FICHTE
(D'après une estampe de la Bibliothèque Nationale)

solide pour justifier la grosse masse de ses besoins. S'il n'a pas immédiatement plus de forces qu'un autre homme, il possède le produit de plusieurs forces qui lui a peut-être été transmis comme un patrimoine par une longue suite d'aïeux; il a plus de propriété et, pour l'utilisation de cette propriété, il a besoin de la force de plusieurs hommes. Cette propriété est à lui et doit rester à lui; il a besoin, pour la mettre en valeur, de plusieurs forces étrangères; c'est à lui de voir à quelles conditions il pourra disposer de ces forces. Il se produit un libre débat d'échange qui porte sur certaines parties de sa propriété et sur les forces de ceux qui sont

nécessaires à la mise en œuvre de cette propriété; et, dans ce
débat, chacun cherche à gagner le plus qu'il peut. Il se servira
de celui qui lui fait les conditions les plus douces. S'il abuse de
la supériorité qu'il a sur l'opprimé dans les jours de misère, il
est exposé aussi à l'inconvénient de voir celui-ci rompre le marché
aussitôt que la misère la plus pressante est passée. S'il lui fait
des conditions équitables et favorables, il aura cet avantage que
les contrats dureront. Mais alors, si chacun évalue son travail au
plus haut prix, le propriétaire, loueur d'ouvrages, ne peut plus
utiliser sa propriété aussi bien qu'auparavant et la propriété dimi-
nuera considérablement. — Cela peut bien arriver; mais qu'est-ce
que cela nous fait? De ses domaines qui s'étalent au soleil nous
ne lui avons pas pris l'épaisseur d'un cheveu; nous n'avons pas
pris un denier de son pur argent. Nous ne le pouvions pas. Mais
nous pouvions rompre un contrat avec lui, qui nous paraissait
désavantageux et cela nous l'avons fait. Si son bien patrimonial
est diminué par là, c'est donc qu'auparavant il a été accru par
l'application de nos forces et nos forces ne sont pas son patrimoine. Et pourquoi est-il nécessaire qu'à celui qui a cent charrues
de terre, chacune de ces charrues rapporte autant que son unique
charrue à celui qui n'en a qu'une? »

C'est d'une dialectique pressante et hardie. Toute l'argumentation de Fichte peut se résumer ainsi : Si l'esclavage et le servage
sont un abandon complet et inconditionnel de l'homme à un autre
homme, s'ils n'impliquent à aucun degré des engagements réciproques et un contrat, ils sont un acte de la force pure, ils sont
en dehors même de la sphère du droit et ils sont essentiellement
nuls, car l'homme n'a pas le droit de se supprimer lui-même en
se donnant absolument et à jamais. Si au contraire ils sont, en
leur essence, des contrats, ils peuvent, comme tout contrat portant
sur la force de travail de l'homme, prendre fin par la volonté de
l'une des parties. Et, en soi, la résiliation de ce contrat, laissant
un libre jeu ultérieur à toutes les volontés en présence, n'entraîne
aucune indemnité. Profonde et audacieuse application de la
théorie du contrat implicite aux relations économiques et sociales
des hommes, aux rapports de propriété. Par la vertu d'un contrat
latent, il n'y a pas prescription contre la liberté et la dignité de
l'homme. L'esclave et le serf, en reprenant leur liberté, ne rentrent
pas violemment dans un droit abandonné par eux; ils exercent,
sous une forme mieux appropriée à la dignité et à l'action de la
personne humaine, le droit que sous les formes accablantes de
l'esclavage et du servage ils n'avaient pas, malgré tout, cessé de
maintenir.

Ah! qu'on ne s'étonne point, qu'on ne se scandalise point des
efforts qu'est obligée de faire la pensée humaine à la fin du

xviii⁰ siècle, pour justifier l'abolition de l'esclavage et du servage!
La veille encore, Justus Mœser en affirmait la légitimité; et la
Révolution française faisait scandale en bien des esprits allemands
précisément parce qu'elle avait rompu les chaînes de la servitude
personnelle et réelle. Cela était dénoncé comme une atteinte à la
propriété, et Fichte s'ingénie à démontrer qu'il n'y avait pas là
une révolution, mais une forme nouvelle de l'éternel contrat du
travail qui toujours en son fonds avait impliqué le droit de la
personne humaine à disposer de soi.

Mais si les maîtres et possédants d'aujourd'hui ne peuvent pas
se plaindre de l'exercice de ce droit, ils se plaignent du moins des
conséquences de l'exercice du droit. Ils se déclarent doublement
lésés dans leurs jouissances et dans leur propriété. Mais tant pis
pour eux vraiment s'ils sont atteints dans leurs jouissances! Dire
qu'ils ne peuvent satisfaire leurs besoins que par le concours de
la force de travail de plusieurs hommes, c'est dire que ces hommes
sont simplement destinés à servir d'instrument au possédant, au
bénéficiaire. Or, il n'y a pas de contrat qui puisse reposer vala-
blement sur cette clause. Lorsque donc des hommes se libèrent
des liens de l'esclavage ou du servage comme d'un contrat de
travail trop onéreux pour eux, aucune indemnité ne peut être
réclamée d'eux sous prétexte qu'ils attentent aux jouissances du
maître, car les jouissances d'un homme n'ont aucun droit sur les
forces de travail des autres hommes.

FICHTE ET LA PROPRIÉTÉ

En est-il de même de la propriété, et Fichte dira-t-il que la propriété non plus n'a aucun droit sur la force de travail des
hommes? Il semble que la logique le conduisait à cette conclusion
extrême : car toute propriété se résout en un système de jouissances, elle procure finalement au propriétaire la satisfaction de
besoins variés, besoins élémentaires de la vie, besoins de luxe,
besoins de liberté ou de domination. Si donc les jouissances d'un
homme ne peuvent prétendre à aucun droit sur les forces de
travail des autres hommes, la propriété qui est comme une somme
de possibilités de jouissance ne peut non plus prétendre à aucun
droit sur ces forces de travail. Oui, mais ceci est la négation
absolue de la propriété. Car, si elle n'absorbe pas, pour se renouveler et se continuer, pour assurer au possédant la reproduction
indéfinie des fruits sur la perpétuité du fonds, une partie de la
force de travail humain qui y est appliquée, si toute cette force
de travail retourne par une rémunération pleinement adéquate à

celui qui la dépense sur le domaine, la propriété n'est plus. Elle
passe rapidement aux mains de ceux qui en la travaillant la créent.
Et il n'y a plus enfin d'autre propriété que celle du travail.

La pensée de Fichte était à coup sûr engagée dès lors dans les
voies hardies, et on sait qu'il aboutira quelques années plus tard
à un système socialiste. Mais, en 1793, ou il n'a pas encore vu
nettement, ou il n'avoue pas ces conséquences extrêmes. Il tourne
l'obstacle : il ne l'attaque pas de front. Oui, la propriété est légitime. Oui, celui qui a reçu un patrimoine des aïeux doit le conserver. Mais le passage de l'esclavage et du servage à une autre
forme de contrat de travail, au salariat, ne supprime point la
propriété et n'en rend pas impossible le maintien, le fonctionnement, l'accroissement. Ce sera l'affaire du possédant d'appeler à
lui et de retenir par un assez haut salaire la force de travail qui
s'appliquera à son domaine. Et, si les travailleurs élèvent leurs
exigences de salaire au point de diminuer les revenus de la propriété et par conséquent sa valeur, ici encore il n'y a pas lieu à
indemnité, car le surcroît de valeur perdu maintenant par la propriété résultait de l'insuffisance du prix payé, sous le régime du
servage, à la force de travail. C'est donc cette force de travail qui
créait cette survaleur; comment donc serait-elle tenue à la créer
maintenant une seconde fois par le paiement d'une indemnité?

A la bonne heure : mais à mesure que Fichte développe ces
fortes déductions, nous sommes obsédés, nous socialistes modernes, par la question décisive : Oui, mais si la force de travail
élève à ce point ses exigences de salaire que les revenus de la
propriété soient non seulement diminués, mais réduits à rien,
n'est-ce pas la suppression même de la propriété?

Il semble dès lors que Fichte, dans sa négation dialectique de
l'indemnité, aurait dû aller jusqu'à l'extrême hypothèse : le possédant ne doit-il pas être indemnisé du risque tout nouveau qu'il
court d'être pleinement exproprié, en fait, de sa propriété par le
jeu d'une forme nouvelle du contrat de travail? Fichte n'a pas
posé nettement cette question aiguë. Mais à vrai dire, logiquement
il doit répondre non, et nous n'avons qu'à reprendre, en le pous-
sant jusqu'au bout, son raisonnement de tout à l'heure. Si, en se
faisant payer plus cher, la force de travail supprime tout revenu,
et par conséquent toute valeur, et tout être même de la propriété,
c'est donc que l'insuffisance du prix donné jusque-là à la force
de travail avait créé tout le revenu, toute la valeur, tout l'être de
la propriété. Et, comme il avait pris son parti, dans le passage à
une économie sociale nouvelle, à un contrat de travail nouveau,
de la diminution de la propriété au profit de la force de travail
plus absorbante, il est tenu logiquement de prendre son parti de
la suppression complète de la propriété au profit de la force de

travail décidément souveraine. Au fond, il n'y a qu'un droit illimité, celui de la force de travail, et le droit de la propriété peut reculer indéfiniment, jusqu'à zéro, devant la puissance grandissante de ce droit.

FICHTE ET LE PROLÉTARIAT

De même que la sympathie humaine de Fichte va aux « opprimés », avant-hier esclaves ou serfs, aujourd'hui salariés, sa sympathie dialectique, si je puis dire, va à la force de travail, seule valeur qui puisse grandir indéfiniment dans le conflit des forces sans mettre en péril la personnalité humaine. Et, au fond, il laisse bien entendre qu'il espère le triomphe définitif de la force de travail résorbant peu à peu, par de hauts salaires, toute ou presque toute la substance de la propriété. C'est là pour lui le sens, l'idéale et extrême conclusion de l'avènement d'un nouveau et libre contrat de travail substitué au servage. Comme les robespierristes, mais plus fortement qu'eux, Fichte prévoit que le progrès du travail libre dans les démocraties libres aboutira à une diffusion quasi universelle de la propriété. Et que de rapprochements, dans les pages qui suivent, entre les vues de Fichte et quelques-unes des vues les plus hardies de la Révolution !

« *On se plaint dans presque tous les Etats monarchiques de l'inégale répartition des richesses, des possessions immenses de quelques-uns, en petit nombre, à côté de ces grands troupeaux d'hommes qui n'ont rien, et ce phénomène vous étonne avec les Constitutions d'aujourd'hui, et vous ne pouvez pas trouver la solution de ce difficile problème d'opérer une distribution plus égale des biens sans attaquer le droit de propriété? Si les signes de la valeur des choses se multiplient, ils se multiplient par la tendance dominante de la plupart des Etats à s'enrichir au moyen du commerce et des fabriques aux frais de tous les autres Etats, par le vertigineux trafic de notre temps, qui se précipite vers une catastrophe, et menace d'une ruine complète de leur fabrique tous ceux qui y participent même de loin, par le crédit illimité qui a plus que décuplé la monnaie frappée en Europe. — Si, dis-je, les signes de la valeur des choses se multiplient ainsi d'une façon disproportionnée, ils perdent toujours plus de leur valeur par rapport aux choses mêmes. Le possesseur des produits, le propriétaire foncier, enchérit continuellement les objets dont nous avons besoin, et ses domaines mêmes prennent par cela même une valeur toujours croissante par rapport au pur métal. Mais ses dépenses s'accroissent-elles en proportion? A coup sûr le mar-*

*chand, qui lui livre des objets de luxe, sait se garder de tout dom-
mage. Moins habile est l'artisan, qui, lui, fabrique les produits
indispensables, et qui est pris entre le propriétaire et le marchand.
Mais le pauvre paysan? Encore aujourd'hui il est une pièce de la
propriété foncière, ou bien il fait des corvées gratuitement, ou
pour un salaire démesurément réduit. Encore aujourd'hui ses fils
et ses filles, comme une valetaille humiliée, servent le seigneur du
domaine pour une dérisoire pièce d'argent qui, même il y a des
siècles, ne répondait pas à la valeur des services rendus. Il n'a rien
et il n'aura jamais rien, que de lamentables moyens d'existence
au jour le jour. Si le propriétaire foncier savait limiter son luxe,
il serait depuis longtemps, — à moins que le système commercial
subisse un changement complet et d'ailleurs inévitable — et, en
tout cas, il deviendrait sûrement le possesseur exclusif de toutes
les richesses de la nation, et hors de lui aucun homme ne possé-
derait rien. Voulez-vous empêcher cela? Alors faites ce que sans
cela même vous êtes tenus de faire : rendez absolument libre le
commerce du patrimoine naturel de l'homme, de ses forces. Vous
verrez bientôt ce remarquable spectacle : le produit de la propriété
foncière et de toute propriété en rapport inverse avec la grandeur
de ces propriétés; la terre, sans des lois agraires violentes, qui
toujours sont injustes, se divisera en un nombre toujours croissant de mains, et notre problème sera résolu. Que celui qui a des
yeux pour voir voie; je continue mon chemin. »*

FICHTE ET SAINT-JUST

Il m'est impossible, en transcrivant ces paroles de Fichte, de
ne pas me rappeler les discours prononcés à la tribune de la Convention sur la crise des prix et particulièrement le grand discours
de Saint-Just sur la situation économique. Fichte, qui était passionné pour la Révolution, suivait à coup sûr de très près les
débats de nos Assemblées. Comme Kant qui allait, sur la route
de Kœnigsberg, à la rencontre du courrier de France, Fichte lisait
sans aucun doute les journaux où étaient résumées les harangues
et opinions des grands révolutionnaires. Et il me semble que la
force contenue et hautaine des premiers discours de Saint-Just
devait réjouir le vigoureux esprit, l'âme intrépide et fière de
Fichte.

L'analogie des idées est saisissante. Comme Saint-Just, c'est à
la surabondance du signe monétaire, réel ou fictif, que Fichte
attribue la crise générale, la hausse des denrées, la souffrance

aiguë du peuple. Ce n'est pas seulement en France, et sous l'action immédiate des assignats, que se produisait le phénomène. La crise des prix semble s'être communiquée à toute l'Europe. D'abord, les appels de blé faits par la France en 1789 et 1790 sur tous les marchés européens avaient haussé le prix du pain. De plus, il y avait dans toute l'Europe comme une contagion de fièvre, une tension inaccoutumée de tous les ressorts.

Dans toute la région rhénane, l'affluence soudaine des émigrés avait renchéri la vie. A mainte reprise, Forster constate dans sa correspondance que les denrées sont hors de prix. Les préparatifs de guerre et la guerre même, pendant toute l'année 1792, aggravaient partout la hausse, et la spéculation européenne sur les assignats français y aidait aussi. Or, tandis qu'en France les ouvriers et les paysans, émancipés par la Révolution des liens de servitude féodale ou corporative, avaient pu agir pour obtenir une élévation correspondante des salaires, en Allemagne, les ouvriers, encore serfs des corporations, les paysans, engagés dans le vieux système féodal, pâtissaient de la hausse des denrées et n'y pouvaient proportionner le prix du travail. Et, lorsque Fichte insiste pour l'émancipation du travail, il se propose un double objet : d'abord rétablir l'équilibre immédiat entre le prix des denrées et le prix du travail, ensuite préparer, par la hausse indéfinie du prix du travail, la résorption des grandes propriétés. Il est donc en plein dans le courant de pensée des révolutionnaires français qui, à ce moment même, en 1793, se préoccupaient d'ajuster le prix du travail au prix de la vie et d'aider à la diffusion de la propriété.

Mais il me semble qu'à certains égards l'analyse économique de Fichte est plus profonde. Les révolutionnaires invoquaient contre le système féodal le droit naturel de l'homme à la liberté, et Fichte l'invoque aussi. Ils affirmaient, pour limiter la spéculation capitaliste et justifier la réglementation du commerce des grains ou même la taxation générale des denrées, que la première propriété, la plus essentielle, est la propriété de la vie, et pour Fichte aussi, le droit à la vie est fondamental et inaliénable. Mais, en outre, Fichte dégage plus nettement que ne le font les révolutionnaires français, l'idée que toutes les institutions économiques et sociales sont, au fond, « un contrat de travail », implicite ou explicite, dans lequel « la force » de travail de l'homme est engagée. Et c'est cette force de travail qui lui apparaît à travers la diversité des systèmes sociaux et dans leurs métamorphoses comme l'élément permanent et décisif, créateur de toute valeur.

FICHTE ET LA THÉORIE DU TRAVAIL

La Révolution française, en arrachant sous le plein jour de la philosophie du XVIIIᵉ siècle les institutions féodales, mettait à nu les racines de la vie économique, et Fichte constatait que la racine la plus profonde était la force de travail de l'homme. Dès lors, comment n'aurait-il pas été tenté un jour de faire du travail lui-même la mesure de tout droit et de toute valeur? On sait que, quelques années après, dans son livre célèbre sur *l'État commercial fermé*, il a chargé la communauté de régler la production et d'organiser les échanges, et il constituait la valeur par le travail. Chaque objet valait la quantité de travail qui, directement ou indirectement, avait été nécessaire pour le produire. Mais on peut dire que, déjà, en 1793, dans l'élan de sa pensée révolutionnaire, Fichte avait démêlé ce qui sera bientôt le principe même de sa pensée socialiste , je veux dire le rôle essentiel de la force de travail. Et de même que, par Dolivier, Babeuf et L'Ange, le socialisme français, en ses formes diverses, se rattache à l'extrême démocratie révolutionnaire et à la Révolution, de même le socialisme allemand se rattache par Fichte à la Révolution française. C'est dans un livre destiné à défendre la Révolution que Fichte proclame le droit souverain de la force de travail. C'est l'ébranlement révolutionnaire qui a fait éclater, sous les institutions périssables, cette force de travail éternelle. Lorsque Fichte déclare qu'en se retirant d'une forme de propriété où elle était engagée d'abord, la force de travail ne doit aucune indemnité, parce que c'est elle qui avait créé d'abord les valeurs que maintenant elle détruit, il proclame que la force de travail est le droit souverain qui n'est comptable qu'avec lui-même. Mais n'est-ce pas la Révolution qui avait aboli sans indemnité toute servitude personnelle? Je ne sais si Fichte avait entrevu, dès 1793, les linéaments du système d'organisation socialiste qu'il tracera plus tard dans *l'État commercial fermé*. On dirait parfois, au tour énigmatique de ses paroles, qu'il réserve une partie de sa pensée. Il annonce une transformation nécessaire de tout le système des échanges. Entendait-il seulement par là la liberté entière des échanges et du travail substituée au régime corporatif et féodal? Pourquoi ne le dit-il pas plus expressément? Il me paraît probable qu'il était dès lors préoccupé de trouver une règle juridique de ces échanges et qu'il commençait à entrevoir dans la valeur constituée par le travail la mesure du droit économique. Les efforts tâtonnants de la Révolution française pour déterminer les prix ne lui échappaient pas. Et sans doute il songeait à trouver une base de détermination.

« Que celui qui a des yeux pour voir, voie », dit-il un peu mysté-
rieusement, et il nous avertit par là que les conséquences de ses
principes vont au delà de ce qu'il a marqué lui-même explicitement. Ce n'est donc pas seulement la résorption de toutes les

Image contre-révolutionnaire

(D'après un document du Musée Carnavalet)

grandes propriétés par le travail qu'il prévoit. Une fois toutes ces
forces de travail en présence, quelle sera la règle de leurs rapports?
Ne sera-ce pas le travail lui-même?

Ainsi Fichte commençait sans doute à pressentir le système
selon lequel l'échange des produits sera réglé par la communauté,
sur la base des valeurs intégrées en chaque objet par le travail.

Mais sans doute aussi ces pensées étaient encore très flottantes et très obscures en son esprit à cette date. Je suis porté à croire que la politique du maximum, appliquée en France en 1793 et 1794, précisa en ce sens les idées de Fichte. Cet immense effort de réglementation et d'organisation des prix restait arbitraire, puisque c'est sur les prix de 1790, majorés d'un tiers, qu'étaient construits les prix nouveaux. C'était une base toute empirique et Fichte, c'est le *maximum* appuyé à une idée, et déterminé selon une règle de raison.

Ainsi l'extraordinaire crise des prix qui, en France, suscitait les systèmes de Dolivier et de L'Ange, suscitait en Allemagne les pensées de Fichte. Quoi d'étonnant qu'un prodigieux désordre économique ait induit les esprits profonds à réfléchir sur les principes mêmes de l'économie sociale? Tout au fond de l'abîme ouvert par les convulsions de la terre, c'est la force de travail qui, comme une source chaude et impétueuse, bouillonnait et jaillissait.

Mais de quel dédain Fichte accueille les privilégiés qui, brusquement privés de l'exploitation du travail des autres, ne pourront plus vivre! Et, avec quelle ironie terrible, toute pénétrée de gravité juridique, il leur offre une indemnité! « Si donc le privilégié ne peut plus alléguer, pour s'annexer la force de travail des autres, le droit de la propriété héréditaire, il doit travailler, qu'il le veuille ou non. Nous ne sommes pas tenus de le nourrir.

« *Mais il ne peut pas travailler, dit-il. Dans la confiance que nous continuerions à le nourrir par notre travail, il a négligé d'exercer et de former ses propres forces, il n'a rien appris qui lui permette de se nourrir, et maintenant il est trop tard, maintenant ses forces sont trop affaiblies et rouillées par une longue paresse pour qu'il soit encore en son pouvoir d'apprendre quelque chose d'utile. — Et de cela vraiment nous sommes responsables par le contrat peu sage que nous avions consenti. Si nous ne lui avions pas laissé croire dès sa jeunesse que nous le nourririons sans aucun effort de sa part, il aurait dû apprendre quelque chose. Nous sommes donc tenus, et cela en vertu du droit, à l'indemniser, c'est-à-dire à le nourrir, jusqu'à ce qu'il ait appris à se nourrir lui-même.* »

Oui, terrible déduction juridique. La seule chose que nous devions au privilégié, c'est une indemnité pour les habitudes de paresse et d'incapacité que notre complaisance a créées en lui. « Mais comment devons-nous le nourrir? Devons-nous continuer à manquer du nécessaire pour qu'il puisse nager dans le superflu, ou bien suffit-il de lui donner l'indispensable? »

Écoutez quel accent de colère révolutionnaire vibre dans la réponse de Fichte et comme il a été irrité par tout l'étalage de fausse pitié où se complaisaient, à l'égard de la famille royale et des princes de France, les contre-révolutionnaires allemands : « On a vu parmi nous bien des sentiments mélancoliques et on a entendu bien des plaintes au sujet de la misère supposée de beaucoup d'hommes qui étaient tombés soudain de la plus grande splendeur dans une condition bien plus médiocre.

« Ces plaintes venaient d'hommes qui, dans leurs jours les plus heureux, n'ont jamais eu le bien-être dont jouissent, dans leurs jours les plus mauvais, ceux sur lesquels ils s'apitoyent, et qui tiendraient pour un bonheur extrême le faible reste du bonheur de ceux-ci. L'effroyable gaspillage de la table d'un roi a été un peu restreint, et des gens, qui n'ont jamais eu et n'auront jamais une table comparable à cette table royale un peu diminuée, regrettent ce roi. Une reine a manqué quelque temps de quelques bijoux, et ceux qui auraient été bien heureux s'ils avaient pu partager ce *manque*, déploreraient la misère de la reine. En vérité ce n'est pas la bonté d'âme qui fait défaut à notre temps. Mais toutes ces plaintes impliquent un système, et ce système est celui-ci : Il y a une classe de mortels qui a je ne sais quel droit à contenter toutes les fantaisies que lui peut suggérer l'imagination la plus déréglée. Il y a une seconde classe qui n'a pas droit tout à fait à autant de besoins que la première, jusqu'à ce qu'enfin on soit descendu à une classe qui doit être privée du plus strict nécessaire pour assurer à ceux d'en haut le plus large superflu. »

Donc la servitude personnelle sera abolie sans autre indemnité qu'une pension modeste aux privilégiés d'hier que leur privilège même aura rendu incapables de gagner leur vie. Ce sera une indemnité, non pas du dommage qui leur est causé par la suppression du privilège, mais au contraire, du dommage qui leur fut causé par le privilège. Et ici encore, sous l'âpre ironie juridique, il y a ce souci des ménagements et des transitions qui ne quitte jamais la pensée allemande, même chez les révolutionnaires véhéments comme Fichte.

Pour ce que les Constituants appelaient la servitude réelle, pour ce que Fichte appelle *les droits sur les choses*, en un mot pour toutes les redevances féodales, cens, corvées, etc., qui n'entraînent pas ou ne suppriment pas directement la liberté individuelle, c'est au système du rachat qu'adhère Fichte. L'esprit révolutionnaire des paysans de France est parvenu jusqu'à lui, mais atténué, comme on le verra, et amorti.

FICHTE ET LE RÉGIME SEIGNEURIAL

Il attaque à fond le privilège nobiliaire. La noblesse avait un sens dans le monde antique, où de larges espaces s'ouvraient aux héroïques initiatives. La gloire de la famille excitait les descendants à déployer à leur tour les grandes et audacieuses vertus. Mais les sociétés modernes sont un mécanisme bien réglé où toutes les activités sont également prises. Aussi bien, Fichte trouve inutile et injuste d'abolir, par la loi, les noms de noblesse, d'arracher à des familles illustres leur désignation traditionnelle et, en ce point, il se sépare de l'Assemblée constituante. Il veut même laisser subsister les titres de noblesse qui ont fini par s'incorporer au nom de certaines familles. Mais il demande que nul ne soit tenu, par la loi, de désigner sous ces titres telle ou telle personne et de la saluer d'un : Monsieur le comte ou Monsieur le baron. Il demande en outre (et cela est en réalité l'abolition des titres de noblesse) que chaque citoyen puisse s'en affubler à son gré.

Mais ce sont les privilèges de propriété, plus encore que les privilèges de vanité, qu'il veut détruire. D'abord, les nobles se sont réservé une certaine catégorie de biens, les biens des chevaliers (Rittergüter), que des nobles seuls peuvent acquérir. Ici l'or bourgeois perd sa valeur, il n'a plus puissance d'achat. Les nobles prétendent que la propriété foncière est la base nécessaire de leur privilège de noblesse. Soit; mais alors pourquoi les fils n'auraient-ils pas la force morale de refuser les offres qui pourraient leur être faites, et de maintenir en fait l'inaliénabilité du domaine? Pourquoi font-ils appel à l'intervention de la loi, qui met hors du commerce une partie de la terre allemande? Déjà, pour faciliter l'échange des biens des chevaliers entre nobles, la noblesse a créé des caisses de prêt, qu'elle alimente seule (ou avec le concours de l'État), et où elle puise seule. C'est, dit Fichte, une combinaison assez égoïste, et ce crédit de caste est bien étroit. Mais enfin, il n'y a rien là qui offense la justice. Pourquoi les nobles vont-ils au delà, et excluent-ils la bourgeoisie et le paysan du droit d'acquérir certaine catégorie de biens? Il faut que le principe des biens des chevaliers tombe.

« Mais il y a d'autres privilèges, dont la noblesse est jalouse et qu'elle n'abandonnera pas volontiers aux mains du citoyen. Examinons-les donc pour voir si le propriétaire foncier, qu'il soit noble ou non, est vraiment fondé à les revendiquer. Nous trouvons d'abord des droits sur *les biens des paysans*, corvées déterminées ou indéterminées, droits de pacage et pâturage, et autres analogues. Nous ne voulons pas rechercher l'origine *réelle* de ces droits; supposé que nous en découvririons l'injustice, nous n'aurons rien avancé par là, parce que sans doute il serait impossible de trouver les vrais descendants des premiers oppresseurs et des premiers opprimés, et de désigner à ceux-ci l'homme auprès duquel ils auraient à se pourvoir. — Mais *l'origine du droit* est aisée à montrer. Voici comment on justifie théoriquement et juridiquement les redevances. Les champs ne sont qu'en partie où ils ne sont pas du tout la propriété du paysan, et celui-ci est obligé de payer l'intérêt ou bien du capital du maître foncier engagé sur sa terre (c'est ce qu'on appelle en langage féodal : *eiserner stamm*, la *branche de fer*), ou bien même de la totalité du domaine; et cet intérêt, cette rente, il ne la paie pas en argent, en monnaie, mais en services, en avantages procurés par lui au maître foncier sur le domaine qu'il ne possède que sous condition ou à titre de prêt. Même si ces

LA RÉPUBLIQUE
Image contre-révolutionnaire
(D'après une estampe du Musée Carnavalet)

privilèges ne s'étaient pas constitués ainsi à l'origine, tout s'équilibre par l'échange des biens de chevaliers et des biens de paysans. Il est naturel que le paysan paye d'autant moins pour l'achat de son domaine que les charges qui pèsent sur ce domaine et les intérêts comptés en argent représentant un capital plus considérable, et que le possesseur d'un bien de chevalier paie d'autant plus pour l'achat de ce domaine que les services des paysans qui s'y rattachent, évalués en capital, sont plus importants. Dès lors, celui-ci a en réalité payé la valeur des redevances, et c'est à bon droit qu'il exige le payement des intérêts. Contre la légitimité de cette revendication *en soi* il n'y a rien à dire, *et c'était au reste par une grossière attaque au droit de propriété, qu'il y a quelques années, les paysans d'un certain Etat voulaient se soustraire violemment, et sans la moindre indemnité, à ces services. Cette attaque au droit de propriété provenait de l'ignorance des paysans, et aussi de l'ignorance d'une partie de la noblesse, qui n'était pas renseignée sur le fondement de droit de ses propres prétentions.* Et on aurait paré au danger beaucoup mieux par une adresse fortement motivée que par de ridicules dragonnades et de déshonorantes condamnations au régime de forteresse. (Les paysans armés de faux et de fourches n'auraient pas tardé à renoncer à toute attaque; mais le lieutenant N... *vengea l'honneur des armes de l'Etat de S...,* raconte un pompeux historien de cette glorieuse expédition.) — Mais *contre la façon* de percevoir ces intérêts il y a beaucoup à objecter. Je ne veux pas parler du dommage que cause à tous le droit de pacage. Après toutes les démonstrations qui en ont été faites et qui sont demeurées stériles, il paraît inutile de se dépenser encore en arguments. Je ne veux pas parler non plus de la dépense de temps et de forces et de la dégradation morale qui résulte pour tout l'Etat du système des corvées. Les mêmes mains qui travaillent à la corvée sur le champ du seigneur, le plus languissamment possible, parce qu'elles travaillent à regret, travailleraient autant que possible sur un champ à elles. Le tiers des corvéables, loués à un salaire raisonnable, produiraient plus que ces travailleurs forcés tous ensemble. L'Etat aurait gagné les deux tiers des travailleurs; les campagnes seraient mieux travaillées et utilisées; le sentiment de la servitude, qui corrompt profondément le paysan, les plaintes réciproques qui s'élèvent entre lui et le seigneur et le mécontentement où il est de son propre état, disparaîtraient. Il serait bientôt un homme meilleur et le seigneur aussi. Je veux aller au fond même de la question, et je demande : D'où vient le droit de vos « branches de fer », de vos cens perpétuels, de vos redevances éternelles? Je vois bien que tout cela procure les plus grands avantages à ceux qui possèdent, et particulièrement à la noblesse, qui a imaginé ces formes de redevances. Mais je ne demande pas où est votre intérêt, je demande où est votre droit. — Votre capital ne doit pas vous être dérobé, cela se comprend de soi-même. Nous ne pouvons pas non plus vous obliger à en recevoir de nous la compensation en argent. Vous êtes copropriétaires de notre bien, et nous ne pouvons vous obliger à nous vendre votre part, si vous ne voulez pas vous en défaire. Soit! Mais qui nous dit pourquoi ce seul bien est nécessairement indivisible et ne doit former qu'un seul bien? Si votre copropriété et la façon particulière dont vous l'exercez ne nous plaisent plus, pourquoi n'aurions-nous pas le droit de vous rendre votre part? Si je possède deux charrues de terre et si je n'ai payé que la moitié de

leur valeur, parce que la seconde moitié doit rester votre « capital
de fer », la moitié de deux charrues n'est-ce point une charrue?
J'en ai payé une, et la seconde est à vous : je garde la mienne,
reprenez la vôtre. Qui pourrait élever un grief contre cette opération? — Vous est-il au plus haut point incommode de la reprendre?
Soit, s'il peut m'être commode à moi de la garder, faisons un
nouveau contrat sur le mode de règlement des intérêts, qui soit
avantageux non seulement pour vous, mais pour moi. Si nous
sommes unis, les choses peuvent aller ainsi. — Voilà les principes
de droit, d'où procèdent des moyens multiples d'abolir le système
oppressif des corvées et des redevances sans injustice et sans
attaque à la propriété, si seulement l'Etat prend la question au
sérieux, si ses objections ne sont pas des échappatoires, et s'il ne
préfère pas l'intérêt du petit nombre des privilégiés au droit et à
l'intérêt de tous.

« Pour appliquer ce principe au paysan qui n'a sur son bien
aucun droit de propriété, mais qui l'a simplement reçu à usage de
son seigneur, il est parfaitement clair qu'il a le droit de rendre ce
bien si les services et redevances qui le grèvent lui paraissent
injustes ou oppressifs. Si le seigneur veut néanmoins qu'il le garde,
ils ne peuvent traiter l'un avec l'autre jusqu'à ce qu'ils soient
d'accord.

« Mais non, dit le droit traditionnel, le paysan, qui n'a aucune
propriété sur le sol, appartient lui-même au sol; lui-même est une
propriété du seigneur; il ne peut pas s'éloigner du bien comme il
veut, le droit du seigneur foncier s'étend *à sa personne*. Mais ceci
est une contradiction violente avec le droit de l'humanité en soi;
c'est l'esclavage dans la pleine acception du mot. Chaque homme
peut avoir des droits sur les choses, mais aucun ne peut avoir un
droit immuable sur la personne d'un autre homme; chaque homme
a la propriété inaliénable de sa propre personne.

« Aussi longtemps que le serf veut rester, il peut rester; aussitôt
qu'il veut partir, le seigneur doit le laisser partir, et cela en vertu
de son droit. Il ne peut pas dire ici : « J'ai payé en achetant mon
bien le droit sur la personne de mon serf. » Personne ne pouvait
lui vendre un pareil droit, car personne ne l'avait. S'il a payé
quelque chose pour cela, il s'est trompé, et il peut s'en prendre au
vendeur. Aucun Etat ne peut se vanter d'être civilisé quand ce
droit inhumain existe encore, quand un homme a le droit de dire à
un autre : « Tu es à moi. »

Et Fichte ajoute en une note indignée :

« Deux Etats voisins avaient fait un contrat sur la remise réciproque des soldats déserteurs. Dans les provinces frontières des
deux Etats le servage, le droit de propriété sur la personne du
paysan, était établi. Depuis longtemps un malheureux, pour échap-

per à l'inhumanité de son seigneur, s'était enfui au delà des frontières, et il était libre, après les avoir atteintes. Mais les seigneurs fonciers s'empressèrent des deux parts d'étendre le contrat à la livraison des paysans fugitifs, et, entre autres, un serf mourut, qui avait fui pour avoir détourné deux ceps de vigne. Il fut livré et succomba aux coups de bâton. Et cela se passait dans les cinq années qui viennent de finir, dans l'État que je considère comme le plus éclairé de l'Allemagne! »

Oui, il y a dans Fichte un accent de Révolution. Ce n'est pas, comme Marx l'a dit, avec un dédain un peu sommaire, de l'ensemble de la littérature révolutionnaire allemande de cette époque, une traduction pédantesque de l'effort de Révolution de la France en « exigences de la raison pratique » et en formules kantiennes. Fichte se passionne pour les droits de l'homme et pour la dignité humaine, et il est prêt, visiblement, à entrer dans l'âpre combat pour les défendre. Il proteste avec force contre les dragonnades qui, dans un État allemand, furent dirigées contre les débiles tentatives de violence des paysans. Contre toute servitude personnelle, il prononce la sentence définitive : l'abolition sans indemnité. Et il indique, pour le rachat des servitudes réelles, un système qui sera appliqué plus tard en Allemagne et en Russie. Mais il est vrai que, malgré sa ferveur de justice et l'intrépidité de son âme, il ne perçoit pas toute la puissance des vibrations révolutionnaires de la France. Il paraît ignorer, quand il parle du faible soulèvement des paysans allemands, que presque partout, avant le 4 août, et bien souvent depuis, les paysans français s'étaient soulevés et que cette explosion de force n'avait pas été étrangère à l'abrogation des droits féodaux.

Et surtout, chose curieuse, Fichte, qui est si informé pourtant des choses de France, des décrets des Assemblées, des mouvements de l'opinion, et qui fait particulièrement allusion aux projets de loi agraire, semble ignorer les décrets de la Législative supprimant sans indemnité, après le Dix Août, des catégories entières de droits féodaux réels, le cens, le champart, etc. Ces décrets, d'une si grande importance politique et sociale, se perdirent-ils un peu dans le terrible éblouissement de la Révolution du Dix Août? Ou bien Fichte, préoccupé d'éliminer tout le système féodal sans toucher au droit de propriété, a-t-il fait volontairement le silence sur des lois d'expropriation qui contrariaient son système et pouvaient, selon lui, compromettre, en Allemagne, la Révolution? Son argumentation, comme sa conclusion, est un peu timide.

Il est bien vrai qu'il est impossible de retrouver les premiers oppresseurs et les premiers opprimés et leurs descendants. Mais si, dans son ensemble, le système féodal est une œuvre d'usurpation et de violence, s'il a son origine dans la force brutale et déréglée, qu'importe à la classe spoliée qu'il soit devenu difficile, par la longueur même de l'injustice qu'elle a subie, de mesurer et de doser exactement les réparations et les sanctions individuelles?

L'ANARCHISTE
(D'après une estampe du Musée Carnavalet)

C'est à une libération d'ensemble qu'elle a droit et qu'elle prétend. Aussi les révolutionnaires français ne craignaient pas de fouiller jusqu'à la racine historique du droit féodal et de la mettre à nu. D'un geste la Révolution l'arrachait. Les paysans français, fiers, conscients de leur droit et de leur force, n'auraient jamais consenti à la solution imaginée par Fichte et qui prévaudra plus tard en plus d'un pays. Quoi! pour nous libérer des corvées, des dîmes féodales, des droits censuels et casuels qui pèsent sur nous depuis des siècles, il faudra que nous les consacrions au profit du seigneur et que nous les consolidions en capital foncier! Et, pour nous débarrasser de la servitude qui infeste toute notre terre, il faudra que nous abandonnions au noble une partie de cette terre en toute propriété! Pour nettoyer notre jardin de l'herbe féodale qui l'a tout envahi, il faudra que nous remettions au seigneur quelques carrés de jardin, et nous ne pourrons purger notre petit domaine de toute servitude qu'en le mutilant! Cette amputation aurait été intolérable aux paysans de France. La grande vague révolutionnaire qui soulevait l'esprit de Fichte ne lui arrivait pourtant que ralentie et alanguie.

FICHTE ET LES BIENS DU CLERGÉ

Mais, s'il est moins hardi que la Révolution française en mouvement à propos des biens et droits féodaux, il va jusqu'au bout de l'expropriation révolutionnaire pour les biens d'Eglise, ou du moins il y paraît aller. Sa déduction est forte, hardie, presque provocante. C'est une audacieuse application de la critique kantienne à la théorie des contrats.

De même que, selon Kant, les catégories de la raison ne valent que par leur application à l'expérience et dans le champ de l'expérience, de même, selon Fichte, les contrats ne valent que lorsqu'ils se réalisent dans les limites du monde sensible. Or, les contrats conclus avec l'Eglise touchent, par un bout, à la terre dont on abandonne à l'Eglise une portion, et par l'autre bout aux régions invisibles où l'Eglise promet d'invérifiables avantages. Les contrats avec l'Eglise sont donc hors du monde manifesté, ils n'ont donc ni sens ni réalité, ni force contraignante pour l'homme.

« Aucun contrat n'est exécuté jusqu'à ce qu'il ait été introduit dans le monde des phénomènes, jusqu'à ce que les deux parties aient fourni ce qu'elles avaient promis de fournir. Un échange de biens terrestres contre des biens célestes ne passe pas, au moins en cette vie, dans le monde des réalités sensibles. Le possesseur des biens terrestres a bien fourni sa part, mais le propriétaire des biens célestes n'a pas fourni la sienne. C'est seulement par la foi que le premier s'est approprié un bien en échange duquel il ne donne pas seulement l'espérance que ses biens à lui passeront à l'Eglise, mais la possession réelle de ces biens. Qui sait s'il a réellement la foi à l'Eglise? Qui sait s'il la gardera toujours, s'il ne la perdra pas avant sa fin? Qui sait si l'Eglise a la volonté de tenir sa parole? Et si, même au cas où elle aurait maintenant cette volonté, elle ne changera point? Qui sait s'il y a là vraiment, ou non, un contrat réel entre deux parties? Nul autre que l'Omniscient. Une partie ou les deux peuvent à tout moment révoquer leur volonté, dès lors la volonté réciproque n'est point entrée dans le monde du phénomène.

« Le possesseur des biens terrestres en fait la livraison, et il a reçu en retour le droit d'*espérer* que l'Eglise livrera aussi : il pense que sa propriété est devenue propriété de l'Eglise. Maintenant il perd la foi ou en la bonne volonté de l'Eglise ou en sa capacité de le rendre heureux, il n'a donc aucun dédommagement à espérer. Sa volonté est changée et son bien suit sa volonté. Celui-ci était toujours resté sa propriété, maintenant il se l'approprie de nouveau réellement. Si l'on a en quelque contrat le droit de repentir, c'est manifestement dans un contrat avec l'Eglise. *Pas d'indemnité!* Nous n'avons pas joui des biens célestes de l'Eglise, l'Eglise peut les reprendre; elle peut nous frapper de ses peines, de son anathème, de sa damnation. Elle en est pleinement libre, — et si nous ne croyons plus à l'Eglise, cela ne fera pas grande impression sur nous...

« Mon père a légué tous ses biens à l'Eglise pour le salut de son âme. Il meurt, et j'entre, conformément au droit civil, en possession de ses biens, à condition il est vrai de remplir toutes les obligations dont il les a grevés par contrat. Il a conclu sur ces biens un contrat avec l'Eglise, mais qui n'a jamais été réalisé dans le monde du phénomène, et qui ne repose que sur la foi. Si je ne crois pas à l'Eglise, un pareil contrat est nul pour moi; pour moi l'Eglise n'est rien, et si je revendique les biens de mon père, je n'attente du moins au droit de personne. L'Etat ne peut m'en empêcher. L'Etat, *comme Etat*, est aussi incroyant que moi; comme Etat il sait aussi peu de l'Eglise que moi-même; l'Eglise est aussi loin d'être quelque chose pour lui que pour moi. L'Etat ne peut pas protéger la possession d'une chose qui pour lui n'est pas. Il m'a assuré la possession de mes biens paternels à la condition que je ne m'approprie la propriété d'aucun autre citoyen décédé. Je n'ai point fait cela; il est donc tenu d'après le contrat de me protéger dans la possession de mes biens. C'étaient les biens de mon père, ils sont restés siens jusqu'à sa mort, car ce contrat qui, dans le monde des phénomènes, est nul devant la juridiction du droit naturel comme devant celle du droit social, n'a pu les aliéner. Il pouvait à la vérité y renoncer volontairement, et j'aurais pu confirmer sa volonté par mon silence, alors l'Etat n'aurait pas été pris à partie. Mais maintenant je ne confirme pas cette volonté, et j'interpelle l'Etat. Je puis abandonner mon droit, mais l'Etat ne le peut à ma place. — Mais mon père a cru; pour lui, ce contrat était un lien. — Il a paru croire; s'il a réellement cru, je n'en sais rien; croit-il encore, s'il existe? Je le sais encore moins. On peut dire ce qu'on voudra. Même avec mon père, je n'ai point affaire à un membre du monde invisible, mais à un membre du monde visible, et particulièrement de l'État. Il est mort, et dans l'État c'est moi qui occupe sa place. S'il vivait encore et s'il se repentait de s'être dessaisi, aurait-il le droit de reprendre ses biens? Il l'aurait, donc je l'ai, car dans l'État je suis lui-même, je représente la même personne physique... Si mon père ne veut pas cela, qu'il revienne dans le monde visible, qu'il y reprenne possession de ses biens, et qu'il s'en dépouille ensuite comme il lui plaira. Jusque-là j'agis en son nom. — Mais puisqu'il est mort dans la foi, j'agis plus sûrement en me conformant à *sa* foi; je puis bien risquer *mon* âme, mais non celle d'un autre. — Oh! si je pense ainsi, je ne suis pas décidément incroyant à l'égard de l'Eglise; alors j'agis de façon inconséquente et folle si je risque même mon âme seule. Ou l'Eglise a dans une autre vie une puissance efficace ou elle ne l'a pas. Là-dessus, il faut arriver à une opinion ferme. Aussi longtemps que je ne l'ai pas, il est plus sûr pour moi de ne pas toucher aux biens d'Eglise; car l'Eglise maudit, et cela de son plein droit, tous les spoliateurs de l'Eglise jusqu'au dernier jour. Le droit de revendication qu'a le premier héritier, le second l'a aussi et le troisième et le quatrième, et cela dans toute la suite des générations, car l'héritier n'hérite pas seulement des choses, mais des droits sur les choses.

« Mais les principes ainsi posés ont des conséquences plus vastes encore, et nous n'avons aucune raison de nous arrêter dans la voie des déductions possibles. Même en admettant que cette idée doive être limitée par des considérations ultérieures, qu'elle n'ait pas son application dans la réalité de la vie et qu'elle se réduise à un exercice de la réflexion, *non seulement l'héritier régulier, mais tout homme, sans exception, a le droit de s'approprier des biens qui sont purement des biens d'Eglise.* L'Eglise, comme telle, n'a ni force ni droit dans le monde visible; pour celui qui ne croit pas à elle, elle n'est rien, et ce qui n'appartient à personne est la propriété du premier qui s'en empare dans le monde visible. Je m'installe en un point de la terre (je ne décide pas ici, à dessein, s'il y a en ce point trace d'un travail antérieur ou non), et je commence à le travailler pour me l'approprier. Tu viens, et tu me dis : « Retire-toi de là, cette place appartient à l'Eglise. » — Je ne sais rien d'aucune Eglise; je ne reconnais aucune Eglise; que ton Eglise me prouve son existence dans le monde visible, je ne sais rien d'un monde invisible, et la puissance de ton Eglise dans celui-ci n'a aucune prise sur moi, car je n'y crois pas. Tu aurais mieux fait de me dire que cette place appartient à l'homme qui est dans la lune, car si je ne connais pas cet homme, je connais du moins la lune; je ne connais pas ton Eglise et je ne connais pas non plus le monde invisible où il faut qu'elle soit puissante. Laisse donc cet homme continuer sa vie dans la lune, ou fais-le descendre sur la terre et me démontrer son droit antérieur de propriété sur cette place; je suis, moi, l'homme de la terre, et je veux à mes risques et périls en assumer la propriété.

« Mais si l'Eglise, comme Eglise, se rattache à un ordre invisible, elle a néanmoins, dans le monde visible, des représentants qui prétendent parler en son nom, qui revendiquent en son nom, et qui ont reçu d'elle, comme bénéficiaires, les biens dont elle dispose. Mais ces bénéficiaires, moi je ne les connais pas. Je ne connais que le bien qu'ils occupent, et qui est le mien. S'ils s'imaginent le tenir légitimement d'une Eglise à l'invisible pouvoir, c'est leur affaire et non la mienne et je n'ai point à les dédommager d'illusions dont je ne suis pas responsable, de songes que je n'ai point suscités. Tout ce que je leur dois, en les considérant comme des individus réels, dans le monde réel, c'est de les indemniser de la plus-value qu'ils auront donnée à mon bien par leur travail. Cette indemnité ne va nullement à l'Eglise dont ils se réclament. Libre à eux de la lui remettre, s'il leur plaît. Ce n'est pas comme bénéficiaires ou représentants d'Eglise que je les indemnise, c'est comme travailleurs et dans la mesure des valeurs que leur travail a créées. »

Ainsi sont réglés par Fichte les droits de l'individu sur les biens d'Eglise. Mais quels seront les rapports de l'Etat? L'Etat ne peut avoir, selon Fichte, d'autre droit que celui des individus. Si la totalité des individus qui constituent l'Etat rompent avec l'Eglise, cessent de croire à elle et revendiquent leurs biens, l'Etat sera fondé à agir comme ces individus eux-mêmes et il reprendra, comme Etat, les biens que comme Etat il avait donnés à l'Eglise, maintenant inexistante pour lui. Il reprendra, comme Etat, les bénéfices qu'il a distribués au nom d'une Eglise qui n'est même plus une ombre pour lui, mais un néant. Il reprendra de même, comme Etat, les biens revendiqués sur l'Eglise au nom des individus et dont les individus lui feront abandon, et ceux pour lesquels ne se présenteront pas des héritiers qualifiés. Mais l'hypothèse d'une rupture unanime des individus composant l'Etat avec l'Eglise et avec la foi est chimérique. Il n'y aura jamais qu'une portion des citoyens qui se retirera de tout système de rapports avec l'Eglise. Mais cette portion ira grandissante et c'est en son nom que l'Etat exercera sur les biens d'Eglise une revendication grandissante.

Comme on voit, la solution proposée par Fichte pour le problème des biens d'Eglise est à la fois plus hardie et plus timide que celle des légistes révolutionnaires de la France. Elle est plus hardie en ce qu'elle fait de la revendication des biens d'Eglise l'affirmation suprême de la conscience libérée. Le contrat conclu entre l'Eglise et les donateurs n'est pas précisément un contrat; il n'a qu'une valeur subjective. Il ne garde quelque prise sur le donateur ou ses héritiers que s'ils croient et continuent à croire à l'action efficace de l'Eglise dans un ordre invisible. Donc, la vraie rupture d'un contrat purement subjectif, c'est l'affirmation de la liberté subjective.

Selon Fichte, l'homme qui dit à l'Eglise : « Rends-moi le bien que je t'ai donné ou que mes ancêtres t'ont donné », lui signifie par là même : « Je ne crois plus en toi », et c'est dans la profondeur de la conscience que ce contrat illusoire se dénoue, comme il s'y était noué. La reprise de la propriété sur l'Eglise est donc en même temps une reprise de la pensée libre, et, de même que l'aliénation apparente du domaine aux mains de l'Eglise avait été le signe et l'effet de la servitude de l'esprit abusé, la revendication du domaine est le signe et l'effet de la liberté reconquise par l'esprit éclairé. Et c'est en un drame intime et profond de la conscience et de la pensée, c'est en une sorte de tragédie intérieure que se résout pour Fichte la grande expropriation révolutionnaire des biens d'Eglise.

Oui, cela est plus profond en un sens et plus audacieux que la simple sécularisation. Sur chaque parcelle de terre laïcisée luit la lumière d'une pensée affranchie. Mais, quand on regarde aux nécessités de l'action, comme cette hardiesse est timide au fond, et paralysante! Si la France révolutionnaire avait fondé le droit à l'expropriation de l'Eglise sur l'émancipation individuelle des consciences répudiant la croyance, elle aurait à peine détaché quelques parcelles du domaine ecclésiastique. Elle était presque toute catholique et si, pour reprendre aux moines fainéants, aux abbés de cour, aux évêques de boudoir, leurs prébendes, leurs abbayes, leurs bénéfices, il avait fallu que les citoyens rompent avec l'antique foi et se délient eux-mêmes de tous les liens d'habitude et de crainte qui les rattachaient à un ordre « invisible », moines, évêques et abbés auraient retenu pendant des siècles encore les somptueux palais, les grasses prairies et les dîmes opulentes. Les révolutionnaires s'appliquèrent au contraire à dissocier leur vaste opération politique et sociale du problème de la croyance.

Non, nous ne voulons pas toucher à la foi. Non, nous ne vous demandons pas à l'égard de l'Eglise qui vous dépouille un aveu d'incrédulité. Même si vous continuez à croire à l'Eglise comme Eglise, même si vous avez foi en son origine surnaturelle et en sa vertu surnaturelle, vous avez le droit de n'être pas pressurés et spoliés par ses représentants indignes. Et ce n'est pas comme un abandon, c'est au contraire comme une restitution et comme une épuration de la foi, qu'ils présentaient la nationalisation des biens d'Eglise. Ce n'est pas en contestant le droit de « l'invisible » et en niant la réalité du contrat, que les légistes de la France ruinaient la propriété ecclésiastique. Ils affirmaient, ou bien avec Talleyrand que l'État, en reprenant le domaine d'Eglise, était fidèle à la pensée des donateurs qui n'avaient désigné l'Eglise qu'à défaut de la nation, ou bien avec Thouret que l'Eglise, n'ayant jamais été un corps, n'avait jamais eu le droit de recevoir et de posséder. Mais toutes ces raisons juridiques laissaient hors d'atteinte, elles laissaient même hors du débat la croyance elle-même et la validité du contrat appuyé sur la foi. C'est par là que la Révolution put réussir. Et lorsque, trois ans après les discours de Talleyrand, de Thouret, de Mirabeau, trois ans après les grandes mesures qui sécularisaient au profit des bourgeois et paysans de France tout le domaine d'Eglise, on lit les paroles audacieuses et presque provocatrices de Fichte, qui veut libérer à la fois la conscience et la terre, et celle-ci par celle-là, on est d'abord frappé de cette combinaison hardie d'esprit révolutionnaire et d'esprit kantien; on admire ce que l'exemple révolutionnaire de la France, bouleversant tout le vieux système féodal et ecclésiastique, communique d'audace agressive au kantisme, et tout ce que le kantisme donne de profondeur, d'intime et héroïque liberté, à l'esprit révolutionnaire un peu extérieur de la France. Mais on comprend aussi bien vite que si la France révolutionnaire avait surchargé du problème de la croyance la question déjà terriblement lourde de l'expropriation totale des biens d'Eglise, elle aurait succombé.

Les légistes révolutionnaires, expéditifs et hardis, réduisant au minimum les bagages de la Révolution en marche, lui ouvrirent d'emblée des routes toutes droites à travers la vieille forêt de préjugés et d'erreurs; mais ils ne frappèrent d'abord à coups de hache que juste ce qu'il fallait abattre pour que la Révolution passât. Bien des murmures, des croyances et des rêves d'autrefois continuaient à flotter dans la vieille forêt humaine. Qu'importe! la trouée de la Révolution était faite. Et le sol même où croissait l'antique forêt était arraché à l'Eglise. Lentement se modifieront les sèves. Fichte, au contraire, avant de nationaliser et de séculariser la terre, demandait aux arbres et aux brins d'herbe de renoncer aux flottantes chansons de jadis, aux bruissements accoutumés dans le vent du soir. C'était immobiliser la Révolution au seuil de la forêt incertaine et obscure.

Au reste, la déduction toute individualiste et subjective de Fichte n'aboutissait pas à une action d'ensemble, la seule décisive contre un ennemi redoutable. Ce n'est pas tout le domaine d'Eglise qui aurait été sécularisé, mais seulement la part de ce domaine correspondant aux revendications des individus affranchis de la foi. La théorie de nos légistes, au contraire, invalidait les contrats de donation ou autres qui avaient constitué la propriété d'Eglise pour des raisons générales. Et c'est toute la propriété d'Eglise, en bloc, qui était transférée par eux à la Nation.

Ainsi la Révolution de propriété, transposée sur le mode de la pensée allemande, perdait un peu de sa vigueur et de son audace.

FICHTE ET ROUSSEAU

Ce n'est pas que Fichte ne fût qu'un spéculatif impuissant ou un rêveur incertain. Il a cherché au contraire les formes précises par où la Révolution française pouvait entrer dans l'esprit et dans la vie de l'Allemagne. Bien loin d'endormir celle-ci par une sentimentalité vaine, c'est l'action qu'il lui propose. Quelque admiration qu'il ait pour Rousseau, dont il est tout pénétré, il met l'Allemagne en garde contre sa sensibilité douloureuse et impuissante, contre son pessimisme affaiblissant. Il convie tous les citoyens à la lutte vigoureuse, à la fois libre et concertée, individuelle et collective, contre « la nature », c'est-à-dire contre la souffrance, contre l'injustice, contre l'inégalité. « Quiconque ne sent pas la douleur des autres hommes, est un homme vulgaire. Celui qui souffre de la douleur des autres, doit chercher à se libérer de cette souffrance en employant toutes ses forces à améliorer l'ordre de choses dans sa sphère et tout autour de lui. Et, en supposant même que son effort en ce sens resterait stérile, le sentiment de son activité, la vue de sa propre force luttant contre l'universelle corruption suffisent à lui faire oublier sa douleur. C'est en cela que pécha Rousseau. Il avait de l'énergie, mais plutôt l'énergie de la souffrance que l'énergie de l'action; il sentait fortement la misère des hommes, mais il sentait beaucoup moins les forces qui étaient en lui, capables de dominer cette misère; et ainsi, il jugea les autres comme il se sentait lui-même : il exagéra la débilité de la race humaine devant la misère universelle, comme il ressentait trop sa propre faiblesse devant sa propre misère. Il calcula les souffrances; il ne calcula pas les forces que l'humanité portait en elle pour les vaincre. Paix à sa cendre et bénédiction à sa mémoire. Il a agi. Il a versé le feu dans bien des âmes qui ensuite allèrent plus loin. Mais il agit presque sans avoir lui-même conscience de sa propre activité. Il agit sans appeler d'autres hommes à l'action, sans calculer la puissance de cette action commune contre la totalité de la souffrance et de la corruption... Ainsi Rousseau peint la raison au

L'EXCLUSIF

L'Exclusif
(D'après une estampe de la Bibliothèque Nationale)

repos et non au combat; il débilite la sensibilité, au lieu de fortifier la raison. »

Oui, mais si l'Allemagne sortait du cercle de la passion impuissante, si elle allait au delà de Werther, au delà de Rousseau, si elle
empruntait à Rousseau le feu de son âme mais pour en passionner
un monde nouveau, si elle proclamait sa foi dans l'action individuelle et dans l'action sociale, si elle déclarait la guerre aux forces
du mal, à l'inégalité, à l'ignorance, à la misère, à la servitude,
n'est-ce pas que l'incalculable force d'action qui soulevait la terre
de France s'était propagée, par un grand ébranlement, aux pays
voisins et à toute l'étendue des esprits? Ainsi, même dans la pla-
cide et somnolente Allemagne, d'âpres cimes surgissaient, sous la
pression du feu intérieur dont la France révolutionnaire était le
foyer.

UN · COMMUNISTE ALLEMAND INCONNU

Est-ce que, en Allemagne comme en France, la question de la
propriété elle-même, de toute la propriété commençait à se poser?
La critique, appliquée à la propriété féodale et ecclésiastique,
s'étendait-elle à toutes les formes de la propriété, aux formes bourgeoises et capitalistes comme aux autres? Et peut-on trouver dans
le mouvement de la pensée allemande l'équivalent des pensées
encore incertaines du demi-communisme de Dolivier, du demi-fou-
riérisme de L'Ange? En lisant la correspondance de Forster, je fus
très frappé de ce qu'il écrivait de Paris à sa femme, le 19 juillet
1793 : « Un bon livre allemand me réservait hier une autre joie :
Sur l'homme et sa condition, 1792, petit in-octavo, Berlin, à la
librairie de Franke. C'est une des plus rares productions de notre
temps, l'œuvre d'un homme jeune, qui pense et sent avec justesse.
Je voudrais savoir qui il est et comment il se nomme. Comme il est
impossible qu'il y ait accord complet des esprits, il y a un point
sur lequel ses vues s'éloignent des miennes : ce sont ses idées
politiques *sur la communauté de la propriété*. » Un livre communiste à Berlin en 1792, en pleine tourmente de la Révolution, et un
livre qui passionnait le grand et libre esprit de Forster!

Je signalai le passage à Edouard Bernstein, qui a cherché et
trouvé le livre à la Bibliothèque royale de Berlin. Il en a publié
dans le 3ᵉ cahier de ses *Documents du Socialisme* la partie communiste. L'objet essentiel du livre est l'éducation, et nulle part
l'auteur (inconnu) ne se rattache directement et explicitement à la
Révolution française. Mais est-il possible d'admettre que l'immense

renouvellement politique et social de la France n'ait pas agi sur un esprit aussi épris de nouveauté? Aussi bien, il se réfère aux œuvres de Wieland, qui, comme nous l'avons vu, a souvent abondé dans le sens de la Révolution française. Comment le jeune écrivain qui se proclame le disciple, presque le fils intellectuel de Wieland, n'aurait-il lu que les œuvres politiques et sociales du maître antérieures à la Révolution et aurait-il négligé ce qu'il écrivait sur la Révolution elle-même, spectacle prodigieux? Il me semble d'ailleurs, à la façon dont il parle de Wieland et se réclame de lui, qu'il espère couvrir de son autorité ses propres hardiesses et qu'en même temps il reconnaît l'avoir dépassé.

« Mes guides, écrit-il, furent les œuvres de Wieland. Je trouvai là la nature plus nettement caractérisée qu'elle-même ne s'offrait spontanément à moi. Mes pensées se séparèrent chaque jour davantage des pensées communes; je trouvai dans notre condition et dans l'ensemble des institutions qui devaient nous préparer au bonheur tant de choses contraires au but, que je ne pus réprimer plus longtemps le désir de soumettre mes idées au public et de m'éprouver ainsi moi-même. C'est en lisant le *Miroir d'or* et l'*Histoire de Danischmend* que mes pensées prenaient force... Ainsi ce n'est point par un vil larcin que je me suis approprié ce qu'il peut y avoir des autres dans mon livre et c'est pour être assuré contre tout soupçon de ce genre que j'ai publiquement reconnu ici combien je dois au père de la littérature allemande pour mon éducation. Quelle attitude prendra Wieland à l'égard de cette mise en œuvre de ses propres travaux : c'est ce que m'apprendra bientôt ou un jugement public ou un silence plein de mansuétude... Mais pourra-t-il y avoir déshonneur pour lui à avoir ouvert mes yeux qui, à la vérité, restent mes yeux? »

Ainsi il a bien conscience de la hardiesse de son entreprise et il engage tout ensemble et dégage Wieland. Il voudrait se couvrir de lui, et il craint en même temps, s'il le compromet, d'en être brutalement désavoué. A voir tous ces manèges de prudence et toute cette diplomatie, je suis tenté de croire que c'est uniquement pour ne pas aggraver son cas et pour glisser ses idées révolutionnaires sant trop de péril, que l'auteur se garde de toute allusion à la Révolution française. Mais je crois bien qu'elle est le vrai foyer où ses pensées prenaient force. Car il y a bien loin des pauvres phrases apitoyées et vagues de Wieland, que j'ai citées, sur la misère des journaliers et sur la nécessité de créer des ouvroirs nationaux, à tout le plan de communisme égalitaire développé par l'écrivain.

Dans cet exposé communiste, « les Droits de l'Homme » reviennent sans cesse comme un refrain, et quoi qu'il y ait dans Wieland même, comme nous l'avons vu, une Déclaration des

Droits, il est bien malaisé de penser que cet appel aux Droits de
l'Homme, en 1792, n'est pas un écho de la Révolution. Parfois
même, malgré les calculs de prudence de l'auteur, l'accent révolutionnaire éclate. Quand il parle de la longue patience, de l'incroyable résignation des peuples à toutes les exploitations et à
toutes les servitudes, il ajoute : « Sauf quand le désespoir, de sa
main puissante, rétablit l'homme dans ses droits ». C'est bien, en
ce passage, le grondement sourd de la Révolution voisine. A vrai
dire, son communisme reste encore très utopique, et tandis que
chez Dolivier, chez L'Ange, chez les premiers socialistes français,
le lien réel des idées communistes et des événements révolutionnaires apparaît, ici l'idée communiste reste dans l'abstrait et on
serait tenté de ne voir dans ce livre qu'une thèse d'école, s'il ne
participait, malgré tout, par je ne sais quel frémissement et par le
tour audacieux de certaines paroles, à l'ébranlement du monde :

« Beaucoup d'hommes n'ont pas ce à quoi leurs besoins leur
donnent droit et le mécontentement universel n'est que trop fondé.

« A mesure que s'accumulent les richesses, grandissent aussi les
besoins factices des privilégiés; de là gaspillages, convoitises, envie,
violence.

« Ah! s'il était possible que la propriété privée (*Privateigenthum*)
cessât d'être le seul moyen, si corrupteur, d'étendre son moi, et si
le citoyen, comme les enfants de la maison du père, pouvaient
se rassasier à la table commune d'un Etat aux proportions modestes, quelle foule énorme de crimes, et plus encore de vices, amis
des ténèbres et fils du luxe, s'évanouiraient! »

Mais quel chaos d'idées dans cette Allemagne morcelée et im-
puisante! Le communisme, l'étroite et familiale solidarité, n'apparaît possible à l'écrivain que dans les Etats minuscules. Et voilà
son communisme marqué d'un trait rétrograde, négation de la
grande Allemagne unifiée.

Mais, « cette suppression de la propriété privée est-elle conforme
à la nature humaine ? Comment l'industrie se maintiendra-t-elle
à l'avenir, si la propriété, l'œuvre de ses mains, lui est enlevée? »

Observez qu'il ne s'agit pas ici seulement du communisme
agraire, mais du communisme universel, et particulièrement du
communisme industriel. Oui, l'industrie, toute l'industrie pourra
vivre et se développer sans l'aiguillon de la propriété individuelle :

« La question est importante et la méfiance à l'égard de la race
humaine est justifiée par ses propres fautes. Tu connais l'homme
par ses faiblesses, mais tu ne connais point la cause de celles-ci.
Crois-tu sérieusement que rien de plus grand ne peut sortir de la
nature humaine? As-tu cherché si le même sol avec une autre
culture ne donnerait pas du blé au lieu de chardons? La nature de
l'homme est telle, elle comporte des modifications si infiniment

multiples, qu'on peut la former à tous les degrés de perfection, — du diable à l'ange. — *Et nous nous trompons si nous voyons dans notre nature, façonnée par le temps et les circonstances, la nature de l'homme. La propriété privée est à coup sûr une forte excitation au travail et, lorsque le désir de la propriété est vif, l'homme sacrifie volontiers sa peine et sa vie même. Mais la question est de savoir si la propriété est en effet le seul moyen d'exciter l'activité de l'homme.* »

N'est-ce point déjà, malgré le caractère trop général de ces propositions, un commencement d'application de la méthode évolutive et historique au problème de la propriété? La nature humaine est conçue comme infiniment plastique : le rôle d'excitation de la propriété privée n'est point méconnue. Mais, avec d'autres circonstances sociales, avec un autre milieu social, d'autres principes d'action seraient efficaces.

« S'il n'y avait pas de propriété individuelle, penses-tu, nous reviendrions bientôt à la nature brute. La propriété nous a donc éduqués et élevés. Mais comment puis-je en être sûr? Est-ce parce que la propriété privée a été constatée partout où l'industrie domine et progresse?... L'expérience, autant qu'elle peut être démonstrative, semble conclure en ce sens : *mais si l'essence des choses est limitée par leurs formes passées, nos plus belles espérances s'effeuilleraient en un jour.* »

C'est bien le grand souffle d'optimisme du XVIII° siècle, et comment le prodigieux spectacle de la Révolution française, qui suscitait soudain tant de formes nouvelles de vie, n'aurait-il point contribué à l'essor de l'espérance humaine?

Aussi bien, si la propriété privée semble jusqu'ici avoir accompagné et favorisé tous les progrès, on la retrouve aussi aux degrés les plus bas de la civilisation humaine. L'ichtyophage ne veut pas que l'on touche au poisson qu'il a pris. Le chasseur sauvage s'isole pour être seul maître de son gibier, et cet isolement prolonge la sauvagerie. Pas plus qu'elle n'a toujours haussé le niveau de la vie humaine, la propriété privée n'a pu empêcher la chute des sociétés. C'est sur la propriété privée que reposait la puissance des Phéniciens, des Grecs, des Romains : tous ces empires se sont dissous. A côté des progrès substantiels et vrais, le zèle de la propriété privée, la convoitise et l'orgueil qui en sont inséparables ont suscité des progrès factices et funestes.

« La mode use au service de ses caprices et de ses frivolités d'innombrables forces de travail. Des littérateurs de pacotille fabriquent des romans à la grosse, pour remplir un peu la tête vide des femmes. Les vrais artistes, ceux qui créent des formes sévères et pures de beauté, sont rebutés par les princes, par les riches, maîtres de l'art même et du beau par la puissance de l'or.

Le travail et la vie même des peuples sont comme pétrifiés en palais fastueux et médiocres, où éclatent la vanité et la sottise. C'est à peine si, de loin en loin, une pure fleur de beauté et de noblesse peut éclore. Les éducateurs de la nation, pauvres, dédaignés et blêmes ne lui communiquent que tristesse et incertitude. Voilà au moins une part des effets de la propriété privée. Elle parvient encore à tromper l'homme sur sa propre nature. Parce que la propriété dirige et égare l'industrie, parce qu'elle lui impose des œuvres inutiles ou insensées, on croit que c'est la propriété qui suscite l'industrie. Non : elle la pervertit, elle ne la crée pas. Elle la précipite en de faux chemins; elle n'en est pas le ressort.

« *Le principe de toute activité est le sentiment de la force.* Si ce sentiment est dès la jeunesse nourri et dirigé par le travail, alors l'emploi de cette force devient une nécessité absolue et le mode d'emploi de cette force est déterminé, en partie par la direction qui lui est systématiquement donnée, en partie par le goût de la nation. C'est à l'éducation de décider du mode selon lequel cette force de travail s'exercera. Et le jour où l'intérêt de l'Etat ne se confondrait pas artificiellement avec l'intérêt de castes d'exploitation et d'oppression, le jour où l'Etat aurait secoué le lourd parasitisme des hommes de loi, des douaniers, des bourreaux, des moines, ce jour-là l'irrésistible force de travail se dirigerait vers l'intérêt commun de l'Etat et des individus, vers le bien-être large et sain de tous. »

« Dans les communautés des frères Moraves, qui n'ont point de propriété individuelle, qui sont seulement les admirateurs temporaires du domaine commun, le travail est très actif, et l'industrie très perfectionnée. Et si ces hommes paraissent tristes et sombres, c'est à cause de la dureté de leur loi religieuse, ce n'est point parce qu'ils sont déliés par le communisme des soucis et des luttes de la vie.

« Ce n'est pas la forme politique, la forme extérieure des sociétés qu'il importe de changer. Les régimes politiques les plus divers peuvent être bons, s'ils préservent les citoyens de l'arbitraire. Mais ce sont les mœurs, les systèmes d'éducation et les institutions sociales qu'il faut renouveler pour substituer la paix et la joie de la propriété commune aux conflits et aux douleurs que suscite la propriété privée.

« *Mais qu'adviendra-t-il des métiers les plus bas et pourtant les plus nécessaires, et auxquels on ne soumet que par cette extrême nécessité qui ne connaît plus les bienséances? — Mais, s'il y a des métiers répugnants, c'est en partie parce qu'ils sont sales, et il y a bien peu de ces besognes qui ne pourraient être ou supprimées ou réduites par un autre genre de vie. Cette répugnance tient aussi à une fausse idée des bienséances et je conviens qu'il est beaucoup de travaux dont la délicate Dame Décence ne peut soutenir un*

instant la vue sans porter son éventail à son visage. Un Monsieur
de... *s'accommoderait fort mal d'avoir à faire une paire de souliers
pour lui-même ou pour un autre. Mais je doute que ce genre d'occupation lui répugnât plus qu'il ne répugnerait à un brave citoyen,
dans une société fondée sur la nature, de jouer le personnage d'un*
Monsieur de... *Cette mobilité des convenances factices devrait
nous rassurer, quand bien même la multiplicité des goûts et des
penchants humains, qui peuvent être dirigés et stimulés dans le
sens des besoins sociaux, ne nous donnerait pas la garantie qu'aucun genre de travail ne manquera précisément d'amateurs.* »

C'est, comme on le voit, l'éternelle et sotte objection qui est faite,
encore aujourd'hui, au socialisme.

Mais les joies intimes et profondes que donne la propriété personnelle ne vont-elles point disparaître ou s'atténuer?

« C'est moi qui me suis bâti cette maison : ici est attachée une
parcelle de ma vie, et c'est pour cela que ce bien m'est cher. J'ai
planté cet arbre, je l'ai planté pour moi : j'attends qu'il me donne
des fruits à moi, et à nul autre, et il m'en vient un rafraîchisse-
ment. Et lorsque je pense qu'il appartiendra à mes enfants, et que,
bien longtemps après que je serai en terre ils pourront se rassembler sous cet arbre et me bénir, oh! cela me fait du bien au cœur!
Et vois : prends-moi maintenant mon arbre et ma maison, mon
bonheur n'est plus. — Dieu nous garde que dans tout un Etat le
bonheur sèche comme dans ton cœur. — C'est donc un vrai bonheur que le mien? — C'est un vrai bonheur; mais dis-moi, pourquoi l'œil de ton voisin est-il si trouble? — Cela ne doit pas te surprendre. Son attelage s'est abattu et il s'est trop pauvre pour en
acquérir un autre et pourtant le fonctionnaire demande la corvée. — Le pauvre homme! Mais à qui donc était cet attelage qui
s'est abattu? — A qui?... Mais à lui-même et à nul autre. — Et cet
homme n'a point d'arbre planté par lui, et à l'ombre duquel il
puisse se reposer et se rafraîchir? — Il en a; mais quand le chagrin et le souci sont en nous, il n'y a pas d'ombre qui soit douce. —
Et ne souhaiterais-tu point que ton voisin aussi fût joyeux? —
Comment ne pas le souhaiter? Mais qui peut lui venir en aide?
— Vois : là précisément est la question. Qui peut l'aider? qui
l'aidera? Il y a plus d'un habitant de ce village qui possède plus
que ce dont il a besoin; mais ce *plus* est à *lui*, et le moi insensible ne sait rien de la souffrance d'autrui. — Lui feras-tu un grief
d'avoir ce plus et de ne pas le donner? — Pas précisément. Celui
qui est indifférent à la souffrance d'autrui doit se garder de se
trouver lui-même dans une situation où on le paiera de la même
monnaie. Mais un mal qui, dans des conditions données, est nécessaire, et, par suite, excusable, cesse-t-il par là d'être un mal? —
Non certes. — Cesse-t-il d'être sensible à un cœur noble qui vou-

drait voir la joie tout autour de lui? — Non certes. — Et si cette
souffrance de tes frères disparaissait au moment où cet arbre
cesserait d'être *tien*, ce sacrifice te coûterait-il? — Non, par Dieu,
il ne me coûterait pas. — Je savais bien que ton cœur n'était pas
assez étroit pour se contenter de ton seul bonheur. Oh! c'est un
bonheur pitoyable, un bonheur digne d'être pleuré, que d'être seul
heureux! Quand la vanité se mire, la sagesse rit. Mais, quand
l'égoïsme absorbe comme une éponge toute la vie de la création et
reste froid devant la souffrance et la mort des autres, alors le génie
de l'humanité pleure et se fait de la triste destinée humaine un
voile de deuil.

« Oh! songe à ce que sera pour toi le bonheur le jour où aucun
visage ne sera plus l'expression de la douleur et du souci, où les
pures impressions de la sensibilité se feront jour, où l'invisible
correspondance de ces sentiments heureux sera comme un universel
échange de sérénité; car c'est à ce degré de bonheur que l'homme
peut atteindre. Alors tu pourras garder ton arbre et être joyeux
à son ombre. — Comment dois-je comprendre cela? L'arbre n'est
plus à moi et quel droit ai-je encore sur lui? — Mais n'y a-t-il
donc que la propriété qui puisse te donner droit sur une chose? —
Comment pourrait-il en être autrement? — Suppose que toutes les
familles de ton village se sont réunies pour mettre en commun
leur avoir et leurs biens et qu'on considère tout cela comme la
propriété de la société, sur laquelle il sera pourvu aux besoins de
chacun. Tous seraient rassasiés dans une maison commune, à une
table commune, où le faible observerait le fort, où l'ignorant s'ins-
truirait auprès du savant; excellent moyen de mettre en circulation les idées utiles. Le travail de chacun lui serait assigné par le
plus âgé, seul chef. Le besoin particulier d'un membre de l'Etat
serait la chose de l'Etat lui-même. Quel changement de point de
vue! Chaque existence individuelle n'est plus confiée à sa propre
faiblesse : toute société la cautionne. Le bonheur et le malheur
ont perdu leur force; le destin ne joue plus avec les faibles un
jeu trop facile, l'humanité lui oppose une ferme résistance et
l'homme se dresse en face de sa propre destinée. — Bien, mais tu
me promettais tout à l'heure un droit qui serait l'équivalent de la
propriété sur des objets qui pourtant ne sont plus les miens.— Ton
arbre te reste, ton jardin aussi; car la société n'a pas pris pour
t'appauvrir, mais pour que tu puisses avoir davantage et que nul
ne manque du nécessaire. Qu'est-ce qui t'empêche de planter des
arbres et de te réjouir de leur fécondité? Qui empêchera tes
enfants de te bénir? Qui viendra les chasser de cette demeure aussi
longtemps qu'ils s'y trouveront heureux? Ou bien la pensée que cet
arbre est à toi, rien qu'à toi, que son ombre est à toi, rien qu'à toi,
éveille-t-elle en ton cœur un si pitoyable bonheur que tu aies

LOUIS XVI EST CONDUIT DU TEMPLE A L'ASSEMBLÉE NATIONALE, 11 DÉCEMBRE 1792
(D'après une estampe allemande de la Bibliothèque Nationale)

besoin, pour en jouir, de te représenter que toute la race humaine en est exclue?

« ... Le jour où nous serons devenus capables d'autres sentiments et d'autres joies, nous ne trouverons plus que ce soit chose si consolante de laisser notre fortune à nos enfants. Les exemples abondent tellement de riches jeunes gens qui, à cause de leur richesse même, se croient dispensés de toute application sage et utile de leurs forces, qu'un père devrait redouter pour eux cette terrible épreuve. Un père peut-il rien, en effet, souhaiter de plus raisonnable que de voir ses enfants heureux? »

Comme on voit, c'est à peu près le communisme du *Code de la Nature* de Morelly. Ce qui donne à l'œuvre allemande un caractère utopique, un peu déplaisant en cette période de rénovation active et de réorganisation sociale, c'est que l'auteur ne fait aucun effort pour rattacher le communisme à l'immense mouvement révolutionnaire. Tandis qu'en France le communisme naissant plongeait par toutes ses racines dans la réalité de la Révolution, tandis qu'il se réclamait des Droits de l'Homme enfin promulgués, tandis qu'il intervenait dans la crise des prix et dans l'organisation des subsistances, en Allemagne, c'est comme une nuée de rêve qui passe bien haut dans l'espace froid, à peine colorée d'un pâle reflet lointain des événements. Et pourtant, il n'est pas sans intérêt que, dans la fermentation des idées allemandes sous l'action révolutionnaire, des germes de communisme aient apparu. L'esprit pratique et passionné de Forster ne voyait pas dans ce livre un simple thème d'école. Sans doute, il résistait au communisme. Mais dans la vie d'épreuves et de combat à laquelle les vicissitudes de la Révolution l'avaient condamné, il n'aurait eu que dégoût pour une œuvre abstraite et vaine.

Dans l'atmosphère passionnée par la Révolution toutes les idées prenaient vie. Chose curieuse! à peine Forster, dans sa lettre du 19 juillet 1793, a-t-il fait ses réserves sur le communisme, qu'il est amené à protester avec violence contre les prétentions de la propriété à s'imposer comme un droit indiscutable. La contre-Révolution était victorieuse en Allemagne et elle proclamait que nul n'aurait le droit d'écrire s'il ne reconnaissait pas d'abord la propriété comme un principe essentiel et intangible. Évidemment, à l'abri du « droit de propriété », elle voulait sauver les formes anciennes, féodales et ecclésiastiques, de la propriété. Forster s'indigne dans sa lettre du 23 juillet :

« Du ton de la proclamation, je dois conclure que c'en est fait de toute justice, de toute liberté vraie en Allemagne. *Quoi! si l'on veut avoir la permission d'écrire, il faut reconnaître le sentiment de la propriété comme le principe de l'ordre social? Et pourtant,*

*cet ordre pourrait très bien subsister sans ce sentiment et même
sans la chose (la propriété) qui, quelque important que soit et
puisse être son rôle, ne peut pas être déclarée essentielle. »*

FORSTER ET GODWIN

Forster a fait du chemin en quelques jours. Est-ce l'effet du
livre qu'il avait lu peu auparavant et dont la tendance communiste, d'abord combattue par lui, agissait peu à peu sur son esprit?
Est-ce surtout la colère contre la réaction allemande, qui prétendait enchaîner la pensée; et Forster a-t-il pensé que les
diverses formes de la propriété individuelle, malgré leur antagonisme momentané et superficiel, étaient au fond solidaires et, qu'à
trop soutenir contre le communisme la propriété privée, on faisait
le jeu de la propriété féodale elle-même ? Ou bien encore est-ce
l'effet du livre communiste de l'Anglais Godwin s'ajoutant au livre
communiste de l'écrivain allemand qui a ouvert à l'esprit actif de
Forster des voies nouvelles? Par une curieuse rencontre, il lit en
effet, en ces mêmes jours de juillet 1793, le livre admirable de
Godwin :

« J'ai devant moi, écrit-il dans la même lettre du 23 juillet,
un livre qui m'occupe beaucoup, deux volumes in-quarto de
William Godwin : *Enquiry on political justice* (Recherches sur la
justice politique). C'est une œuvre philosophique très forte, où
il étudie le moyen de fonder enfin sur la raison, la morale et leurs
bases inébranlables, toute la société humaine et toute l'organisation gouvernementale. C'est une œuvre pleine d'un zèle hardi
et saint pour la vérité et riche de connaissances, qui agira certainement dans l'avenir, même si elle ne pouvait avoir une action
immédiate. J'en fais pour moi le plus d'extraits que je peux, car
le livre appartient à la Convention nationale, à laquelle il a été
envoyé. »

Quelles dramatiques rencontres des idées et des esprits! et quels
enchaînements de la démocratie et du communisme! Le plus
hardi lutteur révolutionnaire de l'Allemagne, le seul homme
d'action qui se soit levé de la démocratie allemande est à Paris,
et là, au lendemain même du jour où il a lu, avec un plaisir mêlé
de résistance, l'œuvre d'un communiste allemand, il lit avec joie
l'œuvre du grand communiste anglais, sur l'exemplaire que celui-
ci a envoyé à la Convention nationale.

La Révolution française dépassait et débordait infiniment même
ses propres affirmations immédiates, même la forme présente où
elle enfermait la réalité. Elle avait beau répudier la loi agraire,

maintenir la propriété individuelle : comme elle était l'extrême démocratie, le communisme démocratique allait à elle, se reconnaissait en elle. Elle était comme le centre ardent de toutes les idées nouvelles et, en cette fournaise, il y avait une telle puissance de chaleur et de flamme qu'elle-même pourrait dévorer bientôt les moules provisoires qu'elle avait fondus. Aussi, en l'esprit de Forster, penché sur la Révolution, le communisme un peu abstrait et utopique de l'écrivain allemand s'échauffait soudain et rayonnait de toutes les forces de la vie.

Il n'y avait donc pas une seule force de la pensée française qui n'eût son équivalent ou son analogue en Allemagne. Visiblement, toute la Révolution en tous ses éléments, en toutes ses tendances, agissait sur l'Allemagne et y pénétrait. Mais comme toutes ces forces y étaient amorties! Comme le mouvement en Allemagne est lent et incertain, contrarié par toutes les défiances de l'esprit national en formation! Ce n'est que peu à peu, et sous une forme nationaliste, que l'Allemagne assimilera une partie de la Révolution française. Et nous pouvons être sûrs, dès la fin de 1792, que la Révolution française se heurtera, en Allemagne, à bien des obstacles.

VI

L'IDÉE RÉVOLUTIONNAIRE EN SUISSE

LES CONDITIONS POLITIQUES ET SOCIALES

En Suisse aussi, la Révolution se heurtait à bien des résistances et des défiances. Dans plusieurs·cantons, à Zurich, à Berne, les influences aristocratiques dominaient. Un patriciat de nobles et de riches bourgeois avait absorbé presque tout le pouvoir. A Genève, pendant tout le XVIII° siècle, la lutte s'était poursuivie entre l'aristocratie et la démocratie, comme l'a très nettement montré M. Henri Fazy dans sa substantielle étude sur les Constitutions de Genève. En 1781, la démocratie avait fait un grand effort et elle avait un moment obtenu la victoire. Par l'édit du 10 février 1781, les pouvoirs du Conseil général, c'est-à-dire du peuple, furent renforcés; des garanties essentielles furent accordées aux natifs, c'est-à-dire aux descendants de ceux qui étaient venus s'établir à Genève; la liberté du travail et de l'industrie, réservée jusque-là à certaines catégories bourgeoises, fut étendue à la plupart des habitants, et des atteintes assez profondes furent portées au système féodal.

« Les éléments constitutifs de la féodalité, la corvée, la taillabilité réelle et·personnelle, étaient abolis sans indemnité dans tous les biens appartenant à l'Etat. Quant aux sujets taillables et corvéables des seigneuries particulières, ils pouvaient s'affranchir en payant à leur seigneur « le prix dudit affranchissement, tel qu'il serait estimé par experts convenus entre les parties, ou à leur défaut, nommés d'office par le Conseil. » « C'était l'abolition des privilèges féodaux décrétée huit ans avant la Révolution française. » (HENRI FAZY.)

C'était comme un écho, parfois agrandi, des projets de Turgot. Mais la victoire de la démocratie et des forces nouvelles à Genève fut courte. Les cantons aristocratiques de Zurich et de Berne, redoutant la contagion démocratique, intervinrent. Et le ministre des affaires étrangères de France, M. de Vergennes, les seconda. La France ne cédait probablement pas à des préoccupations d'ordre politique, puisqu'elle venait de concourir à l'émancipation des Etats-Unis d'Amérique et qu'elle n'avait guère à redouter pour sa monarchie l'exemple de la petite république genevoise. Mais elle craignait sans doute que l'influence traditionnelle de son résident à Genève et de toute sa politique dans les cantons, fût amoindrie si les petites oligarchies sur lesquelles elle croyait avoir mis la main étaient ébranlées.

LA RESTAURATION OLIGARCHIQUE À GENÈVE

Les forces combinées de la France et des cantons écrasèrent à Genève la démocratie. Les chefs du mouvement, l'avocat du Roveray, le banquier Clavière, furent obligés de s'exiler et Genève dut subir une Constitution oligarchique et oppressive, qui restreignait violemment la liberté de la presse et de réunion, qui faisait défense d'imprimer, tant à Genève qu'à l'étranger, sans la permission expresse du Petit Conseil, tout écrit sur les lois du pays; qui dépouillait le Conseil général, c'est-à-dire le peuple, d'une grande part de la souveraineté; qui lui retirait le droit de nommer la moitié des membres du Conseil des Deux Cents et d'éliminer chaque année quatre membres du Petit Conseil et qui réduisait presque à rien le droit de *représentation*, c'est-à-dire de pétition.

Le système féodal apparaissait déjà si suranné, si intolérable, que la réaction genevoise de 1782 n'osa pas abolir entièrement les mesures libératrices de l'édit de 1781. Mais elle les resserra singulièrement. Elle laissa subsister, en les affaiblissant, les dispositions relatives aux biens de la seigneurie de l'Etat. La taillabilité personnelle resta abolie sans indemnité et la taillabilité réelle, que l'édit de 1781 supprimait sans indemnité, fut soumise au rachat. Mais, pour les fiefs des particuliers, le système féodal fut rétabli en toute sa rigueur.

LA RÉVOLUTION A GENÈVE

Les exilés, du Roveray, Clavière et d'autres, devenus les amis de Mirabeau, qui suivait avec passion tous les mouvements de liberté de l'Europe, tous les nobles efforts de l'esprit humain, formèrent à Paris une petite colonie ardente; mais, de 1782 à 1788, la réaction resta maîtresse de Genève. C'est d'abord par l'extrême

cherté du pain qu'à Genève comme en France, fut provoquée
d'abord l'agitation en 1789. L'hiver avait été très rude. Le Rhône
et le lac étaient gelés, le blé était rare, le pain horriblement cher;
le peuple se souleva pour le ramener à quatre sous la livre et, dans
son mouvement, il brisa les entraves de la Constitution de 1782.

Les magistrats proposèrent et le peuple ratifia en février 1789,
par 1.321 suffrages contre 52, un édit qui rappelait les proscrits,
rétablissait l'ancienne milice bourgeoise, réduisait les impôts,
admettait au droit de bourgeoisie les natifs de quatrième ou cinquième génération et reconnaissait en principe que les membres
du Petit Conseil devaient être élus par le peuple. Mais l'application de ce principe était ajournée à dix ans. C'était néanmoins
la voie de l'avenir ouverte à la démocratie. Le peuple témoigna sa
joie par de grandes fêtes.

Au même moment, un souffle de liberté et de Révolution venait
de France. La puissante agitation libérale du Dauphiné et de ses
Etats avait de puissants échos à Genève. Entre Genève et Grenoble
il y avait d'incessantes communications. C'est une manufacture
de toiles peintes établie à Genève, sur le Rhône, tout près du lac,
là où est aujourd'hui l'hôtel de Bergues, qui suggéra à un des
Périer l'idée d'établir une manufacture analogue à Vizille, et un
des Fazy, un des membres de la famille dont sortira le grand
démocrate genevois James Fazy, avait été emmené comme employé à la nouvelle usine de Vizille. Il y était en 1789 et il assista
aux fêtes données par les Périer aux Etats du Dauphiné. C'est à
Genève que résidait souvent à cette époque (il y avait sans doute
une maison d'été) le procureur royal près la Cour de Grenoble.
Il y était au moment où il entendit Mounier en témoignage sur
les événements des 5 et 6 octobre et c'est aux archives de Genève
que j'ai trouvé le texte de sa déposition.

« Je n'ai pas été témoin oculaire des assassinats commis à Versailles. M. de Mirabeau vint se placer derrière moi et me dit :
« Monsieur le Président, quarante mille hommes arrivent en armes
« de Paris; pressez la délibération, levez la séance, dites que vous
« allez chez le roi. » J'observe que celui qui me parlait ainsi était
M. de Mirabeau. Etonné, je réponds : « Je ne presse jamais les
« délibérations; je trouve qu'on ne les presse que trop souvent. »
M. de Mirabeau répondit : « Mais, Monsieur, ces quarante mille
« hommes! » Il est inutile de rendre compte de ma réplique. »

O le pauvre esprit, méfiant, susceptible et borné! Ce « je ne
presse jamais les délibérations » est d'un héroïsme prudhom-
mesque et sot.

Sous l'influence de la Révolution française, le mouvement démocratique s'accélérait à Genève. Les bourgeois de la ville demandent
une Constitution populaire, l'application immédiate au Petit

Conseil du principe de l'élection par le peuple qui avait été remis à dix ans. Les habitants de la campagne entrent dans l'action, et, le 15 août et le 18 décembre 1790, ils adressent aux « Magnifiques Seigneuries » de Genève une pétition pour l'égalité civile et politique. Ils y demandent la suppression complète du régime féodal.

Ce n'est plus seulement, comme dans l'édit de 1781, dans le domaine de l'Etat, c'est dans tous les fiefs des particuliers qu'ils réclament l'abolition sans indemnité de toute taillabilité personnelle et le rachat « à un prix modique » des cens. De plus, ils demandent que les dîmes soient abolies et que ce soit le Trésor public qui en assure le remboursement. En outre, les lods et ventes, c'est-à-dire les droits de mutation, seraient fixés dans les fiefs des particuliers à 12 p. 100 comme dans les fiefs appartenant à la Seigneurie. Ils demandent en même temps un système militaire moins onéreux et qui les astreigne moins souvent au service en ville; l'organisation populaire de la justice par des arbitres élus au suffrage universel; l'extension à tous les habitants du droit de suffrage. Ils protestent contre le privilège fiscal dont jouissent les bourgeois riches de la ville. L'impôt était calculé sur le revenu; les maisons de plaisance de la bourgeoisie n'étant pas productives de revenus échappaient à l'impôt, tandis que le champ du laboureur était surchargé. (Archives de Genève.)

C'était, comme on voit, toute une revendication vaste et précise. C'était la fin du régime féodal et l'organisation d'une démocratie égalitaire. Dans les autres cantons, plus lents que celui de Genève à s'émouvoir dans le sens démocratique, l'aristocratie restait puissante. Mais tous les pouvoirs oligarchiques étaient pris d'inquiétude.

LES MENÉES ANGLAISES

A Genève même, dès l'année 1790, l'aristocratie songe à la résistance. Et c'est à l'Angleterre qu'elle s'adresse d'emblée pour assurer ses privilèges. L'Angleterre était au nombre des puissances qui avaient garanti l'indépendance de la Confédération, et de plus elle surveillait partout dans le monde les démarches de la France. Aussi la tactique de l'aristocratie genevoise est-elle, dès le début, de persuader au ministère anglais que la France révolutionnaire, débordant sur les peuples par ses idées d'abord et bientôt par la force, attentera à la souveraineté de Genève et des cantons. J'ai trouvé à ce sujet aux Archives de Genève toute une curieuse correspondance. Un des magistrats, M. Dehuc, écrit le 11 août 1790 à mylord Leeds, premier secrétaire d'Etat de Sa Majesté britannique :

« Je pensais bien aussi que ces nuages se grossiraient de ceux qui s'élevaient dans notre voisinage... Je savais déjà la sollicitude du Conseil et l'inquiétude qui était passée à ce moment à B..., avant que vous m'eussiez fait l'honneur de m'en instruire. Il me

Image contre révolutionnaire italienne
(D'après un document du Musée Carnavalet)

semble pourtant qu'on devrait être rassuré à cet égard par la nature de la chose; car il n'est pas naturel que ceux qui ont des propriétés puissent désirer l'association avec un pays chargé de dettes. Quant aux manufactures, dès qu'elles seraient associées au même régime, elles se mettraient au même niveau. »

Mais, si Dehuc rassurait un peu ce jour-là le ministère anglais, d'autres communications, au contraire, étaient destinées à l'alarmer, comme en témoigne la réponse envoyée de Whitehall, le 31 août 1790.

« Messieurs, j'ai mis sous les yeux du Roi la lettre, dont vous m'avez honoré le 24 de juillet, dans laquelle vous me faites part des alarmes occasionnées par la conduite de certains Français dans la République, lesquels paraissent vouloir faire adopter les principes qui ont opéré une Révolution si inattendue dans ce royaume. Quoiqu'il faut se flatter que la République de Genève ne subira aucun inconvénient en conséquence de l'esprit d'innovation qui a éclaté dans une nation voisine, c'est avec un véritable plaisir que je vous assure, Messieurs, par ordre du Roi, la part sincère que Sa Majesté ne cesse de prendre à la prospérité de votre République et à laquelle il y a tout lieu de croire que les puissances voisines sont trop intéressées pour qu'il soit probable que votre sécurité et votre indépendance seraient menacées sans être protégées à temps. »

Dehuc, dans sa correspondance diplomatique, se plaignait des tendances démocratiques de l'Etat de Genève. De Paris, Tronchin l'envoyé genevois, tout dévoué à l'aristocratie, excitait les alarmes de ses compatriotes. Il écrivait le 18 novembre 1790 :

« M. le comte de Flahault m'a dit que l'abbé Grégoire, député de l'Assemblée nationale, avait montré une lettre qui lui était venue de Genève, par laquelle on annonçait que *le parti se fortifiait*, et que *sous huit jours* on serait *en état de faire une insurrection et de se défaire de ceux qui déplaisent*. Vous comprenez aisément, Monsieur, combien un pareil rapport est fait pour faire impression sur mon esprit prévenu dès longtemps que la marche des ennemis de notre patrie serait calculée sur celle qui a été tracée dans tant d'endroits, et que leurs projets étaient atroces. J'ai écrit tout de suite à M. le duc de la Rochefoucauld pour le prier de ne pas perdre un moment pour vérifier le fait. »

Tronchin s'alarmait outre mesure. Il n'y avait à coup sûr aucun complot, aucun parti pris de la France de révolutionner Genève. Mais il était inévitable que bien des Français, que leurs affaires ou leurs relations appelaient à Genève, propageassent la pensée révolutionnaire dont ils étaient pleins. Et les aristocrates prenaient peur. J'imagine que Mounier, à son passage à Genève, avait contribué à leur noircir l'esprit.

L'AFFAIRE DE CHATEAUVIEUX

Le coup le plus rude pour l'aristocratie des cantons fut la « mutinerie » des soldats suisses du régiment de Châteauvieux à Nancy. C'était comme un signal d'émeute donné par ceux-là

mêmes qui étaient, par destination et par contrat, les défenseurs
du « pouvoir légitime ». C'était le vieux renom de « fidélité » de
la Suisse compromis. C'était aussi la lucrative industrie militaire
menacée. Tous les cantons s'émurent, les petits et les grands,
Unterwald comme Berne, devant ce désastre national. D'emblée,
des sanctions rigoureuses furent décidées. Les magistrats de Berne,
notamment, écrivent le 19 août 1790 « aux louables cantons » de
la Confédération :

« Nous regardons l'insurrection, qui a éclaté dans le régiment
suisse de Châteauvieux, en garnison à Nancy, comme un événement de la plus haute importance. Cela nous a déterminés à
défendre, dès ce moment, à tous et à chacun des bas officiers et
soldats l'entrée de notre territoire et de statuer contre nos ressor-
tissants, s'il s'en trouve parmi les révoltés, et d'en user à leur
égard avec la plus grande sévérité, et même par la privation de
leurs privilèges et droits de bourgeoisie. Nous ne doutons pas que
tous les cantons helvétiques n'embrassent avec nous ce moyen
de sauver l'honneur de la Nation. »

Un an plus tard, quand, à l'occasion de l'acceptation par le roi
de la Constitution de 1791, l'Assemblée nationale de France vota
l'amnistie, elle exprima le vœu que les soldats condamnés en
Suisse fussent compris dans cette amnistie. Le roi transmit le
vœu, mais les cantons refusèrent, soit qu'ils aient cru flatter ainsi
le vœu secret du roi, soit qu'en effet ils n'aient pu pardonner aux
soldats qui venaient de porter une si rude atteinte aux traditions
de passivité militaire qui avaient fait jusque-là la fortune et
« l'honneur » de la Nation.

TRONCHIN ET L'ANGLETERRE

Mais c'est après le Dix Août, c'est quand la France révolutionnaire en lutte avec le roi de Sardaigne s'apprêta à porter la guerre
en Savoie, aux portes mêmes de Genève, que l'inquiétude du parti
aristocratique fut extrême, et même quelques démocrates, redoutant une usurpation et un envahissement de la France, commencèrent à s'émouvoir. Quelques-uns des hommes comme du Roveray, qui avaient toujours lutté à Genève pour le peuple et la
liberté, se rapprochent des hommes du parti aristocratique pour
sauvegarder l'indépendance de Genève et c'est un avertissement à
la France d'être très prudente. C'est de l'Angleterre surtout que
Genève attend du secours. Mais les ministres anglais hésitaient à
se lancer dans la tempête. Ils surveillaient les événements et ils
ne voulaient pas que des intérêts assez faibles brusquassent leur

décision. Tronchin, qui était allé à Londres en toute hâte solliciter le ministère anglais, écrit le 20 septembre et le 16 octobre :

« Les circonstances sont trop impérieuses pour admettre aucune négligence; mais mylord Granville est à la campagne. J'ai eu une visite de M. du Roveray en compagnie de M. Reybaz; ils étaient d'accord que l'on ne pouvait plus renvoyer à demander garnison aux Suisses, parce qu'ils savaient la déclaration de guerre faite au roi de Sardaigne; mais ils pensaient que si les Français exigent de faire passer de la troupe à la file par notre ville, on ne pouvait pas, en vertu des décrets, le leur refuser... »

Et Tronchin fait allusion en même temps à des menées de trahison dans les départements français voisins de la Suisse.

« Je vous ai dit, Messieurs, de vous ressouvenir des intelligences qu'on peut se former dans le département du Jura; mais je crois que le moment n'est pas encore venu *parce que les personnes que je connais et qui m'ont fait des ouvertures, qui avaient du crédit il y a quelque temps, n'en ont plus depuis que le royaume est assujetti aux factieux.* »

Comme la trame de trahison s'étendait loin, que déchira le Dix Août!

« *Il s'agissait dans le fond de faire déclarer la Franche-Comté pour se coaliser avec le corps helvétique; ceci doit rester un secret.* J'espère pouvoir faire parler à M. Pitt par M. Thillarson, qui en est avantageusement connu. » (25 septembre 1792, Archives de Genève.)

Mais il ajoutait le 16 octobre, après une entrevue avec lord Granville.

« Je ne puis pas faire sortir le ministre de cette circonspection que le cabinet paraît avoir adoptée depuis longtemps. »

Les ministres anglais hésitaient encore à cette date à entreprendre la lutte contre la France. Le général Montesquiou, en venant de Savoie, entra à Genève. Mais il ne s'y arrêta pas; il conclut avec la ville un arrangement qui réglait la retraite des troupes françaises et qui limitait le nombre des troupes suisses qui pouvaient tenir garnison dans la ville. Ce fut un des griefs de la Convention contre Montesquiou. Elle lui reprocha d'avoir ménagé l'aristocratie genevoise, d'avoir laissé se constituer aux portes de la France un foyer de résistance et de contre-révolution.

A Genève même, les démocrates hésitaient. Ils auraient voulu que l'action de la France donnât une impulsion décisive à la démocratie. Mais ils redoutaient les suites d'une occupation militaire. Leur rêve était que la paix fût bientôt conclue entre la France et l'Europe et que la France révolutionnaire n'étant plus obligée d'agir par la force des armes, pût agir par la force de l'exemple

PERFIDIE FRANÇAISE OU ATTACHEMENT DES TROUPES FRANÇAISES A LEUR GÉNÉRAL APRÈS LA DÉFAITE DE TOURNAY
Image contre-révolutionnaire anglaise
(D'après un document du Musée Carnavalet)

et de la propagande. Sur la porte d'un club fondé à ce moment, on lit encore l'inscription gravée au couteau et souvent répétée : PAIX. C'était aussi, comme on l'a vu, le mot d'ordre de Forster et des révolutionnaires allemands.

CLAVIÈRE

Clavière, lui, l'ancien banquier et révolutionnaire genevois, devenu ministre des finances de la France révolutionnaire dans le ministère girondin du Dix Août, n'était pas entré du tout dans la politique de ses anciens compagnons de lutte, du Roveray, Dumont. Eux, au risque de sauver l'aristocratie, ils voulaient préserver de toute atteinte l'indépendance de Genève. Clavière, au risque de porter atteinte à l'indépendance de Genève, voulait écraser l'aristocratie. Il avait une âpre haine de proscrit contre les patriciens égoïstes et durs qui l'avaient persécuté et il lui paraissait intolérable que, sous prétexte de défendre Genève, les soldats des aristocratiques cantons de Zurich et de Berne y tinssent garnison.

Les magistrats de Genève avaient envoyé à Paris un délégué, Gasc, qui devait agir sur les membres de l'Assemblée et sur le Comité diplomatique. Il était secrètement assisté dans ses démarches par Dumont et du Roveray. Ils trouvèrent Clavière intraitable. Brissot, qu'ils rencontrèrent chez Clavière, leur parut au contraire accommodant. Quel homme singulier que Brissot! Il prononce des discours qui allument la guerre, il pousse à l'universelle propagande armée, à l'universelle Révolution, puis, dans le détail, il essaie d'atténuer, d'amortir les chocs. Il se mêle de toutes les affaires, et il les gâte toutes par une bonhomie inconsistante et débile.

« Nous trouvâmes Brissot beaucoup plus raisonnable que le premier (Clavière); il nous parla de tout cela avec beaucoup de franchise et d'impartialité. Nous recueillîmes de cette seconde conversation qu'il n'était pas d'avis que la France se mît dans le cas de faire la guerre aux Suisses, qu'on menât durement la République de Genève et qu'on dût employer la force pour faire adopter la démocratie et l'égalité aux nations voisines de la France. »

Ainsi, au moment où la France révolutionnaire entrait en conflit avec l'Europe, la Suisse était, comme l'Allemagne, une force incertaine et mêlée. L'aristocratie y était puissante, attentive et habile, et la démocratie, malgré de vigoureux élans, y était affaiblie par la peur de compromettre l'indépendance nationale.

VII

L'ANGLETERRE POLITIQUE ET ÉCONOMIQUE

LE CHOIX D'ALBION SERA DÉCISIF

Sur l'Angleterre aussi plana, en ces années décisives de l'histoire du monde, un doute vraiment tragique. Allait-elle se livrer au mouvement de la Révolution, ou au contraire le combattre et chez elle et au dehors? Selon que se réaliserait l'une ou l'autre hypothèse, la marche des choses humaines était en quelque sorte retournée. Que l'Angleterre écrase en son propre sein toute tentative de démocratie et qu'elle se joigne aux puissances du continent pour combattre avec son obstination, avec son or, avec son génie, avec le prestige des libertés premières conquises par elle, la France révolutionnaire, et celle-ci, acculée, exténuée, réduite pour se défendre à tendre tous les ressorts, est vouée, après une excitation héroïque et furieuse, à une longue dépression. La Révolution n'est pas définitivement vaincue, mais elle subit de terribles éclipses.

Au contraire, que l'Angleterre sympathise avec la France et harmonise son propre mouvement à celui de la Révolution, qu'elle donne à ses institutions libérales et parlementaires un caractère démocratique, qu'elle reconnaisse au peuple tout entier le droit de suffrage et que, sans briser sa monarchie, elle la rende vraiment populaire, la Révolution est invincible en Europe. Elle apparaît avec la double force de l'idéal et de la tradition. En France, après le long obscurcissement des libertés publiques qui, depuis les Etats généraux de 1614, n'ont même plus un simulacre de garanties, elle est la révélation soudaine et lumineuse du droit. En Angleterre, elle est la continuation, l'agrandissement de l'œuvre de liberté qui, commencée avec la grande Charte, s'est continuée en 1648 et en 1688.

Devant cette alliance de la tradition libérale élargie et de la démocratie nouvelle, la contre-Révolution du continent aurait été impuissante. Elle n'aurait même pu engager la lutte à fond. Et la

France, débarrassée de sa royauté traîtresse et délivrée en même temps de tout souci extérieur, aurait évolué dans la liberté et dans la paix, elle n'aurait connu ni la dictature de la Terreur ni la dictature militaire. Oui, c'était une autre marche de l'histoire.

LA FORCE ANGLAISE

L'Angleterre était bien loin d'avoir en 1789 la population et la force économique qu'elle a aujourd'hui. Elle était beaucoup moins peuplée que la France et elle n'avait guère (en comptant l'Ecosse) que onze millions d'habitants à opposer aux vingt-cinq millions de notre pays. Sa marine, aujourd'hui si formidable, n'était pas beaucoup supérieure alors à la marine française. Elle venait de perdre ses colonies d'Amérique et son prestige semblait atteint. Mais ce n'était là qu'une blessure superficielle et elle se réparait avec une force vitale admirable; elle se redressait avec un merveilleux ressort de volonté. Elle avait sur les autres peuples une avance industrielle marquée, servie par une puissante flotte marchande. Elle gardait et elle affermissait sa conquête des Indes, étendant toujours davantage la protection de l'Etat sur les compagnies capitalistes hardies qui s'annexaient de larges territoires et s'ouvraient des débouchés. Ses colonies des Antilles restaient florissantes et elle constatait avec une joyeuse surprise que, même après la guerre de l'Indépendance, les Etats-Unis continuaient à commercer avec elle. Bien mieux, ses échanges avec ces colonies à peine émancipées allaient se développant; elle profitait ainsi de l'élan d'activité que la liberté, la victoire et la paix donnaient aux Etats-Unis, triomphant jusque dans son apparente défaite par la force d'expansion de son industrie.

Qu'on lise les savoureux récits de voyage de Mackenzie, et on verra que c'est précisément après la guerre, que le commerce anglais pousse le plus audacieusement au nord de l'Amérique, jusque dans les régions polaires. Par une curieuse coïncidence, c'est précisément en 1789, au moment où éclatent en France les événements qui vont révolutionner le monde et absorber bientôt les énergies françaises, que Mackenzie organise définitivement ces puissantes Compagnies qui vont acheter les pelleteries des Esquimaux avec des produits anglais et qui relient Londres et le pôle par des opérations commerciales hardies dont la double chaîne se meut dans un cycle de deux années. Admirable confiance et admirable intrépidité.

Même avec la France, dont l'intervention victorieuse en faveur de l'Amérique soulevée avait profondément blessé l'Angleterre, le

WILLIAM PITT

IL FAUT DÉCLARER LA GUERRE
A LA FRANCE

PITT
(D'après une estampe de la Bibliothèque Nationale)

commerce anglais prenait une revanche. Le traité de 1785 avait
ouvert le marché français aux produits anglais et la France éton-
née, la Normandie surtout, inquiète pour ses draps, se demandaient s'il serait possible de soutenir la concurrence de l'industrie
anglaise plus puissamment outillée. L'Angleterre prenait ainsi de
plus en plus conscience que sa force était dans l'expansion de son
industrie et que cette expansion pouvait être irrésistible. Ainsi
l'amertume même d'une défaite récente s'atténuait. Ou du moins
le fier ressentiment qu'elle en avait gardé n'était point ce dépit
mesquin et aigre qui fait commettre aux peuples comme aux individus les pires fautes.

ADAM SMITH ET LES PHYSIOCRATES

Un homme d'un génie large et clair, Adam Smith, avait, dans
son *Traité de la richesse des nations* publié pour la première fois
en 1776 et réimprimé en 1784, tracé à l'Angleterre les voies où elle
devait s'engager, ou plutôt il avait compris quelle était la tendance, quel était le sens de l'évolution économique de l'Angleterre
et en lui l'Angleterre prenait vraiment conscience de sa destinée.

Pour mesurer toute l'avance économique de l'Angleterre à cette
époque, il suffit de comparer à l'œuvre de Smith si large, si saine,
si vivante, les œuvres de nos économistes, de nos physiocrates du
XVIIIᵉ siècle. Celles-ci ont quelque chose de bizarre, d'étriqué,
d'enfantin et de sectaire. On sent que la France n'a pas encore
débrouillé son écheveau économique, qu'elle ne sait pas nettement
de quel côté orienter son action.

Déjà, sans doute, l'essor de l'industrie française est grand : et
j'en ai marqué la croissance. Mais, on dirait qu'au moment même
où cet essor va être décisif et où la France va compléter sa puissante vie agricole par une puissante vie industrielle, sa pensée est
prise d'hésitation et de trouble. Elle semble se replier un moment
vers l'agriculture et la considérer non seulement comme la base,
mais comme la forme essentielle et unique de la richesse.

Le système des physiocrates est un mélange déconcertant
d'idées progressives et d'idées rétrogrades. Ils sont des hommes
de progrès par leur souci d'appliquer à la culture, à la production
agricole la puissance du capital et par leur haine des entraves, des
barrières intérieures qui arrêtent la circulation des produits du
sol. Mais, lorsque par leurs subtilités paradoxales et leurs déductions scolastiques, ils démontrent que l'agriculture seule est productive, qu'elle laisse seule un produit net, lorsqu'ils vont jusqu'à
qualifier la classe industrielle de *classe stérile*, sous prétexte que

l'homme ne retrouve dans le produit industriel que la valeur du travail qu'il y a incorporée, ils font œuvre de réaction; ils risquent d'arrêter l'essor de l'industrie et d'immobiliser la France dans un capitalisme purement agricole. C'est la théorie confuse et trouble d'un peuple qui n'est pas encore sûr de sa voie et qui ne sait guère comment concilier avec sa traditionnelle puissance agricole les forces nouvelles de production et de capitalisme multiforme qu'il sent s'éveiller et grandir en lui.

Au contraire, le large système d'Adam Smith répond à l'assurance d'esprit d'un peuple mûr pour la grande industrie et pour la maîtrise commerciale des marchés du monde. Sans doute, il proclame l'importance extrême de l'agriculture et si l'Angleterre a une avance économique marquée, c'est, selon lui, parce qu'elle a traité mieux que toute autre nation la classe des cultivateurs. Mais cette agriculture progressive doit être un soutien et non un obstacle pour l'industrie.

Adam Smith constate que c'est la division croissante du travail qui en accroît presque indéfiniment la productivité. Or, c'est surtout dans l'industrie et dans la grande industrie des grandes villes que cette division du travail s'accentue. C'est dans les campagnes qu'elle est le moins poussée, le même homme y pourvoyant aux besognes les plus diverses.

« Les ouvriers de la campagne sont presque partout dans la nécessité de s'adonner à toutes les différentes branches d'industrie qui ont quelque rapport entre elles par l'emploi des mêmes matériaux. Un charpentier de village confectionne tous les ouvrages en bois et un serrurier tous les ouvrages en fer. » Ainsi, c'est dans l'industrie des villes, c'est dans les grandes agglomérations humaines que la division du travail, condition de tout progrès, est poussée le plus loin.

ADAM SMITH ET SA THÉORIE DU TRAVAIL

De même, bien loin de déclarer l'industrie stérile, à la manière des physiocrates, parce qu'elle ne fait que reproduire la valeur du travail dépensé, Adam Smith fait du travail la mesure de toute valeur, même agricole.

« Il paraît évident, dit-il, que le travail est la seule mesure universelle aussi bien que la seule exacte des valeurs, le seul étalon qui puisse nous servir à mesurer les valeurs des différentes marchandises à toutes les époques et dans tous les lieux. »

Sans doute, il n'a pas poussé l'analyse aussi loin que le fera Marx et sa conception de la valeur est beaucoup moins systématique. Ce n'est pas du seul travail qu'il dérive le profit et la rente. Il considère, au contraire, que la rente ou fermage, le profit du capital et le travail sont les trois éléments du prix d'une marchandise.

« Dans le prix du blé, par exemple, une partie paye la rente du propriétaire, une autre paye les salaires ou l'entretien des ouvriers, ainsi que les bêtes de labour et de charroi employées à produire le blé, et la troisième paye le profit du fermier. Ces trois parties semblent constituer immédiatement ou en définitive la totalité du prix du blé. »

Mais Smith a le pressentiment que de ces trois éléments, qu'il ne dissout pas pourtant l'un dans l'autre, le travail est le plus fondamental.

« Il faut observer que la valeur réelle de toutes les différentes parties constituantes du prix se mesure par la quantité de travail que chacune d'elles peut acheter ou commander. Le travail mesure la valeur, non seulement de cette partie du prix qui se résout en *travail*, mais encore de celle qui se résout en *fermage* et de celle qui se résout en *profit*. »

L'expression est assez équivoque et obscure. Car, le montant du fermage ou le profit du capital peut être employé, soit à acheter en effet du travail, c'est-à-dire à payer des salaires, soit à acheter des marchandises dont le prix est, selon Smith, déterminé par la rente et le profit aussi bien que par du travail. Et alors, pourquoi retenir seulement une des deux hypothèses et mesurer la valeur de la rente et du profit par la seule quantité de travail qu'ils peuvent acheter et commander? Ou alors, c'est que des trois éléments qui concourent, selon Smith, à former le prix d'une marchandise, rente, profit, travail, c'est le travail qui, à l'analyse, apparaît comme l'élément ultime : et il ne suffit plus de dire que le travail *mesure* toute valeur. Il faut dire encore qu'il constitue toute valeur. Mais comment pourrait-il la mesurer s'il ne la constituait pas? Ainsi Smith est sur la voie des conceptions de Ricardo et de Marx. Et cette prééminence du travail dans la constitution de la valeur est bien le signe d'une civilisation industrielle croissante, où la part de la rente du sol, de la matière brute, va s'atténuant au profit du travail.

« A mesure, dit Smith, qu'une marchandise particulière vient à être plus manufacturière, cette partie qui se résout en *salaires* et en *profits* devient plus grande en proportion de celle qui se réduit en *rente*. »

C'est bien l'avènement du capitalisme industriel et toute la théorie de Smith a une puissante orientation industrielle. Ce n'est pas que selon Smith la rente de la terre soit appelée à disparaître ou même à diminuer. Elle va haussant au contraire, mais par l'effet d'une prospérité générale croissante dont le développement des manufactures est un élément décisif.

« Je terminerai ce long chapitre en remarquant que toute amélioration qui se fait dans l'état de la société tend, d'une manière directe ou indirecte, à faire hausser la rente réelle de la terre, à augmenter la richesse du propriétaire, c'est-à-dire son pouvoir d'acheter le travail d'autrui ou le produit du travail d'autrui.

« L'extension de l'amélioration des terres et de la culture y tend d'une manière directe. La part du propriétaire dans le produit augmente nécessairement à mesure que le produit augmente.

« La hausse qui survient dans le prix réel de ces sortes de produits bruts, dont le renchérissement est d'abord l'effet de l'amélioration et de la culture et devient ensuite la cause de leurs progrès ultérieurs, la hausse, par exemple, du prix du bétail, tend aussi à élever, d'une manière directe, la rente du propriétaire et dans une proportion encore plus forte. Non seulement la valeur réelle de la part du propriétaire, le pouvoir réel que cette part lui donne sur le travail d'autrui, augmentent avec la valeur réelle du produit, mais encore la proportion de cette part, relativement au produit total, augmente aussi avec cette valeur.

« *Tous les progrès, dans la puissance productive du travail, qui tendent directement à réduire le prix réel des ouvrages de manufacture, tendent indirectement à élever la rente réelle de la terre. C'est contre des produits manufacturés que le propriétaire échange cette partie de son produit brut qui excède sa consommation personnelle, ou, ce qui revient au même, le prix de cette partie. Tout ce qui réduit le prix réel de ce premier genre de produit élève le prix réel du second; une même quantité de ce produit brut répond dès lors à une plus grande quantité de ce produit manufacturé et le propriétaire se trouve à portée d'acheter une plus grande quantité de choses de commodité, d'ornement ou de luxe qu'il désire se procurer.*

« *Toute augmentation dans la richesse réelle de la société, toute augmentation dans la masse du travail utile qui y est mis en œuvre, tend indirectement à élever la rente réelle de la terre. Une certaine portion de ce surcroît de travail va naturellement à la terre. Il y a un plus grand nombre d'hommes et de bestiaux employés à sa culture; le produit croît à mesure que s'augmente ainsi le capital destiné à le faire naître et la rente grossit avec le capital.* »

Ainsi, Adam Smith, s'il n'enchaîne pas à la terre l'essor de l'industrie, est bien loin de négliger la richesse agricole. Il montre, au contraire, qu'elle est liée à la richesse générale et particulièrement à la croissance de la productivité industrielle. Ce n'est pas seulement la richesse agricole dans son ensemble qui grandit, selon

Smith, avec le progrès de l'industrie. C'est encore, c'est surtout la richesse du propriétaire foncier, c'est la rente du sol.

L'industrie, dans sa sphère propre, subordonne de plus en plus la rente au profit et au travail. Mais elle a pour conséquence directe d'accroître, dans la sphère agricole, la valeur absolue et la valeur relative de la rente de la terre.

Du coup, dans la large théorie d'Adam Smith, voilà les grands propriétaires fonciers, voilà l'aristocratie foncière d'Angleterre intéressés au progrès industriel, à l'essor général de la production et de la richesse. Et je comprends que William Pitt, qui cherchait à concilier la tradition et le mouvement, qui avait le sens très net des nécessités industrielles nouvelles et le souci de ménager les forces conservatrices, ait fait du livre d'Adam Smith son évangile économique. A vrai dire, Smith n'espère pas que l'aristocratie foncière anglaise, souvent paresseuse et frivole, perçoive d'emblée l'harmonie de son intérêt de classe à l'intérêt général de la nation et du mouvement de l'industrie.

« Il y a trois différentes classes du peuple : ceux qui vivent de *rentes*, ceux qui vivent de *salaires* et ceux qui vivent de *profits*. Ces trois grandes classes sont les classes primitives et constituantes de toute société civilisée... L'intérêt de la première de ces trois grandes classes (les rentiers de la terre) est étroitement et inséparablement lié à l'intérêt général de la société. Tout ce qui porte profit ou dommage à l'un de ces intérêts en porte aussi nécessairement à l'autre. Quand la nation délibère sur quelque règlement de commerce ou d'administration, les propriétaires des terres ne la pourront jamais égarer, même en n'écoutant que la voix de l'intérêt particulier de leur classe, au moins si on leur suppose les plus simples connaissances sur ce qui constitue cet intérêt. A la vérité, il n'est que trop ordinaire qu'ils manquent même de ces simples connaissances. Des trois classes, c'est la seule à laquelle son revenu ne coûte ni travail ni souci, mais à laquelle il vient, pour ainsi dire, de lui-même, et sans qu'elle y apporte aucun dessein ni plan quelconque. Cette insouciance, qui est l'effet naturel d'une situation aussi tranquille et aussi commode, ne laisse que trop souvent les gens de cette classe, non seulement dans l'ignorance des conséquences que peut avoir un règlement général, mais les rend même incapables de cette application d'esprit qui est nécessaire pour comprendre et pour prévoir ces conséquences. »

Mais qu'on les éclaire, qu'on les habitue à la réflexion, et leur égoïsme même, intelligent et informé, servira les intérêts nouveaux de l'Angleterre industrielle.

ADAM SMITH ET LA LIBERTÉ COMMERCIALE.

Adam Smith est si convaincu que la puissance industrielle de l'Angleterre est arrivée à maturité qu'il rejette tous les moyens artificiels par lesquels l'industrie anglaise s'était soutenue ou avait cru se soutenir jusque-là. A vrai dire, il ne croit pas possible d'obtenir des marchands et manufacturiers, qui exercent une action très grande sur le gouvernement du pays, qu'ils renoncent entièrement aux faveurs du système mercantile, aux droits de douane qui arrêtent ou gênent l'importation, aux primes dont est gratifiée l'exportation.

Mais ce n'est pas la nature des choses, ce n'est pas l'intérêt bien compris de l'industrie et du commerce, c'est l'égoïsme aveugle, impatient et ignorant des marchands et manufacturiers qui s'oppose à l'entière liberté commerciale, au libre échange.

« A la vérité, s'attendre à ce que la liberté du commerce puisse jamais être entièrement rendue à la Grande-Bretagne, ce serait une aussi grande folie que de s'attendre à y voir jamais se réaliser la République d'Utopie ou celle de l'Oceana. Non seulement les préjugés du public, mais ce qui est encore beaucoup plus difficile à vaincre, l'intérêt privé d'un grand nombre d'individus y opposent une résistance insurmontable. Si les officiers de l'armée s'avisaient d'opposer à toute réduction dans l'état militaire des efforts aussi bien concentrés et aussi soutenus que ceux de nos maîtres manufacturiers contre toute loi tendant à leur donner de nouveaux rivaux dans le marché national, si les premiers animaient leurs soldats comme ceux-ci excitent leurs ouvriers pour les porter à des outrages et à des violences contre ceux qui proposent de semblables règlements, il serait aussi dangereux de tenter une réforme dans l'armée, qu'il l'est devenu maintenant d'essayer la plus légère attaque contre le monopole que nos manufacturiers exercent sur nous. Ce monopole a tellement grossi quelques-unes de leurs tribus particulières que, semblables à une immense milice toujours sur pied, elles sont devenues redoutables au gouvernement, et dans plusieurs circonstances même, elles ont effrayé la législature. Un membre du Parlement qui appuie toutes les propositions tendant à renforcer ce monopole est sûr, non seulement d'acquérir la réputation d'un homme entendu dans les affaires de commerce, mais d'obtenir encore beaucoup de popularité et d'influence dans une classe de gens à qui leur nombre et leur richesse donnent une grande importance. Si, au contraire, il combat ces propositions, et surtout s'il a assez de crédit sur la Chambre pour les rejeter, ni la probité la mieux reconnue, ni le rang le plus éminent, ni les services publics les plus distingués ne le mettront à l'abri des outrages, des insultes personnelles, des dangers même que susciteront contre lui la rage et la cupidité trompée de ces insolents monopoleurs. »

Mais Adam Smith ne croit pas à la possibilité de briser l'égoïsme du monopole et d'instituer l'entière liberté du commerce, il croit, du moins, que l'heure est venue pour l'industrie anglaise de s'en rapprocher. Je n'ai pas à discuter ici les thèses d'Adam Smith. Je n'ai pas à me demander si tout le système de protection dont l'acte de navigation de Cromwell est l'expression suprême a contrarié le développement de l'Angleterre; ou si, au contraire, comme l'affirme List, c'est lui qui a porté l'industrie anglaise à ce degré de force où elle pouvait, sans péril et même avec profit, pratiquer une méthode nouvelle et briser les barrières qui la séparaient du marché universel. Mais, ce qui est sûr, c'est qu'Adam Smith, en qui le grand esprit de système était tempéré par des connaissances très précises et très vastes, n'aurait pas proposé à l'industrie anglaise cette politique de liberté, de concurrence et d'expansion, s'il n'en avait senti la force et l'élan.

Il ne veut pas brusquer le passage du régime de protection et de réglementation au régime du libre échange, mais le préparer avec prudence.

« L'entrepreneur d'une grande manufacture, qui se verrait obligé d'abandonner ses travaux parce que les marchés du pays se trouveraient tout d'un coup ouverts à la libre concurrence des étrangers, souffrirait, sans doute, un dommage considérable. Cette partie de son capital qui s'employait habituellement en achat de matières premières et en salaires d'ouvriers, trouverait peut-être, sans beaucoup de difficulté, un autre emploi. Mais il ne pourrait pas disposer, sans une perte considérable, de cette autre partie de son capital, qui était fixée dans ses ateliers et autres instruments de son commerce. Une juste considération pour les intérêts de cet entrepreneur exige donc que de tels changements ne soient jamais faits brusquement, mais qu'ils soient amenés à pas lents et successifs, et après avoir été annoncés de loin. S'il était possible que les délibérations de la législature fussent toujours dirigées par de grandes vue d'intérêt général et non par les clameurs importunes de l'intérêt privé, elle devrait, pour cette seule raison peut-être, se garder avec le plus grand soin d'établir jamais aucun nouveau monopole de cette espèce, ni de donner la moindre extension à ceux qui sont déjà établis. Chaque règlement de ce genre introduit dans la Constitution de l'Etat un germe réel de désordre qu'il est bien difficile de guérir ensuite sans occasionner un autre désordre. »

C'est sans doute ce mélange de hardiesse et de prudence, c'est cette combinaison des audaces du penseur et des calculs de pru-

IL ADORE LES DROITS DE L'HOMME
Gravure satirique anglaise contre Fox, ami de la Révolution et de la France
(D'après une estampe du Musée Carnàvalet)

dence de l'homme d'Etat qui séduisaient Pitt. Adam Smith, dès
1775, prépare les esprits à un grand changement dans les relations
commerciales de l'Angleterre avec la France et on peut dire qu'il

contribua beaucoup à rendre possible le fameux traité de commerce de 1785.

« Le second expédient au moyen duquel le système mercantile se propose d'augmenter la quantité de l'or et de l'argent consiste à établir des entraves extraordinaires à l'importation de presque toute espèce de marchandises venant des pays avec lesquels on suppose que la balance du commerce est défavorable. Ainsi, dans la Grande-Bretagne, l'importation des linons de Silésie, pour la consommation intérieure, est permise, à la charge de payer certains droits; mais l'importation des batistes et des linons de France est prohibée, excepté pour le port de Londres, où ils sont déposés dans des magasins, à charge de les réexporter!

« Il y a de plus forts droits sur les vins de France que sur ceux du Portugal ou même de tout autre pays.

« Pour ce qu'on appelle l'impôt de 1692, il a été établi un droit de 25 p. 100 de la valeur ou du prix au tarif de toutes les marchandises de France ; tandis que les marchandises des autres nations ont été, pour la plupart, assujetties à des droits beaucoup plus légers, qui rarement excèdent 5 p. 100. A la vérité, les vins, eaux-de-vie, sels et vinaigres de France ont été exceptés, ces denrées étant assujetties à d'autres droits très lourds, soit par d'autres lois, soit par des clauses particulières de cette même loi.

« En 1696, ce premier droit de 25 p. 100 n'ayant pas été jugé un découragement suffisant, on en imposa un second, aussi de 25 p. 100, sur toutes les marchandises françaises, excepté sur les eaux-de-vie, et en même temps un nouveau droit de 25 livres par tonneau de vin de France et un autre de 15 livres par tonneau de vinaigre de France.

« ... Avant le commencement de la guerre actuelle, on peut regarder 75 p. 100 comme le moindre droit auquel fussent assujetties la plupart des marchandises fabriquées ou produites en France. Or, sur la plupart des marchandises, de pareils droits sont équivalents à une prohibition. Les Français, de leur côté, ont, à ce que je crois, maltraité également nos denrées et nos manufactures, quoique je ne suis pas également au fait de toutes les charges et gênes qui leur sont imposées. Ces entraves réciproques ont à peu près anéanti tout commerce loyal entre les deux nations, et c'est maintenant par les contrebandiers que se fait principalement l'importation des marchandises anglaises en France, ou des marchandises françaises en Angleterre. »

Les clauses du traité de 1785 furent, comme on sait, infiniment plus libérales. L'industrie anglaise, encouragée par une force secrète d'expansion et avertie par le grand théoricien de la liberté

commerciale, perçait peu à peu la coque épaisse de protection et
de prohibition où elle s'était enfermée depuis plus d'un siècle et se
risquait à la liberté des échanges.

ADAM SMITH ET LE SYSTÈME COLONIAL

C'est en vertu des mêmes principes et avec la même hardiesse
qu'Adam Smith demande à ses compatriotes de modifier leur système colonial, conforme d'ailleurs au système colonial de toute
l'Europe. Les colonies étaient alors, pour la métropole, un champ
réservé d'exploitation. Elles ne pouvaient vendre leurs produits
qu'à la métropole : elles ne pouvaient acheter que les produits de la
métropole. En sorte que, toujours soumises à des prix de monopole
et toujours à leur détriment, elles devaient vendre au plus bas et
acheter au plus haut. Et le transport des produits à l'importation
et à l'exportation était réservé à la marine métropolitaine. Comment les colonies pouvaient-elles se développer et prospérer avec
un pareil régime? C'est que deux causes neutralisaient, en partie
du moins, les effets dangereux de ce monopole de la mère patrie.

D'abord celle-ci, s'étant en quelque sorte subordonné tout le
commerce des colonies, avait intérêt à encourager la production
coloniale. Et, ne pouvant l'encourager par la liberté du commerce,
elle l'encourageait par un abondant apport de capitaux. « La prospérité des colonies à sucre de l'Angleterre a été, en grande partie,
l'effet des immenses richesses de l'Angleterre dont une partie,
débordant pour ainsi dire de ce pays, a reflué dans les colonies. »
Et, en second lieu, les colonies nouvelles étant surtout agricoles,
souffraient moins des restrictions apportées à la liberté de leur
négoce que si elles avaient eu une production industrielle analogue
à celle de la métropole.

Adam Smith dit (et il a vraisemblablement raison) : « Quoique
la politique de la Grande-Bretagne, à l'égard du commerce de ses
colonies, ait été dictée par le même esprit mercantile que celle des
autres nations, toutefois elle a été au total moins étroite et moins
oppressive que celle d'aucune autre nation ».

Même les colonies américaines, soulevées contre l'Angleterre au
moment où écrivait Adam Smith, avaient joui d'un régime assez
libéral. « Quant à la faculté de diriger leurs affaires comme ils le
jugent à propos, les colons anglais jouissent d'une entière liberté
sur tous les points, à l'exception de leur commerce étranger. Leur
liberté est égale, à tous égards, à celle de leurs concitoyens de la
mère patrie, et elle est garantie de la même manière par une assemblée de représentants du peuple qui prétend au droit exclusif

d'établir des impôts pour le soutien du gouvernement colonial. L'autorité de cette assemblée tient en respect le pouvoir exécutif; et le dernier colon, le plus suspect même, tant qu'il obéit à la loi, n'a pas la moindre chose à craindre du ressentiment du gouverneur ou de celui de tout autre officier civil ou militaire de la province. Si les Assemblées coloniales, de même que la Chambre des Communes en Angleterre, ne sont pas toujours une représentation très légale du peuple, cependant elles approchent de plus près qu'elle de ce caractère et, comme le pouvoir exécutif, ou n'a pas de moyen de les corrompre, ou n'est pas dans la nécessité de le faire, à cause de l'appui que leur donne la mère patrie, elles sont peut-être, en général, plus sous l'influence de l'opinion et de la volonté de leurs commettants. Les conseils qui dans les législatures coloniales répondent à la Chambre des pairs en Angleterre ne sont pas composés d'une noblesse héréditaire. En certaines colonies, comme dans trois des gouvernements de la nouvelle Angleterre, ces conseils ne sont pas nommés par le roi, mais ils sont élus par les représentants du peuple. Dans aucune des colonies anglaises il n'y a de noblesse héréditaire.

« Avant le commencement des troubles actuels, les assemblées coloniales avaient non seulement la puissance législative, mais même une partie du pouvoir exécutif. Dans les provinces du Connecticut et de Rhode-Island, elles élisaient le gouverneur. Dans les autres colonies, elles nommaient les officiers de finances qui levaient les taxes établies par ces assemblées respectives, devant lesquelles ces officiers étaient immédiatement responsables. Il y a donc plus d'égalité parmi les colons anglais que parmi les habitants de la mère patrie. Leurs mœurs sont plus républicaines et leurs gouvernements, particulièrement ceux des trois provinces de la Nouvelle-Angleterre, ont aussi jusqu'à présent été plus républicains. »

Et voilà pourquoi c'était folie au ministère anglais d'attenter à des libertés auxquelles les colons d'Amérique étaient depuis longtemps habitués et qui leur rendait plus nécessaires encore leur rapide croissance. Adam Smith, écrivant en pleine guerre, parle de ces questions et des responsabilités du gouvernement de son pays avec beaucoup de réserve. Mais c'est contre toute la politique commerciale, suivie alors par les grands pays de l'Europe à l'égard de leurs colonies, qu'il s'élève. Il affirme qu'elle est aussi mauvaise pour la métropole que pour les colons. Elle dirige en effet artificiellement vers les colonies ainsi réservées une trop grande part du capital national. Elle déshabitue la mère patrie de produire au meilleur marché possible et par là elle l'affaiblit dans la lutte entre les nations. Adam Smith croit que si l'Angleterre a renoncé à pénétrer en France par ses produits, si elle s'est laissée chasser par l'industrie française, notamment par l'industrie lainière, des côtes de la Méditerranée et des marchés du Levant, c'est parce qu'elle s'est complue à l'excès dans le profit trop facile qu'elle se ménageait aux colonies par ce commerce exclusif. Et la croissance démesurée, « monstrueuse », du commerce colonial a absorbé une trop large part des ressources d'énergie et des ambitions de la nation. Il y aurait intérêt pour l'Angleterre, pour la sage distribution de sa force économique sur le marché du monde, à desserrer les liens de monopole qui attachent les colonies. Et Adam Smith fait servir à sa thèse la leçon imprévue que donnent à l'Angleterre les événements d'Amérique. Qui n'eût cru que l'Angleterre, ayant mis sa plus forte espérance en son commerce colonial, allait être frappée grièvement par la brusque suspension des échanges avec les colonies américaines révoltées? Or, il se trouvait au contraire que de larges compensations s'étaient aussitôt offertes à elle. Et si ces compensations ont pu être procurées à l'Angleterre par la faveur des événements, c'est parce que déjà ses relations d'affaires avec le monde étaient étendues et variées.

Ainsi, au débouché qui se resserrait ou se fermait sur un point, se substituaient des débouchés nouveaux. D'où il était aisé de conclure que l'Angleterre devait chercher la sécurité et la puissance non dans l'exploitation exclusive de marchés réservés et étroits, mais dans une expansion variée et indéfinie, dans l'élargissement et le renouvellement continuel du marché.

« Le commerce des colonies, en entraînant dans ce commerce une portion beaucoup plus forte du capital de la Grande-Bretagne que celle qui s'y serait naturellement portée, paraît avoir entièrement rompu cet équilibre qui se serait établi sans cela entre toutes les diverses branches de l'industrie britannique. Au lieu de s'assortir à la convenance d'un grand nombre de petits marchés, l'industrie de la Grande-Bretagne s'est principalement adaptée aux besoins d'un grand marché seulement; son commerce, au lieu de parcourir un grand nombre de petits canaux, a pris son cours principal dans un grand canal unique. Or, il en est résulté que le système total de son industrie et de son commerce en est moins solidement assuré qu'il ne l'eût été de l'autre manière; que la santé de son corps politique en est moins ferme et moins robuste. La Grande-Bretagne, dans son état actuel, ressemble à un de ces corps malsains dans lesquels quelqu'une des parties vitales a pris une croissance monstrueuse et qui sont, pour cette raison, sujets à plusieurs maladies dangereuses auxquelles ne sont guère exposés ceux dont toutes les parties se trouvent mieux proportionnées. Le plus léger engorgement dans cet énorme vaisseau sanguin qui, à force d'art, s'est grossi chez nous fort au delà de ses dimensions naturelles et au travers duquel circule, d'une manière forcée, une

portion excessive de l'industrie et du commerce national, menace-
rait tout le corps politique des plus funestes maladies. Aussi
jamais l'*Armada* espagnole et les bruits d'une invasion française
n'ont-ils frappé le peuple anglais de plus de terreur que ne l'a fait
la crainte d'une rupture avec les colonies. C'est cette terreur, bien
ou mal fondée, qui a fait de la révocation de l'acte du timbre une
mesure populaire, au moins parmi les gens de commerce. L'imagination de la plupart d'entre eux s'est habituée à regarder l'exclusion totale du marché des colonies, ne dût-elle être que de quelques
années, comme un signe certain de ruine complète pour eux; nos
marchands y ont vu leur commerce complètement arrêté, nos
manufacturiers y ont vu leurs fatigues absolument perdues, et
nos ouvriers se sont crus à la veille de manquer tout à fait de
travail et de ressources. Une rupture avec quelques-uns de nos
voisins du continent, quoique dans le cas d'entraîner aussi une
cessation ou interruption dans les emplois de quelques individus
dans toutes ces différentes classes, est pourtant une chose qu'on
envisage sans cette émotion générale.

« Le sang, dont la circulation se trouve arrêtée dans quelqu'un
des petits vaisseaux, se dégage facilement dans les plus grands
sans occasionner de crise dangereuse ; mais, s'il se trouve arrêté
dans un des grands vaisseaux, alors les convulsions, l'apoplexie, la
mort sont les conséquences promptes et inévitables d'un pareil
accident. Qu'il survienne seulement quelque léger empêchement
ou quelque interruption d'emploi dans un de ces genres de manufacture qui se sont étendus d'une manière démesurée, et qui, à
force de primes et de monopoles sur les marchés national et colonial, sont arrivés artificiellement à un degré d'accroissement contre
nature, il n'en faut pas davantage pour occasionner de nombreux
désordres, des séditions alarmantes pour le gouvernement et
capables, même, de troubler la liberté de délibération de la législature.

« A quelle confusion, à quels désordres ne sommes-nous pas
exposés infailliblement, disait-on, si une grande portion de nos
principaux manufacturiers venait tout à coup à manquer totalement?

« Le seul expédient, à ce qu'il semble, pour faire sortir la
Grande-Bretagne d'un état aussi critique, ce serait un relâchement
modéré et successif des lois qui lui donnent le monopole exclusif
du commerce colonial, jusqu'à ce que ce commerce fût en grande
partie rendu libre. C'est le seul expédient qui puisse la mettre à
même ou la forcer, s'il le faut, de retirer de cet emploi, mons-
trueusement surchargé, quelque portion de son capital pour la
diriger, quoique avec moins de profit, vers d'autres emplois, et qui,
en diminuant par degré une branche de son industrie et en aug-

mentant de même toutes les autres, puisse insensiblement rétablir entre toutes les différentes branches cette juste proportion, cet équilibre naturel et salutaire qu'amène nécessairement la parfaite liberté, et que la parfaite liberté peut seule maintenir.

« Ouvrir tout d'un coup à toutes les nations le commerce des colonies pourrait non seulement donner lieu à quelques inconvénients passagers, mais causer même un dommage durable et important à la plupart de ceux qui y ont à présent leur industrie ou leurs capitaux engagés. Une cessation subite d'emploi, seulement pour les vaisseaux qui importent les quatre-vingt-deux mille muids de tabac qui excèdent la consommation de la Grande-Bretagne, pourrait occasionner des pertes très sensibles. Tels sont les malheureux effets de tous les règlements du système mercantile. Non seulement il fait naître des maux très dangereux dans l'état du corps politique, mais encore ces maux sont tels qu'il est souvent difficile de les guérir sans occasionner, pour un temps au moins, des maux encore plus grands. Comment donc le commerce des colonies devrait-il être successivement ouvert? Quelles sont les barrières qu'il faut abattre les premières, et quelles sont celles qu'il ne faut faire tomber qu'après toutes les autres? Ou, enfin, par quels moyens et par quelle gradation rétablir le système de la justice et de la parfaite liberté? C'est ce que nous devons laisser à décider à la sagesse des hommes d'États et des législateurs futurs.

« Cinq événements différents, qui n'ont pas été prévus et auxquels on ne pensait pas, ont concouru très heureusement à empêcher la Grande-Bretagne de ressentir d'une manière aussi sensible qu'on s'y était généralement attendu, l'exclusion totale qu'elle éprouve aujourd'hui, depuis plus d'un an (depuis le 1ᵉʳ décembre 1774), d'une branche très importante du commerce des colonies, celui des deux Provinces-Unies de l'Amérique Septentrionale. Premièrement ces colonies, en se préparant à l'accord fait entre elles de ne plus importer, ont épuisé complètement la Grande-Bretagne de toutes les marchandises qui étaient à leur convenance; secondement, la demande extraordinaire de la flotte espagnole a épuisé cette année l'Allemagne et le Nord d'un grand nombre de marchandises, et en particulier des toiles qui avaient coutume de faire concurrence, même sur le marché britannique, aux manufactures de la Grande-Bretagne; troisièmement, la paix entre la Russie et les Turcs a occasionné une demande extraordinaire pour le marché de la Turquie, qui avait été extrêmement mal pourvu dans le temps de la détresse du pays et pendant qu'une flotte russe croisait dans l'Archipel; quatrièmement, la demande d'ouvrages de manufacture anglaise pour le nord de l'Europe a été, depuis quelque temps, toujours en augmentant d'année en année ; et cinquièmement, le dernier partage de la Pologne et la pacification qui en a été la suite, en ouvrant le marché de ce grand pays, ont ajouté cette année, à la demande toujours croissante du Nord, une demande extraordinaire de ce côté-là.

« Ces événements, à l'exception du quatrième, sont tous, de leur nature, accidentels et passagers, et si malheureusement l'exclusion d'une branche aussi importante du commerce des colonies venait à durer plus longtemps, elle pourrait occasionner encore quelque surcroît d'embarras et de dommage. Mais, néanmoins, comme cette gêne sera survenue par degrés, on la sentira moins durement que si elle fût survenue tout d'un coup et, en même temps, l'industrie et le capital pourront trouver un nouvel emploi et prendre une nouvelle direction, de manière à empêcher que le mal ne devienne jamais très considérable...

« Gardons-nous bien cependant de confondre les effets du commerce des colonies avec les effets du monopole de ce commerce. Les premiers sont nécessairement, et dans tous les cas, bienfaisants ; les autres sont nécessairement, et dans tous les cas, nuisibles ; mais les premiers sont tellement bienfaisants que le commerce des colonies, quoique assujetti à un monopole, et malgré tous les effets nuisibles de ce monopole, est encore, au total, avantageux et grandement avantageux, quoiqu'il le soit beaucoup moins qu'il ne l'aurait été sans cela. »

L'ANGLETERRE ET LE MARCHÉ UNIVERSEL

Ainsi se dessinent dans l'œuvre de Smith, qui eut une influence profonde et souvent décisive sur les esprits, les tendances nouvelles de la grande politique capitaliste de l'Angleterre. Elle ne renoncera certainement pas à acquérir des colonies, à s'annexer des territoires, et elle déploiera notamment, à l'heure même où éclate la Révolution française, un vigoureux effort pour assurer son empire dans l'Inde. Mais c'est sur le monde entier, c'est sur le marché universel qu'elle étendra son regard. Elle renoncera de plus en plus aux liens exclusifs, aux systèmes de primes et de monopoles, pour se glisser partout, pour tirer parti de tous les événements et accommoder la mobilité de son commerce à la mobilité de l'univers. Et l'essentiel pour elle sera que les marchés lui soient ouverts. Elle ne sera donc pas systématiquement belliqueuse et étroitement défiante : elle sera de plus en plus confiante en sa force et en sa liberté.

Et je ne m'étonne pas que les hommes d'Etat, comme Pitt, for-

més à l'école d'Adam Smith, aient résisté jusqu'à la dernière
extrémité à l'idée de faire la guerre à la France de la Révolution.

Rien n'était plus contraire à l'esprit anglais et à la grande politique commerciale anglaise que d'intervenir chez les autres peuples
au profit de tel système politique contre tel autre. Combattre, de

Gravure satirique anglaise contre Fox, ami de la Révolution et de la France
(D'après une estampe du Musée Carnavalet)

parti pris, pour l'aristocratie et la monarchie française, ce serait
avouer que le commerce de l'Angleterre est lié à tel ou tel état
politique de l'Europe et du monde. Or, la prétention du commerce
anglais, c'est d'égaler en souplesse la célérité et la mobilité des
choses humaines : c'est de ne redouter aucun ébranlement pourvu
qu'il laisse intacte la Constitution anglaise elle-même, et qu'il ne
ferme au grand capital anglais aucune avenue. Au contraire, plus
l'Angleterre pourra, dans l'universel déchaînement, conserver la
paix, et échapper par là aux charges qui grèvent le commerce et

l'industrie des autres nations, plus elle sera puissante dans la concurrence commerciale entre nations. Toute la fameuse devise des radicaux anglais et des gladstoniens du XIXᵉ siècle : « Paix, liberté, économie, » est contenue déjà dans l'œuvre magistrale d'Adam Smith. Et elle peut se résumer, jusqu'en 1793, toute la politique de William Pitt.

DÉSACCORD ENTRE L'ÉVOLUTION SOCIALE DE LA FRANCE ET DE L'ANGLETERRE

Mais, quels pouvaient être les effets immédiats de la Révolution française sur l'état des esprits en Angleterre et sur le régime intérieur? Il ne pouvait y avoir concordance exacte et profonde entre le mouvement anglais et le mouvement français. Et tout d'abord, la plupart des revendications *sociales* formulées en 1789 par le peuple de France étaient sans objet pour le peuple d'Angleterre. On pouvait concevoir à cette date, en Angleterre, une révolution politique, substituant la pleine démocratie au parlementarisme monarchique et oligarchique. On n'y pouvait concevoir une Révolution sociale analogue à celle de la France. Car la plupart des réformes sociales et économiques, pour lesquelle luttait la nation française, étaient déjà réalisées en Angleterre.

Au point de vue économique et social, la Révolution française demandait l'égalité des citoyens devant l'impôt, l'unification du marché intérieur par la suppression de toutes les barrières provinciales, et enfin l'abolition du régime féodal.

Or, en Angleterre il n'y avait pas, en 1789, une caste privilégiée au regard de l'impôt : l'aristocratie payait exactement comme la bourgeoisie et le peuple. De plus, aucune entrave ne gênait, à l'intérieur, la circulation des marchandises. Quand Adam Smith résume les causes de la grandeur et de la richesse de l'Angleterre, il note expressément comme une des plus importantes : « la liberté illimitée de transporter toutes les espèces de marchandises d'un endroit du pays à l'autre, sans être obligé de rendre compte à aucun bureau public, sans avoir à essuyer des questions ou des examens d'aucune sorte. »

C'était déjà, malgré bien des survivances corporatives, la liberté essentielle du travail, de l'industrie et des échanges. Et, quant au régime féodal, s'il en subsistait encore quelques faibles traces en Écosse, on peut dire qu'il avait été presque entièrement éliminé par le mouvement de la vie rurale.

Sans doute, il restait bien en Angleterre à la fin du XVIIIᵉ siècle des rapports de féodalité, des liens de vassal à seigneur. Il y avait des domaines, des tenures qui devaient acquitter envers le seigneur un cens annuel.

Mais d'abord, les droits casuels, comme le droit de lods et ventes, qui pesaient si lourdement en France sur les transactions, avaient été dès longtemps abolis par un statut de Charles II. Ainsi, la propriété, même grevée d'un droit féodal annuel, pouvait être vendue et cédée sans payer aucun droit. De même le droit de retrait féodal, qui permettait pendant un certain temps à l'héritier du seigneur de racheter un fief aliéné, ne pesait pas sur la propriété anglaise. Ce régime plus libéral s'étendait aux colonies. Et il est, selon Adam Smith, une des causes de la supériorité des colonies anglaises.

« Dans toutes les colonies anglaises, les terres étant tenues à simple cens, cette nature de propriété facilite les aliénations, et le concessionnaire d'une grande étendue de terrain trouve son intérêt à en aliéner la plus grande partie le plus vite qu'il peut, en se réservant seulement une petite rente foncière... Les colonies françaises, il est vrai, sont régies par la coutume de Paris qui est beaucoup plus favorable aux puînés, que la loi d'Angleterre, dans la succession des immeubles.

« Mais, dans les colonies françaises, si une partie quelconque d'un bien noble ou tenu à titre de foi et hommage est aliénée, elle reste assujettie pendant un certain temps à un droit de retrait ou rachat, soit envers l'héritier du seigneur, soit envers l'héritier de la famille et les plus gros domaines du pays sont tenus à fief, ce qui gêne nécessairement les aliénations. Or, dans une colonie nouvelle, une grande propriété sera bien plus promptement divisée par la voie de l'aliénation que par celle de la succession. »

L'EXPLOITATION RURALE

Enfin et surtout, le régime des grandes exploitations, des grandes fermes, s'était étendu depuis le xvi⁰ siècle à presque toute l'Angleterre. Thomas Morus a tracé, dans son *Utopie*, en quelques essais saisissants, le tableau de cette transformation sociale. A mesure que l'Angleterre s'industrialisait, qu'au lieu d'envoyer ses laines en Flandre, elle les exploitait et les tissait elle-même, les pâturages et l'élève du mouton se substituaient au labour et à la culture du blé.

Les travailleurs agricoles étaient appelés dans les manufactures, et de grands et riches fermiers, gouvernant de larges espaces, remplaçaient les petits tenanciers et les *métayers* ou colons partiaires d'autrefois. La culture et la propriété fermière passaient du mode féodal au mode capitaliste. Le régime féodal suppose que le seigneur ne peut pas exploiter lui-même ou par un fermier tout son domaine. Il en concède des parties à des tenanciers, qui deviennent de petits propriétaires, mais soumis à une multitude de redevances et enlacés d'innombrables liens. En un sens, si paradoxal que cela paraisse au premier abord, le régime féodal suppose la petite propriété. C'est la multiplicité même des petits propriétaires asujettis encore à des droits féodaux qui rendait en France la féodalité odieuse et intolérable. Là où, comme en Angleterre, les petites tenures sont absorbées par les grandes exploitations et les grands fermages, le principe féodal perd, pour ainsi dire, tout point d'application.

Le grand propriétaire, même noble, qui a délégué à un fermier, moyennant une rente, l'administration de son domaine, n'a aucun intérêt à le lier par des redevances féodales perpétuelles. Il a intérêt, au contraire, à ne conclure avec lui que des baux à terme ou tout au plus des baux à vie, de façon à pouvoir élever le fermage à mesure que s'élève la productivité du domaine et la rente de la terre.

Ainsi, le capitalisme industriel et agricole avait éliminé en Angleterre le régime féodal, avant qu'il fut balayé en France par le soulèvement des petits propriétaires ; et c'est l'aristocratie anglaise elle-même qui, dans son propre intérêt, avait substitué la grande propriété foncière moderne et capitaliste au système ancien des tenures féodales. Le métayage même, qui n'est pas, à vrai dire, un contrat féodal, mais qui apparaît à Smith tout voisin du contrat féodal parce qu'il empêche l'exploitation capitaliste et progressive du sol, avait été depuis longtemps écarté au profit du fermage.

« Aux cultivateurs serfs des anciens temps, dit Adam Smith, dont l'œuvre est merveilleusement abondante en informations précises, succéda par degré une espèce de fermiers connus à présent en France sous le nom de *métayers*. On les nommait en latin *coloni partiarii*. Il y a si longtemps qu'ils sont hors d'usage en Angleterre, que je ne connais pas à présent de mot anglais qui les désigne. Le propriétaire leur fournissait la semence, les bestiaux et les instruments de labourage; en un mot, tout le capital nécessaire pour pouvoir cultiver la ferme.

« Le produit se partageait par égales portions entre le propriétaire et le fermier après qu'on en avait prélevé ce qui était nécessaire à l'entretien de ce capital, qui était rendu au propriétaire quand le fermier quittait la métairie ou en était renvoyé... Cependant il ne pouvait être de l'intérêt de cette espèce de cultivateurs, de consacrer à des améliorations ultérieures aucune partie du petit capital qu'ils pouvaient épargner sur leur part du produit, parce que le seigneur, sans y rien placer de son côté, aurait également gagné sa moitié dans ce surcroît de travail. La dîme, qui n'est pourtant qu'un dixième du produit, est regardée comme un très grand obstacle à l'amélioration de la culture; par conséquent, un impôt qui s'élevait à la moitié devait y mettre une barrière absolue. Ce pouvait bien être l'intérêt du métayer de faire produire à la terre autant qu'elle pouvait rendre avec le capital fourni par le propriétaire, mais ce ne pouvait jamais être son intérêt d'y mêler quelque chose du sien propre.

« En France, où l'on dit qu'il y a cinq parties sur six, dans la totalité du royaume, qui sont encore exploitées par ce genre de cultivateurs, les propriétaires se plaignent que leurs métayers saisissent toutes les occasions d'employer leurs bestiaux de labour à faire des charrois, plutôt qu'à la culture, parce que, dans le premier cas, tout le produit qu'ils font est pour eux, et que dans l'autre, ils le font de moitié avec leur propriétaire. Cette espèce de tenanciers subsiste encore dans quelques endroits de chasse. On les appelle *Tenanciers à l'arc de fer*. Ces anciens tenanciers anglais qui, selon le baron Gilbert et le docteur Blackstone, doivent plutôt être regardés comme les *baillis* du propriétaire que comme des fermiers proprement dits, étaient vraisemblablement des tenanciers de la même espèce.

« A cette espèce de tenanciers succédèrent, quoique lentement et par degrés, les *fermiers* proprement dits, qui firent valoir la terre avec leur propre capital en payant au propriétaire une rente fixe. »

On reconnaît, dans ces pages d'Adam Smith, les idées générales qu'Arthur Young, lors de son voyage en France, appliquera à la culture et à la propriété françaises. Cette classe de fermiers, qui est allée toujours grandissante en Angleterre depuis que les seigneurs, tentés par la séduction du luxe et de l'industrie des villes, ont licencié les suites féodales et cherché à obtenir de leurs terres le plus haut revenu net possible, a conquis peu à peu de la puissance et des garanties. Elle a prolongé la durée des baux de façon à s'abriter contre de trop brusques relèvements du fermage; elle a conquis, au moins pour une partie des siens, le droit politique, le droit de concourir à l'élection de la Chambre des Communes; elle a peu à peu, même en Ecosse où la tradition féodale était la plus forte, élagué les services accessoires que le seigneur imposait d'abord, en sus des clauses capitales du bail, aux fermiers affligés encore d'un reste de vassalité. Elle a amené le fermage, débarrassé enfin de tout alliage féodal, à l'état purement capitaliste, à l'état de contrat. Elle a participé à la richesse croissante de l'agriculture, et c'est elle qui a constitué peu à peu presque tout le capital qui a donné à l'exploitation du sol toute sa puissance. Elle est devenue ainsi une des classes les plus influentes de l'Etat anglais.

Les garanties juridiques conquises par elle sur le domaine affermé étaient si fortes que, bien souvent, quand le propriétaire foncier voulait intenter une action en justice contre un tiers, auquel il reprochait une atteinte à sa propriété, ce n'est pas au nom de son droit de propriétaire qu'il introduisait l'action, mais c'est au nom du droit du fermier intéressé, pour son exploitation, à l'intégrité et à la sécurité du domaine.

« Quand les fermiers ont un bail pour un certain nombre d'années, ils peuvent quelquefois trouver leur intérêt à placer une partie de leur capital en amélioration nouvelle sur la ferme, parce qu'ils peuvent espérer de regagner cette avance, avec un bon profit, avant l'expiration du bail. Cependant la possession de ces fermiers fut elle-même pendant longtemps extrêmement précaire, et elle l'est encore dans plusieurs endroits de l'Europe. Ils pouvaient être légalement évincés de leur bail avant l'expiration du terme par un nouvel acquéreur, et en Angleterre même, par ce genre d'action simulée qu'on appelle action de *commun recouvrement*. S'ils étaient expulsés illégalement et violemment par leurs maîtres, ils n'avaient pour la réparation de cette injure, qu'une action très imparfaite. Elle ne leur faisait pas toujours obtenir d'être réintégrés dans la possession de la terre: mais on leur accordait seulement des dommages-intérêts qui ne s'élevaient jamais au niveau de leur perte réelle. En Angleterre même, le pays peut-être de l'Europe où l'on a eu le plus d'égard pour la classe des paysans, ce ne fut qu'environ dans la quatorzième année du règne d'Henri VII qu'on imagina l'*action d'expulsion*, par laquelle le tenancier obtient non seulement des dommages, mais la possession de la terre, et au moyen de laquelle il n'est pas nécessairement déchu de son droit par la décision incertaine d'une seule assise. Ce genre d'action a même été regardé comme tellement efficace que, dans la pratique moderne, quand le propriétaire est obligé d'intenter une action pour la possession de sa terre, il est rare qu'il fasse usage des actions qui lui appartiennent proprement comme propriétaire, telles que le *writ de droit*, ou le *writ d'entrée*, mais il poursuit, au nom de son tenancier, par le *writ d'expulsion*. D'ailleurs, en Angleterre, un bail à vie de la valeur de 40 shillings (environ 40 francs) de rente annuelle est réputé *franche-tenure*, et donne au preneur du bail le droit de voter pour l'élection d'un membre du Parlement, et comme il y a une grande partie de la classe des paysans qui a des franches-tenures de cette espèce, la classe entière se trouve traitée avec égard par les propriétaires, par rapport à la considération politique que ce droit lui donne. Je ne crois pas qu'on trouve en Europe, ailleurs qu'en Angleterre, l'exemple d'un tenancier bâtissant sur une terre dont il n'a point de bail, dans la confiance que l'honneur du propriétaire l'empêchera de se prévaloir d'une amélioration aussi importante. Ces lois et ces coutumes, si favorables à la classe des paysans, ont peut-être plus contribué à la grandeur actuelle de l'Angleterre que ces règlements de commerce tant prônés, à les prendre tous ensemble.

« La loi qui assure les baux les plus longs et les maintient contre quelque espèce de succession que ce soit, est, autant que je puis savoir, particulière à la Grande-Bretagne. Elle fut introduite en Écosse dès l'année 1449, par une loi de Jacques II. Cependant les substitutions ont beaucoup nui à l'influence salutaire que cette loi eût pu avoir, les grevés de substitution étant en général incapables de faire des baux pour un long terme d'années, souvent même pour plus d'un an. Un acte du Parlement a dernièrement relâché tant soit peu leurs liens à cet égard, mais il subsiste encore trop de gêne. »

L'acte de 1449, qui a été appelé la *Grande charte* des agriculteurs d'Écosse, stipule en effet ceci :

« Il est ordonné, pour la sûreté et l'avantage du pauvre peuple qui cultive la terre, que ceux et tous autres qui auront pris ou prendront à l'avenir de la terre des mains des seigneurs, et qui auront des termes et baux, dans le cas où les seigneurs vendraient ou aliéneraient cette terre ou terres, ceux-là, les preneurs, garderont leurs baux jusqu'à la fin de leurs termes, en quelque main que la terre passe, pour la même rente qu'ils l'avaient reçue. »

Et, en ce qui concerne les substitutions, le Statut récent de la dixième année de George III permet au possesseur d'un bien grevé de substitution d'accorder des baux pour un nombre quelconque d'années, n'excédant pas trente et un ans, ou pour quatorze ans et une vie existante, ou pour deux vies existantes, pourvu que dans les baux pour deux vies le fermier soit tenu d'exécuter certaines améliorations spécifiées dans l'acte. Le Statut permet aussi les baux de quatre-vingt-dix-neuf ans, à condition de bâtir. On voit quelle solide base toutes ces dispositions donnaient au droit du fermier et à son industrie.

« D'ailleurs, continue Adam Smith, en Écosse, comme aucune tenure à bail ne donne de vote pour élire un membre du Parlement, la classe des paysans est, sous ce rapport, moins considérée par les propriétaires qu'elle ne l'est en Angleterre. Dans les autres endroits de l'Europe, quoiqu'on ait trouvé convenable d'assurer les tenanciers contre les héritiers et nouveaux acquéreurs, le terme de leur sûreté resta toujours borné à une période fort courte; en France, par exemple, il fut borné à neuf ans, à compter du commencement du bail. A la vérité, il a été dernièrement étendu, dans ce pays, jusqu'à vingt-sept ans, période encore trop courte pour encourager un fermier à faire les améliorations les plus importantes. Les propriétaires des terres étaient anciennement les législateurs dans chaque coin de l'Europe. Aussi les lois relatives aux biens-fonds furent toutes calculées sur ce qu'ils supposaient être l'intérêt du propriétaire. Ce fut pour son intérêt qu'on imagina qu'un bail passé par un de ses prédécesseurs ne devait pas l'empêcher, pendant un long terme d'années, de jouir de la pleine valeur de sa terre. L'avarice et l'injustice voient toujours mal et elles ne prévirent pas combien un tel règlement mettrait d'obstacles à l'amélioration de la terre, et par là nuirait, à la longue, au véritable intérêt du propriétaire.

« De plus, les fermiers, outre le paiement du fermage, étaient censés obligés, envers leur propriétaire, à une multitude de services qui étaient rarement ou spécifiés par le bail ou déterminés par quelque règle précise, mais qui l'étaient seulement par l'usage et la coutume du manoir ou de la baronnie. Ces services, étant presque entièrement arbitraires, exposaient le fermier à une foule de vexations. En Écosse, le sort de la classe des paysans s'est fort amélioré dans l'espace de quelques années, au moyen de l'abolition de tous les services qui ne seraient pas expressément stipulés par le bail.

« Les services publics auxquels les paysans étaient assujettis n'étaient pas moins arbitraires que ces services privés. Les corvées pour la confection et l'entretien des grandes routes, servitude qui subsiste encore, je crois, partout, avec des degrés d'oppression différents dans les différents pays, n'étaient pas les seuls qu'ils eussent à supporter. Quand les troupes du roi, quand sa maison ou ses officiers venaient à passer dans quelques campagnes, les paysans étaient obligés de les fournir de chevaux, de voitures et de vivres au prix que fixait le pourvoyeur. La Grande-Bretagne est, je crois, la seule monarchie de l'Europe où ce dernier genre d'oppression a été totalement aboli. Il subsiste encore en France et en Allemagne...

« Il n'y avait pas moins d'arbitraire et d'oppression dans les impôts auxquels ils étaient assujettis. Quoique les anciens seigneurs fussent très peu disposés à donner eux-mêmes à leur souverain des aides en argent, ils lui accordaient facilement la faculté de tailler, comme ils l'appelaient, leurs tenanciers, et ils n'avaient pas assez de connaissance pour sentir combien leur revenu personnel devait s'en trouver affecté en définitive. La taille, telle qu'elle subsiste encore en France, peut donner l'idée de cette ancienne manière de tailler. C'est un impôt sur les produits présumés du fermier, qui s'évaluent d'après le capital qu'il a sur sa ferme. L'intérêt de celui-ci est donc de paraître en avoir le moins possible, et par conséquent, d'en employer aussi peu que possible à la culture, et point du tout en améliorations. Si un fermier français peut jamais venir à accumuler un capital, la taille équivaut presque à une prohibition d'en faire jamais emploi sur la

L'ARBRE DE LA LIBERTÉ ET LA TENTATION DE JOHN BULL
(D'après une estampe du Musée Carnavalet)

terre. De plus, cet impôt est réputé déshonorant pour celui qui y est sujet, et il le met au-dessous du rang, non seulement d'un gentilhomme, mais même d'un bourgeois, et tout homme qui afferme les terres d'autrui y devient sujet. Il n'y a pas de gentilhomme ni même de bourgeois possédant un capital qui veuille se soumettre à cette dégradation. Aussi, non seulement cet impôt empêche que le capital qu'on gagne sur la terre ne soit jamais employé à la bonifier, mais même il détourne de cet emploi tout autre capital. *Les anciennes dîmes et quinzièmes si fort en usage autrefois en Angleterre, en tant qu'elles portaient sur la terre, étaient, à ce qu'il semble, des impôts de la même nature que la taille.* »

PAYSANS ANGLAIS ET PAYSANS FRANÇAIS

Ainsi donc, encore une fois (et tous ces passages d'Adam Smith le démontrent surabondamment), les cultivateurs anglais, qui ne payaient plus ou presque plus de redevances féodales; qui étaient affranchis de la plupart des corvées pesant sur le paysan de France; qui ne payaient plus ni la taille, ni la dîme, ni le quinzième, ni en général aucun impôt auquel toutes les classes de la Nation ne fussent également soumises, et qui étaient protégés par le système des très longs baux contre l'arbitraire du propriétaire, ne pouvaient opposer à l'ordre social de leur temps et de leur pays aucun des griefs qu'élevaient si violemment les paysans de France.

Les cahiers signés dans la plupart des paroisses rurales par les paysans français n'auraient presque pas eu de sens pour les paysans anglais. Et, pour marquer d'un dernier trait la différence, on se rappelle qu'en France, dans les cahiers, les plaintes des paysans étaient dirigées aussi bien contre les gros fermiers, accusés d'accaparer la terre, que contre le noble. Ce sont là des griefs propres à ces pays de petite culture, où les modestes exploitants abondent et où ils voient avec colère les tentatives d'un petit nombre de grands entrepreneurs de culture pour absorber plusieurs petites exploitations. En Angleterre, au contraire, toute l'agriculture reposait sur le système des grandes fermes, des grandes exploitations à allure capitaliste, et les rares petits tenanciers, groupés autour des grands fermiers, n'avaient pas même la pensée de protester contre ce système qui était devenu la forme dominante et presque exclusive de la production agricole.

Ce n'est pas, certes, que les fermiers n'eussent bien des griefs contre les grands propriétaires nobles. D'abord, malgré la longue durée des baux, les seigneurs trouvaient bien le moyen d'élever le fermage. Et ils procédaient parfois, à l'expiration du bail, à un relèvement d'autant plus sensible que le fermage était resté immuable pendant de longues années. De là de fréquents conflits, et, de la part de beaucoup de fermiers, de vives plaintes. De plus,

l'optimiste peinture faite par Adam Smith du progrès politique
et social de la classe des fermiers laisse dans l'ombre bien des
souffrances et des misères. Ce n'est qu'au prix de longues luttes,
ce n'est qu'après avoir subi bien des vexations que les fermiers
obtenaient, par exemple (et ils ne l'obtenaient pas tous), que les
services accessoires et d'ordre féodal, dont le bail était grevé obscurément, fussent éliminés.

C'est d'un accent douloureux et profond que le grand poète
écossais Burns chante les douleurs des fermiers et des paysans
d'Ecosse, leur dure vie de labeur et de sujétion. Souvent encore,
malgré l'évolution générale de l'Angleterre du féodalisme au capitalisme, la puissance féodale et la puissance capitaliste se dou-
blaient l'une l'autre pour accabler le pauvre paysan. Il était tenu
aux redevances élevées, croissantes, que suppose le régime du fermage, et il subissait en même temps les innombrables servitudes
de détail dont se composait jadis la vassalité. Mais, malgré tout,
il était impossible de dresser un cahier général de ces doléances.
Les restes de féodalité ne subsistaient plus que comme des usages
décroissants et que l'évolution économique elle-même réduisait
chaque jour. Si donc les fermiers anglais ou écossais avaient eu
à formuler des revendications sociales, ce n'est plus contre les
rapports de vassal à suzerain qu'ils auraient pu s'élever : c'est
contre les rapports de fermier à propriétaire. Il ne restait donc à
poser aux cultivateurs anglais, quand éclatait la Révolution fran-
aise, que la question même de la propriété de la terre.

Mais, demander ou la suppression des fermages, ou même leur
réduction notable par l'intervention de l'Etat, c'était ou abolir la
propriété individuelle du sol ou en préparer l'abolition. Or, à ce
communisme agraire, les fermiers anglais n'étaient aucunement
préparés. Ni ils n'avaient assez d'audace d'esprit pour nier le droit
même de propriété, ni leur intérêt ne les y disposait. S'ils n'étaient
pas les propriétaires de la terre, ils étaient les propriétaires de
l'important capital appliqué à la terre, et le communisme du sol
aurait aussi bien résorbé la puissance capitaliste du fermier que
le droit du propriétaire terrier. Si la propriété de la terre avait été
enlevée aux propriétaires d'alors, comment les fermiers auraient-
ils pu exclure du droit nouveau de la propriété commune leurs
salariés, les ouvriers de ferme?

Les fermiers ne pouvaient songer à se substituer purement et
simplement à leur propriétaire, au grand seigneur foncier. Ils
pouvaient donc seulement continuer la lutte commencée depuis
des siècles, obtenir des baux plus longs, résister le plus possible
aux augmentations de fermage; mais cet effort, qui avait déjà
donné des résultats heureux, ne ressemblait en rien à ces vastes
revendications qui, comme celles des paysans révolutionnaires de

France, portaient sur tout un régime. A ébranler le droit de propriété, qui n'était plus recouvert comme en France de toute la végétation féodale, qui était comme à découvert, ils risquaient d'exciter les convoitises des prolétaires ruraux, de tous les ouvriers des fermes dont, dès les premiers jours de la Révolution française, ils épient avec inquiétude, comme nous le verrons, les dispositions d'esprit. D'ailleurs, la grande aristocratie foncière apparaissait souvent aux fermiers comme leur alliée et leur sauvegarde. C'est par elle, c'est par l'influence politique décisive encore qu'elle avait au Parlement, que les fermiers étaient assurés de voir leur blé, leur bétail protégés contre les importations étrangères. Et ils se seraient crus perdus sans ces lois protectionnistes. Ainsi il était impossible de déterminer dans les campagnes d'Angleterre un mouvement de revendication et de révolution.

LA BOURGEOISIE INDUSTRIELLE

Dans l'ordre économique et social, la bourgeoisie industrielle non plus n'avait rien à demander. Elle était dotée de tous les organes nécessaires à la croissance capitaliste. Elle avait des primes, des monopoles, un champ immense d'exploitation dans les colonies et le marché extérieur, une influence décisive sur un Parlement oligarchique, mais qui ne résistait jamais à la pression des grands intérêts. Elle n'avait pas à demander, comme la bourgeoisie française, le contrôle du budget. Elle l'avait, au moins dans la mesure où il convenait à ses intérêts de caste, à sa fraction la plus puissante et la plus riche. Elle n'avait pas à demander non plus la libre circulation intérieure des produits et des marchandises : elle l'avait. Et ce n'est certes pas pour détruire ce qui restait encore du système corporatif qu'elle pouvait se soulever ou agiter l'opinion.

D'abord, en France même, la question des corporations industrielles n'aurait certes pas suffi à provoquer un vif mouvement. C'est plutôt par un attachement théorique au principe de « la liberté du travail » que par une haine décidée des corporations que plusieurs cahiers en demandaient la disparition. Au fond, comme on l'a vu par la pétition de beaucoup de marchands et fabricants de Paris, une grande partie de la bourgeoisie industrielle et marchande avait peur de l'absolue liberté commerciale. Il lui semblait qu'à ne plus imposer, par la loi sanctionnant les statuts des corporations, une assez longue durée d'apprentissage, on risquait de gâcher tous les métiers. Il lui semblait aussi que la concurrence sans frein avilirait tous les prix, et ce n'étaient pas seulement ceux qui étaient en possession de la maîtrise qui redoutaient l'inconnu de la concurrence illimitée. Ceux qui, péniblement, obscurément, se préparaient à l'acquérir, redoutaient d'avance une diminution des garanties dont ils espéraient jouir, des privilèges auxquels un jour ils auraient part. Chez les ouvriers aussi, qui craignaient que l'abaissement des salaires fût la suite de l'absolue liberté du travail et de la concurrence de la main-d'œuvre, il y avait bien des hésitations et des appréhensions. Qu'on se rappelle seulement l'article de Marat. Aussi bien, le privilège corporatif ne s'étendait ni à toutes les régions ni à toutes les industries et, quand un manufacturier voulait s'établir hors des cadres de la corporation, fonder une industrie nouvelle, il en obtenait aisément dispense.

ADAM SMITH ET LE RÉGIME CORPORATIF

A plus forte raison dans cette Angleterre capitaliste, où le régime corporatif avait dû se réduire, en fait, et s'assouplir pour se prêter à la croissance d'industries nouvelles et variées, il ne constituait plus une entrave capable d'irriter les intérêts. Il apparaissait au contraire à beaucoup comme un frein utile qui empêchait l'universelle concurrence capitaliste de s'enfiévrer, de s'emporter à de funestes excès. Il suffit de lire avec soin le chapitre *des Salaires et des Profits*, où Adam Smith combat le régime corporatif, pour se rendre compte de toutes les restrictions que ce régime avait déjà subies, des issues toujours plus larges qui s'ouvraient à l'esprit d'entreprise et à l'audace individuelle.

« *Le privilège exclusif* d'un corps de métier restreint nécessairement la concurrence, dans la ville où il est établi, à ceux auxquels il est libre d'exercer ce métier. Ordinairement, la condition requise pour obtenir cette liberté est d'avoir fait son apprentissage sous un maître ayant qualité pour cela. Les statuts de la corporation règlent quelquefois le nombre d'apprentis, qu'il est permis à un maître d'avoir, et presque toujours le nombre d'années que doit durer l'apprentissage. Le but de ces règlements est de restreindre la concurrence à un nombre d'individus beaucoup moindre que celui qui, sans cela, embrasserait cette profession. La limitation du nombre des apprentis restreint directement la concurrence, la longue durée de l'apprentissage la restreint d'une manière indirecte, en augmentant les frais de l'éducation industrielle.

« A Sheffield, un statut de la corporation interdit à tout maître coutelier d'avoir plus d'un apprenti à la fois. A Norwich et à

Norfolk, aucun maître tisserand ne peut avoir plus de deux apprentis, sous peine d'une amende de 5 livres par mois envers le roi. Dans aucun endroit de l'Angleterre ou des colonies anglaises, un maître chapelier ne peut avoir plus de deux apprentis, sous peine de 5 livres d'amende par mois, applicables moitié au roi, moitié au dénonciateur. Quoique ces deux derniers règlements aient été confirmés par une loi du royaume, ils n'ont pas moins été dictés par ce même esprit de corporation qui a imaginé le statut de Sheffield. A peine les fabricants d'étoffes de soie à Londres ont-ils été une année érigés en corporation, qu'ils ont porté un statut qui défendait à tout maître d'avoir plus de deux apprentis à la fois : *il a fallu un acte exprès du Parlement pour casser ce statut.* »

Toutes ces dispositions limitant le nombre des apprentis et fixant un minimum d'apprentissage apparaissent à Smith comme une violation du droit.

« La plus sacrée et la plus inviolable de toutes les propriétés est celle de son propre travail, parce qu'elle est la forme originaire de toutes les autres propriétés. (On reconnaît là le préambule du fameux édit de Turgot, qui essaya d'appliquer en France les théories de Smith.) Le patrimoine du pauvre est dans sa force et dans l'adresse de ses mains ; et, l'empêcher d'employer cette force et cette adresse de la manière qu'il juge la plus convenable, tant qu'il ne porte de dommage à personne, est une violation manifeste de cette propriété légitime. C'est une usurpation criante sur la liberté légitime, tant de l'ouvrier que de ceux qui seraient disposés à lui donner du travail; c'est empêcher tout à la fois l'un de travailler à ce qu'il juge à propos, l'autre d'employer qui bon lui semble. »

Mais, en fait, pour les industries où la limitation du nombre des apprentis aurait eu des inconvénients trop graves, le Parlement cassait les statuts restrictifs des corporations. Il ne les tolérait sans doute que dans les industries qui semblaient avoir atteint un certain équilibre. Et les corporations elles-mêmes, au témoignage de Smith, ne le limitaient que *quelquefois*. Il était impossible en effet, que pour empêcher la concurrence future d'apprentis qui deviendraient « ouvriers » et s'établiraient à leur compte, les corporations arrêtassent elles-mêmes le recrutement de la main-d'œuvre dans les industries en voie de croissance. Elles se seraient ainsi retranché à elles-mêmes une grande part d'activité et de bénéfices. Ainsi la limitation du nombre des apprentis, contrariée souvent par l'intérêt direct des corporations elles-mêmes ou empêchée par un acte du Parlement, ne fonctionnait guère qu'à titre exceptionnel, là où la production semblait avoir atteint un niveau assez constant.

Il était beaucoup plus ordinaire aux corporations de déterminer la durée de l'apprentissage, et Smith nous dit qu'elle paraît avoir été fixée anciennement, dans toute l'Europe, au terme de sept ans. Mais, ce n'était là, comme le reconnaît Smith lui-même, qu'une restriction indirecte de la liberté d'industrie. Sans doute, cette longueur de l'apprentissage semble excessive : et elle rendait l'accès de l'industrie plus malaisé. Mais d'abord, rien ne démontre qu'il n'y ait pas eu là une sorte de préjugé public, indépendant des calculs égoïstes des corporations. Il se peut très bien qu'à défaut des statuts, l'opinion et l'usage eussent imposé aux futurs « ouvriers », à ceux qui avaient l'ambition de devenir des « maîtres », un apprentissage assez long. C'était une garantie qu'à tort ou à raison le public leur eût demandée et qu'ils se seraient crus tenus à lui offrir. Dans tous les pays industriels l'habitude des longs apprentissages a survécu longtemps aux règlements corporatifs et il ne serait pas surprenant qu'elle prévalût de nouveau.

En tout cas, si ce terme de sept ans était excessif, il n'ajoutait pas beaucoup à la durée qui aurait été fixée à ce moment en beaucoup d'industries par la seule force de la coutume. Et ceux qui s'engageaient, pour arriver à la maîtrise, dans ce long défilé de l'apprentissage savaient que la dépense de temps faite d'abord par eux n'était qu'une avance, qui leur était ensuite remboursée en quelque façon par les garanties qu'ils trouvaient à leur tour dans ce régime.

Enfin, la jurisprudence avait singulièrement restreint le champ d'application des règlements sur l'apprentissage.

« Le statut de la cinquième année d'Elisabeth, appelé communément le *statut des apprentis*, décida que nul ne pourrait à l'avenir exercer aucun métier, profession, ou art pratiqué alors en Angleterre, à moins d'y avoir fait préalablement un apprentissage de sept années au moins ; et, ce qui n'avait été jusque là que le statut de quelques corporations particulières devint la loi générale et publique de l'Angleterre, pour tous les métiers établis dans *les villes de marché;* car, quoique les termes de la loi soient très généraux et semblent renfermer sans distinction la totalité du royaume, cependant en l'interprétant, on a limité son effet aux *villes de marché* seulement, et on a tenu que dans les villages une même personne pouvait exercer plusieurs métiers différents, sans avoir fait un apprentissage de sept ans pour chacun. »

Cette rigueur de l'apprentissage suppose, en effet, la spécification exacte des métiers et une division du travail assez poussée. Là où, comme dans le village ou bien les industries rudimentaires, un même ouvrier doit faire des besognes très diverses, il est impossible d'exiger l'apprentissage spécial de chacune d'elles. En revanche, si l'apprentissage spécial suppose la division du travail,

on peut se demander aussi s'il ne la favorise pas et ne la consolide pas. Deux branches de la production qui se sont séparées par
le progrès de l'industrie ne peuvent plus se rejoindre et se confondre quand à chacune d'elle correspond un long apprentissage
spécialisé. C'est comme un cran de sûreté qui empêche le retour
d'une industrie différenciée vers la confusion primitive.

Mais surtout, ce qui montre bien que l'Angleterre avait su
échapper aux prises étroites du régime corporatif, c'est que, par
une interprétation d'une littéralité bien habile, la jurisprudence
n'appliqua le statut d'Elisabeth sur les sept années d'apprentissage, qu'aux industries existant au moment même du statut. Or,
depuis le xvi° siècle, d'innombrables industries nouvelles avaient
surgi :

« De plus, par une interprétation rigoureuse des termes du
statut, on en a limité l'effet aux métiers seulement qui étaient
établis en Angleterre avant la cinquième année d'Elisabeth; et on
ne l'a jamais étendu à ceux qui y ont été introduits depuis cette
époque. Cette limitation a donné lieu à plusieurs distinctions qui,
considérées comme règlement de police, sont bien ce qu'on peut
imaginer de plus absurde. Par exemple, on a décidé qu'un carros-
sier ne pouvait faire, ni par lui-même, ni par des ouvriers employés par lui à la journée, les roues de ses carrosses, mais qu'il
était tenu de les acheter d'un maître ouvrier en roues, ce dernier
métier étant pratiqué en Angleterre antérieurement à la cinquième
année d'Elisabeth. Mais l'ouvrier en roues, sans avoir jamais fait
d'apprentissage chez un ouvrier en carrosses, peut très bien faire
des carrosses, soit par lui-même, soit par des ouvriers à la journée,
le métier d'ouvrier en carrosses n'étant pas compris dans le statut,
parce qu'à cette époque il n'était pas pratiqué en Angleterre. Il y
a, pour la même raison, un grand nombre de métiers dans les
industries de Manchester, Birmingham et Wolverhampton qui,
n'ayant pas été exercés en Angleterre antérieurement à la cinquième année d'Elisabeth, ne sont pas compris dans le statut. »

Adam Smith aurait pu citer, sans doute, beaucoup d'autres
règlements « absurdes », comme celui des ouvriers en carrosses et
des ouvriers en roues. Mais, c'est au prix de ces absurdités de
détail que l'histoire évolue. L'Angleterre avait maintenu pour ses
anciennes et traditionnelles industries, pour celles qui ne s'étaient
pas renouvelées entièrement, la protection du régime corporatif.
Mais elle en avait affranchi les industries nouvelles, les métiers
qui avaient surgi précisément depuis qu'elle était entrée dans la
période industrielle et capitaliste. Il était inévitable qu'aux points
de rencontre et de contact des deux régimes, il y eût des combinaisons étranges et des anomalies. Mais qu'étaient ces bizarreries
à côté de la force que donnait à l'industrie anglaise ce double

UNE MONARCHIE LIMITÉE OU LE POUVOIR NÉGATIF EN FRANCE
ENTOURÉ PAR LES FURIES PATRIOTIQUES DU 20 ÉCOULÉ

UNE DÉMOCRATIE ILLIMITÉE OU LE POUVOIR EXÉCUTIF DE LA
FRANCE RÉCONCILIANT LES PARTIS ENNEMIS DANS UN EMBRAS-
SEMENT GÉNÉRAL LE 7 COURANT.

(D'après une estampe de la Bibliothèque Nationale)

caractère de tradition et d'adaptation, cette souplesse à permettre les audaces nouvelles, sans briser d'emblée la solidité des cadres anciens?

Mais, en limitant l'application du système corporatif aux métiers antérieurs à la cinquième année d'Elisabeth et à la période de grande productivité, l'Angleterre n'affranchissait pas seulement de toute entrave les métiers nouveaux. Elle proclamait encore la déchéance morale et sociale du régime corporatif, qui ne s'appliquait plus qu'aux forces du passé et ne pénétrait pas dans la sphère toujours accrue du capitalisme moderne. Et, c'est chose remarquable que les cités qui seront au XIXᵉ siècle le foyer de l'industrie anglaise la plus progressive et la plus hardie, Manchester, Birmingham, fussent déjà, pour la plus grande part des métiers qui croissaient dans leur sein, affranchies de l'étroite tutelle corporative. C'est le premier et déjà vigoureux essor du capitalisme illimité.

L'INDUSTRIE DU CHARBON

Déjà, et bien plus qu'en France, l'industrie minière, l'extraction du charbon de terre jouent en Angleterre un rôle très grand. Et elle est tout à fait en dehors du système corporatif. On devine, rien qu'à la place qu'elle tient dans l'œuvre d'Adam Smith, son importance croissante. Il en parle à propos de la « rente de la terre ». Il en parle encore à propos des « salaires et profits ».

« Dans quelques endroits de l'intérieur de l'Angleterre, spécialement dans le comté d'Oxford, il est d'usage, même chez les gens du peuple, de mêler le bois et le charbon ensemble dans le foyer : là, par conséquent, il ne peut y avoir une grande différence entre la dépense de ces deux sortes de chauffage.

« Le charbon dans les pays à mines de charbon est pourtant fort au-dessous de ce prix extrême, sans cela il ne pourrait pas supporter un transport éloigné, par terre ni même par eau. On ne pourrait en vendre qu'une petite quantité, et les maîtres charbonniers et propriétaires des mines trouvent bien mieux leur compte *à en vendre une grande quantité* à quelque chose au-dessus du plus bas prix, qu'une petite quantité au prix le plus élevé. En outre, le prix de la mine de charbon la plus féconde règle le prix du charbon pour toutes les autres mines de son voisinage. Le propriétaire et l'entrepreneur trouvent tous deux qu'ils peuvent se faire, l'un une plus forte rente, l'autre un plus gros profit en vendant à un prix un peu inférieur à celui de leurs voisins. Les voisins sont bientôt obligés de vendre au même prix, quoiqu'ils soient moins en état d'y suffire, et quoique ce prix aille toujours en décroissant et leur enlève même quelquefois toute leur rente et tout leur profit. Quelques exploitations se trouvent alors complètement abandonnées, d'autres ne rapportent plus de rente et ne peuvent plus être continuées que par le propriétaire de la mine.

« Le prix le plus bas auquel le charbon de terre puisse se vendre pendant un certain temps est, comme celui de toutes les autres marchandises, le prix qui est simplement suffisant pour remplacer, avec ses profits ordinaires, le capital employé à le faire venir au marché. A une mine dont le propriétaire ne retire pas de rente, et qu'il est obligé d'exploiter lui-même ou d'abandonner tout à fait, le prix du charbon doit en général approcher beaucoup de ce prix.

« La rente, quand le charbon en rapporte une, compose pour l'ordinaire une plus petite portion du prix qu'elle ne le fait dans la plupart des autres productions de la terre. La rente d'un bien à la surface de la terre s'élève communément à ce qu'on suppose être le tiers du produit total et c'est pour l'ordinaire une rente fixe et indépendante des variations accidentelles de la récolte. Dans les mines de charbon, un cinquième du produit total est une très forte rente; un dixième est la rente ordinaire et cette rente est rarement fixe, mais elle dépend des variations accidentelles dans le produit. Ces variations sont si fortes que, dans un pays où les propriétés foncières sont vendues à un prix modéré, au denier trente, c'est-à-dire moyennant trente années de revenus, une mine de charbon vendue au denier dix est réputée vendue à un bon prix.

« La valeur d'une mine de charbon pour son propriétaire dépend souvent autant de sa situation que de sa fécondité. Celle d'une mine métallique dépend davantage de sa fécondité et moins de sa situation. Les métaux même grossiers, et à plus forte raison les métaux précieux, quand ils sont séparés de leur gangue, ont assez de valeur pour pouvoir en général supporter les frais d'un long transport par terre et du trajet le plus lointain par mer. Leur marché ne se borne pas aux pays voisins de la mine, mais il s'étend au monde entier. Le cuivre du Japon est un des articles du commerce de l'Europe. Le fer d'Espagne est un de ceux du commerce du Pérou et du Chili; l'argent du Pérou s'ouvre un chemin non seulement jusqu'en Europe, mais encore de l'Europe à la Chine. Au contraire, le prix des charbons du Westmoreland et du Shrepshire ne peut influer que sur leur prix à Newcastle, et leur prix dans le Lyonnais n'exercera sur celui des premiers aucune espèce d'influence. Les produits de mines de charbon aussi distantes ne peuvent se faire concurrence l'un à l'autre. »

Evidemment, c'est à peine le début de l'industrie des mines. Le charbon de terre, la houille, n'est guère employé que pour le chauffage. Ses grands usages industriels s'annoncent à peine. Mais la houille apparaît dès lors comme un moyen de suppléer dans le chauffage le bois dévoré par les manufactures. Certes l'Angleterre était infiniment loin d'avoir et la production houillère énorme et l'immense prolétariat minier qu'elle a aujourd'hui. L'attention des économistes, des hommes d'Etat anglais commençait pourtant à se porter sur les ouvriers des mines, qui donnaient déjà à la classe ouvrière anglaise l'exemple des hauts salaires.

« Quand l'incertitude de l'occupation se trouve réunie à la fatigue, au désagrément et à la malpropreté de la besogne, alors elle élève quelquefois les salaires du travail le plus grossier au-dessus de ceux du métier le plus difficile. Un charbonnier des mines, qui travaille à la pièce, passe pour *gagner communément à Newcastle environ le double et, dans beaucoup d'endroits de l'Ecosse, le triple des salaires du travail du manœuvre.* Ce taux élevé provient entièrement de la dureté, du désagrément et de la malpropreté de la besogne. *Dans la plupart des cas cet ouvrier peut être occupé autant qu'il le veut.* Le métier des déchargeurs de charbon à Londres égale presque celui des charbonniers pour la fatigue, le désagrément et la malpropreté; mais l'occupation de la plupart d'entre eux est nécessairement très peu constante, à cause de l'irrégularité dans l'arrivée des bâtiments de charbon. Si donc les charbonniers des mines gagnent communément le double et le triple des salaire du manœuvre, il ne doit pas sembler déraisonnable que les déchargeurs de charbon gagnent quatre et cinq fois la valeur de ces mêmes salaires. *Aussi, dans les recherches que l'on fit il y a quelques années sur le sort de ces ouvriers, on trouva que sur le pied auquel on les payait alors, ils pouvaient gagner 6 à 10 shillings par jour* (un peu plus de 6 à 10 francs); *or 6 shillings sont environ le quadruple des salaires du simple travail à Londres.* »

LES SOCIÉTÉS PAR ACTIONS

Mais ce n'est pas seulement tous les métiers créés après le statut d'Elisabeth, ou les grandes industries en croissance, comme celle des mines, qui échappaient aux prises du régime corporatif. C'étaient aussi toutes les entreprises par actions, et elles se multipliaient. Il semble même à Adam Smith que le développement des sociétés ou compagnies par actions était parfois excessif et s'appliquait à des objets qui relevaient plutôt de l'industrie personnelle. Il caractérise la société par actions avec une grande netteté. Le capitalisme anglais est doté dès lors d'un de ses organes essentiels.

« Les Compagnies par actions, établies ou par charte royale ou par acte du Parlement, diffèrent, à beaucoup d'égards, non seulement des compagnies privilégiées, mais même des sociétés particulières de commerce.

« Premièrement, dans une société particulière, aucun associé ne peut, sans le consentement de la société, transporter sa part d'associé à une autre personne, ou introduire un nouveau membre dans la société. Cependant chaque membre peut, après un avertissement convenable, se retirer de l'association et demander le paiement de sa portion dans les fonds communs de la société. Dans une société par actions, au contraire, aucun membre ne peut demander à la compagnie le paiement de sa part, mais chaque membre peut, sans le consentement de la compagnie, céder sa part d'associé à une autre personne et par là introduire dans la compagnie un nouveau membre. La valeur d'une part ou action dans une société de ce genre est toujours le prix qu'on en trouve sur la place, et ce prix peut être, sans nulle proportion, au-dessus ou au-dessous de la somme pour laquelle le propriétaire est crédité dans les fonds de la compagnie.

« Secondement, dans une société particulière de commerce, chaque associé est obligé aux dettes de la société pour toute l'étendue de sa fortune. Dans une compagnie par actions, au contraire, chaque associé n'est obligé que jusqu'à concurrence de sa part d'associé.

« Le commerce d'une compagnie par actions est toujours conduit par un corps de directeurs, et, à la vérité, ce corps est souvent sujet, sous beaucoup de rapports, au contrôle de l'assemblée générale des propriétaires (des actionnaires). *Mais la majeure partie de ces propriétaires ont rarement la prétention de rien entendre aux affaires de la compagnie, mais bien plutôt, quand l'esprit de faction ne vient pas à régner entre eux, tout ce qu'ils veulent, c'est de ne se donner aucun souci là-dessus, et de toucher seulement l'année ou les six mois de dividende, tels que la direction juge à propos de les leur donner, et dont ils se tiennent toujours contents.* L'avantage de se trouver absolument délivré de tout embarras et de tout risque au delà d'une somme limitée, encourage beaucoup de gens (qui, sous aucun rapport, ne voudraient hasarder leur fortune dans une société particulière), à prendre part au jeu des compagnies par actions. Aussi ces sortes de compagnies attirent à elles des fonds beaucoup plus considérables que le commerce ne peut se flatter d'en réunir. Le capital de la Compagnie de la mer du Sud se trouva monter une fois à plus de 33 millions 800 mille livres sterling (plus de 700 millions de francs). Le capital, portant dividende, de la Banque d'Angleterre, monte actuellement à 10 millions 780 mille livres (environ 250 millions de francs). »

A dire vrai, c'est surtout aux entreprises de commerce étranger que s'appliquait le régime des compagnies par actions (Compagnie royale d'Afrique, Compagnie de la baie d'Hudson, Compagnie de la mer du Sud, Compagnie des Indes orientales).

« Un auteur français, très distingué par ses connaissances en économie politique, l'abbé Morellet, donne la liste de cinquante-cinq compagnies par actions qui se sont établies en divers endroits de l'Europe depuis 1600, et qui, selon lui, ont toutes failli par les vices de leur administration, quoiqu'elles eussent des privilèges exclusifs. »

Adam Smith s'efforce de limiter très étroitement l'emploi des sociétés par actions. Mais il est visible qu'elles dépassaient ces limites et qu'elles commençaient à s'appliquer aux affaires proprement industrielles, même à celles qui offraient de grands aléas.

« Les seuls genres d'affaires qu'il parait possible, pour une compagnie par actions, de suivre avec succès, sans privilège exclusif, ce sont celles dont toutes les opérations peuvent être réduites à ce qu'on appelle une routine, ou à une telle uniformité de méthode qu'elles n'admettent que peu ou point de variation. De ce genre sont : 1° le commerce de la banque; 2° celui des assurances contre l'incendie et contre les risques de mer et de capture en temps de guerre; 3° l'entreprise de la construction et de l'entretien d'un canal navigable; et 4° une entreprise qui est du même genre, celle d'amener de l'eau pour la provision d'une grande ville.

« Quoique les principes du commerce de banque puissent paraître tant soit peu abstraits et compliqués, cependant la pratique est susceptible d'en être réduite à des pratiques constantes. Se départir une seule fois de ces règles, en conséquence de quelque spéculation séduisante qui offre l'appât d'un gain extraordinaire, est une chose presque toujours extrêmement dangereuse, et très souvent funeste à la compagnie de banque qui s'y expose. Mais la constitution d'une compagnie par actions rend, en général, ces compagnies plus fortement attachées aux règles qu'elles se sont faites, mieux qu'aucune société particulière. Aussi les principales compagnies de banque de l'Europe sont-elles des compagnies d'actionnaires, dont plusieurs conduisent très heureusement leurs affaires sans aucun privilège exclusif. Le seul dont jouisse la Banque d'Angleterre consiste à ce qu'aucune autre compagnie de banque en ce royaume ne peut être composée de plus de six personnes. Les deux banques d'Edimbourg sont des compagnies par actions, sans aucun privilège exclusif.

« Quoique la valeur des risques, soit du feu, soit des pertes par mer ou par capture ne puisse guère se calculer peut-être bien exactement, néanmoins elle est susceptible d'une évaluation en gros qui fait qu'on peut, à un certain point, l'assujettir à une méthode et à des règles précises. Par conséquent, le commerce d'assurance peut être fait avec succès par une compagnie par actions, sans aucun privilège exclusif. La compagnie d'assurance de la ville de Londres et celles du change royal n'ont aucun privilège de ce genre.

« Quand un canal navigable est une fois achevé, la direction de l'affaire devient tout à fait simple et facile et elle peut se réduire à une méthode et à des règles constantes. On y peut encore réduire la confection d'une de ces sortes d'ouvrages, puisqu'on peut contracter avec les entrepreneurs à tant par toise, à tant par écluse. On en peut dire autant d'un canal, d'un aqueduc ou d'un grand conduit destiné à amener l'eau pour la provision d'une grande ville. De telles entreprises peuvent donc être régies, et elles le sont aussi très souvent, par des compagnies d'actionnaires, sans aucun privilège exclusif.

« Cependant, il ne serait pas raisonnable d'aller ériger pour une entreprise quelconque, une compagnie par actions, uniquement parce que cette compagnie serait capable de conduire l'entreprise avec succès, *c'est-à-dire d'aller exempter un certain nombre de particuliers de quelques-unes des lois générales auxquelles tous leurs citoyens sont assujettis*, uniquement parce que ces particuliers, à l'aide de cette exemption, seraient en état de faire bien leurs affaires. Pour qu'un pareil établissement soit parfaitement raisonnable, outre la condition expliquée ci-dessus, c'est-à-dire la possibilité de réduire l'entreprise à une méthode et à des règles constantes, il faut encore le concours de deux autres circonstances. La première, c'est qu'il soit évidemment démontré que l'entreprise est d'une utilité plus grande et plus générale que la plupart des entreprises particulières de commerce; et la seconde, c'est qu'elle soit de nature à exiger un capital trop considérable pour être fourni par une société particulière. Si un capital modéré suffisait pour l'entreprise, sa grande utilité seule ne serait pas une raison pour qu'on dût ériger une compagnie par actions, parce que, dans ce cas, il se présenterait bientôt des spéculateurs particuliers qui rempliraient aisément la demande à laquelle cette entreprise aurait pour effet de répondre. Ces deux circonstances concourent dans les quatre genres de commerce dont il est question plus haut...

« *Excepté les quatre genres de commerce dont j'ai fait mention, je n'ai pu parvenir à m'en rappeler aucun autre dans lequel se trouvent concourir toutes les circonstances requises pour justifier l'établissement d'une compagnie par actions. La compagnie de Londres pour le cuivre anglais, la compagnie pour la fonte du plomb, la compagnie pour le poli des glaces, n'ont pas même le*

*prétexte d'aucune utilité générale, ou seulement particulière dans
les objets dont elles s'occupent, et ces objets ne paraissent pas
exiger des dépenses qui excèdent les facultés d'une réunion de plusieurs fortunes privées.* Quant à la question de savoir si le genre
de commerce que font ces compagnies est de nature à pouvoir
se réduire à une méthode et à des règles assez précises pour qu'il
soit susceptible du régime d'une compagnie par actions, ou si ces
compagnies ont sujet de se vanter de profits extraordinaires, c'est
ce dont je ne prétends pas être instruit. *Il y a longtemps que la
compagnie pour l'exploitation des mines est en banqueroute. Un
intérêt dans les fonds de la compagnie des toiles d'Édimbourg se
vend à présent fort au-dessous du pair, quoique moins au-dessous
qu'il n'était il y a quelques années.* Les compagnies par actions
qui se sont établies dans la vue d'être utiles à l'État en encourageant quelques manufactures particulières, outre le dommage
qu'elles causent en faisant mal leurs propres affaires et en diminuant par là la masse des capitaux de la société, ne peuvent guère
manquer encore, sous d'autres rapports, de faire plus de mal que
de bien. Malgré les intentions les plus droites, la partialité inévitable de leur directeur pour quelques branches particulières de
manufactures, dont les entrepreneurs viennent à bout de le séduire
et de le dominer, jette véritablement sur le reste un véritable
découragement. »

Évidemment, l'instrument capitaliste des sociétés par actions
n'a pas encore la souplesse et la puissance qu'il aura plus tard,
mais le cercle étroit de la vie corporative est brisé. Et la grande
bourgeoisie anglaise n'a nullement besoin d'un effort révolutionnaire pour en sortir. La société par actions apparaît bien encore,
même aux libres et audacieux esprits, comme une exception, comme
une dérogation aux règles communes qui imposent à tout citoyen,
à raison de ses obligations, une responsabilité entière portant sur
toute sa fortune. Mais c'est le mouvement naturel du capitalisme
qui étendra le champ des sociétés par actions.

ADAM SMITH ET LES ASSOCIATIONS PROFESSIONNELLES

Adam Smith souffre impatiemment ce qui reste du régime corporatif. Il n'ose pas pourtant invoquer la loi pour le briser, car il
sait combien il est malaisé parfois de distinguer l'organisation
corporative des libres groupements, et Smith ne va pas, comme
fera bientôt la Constituante avec la loi Chapelier, jusqu'à interdire
même les associations qui ont pour objet immédiat la mutualité.

Il déplore qu'elles tournent vite en corporations, mais il n'ose les dissoudre par la force légale.

« Il est rare que des gens du même métier se trouvent réunis, fût-ce pour quelques parties de plaisir ou pour se distraire, sans que la conversation finisse par quelque conspiration contre le

ASSASSINAT DE BASSEVILLE À ROME
(D'après une estampe du Musée Carnavalet)

public, ou par quelque machination pour faire hausser les prix. *Il est impossible, à la vérité, d'empêcher ces réunions par une loi qui puisse s'exécuter, ou qui soit compatible avec la liberté et la justice;* mais si la loi ne peut pas empêcher les gens du même métier de s'assembler quelquefois, au moins ne devrait-elle rien faire pour faciliter ces assemblées, et bien moins encore pour les rendre nécessaires.

« Un règlement qui oblige tous les gens du même métier dans

une ville à faire inscrire dans un registre public leurs noms et leurs demeures, facilite ces assemblées, il établit une liaison entre des individus qui, autrement, ne se seraient peut-être jamais connus, et il donne à chaque homme du métier une indication pour trouver toutes les autres personnes de sa profession.

« *Un règlement qui autorise les gens du même métier à se taxer entre eux pour pourvoir au soulagement de leurs pauvres, de leurs malades, de leurs veuves et orphelins, en leur donnant alors des intérêts communs à régir, rend ces assemblées nécessaires.*

« Une corporation rend non seulement les assemblées nécessaires, mais elle fait encore que la totalité des membres se trouve liée par la loi de la majorité. Dans un métier libre, on ne peut former de ligue qui ait son effet, que par le consentement unanime de chacun des individus de ce métier, et encore cette ligue ne peut-elle durer qu'autant que chaque individu continue à être du même avis. Mais la majorité d'un corps de métier peut établir ce statut, avec des dispositions pénales, qui limitent la concurrence d'une manière plus efficace et plus durable que ne pourrait faire aucune ligue volontaire quelconque. »

L'individualisme économique d'Adam Smith est, comme on voit, à peu près aussi marqué que le sera celui des révolutionnaires de France. Il est presque tenté d'interdire même les réunions de charité mutuelle parce qu'elles peuvent devenir le germe de la vie corporative. Par là il va jusqu'au seuil de ce qui sera la loi Chapelier. Et cela confirme ce que nous avons dit de celle-ci. Sans doute elle répond, pour une part, à un calcul de classe. Ce sont des assemblées d'ouvriers, se coalisant pour élever leur salaire, que la Constituante a voulu proscrire. Mais elle n'a pas cru faire essentiellement œuvre de classe. Elle a cru qu'elle appliquait des principes incontestés.

La méfiance d'Adam Smith à l'égard des corporations et de toutes les assemblées qui y peuvent conduire n'a aucun caractère bourgeois. Car ce n'est pas à des réunions de salariés, interdites d'ailleurs par des statuts terribles, c'est à des réunions de maîtres, d'artisans indépendants et de marchands que pense ici Adam Smith. Mais, s'il déteste le régime corporatif, il sait qu'il est en voie de décomposition, et d'ailleurs dans la mesure où il subsiste encore, il répond, sinon aux intérêts, du moins aux préjugés et aux habitudes d'un grand nombre d'hommes de métiers. Ainsi, de même que rien, dans l'état social anglais, n'obligeait les paysans, presque entièrement libérés du régime féodal, à un acte de Révolution, rien, dans le régime économique et industriel, n'obligeait la bourgeoisie à l'action révolutionnaire.

LES OUVRIERS

Est-ce du prolétariat anglais, est-ce de la classe ouvrière que pouvait venir un mouvement de révolution sociale? Mais les prolétaires anglais de 1789 n'avaient, pas plus que les prolétaires français, une conscience de classe. Sans doute leur condition était souvent très dure et leurs garanties étaient faibles. Ils ne pouvaient guère se coaliser utilement pour la défense de leurs salaires. De terribles lois répressives, brutalement invoquées par les maîtres, pesaient sur les prolétaires.

« Les ouvriers désirent gagner le plus possible, les maîtres donner le moins qu'ils peuvent : les premiers sont disposés à se concerter pour élever les salaires, les seconds pour les abaisser.

« Il n'est pas difficile de prévoir lequel des deux partis, dans toutes les circonstances ordinaires, doit avoir l'avantage dans le débat, et imposer forcément à l'autre toutes ses conditions. Les maîtres, étant en moindre nombre, peuvent se concerter plus aisément, et de plus la loi les autorise à se concerter entre eux, ou du moins elle ne leur interdit pas, tandis qu'elle l'interdit aux ouvriers. Nous n'avons pas d'acte du Parlement contre les ligues qui tendent à abaisser le prix du travail; mais nous en avons beaucoup contre celles qui tendent à le faire hausser. Dans toutes ces luttes, les maîtres sont en état de tenir plus longtemps. Un propriétaire, un fermier, un maître fabricant ou marchand pourraient en général, sans occuper un seul ouvrier, vivre un an ou deux sur les fonds qu'ils ont déjà amassés. Beaucoup d'ouvriers ne pourraient pas subsister sans travail une semaine, très peu un mois, et à peine un seul une année entière. A la longue, il se peut que le maître ait autant besoin de l'ouvrier que celui-ci a besoin du maître, mais le besoin n'est pas si pressant.

« On n'entend guère parler, dit-on, de ligues entre les maîtres, *et tous les jours on parle de celles des ouvriers*. Mais il faudrait ne connaître ni le monde, ni la matière dont il s'agit, pour s'imaginer que les maîtres se liguent rarement entre eux. Les maîtres sont en tous temps et partout dans une sorte de ligue tacite, mais constante et uniforme, pour ne pas élever les salaires au-dessus du taux actuel. Violer cette règle est partout une action de faux frère, et un sujet de reproche pour un maître parmi ses voisins et ses pareils. A la vérité, nous n'entendons jamais parler de cette ligue, parce qu'elle est l'état habituel, et on peut dire l'état naturel de la chose, et que personne n'y fait attention. Quelquefois, les maîtres font entre eux des complots particuliers pour faire baisser au-dessous du taux actuel les salaires du travail. Ces complots sont toujours conduits dans le plus grand silence et dans le plus grand secret jusqu'au moment de l'exécution, et quand les ouvriers cèdent, comme ils font quelquefois, sans résistance, quoiqu'ils sentent bien le coup et le sentent fort durement, personne n'en entend parler. Souvent cependant, les ouvriers opposent à ces coalitions particulières une ligne défensive; quelquefois aussi, sans aucune provocation de cette espèce, ils se coalisent de leur propre mouvement pour élever le prix du travail. Leurs prétextes ordinaires sont tantôt le haut prix des denrées, tantôt le gros profit que font les maîtres sur leur travail. Mais que leurs ligues soient offensives ou défensives, elles sont toujours accompagnées d'une grande rumeur. Dans le dessein d'amener l'affaire à une prompte décision, ils ont toujours recours aux clameurs les plus emportées, et quelquefois ils se portent à la violence et aux derniers excès. Ils sont désespérés et agissent avec l'extravagance et la fureur de gens au désespoir, réduits à l'alternative de mourir de faim ou d'arracher à leurs maîtres, par la terreur, la plus prompte condescendance à leurs demandes. Dans ces occasions, les maîtres ne crient pas moins fort de leur côté; ils ne cessent de réclamer de toutes leurs forces l'autorité des magistrats civils et l'exécution la plus rigoureuse des lois si sévères portées contre les ligues des ouvriers, domestiques et journaliers. En conséquence, il est rare que les ouvriers tirent aucun fruit de ces tentatives violentes et tumultueuses, qui, tant par l'intervention du magistrat civil que par la constance mieux soutenue des maîtres, n'aboutissent en général à rien autre chose qu'au châtiment ou à la ruine des chefs de l'émeute. »

LE DROIT DE COALITION

On est donc tenté de penser qu'au moment où éclate la Révolution française, et où la classe ouvrière de France commence à jouer un grand rôle politique, les ouvriers anglais vont demander au moins le droit de coalition. Il n'en est rien, ou tout au moins, je ne trouve aucune trace d'une revendication d'ensemble. Chose curieuse! Même en 1795, même quand le député au Parlement, Withbread, pour remédier à l'extrême détresse des ouvriers anglais, propose de fixer par la loi un minimum de salaire, personne à la Chambre des Communes et dans le pays ne suggère l'idée que c'est en acordant aux ouvriers le droit de se coaliser qu'on relèvera leurs salaires. Aujourd'hui, il nous paraît beaucoup plus hardi de déterminer par la loi un minimum de salaire que de reconnaître aux ouvriers le droit de coalition et de grève.

Le point de vue des esprits les plus libres de l'Angleterre, à la fin du XVIIIᵉ siècle, était tout autre. La loi était déjà intervenue dans la détermination des salaires; il est vrai que c'était, comme dans le fameux statut d'Elisabeth, pour en fixer le maximum, et la fixation d'un minimum était une vraie révolution sociale, mais il y avait des précédents juridiques. Au contraire, proclamer la liberté de coalition, c'était, dans la pensée des hommes de ce temps, légaliser l'émeute. Fox (voir Hansard, *The parliamentary History of England*, volume 32) recommande bien l'association pour relever les salaires, mais c'est une association de philanthropes qu'il a en vue, non une association d'ouvriers.

« Si la Chambre, comme il a été proposé, venait à former une association dont tous les membres s'engageraient eux-mêmes à n'user que d'une espèce particulière de pain, pour diminuer les durs effets de la rareté, ne pourrait-elle en même temps former une association en vue d'élever le prix du travail à un taux proportionné au prix des articles de subsistance? »

Mais quant à laisser aux intéressés eux-mêmes le droit de former cette association, ni Fox ni aucun de ses collègues libéraux n'y songe un instant. Pitt, dans le discours où il combat la motion de Withbread (12 février 1796), ne dit pas un mot non plus des coalitions ouvrières. Il parle des sociétés amicales, *friendly societies*, qui sont des sociétés de secours mutuels entre ouvriers, et il ne paraît pas pressentir que ces sociétés de secours mutuels deviendront le germe d'organisations ouvrières de résistance et de lutte.

« L'encouragement des sociétés amicales, dit-il, contribuera à alléger l'immense charge dont le public est accablé maintenant pour le soutien des pauvres, et l'industrie pourra pourvoir, par ses épargnes, aux temps de détresse. »

Il est bien malaisé de croire que s'il y avait eu à ce moment une revendication générale de la classe ouvrière anglaise au sujet du droit de coalition, Pitt n'y eût fait aucune allusion. Il aurait sans doute exprimé des craintes sur la déviation possible des sociétés ouvrières de secours mutuels.

D'où vient que les ouvriers anglais, dans l'ébranlement donné au monde et aux travailleurs par la Révolution française, n'aient point demandé la reconnaissance légale d'un droit aussi important pour eux? Ce n'était certes pas indifférence ou dédain; car il résulte des pages d'Adam Smith, citées tout à l'heure, et de nombreux témoignages recueillis par Sydney et Béatrice Webb dans leur belle histoire du Trade-Unionisme, que, en fait, pendant tout le XVIIIᵉ siècle, les ouvriers recoururent aux coalitions pour défendre ou hausser leurs salaires. Et ils ne se bornaient pas à des ententes momentanées : ils formaient des associations permanentes.

« Nous n'avons pas réussi à découvrir dans les innombrables

brochures et placards ouvriers du temps, ni dans les procès-verbaux de la Chambre des Communes, quelque trace de l'existence avant 1700 d'associations permanentes de salariés pour défendre et améliorer les conditions de leur contrat... Dans les premières années du XVIII° siècle, nous trouvons des plaintes isolées sur les associations « récemment formées » par des ouvriers qualifiés de certains métiers. A mesure que le siècle avance, nous remarquons la multiplication graduelle de ces plaintes, auxquelles correspondent des contre-accusations présentées par des corps d'ouvriers organisés. A partir du milieu du siècle, les procès-verbaux de la Chambre des Communes sont remplis de pétitions et de contre-pétitions qui révèlent l'existence d'associations de journaliers dans la plupart des professions qualifiées. Finalement, nous pouvons conjecturer la large extension du mouvement, d'après la multiplication croissante des lois contre les associations dans les industries particulières... »

Ce qu'il y a de curieux, c'est que toute cette agitation et organisation ouvrière précède même la période des manufactures. Le système manufacturier ne prit un grand essor que vers le milieu du XVIII° siècle et déjà, depuis cinquante ans, les ouvriers attachés au service de la petite industrie artisane se groupaient, s'organisaient. Si donc on ne saisit pas, de 1789 à 1793, une grande revendication générale des prolétaires, une grande action de classe en faveur du droit de coalition, ce n'est pas que les ouvriers anglais en aient méconnu l'importance. Mais c'est d'abord que la structure de l'industrie anglaise était encore trop compliquée, trop sectionnée, pour qu'une action et une revendication générales des prolétaires fussent possibles. Quelques progrès qu'eût réalisés déjà le système manufacturier, il n'avait pas encore prévalu dans un très grand nombre de branches de la production; c'est ainsi, pour emprunter un exemple à Sidney Webb, que les négociants en drap du Yorkshire, ne commencèrent à établir des manufactures sur une grande échelle qu'en 1794. Beaucoup de travailleurs industriels étaient encore engagés à demi dans la vie agricole. Il existait encore, surtout en Ecosse et dans les régions pauvres, des cottagers qui ne possédaient qu'un tout petit domaine insuffisant à les faire vivre et qui demandaient le surplus des ressources nécessaires à un travail industriel.

« Le produit d'un travail fait de cette manière se présente souvent sur le marché à meilleur compte que la nature de ce travail ne le permettrait sans cette circonstance. Dans plusieurs endroits de l'Ecosse, on a des bas tricotés à l'aiguille à beaucoup meilleur marché qu'on ne pourrait les établir au métier partout ailleurs; c'est l'ouvrage de domestiques et d'ouvrières qui trouvent dans une autre occupation la principale partie de leur subsistance. La filature de toile se fait en Ecosse de la même manière à peu près que les bas à l'aiguille, c'est-à-dire par des femmes qui sont louées principalement pour d'autres services. Celles qui essayent de vivre uniquement de l'un ou de l'autre de ces métiers, gagnent à peine de quoi ne pas mourir de faim. Dans la plus grande partie de l'Ecosse, il faut être une bonne fileuse pour gagner 20 deniers par semaine » (Adam Smith).

On comprend aisément que ces ouvriers et ouvrières dispersés, et encore enfoncés plus qu'à moitié dans la vie rurale, ne pouvaient se prêter à un vaste et énergique mouvement de classe.

Mais surtout un grand nombre de salariés étaient encore engagés dans les liens du système corporatif et de l'artisanerie. Quand les grandes manufactures se créaient, elles ne se heurtaient pas seulement à la résistance des artisans, des petits producteurs : elles se heurtaient aussi à celle de leurs ouvriers, de leurs compagnons qui étaient troublés dans leurs habitudes, menacés même dans leur existence, et, en tout cas, obligés souvent de s'expatrier. Quand le système des manufactures s'appliqua dans le Yorkshire, en 1794, à la fabrication des draps, « journaliers et petits maîtres luttèrent unanimement d'abord pour résister à la nouvelle forme d'industrie capitaliste, qui commençait à leur enlever le contrôle du produit de leur travail ».

Mais comment les ouvriers, les salariés auraient-ils pu revendiquer énergiquement contre leurs maîtres le droit de coalition, comment auraient-ils pu engager contre eux une vigoureuse action de classe au moment où ils liaient partie avec eux pour la défense commune d'une forme d'industrie menacée par le capitalisme? Aussi bien, en chaque industrie, les ouvriers, façonnés par le système du moyen âge, et pénétrés autant que les maîtres de l'esprit de restriction, de corporation, de privilège et de monopole, faisaient cause commune avec ces maîtres toutes les fois qu'ils croyaient un de ces monopoles menacés. C'est ainsi, comme l'a observé Adam Smith, que très souvent les maîtres provoquaient un soulèvement de leurs ouvriers pour empêcher toute mesure qui aurait restreint leur privilège, en permettant, par exemple, la concurrence des produits étrangers.

LA LOI DES PAUVRES

. Enfin, la loi des pauvres, la loi du domicile et du certificat avaient pour effet de cantonner la classe ouvrière anglaise, de la sectionner.

« La gêne, que les lois des corporations, écrit Adam Smith,

apportent à la libre circulation du travail, est, je pense, commune
à tous les pays de l'Europe, celle qui résulte des lois sur les
pauvres est, autant que je puis le savoir, particulière à l'Angleterre. Elle vient de la difficulté qu'un homme pauvre trouve à
obtenir un domicile (*settlement*), ou même la permission d'exercer
son industrie dans une autre paroisse que celle à laquelle il appartient. Les lois des corporations ne gênent que la libre circulation
du travail des artisans et ouvriers de manufacture seulement; la
difficulté d'obtenir un domicile gêne jusqu'à la circulation du
travail du simple manœuvre... Lors de la destruction des monas-
tères, quand les pauvres furent privés des secours charitables de
ces maisons religieuses, après quelques tentatives infructueuses
pour leur soulagement, le statut de la quarante-deuxième année
d'Elisabeth régla que chaque paroisse serait tenue de pourvoir à
la subsistance de ses pauvres, et qu'il y aurait des inspecteurs des
pauvres établis annuellement, lesquels, conjointement avec les
marguilliers, lèveraient, par une taxe paroissiale, les sommes suffisantes pour cet objet.

« Un statut imposa à chaque paroisse l'obligation indispensable
de pourvoir à la subsistance de ses pauvres. Ce fut donc une
question importante de savoir quels étaient les individus que
chaque paroisse devait regarder comme ses pauvres. Après
quelques variations, cette question fut enfin décidée dans les
treizième et quatorzième années de Charles II, où il fut statué
qu'une résidence non contestée et ininterrompue de quarante
jours ferait acquérir le domicile dans une paroisse, mais que,
pendant ce terme, deux juges de paix pourraient, sur la réclamation du marguillier ou inspecteur des pauvres, renvoyer tout
nouvel habitant à la paroisse sur laquelle il était légalement établi
en dernier lieu, à moins que cet habitant ne tînt à loyer un bien
de 10 livres de revenu annuel, ou bien qu'il ne fournît pour la
décharge de la paroisse où il était actuellement résident, une
caution fixée par ces juges. »

C'était en réalité immobiliser la main-d'œuvre pauvre, et les
précautions furent accumulées pour que les manouvriers ne
pussent circuler en fraude et conquérir subrepticement le domicile. Les quarante jours de résidence nécessaires ne commencèrent
à courir qu'à partir du jour où connaissance publique avait été
donnée à l'église de la déclaration faite par le nouveau venu. A
mesure qu'au XVIIIe siècle le système des manufactures se déve-
loppa, exigeant un plus large déplacement de main-d'œuvre, il
devint difficile et presque impossible de maintenir la législation
accablante du *settlement*, du domicile. Et elle fut remplacée par le
régime des certificats.

« Dans les huitième et neuvième années de Guillaume II, il fut statué que lorsqu'une personne aurait obtenu de la paroisse où elle avait son dernier domicile légal un certificat signé du marguillier et inspecteur des pauvres et approuvé par deux juges de paix, toute autre paroisse serait tenue de la recevoir; qu'elle ne pourrait être renvoyée sur le simple prétexte qu'elle était dans le cas de devenir à la charge de la paroisse, mais seulement par le fait d'y être actuellement à charge, auquel cas la paroisse qui avait accordé le certificat serait tenue de rembourser tant la subsistance du pauvre que les frais de son renvoi. »

En même temps, l'acquisition du domicile était rendue plus malaisée encore qu'auparavant. Mais les certificats mêmes n'étaient pas facilement délivrés. Chaque paroisse craignait d'être exposée à des frais de secours et de rapatriement au cas où celui qu'elle aurait muni du certificat deviendrait malade. Ainsi la circulation des plus pauvres des manouvriers était extrêmement gênée. Mais il s'en faut que l'ensemble de la classe ouvrière anglaise protestât contre ces entraves. Adam Smith s'étonne de sa patience à les supporter.

« C'est, dit-il, un attentat manifeste contre la justice et la liberté naturelles, que de renvoyer un homme, qui n'est coupable d'aucun délit, de la paroisse où il choisit de demeurer; *cependant le peuple, en Angleterre, qui est si jaloux de sa liberté, mais qui, comme le peuple des autres pays, n'entend jamais bien en quoi elle consiste, est resté, déjà depuis plus d'un siècle, assujetti à cette oppression sans y chercher de remède. Quoique les gens sages se soient aussi quelquefois plaints de la loi du domicile comme d'une calamité publique, néanmoins elle n'a jamais été l'objet d'une réclamation universelle du peuple,* comme celle qu'ont occasionnée les *warrants généraux* (mandats d'arrêt sans désignation individuelle), pratique sans contredit très abusive, mais qui pourtant ne peut donner lieu à une oppression générale ; *tandis qu'on peut affirmer qu'il n'existe pas en Angleterre un seul pauvre ouvrier, parvenu à l'âge de quarante ans, qui n'ait eu à éprouver, dans un moment ou dans un autre de sa vie, des effets excessivement durs de cette oppressive et absurde loi du domicile.* »

Oui, mais Adam Smith n'indique pas quels étaient les avantages qui, aux yeux d'une grande partie de la classe ouvrière anglaise, compensaient ces inconvénients. D'abord les paroisses n'étaient pas exposées à un soudain afflux de misère, et surtout la dificulté qu'éprouvait la main-d'œuvre la plus pauvre à se déplacer protégeait les industries en croissance contre l'offre déprimante des bras au rabais. Je ne serais pas étonné que la loi du domicile et du certificat ait aidé les ouvriers qualifiés d'un assez grand nombre d'industries à maintenir ou à élever les salaires.

Plus tard, en 1796, quand Pitt, en fidèle disciple d'Adam Smith, suggère à la Chambre l'idée d'abolir ou de remanier radicalement les lois du domicile et du certificat, il est visible qu'il ne cède pas à une pression de l'opinion; c'est au contraire contre les préjugés persistants de l'opinion qu'il veut assurer la libre circulation du travail. Et il songe au moins autant à l'intérêt des capitalistes, qui ont besoin d'une main-d'œuvre abondante et flottante, qu'aux intérêts de l'ouvrier. C'est à une intensification du capitalisme, avec toutes ses chances bonnes et mauvaises, qu'il veut aboutir.

« Le mal, dans mon opinion, est causé dans une large mesure par les abus qui se sont glissés dans la loi des pauvres de ce pays et par le mode compliqué d'exécution de cette loi. La loi des pauvres de ce pays, quoique sage dans son institution originelle, a contribué à entraver la circulation du travail et à substituer un système d'abus aux maux que, dans une pensée d'humanité, on avait voulu corriger. Des remèdes défectueux n'ont produit que confusion et désordre. *Les lois du domicile (laws of settlements) ont empêché l'ouvrier d'aller sur le marché, où il pouvait disposer de son industrie à son plus grand avantage, et le capitaliste d'employer la personne qui était qualifiée pour lui procurer la meilleure rémunération de ses avances...* »

Il est vrai que cette loi a reçu des atténuations.

« Maintenant les officiers de paroisse ne peuvent pas éloigner l'ouvrier uniquement parce qu'ils craignent qu'il devienne une charge. Mais, sous la pression d'une détresse temporaire, l'ouvrier industriel (*the industrious mechanic*) peut être transporté de l'endroit où son activité serait utile à lui et à sa famille dans un endroit où il peut être un fardeau et n'avoir aucun moyen de se soutenir lui-même. Pour remédier à un inconvénient aussi grave, il faut que les lois du domicile soient radicalement amendées. Je crois qu'en assurant la libre circulation du travail, en écartant les obstacles qui empêchent l'industrie d'utiliser elle-même ses ressources, on irait loin dans la guérison des maux, et on diminuerait la nécessité d'aggraver la taxe des pauvres. Dans le cours de peu d'années, cette libre circulation du travail délié des entraves imposées par les lois réaliserait l'objet même de ces lois. Les bénéfices de cette liberté se répandraient largement, la richesse de la Nation s'accroîtrait et les pauvres auraient non seulement plus de bien-être, mais plus de vertu : la charge des taxes des pauvres, qui pèsent si lourdement sur les campagnes, serait grandement diminuée. »

Visiblement, Pitt essaie de faire pénétrer dans les esprits une théorie neuve et très contestée encore plutôt qu'il ne cède à un mouvement d'opinion. Contre les périls qu'une trop brusque croissance du capitalisme pouvait déchaîner, les ouvriers anglais étaient en défiance et il y avait en eux un esprit de protectionnisme corporatif et local qui amortissait et ralentissait les grands mouvements redoutables. Peu à peu cet esprit cédera à l'irrésistible poussée capitaliste : les petits abris locaux, où des fractions de la classe ouvrière étaient comme réfugiées, seront renversés et emportés par un vent violent et, sur le terrain nivelé et découvert, la multitude prolétarienne pourra se livrer à de grands mouvements de classe. Mais, en attendant, elle était divisée et fragmentée et au moment où se développait la Révolution française, une action d'ensemble du prolétariat anglais n'était pas possible. Il était encore séparé et immobilisé en trop de compartiments pour qu'une revendication générale pût se produire même sur un objet qui, comme le droit de coalition, intéressait à un si haut degré tous les prolétaires.

LA RÉPRESSION BOURGEOISE

Aussi bien toute la classe ouvrière anglaise n'était pas privée, en fait, de la force de coalition. Pas plus qu'il n'y avait unité et généralité du mouvement ouvrier, il n'y avait unité et généralité de la répression bourgeoise. La procédure anglaise, au sujet des coalitions ouvrières pour le relèvement des salaires, était fort incertaine pendant tout le xviiiᵉ siècle. La loi intervenait fréquemment pour déterminer les salaires. De là deux conséquences contradictoires. D'une part, toute tentative des ouvriers pour obtenir directement des maîtres, par voie de coalition, un salaire supérieur à celui fixé par la loi devenait une rébellion et pouvait être frappée comme telle. D'autre part, on ne pouvait interdire aux ouvriers de s'organiser, de s'unir pour faire appliquer les tarifs légaux; car ils devenaient alors les instruments de la loi, et on ne pouvait non plus leur refuser le droit d'adresser au Parlement des pétitions collectives en vue d'obtenir un remaniement des tarifs. Ainsi l'action ouvrière avait plus de jeu qu'il ne semblait au premier abord et la question du droit de coalition pour les salaires n'était pas posée directement et nettement. Les Webb ont montré cela avec une grande force d'analyse.

Au xviiiᵉ siècle, « la prohibition des coalitions était toujours une conséquence de la réglementation de l'industrie. On présumait que c'était l'affaire du Parlement et des cours de justice de réglementer les conditions du travail et l'on ne pouvait permettre aux coalitions pas plus qu'aux individus, d'intervenir dans des différends auxquels pouvait être apporté un remède légal. L'objet poursuivi par les statuts n'était pas la prohibition des coalitions, mais la fixation des salaires, la prévention du manque de foi ou du dommage,

l'exécution du contrat de service ou les arrangements convenables
pour l'apprentissage. Et, bien que les coalitions pour se mêler des
objets de ces statuts fussent évidemment illégales, et fussent habituellement prohibées expressément, c'était une conséquence réciproque que les coalitions formées pour proposer les objets de la
législation, à quelque objection qu'elles pussent prêter de la part
des patrons, n'étaient apparemment pas considérées comme illégales.

« Ainsi le type primitif de coalition parmi les ouvriers — la
société pour faire appliquer la loi — semble avoir toujours été
tacitement accepté comme tolérable. Bien qu'il soit probable que
de semblables associations rentrassent, au point de vue juridique,
dans la définition d'association et de conspiration, soit sous le
droit commun, soit sous les anciens statuts, nous ne connaissons
pas de cas où elles aient été poursuivies comme illégales. Nous
avons déjà raconté, par exemple, comment en 1726 les tisseurs de
laine du Wiltshire et du Somersetshire s'associèrent ouvertement
pour présenter une pétition au roi en son conseil contre leurs
maîtres, les riches drapiers. Le conseil privé, loin de considérer
l'action des tisseurs comme illégale, prit en considération leur
plainte. Et, quand les patrons persistèrent à désobéir aux lois,
nous avons vu comment, en 1756, la fraternité des tisseurs de drap
de laine adressa une pétition à la Chambre des Communes pour
donner un effet plus réel au pouvoir attribué aux juges de fixer
les salaires et obtint un nouvel acte du Parlement en concordance
avec ses désirs. Les coalitions presque permanentes des bonnetiers
au métier, de 1710 à 1800, ne furent jamais l'objet de poursuites
légales. Les associations de tisseurs de soie de Londres reçurent
une sanction virtuelle par les actes de Spitalfields, les délégués des
associations ouvrières parurent régulièrement devant les juges, qui
fixèrent et revisèrent les prix du travail aux pièces... »

Même d'une façon générale, « il ne faudrait pas s'imaginer que
chaque association devenait matière à poursuites et que le leader
trade-unioniste de ce temps passait toute sa vie en prison. A cause
de l'organisation très défectueuse de la police anglaise et de
l'absence de toute poursuite d'office, une coalition était habituellement laissée en paix jusqu'à ce qu'un patron se sentît suffisamment gêné par ses opérations pour prendre lui-même la peine de
mettre la loi en action. Dans beaucoup de cas, on trouve des
patrons qui paraissent accepter la coalition de leurs ouvriers ou
au moins fermer les yeux sur elle. Les maîtres imprimeurs de
Londres, non seulement reconnaissaient la très ancienne institution de la « chapelle », mais évidemment, à partir de 1785, ils la
jugeaient utile à recevoir et à examiner les propositions des
ouvriers, comme un corps organisé. »

Ainsi, en 1789 encore, c'est un régime incertain et mêlé, fait tout ensemble de tolérance et d'arbitraire, qui règle le droit de coalition. Mais, à mesure que le régime capitaliste se développe, que le système des manufactures s'étend et que le Parlement renonce à intervenir par la loi dans la fixation des salaires, la question du droit de coalition se précise. Et la crise de la Révolution française, en communiquant peu à peu au prolétariat anglais un frémissement de démocratie, donnera au problème une acuité imprévue. Mais la classe ouvrière n'est pas en 1789 tendue vers cet objet et ce n'est point là un ressort de révolution.

LES SALAIRES

Le prolétariat anglais n'est pas soulevé non plus par une révolte d'extrême misère. Sans doute il y avait, surtout chez les prolétaires ruraux, d'effroyables souffrances. Mais, dans l'ensemble, les ouvriers anglais avaient bénéficié de l'essor de l'industrie anglaise.

Marx a écrit : « Pendant la période manufacturière proprement dite, le mode de production capitaliste avait assez grandi pour rendre la réglementation légale du salaire aussi impraticable que superflue. »

Et ainsi les lois restrictives du salaire, celles qui lui imposaient un maximum, tombaient peu à peu ou demeuraient inefficaces. Mais ce que Marx, dans le sombre tableau qu'il trace de cette période de l'histoire du prolétariat anglais, n'ajoute pas, c'est que, en fait, la hausse des salaires, au cours du XVIII° siècle, avait été grande. J'ai déjà cité le texte de Forster constatant que le salaire des ouvriers anglais en 1790 est deux ou trois fois supérieur à celui de l'ouvrier allemand. Mais il suffit d'ouvrir Adam Smith pour y saisir ce progrès des salaires. Adam Smith a une sorte d'ingénuité scientifique : il observe les phénomènes sociaux sans aucun parti pris de classe. Nous avons vu tout à l'heure avec quelle impartialité il notait le dommage causé aux ouvriers par les lois sur les coalitions. Il trouve injuste que les ouvriers ne puissent se coaliser tandis que la coalition des patrons est permanente. Il est si peu enclin à l'optimisme au sujet de la condition des ouvriers, que c'est dans son œuvre que Lassalle a cru trouver la première formule de la loi d'airain. Et Smith note, sans précaution aucune, que c'est par un prélèvement sur le travail qu'est constitué le profit des capitalistes. Il commence son fameux chapitre : *Des salaires du travail.* par ces mots :

« Ce qui constitue la récompense naturelle ou le salaire du travail, c'est le produit du travail. Dans cet état primitif qui précède l'appropriation des terres et l'accumulation des capitaux, le produit entier du travail appartient à l'ouvrier. Il n'a ni propriétaire ni maître avec qui il doive partager. Si cet état eût continué, le salaire du travail aurait augmenté avec tout cet accroissement de la puissance productive du travail. Toutes les choses seraient devenues par degré de moins en moins chères. Elles auraient été produites par de moindres quantités de travail, et elles auraient été pareillement achetées avec le produit de moindres quantités, puisque, dans cet état de choses, des marchandises produites par des quantités égales de travail se seraient naturellement échangées l'une contre l'autre...

« Mais cet état primitif, dans lequel l'ouvrier jouissait de tout le produit de son propre travail, ne put pas durer au delà de l'époque où furent introduites l'appropriation des terres et l'accumulation des capitaux. Il y avait donc longtemps qu'il n'existait plus, quand la puissance productrice du travail parvint à un degré considérable, et il serait sans objet de rechercher plus avant quel eût été l'effet d'un pareil état de choses sur la récompense ou le salaire du travail.

« *Aussitôt que la terre devient une propriété privée, le propriétaire demande pour sa part presque tout le produit que le travailleur peut y faire croître ou y recueillir. Sa rente est la première déduction que souffre le produit du travail appliqué à la terre.*

« *Il arrive rarement que l'homme qui laboure la terre possède par devers lui de quoi vivre jusqu'à ce qu'il recueille la moisson. En général, sa subsistance lui est avancée sur le capital d'un maître, le fermier qui l'occupe, et qui n'aurait pas d'intérêt à le faire s'il ne devait pas prélever une part sur le produit de son travail. Ce profit forme une seconde déduction sur le produit du travail appliqué à la terre.*

« *Le produit de presque tout autre travail est sujet à la même déduction en faveur du profit. Dans tous les métiers, dans toutes les fabriques, la plupart des ouvriers ont besoin d'un maître qui leur avance la matière du travail ainsi que leurs salaires et leur subsistance, jusqu'à ce que leur ouvrage soit tout à fait fini. Ce maître prend une part du produit de leur travail ou de la valeur que le travail ajoute à la matière à laquelle il est appliqué, et c'est cette part qui constitue son profit.* »

De même qu'il ne voile pas l'origine du profit capitaliste, Smith ne voile pas l'antagonisme du capitaliste et du salarié.

« *C'est par la convention qui se fait habituellement entre ces deux personnes, dont l'intérêt n'est nullement le même, que se détermine le taux commun des salaires. Les ouvriers désirent gagner le plus possible, les maîtres donner le moins qu'ils peuvent; les premiers sont disposés à se concerter pour élever les salaires, les seconds pour les abaisser.* »

Et dans cette lutte, la permanente et tacite coalition patronale a naturellement l'avantage.

A ces causes sociales de dépression des salaires s'ajoutent des causes économiques. La loi de l'offre et de la demande avilit le prix du travail quand le travail est offert en trop grande abondance et, comme les hauts salaires, en encourageant le mariage et la reproduction de la force de travail, tendent à accroître l'offre du travail, ils tendent par là même à se convertir en moindres salaires. C'est ce que dit Smith dans le passage que Lassalle oppose aux économistes et où il a cru trouver la première affirmation de la loi d'airain.

« Si la demande de travail va continuellement en croissant, la récompense du travail doit nécessairement donner au mariage et à la multiplication des ouvriers un encouragement tel qu'ils soient à même de répondre à cette demande toujours croissante par une population aussi toujours croissante. Supposez dans un temps cette récompense moindre que ce qui est nécessaire pour produire cet effet, le manque de bras la fera bientôt monter, et, si vous la supposez dans un autre temps plus forte qu'il ne faut pour ce même effet, la multiplication excessive d'ouvriers la rabaissera bientôt à ce taux nécessaire. »

Mais, en vérité, Lassalle se contente à très bon compte. Il s'écrie, en citant ce passage, que son adversaire, Wirth, a eu « l'audace inouïe d'en appeler contre lui à Adam Smith ». Mais c'est Wirth qui a raison, et Lassalle, en isolant ces phrases, a complètement dénaturé la pensée d'Adam Smith. Car la loi de la population n'est pas, pour Smith, la seule qui agisse sur les salaires. Oui, dans un pays où l'industrie serait stagnante, où le capital ne s'accroîtrait pas, où la demande des bras resterait la même, cette loi de la population fonctionnerait avec la rigueur d'une loi d'airain.

« Si, *dans un tel pays*, les salaires venaient jamais à monter au delà du taux suffisant pour faire subsister les ouvriers et les mettre en état d'élever leur famille, la concurrence des ouvriers et l'intérêt des maîtres réduiraient bientôt ces salaires aux taux les plus bas que puisse permettre la simple humanité. »

Mais, dans les pays où l'industrie est en croissance, où elle a toujours besoin de plus de main-d'œuvre, les ouvriers peuvent hausser graduellement leurs salaires au-dessus du niveau vital. De plus, il apparaît à ces pays qu'ils ont intérêt pour leur production même, à avoir une classe ouvrière bien nourrie et bien payée, et la force de l'opinion, dans la nation où l'industrie est prospère, s'ajoute à la force d'élan de l'industrie elle-même pour élever la condition des salariés. Or c'est, selon Smith, le cas de l'Angleterre du xviii° siècle.

« La demande de ceux qui vivent de salaires augmente nécessairement avec l'accroissement des revenus et des capitaux de chaque pays, et il n'est pas possible qu'elle augmente sans cela. L'accroissement des revenus et des capitaux est l'accroissement de la richesse nationale, donc la demande de ceux qui vivent de salaires augmente naturellement avec l'accroissance de la richesse nationale et il n'est pas possible qu'elle augmente sans cela. Ce n'est pas l'étendue actuelle de la richesse nationale, mais c'est son progrès continuel qui donne lieu à une hausse dans les salaires du travail... Dans la Grande-Bretagne, le salaire du travail semble, dans le temps actuel, être évidemment au-dessus de ce qui est précisément nécessaire pour mettre l'ouvrier en état d'élever une famille...

« En Angleterre, l'agriculture, les manufactures et le commerce ont commencé à faire des progrès beaucoup plus tôt qu'en Ecosse. La demande de travail, et par conséquent son prix, ont dû nécessairement augmenter avec ces progrès.

« *Ils se sont aussi considérablement élevés depuis ce temps.* »

Et ce n'est pas seulement le taux nominal des salaires qui s'est accru; c'est le bien-être réel des ouvriers. « *La récompense réelle du travail, la quantité réelle des choses propres aux besoins et commodités de la vie qu'il peut procurer à l'ouvrier, a augmenté, dans le cours de ce siècle, dans une proportion bien plus forte encore que son prix en argent. Non seulement le grain a un peu baissé de prix, mais encore beaucoup d'autres denrées qui fournissent au pauvre, économe et laborieux, des aliments sains et agréables, sont descendues à un prix infiniment plus bas...*

« Les manufactures de toiles et de draps communs se sont perfectionnées au point de fournir aux ouvriers des habillements meilleurs et à moindre prix, et de plus une quantité d'ustensiles de ménage agréables et commodes..... Les plaintes que nous entendons chaque jour sur les progrès du luxe qui gagne les ouvriers les plus pauvres, lesquels ne se contentent plus aujourd'hui de la nourriture, des vêtements et du logement qui leur suffisaient dans l'ancien temps, ces plaintes nous prouvent que ce n'est pas seulement le prix pécuniaire du travail, mais que c'est aussi sa récompense réelle qui a augmenté. »

Notez qu'Adam Smith ne plaide pas. Il ne soutient aucune thèse, puisque ce développement de prospérité générale a eu lieu sous un régime de réglementation et de monopole qu'il condamne. Il ne force pas les couleurs, car il met le lecteur en garde contre les exagérations optimistes. « Depuis ce temps, le revenu pécuniaire et la dépense de ces familles (ouvrières) ont considérablement augmenté dans la plus grande partie du royaume, dans quelques endroits plus, dans d'autres moins, *mais presque nulle part autant qu'on l'a avancé dernièrement au public, dans certaines évaluations exagérées de l'état actuel des salaires.* » Ainsi les affirmations d'Adam Smith sont solides et de bonne foi.

CORRESPONDANCE ROYALE TROUVÉE DANS L'ARMOIRE DE FER AU CHATEAU DES TUILERIES
(D'après une estampe de la Bibliothèque Nationale)

J'observe que, dans le débat sur le minimum de salaires institué en 1795 et 1796, à un moment où la guerre, le déficit des récoltes avaient causé une grande détresse dans une partie du peuple anglais, c'est seulement les travailleurs de l'agriculture que

Withbread songe à protéger. (*Withbread's Bill to regulate the wages of labourers in Husbandry* : Bill de Withbread pour régler les salaires des travailleurs agricoles). Je sais bien que Withbread semble parler un moment d'une diminution générale des salaires depuis un siècle. « S'il était, dit-il, nécessaire de se référer à une autorité, je citerais les écrits du docteur Price, où il montre que, dans le cours de deux siècles, le prix du travail n'a pas grandi plus de trois ou quatre fois, tandis que le prix des subsistances a crû dans la proportion de six ou sept, et celui des vêtements pas moins de quatorze ou quinze dans la même période ». Mais d'abord les affirmations du docteur Price, un vigoureux esprit gâté par l'esprit de système, sont souvent tendancieuses et paradoxales. Je ne m'arrête point à la réfutation qu'en a faite Pitt. « L'autorité du docteur Price, dit-il le 12 février 1796, a été invoquée pour montrer le grand accroissement de prix de quelques articles de subsistances, comparé au faible accroissement des salaires du travail. Mais les statistiques du docteur Price sont erronées, car il compare les gains des travailleurs dans la période qu'il prend pour terme de comparaison avec le prix des provisions et les gains des travailleurs d'aujourd'hui avec le prix qu'ont aujourd'hui les mêmes articles, sans prendre garde au changement des circonstances et à la différence des provisions. Le blé, qui était alors à peu près la même subsistance des travailleurs, est maintenant remplacé par des produits à meilleur marché et il n'est pas juste de conclure que les salaires de travail sont loin de faire équilibre aux prix des subsistances, parce qu'ils ne peuvent plus se procurer la même quantité d'un article dont les travailleurs n'ont plus le même besoin. »

Est-ce aux pommes de terre que Pitt fait allusion quand il parle des « substituts à meilleur marché, *cheaper substitutions* », qui dans la consommation du peuple remplacent en partie le pain? Ce serait sous couleur d'apologie un terrible aveu de misère. Mais, encore une fois, je ne veux pas entrer dans ces calculs où la dispute est infinie. Il y a une contradiction entre les paroles de Pitt, reconnaissant que le blé a renchéri, et celles de Smith écrivant vingt ans plus tôt qu'il est meilleur marché au xviii⁰ siècle qu'au siècle précédent. Sans doute Pitt n'était attentif qu'à la hausse immédiate. Mais ce qui à mes yeux domine tout et confirme les indications générales d'Adam Smith, c'est que Withbread et ses amis parlent exclusivement des salariés agricoles. Là, la misère était grande. La politique d'envahissement terrien de l'aristocratie se poursuivait implacablement. Les domaines communaux étaient enclos et accaparés par les grands propriétaires. Le nombre des cottages, des petites maisons paysannes indépendantes diminuait de moitié, comme Price l'établit dans son livre sur *la Population en Angleterre*. Et tous ces paysans, tombés au rang de prolétaires,

immobilisés par la loi du certificat, touchaient à l'extrême détresse.
« Je veux, s'écriait Withbread, délivrer les pauvres travailleurs
d'un état de dépendance servile; je veux rendre *l'agriculteur*, qui
emploie ses jours à un travail incessant, capable de nourrir, de
vêtir et de loger sa famille avec quelque degré de confort; je veux
exempter la jeunesse de ce pays de la nécessité d'entrer dans
l'armée et la marine *ou d'aller en bandes dans les grandes villes
pour y trouver leur subsistance (from flocking to great towns for
subsistence)*; je veux mettre celui qui laboure, sème et bat le blé
en état de goûter aux fruits de son industrie, en lui donnant droit
à une part du produit de son travail. » Il n'y a pas de contradiction,
entre ces paroles de Withbread et celles de Burdon disant le même
jour à la Chambre des Communes : « Par les prix moyens du travail pendant quelques années, la Chambre doit voir que les salaires
des travailleurs ont considérablement augmenté; » car c'est seulement aux salaires agricoles que s'applique la démonstration de
Withbread. C'est ce que précise encore un autre partisan du bill,
Leclemere : « Il n'y a pas de travailleur agricole qui puisse en ce
moment s'entretenir confortablement, lui et sa famille (*No agricul-
tural labourer could at present support himself and his family
with confort*), car un pain d'orge est à l'énorme prix de douze
deniers, tandis que tout le salaire d'un jour de travail ne s'élève
pas à plus d'un shilling... Je conclus que le minimum du *travail
agricole* doit être fixé. »

Visiblement, c'est là l'effet extrême de la grande transformation
économique qui achevait la ruine de la petite propriété paysanne
au profit des grandes fermes à pâturages et qui dépeuplait les campagnes au profit de l'industrie manufacturière grandissante.
Withbread le note expressément lorsqu'il se propose d'arrêter l'émi-
gration par bandes des travailleurs agricoles vers les grandes villes;
et Price se trompait à coup sûr lorsqu'il soutenait que la crise
agraire avait pour effet de diminuer la population totale, celle des
villes et de Londres même, comme celle des campagnes. Il y avait
essor de la population industrielle et de l'industrie et, dans cette
croissance des forces productives, croissance générale des salaires
industriels.

Donc, en 1789, pas plus que le prolétariat anglais n'avait un
assez haut degré de conscience de classe et d'unité pour formuler
des revendications économiques d'ensemble, il n'était tombé à un
si profond degré de misère et de souffrance qu'il ne lui restât
d'autre ressource que la révolte immédiate. Au contraire, il sentait
son intérêt lié à l'industrie anglaise et il verra avec ombrage tout
ce qui pourrait menacer la suprématie industrielle et marchande
de l'Angleterre.

GENTRY ET MANUFACTURIERS

Aussi bien, la scission des deux grandes classes de possédants anglais, de la classe foncière à la classe industrielle, qui permettra au prolétariat anglais du XIXᵉ siècle d'agir sur la législation du pays, ne s'est pas encore produite. Cette scission est en germe dans les théories d'Adam Smith; car, le jour où la classe industrielle, rompant avec le système de réglementation et de monopole, réclamera l'entière liberté commerciale pour reconquérir le marché du monde et faire de l'Angleterre l'entrepôt universel, elle se heurtera à la résistance de la grande propriété foncière.

Mais, en 1789, l'accord politique conclu depuis la Révolution de 1688 entre la nouvelle aristocratie foncière et la grande bourgeoisie d'affaires subsiste encore. Les grands commerçants, les grands industriels soutiennent le régime du monopole colonial et de la protection douanière comme les grands propriétaires fonciers.

En même temps que l'accord politique, l'équilibre social se maintient entre les deux grandes classes de possédants : la grande propriété foncière s'accroît par la ruine de la *peasantry*, comme la grande propriété industrielle s'accroît par le développement du système des manufactures et par l'élargissement constant des débouchés. Pourtant, il est visible déjà, à bien des symptômes, que l'axe de la richesse et de la puissance économique se déplace peu à peu au profit de l'industrie, et la classe industrielle commence à trouver qu'elle n'a pas dans la Constitution anglaise une part d'influence politique proportionnée à sa puissance sociale. Elle commence notamment à réclamer une réforme de la loi électorale. Mais c'est un mouvement lent et une prétention mesurée.

LE SECOND PITT

Et il se trouve que le ministre dirigeant d'Angleterre, un conservateur de génie, a le sens de cette transformation nécessaire. Il donne à la bourgeoisie capitaliste confiance en elle-même et en l'avenir. Il lui promet, au moment voulu, des satisfactions précises sans la jeter dans l'inconnu de la démocratie. Et il s'applique à défendre les grands intérêts de la classe capitaliste anglaise tout en assurant à la nation anglaise le bien de la paix et de solides finances.

En 1783, simple député, il défend contre Fox et les libéraux la Compagnie de l'Inde : il ne veut pas que l'État profite de sa détresse pour la soumettre à un contrôle et à une direction qui ressemblaient à une expropriation.

« Je reconnais, dit-il avec une vigueur qui groupait autour de lui tous les hommes d'affaires de la Cité, que je suis assez faible pour respecter les droits inscrits dans des chartes et qu'en proposant un nouveau système de gouvernement et de contrôle, je ne dédaigne pas de consulter ceux qui, ayant le plus grand intérêt dans la matière qu'il faut réformer, sont le plus capables de donner d'utiles avis. Je reconnais l'énorme transgression qu'il y a à agir avec leur consentement plutôt que par violence. Je reconnais que, dans le bill que je vous propose, je me suis réglé moi-même sur les idées des propriétaires d'actions de l'Inde Orientale, sur le sens et la sagesse de ces hommes qui connaissent le mieux ce sujet et qui y ont un intérêt essentiel. » (*Parliamentary speeches*, 14 janvier 1784).

La grande bourgeoisie avait vraiment trouvé son homme d'Etat. Le bill qui atteignait la Compagnie des Indes fut voté par la Chambre des Communes, mais le roi George III y était hostile. Il redemande leurs portefeuilles aux ministres et appelle au pouvoir le jeune Pitt. Celui-ci accepte, malgré l'opposition violente de la majorité de la Chambre des Communes. Et il soutient hardiment contre elle la prérogative royale.

« Je veux soutenir toute la Constitution selon sa vraie doctrine : je veux sauvegarder à la fois les droits des branches de la législature et ceux du souverain. Ces droits du souverain, la Constitution les a définis avec autant de soin que ceux de la Chambre des Communes, et c'est le devoir des ministres et des membres de cette Chambre de soutenir également les droits de l'un et de l'autre... La Constitution de ce pays est sa gloire, mais c'est dans un juste équilibre que réside son excellence. Egalement affranchie des désordres de la démocratie et de la tyrannie monarchique, sa beauté consiste dans le mélange de ces éléments. C'est un gouvernement mixte que la sagesse de nos aïeux a conçu et que c'est notre devoir à tous de soutenir. Ils ont expérimenté les vicissitudes et les désordres d'une république. Ils ont senti le vasselage et le despotisme d'une monarchie pure. Ils ont abandonné l'un et l'autre, et, en fondant les deux, il ont extrait un système qui fait l'envie et l'admiration du monde. C'est la forme de gouvernement qui constitue l'orgueil des Anglais et qu'ils n'abandonneront qu'avec la vie. » (1er mars 1784.)

Mais, à quoi auraient servi à Pitt ces théories et ces formules sur le gouvernement tempéré, s'il y avait eu dans le pays une grande puissance sociale cherchant dans une forme de gouvernement plus simple, plus décisive, une garantie?

Au contraire, les grands intérêts capitalistes et industriels qui

dominaient de plus en plus l'Angleterre et qui entraînaient dans
leur orbite le prolétariat incertain encore et subordonné voulaient
être garantis aussi bien contre l'omnipotence parlementaire que
contre l'absolutisme royal; et ils trouvaient leur force dans l'équilibre du pouvoir.

PITT ET LA RÉFORME ÉLECTORALE

Pitt, après quelques mois de lutte, fait appel au pays pour la dissolution des Communes et il obtient une majorité. Ce n'est point un
conservateur borné, et il cherche à introduire une réforme limitée
dans le système de représentation de l'Angleterre, tout en se gardant de tout entraînement vers le suffrage universel. Il dit, le
18 avril 1785 :

« En abordant cette question, je suis sûr de rencontrer bien des
résistances, car il est des personnes qui sont opposées à toute
espèce de réforme. Mais je me lève avec plus d'espoir que je n'en
ai jamais eu et cet espoir me paraît solide et fondé en raison.
Jamais les esprits des hommes n'ont été aussi éclairés qu'ils le
sont en cette matière. Jamais le moment ne fut plus propice à la
discussion. Un grand nombre des objections qui ont été faites jusqu'ici à la réforme ne portent pas contre la proposition que je vais
vous soumettre et la question, en vérité, est toute neuve pour cette
Chambre.

« Je sais la difficulté qu'il y a à proposer un plan de réforme. Le
nombre des gentlemen qui y sont hostiles est légion. Ceux qui, avec
un respect superstitieux, révèrent la Constitution au point de ne
pas oser toucher même à ses défauts, ceux-là ont toujours réprouvé
toute tentative de purifier la représentation. Ils reconnaissent ce
qu'il y a en elle d'inégalités et d'impuretés; mais, dans leur enthousiasme pour le grand édifice, ils ne veulent pas tolérer qu'un réformateur, de ses mains profanes, vienne réparer les dommages qu'il
a souffert du temps.

« D'autres qui, percevant les défauts nés des circonstances,
seraient désireux de les amender, résistent cependant à cette tentative, pour la raison que, si une fois nous touchons à la Constitution en un seul point, le respect qui nous a jusqu'ici préservés des
audacieux interprètes de l'esprit d'innovation tombera et que l'on
ne peut prévoir à quelle extrémité on sera conduit sous prétexte de
réformation. Il y en a d'autres, mais j'avoue que pour ceux-là je
n'ai pas le même respect, qui considèrent que l'état présent de la
représentation est pur et convenable à tous les desseins, conforme
à tous les principes de la Constitution. La Chambre des Communes

est un édifice ancien qu'ils sont habitués à regarder avec révérence et respect; depuis le berceau ils sont accoutumés à voir en elle un modèle irréprochable : leurs ancêtres ont joui de la liberté et de la prospérité à l'abri de cet édifice, et toute tentative pour y faire le moindre changement paraît impie et sacrilège à ces fanatiques admirateurs de l'antiquité. Personne ne révère plus que moi cette institution antique; mais tout le monde sait que les meilleures institutions, pareilles à des corps humains, portent en elles-mêmes des germes de décadence et de corruption, et voilà pourquoi je crois que j'ai raison de proposer des remèdes contre la corruption qui peut atteindre dans le cours des ans le corps de la Constitution, s'il n'y est pourvu par de sages et judicieuses lois.

« Aux hommes qui raisonnent de cette manière, je ne me risque point à soumettre des propositions, car je désespère de les convaincre; mais j'ai l'esprit bien fondé que, dans ce que je soumets à la Chambre, je parviendrai à convaincre les gentlemen dont j'ai parlé d'abord que, quelles que soient leurs objections à des idées générales et indéfinies de réformes, leurs arguments ne portent pas contre les propositions précises et explicites que je leur fais. »

Ainsi, en 1785, ce jeune ministre de vingt-cinq ans, éclairé et grave, essayait de concilier la tradition whig, qu'il avait reçue de son père, le grand Chatham, et l'esprit tory de prudence et de conservation. C'est un nouveau parti tory, un parti de conservation avisé et ouvert à l'esprit de réforme, qu'il entendait fonder. Avant même que le grand souffle orageux de la Révolution française se fût élevé sur le monde, il sentait que pour défendre efficacement le vieil édifice de la Constitution anglaise contre l'esprit inquiet d'innovation, il fallait la remanier un peu, l'accommoder aux besoins nouveaux. Son souci était de maintenir l'union de la grande propriété foncière et de la grande propriété industrielle en faisant une juste place dans la représentation aux éléments nouveaux, aux cités accrues par le travail et l'échange, mais en maintenant encore l'ancienne primauté des grands intérêts territoriaux. Et il espérait, par des remaniements prudents, par des satisfactions mesurées et précises, apaiser et arrêter pour longtemps toute agitation de réforme. Ainsi, le faisceau des forces à la fois conservatrices et sagement libérales de l'Angleterre serait plus fortement noué que jamais; et, sous la protection de ces forces stables et équilibrées, la nation anglaise si éprouvée par la guerre d'Amérique pourrait tirer tout le bénéfice de la paix reconquise, refaire ses finances, donner le plus grand essor à toutes les puissances économiques dont le livre de Smith avait, dix ans avant, pressenti et annoncé la merveilleuse croissance.

Certes, il ne s'engageait aucunement dans les voies de la démocratie, il ne prévoyait, au delà de la réforme très limitée qu'il apportait, aucun développement.

« Je crois qu'un plan peut être formé, qui soit en harmonie avec les principes premiers de la représentation, qui réforme l'état présent inadéquat et assure pour l'avenir un état adéquat et parfait. *Je sais, lorsque je parle ainsi, que l'idée d'une représentation complète et générale comprenant tous les individus et assurant à chacun d'eux sa part personnelle dans le pouvoir de légiférer est incompatible avec la population et l'état de l'Angleterre.* La définition pratique de ce que doit être la branche populaire de la législature peut être précisée ainsi : une Assemblée librement élue et unie à la masse du peuple par la plus étroite union et la plus parfaite sympathie. »

Ainsi, rien qui ressemble au suffrage universel et qui y conduise; mais une adaptation plus exacte de l'étroite représentation anglaise aux intérêts essentiels de la nation et à la nouvelle distribution des forces sociales. Pour cela que faut-il? Il n'est pas nécessaire de changer le nombre total des membres du Parlement, mais il faut modifier, selon une règle fixe, la répartition vicieuse des sièges entre les bourgs, centres de la puissance territoriale, et les comtés, centres de la grandissante puissance industrielle. Quand le nombre des maisons d'un bourg sera tombé au-dessous d'un certain chiffre, le pouvoir dont il dispose de nommer au Parlement sera transféré à celui des comtés où le nombre des maisons se sera élevé le plus.

« C'est l'opinion ferme et claire de tous ceux qui étudient ces questions qu'il doit y avoir un changement dans la proportion actuelle de la force représentative entre les bourgs et les comtés, et que, dans ce changement, une plus grande proportion de membres doit être donnée aux places populeuses qu'aux places qui n'ont ni propriété, ni population. C'est donc mon intention de proposer à la Chambre que les membres d'un certain nombre de bourgs de ce dernier genre soient distribués parmi les comtés. »

Et on ne procédera pas par violence ou autorité : des avantages particuliers, des dégrèvements, des subventions prises sur un fonds spécial seront assurés aux bourgs qui renonceront librement à ce stérile privilège.

Malgré toutes ces précautions, malgré son insistance, Pitt ne parvint pas à convaincre sa majorité tory, et elle refusa d'entrer dans l'examen de ces projets. La résistance du conservatisme terrien à tout déplacement, même léger, de l'influence politique était encore invincible. Mais le premier ministre, par ces propositions de réforme, conquérait une grande autorité morale. D'une part, la bourgeoisie industrielle et capitaliste comprenait que Pitt avait le sens des intérêts nouveaux, et qu'il saurait leur faire, dans le gouvernement du pays, une large part, sans ébranler la Constitution, sans blesser à fond l'aristocratie terrienne avec laquelle les capitalistes anglais ne voulaient pas rompre. D'autre part, quand Pitt résistera au mouvement de la Révolution, quand il s'opposera, après 1789, à toute réforme du système électoral, il pourra dire qu'il n'est pas animé d'un esprit de conservatisme aveugle, mais que, s'il s'oppose à tout changement, c'est parce que les novateurs se réclament de l'esprit révolutionnaire et veulent aboutir à l'extrême démocratie. Et il ralliera à sa politique d'attente immobile presque toute la bourgeoisie industrielle aussi bien que le torysme foncier.

Comment comprendre, sans cette analyse politique et sociale de la vie anglaise, les rapports de l'Angleterre et de la Révolution?

LE TRAITÉ DE COMMERCE AVEC LA FRANCE

C'est encore par la conclusion du traité de commerce avec la France que Pitt affirme sa foi dans la puissance de production et d'expansion de l'Angleterre, dans la force et le génie de sa bourgeoisie. Il affirme en même temps que son principal objet est d'étendre dans le pays les relations commerciales de la nation anglaise.

« Je crois pouvoir dire tout d'abord (12 février 1787), comme un fait généralement admis, que la France a l'avantage par les dons du sol et du climat et par l'abondance de ses produits naturels; qu'au contraire la Grande-Bretagne est incontestablement supérieure par les manufactures et les productions de l'industrie. Incontestablement, au point de vue des produits naturels, la France a grandement l'avantage dans le traité. Ses vins, ses eaux-de-vie, ses huiles et ses vinaigres, particulièrement les deux premiers articles, sont des matières d'une si importante valeur, que toute idée de réciprocité dans l'échange des produits naturels en est anéantie, car nous n'avons rien à opposer en ce genre, rien que ce qui est relatif à la bière. Mais, en revanche, n'est-ce point un fait démontrable et clair que la Grande-Bretagne, de son côté, possède quelques manufactures qui ne sont qu'à elle et que, dans les autres branches de production industrielle, elle a un tel avantage sur ses voisins qu'elle défie toute compétition? Voilà la situation relative des deux peuples, voilà le fondement précis sur lequel il m'a paru qu'une correspondance équitable et une connexion pouvaient être établies entre eux. Chacun d'eux a sa production propre et distincte. Chacun d'eux a ce dont l'autre manque. Ils ne se heurtent pas dans les grandes lignes directrices de leur richesse respective. Ils sont comme deux grands commerçants dans des branches différentes, qui peuvent trafiquer avec un mutuel bénéfice. Supposé qu'une plus large quantité des produits naturels de la France doive être apportée dans ce pays, quelqu'un peut-il dire que nous, nous n'enverrons pas plus de cotonnades par la voie directe maintenant établie, que nous ne faisions par les circuits et détours auparavant pratiqués? Ou que nous n'enverrons pas plus de nos laines que lorsque l'importation en était restreinte à certains ports et grevée de droits d'entrée très lourds? Et l'ensemble de nos manufactures ne va-t-il pas bénéficier largement de la faculté d'envoyer les produits sans autre charge qu'un droit de 11 ou 10 p. 100, et même, pour quelques articles, de seulement 5 p. 100?..... Demandez-vous si la France a des manufactures, des branches d'industrie à elle, ou bien dans lesquelles elle excelle assez pour que vous puissiez prendre alarme du traité. Il est à peine besoin d'insister là-dessus... Le verre ne peut être importé en grande quantité. Dans certaines spécialités de dentelle et de passementerie, oui, les Français peuvent avoir l'avantage, mais c'est une supériorité qu'ils garderaient indépendamment du traité ; et les clameurs au sujet des articles de modes sont vagues et sans portée, lorsque, outre de tous les bénéfices que le traité nous procure, nous comptons la richesse de la contrée avec laquelle nous allons commercer. Avec sa population de vingt-huit millions d'âmes et une puissance de consommation proportionnée, avec sa proximité de nous et l'avantage de rapports aisés et réguliers, qui hésiterait à s'applaudir du nouveau système et à en attendre avec ardeur et impatience la rapide ratification? La possession d'un marché aussi étendu et aussi sûr développera notre commerce, tandis que les droits de douane, arrachés aux mains des contrebandiers et ramenés dans leurs canaux naturels, accroîtront notre revenu, — les deux sources de l'opulence anglaise et de la puissance anglaise.

« ... Quelques gentlemen prétendent qu'il ne peut être formé de traité avantageux entre ce pays-ci et la France, parce que jusqu'ici encore il n'y a eu aucun traité de cette sorte et, qu'au contraire, les relations commerciales ont toujours été dommageables à l'Angleterre. Le raisonnement est complètement trompeur, quoiqu'il soit spécieux. Car, en premier lieu, nous n'avons pas, durant une très longue série d'années, expérimenté une liaison commerciale avec la France, et nous ne pouvons, par suite, faire une évaluation rationnelle de ses mérites; et, en second lieu, quoiqu'il puisse être vrai qu'un système de relations commerciales fondé sur le traité d'Utrecht nous ait été dommageable, il ne s'ensuit pas du tout qu'il en est aujourd'hui de même: *car, en ce temps, les manufactures, où maintenant nous excellons, existaient à peine*, et la primauté industrielle était du côté de la France au lieu d'être de ce côté-ci... Il serait ridicule d'imaginer que la France consentirait à nous accorder des avantages sans réciprocité. Le traité est un bien pour elle. Mais je n'hésite pas à dire, même au vu et au su de la France, que si avantageux qu'il soit pour elle, le traité l'est encore plus pour nous. La preuve de cette assertion est brève et décisive. La France gagne pour ses vins et autres produits un grand et opulent marché. Nous de même, mais à un bien plus haut degré. Elle se procure un marché de huit millions d'hommes, nous un marché de vingt-quatre millions. La France gagne ce marché pour ses produits naturels, qui n'emploient à leur préparation qu'un petit nombre de bras, qui ne donnent qu'un faible encouragement à la navigation et qui ne rapportent que peu au budget. *Nous gagnons ce grand marché pour nos manufactures, qui emploient des centaines de mille hommes, qui, en faisant venir les matières premières de tous les coins du monde, accroissent notre puissance maritime* et qui, dans toutes leurs combinaisons et à tous les degrés de leurs progrès, contribuent largement aux ressources de l'Etat. »

Ainsi William Pitt a la nette conscience du caractère industriel de l'Angleterre nouvelle. Depuis soixante-dix ans, depuis le traité d'Utrecht, il y a eu une révolution économique dans le pays. Il était essentiellement agricole, il est devenu essentiellement industriel. A coup sûr, Pitt ne songe pas un instant à léser les intérêts ou à rabattre les prétentions de la grande propriété foncière, il ne songe pas, par exemple, à abolir les droits sur les blés et à procurer ainsi à l'industrie une main-d'œuvre moins onéreuse. Mais il a le sens que c'est par son industrie surtout, par ses manufactures, que l'Angleterre prendra dans le monde un magnifique essor. De même que, dans la réforme parlementaire, il voulait ménager un peu plus de place à la bourgeoisie industrielle sans refouler brutalement les privilèges des possédants terriens, de même il ne touche à aucune des bases de la richesse agricole; mais c'est surtout dans l'intérêt de l'expansion industrielle qu'il négocie avec les autres peuples. Pitt a assumé, dans l'histoire, la tâche de faire évoluer sans secousse la vieille Angleterre de l'ancien régime agricole au nouveau régime industriel et capitaliste. Il est à la fois conservateur et moderne.

PITT ET LA PAIX

Et, pour cette politique de transformation et d'expansion, il a besoin de la paix, surtout de la paix avec la France, mais d'une paix avertie et forte, toujours prête, s'il le faut, à la vigoureuse défensive ou à l'offensive opportune.

« A regarder le traité au point de vue politique, je n'hésite pas à protester contre la doctrine, trop souvent avancée, que la France est et doit être l'inaltérable ennemie de l'Angleterre. Mon esprit se révolte contre une thèse aussi monstrueuse et aussi impossible. Supposer qu'une nation peut être inaltérablement l'ennemie d'une autre, c'est faiblesse et puérilité. Cela ne repose ni sur l'expérience des nations ni sur l'histoire de l'homme. C'est une calomnie contre la constitution des sociétés politiques, cela suppose l'existence d'une malice diabolique dans la structure originelle de l'homme. Mais ces propos absurdes sont propagés. Et on va plus loin. On dit que, par ce traité, l'Angleterre s'est jetée aveuglément dans les bras de son plus constant et invariable ennemi. Les hommes raisonnent comme si ce traité devait non seulement éteindre toute jalousie dans nos cœurs, mais annihiler tous nos moyens de défense; comme si par le traité nous faisions abandon de notre armée et de notre marine; comme si notre commerce allait être réduit, notre navigation suspendue, nos colonies hors de défense et comme si tout le fonctionnement de l'État allait tomber en langueur. Où est le fondement de toutes ces craintes? Le traité suppose-t-il que la période de paix ne sera pas toute entière employée à nous mettre en état de nous mesurer avec la France en cas de guerre? Et n'est-il pas vrai, au contraire, qu'en ouvrant de nouvelles sources de richesse, en accroissant les ressources de la nation, cet intervalle de paix doit accroître aussi nos moyens de combattre l'ennemi plus efficacement si le jour des hostilités doit venir? Mais le traité fait plus. En créant entre les deux nations des habitudes de rapports mutuels et de mutuels bénéfices, il rend moins vraisemblable que nous ayons à faire appel à nos forces, d'ailleurs accrues. Il aura cette heureuse tendance de faire entrer les deux nations dans une plus étroite communion de vues, de goûts et de mœurs; en procurant le bien commun de l'une et de l'autre, il créera entre elles un état d'harmonie favorable à la continuation de la paix... J'ai entendu parler du caractère invariable de la nation française et du cabinet français, de son ambition sans relâche, de sa constante hostilité et de ses constants desseins contre l'Angleterre, et je sais ce qu'on peut dire de son intervention récente dans nos démêlés avec nos colonies et de l'attaque naguère dirigée contre nous. La France, à ce moment de notre détresse, est intervenue pour nous écraser, c'est une vérité sur laquelle je ne veux pas jeter le moindre voile. J'ai prouvé que les stipulations du traité ne pouvaient ni compromettre notre sécurité ni consacrer notre amoindrissement; mais qu'au contraire, tout en fortifiant nos bras, il éloigne les chances de guerre. Je sais qu'il ne faut pas toujours ajouter foi aux assurances de paix. Mais, quoique je sache bien que la France a été l'agresseur dans la plupart de nos précédentes guerres, cependant j'ai confiance dans ses assurances et dans sa loyauté en la présente négociation. Quels

sont les projets qu'un jour peut suggérer l'ambition? Cela échappe
à la pénétration humaine. Mais, en ce moment, la Cour de France
est gouvernée par des maximes trop prudentes et trop politiques
pour ne pas subordonner à sa propre sûreté et à son propre bonheur
des plans ministériels de chimérique agrandissement. Notre nation
a été opprimée pendant la dernière guerre par la plus formidable
coalition destructive, et pourtant la France n'a eu que peu à se
louer à la fin du conflit, et sans doute, elle n'est pas très encouragée
à entrer de nouveau de parti pris en lutte avec nous. En dépit de
nos malheurs, notre résistance dut être admirée et, dans nos défaites
nous donnâmes des preuves de notre grandeur et d'inépuisables
ressources... Ne puis-je pas me plaire à cette idée que la France,
voyant le ferme et durable caractère de notre force et l'inefficacité
des entreprises hostiles, préférera le bénéfice de relations cordiales
avec nous? »

Pitt ne prévoyait pas le prodigieux ébranlement que la Révolution
allait donner au monde. Mais il est visible qu'il ne cherchera pas
dans les premiers événements révolutionnaires des prétextes à rupture et une occasion de guerre. Il ne hait pas la France d'une haine
fanatique et c'est dans l'intérêt de l'Angleterre, de ses finances, de
son commerce, de ses manufactures qu'il veut la paix. Mais, avec
quelle fermeté indomptable et quelle fierté inflexible il sera, une
fois la crise déchaînée, le gardien de la sécurité nationale, des institutions nationales et de l'orgueil national!

LA PROSPÉRITÉ FINANCIÈRE

Après des années d'efforts, de combinaisons habiles et tenaces,
Pitt a réussi, en 1792, à rétablir l'équilibre des finances anglaises
compromis par la guerre d'Amérique, et il peut annoncer à l'Angleterre l'ère des dégrèvements. Il lui annonce aussi le magnifique
essor de sa puissance capitaliste. A l'heure même où la France se
débat dans des convulsions fécondes, mais terribles et déchirantes,
le discours financier de Pitt, du 17 février 1792, est comme le chant
de triomphe de la politique anglaise, de sa liberté traditionnelle et
limitée. C'est comme un orgueilleux défi à la démocratie : Qu'aurais-
tu fait de plus pour la grandeur et la richesse de la nation? Fox
disait avec ironie : « C'est le jubilé financier. » C'était mieux que
cela. C'était le jubilé politique de l'Angleterre.

Ecoutez ces fortes paroles, fières et mesurées tout ensemble.
Après avoir constaté que les recettes de l'année 1791 se sont élevées
à 16.750.000 livres, c'est-à-dire à 500.000 livres de plus que la
moyenne des quatre années précédentes, et que les ressources du

budget sont en progrès constant, après avoir insisté sur la possibilité et la nécessité de poursuivre l'abaissement de la dette, de rembourser une partie du 3 p. 100 et de convertir le 4 et le 5 p. 100, après avoir indiqué tout un plan nouveau destiné à résorber rapidement les nouveaux emprunts qui pourraient se produire, après avoir proposé la réduction de quelques-unes des taxes qui pesaient le plus sur les classes pauvres, notamment la taxe sur les maisons de moins de sept fenêtres, Pitt cherche les causes profondes de la prospérité croissante du pays et il note, en disciple enthousiaste d'Adam Smith, la puissante poussée industrielle et capitaliste :

« Si, après l'examen des différentes branches de revenus, nous passons à une enquête plus directe sur les ressources de notre prospérité, nous devons les trouver dans une croissance correspondante de nos manufactures et de notre commerce. Les comptes que l'on fait sur les documents de la douane ne peuvent être considérés comme absolument exacts, mais ils permettent d'instituer des comparaisons à différentes périodes.

« Dans l'année 1782, la dernière année de la guerre, les importations, selon l'évaluation de la douane, se montaient à 9.174.000 l. (la livre est de 25 francs); elles ont graduellement monté chaque année, et elles sont en 1790 de 19.120.000 livres.

« Les exportations des manufactures anglaises forment un critérium toujours plus important et plus décisif de la prospérité commerciale. La valeur en était fixée, en 1782, à 9.919.000 l. ; dans l'année suivante elle était de 10.409.000 l.; dans l'année 1790, elle s'est élevée à 14.921.000 l., et dans la dernière année (dont le compte a été établi pour les manufactures anglaises), elle était de 16.420.000 l. Si nous comprenons dans le compte les articles étrangers réexportés, l'exportation était en 1782 de 12.239.000 l.; après la paix, elle s'est élevée, en 1783, à 14.741.000 l.; et dans l'année 1790, elle était de 20.120.000 l. Ces documents, tels qu'ils sont (et ils sont nécessairement imparfaits), servent seulement à donner une vue du commerce étranger de ce pays. Il est plus que probable que notre commerce intérieur, qui contribue toujours plus à notre richesse, a grandi dans une proportion au moins égale. Je n'ai pas les moyens d'établir avec soin une vue comparée de nos manufactures durant la même période; mais leur rapide progrès a été le sujet de l'observation générale et les connaissances locales des gentlemen des différentes parties du pays, devant lesquels je parle, rendent tout détail sur ce point inutile.

« Ayant ainsi constaté l'accroissement de notre revenu et montré qu'il est accompagné d'une croissance correspondante de nos manufactures, quelles sont donc les circonstances auxquelles doivent être attribués de tels effets?

« La réponse qui se présente la première et spontanément à l'esprit de tout homme de ce pays, c'est que toute cette prospérité provient de l'industrie et de l'énergie naturelles de la nation, mais qu'est-ce qui a rendu cette industrie et cette énergie capables d'agir avec une si particulière vigueur et de dépasser de si loin les exemples des périodes précédentes? *Les perfectionnements techniques, qui ont été apportés à chaque branche de la production, et le degré où le travail a été réduit par l'invention et l'application du machinisme ont eu incontestablement une grande part dans ces heureux effets. Nous avons vu, en outre, pendant cette période plus qu'auparavant, l'effet d'une circonstance qui a tendu principalement à élever ce pays à sa primauté commerciale. Je veux parler de ce degré particulier de crédit qui, par une double opération, donne à nos marchands des facilités additionnelles pour étendre leurs opérations au dedans et les rend capables d'obtenir une supériorité proportionnelle sur les marchés étrangers. Cet avantage a été surtout visible durant la deuxième partie de la période à laquelle je fais allusion, et il grandit sans cesse en proportion même de la prospérité qu'il contribue à créer.*

« *En outre, l'esprit d'exploration et d'entreprise de nos marchands s'est manifesté par l'extension de notre navigation et de nos pêcheries et par l'acquisition de nouveaux débouchés dans différentes parties du monde, et incontestablement ces efforts n'ont pas été peu aidés par les nouvelles relations avec la France, en suite du traité de commerce, relations qui, quoique contrariées et diminuées par les désordres qui sévissent en ce moment dans ce royaume, ont été un grand stimulant de plus pour l'industrie et l'activité de notre pays.*

« *Mais, il y a une autre cause, bien plus satisfaisante encore que toutes les autres, parce qu'elle est d'une nature permanente et toujours plus extensive :* C'EST LA CONSTANTE ACCUMULATION DU CAPITAL, *c'est sa continuelle tendance à croître, tendance dont l'opération est plus ou moins visible, selon qu'elle est ou n'est pas neutralisée par quelque calamité publique ou par une politique maladroite et fâcheuse, mais qui doit toujours se manifester et grandir dans un pays parvenu à un certain degré de prospérité commerciale. Quelque simple, quelque évident que soit le principe de cette croissance et, quoiqu'il ait dû certainement être observé à un degré plus ou moins haut, surtout dans les plus récentes périodes, je doute qu'il ait jamais été expliqué aussi pleinement, aussi suffisamment que dans les écrits d'un auteur de notre temps, qui malheureusement n'est plus (je pense à l'auteur d'un célèbre traité sur la richesse des nations) et qui, par sa connaissance étendue du détail et par la profondeur de ses recherches philosophiques, fournit, je crois, la meilleure solution à tous les problèmes de l'histoire du commerce et de l'économie politique. Cette accumulation du capital provient de l'application continuelle d'une partie au moins du profit réalisé chaque année par le capital à l'accroissement du capital lui-même, dont la somme accrue est employée de nouveau de semblable façon et réalise du profit dans les années suivantes. La grande masse de la propriété et de la nation s'accroît ainsi d'une manière constante à intérêts composés, et ses progrès, dans une assez longue période, sont tels qu'à première vue ils sont presque incroyables. Si grands qu'aient été jusqu'ici les effets de cette cause, ils seront plus grands encore dans l'avenir, car ses pouvoirs s'augmentent en proportion même qu'ils s'exercent. Elle agit avec une vélocité constamment accélérée, avec une force constamment accrue.*

Mobilitate viget, viresque acquirit eundo.

(Elle prend de la vigueur par son mouvement même et acquiert des forces en marchant.)

« *Cette force peut, comme nous l'avons éprouvé nous-mêmes, être arrêtée ou retardée par des circonstances particulières, elle peut pour un temps être interrompue ou même surmontée; mais, là où il y a un fond de labeur productif et d'active industrie, elle ne peut pas être complètement éteinte. Dans la saison même des plus terribles calamités et de la plus terrible détresse, son action contrarie et diminue les effets funestes de la crise et, au premier retour de prospérité, cette action se déploie de nouveau. Si nous regardons une période, comme la période présente, de tranquillité prolongée, il est difficile d'imaginer une limite aux opérations de cette force du capital. Non, aucune limite ne peut lui être assignée tant qu'il existe dans le pays un objet de savoir ou d'industrie qui n'a pas atteint la plus haute perfection possible, tant qu'il y a un pouce de terre dans le pays qui peut recevoir une meilleure culture, ou tant qu'il reste un nouveau marché qui peut être exploré ou quelque marché existant qui peut être étendu. Par les relations commerciales, cette force du capital accumulé participe en quelque mesure à la croissance de toutes les autres nations dans toute la diversité possible de leurs conditions. Les besoins grossiers des pays qui émergent de la barbarie et les besoins artificiels, grandissants, du luxe et de la délicatesse, tout lui ouvrira également de nouvelles sources de richesses, de nouveaux champs d'action, en tout état de société et dans les parties les plus éloignées du globe. C'est le principe qui, je le crois, conformément au résultat constant de l'histoire et à la leçon uniforme de l'expérience, maintient dans l'ensemble, en dépit des incertitudes de la fortune et des désastres des empires, un courant continu de progrès successifs dans l'ordre général du monde.*

« *Voilà les circonstances qui me paraissent avoir contribué le*

Paris, le 10 Octobre 1792, l'an 1.er de la République Françoise.

J'AI l'honneur de vous adresser ci-joint, Monsieur, un imprimé revêtu du sceau de l'Etat, de la Loi du 26 Août dernier, qui confère le titre de Citoyens François à plusieurs Etrangers. Vous y lirez, que la Nation vous a placé au nombre des amis de l'humanité & de la société, auxquels Elle a déféré ce titre.

L'Assemblée Nationale, par un Décret du 9 Septembre, a chargé le Pouvoir exécutif de vous adresser cette Loi; j'y obéis, en vous priant d'être convaincu de la satisfaction que j'éprouve d'être, dans cette circonstance, le Ministre de la Nation, & de pouvoir joindre mes sentimens particuliers à ceux que vous témoigne un grand Peuple dans l'enthousiasme des premiers jours de sa liberté.

Je vous prie de m'accuser la réception de ma Lettre, afin que la Nation soit assurée que la Loi vous est parvenue, & que vous comptez également les François parmi vos Frères.

LE MINISTRE DE L'INTÉRIEUR
de la République Françoise

M. *Gille Publiciste allemand*

LETTRE DE ROLAND, MINISTRE DE L'INTÉRIEUR, A SCHILLER

plus immédiatement à notre présente prospérité. Mais elles sont liées à d'autres plus importantes encore.

« Elles sont manifestement et nécessairement liées à la durée de la paix, dont la continuation, avec un caractère de sécurité et de

*permanence, doit être le principal objet de la politique extérieure
de notre pays. Elles sont liées plus encore à sa tranquillité intérieure et aux effets naturels d'un gouvernement libre, mais bien
réglé. Qu'est-ce qui a produit, dans les cent dernières années, un
progrès si rapide, et qui n'a point d'analogue dans les autres
périodes de notre histoire? Qu'est-ce, sinon que pendant ce temps,
sous le doux et juste gouvernement des princes illustres de la
famille qui occupe maintenant le trône, un calme général a régné
dans tout le pays à un degré inconnu jusque-là? Nous avons joui,
dans une plus grande pureté et perfection, du bénéfice des principes
originels de notre Constitution, affirmés et établis par les événements mémorables de la fin du siècle dernier. Voilà la grande et
dominante cause qui a donné une portée étendue aux autres circonstances favorables dont j'ai parlé.*

« *C'est l'union de la liberté avec la loi qui, en opposant une barrière aussi bien aux empiètements du pouvoir qu'à la violence des
commotions populaires, donne à la propriété une juste sécurité,
met en action le génie et le travail, procure l'extension et la solidité du crédit, la circulation et l'accroissement du capital, c'est elle
qui forme et élève le caractère national et met en mouvement tous
les ressorts de la communauté dans toute la diversité de ses éléments.*

« *La laborieuse industrie de ces grandes classes, si nombreuses
et si utiles (qui doivent être aujourd'hui, à un degré particulier,
l'objet de la sollicitude de la Chambre), les paysans propriétaires
et la bourgeoisie rurale (la peasantry et la yeomanry) ; l'habileté et
l'ingéniosité des ouvriers, les expériences et les perfectionnements
des riches propriétaires du sol, les hardies spéculations et les aventures heureuses des marchands opulents et des manufacturiers
entreprenants, tout cela provient de la même source. C'est donc
sur ce point vital que nous devons surtout veiller : si nous pré-
servons ce premier et essentiel objet, tout le reste est en notre
pouvoir. Rappelons-nous que l'amour de la Constitution, quoiqu'il
soit une sorte d'instinct national dans le cœur des Anglais, est
fortifié par la raison et la réflexion et confirmé chaque jour par
l'expérience, que c'est une Constitution que nous ne devons pas
admirer seulement par une révérence traditionnelle, que nous ne
devons pas louer seulement par préjugé ou par habitude, mais que
nous devons chérir et estimer parce que nous savons qu'elle assure
pratiquement la liberté et le bien-être des individus et de la Nation
et qu'elle pourvoit, mieux que n'importe quelle autre forme de
gouvernement qui ait pu exister, aux fins réelles et utiles qui
forment le seul fondement vrai et le seul objet rationnel de toute
société politique.* »

Voilà ce que disait William Pitt à la Chambre des Communes,

aux acclamations de sa majorité, à l'heure même où, dans la Législative, réunie à Paris depuis quelques mois, bouillonnaient les
passions encore troubles et les idées encore incertaines. Oui, c'est
un jubilé magnifique. Oui, c'est l'hymne triomphal du capitalisme
anglais et de la liberté anglaise, du capitalisme illimité et de la
liberté limitée. Pitt a merveilleusement caractérisé le mouvement
moderne : accroissement de la production, perfectionnement de la
technique, développement du machinisme et du crédit, accumulation constante du capital, élargissement des débouchés, conquête
extensive et intensive du marché universel.

Le capital, avec sa loi interne de progression continue et irrésistible, prend à ses yeux un caractère presque religieux. Il est la
force éternelle et providentielle qui, à travers les désordres, les
crises, les défaillances des hommes et des empires, maintient l'ordre
progressif de l'univers et sauve du néant l'effort des générations
associées par leur épargne immortelle à tout l'avenir humain. Or,
ce capitalisme éternel et universel, il semble que, pour Pitt, il a
trouvé dans le capitalisme anglais son incarnation souveraine et
sa figure définitive. C'est par l'énergie équilibrée et vaste du peuple
anglais que le capital va se répandre sur le monde et, à tous les
degrés de la civilisation, dans les contrées barbares comme dans
les pays raffinés, manifester sa vertu. Chose curieuse! l'accent de
l'homme d'Etat, du politique pratique, est plus hardi, plus vibrant,
plus ample que la parole même du théoricien; Pitt semble voir
plus loin encore que Smith et c'est d'une lueur plus ardente qu'il
éclaire des horizons plus vastes. Et il intéresse l'orgueil de toutes
les classes de la Nation, du paysan et de l'ouvrier comme du riche
spéculateur de la Cité, à ce magnifique mouvement, à ces promesses plus magnifiques encore. Mais, toute cette joie, tout cet
orgueil de la richesse croissante, c'est à sa constitution tempérée,
c'est à son gouvernement mixte où les classes les plus actives de
la Nation font équilibre à la prérogative royale sans l'anéantir,
que l'Angleterre le doit ; ira-t-elle, pour le dangereux plaisir
d'imiter un autre peuple qui cherche douloureusement son chemin,
changer sa Constitution éprouvée, se jeter dans le hasard et le
désordre de la démocratie illimitée?

. Pitt faisait servir au maintien de la Constitution la grandeur
industrielle de l'Angleterre ; il essayait de tourner contre toute
velléité de révolution à la française les intérêts les plus positifs et
les plus ardents de la Nation. Et toutes les grandes forces sociales
se groupaient autour de lui.

LES CONTRASTES ENTRE LA FRANCE ET L'ANGLETERRE

Ainsi, à mesure qu'on analyse plus à fond l'état politique et social de l'Angleterre aux environs de 1789, plus apparaissent entre la France et l'Angleterre des différences presque irréductibles, plus s'élargit aux yeux de l'observateur l'abîme que la Révolution française aurait à franchir pour toucher le sol anglais.

La France avait à abattre les restes encore accablants du régime féodal; il n'y avait presque plus trace en Angleterre du régime féodal.

En France, l'Eglise possédait, au détriment des paysans, une grande partie du sol. L'Eglise d'Angleterre était magnifiquement dotée, mais la plupart des domaines ecclésiastiques avaient été, depuis la Révolution de 1688, sécularisés.

En France, la bourgeoisie, pour conquérir des garanties, devait lutter à fond contre presque toute la noblesse dont le privilège s'appuyait à l'arbitraire royal. En Angleterre, la noblesse et la bourgeoisie s'étaient alliées de bonne heure et dès le temps de la Grande Charte, pour contrôler les rois; et, en 1688, une aristocratie nouvelle avait surgi, qui s'était enrichie des dépouilles du clergé et qui formait, avec la grande bourgeoisie industrielle, la classe dirigeante.

En France, toute représentation nationale était suspendue depuis deux siècles; et c'est seulement par voie révolutionnaire que la Nation pouvait conquérir son droit. En Angleterre, il y avait depuis des siècles une représentation légale du pays; et l'histoire de la Chambre des Communes était éclatante et glorieuse. Si étroite que fût encore cette représentation, elle pouvait s'élargir sans secousse.

En France, le déficit avait acculé la royauté à convoquer les Etats généraux et à mettre la Révolution en mouvement. En Angleterre, le ministère Pitt avait, par des mesures vigoureuses, rétabli l'équilibre financier et préparé même, à l'heure où éclatait la Révolution française, l'ère des plus-values et des dégrèvements.

En France, l'inégalité du système fiscal, qui ne pesait que sur une catégorie de citoyens, avait provoqué les colères. En Angleterre, tous les citoyens étaient dès longtemps égaux devant l'impôt.

Enfin, en France, le prolétariat, quoiqu'il ne fût pas encore prêt à une action de classe, grandissait soudain par la lutte acharnée de la bourgeoisie et des classes contre-révolutionnaires. En Angleterre, l'accord de l'aristocratie terrienne et de la bourgeoisie industrielle ne permettait pas au prolétariat anglais de grandir et d'agir presque avant son heure. Et les prolétaires anglais se sentaient liés à tout le système politique et social de l'Angleterre par le bénéfice qui leur revenait de la rapide croissance industrielle du pays, par la communauté des intérêts économiques.

Ainsi, l'Angleterre devait opposer au mouvement de la Révolution une force énorme de stabilité. Et pourtant, la Révolution apportait au monde un principe d'une puissance incomparable et qui devait émouvoir l'Angleterre elle-même. Ce principe, c'est la démocratie. Il y a trois points par où cette force nouvelle de la démocratie pouvait toucher l'Angleterre et la toucha en effet.

LES FORCES DE MOUVEMENT

D'abord, la prérogative royale était mal définie. Elle tendait sans cesse à empiéter sur le droit et le pouvoir des Communes. Trop souvent les ministères n'étaient que des coteries de cour par où s'exprimait le caprice royal plus que la volonté nationale. Et, comme souvent la nation anglaise avait pâti des fautes de rois mal contrôlés, servis par des ministres courtisans, comme elle était restée très humiliée de la perte des colonies d'Amérique qu'elle attribuait à Georges III et au ministère de lord North et, comme les impôts assez lourds, par lesquels Pitt avait rétabli l'équilibre du budget, prolongeaient le mécontentement, une partie songeait à limiter plus strictement l'action de la Couronne. Mais si, selon les principes de la Révolution française et la Déclaration des Droits de l'Homme, la Nation seule était souveraine, si le roi n'avait qu'une puissance déléguée et par conséquent conditionnelle, la question était résolue. Ainsi la démocratie apparaissait comme un moyen décisif de limiter et de refouler la prérogative royale.

En second lieu, la Révolution française donnait une soudaine ampleur à la question de la réforme électorale. Tandis qu'avant 1789, en Angleterre, tout l'effort des esprits les plus hardis se portait à demander une légère extension du droit de suffrage et une rectification du système électoral, voici que soudain la France appelait au vote, à la souveraineté politique, plus de trois millions de citoyens; voici qu'elle proclamait des principes d'où l'on sentait bien que le suffrage universel allait sortir. Le peuple anglais, qui, au temps de Cromwell et du niveleur Lilburne, avait entrevu les principes de la démocratie et qui les pratiquait dans plusieurs de ses Eglises dissidentes, où les fidèles constituaient le gouvernement, fut ému du magnifique exemple d'égalité que donnait la France.

Enfin, comment les prolétaires eux-mêmes, si misérables parfois, si accablés par les lois de l'enrôlement et par la *presse* des marins, si écrasés aussi par les classes riches, n'auraient-ils pas eu un

sursaut à la vue de ces prolétaires de France, de ces paysans du
Dauphiné ou de la Bourgogne, de ces ouvriers de Paris, qui se
jetaient dans le mouvement, abattaient l'orgueil des nobles et des
prélats somptueux, renversaient les châteaux et la Bastille, et exi-
geaient des pouvoirs publics le pain blanc à bon marché?

LE PAMPHLET DE BURKE CONTRE LA RÉVOLUTION

Ainsi, par trois sources, des forces révolutionnaires jaillissaient,
à cette date, du sol anglais ébranlé par la grande commotion de
la France. Quelle fut d'abord, et dès les premiers jours, l'étendue
et la profondeur du mouvement? Il est malaisé de le dire. Priestley,
dans ses *Observations sur les lettres de Burke et de Calonne*, prétend que c'est Burke lui-même qui, par la violence de ses polémiques contre la Révolution française, a appelé sur elle l'attention
du peuple anglais. « Avant son livre (c'est-à-dire avant la fin de
1790), il y avait quatre-vingt-dix-neuf Anglais sur cent qui vivaient
dans l'ignorance complète des événements de France. » Cela est
sans doute excessif; mais l'ébranlement ne dut être ni rapide ni
vaste. Burke s'émut lorsqu'en octobre 1790, Richard Price, qui
était à la fois un savant économiste et financier et un ardent pré-
dicateur unitarien, fit du haut de la chaire l'éloge enthousiaste de
la Révolution française et lorsque, à la suite de ce sermon, une
adresse fut envoyée à la Constituante au nom de la *Revolutionary
Society*. L'ardent orateur irlandais avait gardé, malgré son âge,
une grande impétuosité d'imagination. Il pressentit que tout l'ordre
politique et social de l'Angleterre serait un jour ébranlé par la
communication du mouvement révolutionnaire. Il était whig. Il
avait combattu avec Fox contre Pitt et la Couronne. Il avait soutenu la cause de l'émancipation des colonies américaines. Mais
s'il voulait jouer, sur la scène de l'oligarchie anglaise, des rôles
éclatants et généreux, il n'entendait pas que l'ordre de la représentation fût troublé et que le peuple montât sur le théâtre. C'était
de plus un homme vénal qui avait reçu des subsides des colonies
américaines et qui recevait maintenant, en secret, une pension du
roi.

Je me demande si la découverte et la publication du fameux
Livre rouge français, où étaient inscrites toutes les pensions des
courtisans, ne fut pas un grief décisif de Burke contre la Révolution. Il la combattit avec une sorte de haine. Elle le menaçait
dans ses habitudes d'esprit, de parade et de gloire. Elle le menaçait
aussi dans la sécurité de sa vie pompeuse et tarée. Transportée en
Angleterre, elle pouvait briser le cadre éclatant où se mouvait son

personnage, et tarir la source des revenus secrets. C'est dans un volumineux pamphlet : *Réflexions sur la Révolution de France*, qu'à la fin de 1790 il exhala sa colère. Je laisse de côté ce qui n'est que brillante invective ou déclamation sentimentale et les romantiques couplets sur Marie-Antoinette : « Je l'ai vue jadis brillante comme l'étoile du matin ». Je n'en retiens que les idées essentielles.

Le grand souci de Burke, c'est de couper toute communication historique entre l'Angleterre et la France de la Révolution. C'est à faux qu'on cherche dans l'histoire anglaise des précédents à la Révolution française. Oui, en Angleterre, le « long Parlement » a confisqué les biens des doyens et des chapitres comme la France vient d'exproprier les abbés et les moines. Mais le Parlement anglais faisait acte de défense, il ne mettait pas en cause tout le système de la propriété. Oui, l'Angleterre a eu sa Révolution où il a pu sembler que le peuple lui-même faisait choix du souverain. A la Restauration, après Cromwell et, plus tard, en 1688, ce sont bien les représentants de la Nation qui ont pourvu à la vacance du trône. Mais, lorsqu'ils réparaient ainsi une partie de l'édifice tombé en ruines, ils ne prétendaient pas faire prévaloir le principe électif.

« Incontestablement, il y a eu à la Révolution (en 1688), en la personne du roi Guillaume, une petite et temporaire déviation de l'ordre strict d'une succession régulière héréditaire, mais il est contre tous les vrais principes de jurisprudence de tirer un principe d'une loi faite dans un cas spécial et concernant un individu : *Privilegium non transit in exemplum.* S'il y eut jamais un temps favorable pour établir le principe qu'un roi choisi par le peuple est le seul roi légal, c'est sans aucun doute le temps de la Révolution. Et que cela n'ait pas été fait à ce moment, c'est la preuve que la Nation était d'avis qu'il ne fallait le faire en aucun temps. Il n'y a personne qui ignore assez complètement notre histoire pour ne pas savoir que la majorité du Parlement était si peu disposée à rien qui ressemblât à ce principe, que d'abord elle était déterminée à placer la couronne disponible non pas sur la tête du prince d'Orange, mais sur celle de sa femme Marie, fille du roi Jacques, la dernière née de ce roi, et que l'on reconnaissait comme indubitablement sienne. Ce serait répéter une histoire triviale que de vous rappeler toutes les circonstances qui démontrent que leur acceptation du roi Guillaume n'était pas proprement un *choix*, mais que, pour tous ceux qui ne désiraient point, en effet, rappeler le roi Jacques, ou plonger leur pays dans le sang et jeter de nouveau leur religion, leurs lois, leurs libertés, dans les périls d'où elles s'évadaient à peine, c'était un acte de *nécessité*, dans le sens moral le plus strict où le mot de nécessité peut être pris. Dans l'acte même dans lequel, pour un temps et dans un cas singulier,

le Parlement se départit de l'ordre strict de l'hérédité, en faveur
d'un prince qui, sans être le plus proche, était cependant un des
plus proches dans la ligne de succession, il est curieux d'observer
comment lord Somers, qui présenta le bill appelé la Déclaration
des Droits, s'est conduit en cette délicate occasion. Il est curieux
d'observer avec quelle adresse la temporaire solution de continuité
fut mise hors de vue... Nos ancêtres savaient bien qu'une élection
serait entièrement destructive de « l'unité, de la paix et de la tranquillité de ce pays ». Pour pourvoir aux objets immédiats et exclure
pour toujours la doctrine « de la Vieille Juiverie » (c'est la rue
où se réunissait la Société de la Révolution) sur ce prétendu droit
des hommes à choisir leurs gouvernants, ils insérèrent une clause
qui était une renonciation solennelle au principe électif : « Les
« lords spirituels et temporels, et les Communes, au nom du
« peuple, se soumettent très humblement et très loyalement, *eux,*
« *leurs héritiers et leur postérité à jamais.* » Bien loin qu'il soit
vrai que nous avons acquis par la Révolution un droit de choisir
nos rois, ce droit, si nous l'avions possédé avant, la Nation anglaise
l'aurait à ce moment solennellement renoncé et abdiqué pour la
génération présente et pour toute la suite des générations. »

Soit, et Burke démontre à merveille qu'il n'y a qu'un rapport
très lointain entre la Révolution de circonstance faite par l'Angleterre en 1688 et la Révolution de principe faite par la France
en 1789. Il est certain que l'Angleterre, en 1688, n'a pas prétendu
fonder la démocratie, qu'elle n'a pas proclamé ou organisé la souveraineté populaire et qu'elle n'a dérogé à la tradition et à l'ordre
de succession que juste autant qu'il était nécessaire pour sauvegarder les intérêts vitaux compromis par les Stuarts. Mais ce n'est
pas la question. Personne ne prétend légitimer la Révolution française et la démocratie par le seul précédent anglais de 1688. Ce
que les Anglais amis de la Révolution avaient le droit de dire, c'est
qu'en Angleterre même ni la tradition royale n'avait été ininterrompue, ni le droit royal n'avait été intangible.

Il se peut que le choix fait par les délégués de la Nation n'ait été
qu'en apparence un choix, et qu'il ait été en fait une nécessité,
comme M. Guizot, reprenant la thèse de Burke et l'appliquant à
la Révolution de 1830, le dira plus tard de Louis-Philippe. Mais
cette nécessité, c'est la Nation elle-même qui en était l'interprète,
et par là, quoi qu'on fasse, il y a un acte explicite et formel de la
volonté nationale à l'origine du droit royal de la dynastie anglaise.
Cela ne veut pas dire que la Nation anglaise va révoquer le pouvoir
de ses rois. Mais cela signifie qu'elle peut, sans porter atteinte à
un droit qu'elle a constitué elle-même, mieux assurer l'exercice
direct de la puissance nationale. Ainsi, le précédent juridique
de 1688, agrandi par l'esprit de démocratie, mais appliqué selon

Du même jour.

UN membre demande que le fieur Gille , publicifte Allemand, foit compris dans la lifte de ceux à qui l'Affem-blée vient d'accorder le titre de citoyens Françoic; cette demande eft adoptée.

AU NOM DE LA NATION, le Confeil exécutif provifoire mande & ordonne à tous les Corps ad-miniftratifs & Tribunaux, que les prefentes ils faffent configner dans leurs regiftres, lire, publier & afficher dans leurs départemens & refforts ref-pectifs, & exécuter comme loi. En foi de quoi nous avons figné ces préfentes, auxquelles nous avons fait appofer le fceau de l'Etat. A Paris, le fixième jour du mois de feptembre mil fept cent quatre-vingt-douze, l'an quatrième de la liberté.

Signé CLAVIERE. *Contrefigné* DANTON, Et fcellées du fceau de l'Etat.

Certifié conforme à l'original.

ORDONNANCE DU CONSEIL EXÉCUTIF PROVISOIRE RELATIVE AU TITRE DE CITOYEN FRANÇAIS
ACCORDÉ A SCHILLER

la prudente méthode anglaise, peut conduire à une grande trans-formation politique dans le sens du droit populaire, de la liberté et de l'égalité.

Priestley note que le whig Burke interprète la Révolution anglaise de 1688 comme le faisaient les torys, restés au fond jacobites, mais qui, pour excuser peu à peu leur ralliement à la royauté nouvelle, affectaient de ne voir en elle que la suite légitime et nécessaire de la monarchie tombée. Ce qui fait que l'œuvre de Burke est d'un rhéteur et non d'un homme d'Etat, c'est qu'il raisonne comme s'il s'agissait de transporter en Angleterre, au nom des précédents anglais, la démocratie toute pure et la Révolution intégrale. Tel n'était le sentiment ni de la plupart des Anglais favorables à la Révolution, ni de ceux des Français qui connaissaient le mieux les deux peuples. Condorcet, dans un de ses rapports diplomatiques, dit avec une grande force que les Anglais ne prendront à la Révolution que ce qui s'accorde à leur génie et peut hâter chez eux, sans rupture et sans violence, l'œuvre de réforme. Dès lors, il était tout naturel que, pour justifier l'introduction d'un esprit populaire plus large dans la Constitution anglaise, on fît valoir ce que le droit royal lui-même contenait, à son origine récente, de volonté nationale. Et quand il dit qu'à ce compte, et si l'élection seule fait la légitimité, tous les actes antérieurs des rois sont frappés de nullité, ce n'est là qu'un jeu d'esprit.

C'est inutilement aussi, et avec la plus vaine éloquence, que Burke célèbre la beauté de la tradition, de la continuité historique qui donne à la vie collective des peuples l'intimité profonde de la vie familiale.

« Vous observerez que, de la Grande Charte à la Déclaration des Droits, ça été la politique uniforme de notre Constitution de réclamer et d'affirmer nos libertés comme un legs, comme un héritage de nos pères et qui doit être transmis à notre postérité, comme une condition spécialement acquise au peuple de ce royaume, sans aucune référence à un droit plus général et antérieur. Par là notre Constitution garde de l'unité dans la diversité si grande de ses parties. Nous avons une couronne héréditaire, une pairie héréditaire, et une Chambre des Communes et un peuple qui héritent des privilèges, des franchises et des libertés d'une longue ligne d'ancêtres.

« Cette politique m'apparaît être le résultat d'une profonde réflexion, ou plutôt l'heureux effet d'une instinctive sagesse, supérieure à la réflexion. Un esprit d'innovation est généralement le résultat d'un tempérament égoïste et de vues bornées. Un peuple ne regarde guère devant lui et vers la postérité, quand il ne sait pas regarder derrière lui, vers les ancêtres. Le peuple anglais sait bien que l'idée d'un héritage fournit un sûr principe de conservation et un sûr principe de transmission, sans exclure le moins du monde un principe de perfectionnement. Elle permet des acquisitions nouvelles, mais elle assure ce qui est acquis. Quels que soient les avantages obtenus par un ensemble d'hommes se réglant sur ces maximes, ils sont presque regardés comme une sorte d'établissement domestique fixé en une sorte de mainmorte éternelle. Par une politique constitutionnelle qui agit sur le modèle de la nature, nous recevons, nous possédons, nous transmettons notre gouvernement et nos privilèges comme nous entrons en jouissance de nos propriétés et de nos vies et comme nous les transmettons. Les institutions de la politique, les biens de la fortune, les dons de la Providence passent à nous et de nous à ceux qui nous suivent, d'un même mouvement et selon le même ordre. Notre système politique est placé dans une juste correspondance et symétrie avec l'ordre du monde et avec le mode d'existence assigné à un corps permanent composé d'éléments transitoires, puisqu'en lui, par la disposition d'une merveilleuse sagesse qui façonne en même temps la grande et mystérieuse incorporation de la race humaine, le tout, à un moment donné, n'est ni vieux, ni d'âge moyen, ni jeune, mais dans un état immuablement fixe; il se meut à travers la diversité constante d'une décadence, d'une chute, d'une rénovation et d'une progression perpétuelle. Ainsi, gardant la méthode de la nature dans la conduite de l'Etat, là où nous améliorons nous ne sommes jamais entièrement nouveaux, et là où nous maintenons, nous ne sommes jamais entièrement surannés. En nous rattachant de cette manière et selon ces principes à nos ancêtres, nous sommes guidés, non par une superstition d'antiquaire, mais par un esprit d'analyse philosophique. En choisissant cette forme de l'héritage, nous avons donné à notre système politique quelque ressemblance avec les relations fondées sur la communauté du sang. Nous avons lié la constitution de notre pays de nos liens domestiques les plus chers; nous avons accueilli et comme adopté nos lois fondamentales jusque dans l'intimité de nos affections de famille. Nous maintenons inséparablement unis et nous aimons de toute la chaleur de nos affections combinées et réfléchissant mutuellement leurs feux, notre système politique, nos foyers, nos sépulcres et nos autels.

« C'est notre plan de conformer à la nature nos institutions artificielles et de faire appel à ses sûrs et puissants instincts pour fortifier les faibles et faillibles inventions de la raison, et cette méthode, qui nous permet de considérer nos libertés dans la lumière de l'hérédité, nous procure d'autres et non moindres avantages. Agissant toujours comme en présence d'ancêtres canonisés, l'esprit de liberté, qui en lui-même conduit au dérèglement et à l'excès, se tempère d'une gravité respectueuse. Cette idée d'une origine libérale nous impose un sentiment d'habituelle et native dignité, qui prévient cette insolence de parvenu qui s'attache presque inévitablement et pour leur disgrâce à ceux qui sont les premiers acquéreurs d'une distinction publique. Par ces moyens, notre liberté devient une liberté noble. Elle prend un aspect imposant et majestueux. Elle a une généalogie et des ancêtres illustres.

« Elle a ses audiences et ses armoiries. Elle a sa galerie de portraits, ses inscriptions monumentales, ses archives, ses témoignages et ses titres. Nous procurons le respect à nos institutions civiles par les mêmes principes dont se sert la nature pour nous faire révérer les individus, à raison de leur âge et de ceux dont ils descendent. Tous vos sophistes ne peuvent rien produire qui soit mieux adapté à la sauvegarde d'une liberté rationnelle et virile, que la marche que nous avons suivie, nous qui avons fait de notre nature plus que de nos spéculations, de nos cœurs plus que de nos esprits, les grands conservateurs de nos droits et privilèges. »

A merveille, et voilà bien la première formule de ce naturalisme politique et social que Taine et ses disciples opposent au prétendu idéalisme abstrait, à la prétendue métaphysique de la Révolution française. C'est le rhéteur Burke qui est le grand inventeur de cette profonde philosophie. Ce n'est plus la pensée de l'homme qui façonne arbitrairement un type de société : les peuples se développent d'une croissance continue et lente comme l'organisme : et la nature dont parle Burke, ce n'est pas la lointaine, idéale et chimérique nature de l'homme primitif et abstrait si cher aux philosophes français du dix-huitième siècle. C'est l'ensemble des instincts sociaux et familiaux tels qu'ils s'affirment dans les sociétés modernes et chrétiennes. Oui, mais que signifient ces effusions de rhétorique sentimentale? Que signifie cette lave débordante d'orgueil anglais que Taine a recueillie, refroidie et figée en quelques formules pesantes?

Il est bon pour un peuple de pouvoir considérer la liberté politique comme un héritage; il est bon, suivant une expression familière, qu'il l'ait dans le sang. Burke compromet un peu cette idée, lorsque, obsédé par l'esprit aristocratique des institutions et des mœurs anglaises, il en vient à se figurer la liberté comme une noble dame qui a ses portraits de famille et ses parchemins. On se rappelle vraiment trop, à le lire, que cet orgueil de la liberté, qu'il confond enfin avec l'orgueil de la noblesse, n'était permis qu'à une minorité infime de privilégiés. La noble dame a des audiences, mais où le peuple n'est pas introduit, et il faut avoir des blasons comme elle pour être admis à faire sa cour. Noble liberté, dites-vous, mais guindée, rare et hautaine, qui fait presque regretter l'orgueil plus expansif de ceux que vous appelez les parvenus. D'ailleurs, il ne s'agit point de formuler la loi historique qu'a suivie jusque-là le développement anglais. Voici le vrai problème : Que doit-on penser de la Révolution française? Et quelle attitude doivent prendre les Anglais à l'égard de ceux qui essaient d'en propager et d'en acclimater les principes en Angleterre? Or,

à ce problème la pompeuse déclaration naturaliste et familiale de
Burke ne fournit même pas un commencement de réponse. La
question est de savoir si les Français, eux, trouvaient dans leur
héritage, dans le legs historique que leur faisaient les siècles assez
de libertés, assez de garanties pour qu'ils n'aient qu'à recueillir cet
héritage et à l'agrandir patiemment. Car, si depuis deux siècles,
c'est un absolutisme croissant qui pèse sur eux, si c'est un legs
accumulé de servitude et d'arbitraire que les générations se trans-
mettent, comment Burke peut-il juger la Révolution française sur
un type d'évolution historique et de sage accumulation qui ne
convient pas à la France?

Oui, le peuple français est obligé d'être, à ses risques et périls,
le parvenu de la liberté. Voilà plus de deux cents ans que les
Etats généraux sont tombés en sommeil, voilà plus de deux cents
ans que la monarchie, entourée de privilégiés, opprime de plus
en plus la Nation. Ferez-vous au peuple français, en vertu des lois
d'hérédité et des lois d'héritage, une obligation d'accepter sans
résistance tout cet immense déficit de liberté? La loi souveraine
de la continuité n'est pas rompue pour cela. Le peuple français
ne peut, pas plus qu'un autre peuple, se séparer de son passé.
Lui aussi, il hérite de l'effort des ancêtres, il hérite de cette unité
française qui donne à toutes les idées une si merveilleuse puissance de vibration, il hérite de cette philosophie lumineuse qui va
aux principes mêmes des choses et à l'origine des institutions.
Voilà son héritage; et la Révolution n'est pas un accident elle n'est
pas la création soudaine et la fantaisie d'une génération d'idéo-
logues. Elle est la sublime révélation et la sublime mise en œuvre
des richesses sociales et intellectuelles accumulées par l'effort des
bourgeois industrieux et des penseurs hardis. Burke se moque, ou
il atteste un incroyable manque de sens historique, lorsqu'il prétend que la France avait, en 1789, des éléments de liberté traditionnelle qu'elle pouvait mettre en valeur à la mode anglaise.

« Vous auriez pu, si vous l'aviez voulu, profiter de notre exemple
et donner à votre liberté recouvrée une dignité correspondante. Vos
privilèges, quoique discontinués, n'étaient pas effacés de la
mémoire. Votre Constitution, il est vrai, pendant que vous en étiez
dessaisis, a souffert la dévastation et le pillage ; mais vous pos-
sédiez en quelques endroits les murailles, ailleurs les fondations. »

Burke oublie que Turgot avait essayé cette reconstruction et
cette adaptation et qu'il avait été chassé. Il oublie que les Parlements n'avaient pu exercer leur antique droit de remontrance.
Il oublie que les assemblées provinciales étaient demeurées sans
effet, que l'assemblée des notables avait été une conspiration du
privilège contre le droit et que les Etats généraux avaient été jetés
dans les voies révolutionnaires par les perfidies et les violences de

la Cour. Ou bien fallait-il que, sous prétexte de retrouver les anciennes fondations et d'utiliser les débris des vieilles murailles, le Tiers Etat acceptât le vote par ordre qui livrait tout aux privilégiés?

C'est la méthode de Burke qui est abstraite et chimérique, puisqu'elle prétend appliquer de vive force à la France un procédé d'évolution qui ne convenait à cette date qu'à l'Angleterre.

Il est très vrai que les Anglais avaient « des droits » successivement conquis. Et cela, à certains égards, est plus sûr qu'une Déclaration générale et de principe des droits de l'homme et du citoyen. Mais la France n'avait d'autre moyen, pour conquérir les droits précis et substantiels, qu'une affirmation souveraine du droit de la personne humaine. C'est cet idéalisme seul qui était pratique.

Si la critique de Burke était vaine pour la France, elle était vaine aussi pour l'Angleterre, car il ne s'agissait point, pour celle-ci, de renoncer brusquement à sa méthode traditionnelle d'évolution lente et de prudente adaptation. La vraie question était celle-ci : Ne convient-il pas d'introduire dans la Constitution anglaise, sans la briser, plus d'éléments de démocratie? Et l'avènement du régime démocratique et de la souveraineté nationale en France ne doit-il pas avoir pour conséquence de donner au système anglais un mouvement plus rapide dans le sens populaire? Après tout, l'Angleterre aussi avait eu des crises; et il n'était pas pleinement contraire aux lois de sa vie d'accélérer son évolution. Il dit des droits de l'homme :

« Ces droits métaphysiques entrant dans la vie commune, comme des rayons de lumière qui percent dans un milieu dense, sont, par les lois de nature, réfractés et déviés de leur ligne droite. Dans la grande masse compliquée des passions humaines et des intérêts humains, les droits primitifs des hommes subissent une telle variété de réfractions et de réflexions, qu'il devient absurde de parler d'eux comme s'ils continuaient dans la simplicité de leur direction originelle. »

Je dirai de même qu'en pénétrant dans le milieu anglais, la lumière de l'idéalisme français et de la Révolution française devait être nécessairement réfractée et déviée; mais Burke, au lieu de calculer cet indice de réfraction et de déterminer la ligne que devaient suivre en Angleterre les idées nouvelles, écarte toute lumière de démocratie comme une offense; il essaie d'intercepter tout rayonnement révolutionnaire. Et par là, c'est lui qui tombe dans la simplicité abstraite et la pauvreté de conception qu'il reproche aux prétendus métaphysiciens de France.

Qu'importe dès lors, après cette fondamentale erreur de jugement, que Burke prodigue à la Révolution et aux révolutionnaires les moqueries et les outrages? Il ne fait que reprendre les pamphlets des contre-révolutionnaires. Il ne voit dans le peuple de Paris qu'une foule délirante et brutale. Il raille l'Assemblée composée d'avocats bavards ou de curés sans expérience politique, sans horizon. Il affecte de croire, avec l'abbé Maury, que la sécularisation des biens d'Eglise n'est qu'une occasion de spéculations juives et qu'un agiotage effréné.

Chose curieuse! Il prévoit, non sans finesse, la primauté prochaine de la richesse mobilière. Il annonce que la noblesse de France, ayant perdu peu à peu sa base territoriale, sera « semblable aux Juifs, devenus ses compagnons ou ses maîtres ». Mais cette primauté de la richesse mobilière, il la redoute. Il ne comprend pas, ou il ne paraît pas comprendre la différence essentielle, la différence de droit, qui existait pour les révolutionnaires entre la propriété corporative et immobile de l'Eglise et les formes nouvelles, mobiles, souples, infiniment transmissibles de la propriété industrielle, financière et bourgeoise. Et parfois il paraît ramener à un complot d'agioteurs et de pillards l'immense mouvement capitaliste dont Barnave a si bien démêlé les origines et le sens. Mais parfois aussi ses vues sont nettes et profondes.

« Cet outrage à tous les droits de la propriété fut couvert à l'origine du plus étonnant des prétextes : du respect de la foi publique. Les ennemis de la propriété prétendirent d'abord qu'ils avaient un souci plus tendre, plus délicat, plus scrupuleux, de tenir les engagements du roi envers les créanciers publics.

« Ces professeurs des droits de l'homme sont si occupés à enseigner les autres qu'ils n'ont pas le temps de s'instruire eux-mêmes. Autrement, ils sauraient que c'est envers la propriété des citoyens non envers les demandes des créanciers de l'Etat qu'est engagée d'abord la foi publique. La réclamation des citoyens est antérieure et supérieure. Les fortunes des individus, qu'elles soient possédées par acquisition ou par héritage ou en vertu d'une participation quelconque aux biens d'une communauté, ne constituent en aucune manière un élément de sécurité pour le créancier. Elles n'étaient pas entrées en compte quand il fit son marché avec l'Etat. Le créancier sait bien que le public, qu'il soit représenté par un roi ou par un Sénat, ne peut engager que les ressources publiques; et il ne peut y avoir de ressources publiques que celles qui dérivent d'une juste et proportionnelle imposition sur l'ensemble des citoyens. C'est là ce qui a été engagé envers le créancier et pas autre chose. Personne ne peut faire de sa propre injustice le gage de sa fidélité.

« Il est impossible d'éviter une observation sur les contradictions causées par l'extrême rigueur et l'extrême relâchement de cette nouvelle foi publique, qui ne se règle pas sur la nature de l'obligation, mais sur la qualité des personnes envers lesquelles il y a

engagement. Aucun acte de l'ancien gouvernement des rois de
France n'a été tenu pour valide dans l'Assemblée nationale, excepté
ses engagements pécuniaires; actes pourtant dont la légalité est le
plus contestable. Le reste des actes du gouvernement royal était vu
sous un jour si odieux que se prévaloir de l'un d'eux pour une
réclamation quelconque était regardé comme une sorte de crime.
Une pension, donnée en retour d'un service de l'Etat, est sûrement
un titre de propriété aussi solide qu'une obligation constatant une
avance de fonds faite à l'Etat... Le pouvoir d'engager les revenus
présents et futurs est le plus dangereux exercice d'un absolutisme
sans frein; et pourtant ce sont les seuls actes de ce despotisme qui
ont été tenus pour sacrés. D'où vient cette préférence donnée par
une assemblée démocratique à un corps de propriété qui dérive de
l'usage le plus critiquable et le plus fâcheux de l'autorité monarchique? La raison ne peut rien fournir pour concilier ces contradictions; mais elles n'en ont pas moins une cause, et c'est cette
cause que je ne crois pas difficile de démêler.

« *Par la vaste dette de la France un grand intérêt d'argent (a
great monied interest) a crû insensiblement et avec lui un grand
pouvoir. Par les anciens usages qui prévalaient dans ce royaume,
la circulation générale de la propriété et en particulier la converti-
bilité réciproque de la terre en argent et de l'argent en terre a toujours été difficile. Des établissements de famille, plus généreux
et plus stricts qu'en Angleterre, le droit de retrait, la grande masse
de propriété foncière détenue par la Couronne et, selon une maxime
de la loi française, considérée comme inaliénable, les vastes possessions des corporations ecclésiastiques, tout cela a fait que les intérêts fonciers et les intérêts d'argent ont été séparés en France,
moins susceptibles de mélange que dans notre pays et les possesseurs de ces deux espèces distinctes de propriétés moins bien disposés les uns envers les autres.*

« *La propriété d'argent fut longtemps regardée d'assez mauvais
œil par le peuple. Il voyait qu'elle était liée à sa détresse et qu'elle
l'aggravait. Elle n'était pas moins jalousée par les vieux intérêts
terriens, en partie pour les mêmes raisons qui la rendaient odieuse
au peuple, mais surtout parce qu'elle éclipsait, par là splendeur
d'un luxe ostentatoire, les généalogies sans dot et les titres nus de
plusieurs de la noblesse. Même, quand la noblesse qui représentait
les intérêts fonciers les plus permanents, s'unissait par mariage (ce
qui arrivait parfois) avec l'autre catégorie, la richesse qui sauvait
la famille de la ruine était supposée la contaminer et la dégrader.*

« *Ainsi les animosités et les haines des deux partis étaient
accrues même par les moyens qui d'habitude apaisent la discorde
et changent la querelle en amitié. Dans le même temps, l'orgueil
des hommes riches, non nobles ou nouvellement nobles, croissait*

avec sa cause. Ils ressentaient avec dépit une infériorité dont ils
ne connaissaient point les raisons. Il n'y avait pas de mesure à

FAC-SIMILE DE L'ORDRE REMIS PAR LE ROI A M. LE CAPITAINE DE DÜRLER
A L'ASSEMBLÉE NATIONALE LE 10 AOUT 1792
(D'après une estampe de la Bibliothèque Nationale)

laquelle ils ne fussent prêts à recourir pour prendre leur revanche
de leurs superbes rivaux et pour exalter leur propre richesse au
degré de considération et de puissance qu'ils croyaient juste. Ils
frappèrent la noblesse à travers la royauté et l'Eglise. Ils s'atta-
quèrent particulièrement du côté où ils pensaient qu'elle était le

plus vulnérable, c'est-à-dire les possessions de l'Eglise, qui, sous le patronage de la Couronne, étaient généralement dévolues à la noblesse. Les évêques et les grands abbés commendataires étaient, sauf peu d'exceptions, pris dans cet ordre.

« *Dans cette guerre réelle, quoique pas toujours aperçue, entre les vieux intérêts fonciers de la noblesse et les nouveaux intérêts d'argent, la force la plus grande, parce qu'elle était la plus maniable, était aux mains de ces derniers. L'intérêt d'argent est par sa nature plus prêt aux aventures et ses possesseurs sont plus disposés à de nouvelles entreprises de toutes sortes. Etant d'acquisition récente, il s'accorde mieux, naturellement, à toute nouveauté. C'est donc la sorte de richesse qui convient à tous ceux qui désirent le changement.*

« Or, à ces hommes de finances, qui avaient intérêt à dépouiller l'Eglise pour dépouiller indirectement et pour humilier la noblesse, se sont joints les encyclopédistes, les « hommes de lettres politiques », ennemis du christianisme. Et c'est la jonction de ces deux catégories d'hommes qui explique la fureur avec laquelle toute la propriété terrienne des corporations ecclésiastiques a été attaquée et le grand soin que les révolutionnaires, contrairement à leurs principes, ont pris d'un intérêt qui avait son origine dans l'autorité de la Couronne. Toute l'envie contre la richesse et le pouvoir fut artificiellement dirigée contre certaines catégories de riches. Sur quel autre principe que celui-là peut-on expliquer un phénomène aussi extraordinaire, aussi peu naturel que celui des possessions ecclésiastiques, qui avaient résisté à tant de chocs et de violences civiles et qui étaient gardées à la fois par la justice et par le préjugé appliquées au payement de dettes récentes et contractées par un gouvernement décrié et renversé?

« ... Qu'avait à voir le clergé avec toutes ces transactions? Quel engagement public avait-il au delà de sa propre dette ? Pour la garantir, ses domaines étaient engagés jusqu'au dernier acre. Rien ne livre mieux le secret du véritable esprit de l'Assemblée, qui se pare, pour sa besogne de confiscation publique, de sa nouvelle équité et de sa nouvelle moralité, que ses procédés à l'égard de la dette du clergé. Le corps des confiscateurs, fidèle à ces intérêts d'argent au profit desquels il viole tous les autres, a trouvé que le clergé avait compétence pour contracter une dette légale. Mais si quelques personnes devaient subir des pertes dans l'intérêt des créanciers publics, ce devrait être ceux qui ont conclu tous ces arrangements. Pourquoi donc les biens des contrôleurs généraux n'ont-ils pas été confisqués? Pourquoi n'est-ce point ceux de la longue succession de ministres, de financiers et de banquiers qui se sont enrichis pendant que la nation était appauvrie par leurs actes et par leurs conseils? Pourquoi n'est-ce pas la fortune de M. Laborde qui est confisquée plutôt que celle de l'archevêque de Paris, qui n'a jamais été mêlé à la création des fonds publics ni à l'agiotage? Ou, si vous devez confisquer toutes les vieilles fortunes territoriales en faveur des agioteurs, pourquoi la pénalité est-elle circonscrite à une catégorie? Je ne sais si les dépenses du duc de Choiseul ont laissé subsister quelque chose des sommes infinies qu'il a reçues de la bonté de son maître, durant les opérations de finance d'un règne qui contribua largement, par toute sorte de prodigalité dans la paix et dans la guerre, à la dette présente de la France. S'il en reste, pourquoi n'est-ce point confisqué? Je me souviens avoir été à Paris sous l'ancien gouvernement. J'y étais juste après que le duc d'Aiguillon (c'était du moins la pensée générale) fut sauvé du billot par la main protectrice du despotisme. Il était ministre et il est mêlé aux affaires de cette époque prodigue. Pourquoi ne vois-je pas ses domaines remis aux municipalités dont ils ressortissent? La noble famille de Noailles a longtemps servi (d'un bon service, je l'admets) la couronne de France et elle a eu quelque part à ses bontés. Pourquoi n'est-il pas fait application de sa fortune à la dette publique? Est-ce que la fortune d'un duc de la Rochefoucauld est plus sacrée que celle du cardinal de la Rochefoucauld? »

Ainsi va Burke, exhalant sa colère contre les nobles libéraux qui, au début de la Révolution, firent cause commune avec le Tiers. Mais quel singulier mélange d'idées pénétrantes et de puérilités réactionnaires! Burke paraît croire que c'est la convoitise de quelques financiers qui a désigné les biens d'Eglise comme une proie et qui a mis hors du débat la dette publique. Il oublie que cette dette publique disséminée déjà, au moins à Paris, dans une grande partie de la bourgeoisie, ne pouvait être abolie sans que toute l'activité économique de la nation fût paralysée et sans que toute vie publique devînt impossible par l'anéantissement du crédit. Et il est bien plus polémiste que philosophe lorsqu'il ne voit pas que les biens des nobles avaient la forme de propriété individuelle et bourgeoise tandis que les biens d'Eglise, étant corporatifs, pouvaient être saisis sans que la propriété fût en péril. Burke, dans cette déclamation ingénieuse mais frivole, serait au niveau de l'abbé Maury, si l'expérience de la vie anglaise ne lui donnait parfois un sens vif de la réalité économique. Il a très bien vu que ce qui distinguait le plus la France de l'Angleterre, c'est qu'en France les vieux intérêts terriens et les nouveaux intérêts d'argent étaient en lutte, tandis qu'en Angleterre ils se soutenaient mutuellement. Il n'en donne pas toutes les raisons, mais il a marqué le fait même avec précision et avec force. Et, ce qu'il redoute, lui, c'est que l'avè-

nement révolutionnaire et la primauté insolente des nouveaux intérêts en France ne rompe, par contre-coup, le lien de solidarité qui
s'est formé en Angleterre entre l'aristocratie foncière renouvelée
et la bourgeoisie industrielle et capitaliste. Qui sait si la classe
industrielle et financière, encouragée par le triomphe qu'elle vient
de remporter en France, ne prétendra pas, en Angleterre même, à
plus d'éclat et de pouvoir? Du coup, voilà brisé le faisceau des
forces politiques et sociales anglaises; voilà brisé le système des
classes dirigeantes. Et Burke, pris de peur devant cette croissance
soudaine d'un élément de la combinaison, s'applique à faire valoir
surtout l'autre. C'est aux vieux intérêts terriens qu'il marque le
plus de sympathie. Et l'on voit qu'il préférerait infiniment la banqueroute, qui sauverait la propriété foncière en frappant la mobilière, à l'expropriation territoriale que la France révolutionnaire
a accomplie dans l'intérêt de la bourgeoisie. Burke se rejette vers
celle des deux forces, associées et presque fondues encore dans le
système dirigeant anglais, qui lui paraît le plus menacée par le
mouvement politique et social dont le signal aigu a été donné par
la Révolution. Il touche là au fonds et au tréfonds conservateur du
système anglais. Tant que le faisceau de l'aristocratie terrienne
modernisée et de la nouvelle classe industrielle et financière ne sera
pas rompu ou relâché, la démocratie ne pourra pas progresser. Et
ce faisceau, Burke comme Pitt, mais avec une tendance plus réac-
tionnaire, s'applique à le maintenir. Pitt s'efforce de confirmer
l'équilibre de forces qu'il sent, malgré tout, mouvantes et instables,
en donnant à la classe croissante, à la bourgeoisie d'affaires, des
satisfactions positives et mesurées qui préviennent en elle tout
mécontentement et toute pensée de scission. Burke, lui, essaie
d'arrêter les prétentions grandissantes de la classe industrielle et
financière en lui montrant, par l'exemple de la France, que toute
rupture d'équilibre à son profit met en péril non pas seulement
l'aristocratie foncière, mais tout l'ordre social, non pas seulement
une forme, la plus ancienne et la plus vénérable de la propriété,
mais toute la propriété.

Et c'est la propriété elle-même qui est menacée, selon Burke,
par toute extension du droit électoral. Sans doute il faut que le
talent, les capacités soient représentées; mais il faut que la propriété reste comme le fond et le lest de la représentation nationale.
« Il n'y a pas de représentation de l'État équitable et valable qui ne
représente ses facultés d'intelligence aussi bien que sa propriété.
Mais, comme l'intelligence (*ability*) est un principe vigoureux et
actif et que la propriété est un principe indolent, inerte et timide,
celle-ci ne peut jamais être à l'abri des invasions de l'intelligence si
elle ne domine pas, et de beaucoup, dans la représentation. Elle doit

être représentée en ses grandes masses et en son accumulation, ou elle n'est pas protégée équitablement. La caractéristique, l'essence même de la propriété, formée des principes combinés de conservation et d'acquisition, est d'être *inégale*. Par suite, les grandes masses de propriété qui excitent l'envie et tentent la rapacité doivent être mises hors de la possibilité même du danger. Ainsi elles forment un naturel rempart autour des propriétés moindres en tous leurs degrés. La même quantité de propriété, qui est par le cours naturel des choses divisé entre plusieurs, n'a pas la même opération. Son pouvoir défensif s'affaiblit en se diffusant. Dans cette diffusion la portion de chacun est moindre que ce que, dans l'ardeur de son désir, il peut se flatter d'obtenir en dissipant les accumulations de propriété des autres. A la vérité, le pillage d'un petit nombre de grandes propriétés ne donnerait qu'une toute petite part si on les distribuait entre plusieurs! Mais la foule n'est pas capable de faire ce calcul et ceux qui la conduisent à la rapine ne se proposent jamais de répartir également la proie.

« Le pouvoir de perpétuer notre propriété dans notre famille est un des éléments qui concourent le mieux à la perpétuation de la société elle-même. Il met notre faiblesse au service de notre vertu; il greffe la bienveillance sur l'avarice même. Les possesseurs d'une richesse de famille et de distinctions héréditaires sont en quelque sorte des répondants naturels de cette transmission. Chez nous, la Chambre des pairs est formée sur ces principes. Elle est complètement composée de propriété héréditaire et de distinction héréditaire. Elle forme le tiers de la législature et elle est, en dernier ressort, le seul juge de toute la propriété dans toutes ses subdivisions. La Chambre des Communes aussi, quoique non nécessairement, mais en fait, est composée de même pour la plus grande partie. Que les grands propriétaires qui y siègent soient ce qu'ils sont (et ils ont des chances d'être parmi les meilleurs); ils sont, en tout cas, *le lest dans le navire de la communauté.*

« ... On dit que vingt-quatre millions d'hommes doivent prévaloir sur deux cent mille. Oui, si la constitution d'un royaume est un problème d'arithmétique. »

Ainsi c'est autour de la propriété et de la grande propriété héréditaire, que Burke rallie toutes les forces conservatrices.

Mais quoi! l'expérience n'a-t-elle pas démontré depuis que l'Angleterre pouvait faire une bien plus large part à la démocratie sans que la propriété, et même la grande propriété aristocratique, fût sérieusement menacée? Burke ne le croyait point et, quand il dit que la propriété se défend d'autant mieux qu'elle est plus compacte, qu'elle s'affaiblit en se divisant, il va juste à rebours de ce qu'on peut appeler l'instinct révolutionnaire conservateur de la France, qui croyait enraciner la propriété en la subdivisant.

Le pamphlet de Burke, si hardiment, si injurieusement conservateur, eut un retentissement énorme. Il provoqua dans presque toute l'Europe l'applaudissement et la huée. Il fut en Angleterre même un sujet d'admiration et un objet de scandale et il révéla, aux Anglais, la force secrète et silencieuse de la passion bienveillante ou hostile avec laquelle ils suivaient les événements de France.

LA RÉFUTATION DE BURKE

George Forster, qui faisait en 1791, dans la *Revue allemande*, le compte rendu de la littérature anglaise, a noté le vif mouvement qui suivit. Les réflexions, les réfutations abondèrent.

« *L'homme d'Etat* Burke, ou, si l'on ne veut pas jeter de la poudre aux yeux des lecteurs avec le pédantisme prétentieux qui abuse des mots sonores, le vieux faiseur de phrases échauffé Burke n'a soulevé une si violente opposition que parce qu'il a tenté d'accabler sous ses sophismes, ses inconséquences et ses débiles agressions la Constitution française. Son plus puissant adversaire, le juriste Mackintosh, remporta sur lui une victoire complète, qui est d'autant plus brillante que ses *Vindiciæ Gallicæ* ont donné la preuve indéniable que l'on peut écrire avec une éloquence virile sans se permettre un seul mot inconvenant et s'en tenir à la vérité, à la discussion des raisons pour et contre, et à la question posée, sans tout le vieux jeu de miroir d'une dialectique jésuitique. Inattaquable, irréfutable, son œuvre est debout, *honorée de l'approbation unanime de l'Angleterre*, et elle brave le front d'airain de ceux qui osent tout affirmer parce qu'ils n'ont plus rien à perdre en fait d'honneur et de considération. Ce n'est point ici le lieu d'insister, et notre public ne s'intéresse point assez à l'analyse des autres réfutations de l'œuvre de Burke; il suffit de dire que Tatham, Towers, Boutfield, Bather, Rotsdoung, Pigott, Miss Wolstonecraft, MM. Macaulay, Graham, Hamilton, Capell Lofft, Wolsey, sir Brooke Boothby Dupont, et une foule d'écrivains anonymes ont tourné contre lui leurs armes avec plus ou moins de bonheur, mais toujours avec quelque succès. Pour sa justification, il se sentit encore obligé, par le cri universel du public, à faire une faible tentative et, dans son appel des nouveaux whigs aux anciens wighs, il tenta par des distinctions superfines d'excuser le parti de l'opposition dont il se réclamait d'avoir dévié ainsi des principes des whigs. »

La réprobation fut-elle aussi générale que le dit Forster, passionné dès lors pour la Révolution et qui se soulageait, dans ses
comptes rendus critiques, du silence qu'il se croyait encore tenu de
garder en Allemagne sur le fond même des choses? Il est probable
que la véhémence rhétoricienne de Burke choqua un peu et que ce
brusque torysme intransigeant fit quelque scandale. Aussi bien, en
cette année 1791, la Révolution semblait avoir atteint une période
de calme et un point d'équilibre. Sa force de propagande au dehors
ne s'exerçait que discrètement et la violence de Burke, à l'unisson
de laquelle seront bientôt les esprits (dès la fin de 1792), déconcertait un peu en ce moment.

VIII

LA PENSÉE RÉVOLUTIONNAIRE ANGLAISE

UN PAMPHLET SOCIAL

L'éclosion soudaine d'innombrables écrits en réponse à Burke
atteste que l'esprit anglais avait ressenti la grandeur de la Révolution. J'ai trouvé à la Bibliothèque nationale plusieurs des œuvres
et brochures que mentionne Forster et aussi plusieurs des écrits
anonymes auxquels il fait allusion. Quel utile et curieux travail ce
serait de suivre dans toute l'Angleterre, dans ses bibliothèques, ses
archives et ses collections privées, dans ses brochures et ses journaux, le reflet mouvant des événements de France sur l'esprit
anglais! Louis Blanc, qui aurait pu sans doute fouiller tous ces
trésors, ne commente guère que les paroles les plus illustres. Il
faudrait descendre au détail et jusque dans la foule obscure des
consciences. Des brochures que j'ai lues à la Bibliothèque nationale
je retiens d'abord un pamphlet anonyme qui fut imprimé, sous le
titre d'*Observations*, à Londres, chez Johnson, près de l'église
Saint-Paul. C'est le premier cri qui monte du peuple souffrant et
meurtri. Ce n'est plus un pamphlet purement politique. C'est un
pamphlet social, une protestation de la misère des prolétaires contre
le splendide égoïsme de la rhétorique vénale de Burke.

« Oui, il faut de l'audace à M. Burke pour outrager ainsi la Révolution française et la liberté en échange de sommes d'argent qu'il
touche sous le nom d'un autre. Je n'ai pas besoin d'insister.
M. Burke me comprendra mieux que personne. Il ne s'attendrit
que sur les infortunes éclatantes, sur les infortunes dorées comme
des idoles. Que de sentiment pour un roi et pour une reine! Mais le
peuple écrasé et en haillons, mais ces nourrissons qui cherchent
en vain un peu de lait au sein exténué de la mère, cela ne l'émeut
point. Cela n'est pas du théâtre et n'a pas grand air. Il faudra bien
cependant que l'on entende un jour la majesté silencieuse de la
misère (*the silent majesty of misery*). C'est trop que le peuple qui

travaille soit sans cesse dans l'alternative ou de souffrir de la faim ou de se laisser enlever par les durs recruteurs de l'armée et de la marine. Etrange destinée que celle de ces hommes qui ont à charge de défendre la patrie et qui n'ont pas de patrie; car, qu'est-ce que la patrie sans la liberté et la propriété? Et ils n'ont ni liberté ni propriété. Aussi bien, où est la liberté en Angleterre? Il n'y en a que le nom. La liberté, dans la Constitution anglaise, elle se définit d'un mot : c'est la propriété. Et encore, ce n'est pas la propriété créée par le travail, c'est l'énorme et monstrueuse propriété, qui est entretenue par privilège et par artifice, c'est cette propriété intangible et inviolable qui se transmet de génération en génération à des élus, si paresseux soient-ils, si inférieurs de corps et d'esprit. Et ce régime des substitutions, cette propriété de privilège entretient chez tous les privilégiés, hommes ou femmes, l'indolence, l'inertie de l'esprit et du corps. Combien qui auraient agi, qui auraient créé, qui auraient entrepris, s'endorment et s'engourdissent à l'ombre de l'idole ! Les femmes bavardent dans les salons, les hommes chassent et le peuple est accablé. Un de ces chasseurs vient-il à établir ses chenils et ses réserves de gibier près du cottage d'un pauvre paysan, c'est la ruine : les moissons sont foulées ou dévorées, et il faut que le paysan affamé quitte son petit domaine, aille grossir la multitude misérable des villes. Et là, que de souffrances! Que d'ouvriers industrieux végètent et meurent dans des coins pestilentiels (*in pestilential corners*)! Combien qui sont ruinés par les changements de la mode et les reflux de l'industrie! »

Oui, c'est le cri de misère et de révolte de tous les prolétaires ruraux et urbains, et c'est une chose bien significative que cette protestation du prolétariat anglais s'élève à propos du livre de Burke contre la Révolution. Dans le vaste tourbillon révolutionnaire la voix dolente des misérables prend soudain une ampleur émouvante. Et ici encore, comme en France, comme en Allemagne, ce que la démocratie contenait de promesses sociales commence à se marquer. Ici encore s'affirme la solidarité décisive de la justice et de la liberté politique.

C'est en défendant la Révolution française que le prolétariat anglais commence à élever la voix.

MACKINTOSH DÉFEND L'ASSIGNAT

Dans l'œuvre de Mackintosh aussi, quelque modérée et équilibrée qu'elle soit, il y a un sens social. Elle nous semble aujourd'hui bien optimiste. Mackintosh ne prévoit pas les orages, il ne prévoit pas les terribles commotions que provoquera bientôt la guerre européenne. Après tout, quand il écrivait au commencement de 1791, il n'était point interdit d'espérer un dénouement à la fois pacifique et grandiose du drame de la Révolution et il n'était pas encore au-dessus des forces humaines d'assurer ce dénouement pacifique. Comment Burke peut-il dire que la Révolution française est un entraînement irréfléchi? Elle est la conséquence inévitable et elle est le seul remède du désordre politique et social où la monarchie absolue avait jeté la France. Comment peut-il voir une violation funeste des traditions dans le vote par tête substitué au vote par ordre? Ces corporations fermées, ces castes entretiennent l'esprit d'égoïsme et de privilège. Comment peut-il se plaindre de l'abolition des titres nobiliaires et des droits féodaux? Il faut créer des mœurs d'égalité sans lesquelles toute démocratie est impossible. Pourquoi se scandaliser de la nationalisation des biens d'Eglise? L'Etat a le droit de payer ses officiers de religion et de morale selon le mode qui lui plaît. Il consacrait à les payer les revenus variables de cer-tains biens-fonds. Il a le droit, après leur avoir assuré un salaire fixe de disposer de ces biens-fonds. L'opération des assignats semble téméraire? Que de sarcasmes et que de sombres prophéties Burke a accumulées sur les assignats, sur la circulation du papier! Il n'y a plus, il n'y aura plus d'autres ressources que les assignats, hypo-thétiquement gagés sur les biens de l'Eglise.

« Leur fanatique confiance dans la souveraine efficacité du pil-lage de l'Eglise a induit ces philosophes à dédaigner tout souci du revenu public, comme le rêve du philosophe à la pierre philoso-phale induit les dupes à négliger, sous l'illusion hermétique, les moyens rationnels d'améliorer leur condition. Avec ces financiers philanthropiques, la médecine universelle fabriquée au philtre d'Eglise devient le remède de tous les maux de l'Etat. Ces gentlemen n'ont pas sans doute grande foi dans les miracles de la piété; mais il est incontestable qu'ils ont une foi entière aux prodiges du sacri-lège. Y a-t-il une dette qui les presse? Emettez des assignats. Y a-t-il des indemnités à payer ou des pensions à servir à ceux qu'ils ont dépouillés de leur office ou expulsés de leur profession? Assignats. Faut-il équiper une flotte? Assignats. Si soixante mil-lions de livres sterling de ces assignats imposés au peuple, laissent les besoins de l'Etat aussi grands que devant : émission de trente millions de livres d'assignats, dit l'un; non, de quarante millions, dit un autre. La seule différence entre toutes ces factions finan-cières est dans la plus ou moins grande quantité d'assignats qui doit être imposée à la patience du public. Ils sont tous des professeurs d'assignats. Même ceux auxquels leur naturel bon sens et leur con-naissance du commerce fournissent des arguments décisifs contre cette dérision, concluent leurs discours en proposant une émission d'assignats. Je suppose qu'ils sont obligés de parler d'assignats,

parce que tout autre langage serait incompris. Aucune expérience
de leur inefficacité ne peut les décourager enfin. »

Et Burke, abondant dans sa verve bouffonne, parodie la cérémonie du *Malade imaginaire*.

« Les assignats sont-ils dépréciés sur le marché? Quel est le
remède? Emettre de nouveaux assignats. — Mais si maladia, opiniatria, non vult se garire, *quid illi facere? Assignare, postea assignare, ensuita assignare.* »

L'*assignare*, par une burlesque allitération, se substitue au traditionnel *saignare*. Et Burke, en un éclair prophétique tout ensemble
et caricatural, nous fait entrevoir dans le lointain la chute finale
du papier, la spéculation effrénée de ce qui sera le Directoire.

« La France sera entièrement gouvernée par des agitateurs en
corporations, par des sociétés dans les villages formées des directeurs d'assignats, par des avocats, des agents, des agioteurs, composant une ignoble oligarchie, fondée sur la destruction de la couronne, de l'Eglise, de la noblesse et du peuple. »

Quand je transcris ces imaginations énormes de Burke,
auxquelles la tragi-comédie de la Révolution finissante donnera un
semblant de vérité, je me prends à admirer, au contraire, la géniale
audace des révolutionnaires. Oui, pour parler à la manière de
Burke, c'est un prodigieux navire de papier qui a porté à travers
les orages, sur les flots soulevés, la Révolution et sa fortune. Que
répond Mackintosh à cette orgie d'images brillantes et de prophéties
sombres? L'opération des assignats a été doublement bonne : politiquement et économiquement :

« L'établissement du papier-monnaie, représentant la propriété
nationale, était destinée à permettre la vente de cette propriété et à
suppléer aux espèces qui manquaient. Ici, comme en bien d'autres
points, les prédictions des adversaires ont été complètement démenties. Ils prédisaient qu'aucun acquéreur ne se trouverait assez hardi
pour confier sa propriété à un établissement aussi nouveau et aussi
peu sûr. Mais la propriété nationale a été achetée dans toutes les
parties de la France avec la plus grande avidité. Ils prédisaient que
l'estimation de sa valeur devrait à l'épreuve apparaître exagérée,
mais elle a été payée généralement deux ou trois fois plus qu'elle
n'était estimée. Ils avaient prédit que la dépréciation des assignats
hausserait, en effet, le prix des objets nécessaires à la vie et tomberait de la façon la plus cruelle sur la classe la plus indigente. Et ce
qui s'est produit, c'est que les assignats, soutenus dans leur crédit
par la vente rapide de la propriété qu'ils représentaient, se sont
maintenus au pair, que le prix des nécessités de la vie a baissé et
que les souffrances des indigents ont été considérablement allégées.
Des millions d'assignats constamment jetés aux flammes forment
la réponse la plus décisive à toutes les attaques.

« Beaucoup d'acheteurs, n'usant pas de la faculté du payement gradué, qui était inévitable dans une vente aussi immense, ont payé d'avance tout le prix. Ça été particulièrement le cas dans les provinces du Nord, où d'opulents fermiers ont été les principaux acheteurs; circonstance heureuse, si elle tend seulement à multiplier cette classe si utile et si respectable d'hommes qui sont à la fois propriétaires et cultivateurs du sol.

« Les maux de l'émission dans l'état présent de la France étaient transitoires : les bons effets en sont permanents. Deux grands objets devaient être obtenus par là, l'un de politique, l'autre de finance. Le premier était d'attacher un grand nombre de propriétaires à la Révolution, de la stabilité de laquelle dépendait la sécurité de leurs fortunes. C'est ce que M. Burke caractérise en disant qu'ils se font par là complices de la confiscation, quoique ce soit précisément la politique adoptée par les révolutionnaires anglais, lorsqu'ils favorisèrent la croissance de la dette nationale, pour intéresser un gros de créanciers à la durée du nouvel établissement... Le second objet, c'est l'extinction de la dette publique. »

Et Mackintosh en espère la réalisation. Il ajoute, avec le plus brillant optimisme :

« Il y avait une vue générale qui, dès le commencement de l'opération, avait semblé décisive aux personnes versées dans l'économie politique. Ou les assignats garderaient leur valeur, ou ils ne la garderaient pas. S'ils gardaient leur valeur, aucun des maux qu'on appréhendait ne pourrait se produire. S'ils étaient discrédités, chaque chute de leur valeur était un nouveau motif aux porteurs de les échanger contre des biens nationaux. Nul, en effet, ne voudrait garder un papier déprécié, pouvant acquérir une propriété solide. Si une grande partie des assignats était employée de la sorte, la valeur de ceux restés en circulation devrait s'élever immédiatement, d'abord parce que leur nombre serait diminué et aussi parce que leur sécurité deviendrait plus évidente. La chute des valeurs hâterait la vente des terres et cette vente des terres remédierait à la chute des valeurs. L'échec des assignats comme moyen de circulation les fortifierait comme instrument de vente; et leur succès comme instrument de vente rétablirait par contrecoup leur utilité comme moyen de circulation. Cette action et réaction était inévitable, quoique la légère dépréciation des assignats n'en ait point rendu les effets visibles en France. »

Nous savons, nous, ce que l'histoire a fait des prédictions contraires de Burke et de Mackintosh. Au fond, c'est Mackintosh qui a eu raison contre Burke. Car le crédit des assignats n'a été irrémédiablement atteint que par l'extrême crise de la guerre; et il a duré assez longtemps pour permettre à la Révolution de s'établir et d'enfoncer ses multiples racines dans les innombrables domaines et les innombrables intérêts nés de la vente des biens d'Eglise.

Le livre de Mackintosh démontre qu'en Angleterre, à la fin de 1790, les esprits les plus calmes, les plus réfléchis, croyaient à une tranquille et heureuse évolution de la démocratie française. Ils admiraient cette prodigieuse création de papier monnaie qui se convertissait en richesse solide et en progrès substantiels ; ou plutôt, en cette richesse de papier qui s'enflait soudain, se réfléchissait un ardent et réel foyer de richesse et de vie, comme dans les vastes nuées d'or amoncelées se réfléchit la force splendide du soleil. Burke annonçait le prochain écroulement de cette architecture de nuages et Mackintosh disait : « L'éclat de ces nuées flottantes de richesse fictive n'est que le reflet de la richesse réelle de la France, animée et enflammée par la Révolution. »

Ainsi, la Révolution emplissait l'horizon du monde d'un problème éclatant et merveilleux.

MACKINTOSH ET LA CLASSE INDUSTRIELLE

Au contraire de Burke, dont toute la sympathie va à la propriété terrienne comme à l'élément le plus stable et le plus conservateur du *consortium* terrien et industriel qui dirigeait l'Angleterre, Mackintosh voit dans la propriété mobilière, industrielle et financière, la force nécessaire et bienfaisante.

« L'intérêt commercial, ou intérêt d'argent, a été dans toutes les nations de l'Europe (prises en bloc) bien moins affligé de préjugés bien plus libéral et plus intelligent que la classe des propriétaires terriens (*landed gentry*). Les vues des commerçants ont été élargies par de vastes relations avec l'humanité et de là l'importante influence du commerce dans la transformation libérale du monde moderne (*in liberalizing the modern world*). Nous ne pouvons donc pas nous étonner que cette classe d'hommes éclairés se montre la plus ardente dans la cause de la liberté, la plus zélée pour la réforme politique. Il n'est pas étonnant que la philosophie trouve chez eux de plus dociles disciples, et la liberté des amis plus actifs que dans une aristocratie arrogante et infectée de préjugés (*haughty and prejudiced aristocracy*). La Révolution de 1688 produisit les mêmes effets en Angleterre. Les intérêts d'argent formèrent de beaucoup la force du *whiggisme*, tandis qu'en grande majorité les propriétaires terriens continuaient à être de zélés *torys*. »

Mais l'effet de la Révolution française en Angleterre ne doit pas se borner, dans la pensée de Mackintosh, à accroître l'influence politique et sociale de la classe industrielle, commerciale et financière, plus active et libérale que la classe terrienne. C'est l'avènement de la démocratie, c'est la tendance à l'égalité sociale et à l'égalité politique que salue l'éminent juriste, S'il approuve la Constituante d'avoir aboli les privilèges nobiliaires, les distinctions des ordres et le système féodal, c'est parce que le devoir du législateur est de travailler le plus possible à la diffusion de la propriété, ou tout au moins d'abolir les causes factices qui ajoutent à la puissance naturelle de concentration de la propriété.

« Il y a deux sortes d'inégalités, l'une personnelle — celle du talent et de la vertu, source de tout ce qu'il y a d'excellent et d'admirable dans la société — l'autre, celle de la fortune, qui doit exister, parce que la propriété seule peut stimuler au travail; et le travail même, s'il n'était pas nécessaire à l'existence, serait indispensable au bonheur de l'homme.

« *Mais, quoique la propriété soit nécessaire, elle est, dans ses excès, la plus grande maladie de la société civile. L'accumulation du pouvoir conféré par la richesse aux mains d'un petit nombre* est une source perpétuelle d'oppression et de dédain à l'égard de la masse de l'humanité. Le pouvoir des riches est concentré plus encore par leur tendance à la coalition (*their tendency to combination*), coalition qui est rendue impossible aux pauvres par leur nombre, leur dispersion, leur indigence et leur ignorance. Les riches sont groupés en corps par leurs professions, par leurs divers degrés d'opulence (c'est ce qu'on appelle le rang), par leurs connaissances et par leur petit nombre. — Ce sont eux nécessairement qui, dans tous les pays, administrent le gouvernement, car ils ont seuls l'habileté et les loisirs nécessaires pour ces fonctions. En cet état de choses rien ne peut être plus évident que leur inévitable prépondérance dans l'échelle sociale. La préférence des intérêts partiels aux intérêts généraux n'en est pas moins le plus grand des maux publics.

« Toutes les lois doivent donc avoir pour objet de réprimer cette maladie, mais leur tendance perpétuelle a été de l'aggraver. Non contentes de l'inévitable inégalité de fortune, elles y ont ajouté des distinctions honorifiques et politiques. Non contentes de l'inévitable tendance des riches à se coaliser, elles les ont incorporées en classes. Elles ont fortifié ces conspirations contre l'intérêt général, auxquelles elles auraient dû résister puisqu'elles ne peuvent les désarmer entièrement. Les lois, dit-on, ne peuvent égaliser les hommes. Non. Mais, doivent-elles pour cette raison aggraver l'inégalité qu'elles ne peuvent pas guérir? Doivent-elles, pour cette raison, fomenter cet *esprit de corporation* qui est leur plus fatal ennemi? »

MACKINTOSH ET LA RÉFORME POLITIQUE

L'application de ces principes à la Constitution sociale de l'Angleterre est assez incertaine, et Mackintosh ne tente pas de la formuler. S'agit-il de toucher aux lois sur les successions, à ce régime des substitutions qui perpétue la fortune de la grande aristocratie? C'est plutôt au privilège politique des aristocrates et des riches qu'il veut toucher. C'est surtout la Chambre des Lords et la représentation oligarchique des Communes qu'il vise : et la démocratie politique lui apparaît comme le moyen nécessaire de faire équilibre aux inégalités sociales, d'en atténuer peu à peu les plus criants effets par la défense plus efficace des intérêts généraux. Pour la première fois, et c'est là un fait d'un haute importance, la question du suffrage universel est sérieusement posée en Angleterre : et c'est la Révolution française qui l'y pose. Pitt, quand il proposait la réforme électorale limitée que j'ai indiquée, ne faisait allusion au suffrage universel que comme à une extrême formule théorique et qui n'était réellement pas en discussion. Par le grand mouvement démocratique de la France qui appelait au droit de vote des millions de citoyens la question cesse d'être une théorie d'école. Elle entre dans le vif du combat politique et social. Mackintosh et ses amis démêlent très bien que la démocratie révolutionnaire de France ne pourra s'arrêter à la combinaison intermédiaire qu'elle a adoptée. La distinction des citoyens actifs et des citoyens passifs croulera nécessairement parce qu'elle est factice. Il n'y a pas, entre le gros des citoyens actifs et le gros des citoyens passifs, une suffisante distance sociale pour que l'inégalité politique puisse subsister. Il y a plus de trois millions d'électeurs sur six millions de citoyens. C'est trop peu pour un régime de démocratie : mais c'est beaucoup trop pour un régime d'oligarchie: et la France aboutira nécessairement à la pleine démocratie aussi bien par la force du principe qu'elle a posé et par les Droits de l'Homme qu'elle a proclamés, que par l'impulsion même et la vitesse acquise de sa Constitution. Burke a bien tort de triompher de l'inconséquence de la Constituante, qui, par la loi des trois journées de contribution et par le rôle que joue la propriété dans l'établissement de la représentation électorale, a réalisé seulement le droit de certains hommes et non le droit de tous. Cette inconséquence ne pouvait être que provisoire; et Mackintosh a fait preuve d'un grand sens politique lorsqu'il a annoncé que la logique des principes et du mouvement révolutionnaire renverserait bientôt la fragile barrière élevée entre les citoyens actifs et les citoyens passifs. C'est le suffrage universel, c'est l'entière démocratie que la

Révolution française porte en elle. Et c'est le suffrage universel, c'est l'entière démocratie politique (au moins en ce qui touche la représentation) que Mackintosh veut instituer en Angleterre : l'ébranlement est aussi vaste qu'il est profond.

« Ce qui concerne le droit de suffrage est de première importance dans la Communauté. Ici je suis pleinement d'accord avec M. Burke pour réprouver l'impuissante et absurde qualification par laquelle l'Assemblée a privé de sa franchise (*disfranchised*) tout citoyen qui ne paye pas une contribution directe équivalente au prix de trois journées de travail. Evidemment cette mesure ne peut aboutir qu'à un étalage d'inconséquences et à une violation de la justice. Mais ces remarques furent faites au moment de la discussion en France et le plan fut combattu dans l'Assemblée, avec toute la force de la raison et de l'éloquence, par les plus illustres leaders du parti populaire. MM. Mirabeau, Target et Pétion se distinguèrent plus particulièrement par leur opposition. (Mackintosh qui se réfère aux procès-verbaux du 21 et 29 octobre 1789, au *Journal de Paris* et au journal les *Révolutions de Paris*, exagère l'opposition des démocrates à la loi des trois journées : elle ne fut pas très vigoureuse.)

« Mais les membres les plus timides, les plus imbus de préjugés du parti démocratique, hésitèrent devant une innovation aussi hardie dans le système politique que l'eût été LA JUSTICE. Ils flottèrent entre leurs principes et leurs préjugés, et la lutte se termina par un compromis illusoire, cette ressource constante des caractères faibles et temporisateurs. Ils se contentèrent à l'idée qu'en fait il n'y aurait qu'un faible mal. — Leurs vues n'étaient pas assez larges et assez hautes et ils ne comprirent pas que l'INVIOLABILITÉ DES PRINCIPES est le palladium de la vertu et de la liberté.

« Les membres de cette secte ne forment pas d'ailleurs la majorité de leur parti : mais la minorité aristocratique, appliquée à tout ce qui peut déshonorer ou embarrasser l'Assemblée, se coalisa violemment avec eux et souilla la Constitution naissante de cette absurde usurpation.

« Un antagoniste éclairé et raisonnable de M. Burke a tenté la défense de cette mesure. Dans une *lettre au comte Stanhope*, il est dit que l'esprit de cette loi s'accorde exactement avec les principes de la justice naturelle, parce que, même dans l'état de nature, le pauvre n'a droit qu'à la charité et que celui qui ne produit rien n'a pas le droit de participer à l'administration de ce qui est produit par l'industrie des autres. Mais, quelque juste qu'il puisse être de disqualifier du droit politique les pauvres improductifs, l'argument, en fait, est appliqué à faux. Les serviteurs domestiques sont exclus par le décret de l'Assemblée, quoiqu'ils subsistent aussi évidemment de leur propre travail que n'importe quelle autre

LE GÉNÉRAL LA FAYETTE, SOUTENU SUR LES BATONS DES MARÉCHAUX LUCKNER
ET ROCHAMBEAU, PREND LA LUNE AVEC SES DENTS
(D'après une estampe de la Bibliothèque Nationale)

classe de la société : et à ceux-là, par conséquent, l'argument de
notre subtil et ingénieux écrivain est tout à fait inapplicable. Mais
c'est la consolation des amis conséquents de la liberté, que cet abus
sera nécessairement de courte durée. L'esprit de raison et de liberté
qui a remporté tant de grandes victoires, ne peut pas être longtemps
tenu en échec par ce chétif ennemi. Le nombre des électeurs primaires est si grand et l'importance de chaque vote individuel est
si faible proportionnellement, que leur intérêt à résister à l'extension du droit de suffrage est petit jusqu'à l'insignifiance. »

Chose curieuse! c'est l'écrivain anglais qui reproche aux législateurs français un défaut d'idéalisme. Il insiste pour l'application
absolue et intransigeante *des principes*. Ainsi, malgré les différences ethniques et historiques, l'idée de démocratie, qui éclate en
France, rayonne sur les nations.

Que la pleine souveraineté nationale soit introduite en Angleterre et bien des abus seront déracinés.

« Les admirateurs de la Révolution française font naturellement
appel à tous les citoyens opprimés et éclairés pour qu'il considèrent
la source de l'oppression.

« *Si des lois pénales sont encore suspendues sur la tête de nos
frères catholiques, si l'acte du test outrage nos concitoyens protestants, si les restes de la tyrannie féodale sont encore tolérés en
Écosse, si la presse est enchaînée, si notre droit à être jugés par le
jury est amoindri, si nos manufacturiers sont proscrits et traqués
par l'excise*, la raison de toutes ces oppressions est la même.
Aucune branche de la législature ne représente le peuple. Laissez
toutes ces classes de citoyens opprimés fondre leurs griefs locaux
et partiels en une grande masse. Permettez qu'ils cessent d'implo-
rer leurs droits en suppliants ou de les solliciter en mendiants,
comme une faveur précaire de l'arrogante pitié des usurpateurs.
Jusqu'au jour où la législature sera leur propre loi, elle les oppri-
mera. Permettez qu'ils s'unissent pour procurer dans la représentation du peuple une réforme qui fasse vraiment de la Chambre
des Communes leur représentant. Si, abandonnant les petites vues
des intérêts partiels, ils s'unissent pour ce grand objet, ils abou-
tiront. »

Voilà donc que, pour les esprits comme Mackintosh, la démocratie apparaît comme la garantie nécessaire et le nécessaire complément du libéralisme. C'est par elle, et par elle seule, que seront
abolies les lois d'intolérance qui pèsent sur les catholiques ou sur
les dissidents. C'est par elle seule que cette partie des lois fiscales
qui restreint, en fait, la liberté industrielle, tombera. C'est par elle
que le droit traditionnel à la liberté de la presse et au jugement
par jury sera confirmé et mis hors de toute atteinte. Par là, la

démocratie nouvelle est comme la suprême évolution du libéralisme anglais.

Ainsi, dans la pensée de Mackintosh, il sera possible d'introduire en Angleterre les principes de la démocratie et la souveraineté de la Nation sans bouleverser la Constitution. A quoi bon des changements violents?

« La tranquille et légale réforme est l'ultime objet de ceux que M. Burke a si follement flétris. Et, en effet, elle suffira amplement.»

A quoi bon porter atteinte à la royauté ou même à la Chambre des lords?

« Les pouvoirs du roi et des lords n'ont jamais été formidables en Angleterre que par le désaccord entre la Chambre des Communes et ses prétendus constituants. Si la Chambre devenait vraiment l'organe de la voix populaire, les privilèges des autres corps en opposition avec le sentiment du peuple et de ses représentants ne pèseraient pas dans la balance. De cette amélioration fondamentale toutes les réformes secondaires sortiraient naturellement et pacifiquement. Nous ne rêvons pas davantage et, en réclamant cela, bien loin de mériter l'imputation d'être des apôtres de sédition, nous pensons que nous avons le droit d'être considérés comme les plus sincères amis d'un gouvernement tranquille et stable. Nous désirons prévenir la Révolution par la réforme, la subversion par la correction. Nous avertissons nos gouvernants de réformer, tant qu'ils ont encore la force de réformer avec dignité et sécurité, et nous les conjurons de ne pas attendre le moment, qui arrivera *infailliblement,* de mendier auprès du peuple qu'ils oppriment et méprisent la maigre pitance de leurs pouvoirs présents. »

Mackintosh précise, avec un grand sens politique, que la situation des finances anglaises n'est pas ce qu'était en 1789 l'état des finances françaises, et que, dès lors, l'Angleterre pourrait beaucoup plus sûrement régler sa marche dans la voie des réformes.

« Rien ne peut être plus absurde que d'affirmer que tous ceux qui *admirent* la Révolution française veulent l'*imiter.* A un point de vue, il y a place pour des opinions diverses parmi les amis de la liberté sur la quantité de démocratie infusée dans le gouvernement de France. A un autre point de vue, et bien plus important, il faut se rappeler que la conduite des nations varie avec les circonstances où elles sont placées. D'aveugles admirateurs des révolutions les prennent pour des modèles inflexibles. C'est ainsi que M. Burke admire celle de 1688; mais nous, qui croyons rendre le plus pur hommage aux auteurs de cette Révolution, non pas en nous efforçant de faire ce qu'ils ont fait alors, mais en nous efforçant de faire ce qu'ils feraient maintenant, nous ne voyons aucune contradiction à regarder en France, non pour modeler notre conduite sur celle du peuple français, mais pour fortifier notre esprit de liberté. Nous nous permettons d'imaginer comment lord Somers aurait agi, dans la lumière et les connaissances du XVIII° siècle, *comment les patriotes de France auraient agi, dans la tranquillité et l'opulence de l'Angleterre. Nous ne sommes pas tenus de copier la conduite à laquelle ces derniers ont été obligés par la banqueroute de leurs finances et la dissolution de leur gouvernement, pas plus que de maintenir les institutions que le premier a épargnées dans un temps de préjugés et de ténèbres.* »

Ainsi, Mackintosh veut réaliser le fond de la Révolution française, mais selon la méthode graduée de l'Angleterre.

C'est bien par cette voie de réformes et d'évolution que l'Angleterre, mais avec quelle lenteur! arrivera à un régime de presque complète démocratie, concilié, selon la prévision de Mackintosh avec le maintien de la royauté et des lords. Mais, c'est bien du choc donné par la Révolution française que procède le vaste ébranlement qui, par des progrès successifs, échelonnés tout le long du XIX° siècle, aboutira enfin à la souveraineté de fait du peuple anglais. Le ton pressant, impatient, et presque menaçant à la fin, d'un homme aussi mesuré que Mackintosh, marque bien que, dans les derniers mois de l'année 1791, une partie de l'opinion anglaise était tendue avec passion vers un grand changement.

THOMAS PAINE

Le succès extraordinaire du livre plus radical de Thomas Paine est encore un indice de la fièvre croissante des esprits. Thomas Paine, né en Angleterre, à Norfolk, avait émigré en Amérique en 1774. Et là, par des revues, par des journaux il avait lutté pour l'indépendance des Etats-Unis. Son livre tout républicain, *le Sens commun*, avait eu beaucoup de retentissement en Amérique et en Europe. Il revint en Europe dix ans avant que la Révolution française éclatât; il se lia, à Paris, avec plusieurs des hommes qu'agitaient déjà les idées nouvelles. De Londres, il ne cessa de suivre avec passion le mouvement de la France, et c'est Paine qui fut chargé par La Fayette de remettre à Washington une clef de la Bastille.

D'emblée, c'est une pensée toute démocratique et républicaine qu'il tente de propager en Angleterre. Il s'y était lié d'abord avec Burke, qui était alors pour tous le whig éloquent et hardi, le véhément défenseur de l'indépendance américaine. Paine, préparé par les événements d'Amérique aux solutions grandes et simples, essaie de persuader à Burke qu'on ne réformera jamais le Parlement par le Parlement même, et le privilège par les privilégiés, il lui suggère dès 1788, l'idée d'une Convention nationale qui fera table rase. Qui sait si Paine n'a pas contribué à rejeter Burke dans le torysme en lui révélant brusquement les conséquences extrêmes du principe démocratique ? Il répondit avec quelque malaise aux suggestions de Paine. Mais, quelle ne fut pas l'indignation de celui-ci quand Burke, en une explosion soudaine, se mit à maudire et anathématiser la Révolution française, à interpréter dans le sens le plus conservateur du plus intransigeant torysme la Révolution anglaise de 1688?

Paine avait alors cinquante-deux ans, mais sa fougue révolutionnaire et républicaine s'exaltait dans le combat. Il écrivit, en réponse à Burke, un livre net et brutal, qui parut en deux parties et frappa, pour ainsi dire, en deux coups, en mars 1791 et en février 1792. *Les Droits de l'Homme*, c'était le titre auguste, commun au préambule de la Constitution américaine et au préambule de la Constitution française. C'était le lien qui rattachait la liberté de l'Amérique et la liberté de la France. A l'invective ornée et rhétoricienne de Burke, Paine oppose l'invective sèche et parfois grossière. Il déshabille de toute majesté la monarchie et l'aristocratie. Vraiment, oui, comme gémissait Burke, le temps de la « chevalerie », du cérémonieux respect était passé.

« La monarchie et l'aristocratie sont des farces, et elles vont entrer au tombeau où entrent toutes les erreurs : M. Burke s'habille de deuil. »

Le droit d'aînesse, le droit de substitution, qui faisaient la force de l'aristocratie anglaise, sont des droits monstrueux et barbares.

« Pour la famille de l'aristocratie, il n'y a en réalité qu'un enfant : les autres ne sont créés que pour être dévorés et le cannibalisme paternel prépare lui-même le repas. »

Paine ne s'attarde pas à gémir sur le lustre des anciens noms, éteint par les révolutionnaires de France. Ils ont bien fait d'abolir tous les titres de noblesse.

« Tous ces titres de duc et de comte n'étaient que le vêtement puéril de la vanité. Maintenant, les hommes arrivent vraiment à l'âge d'homme et ils prennent la toge virile. *La Révolution n'a pas égalisé, elle a élevé.* »

Le noble est plus haut, ayant cessé d'être noble pour devenir citoyen. Burke a de l'audace de prétendre limiter la souveraineté du peuple par de prétendus contrats antérieurs. En fait, pas plus que les représentants de l'Angleterre n'ont eu le droit d'imposer au peuple des subsides pour la suite des temps, ils n'ont eu le droit de lui imposer une forme de gouvernement. La souveraineté de la Nation reste toujours entière et, si elle veut, non seulement limiter plus étroitement la prérogative royale, mais abolir la royauté elle-même, elle le peut.

Paine ne cache pas que le maintien de la royauté lui paraît inconciliable avec la démocratie. Celle-ci portera tôt ou tard ses conséquences naturelles et aboutira à la République. En France, si la Révolution n'a pas encore supprimé la royauté, c'est par une sorte de déférence pour la bonté personnelle du roi, pour ses qualités d'homme. C'est aussi par un reste de préjugé qui ira s'atténuant tous les jours. Et Paine nous avertit, par une longue et importante note, que beaucoup des révolutionnaires de France avec lesquels il s'est entretenu conviennent avec lui que la royauté n'est qu'une institution contradictoire et provisoire, et qu'aussitôt que l'esprit du peuple le leur permettra, ils laisseront la Constitution aller à son terme naturel, à la forme républicaine.

Si l'on songe que le livre de Paine est écrit en 1791, cela jette un jour curieux sur l'état profond de quelques esprits en France.

C'est en vain que Burke essaie de faire peur à l'Angleterre des désordres sanglants, des violences anarchiques de la Révolution de France.

Il n'y a eu violence que par l'effet des provocations et des trahisons de la Cour. Ces violences, c'est *la populace* qui les a commises. Oui, mais au lieu de s'indigner ou de s'effarer, il faut se poser une question : *Pourquoi y a-t-il une populace?* Pourquoi y a-t-il une partie du peuple dégradée et brutale? Paine dit, comme Babeuf, que c'est parce qu'on lui a enseigné la cruauté par l'exemple même des plus abominables supplices. C'est aussi parce qu'on l'a tenue dans un effroyable degré de misère et d'ignorance pour mieux assurer la richesse, la force et l'éclat d'une minorité.

« C'est parce que quelques hommes sont indignement exaltés, que d'autres sont indignement dégradés. Une nombreuse partie de l'humanité est honteusement reléguée sur le fond du tableau humain pour faire ressortir avec plus d'éclat au premier plan le jeu de marionnettes de l'Etat et de l'aristocratie. Au début d'une Révolution, ces hommes effacés sont plutôt des suivants d'armée que des sectateurs de la liberté; ils ont besoin qu'on leur apprenne à s'en servir. »

LES IDÉES SOCIALES DE THOMAS PAINE

Au début; mais le mouvement même de la Révolution élève et ennoblit cette populace : il en fait un peuple. Paine a un regard profond pour ces multitudes obscures et brutales; il veut les appeler à la lumière, à la liberté, au pouvoir, au bien-être. Et son radicalisme politique et républicain est fortement coloré d'une sorte de socialisme d'Etat. On n'y a pas assez pris garde, et M. Daniel

Conway, lui-même, dans son livre si substantiel pourtant sur Thomas Paine, n'a pas noté le côté social de son œuvre. L'oubli est d'autant plus étrange que Thomas Paine a été reconnu comme le vrai et grand précurseur par tout le parti de la réforme politique et sociale qui, s'essayant d'abord avec William Cobbett, prendra ensuite la forme du chartisme. Que disent de Cobbett les Sidney Webb?

« Dans les temps difficiles qui suivirent la paix de 1815, les écrits de Cobbett avaient conquis une influence et une autorité extraordinaire sur la génération des travailleurs. Ses attaques tranchantes contre la classe gouvernante et ses appels incessants aux salariés pour affirmer leurs droits à l'administration complète des affaires, étaient inspirés par la tyrannie politique de la réaction antijacobine, par la hausse des prix, etc. Pour Cobbett et ses partisans, la première chose à faire était de voter un grand bill de réforme électorale, derrière lequel, à leur idée, venait en second lieu une vague conception de réforme sociale. »

Or, c'est ce Cobbett, chef d'un radicalisme politique mêlé de réformisme social, qui se réclame de Paine et des luttes soutenues par celui-ci pour la démocratie et pour les pauvres. C'est ce Cobbett qui, en 1819, va en Amérique exhumer le cercueil de Paine et qui le conduit en Angleterre. Le livre de Paine sur *les Droits de l'Homme* est vraiment le premier évangile de ce radicalisme politique à tendance sociale qui jouera un si grand rôle dans l'Angleterre du xix' siècle. La deuxième partie du livre de Paine, celle qui parut en février 1792, contient plus que de « vagues conceptions sociales » : elle contient tout un plan d'organisation dans l'intérêt des pauvres. Non seulement, Paine s'indigne contre les lois d'enrôlement forcé qui permettent de « traîner des hommes dans les rues comme des captifs ». Non seulement, il s'élève contre les lois du domicile et du certificat faisant de chaque paroisse une citadelle d'égoïsme qui repousse l'ouvrier venu d'une autre paroisse. Non seulement, il s'indigne contre la barbarie des règlements qui renvoyaient à la paroisse d'origine, « sur un misérable chariot », la veuve de l'ouvrier pauvre mort dans une autre paroisse. C'est toute la législation sur les pauvres qu'il veut abolir. Elle lui apparaît comme un appareil d'inquisition et de torture appliqué à la classe ouvrière, et, suivant sa forte expression, « un instrument de question civile ».

Mais s'il veut détruire cette réglementation étroite et barbare, ce n'est pas pour laisser les pauvres, les salariés, livrés à tous les hasards d'une fausse liberté et à l'abandon. Paine parle avec admiration de l'œuvre d'Adam Smith et il adopte les principes du libéralisme économique : il est contre la corporation, contre le monopole et le privilège; mais il corrige la doctrine de la concurrence par une rigoureuse intervention sociale au profit des faibles, au profit de tout le peuple travailleur et pauvre. Il veut créer un grand budget d'assistance et d'assurances sociales. Ce budget, c'est surtout par la limitation des héritages qu'il prétend le doter. Il faut se garder, dit-il, de limiter la fortune que chaque citoyen se procure par sa propre industrie : ce serait arrêter l'activité des hommes et le développement des richesses. Mais, lorsque la fortune est léguée, on peut instituer sur le revenu de cette fortune transmise un impôt progressif, calculé de telle sorte que, lorsque le revenu des biens transmis atteindra douze mille livres sterling, il soit totalement absorbé par l'impôt. Ainsi les testateurs auront intérêt à répartir leur héritage entre plusieurs branches; et, en outre, des ressources importantes seront créées. Ces ressources, l'État s'en servira d'abord pour créer des ateliers publics où seront utilisés tous les ouvriers sans travail. Il s'en servira surtout pour assurer contre la misère les enfants et les vieillards.

Paine calcule que sur les sept millions d'habitants de l'Angleterre proprement dite il y a environ 640.000 enfants de moins de quatorze ans; et il veut que l'État alloue aux familles, par tête d'enfant et par an, quatre livres sterling (cent francs), à la condition que les familles envoient les enfants à l'école et s'occupent de leur éducation. C'est une dépense d'environ 3 millions de livres sterling par année, ou 75 millions de francs. Mais, dans la plupart des métiers, les hommes, quand ils arrivent à cinquante ans, ont perdu une partie de leurs forces. Ils ne peuvent plus, dans tous les cas, assurer leur vie par le travail. L'État doit intervenir de nouveau. Ce ne sera pas de sa part une générosité, ce sera un devoir. Il est impossible que, dans les impôts qui ont été versés pendant toute sa vie par le travailleur, il n'y ait pas une part destinée à se reproduire et à se capitaliser à son profit pour l'heure de la fatigue et de l'impuissance.

Ainsi, de cette pension de retraite que l'État servira à tous les travailleurs à partir de cinquante ans, il faut, suivant l'expression même de Paine, « PARLER NON COMME D'UNE AUMONE MAIS COMME D'UN DROIT ». Cette pension, destinée à combler en quelque sorte la lacune de la force du travail, ira croissant de cinquante à soixante-dix ans, à mesure que la force de travail décroîtra. Et ce sera une dépense sensiblement égale à celle que l'État a déjà assumée pour les enfants. Que l'on songe bien que l'Angleterre n'avait alors que sept millions d'habitants, et que son budget était de 16 millions de livres, c'est-à-dire de 400 millions de francs. C'est près de *la moitié du budget* que Paine affectait aux œuvres sociales, à l'organisation d'une vaste assurance qui, par les secours d'enfance et d'éducation, par les ateliers publics et par les pensions d'invalidité et de vieillesse, préserverait les travailleurs, d'un

A LA RÉPUBLIQUE
(D'après une estampe de la Bibliothèque Nationale)

bout à l'autre de la vie, de l'ignorance, du chômage et de la misère. Appliqué dans la proportion du budget d'aujourd'hui, le système de Paine impliquerait, pour la France, l'affectation de plus de douze cents millions par année aux œuvres de mutualité sociale. Ce n'était ni vague ni chimérique, puisqu'aujourd'hui, dans les Etats modernes, un des plus grands soucis de la démocratie est d'obtenir une législation d'assurance sociale et d'y faire contribuer le budget. Et il est tout à fait saisissant de voir que, dès 1791 et sous l'invocation des Droits de l'Homme, un plan de législation a été tracé auquel s'applique, un siècle après, l'effort des démocraties imprégnées de socialisme. Jamais la fécondité sociale de la Révolution n'est apparue avec plus d'éclat.

PAINE ET LE DÉSARMEMENT

Il est vrai que, tant que les budgets de la guerre absorberont, dans les Etats modernes, une si grande part des ressources nationales, il semble insensé d'espérer que les grandes œuvres sociales puissent être largement subventionnées. Mais cela, Paine l'a déjà compris, et il le dit avec une force, avec une netteté admirables. La guerre est, pour lui, le grand ennemi; et c'est une politique de désarmement simultané qu'il propose aux peuples libres. Peut-être assigne-t-il aux guerres des causes trop particulières et trop superficielles. Il est certainement injuste envers Pitt lorsqu'il lui attribue une sorte de frénésie permanente de desseins belliqueux. La guerre, selon lui, est une occasion, ou mieux un prétexte, pour les rois et leurs ministres, d'élever des taxes et de diminuer les libertés. « La guerre est la moisson des rois. » Paine ne tenait point assez compte ou des contrariétés profondes des intérêts économiques ou de l'inévitable orgueil collectif des nations et des démocraties mêmes. Mais c'est d'un vouloir ferme et précis qu'il s'attachait à détruire la guerre. Il lui semblait que si la France, l'Angleterre et la République des Etats-Unis formaient l'alliance des peuples libres, il serait possible à ces trois puissances de réduire d'emblée de moitié leur marine et de proposer aux autres nations une réduction équivalente. C'est avec les économies réalisées sur les dépenses militaires que seraient créés, pour une large part, les services sociaux institués par Paine au profit du travail, de l'enfance et de la vieillesse. Et il lui paraissait qu'il n'y aurait vraiment liberté que « lorsque les ateliers seraient pleins, lorsque les prisons seraient vides et qu'on ne rencontrerait plus un seul mendiant dans les rues ». Paix, désarmement, suffrage universel, éducation universelle, assurance universelle contre tous les risques de la vie, voilà le programme net et grand de Paine. Et comme ses livres, presque immédiatement traduits portaient en France sa pensée, le fleuve de la Révolution se grossissait sans cesse d'idées et de forces admirables. On dirait que tout flot humain a dû couler un moment dans ce grand lit.

Le livre de Paine prenait le public anglais à la fois par la hardiesse brutale de la forme et par l'ampleur des idées :

« Je défie, écrivait Paine orgueilleusement, que la vente des livres qui me réfutent atteignent le quart de la vente du mien. »

Si nous n'avions vu, à l'analyse de fond de l'état politique et social de l'Angleterre, par quelles ancres indéracinables le vieux vaisseau de la Constitution anglaise était encore retenu, nous serions tentés de croire qu'il va être soulevé par le flot, par le large courant de démocratie ardente.

LES POÈTES ANGLAIS ET LA RÉVOLUTION

La Révolution française ne passionnait pas seulement l'esprit des réformateurs, elle enflammait l'âme des poètes et leurs rêves. C'était une grande leçon, c'était aussi un grand et émouvant spectacle que ce peuple s'éveillant soudain, et tout entier, à la liberté. La chute de la Bastille avait fait frissonner toute la terre, au plus profond des muettes servitudes, comme si les tombeaux mêmes avaient reçu une commotion de vie. La grande joie fraternelle de la Fédération avait ému au loin et enivré les cœurs. Quelle pitié, disent même les plus médiocres des opuscules où Burke est réfuté, quelle pitié que cet homme d'imagination en soit encore à célébrer la vieille chevalerie et les vieux tournois et qu'il n'ait pas vu ce qu'il y a de grandeur chevaleresque dans cette réunion enthousiaste des provinces et des villes abjurant les antiques rivalités, brisant les antiques privilèges !

Presque toute la génération des poètes anglais qui grandissait alors fut touchée par le vif rayon de beauté et de liberté de la Révolution française. Chose curieuse ! En France même, il n'y a pas eu un seul grand poète inspiré par la Révolution. André Chénier en a été surtout le satiriste, l'iambiste amer. Les événements étaient trop ardents, trop pressants pour que le rêve pût se jouer. La flamme de l'action, de la colère, de l'espérance violente dévorait la pensée. Comme les nuées qu'absorbe l'espace trop chaud et qui ne ressuscitent soudain que dans le tumulte de l'orage, les douces et juvéniles rêveries des âmes tendres étaient absorbées par la chaleur croissante des choses et des esprits.

Au contraire, aux jeunes âmes anglaises, qui étaient assez près de la Révolution de France pour en ressentir les émotions magnifiques, mais qui n'étaient pas directement engagées dans la violence du drame, elle était comme un grand spectacle humain par où s'élargissaient encore les rêveries commencées par les grands spectacles de la nature.

COWPER

Déjà, en un tendre et merveilleux pressentiment, le délicat poète Cowper avait vibré de toutes les émotions d'humanité et de liberté qui allaient remuer le monde. C'est lui qui, dès 1783, cinq ans avant que Wilberforce ouvrît à la Chambre des Communes le grand débat, avait flétri l'esclavage en vers pénétrants (dont j'emprunte la traduction à l'admirable livre de M. Angellier sur Robert Burns) :

« Je ne voudrais pas avoir un esclave pour bêcher ma terre, pour me porter, pour m'éventer quand je dors, et trembler quand je m'éveille, pour toute la richesse que les muscles achetés et vendus ont jamais gagnée! Non, toute chère que m'est la liberté, et bien que mon cœur, en une juste estimation, la mette au-dessus de tout prix, j'aimerais beaucoup mieux être moi-même l'esclave et porter les chaînes, que de les attacher sur lui. »

C'est lui encore qui, six ans avant la prise de la Bastille, en appelait, en prophétisait la chute.

« Une honte pour l'humanité et un opprobre plus grand pour la France que toutes ses pertes ou défaites, anciennes ou de date récente, sur terre ou sur mer, est sa maison d'esclavage, pire que celle pour laquelle jadis Dieu châtia Pharaon — la Bastille! Horribles tours, demeure de cœurs brisés, donjons et vous, cages de désespoir, que les rois ont remplis, de siècle en siècle, d'une musique qui plaît à leurs oreilles royales, de soupirs et de gémissements d'hommes malheureux, il n'y a pas un cœur anglais qui ne bondisse de joie d'apprendre que vous êtes enfin tombés; de savoir que même nos ennemis, si souvent occupés à nous forger des chaînes, sont eux-mêmes libres, car celui qui aime la liberté ne restreint pas son zèle pour son triomphe en deçà de limites étroites; il soutient sa cause partout où on la plaide. C'est la cause de l'Homme! »

Comment les âmes n'auraient-elles point été préparées par ces beaux et larges accents à accueillir fraternellement les premières émotions de la liberté française? Voici que s'avancent de sublimes adolescents au front plein de rêves : Wordsworth, en 1789, avait dix-neuf ans; Coleridge, dix-sept; Southey quinze. Ils n'écrivent pas encore, ils vivaient silencieusement enivrés de la beauté de la nature et des chefs-d'œuvre de l'esprit. Et la Révolution française se mêla, si je puis dire, toute claire et toute jeune, à leur jeunesse et à leur clarté. Il leur sembla qu'elle faisait entrer dans l'humanité la flottante et salubre liberté des choses, le mouvement illimité des vagues, la large vie des souffles, le profond murmure des feuilles, la pureté de la lumière. Quand, plus tard, ils se retournent vers leur première jeunesse, ils n'y discernent pas les joies qui leur viennent de la nature et les joies qui leur viennent de l'homme : c'est une même espérance matinale, c'est une même aube splendide et fraîche qui se lève sur les lacs et sur les cités, c'est un tendre paysage infini, où la douceur des villages éveillés à la liberté se fond dans la douceur des horizons éveillés à la joie, c'est parfois aussi la même rumeur puissante des forêts et des foules, et, sous le grand vent qui se lève, le même frisson de l'innombrable feuillage et de l'innombrable peuple.

COLERIDGE

« O nuages, s'écrie Coleridge dans son *Ode à la France,* vous qui flottez ou vous endormez bien haut au-dessus de moi, vous dont la marche en des chemins non frayés n'est dirigée par aucun mortel, et vous, vagues de l'Océan, qui, partout où vous roulez, ne reconnaissez d'autres lois que les lois éternelles, vous aussi, forêts qui écoutez, inclinées sur vos pentes douces, les chants nocturnes des oiseaux, sauf quand vous-mêmes, du mouvement impérieux de vos rameaux, vous faites la musique solennelle du vent; oui, vous tous, flots retentissants, et vous, hautes cimes des bois, et toi, soleil levant, et toi aussi, étoile à la vive étincelle bleue, et toute chose qui est et veut être libre, témoignez pour moi de quel cœur profond j'ai toujours adoré l'esprit de la divine liberté!

« Quand la France en courroux souleva ses membres géants, et, avec un serment qui émut l'air, la terre et la mer, frappa de son pied puissant et jura qu'elle voulait être libre, soyez témoins combien j'ai espéré et craint! Avec quelle joie je chantai ma haute acclamation, sans peur, parmi une troupe d'esclaves! Et quand, pour accabler la nation libérée, comme des démons réunis par le bâton d'un sorcier, les monarques marchèrent en un jour maudit, et que l'Angleterre se joignit à leur troupe cruelle, bien que ses rivages et l'océan qui l'entoure me fussent chers, bien que maintes amitiés et que maintes jeunes amours aient gonflé en moi l'émotion patriotique et jeté une lumière magique sur nos collines et sur nos bois, cependant ma voix, sans trembler, chanta, prédit la défaite à tout ce qui bravait la lance des hommes libres. Oui, j'ai prédit un déshonneur trop longtemps différé et une retraite inutile. Car jamais, ô Liberté! je n'ai, dans un intérêt étroit, obscurci ta lumière ni affaibli ta flamme sacrée; mais j'ai uni mes chants aux chants d'allégresse de la France délivrée, et j'ai penché la tête, et j'ai pleuré sur le nom de l'Angleterre. »

Ainsi, cet amour de liberté, quoiqu'il semblât pris aux forces flottantes des choses et aux sources incertaines, n'était ni vague ni défaillant; il ne tombait pas soudain, comme parfois tombe le vent aux heures lourdes du jour. Ces jeunes hommes qui, aux premiers jours de la Révolution, ont accumulé en silence les émotions, les espérances et les rêves, ne craindront pas, même quand l'Angleterre se joindra contre la France à l'Europe monarchique coalisée, de heurter le sentiment national et de souhaiter tout haut, eux Anglais, la défaite de l'Angleterre, la victoire de la liberté. Il y a là la fière vigueur d'une race partiellement libre et qui veut l'être tout à fait.

WORDSWORTH

En Wordsworth aussi, c'est d'abord la même allégresse juvénile, la même joie matinale, puis la même et dure épreuve, le même dur combat.

Lorsque, âgé de vingt-cinq ans, Wordsworth visita la France, c'était à la veille de la grande fête de la Fédération, en juillet 1790. Et partout, sur les champs et les prairies, comme sur les cités ardentes, il y avait un rayonnement de joie fraternelle. Quand les hommes de ce temps parlent de la nature avec une solennité attendrie il nous semble parfois que leur langage est déclamatoire. Mais c'était l'effusion d'une sensibilité toute jeune qui associait le monde même à l'allégresse de la liberté naissante. En l'âme de Wordsworth se réfléchissent ces clarté sereines, comme en un lac profond et pur se réfléchit l'espace pur et profond.

« Le hasard nous fit aborder à Calais juste la veille du grand jour de la Fédération, et là, dans une ville moyenne, dans un faible groupement, nous vîmes quel était le resplendissement du visage humain quand la joie d'un homme est la joie de dix millions d'hommes. De là nous nous dirigeâmes vers le sud, coupant tout droit à travers les hameaux et les bourgs, tout éclatants encore des reliques de la fête, fleurs qui se fanaient aux arcs de triomphe, aux fenêtres enguirlandées. Trois jours durant, par les routes publiques, par les chemins de traverse qui abrégeaient notre fatigant voyage, par les villages écartés, nous allâmes, et nous trouvâmes partout la bienveillance et la joie répandues comme un parfum quand le printemps n'a pas laissé un coin du pays sans le toucher, tandis que les ormeaux, allongés en files de plusieurs lieues, avec leur ombre légère, sur les routes majestueuses de ce grand royaume, bruissaient au-dessus de nos têtes, mêlés dès lors à nos souvenirs, à notre vie,

comme si encore et toujours nous marchions lentement sous leur
feuillage. Quelle douceur et quelle plénitude de joie, en ces premières heures de la force juvénile, de nourrir en soi une tendre
mélancolie de poète et de caresser des idées de tristesse, aux modu- .
lations variées du vent qui inclinait les cimes flottantes! C'était
un charme plus grand encore de voir en plein air, sous l'étoile du
soir, les danses de la liberté; elles se prolongent jusqu'au plus
épais de la nuit, ces danses agiles, sans souci des spectateurs aux
cheveux gris qui épuisaient leur poitrine à gronder. »

C'est vraiment la jeunesse d'une nation, la jeunesse d'un monde
et, de la terre de France foulée aux pieds des danseurs montait un
parfum enivrant, comme des prairies le soir. Ecoutez encore ce
chant juvénile : Wordsworth descend la Saône et le Rhône, admi-
rant avec son compagnon le fleuve sinueux ou rapide, la succession
des profondes et majestueuses vallées.

« Et nous, couple solitaire d'étrangers, nous fûmes, jusqu'à la
chute du jour, entourés d'une troupe joyeuse de ces hommes maintenant émancipés, armée riante de voyageurs, délégués qui reve-
naient des grandes fiançailles célébrées tout récemment dans leur
cité capitale, à la face du ciel. Comme des abeilles, ils se formaient
en essaim; comme des abeilles, ils étaient éclatants et joyeux; éva-
porés parfois dans le dérèglement de la joie, on eût dit que de leurs
glaives fleuris ils combattaient l'impertinente brise. Nous atter-
rîmes en cette compagnie magnifique et nous prîmes avec eux notre
repas du soir, hôtes bienvenus, comme furent les anges du vieil
Abraham. Le souper fini, nous nous levâmes, à un signal donné,
avec de hautes coupes fleuries, tout pleins de pensées heureuses.
Nous formâmes une chaîne et, la main dans la main, nous dansâmes
autour de la table; tous les cœurs étaient ouverts, tous les propos
étaient éclatants d'amitié et de gaîté : nous portions un nom honoré
en France, le nom d'Anglais, et ils nous saluaient avec une bonne
grâce hospitalière comme leurs précurseurs dans une course glorieuse. »

Mais quoi! de tristes orages ne vont-ils point flétrir cette joie si
pure? Déjà l'âme forte, mais tendre aussi et rêveuse de Wordsworth, s'afflige de la lutte engagée contre les moines. Il ne sait pas
que la Révolution est perdue si elle ne déracine point cette puissance hostile, et il souffre de voir que la Grande Chartreuse, où il
se plaisait à imaginer des méditatifs en prière, n'est plus qu'une
solitude. Il y a dans la Révolution un tumulte grandissant qui
l'inquiète : les Jacobins, l'Assemblée nationale, *clamorous halls*,
enceintes pleines de clameurs. Il écoute avec sympathie, sans condescendre toutefois à sa chimère de contre-révolution, le jeune et
charmant Beaupuy, qui va émigrer demain et en qui l'aimable gaîté

de l'ancien régime se tempère de la gravité mélancolique d'épreuves inattendues.

Quand Wordsworth va visiter les ruines de la Bastille, il s'étonne et il se reproche presque d'y éprouver une émotion moins profonde et moins douce qu'à voir le même jour une belle et calme peinture du Guide. Mais, malgré tout, c'est l'enthousiasme fort de la liberté qui prévaut et, quinze ans après, il s'éblouit encore lui-même à revoir en esprit ces matins glorieux. C'est comme un jaillissement de source et d'aurore où l'âme, lassée, éternellement se rafraîchit.

« L'Europe en ce moment frémissait de joie; la France était debout sur la cime d'heures dorées, et la nature humaine semblait naître à noùveau... O plaisant exercice d'espérance et de joie! C'était un bonheur de vivre dans cette aurore et, être jeune alors, c'était le ciel même. Ce n'étaient pas seulement des lieux favorisés, mais la terre entière qui portait la beauté de la promesse, la beauté qui met la rose entr'éclose au-dessus de la rose pleine éclose. Quel tempérament,. à cette vue, ne s'éveilla pas à un bonheur inattendu? Les inertes furent excités, les natures vives, transportées. »

Et de quel accent viril il célébrait là chute de la Bastille annoncée par Cowper!

« Tout à coup, la terrible Bastille, avec toutes les chambres de ses tours horribles, tomba à terre, renversée par la violence de l'indignation, et avec des cris qui étouffèrent le fracas qu'elle fit en tombant! De ses débris s'éleva ou sembla s'élever un palais d'or, le siège assigné de la loi équitable, d'une autorité douce et paternelle. Ce choc puissant, je le ressentis; cette transformation, je la perçus. Oui, ce fut une vision aussi merveilleuse que lorsqu'en sortant d'un brouillard aveuglant, j'ai vu le ciel et la terre et en ai été ébloui. Cependant des harpes prophétiques résonnaient de toutes parts : « La guerre cessera, n'avez-vous pas entendu que la con-« quête est abjurée? Portez des guirlandes, portez, portez des fleurs « choisies, pour orner l'arbre de la Liberté. » Mon âme bondissait, ma voix mélancolique se mêlait au chœur. Soyez joyeuses, toutes les nations; dans toutes les terres, vous qui êtes capables de joie, soyez joyeux. Désormais, tout ce qui nous manque à nous-mêmes, nous le trouverons chez les autres, et tous, enrichis d'une richesse mutuelle et partagée, trouveront d'un seul cœur leur parenté commune. »

Ainsi se déroulait la merveilleuse ampleur humaine de la Révolution; ainsi l'idée de l'universelle paix et de la liberté universelle créait une sorte d'universelle patrie. Bien fortes étaient les prises de la Révolution sur Wordsworth pour que sa foi en la liberté et en l'humanité n'ait été troublée ni par les sanglantes journées de septembre ni par les premiers symptômes de la guerre systématique au christianisme. Il entrevoyait au delà des violences passa-

gères et des crimes d'un jour un avènement d'humanité tendre, et
c'est avec une sorte de piété qu'il saluait la victoire finale de la
France et de la Révolution. Le onzième chant de ses *Préludes*, où
il nous dit quelle était sa pensée à la fin de 1792, est d'une incomparable hauteur.

« Un jour beau et silencieux enveloppait la terre, il finissait avec

SAMUEL T. COLERIDGE

un calme inaccoutumé, un de ces jours si beaux qu'ils semblent
donnés tout ensemble pour apaiser l'âme et pour approfondir le
regret. Je m'arrêtai au bord de la Loire au flot glissant, et je jetai
à ses riches domaines, vignobles et terres de labour, grandes prairies et forêts aux couleurs variées, un long regard d'adieu. C'était
fini des paysages tranquilles, j'étais lié maintenant à la farouche
métropole. Le roi était tombé de son trône et l'armée d'invasion
— présomptueuse nuée caressée d'un vent de désastre — avait
crevé inoffensive sur les plaines de la liberté. Ces hommes, — arro-
gants comme les chasseurs orientaux que le Grand Mogol menait
en troupe avec lui et qui formaient autour de la proie espérée un

cercle grand comme une province, et se resserrant peu à peu — ces envahisseurs intrépides ont vu soudain ce peuple dont ils anticipaient la curée se retourner en peuple vengeur et devant sa colère ils ont fui d'épouvante. Le désappointement et la terreur, voilà ce qui resta à ceux dont l'imagination sauvage s'allumait d'une sauvage attente et, à la plus juste cause, victoire et confiance.

« L'Etat, comme pour mettre le sceau final à sa sécurité et pour montrer au monde ce qu'il était, une âme haute et intrépide, ou pour satisfaire un ressentiment aigu, ou surtout pour railler d'une ironique et terrible gratitude la coalition déconfite qui avait animé le peuple à abattre le roi et excité à des formes nouvelles d'action les énergies un peu sommeillantes, l'Etat n'épargna point le trône vide et, avec une hâte magnifique, se constitua sous le nom auguste de République. De lamentables crimes, c'est vrai, avaient précédé cette heure, d'horribles œuvres de mort, où le glaive aveugle avait fait office de juge ! Mais ces jours mauvais étaient passés, la terre en était libérée pour toujours, on l'espérait du moins — monstres éphémères et qu'on n'aurait vus qu'une fois : choses qui devaient paraître seulement et mourir.

« C'est animé de cette espérance que je retournai à Paris, et je parcourus, avec une ardeur que je n'avais point éprouvée jusque-là, la spacieuse cité. Je passais devant la prison où gisait le roi infortuné, formant avec sa femme et ses enfants une triste association de servitude. Je passais devant le palais qui avait subi récemment le grondant assaut du canon d'une foule furieuse. Je me promenais dans le square du Carrousel (une place vide maintenant), où s'était naguère abattue la mort, et je contemplais çà et là des traces de sang, comme fait un homme qui a en main un volume où sont racontées des choses qu'il sait mémorables, mais qui est fermé pour lui, étant écrit dans une langue qu'il ne connaît point; il interroge avec peine les feuilles muettes et s'effraie à demi de leur silence. Mais, la nuit, je sentais plus profondément dans quel monde j'étais, quelle terre je foulais, et quel air je respirais. Ma chambre était haute et solitaire, tout près du toit d'une grande maison, et c'est un gîte qui m'aurait plu beaucoup dans un temps plus calme; alors même il n'était pas tout à fait sans charme. Je veillais, avec un flambeau toujours allumé, lisant par intervalles; la peur du passé m'opprimait presque autant que la peur de l'avenir. Je songeais à ces massacres de septembre, séparés de moi par quelques semaines seulement ! Je les voyais, je les touchais, et mon sommeil était comme ensorcelé de fictions tragiques et d'histoires vraies, de réminiscences et d'avertissements. Le cheval s'habitue au manège, et, dans sa course même la plus sauvage, il foule les traces d'hier. A l'orage qui s'est dissipé, l'air prépare aussitôt un successeur farouche; le flot se retire, mais c'est pour quitter bientôt à nouveau

son abri dans le grand abîme; toutes choses ont une seconde naissance, et le tremblement de terre ne se satisfait point en une fois.
Ainsi mon esprit travaillait sur lui-même jusqu'à ce qu'il me semblât entendre une voix qui criait à toute la cité : « Ne dors plus ».

« Le cauchemar s'enfuyait avec le cri même auquel il avait
donné naissance. Mais c'est en vain que les réflexions de l'esprit
plus calme ne promettaient une douce paix et un doux oubli. La
chambre, toute tranquille et silencieuse qu'elle fût, m'apparaissait
peu propice au repos de la nuit, sans défense comme une forêt où
errent des tigres.

« A la pointe du jour, je me hâtais vers la promenade du Palais
d'Orléans (Palais Royal). A cette heure, les rues étaient tranquilles
encore; mais il n'en était pas ainsi le long des arcades. Là, dans
un tumulte de cris discordants qui me saluait dès l'entrée, j'enten-
dais les voix aiguës des colporteurs, braillant la « Dénonciation des
crimes de Maximilien Robespierre »; la main, prompte comme la
voix, distribuait un discours imprimé, le même qui avait été prononcé récemment, lorsque Robespierre, n'ignorant pas dans quel
but quelques paroles de blâme indirect avaient été jetées, se leva
hardiment, et défia quiconque avait formé sur lui de méchants
soupçons, d'apporter ouvertement son accusation; après un intervalle de mort, et comme nul ne bougeait, Louvet, dans le silence de
tous, quitta son siège, suivit seul l'avenue qui traversait la salle, et
s'arrêtant au pied de la tribune, dit: « Moi, Robespierre, je t'accuse. »
On connaît bien l'issue peu glorieuse de cette attaque. On sait comment celui qui avait lancé ce terrible trait de foudre, le seul homme
audacieux dont la voix avait sonné l'assaut, fut abandonné sans
compagnon et sans soutien dans l'accomplissement de son périlleux
devoir et se retira en gémissant que le meilleur secours du ciel se
dépensât en vain pour des hommes qui se manquaient à eux-
mêmes.

« Mais de ces choses je parle, parce qu'elles furent dans ma pensée personnelle ou des orages, ou des éclaircies de soleil, pas pour
autre chose. Laissez-moi dire maintenant comment le plus profond
de mon âme était agité lorsque je vis que la liberté, la vie et la mort
seraient bientôt, dans les coins les plus reculés du pays, à la merci
de ceux qui dirigeaient la capitale, quel était l'objet de la lutte et
par quels combattants la victoire serait remportée; l'indécision du
parti qui avait le but le meilleur, et la marche toute droite de ceux
qui étaient forts, malgré leur impiété, dans l'attaque et dans la
défense. Ah! comme je priais alors pour qu'à travers toute la terre,
chez tous les hommes, la raison, par un patient exercice, devînt
digne de la liberté! que tous les esprits, pleins de zèle, s'ouvrissent
à la lumière sainte du vrai!

« Ainsi tomberait le poison des langues mauvaises; ainsi des quatre coins du monde affluerait vers la France une force bienfaisante, qui lui permettrait d'accomplir ce que sans secours elle ne pouvait réaliser : une œuvre toute pure. Ne croyez pas que j'aie ajouté à cette prière un vœu de salut; car, j'étais aussi exempt de doute et d'inquiétude sur la fin des choses que les anges le sont du péché.

« Mais je m'affligeais de tout le mal mêlé à l'inévitable progrès des événements; je cherchais un moyen de le combattre et d'y remédier. Et moi, étranger insignifiant et obscur, mal doué d'ailleurs du pouvoir de l'éloquence même dans ma langue natale, tout à fait impropre au tumulte et à l'intrigue, j'aurais voulu cependant de tout cœur, à ce moment, assumer pour une aussi grande cause un service même dangereux. Je me disais combien de fois le destin de l'homme a dépendu de quelques personnes; qu'il y avait, au-dessus du patrimoine local une seule nature humaine comme il y a un seul soleil dans le ciel; qu'ainsi les objets même les plus grands pouvaient tomber sous le rayon des yeux les plus humbles; que l'homme n'est faible que par sa défiance et son défaut d'espoir, alors que pourtant le témoignage divin lui signifie qu'espérer est encore la chose la plus sûre. »

Ainsi Wordsworth s'efforçait de dominer ce cauchemar de septembre qui hantait ses nuits, pour garder sa sérénité d'espérance. Il aurait voulu, au péril de sa vie, épurer la Révolution de toute violence. Mais, dans ses violences mêmes, elle restait pour lui une promesse d'humanité : noble cœur qui ne fléchissait pas sous ses propres tendresses. Rappelé en Angleterre, à la fin de 1792, il tente de nouer à la générosité de la Révolution française la générosité du libéralisme anglais et de la grande philanthropie de Wilberforce. Depuis deux ans, il n'avait pas revu l'Angleterre.

« Patriote du monde, comment allais-je me glisser de nouveau dans l'ombre des forêts qui avaient été jadis ma retraite harmonieuse et retrouver ma communion d'âme avec la nature? Il me plaisait mieux d'aller dans la grande cité où je trouverais l'atmosphère toute ébranlée encore par la première attaque mémorable qu'une vigoureuse levée d'humanité avait dirigée contre les trafiquants de la vie des noirs; effort qui, quoique vaincu, avait rappelé à la nation les vieux principes oubliés et répandu en elle une chaleur nouvelle de vertu. *Pour moi, je reconnais que cette lutte spéciale n'avait pas le pouvoir d'enchaîner mes affections; et son échec n'excitait pas en moi une grande douleur, car je portais avec moi la foi que si la France réussissait, des hommes de bien ne se dépenseraient plus inutilement pour l'humanité et que cette branche pourrie de l'ignominie humaine, objet, me semblait-il, de peines superflues, tomberait avec tout l'arbre dont elle faisait partie.*

« Quelles furent les émotions de mon cœur lorsque l'Angleterre en armes alla, ô pitié et honte! mettre en ligne sa force, née de la liberté, avec les puissances confédérées! »

Voilà comment la Révolution française agrandissait le génie anglais, en élargissait, si je puis dire, la méthode. Si haute que soit la question de l'émancipation des nègres, il semble que Wordsworth qu'elle ne vaut presque pas qu'on se passionne pour elle, ou qu'on s'applique du moins à la résoudre à part, qu'elle n'est qu'un élément d'une question humaine beaucoup plus vaste, dont la France révolutionnaire tient en main la solution. Ce n'est plus le progrès partiel, la réforme limitée qui sollicite les grands esprits : c'est l'universalité du droit, supérieur à la spécialité des problèmes et à l'égoïsme des nations.

ROBERT BURNS

L'accent de Robert Burns est plus âpre. Il n'était pas, quand éclata la Révolution, un adolescent comme Coleridge, un jeune homme comme Wordsworth. Il avait quarante ans et il avait beaucoup souffert. Fils d'un pauvre fermier écossais, il avait éprouvé l'orgueil et la dureté des nobles et des riches, des grands possédants, et, déjà, avant le mouvement révolutionnaire de la France, il avait écrit des vers de douleur et de révolte.

« Son Honneur possède tout dans le pays : ce que les pauvres gens des cottages peuvent se mettre dans le ventre, j'avoue que cela passe ma compréhension... Notre gentry se soucie aussi peu des bêcheurs, terrassiers et autre bétail, ils passent aussi fiers près des pauvres gens que moi auprès d'un blaireau pourri. J'ai vu le jour d'audience de notre maître et j'en ai été attristé; les pauvres tenanciers maigrement pourvus d'argent, comme ils doivent supporter l'insolence de l'intendant! Il frappe du pied et menace, maudit et jure qu'ils iront en prison, qu'il saisira leur bien; tandis qu'ils doivent se tenir debout avec un respect humble, et tout entendre, et craindre et trembler. Je vois bien comment vivent les gens qui ont la richesse, mais sûrement il faut que les pauvres gens soient misérables! »

Et les aristocrates sont aussi frivoles que leurs intendants sont durs :

« Ah! gars, tu ne sais rien de tout cela; le bien de l'Angleterre! ma foi, j'en doute. Dis plutôt qu'il marche comme le premier ministre le mène; qu'il dit oui ou non comme on lui commande, paradant aux opéras et aux théâtres, hypothéquant, jouant, mascaradant; ou peut-être, un jour de caprice, il part pour la Haye ou Calais, pour faire un tour et prendre l'air, apprendre le bon ton et voir le monde. Là, à Vienne ou à Versailles, il délabre la vieille succession de son père... Le bien de l'Angleterre! Dis sa destruction par la dissipation, la discorde et les factions! »

Parfois, il raille « une gentry stupide, à la tête de liège, sans grâce, la dévastation et la ruine de la contrée, des hommes faits à trois quarts par leurs tailleurs et leurs barbiers »; ou encore « le comte féodal, hautain, avec sa chemise à jabot et sa canne brillante, qui ne se croit pas fait d'os vulgaires, mais marche d'un pas seigneurial, tandis qu'on ôte chapeaux et bonnets quand il passe ». Mais ce n'est pas seulement la raillerie, c'est l'invective amère; c'est un mélange saisissant de mélancolie et de colère, c'est parfois presque une menace :

« Pourquoi, s'écrie-t-il au moment d'une élection, pourquoi plierions-nous devant les nobles? Cela est-il contre la loi? Car quoi? un lord peut être un idiot, avec son ruban, sa croix et tout cela. Malgré tout cela, malgré tout cela, à la santé de Héron (de Fox), malgré tout! Un lord peut être un chenapan avec son ruban, sa croix et tout cela. »

C'est au comte de Breadalbane qu'il adresse un avertissement sanglant :

« Longue vie et santé, mylord, soient vôtres, à l'abri des paysans des Hautes Terres! Fasse le Seigneur qu'aucun mendiant désespéré, déguenillé, avec un dyrk (1), une claymore (2) ou un fusil rouillé, ne prive la vieille Ecosse d'une vie qu'elle aime — comme les agneaux aiment le coutelas! »

Et de quel accent gémit le vieux paysan accablé :

« Le soleil, suspendu au-dessus de ces landes qui s'étendent profondes et larges, où des centaines d'hommes peinent pour soutenir l'orgueil d'un maître hautain, je l'ai vu ce bas soleil d'hiver, deux fois quarante ans, revenir; et chaque fois m'a donné des preuves que l'homme fut créé pour gémir.

« ...Vois ce malheureux surmené de labeur, si abject, si bas et vil, qui demande à son frère, fait de terre comme lui, de lui permettre de peiner. Et vois ce ver de terre altier, son compagnon, dédaigner la pauvre prière, insoucieux qu'une femme en pleurs et des enfants sans soutien gémissent.

« Si j'ai été marqué comme l'esclave de ce seigneur, marqué par la loi de la nature, pourquoi un souhait d'indépendance fut-il planté dans mon âme? Sinon, pourquoi suis-je soumis à sa cruauté ou à son dédain? Ou pourquoi l'homme a-t-il la volonté et le pouvoir de faire gémir son semblable? »

───────────

(1) C'est-à-dire un poignard.
(2) Une épée à deux mains.

Mais soudain, ces plaintes individuelles de Burns ou des pauvres paysans d'Ecosse qui l'entourent, voici que la Révolution française les élargit; c'est la liberté de tous les hommes qu'il veut adoucir. Le fantôme de la liberté vient d'abord, à la clarté de la lune, errer sur les vastes bruyères désolées.

« Du nord froid et bleuâtre ruisselaient des lueurs avec un bruit sifflant, étrange; à travers le firmament elles jaillissaient et passaient, comme les faveurs de la fortune, perdues aussitôt que gagnées. Par hasard, je tournais insouciamment mes yeux, et, dans un rayon de lune, je tremblai en voyant se lever un spectre austère et puissant, vêtu comme jadis l'étaient les ménestrels. Eussé-je été une statue de pierre, son aspect m'aurait fait frissonner; et sur son bonnet était gravée clairement la devise sacrée : Liberté!

« Et de sa harpe coulaient des chants qui auraient réveillé les morts endormis : eh! eh! c'était une histoire de détresse comme jamais une oreille anglaise n'en connut de plus grande. Il chantait avec joie ses jours d'autrefois; avec des pleurs, il gémissait sur les temps présents, mais ce qu'il disait, ce n'était pas un jeu, je ne le risquerai pas dans mes rimes. »

Burns se risque pourtant, et ce n'est plus sous la mystérieuse clarté de la lune, c'est en plein soleil qu'il dresse « l'arbre de la liberté! »

« Avez-vous entendu parler de l'arbre de France? Je ne sais pas quel en est le nom; autour de lui, tous les patriotes dansent, l'Europe reconnaît sa renommée, il se dresse où jadis se dressait la Bastille, une prison bâtie pour les rois, homme, quand la lignée infernale de la superstition tenait la France en lisière, homme!

« Sur cet arbre pousse un tel fruit que chacun peut en dire les vertus, homme; il élève l'homme au-dessus de la brute. Il fait qu'il se connaît lui-même, homme. Si jamais le paysan en goûte une bouchée, il devient plus grand qu'un lord, homme; et avec le mendiant il partage un morceau de tout ce qu'il possède, homme!

« Ce fruit vaut toute la richesse d'Afrique, il fut envoyé pour nous consoler, homme, pour donner la douce rougeur de la santé, et nous rendre tous heureux, homme. Il éclaire le regard, il égaie le cœur, il rend les grands et les pauvres bons amis, homme, et celui qui joue le rôle de traître, il l'envoie à la perdition, homme!

« Ma bénédiction suit toujours le gars qui eut pitié des esclaves de la Gaule, homme, et, en dépit du diable, rapporta un rameau d'au delà des vagues de l'Ouest, homme (c'est de La Fayette que parle Burns). La noble vertu l'arrosa avec soin, et maintenant elle voit avec orgueil, homme, combien il bourgeonne et fleurit; ses branches s'étendent au loin, homme! »

Cet arbre de la liberté, cet arbre au fruit savoureux et souverain, il faut le défendre contre la coalition des rois; que la tête de Louis XVI tombe puisqu'il a voulu attenter à l'arbre sacré!

« Mais les gens vicieux haïssent de voir les ouvrages de la vertu prospérer, homme; la vermine de la Cour maudit l'arbre et pleura de le voir fleurir, homme. Le roi Louis pensa le couper, quand il était comme un arbuste, homme; pour cela le guetteur lui fracassa sa couronne, lui coupa la tête et tout, homme!

« Puis, un jour, une bande mauvaise fit un serment solennel, homme, qu'il ne grandirait pas, qu'il ne fleurirait pas, et ils y engagèrent leur foi, homme! Les voilà partis avec une parade dérisoire, comme des chiens chassant le gibier, homme. Mais ils en eurent bientôt assez du métier et ne demandèrent qu'à être chez eux, homme!

« Car la Liberté, debout près de l'arbre, appela ses fils à haute voix, homme; elle chanta un chant d'indépendance qui les enchanta tous, homme! Par elle inspirée, la race nouvellement née tira bientôt l'acier vengeur, homme! Les mercenaires s'enfuirent, elle chassa ses ennemis et rossa bientôt les despotes, homme!

« Que l'Angleterre se vante de son chêne robuste, de son peuplier, de son sapin, homme! La vieille Angleterre jadis pouvait rire, et briller plus que ses voisins, homme. Mais cherchez et cherchez dans la forêt, et vous conviendrez bientôt, homme, qu'un pareil arbre ne se trouve pas entre Londres et la Tweed, homme! »

Et Burns termine par des paroles âpres, mais tempérées d'une belle espérance.

« Sans cet arbre, hélas! cette vie n'est qu'une vallée de chagrin, homme, une scène de douleur mêlée de labeur; les vraies joies nous sont inconnues, homme, et tout le bonheur que nous aurons jamais est celui au delà de la tombe, homme!

« Avec beaucoup de ces arbres, je crois, le monde vivrait en paix, homme, l'épée servirait à faire une charrue, le bruit de la guerre cesserait, homme; comme des frères en une cause commune, nous serions souriants l'un pour l'autre, homme, et des droits égaux et des lois égales réjouiraient toutes les îles, homme!

« Malheur au vaurien qui ne voudrait pas manger cette nourriture délicate et saine, homme! Je donnerais mes souliers de mes pieds pour goûter ce fruit, je le jure, homme. Prions donc que la vieille Angleterre puisse planter ferme cet arbre, homme, et joyeusement nous chanterons et saluerons le jour qui nous donne la liberté, homme! »

Ainsi, par Wordsworth, par Coleridge, par Burns, nous voyons qu'en bien des âmes nobles la Révolution faisait une impression profonde. Ce n'était pas seulement l'esprit des hauts juristes comme Mackintosh qui était ému par la logique de l'idée de démocratie. C'étaient les cœurs de poètes qui s'animaient pour la liberté, pour l'humanité pour l'universelle paix. N'y avait-il là que la sublime émotion de quelques intelligences d'élite? ou bien traduisaient-elles

ROBERT BURNS

un mouvement plus vaste? Etait-ce le jaillissement de sources soli-taires ou bien ces vives eaux révélaient-elles une grande nappe pro-fonde de Révolution?

L'AMPLEUR DU MOUVEMENT RÉVOLUTIONNAIRE

Les contemporains étaient très partagés sur la force et l'étendue du mouvement révolutionnaire anglais. Selon les uns, il était restreint et superficiel; selon les autres, au contraire, il était capable de tout renouveler et de tout emporter. Le délégué suisse dont j'ai parlé, Dehuc, écrit de Londres à ses concitoyens : « Ne croyez point ceux qui vous disent qu'ici une Révolution se prépare. » Mais c'est l'indice que des rumeurs inquiétantes se répandaient en Europe.

Wieland, pour avertir les princes allemands de la nécessité des réformes, note, en janvier 1793, les commotions de la terre anglaise. La chute de Louis XVI est un exemple formidable, et seuls les hommes d'Etat les plus inexpérimentés peuvent se figurer que « cet exemple, couronné d'un tel succès a été donné en vain au monde. *Ne voyons-nous pas quelle fermentation des esprits en est résultée précisément chez ces Anglais, qui naguère encore étaient si fiers de leur Constitution et, eu égard à celle des autres pays, avaient le droit de l'être? Si le bois vert s'allume ainsi, que sera-ce du bois sec?* »

Déjà Thomas Paine, à la fin de son livre sur *les Droits de l'Homme*, avait annoncé toute une germination d'idées de liberté.

« L'homme, dit-il, qui, à la fin de l'hiver, a cueilli une branche dans la forêt et sur cette branche constate un bourgeon prêt à s'ouvrir, doit bien s'imaginer que sur toutes les branches d'autres bourgeons aussi sont prêts d'éclore. Ainsi les pensées nouvelles qui s'éveillent en l'un de nous sont le signe que des pensées analogues commencent à s'ouvrir en beaucoup d'esprits. »

Mais c'étaient là des conjectures bien incertaines, car la végétation des idées n'obéit pas à des lois de simultanéité, à des crises de saison comme la végétation naturelle, et dans la grande forêt humaine, remuée par les souffles nouveaux, l'éclosion de quelques bourgeons est parfois singulièrement hâtive, et devance de loin le travail des sèves et des esprits. Godwin, dans le chapitre 1ᵉʳ du 4ᵉ livre de *Enquiry concerning political justice*, rédigé de 1791 à 1793, dit ceci :

« Rien n'est plus facile, pour un homme d'un tempérament un peu vif, que de s'exagérer à lui-même la force de son parti. Il n'a peut-être de relations qu'avec des hommes qui pensent comme lui, et un tout petit nombre d'individus lui paraît être le monde entier. Demandez à des hommes de tempéraments différents et d'habitudes de vie différentes combien il y a, à cette heure, de républicains en Ecosse et en Angleterre, et vous vous heurterez immédiatement aux réponses les plus contradictoires. »

Combien de républicains? Il suffisait qu'on pût se poser cette question pour être sûr qu'il y avait dans l'esprit anglais une grande agitation et un grand trouble. Dans les commencements de 1792 se manifestaient partout des forces d'opposition. Les Sociétés politiques pullulèrent dans tout le royaume. Le cordonnier Thomas Hardy, Ecossais de naissance, établi à Londres, fondait, le 25 janvier, la *Société des Correspondants de Londres*, divisée en sections de quarante-cinq membres, et étendant ses rameaux dans tout le pays. Au dire de Hardy, elle comptait à la fin de l'année vingt mille membres, « nombre qui dépasse de beaucoup le corps entier d'électeurs dont dépend une majorité à la Chambre des Communes ».

Mais, à ces mouvements de réforme s'opposaient des forces de résistance et de conservation formidables. Quelque oligarchique que fût la Chambre des Communes, elle eût cédé, au moins en partie, aux forces de démocratie et de progrès si celles-ci avaient été dominantes.

Or, à mesure que les événements se développent, les hommes libéraux et éloquents, les Fox, les Sheridan, les Grey, qui défendaient au Parlement la Révolution française et le principe d'une sage réforme constitutionnelle, sont de moins en moins écoutés. Leur voix est couverte par des clameurs croissantes, et une grande part de leurs amis fait défection. Eux-mêmes, d'ailleurs, n'osaient pas proposer un régime de démocratie : et il semble qu'ils s'engagent à regret dans la lutte.

FOX

Il est visible que Fox ne recherchait pas le débat, ou, du moins, qu'il ne voulait pas le pousser à fond. Il admirait la Révolution française. Il célébrait, à la Chambre des Communes même, l'héroïsme des combattants du 14 juillet. Il allait jusqu'à dire dans la séance du 15 avril 1791 :

« J'estime que le nouveau gouvernement de France est bon parce qu'il tend à rendre heureux ceux qui y sont soumis... Je sais que le changement de système qui s'est produit dans ce pays a provoqué les opinions les plus diverses : mais, pour moi, *je tiens à dire que j'admire la nouvelle Constitution de France, considérée en son ensemble, comme le plus prodigieux et le plus glorieux édifice de liberté qui ait été élevé sur le fondement de l'intégrité humaine en aucun temps et en aucun pays (As the most stupendous and glorious edifice of liberty, which had been erected on the foundation of human integrity in any time or country).* »

C'était un magnifique témoignage, mais ce n'était, en quelque sorte, qu'un incident de parole. Fox se gardait bien de faire application à l'Angleterre des principes de la Révolution française. Même dans la première discussion sur le bill de Québec, dans la séance du 6 avril 1791, il ne fit qu'une très légère allusion à la France. Et pourtant, le Canada ayant été possession française, il eût été assez naturel, quand on discutait sur la nouvelle Constitution canadienne, de parler de la nouvelle Constitution française. Fox se borna à dire qu'il était singulier de créer des ordres nobiliaires au Canada au moment où la noblesse était abolie en France; et, au demeurant, c'est surtout aux républiques américaines qu'il emprunta la plupart de ses exemples et de ses arguments.

Que voulait-il donc? Evidemment il n'avait pas renoncé encore, en 1791, à l'espoir de rentrer au ministère : il ne voulait ni offenser le roi, ni effrayer en Angleterre les amis de la Constitution en proposant comme règle la politique française. Il espérait seulement que l'exemple de la France agirait d'une façon en quelque sorte insensible sur les esprits, et que les éléments populaires de la Constitution anglaise seraient peu à peu renforcés sans crise et presque sans combat. Mais Burke devinait cette tactique de pénétration et d'enveloppement : et c'est elle qu'il redoutait le plus. Il se hâta d'amener au Parlement même un éclat.

Au risque de se brouiller mortellement avec Fox, son disciple et son ami, il voulut l'acculer, l'obliger ou à désavouer la Révolution française ou à se compromettre avec elle. Fox, averti de ce dessein, alla trouver Burke le matin du 21 avril et lui dit :

« Je sais que Pitt a tenté de me desservir auprès du roi en me présentant comme un républicain. Prenez garde! Vous allez faire le jeu de Pitt en jetant dans le Parlement la question de la Révolution française. »

Mais Burke avait pris son parti d'une rupture et, dans la séance du 6 mai, sans y être provoqué par aucune parole, il attaqua à fond la Révolution française. Fox répondit avec fermeté que la discussion de Burke était hors de propos et qu'il ne se prêterait pas à ce jeu : mais que, si Burke voulait instituer sur la Révolution française un débat précis, il serait aisé de démontrer qu'on pouvait admirer la Révolution sans être tenté de l'imiter.

« Que ceux qui disent qu'on désire imiter ce que l'on admire montrent d'abord que les circonstances sont les mêmes dans les deux pays. Il incombe à mon honorable ami de montrer que notre pays est dans la situation précise de la France au temps de la Révolution française, avant d'avoir le droit d'user de cet argument. Quand il aura fait cela, je suis prêt à dire que la Révolution française doit être l'objet d'imitation pour notre pays... Si le Comité décide que mon honorable ami peut poursuivre sa discussion sur la Révolution, je quitterai la Chambre et si quelque ami veut bien m'envoyer un mot quand le bill de Québec reviendra en discussion, je rentrerai pour le discuter... Et, quand le moment convenable pour un débat de cette sorte sera venu, si faibles que soient mes moyens, comparés à ceux de mon honorable ami, je maintiendrai, contre la force supérieure de son éloquence, que les Droits de l'Homme, que mon honorable ami a ridiculisés, comme n'étant que la chimère d'un visionnaire, sont, en fait, la base et le fondement de toute Constitution rationnelle et même de la Constitution anglaise elle-même, comme le prouve le livre des statuts. »

Ainsi, Fox était comme partagé entre l'instinct de prudence, qui lui conseillait d'éviter ce débat terrible et l'entraînement généreux de sa pensée. Il avait blessé cruellement Burke en disant « qu'il avait été averti, par les plus hautes et les plus respectables autorités, que discuter à la hâte et sans information, de graves événements ne faisait honneur ni à la plume qui écrivait, ni à la langue qui parlait ».

Quoi! Burke ne connaissait donc pas l'histoire vraie de la Révolution française! et c'était un ami qui l'offensait aussi gravement! Soit que son esprit se fût aigri, soit qu'il cherchât prétexte à enfoncer de plus en plus le Parlement dans cette querelle, Burke se répandit de nouveau en invectives amères contre la France. Et se tournant vers Fox, il lui cria : « Fuyez, fuyez la Constitution française... — Est-ce donc une rupture d'amitié? demanda Fox à demi-voix. — Oui, c'est une rupture d'amitié. »

Minute tragique, car ce déchirement du parti whig va laisser sans contre-poids les passions conservatrices de l'Angleterre. Les destinées de l'Europe se jouaient peut-être en ce moment. Qui sait si un parti whig, uni et fort, n'aurait pas réussi à modérer les mouvements de l'opinion anglaise et amené à mettre en garde la France révolutionnaire contre les imprudences de parole qui compromirent la cause de la paix? Fox se leva, ému jusqu'aux larmes par cette brusque rupture d'une amitié déjà ancienne.

« Il y a eu entre nous, dit-il, bien des divergences d'opinions, qui ne nous ont point brouillés : mon honorable ami dira pourquoi nous ne pouvons, sans rupture d'amitié, différer sur la Révolution française comme sur d'autres sujets. »

C'est, qu'en vérité, il ne s'agissait point là d'un dissentiment secondaire; c'était un abîme qui s'ouvrait.

« Je ne puis croire que la conduite de mon honorable ami procède du désir de m'offenser. Mais elle produit le même effet. Car mes contradicteurs affectent de considérer comme des principes républicains les principes que j'ai essayé d'introduire dans la nouvelle Constitution du Canada et ils en sont bien loin : et, en discutant, à propos de ce bill, sur la Révolution, mon honorable ami a donné quelque crédit et quelque poids à ces accusations de mes contradicteurs. J'éprouve quelque déplaisir et une naturelle répugnance à être catéchisé sur mes principes politiques. C'est la première fois que j'entends dire à un philosophe que, pour rendre justice à l'excellence de la Constitution anglaise, il faut ne jamais parler d'elle sans outrager toute autre Constitution au monde. Pour ma part, j'ai toujours pensé que la Constitution anglaise était imparfaite et défectueuse en théorie, mais qu'en pratique elle était excellemment adaptée à notre pays. Je l'ai dit bien des fois publiquement : mais, parce que j'admire la Constitution anglaise, dois-je conclure qu'il n'y a aucune part de la Constitution des autres pays qui soit digne d'estime, ou que la Constitution anglaise n'est pas toujours susceptible de perfectionnement? Je ne consentirai jamais à outrager toute autre Constitution, ni à exalter la nôtre de façon aussi extravagante que l'honorable gentleman semble penser qu'elle le mérite. Pour prouver qu'elle n'est pas parfaite, il suffit de rappeler les deux réformes proposées en ces dernières années : la réforme relative à la représentation au Parlement, soutenue par le chancelier de l'Echiquier (Pitt), en 1783, et la réforme de la liste civile soutenue par mon honorable ami...

« Je rappelle à mon honorable ami, si enthousiaste de notre Constitution, qu'en 1783, quand le discours de la Couronne s'affligea que les colonies anglaises, séparées de la métropole, fussent privées des bienfaits de la monarchie, il ridiculisa ce discours et il le compara au propos d'un homme qui, sortant d'un salon et ouvrant la porte, dirait : « A mon départ, laissez-moi vous recommander une monarchie ». Les Français ont fondé leur nouveau gouvernement sur le meilleur des principes de gouvernement, sur le bonheur du peuple. Les Français sont une grande Nation : qui ne se réjouirait qu'ils aient secoué la tyrannie du plus terrible despotisme et qu'ils soient devenus libres? Sûrement, nous ne devons pas désirer que la liberté soit accaparée par nous. »

Pitt assistait, impassible, à la lutte des deux hommes. La décomposition commençante du parti whig lui livrait l'avenir. La voie moyenne où s'engageait Fox était impossible à tenir. Les démocrates ardents ne voulaient pas se borner à admirer la Révolution : ils voulaient l'imiter tout de suite, non pas sans doute brutalement, mais hardiment : ils voulaient appliquer à l'Angleterre le principe de la souveraineté nationale et de la démocratie et, contre leurs prétentions, contre le livre audacieux de Paine où elles étaient formulées, toutes les puissances conservatrices de l'Angleterre se soulevaient. La politique intermédiaire de Fox eût été peut-être praticable si la Constitution de 1791 avait duré, si la Révolution française était entrée dans une période d'équilibre légal et de développement paisible.

Mais le 20 juin et le 10 août éclataient comme des coups de

foudre. La Révolution semblait avoir je ne sais quelle impatience électrique. Elle attirait et elle défiait le monde : Avec moi ou contre moi! Ainsi, le moindre souffle de réforme qui passait sur l'Angleterre y portait les étincelles de l'incendie voisin. Fox s'épuisait en vain, dans la lutte la plus généreuse et la plus noble, à maintenir la liberté traditionnelle de l'Angleterre, à protéger Paine, dont il désavouait d'ailleurs les doctrines, contre la violence et l'arbitraire des juges, à protester contre le langage provocateur des Sociétés contre-révolutionnaires anglaises. Il était comme submergé par une vague croissante de réaction.

« Voici maintenant, s'écriait-il le 13 décembre 1792, la crise que je crois vraiment redoutable. Nous sommes venus à un moment où la question se pose, si nous allons donner au Roi, c'est-à-dire au pouvoir exécutif, tout pouvoir sur nos pensées; si nous allons résigner l'exercice de nos facultés naturelles aux ministres de de l'heure présente, ou si nous maintiendrons qu'en Angleterre aucun homme n'est criminel que s'il commet des actes défendus par la loi. Voilà ce que j'appelle une crise plus dangereuse, plus redoutable, qu'aucune de celles que nous offre l'histoire de ce pays. Je n'ignore pas assez l'état présent des esprits et les ferments artificieusement créés pour ne pas savoir que je soutiens ici une opinion bien près d'être impopulaire. Ce n'est pas la première fois que j'ai encouru le même hasard. Mais je veux résister au courant de l'opinion populaire. Je veux agir contre le cri du moment, dans la confiance que le bon sens et la réflexion du peuple sauront me soutenir.

« Je sais bien qu'il y a des Sociétés qui ont publié des opinions et mis en circulation des pamphlets contenant des doctrines qui tendent, si vous le voulez, à renverser nos institutions. Je dis qu'elles n'ont rien fait d'illégal en cela; car ces pamphlets n'ont pas été supprimés par la loi. Montrez-moi la loi qui ordonne que ces livres seront brûlés et je reconnaîtrai l'illégalité de leur procédé. Mais s'il n'y a pas de telle loi, vous violez la loi en agissant sans autorité légale. Vous prenez sur vous de faire ce que vous n'avez point qualité de faire et vous avez couvert cela de vos votes. Quelle est la marche prescrite par la loi? Si des doctrines sont publiées qui tendent à renverser la Constitution dans l'Eglise et dans l'Etat, vous devez informer sur ce fait dans une cour de justice. Qu'avez-vous fait? Vous prenez sur vous, par votre seule autorité, de supprimer ces livres, d'ériger tout homme, non seulement en inquisiteur, mais en juge, en espion, en policier — d'animer le père contre le fils, le frère contre le frère, le voisin contre le voisin, et c'est par de tels moyens que vous croyez maintenir la paix et la tranquillité du pays?

« Vous vous êtes appuyés, dans tous vos actes, sur les principes de l'esclavage. Vous négligez, dans votre conduite, le fondement de tout gouvernement légitime, les droits du peuple : et, en exhibant cet épouvantail, vous semez la panique pour sanctifier votre violation des lois, et cette violation des lois engendre les maux que vous redoutez. Un extrême conduit naturellement à l'autre. Ceux qui craignent le républicanisme se réfugient à l'abri de la couronne. Ceux qui désirent une réforme et qui sont calomniés sont jetés de désespoir dans le républicanisme. Et c'est là le mal que vous craignez.

« C'est aux extrêmes que le peuple est précipité par les agitations; et il y a une diminution graduelle de ce parti moyen (*gradual decrease of that middle order of men*) qui redoute autant le républicanisme que le despotisme. Ce parti moyen, qui avait conservé à ce pays tout ce qu'il y a de précieux dans la vie, tous les jours, je suis désolé de le dire, il décroît; mais, permettez-moi d'ajouter que tant que ma faible voix pourra se faire entendre, ce parti ne sera pas complètement éteint; il restera toujours un homme qui, entre les extrêmes, maintiendra le point central. Je suis outragé d'un côté : je puis être attaqué de l'autre; je puis être flétri à la fois et comme un boute-feu et comme un tiède politicien; mais, quoique j'aime la popularité et quoique rien ne me soit aussi précieux, hors de ma propre conscience, que la bonne opinion et la confiance de mes concitoyens, aucune tentation ne m'amènera à me joindre à l'association (contre-révolutionnaire) qui a pour objet un changement dans la base même de notre Constitution. »

IX

LA RUPTURE
ENTRE L'ANGLETERRE ET LA FRANCE

LES PROGRÈS DE LA RÉACTION ET SES CAUSES

Mais, d'où vient qu'en cette fin de 1792 tous les ressorts soient à ce point tendus en Angleterre? D'où vient que cette même nation anglaise, qui en 1790 et 1791, semblait éprouver pour la Révolution de France quelque sympathie ou du moins quelque curiosité bienveillante, soit aussi animée contre elle maintenant, et dans toutes ses classes? Comment Fox et ses amis libéraux, malgré leur prudence, malgré les réserves qu'ils multiplient, sont-ils submergés par l'esprit public et dénoncés, presque aussi violemment que Thomas Paine, par des associations conservatrices forcenées?

J'en vois deux raisons principales. D'abord l'accélération du mouvement révolutionnaire en France avait son contre-coup en Angleterre.

Le régime du peuple français n'était plus une démocratie mitigée, tempérée de monarchie. C'était la démocratie pure, et une démocratie foudroyante. Le peuple était vainqueur de la royauté, et il tenait le roi dans ses mains. De plus, cette foule, qui le 10 août avait vaincu le roi, avait, le 21 septembre vaincu l'étranger. L'émotion était grande dans le monde, et les classes dirigeantes anglaises, les classes moyennes comme l'aristocratie, se demandaient si ce tremblement de terre n'allait pas ébranler leurs privilèges et leur puissance. Dans le moindre mouvement populaire, dans la plus petite émeute au sujet des salaires, elles voyaient un commencement de révolution. Et aussi bien, il était impossible de savoir de quelle pensée était travaillé le peuple ouvrier anglais. Quand le ministère anglais, devançant la date de la convocation, réunit le Parlement, le 15 décembre 1792, afin d'aviser aux mesures à prendre contre le péril révolutionnaire, ce n'est pas seulement Burke, ce sont des libéraux comme Windham, restés longtemps fidèles à Fox, qui poussent le cri de la peur. Fox essaie en vain de les rassurer.

« Il y a bien eu, dit-il, quelques petites émeutes en différentes parties du pays, mais je demande si les prétextes de ces soulèvements étaient faux et imaginés seulement pour couvrir une tentative de détruire notre heureuse Constitution. J'ai entendu parler d'un tumulte à Shields, d'un autre à Leith, d'une émeute à Yarmouth et de mouvements de même nature à Perth et Dundee. Mais je demande aux gentlemen s'ils croient que dans ces différents endroits l'objet avoué de la plainte du peuple n'était pas le vrai; je leur demande si les matelots à Shields, à Yarmouth, ne demandaient pas réellement un accroissement de salaires, s'ils étaient mûs par le dessein de renverser la Constitution. »

Sans doute, mais les classes conservatrices craignaient qu'un état d'esprit révolutionnaire ne fût répandu dans le peuple, et que dans cette atmosphère ardente tous les mouvements, même ceux qui avaient un autre objet, ne devinssent des mouvements de révolution. Et elles commençaient à s'alarmer pour leur propriété comme pour leur pouvoir politique.

WINDHAM DÉNONCE LE JACOBINISME

Windham expliquait ainsi son dissentiment avec Fox. La vraie question est celle-ci :

« Le pays est-il en ce moment en état de danger, oui ou non ? On a dit qu'il n'y avait pas de cause réelle à l'alarme qui s'est répandue parmi le peuple, que toute cette frayeur avait été créée par le gouvernement seul. Il faut vraiment que le gouvernement ait eu une étrange et merveilleuse puissance pour produire ainsi les alarmes qui se manifestaient chaque jour dans tout le pays. Mais ce sont des alarmes sérieuses et bien fondées qui sont créées non pas par le gouvernement mais par ceux qui ont juré inimitié à tout gouvernement. Est-ce que tout le pays ne les ressent pas? *Est-ce que chaque bourg, chaque village, chaque hameau n'est pas plein d'appréhension ?* Quelqu'un peut-il entrer dans sa propre maison ou se promener dans la campagne sans constater que cet objet occupe l'attention de toutes les catégories du peuple?...

« ...Il est vrai que les mesures (de police) prises maintenant dans tout le pays sont sans précédent; mais il faut dire aussi que les circonstances sont sans précédent. Sans doute des opinions spéculatives ont été publiées de temps en temps dans ce pays; mais maintenant la manière de les répandre est toute nouvelle et le fond même de ces opinions est tout nouveau. La machine a été si bien construite, il y a tant d'habileté et d'artifice chez ceux qui la manient que, si le Parlement n'avait pas été sur ses gardes et si la partie sensible et honnête de la communauté n'avait pas été aussi active à en contrarier les effets, toute la forme de notre gouvernement aurait été rapidement détruite.

« Je sais qu'il y a une communication constante entre des personnes de Paris et des personnes de Londres dont l'objet est de détruire notre gouvernement. Cette sorte de contre-alliance des Anglais à Paris et des Français à Londres a été formée régulièrement et ses effets se font sentir de la façon la plus alarmante. Dans chaque bourg, dans chaque village et presque dans chaque maison, ces dignes gentlemen ont leurs agents qui répandent régulièrement certains pamphlets; ces agents sont vigilants et industrieux, ils distribuent ces pamphlets gratis et c'est bien la preuve qu'une société les défraye de leurs dépenses...

« ... L'art avec lequel ces sentiments (de désobéissance) sont introduits dans les basses classes de la société est consommé. Ces agents de révolte prétendent qu'ils ne proposent que des récits philosophiques; mais, au lieu de raisonner philosophiquement dans leurs livres, ils font au contraire des assertions catégoriques (*they made round assertions*) et ils font bien, pour leur dessein, d'agir ainsi, car les personnes auxquelles ils s'adressent sont incapables de suivre logiquement un sujet des prémisses à la conclusion et ce mode de raisonner ne servirait pas leur cause. Et ils ne risquent pas ces assertions avant d'y avoir préparé les esprits : ils gagnent l'affection des hommes en flattant d'abord leurs passions.

« La loi, même dans le pays le plus libre du monde, peut-elle permettre à tout homme de prêcher la doctrine qu'il lui plaît et de faire autant de prosélytes qu'il peut? C'est une question que pour moi, je résous par la négative; car ces vérités, quelles qu'elles soient, se réduiront à rien si la passion anticipe les conséquences; *or, les pauvres paysans (these poor peasants) n'ont pas le pouvoir de déduire les conséquences et ils sont livrés à la brutalité de l'affirmation. Et je ne vois pas le mal qu'il y aurait à empêcher qu'on explique à un pauvre homme illettré (to a poor illetterate fellow), dont les facultés ne s'étendent qu'à procurer la subsistance à sa famille, des points qui ont divisé les écrivains les plus capables.* » Comme si le sentiment aussi n'était pas une lumière! Comme si la société humaine était une mécanique abstraite réglée par les savants de cabinet! Comme si la poussée des besoins et des passions ne devait pas entrer dans le calcul de l'équilibre! Il y a dans les paroles de Windham autant d'étroitesse aristocratique que de peur. Et c'est la peur qu'il veut propager.

« *La vue des novateurs est de détruire tout droit héréditaire et peut-être ensuite de tenter une égalisation de la propriété (to attempt an equalization of property*); *car un de leurs livres assure qu'un pays ne peut pas être vraiment libre quand il y a trop d'iné-galité parmi ses membres. Quelques gentlemen affectent de traiter ces choses avec mépris; mais ce n'est pas ainsi qu'il les faut regar-der. Il est vrai que les hautes classes ne sont pas contaminées par ces principes infâmes; mais, s'ils voulaient abaisser leurs yeux, ils verraient comme une sorte de feu souterrain qui peut éclater avec la plus prodigieuse violence s'il n'est pas éteint tout de suite.* »

Windham reconnaît par là qu'aucune flamme de révolution n'a encore éclaté à la surface du pays; mais, c'est cette chaleur souter-raine (*subterranean heat*), propagée de France aux couches pro-fondes du peuple anglais, qui l'épouvante.

DUNDAS FAIT APPEL A LA CONSERVATION

Le secrétaire d'État Dundas adresse le même appel aux terreurs conservatrices.

« Ceux qui se plaignent n'attendent pas le remède de la Cons-titution. Des doctrines d'une tout autre tendance leur ont été inculquées; il leur a été représenté que les Parlements d'aujour-d'hui, successeurs de ceux qui ne siégeaient que trois ans, avaient, de leur propre autorité, étendu leur législature à sept années, qu'ils étaient un corps entièrement corrompu, et qu'ils étaient incapables de redresser des griefs dont ils étaient pour une large part respon-sables. Il a été dit que le temps était venu maintenant pour le peuple d'affirmer ses droits et de suivre l'exemple qui avait été donné par la France. L'influence de ces sentiments sur les basses classes est considérable et beaucoup y ont adopté ce langage. Je crois que l'ensemble de la classe respectable et opulente de la com-munauté est entièrement libre de ces sentiments et qu'ils sont abhorrés par la nombreuse classe moyenne qui est un élément si important dans notre pays.

« Je crois que là prévaut le plus parfait attachement à la Cons-titution, mais, en conséquence des doctrines que j'ai indiquées, les basses classes ont été imprégnées d'une idée de liberté et d'égalité qui ne dérive pas des privilèges de la Constitution. Elles aspirent à une égale part dans le gouvernement législatif du pays, d'après ce principe qu'un homme en vaut un autre et que les revendications de tous doivent être les mêmes, puisque les droits de tous sont fondés sur la même base. Et leurs vues ne s'arrêtent pas là; elles ne se proposent pas seulement d'abolir les distinctions de rang, *elles veulent encore attaquer les droits de la propriété et instituer une division égale des biens parmi tous les membres de la commu-*

nauté (invade the rights of property, and establish an equal divi-
sion of possessions among all the members of the community). Une
loi agraire est habituellement annoncée au peuple. Ce sont là des
faits que je connais par l'observation directe et par des informations sûres et l'on ose dire qu'il n'y a pas sujet à s'alarmer?

« J'en appelle aux membres de cette Chambre qui viennent du
pays : ils peuvent savoir si l'alarme n'y a pas précédé la proclamation des ministres. La vérité est que l'alarme la plus sérieuse
est répandue parmi les gentlemen du pays, *parmi les fermiers...*
Durant les six dernières semaines que j'ai passées en Ecosse, j'ai
eu la visite de gentlemen de toutes les parties du pays, *de grands
manufacturiers,* de magistrats, qui tous m'ont parlé de la nécessité
de prendre des mesures pour rétablir la confiance. Ceux qui proposent l'exemple de la France ne veulent pas seulement imiter
l'objet de la Révolution, mais encore ses moyens. »

BURKE FAIT PEUR AUX POSSÉDANTS

Burke, dont l'autorité grandissait à mesure que s'enflammait
la passion contre-révolutionnaire, s'applique, lui aussi, à irriter la
peur des possédants. C'est la tactique commune de tous ceux qui
veulent instituer en Angleterre une politique de réaction et de
répression. Craignaient-ils vraiment le bouleversement des propriétés? Ou bien, ayant vu qu'en France c'est la bourgeoisie riche
et une partie de la noblesse qui avaient suscité et encouragé la
Révolution, voulaient-ils épouvanter les hautes classes et les classes
moyennes anglaises, bien assurés que si le mouvement se réduisait
aux « basses classes » (*lower classes*), ils en auraient aisément
raison?

Burke fait apparaître au seuil du Parlement le spectre honni et
flétri du pauvre, du mendiant. Est-ce pauvre, est-ce ce mendiant,
ennemis naturels de la propriété dont ils sont exclus, que l'on veut
introduire, au nom des Droits de l'Homme, dans la cité?

Les paroles brutales, offensantes, inhumaines de Burke, qui cho-
quaient encore et scandalisaient il y a quelques mois, étaient accla-
mées maintenant.

« Les Droits de l'Homme sont fondés sur des abstractions métaphysiques; ils sont vrais à certains égards et également faux à
d'autres. Ils sont comme le cou d'un canard, bleu d'un côté, noir
de l'autre. Là où la connaissance de ces droits est répandue dans
la multitude, je ne puis que trembler pour les conséquences; et
je ne puis entendre, sans une émotion d'horreur, l'application *qui
en est faite à la propriété* dans de fréquentes discussions sur la

Révolution française. C'est cette sorte d'application qui cause les pires horreurs de la Révolution française (*Écoutez! écoutez!*). Je vois que la Chambre non seulement approuve mes sentiments sur ce sujet, mais qu'elle les accueille avec des acclamations, *mais je n'obtiendrais point le même succès si je prêchais ces doctrines à un mendiant.*

« Si je disais à un homme : J'ai une bonne maison, un excellent attelage, un fin mobilier, des tableaux, des tapisseries, des dentelles, de la vaisselle d'or, des mets délicieux, mais vous, vous n'avez pas à dîner; je crains de trouver quelque difficulté à le convaincre que le superflu dont je viens de lui parler ne doit pas être employé à la satisfaction de ses besoins. Les temps seront donc pleins d'alarmes quand les idées françaises auront prévalu, et la propriété subira le même transfert qu'elle a subie dans cette misérable nation. »

Voilà des paroles qu'aucun aristocrate français n'aurait prononcées aux États généraux. Mais leur violence même et leur bassesse attestent la part de tactique et de ruse qui se mêle, même chez le fougueux orateur irlandais, à l'indignation et à la frayeur. Si vraiment le peuple des salariés anglais avait été disposé à la Révolution, si on avait senti en lui une force frémissante et prête à éclater, les réacteurs les plus véhéments se seraient abstenus de provocations aussi imprudentes. Elles démontrent qu'en fait les conservateurs anglais ne redoutaient pas les « basses classes » autant qu'ils voulaient bien le dire.

Il est impossible qu'ils aient cru sérieusement à la menace d'une Révolution de propriété. J'ai déjà montré que les conditions sociales de l'Angleterre d'alors n'y permettaient pas l'application des « Droits de l'Homme » faite en France à la propriété corporative de l'Église. En France même, la propriété individuelle était respectée : et, bien loin que la « loi agraire », dont le secrétaire d'État Dundas se sert comme d'un épouvantail, pût être transportée de France en Angleterre, elle était désavouée et combattue par tous les révolutionnaires français. Ce que les classes dirigeantes d'Angleterre redoutaient réellement, c'était la réforme démocratique de la Constitution, c'était la très large extension du droit de suffrage et l'abolition des privilèges politiques et des distinctions héréditaires.

Sans doute les salariés, les « pauvres paysans », les « pauvres compagnons illettrés », une fois en possession du droit de suffrage, en auraient usé pour améliorer peu à peu leur condition économique, et c'est là probablement ce qui préoccupait les fermiers et les grands industriels (*great manufacturers*) qui étaient allés faire part de leurs craintes à Dundas. Mais aucune « invasion » du droit de propriété n'était à redouter. Je ne peux voir dans les déclamations du ministre et des orateurs anglais à ce sujet qu'une manœuvre pour détourner non seulement de la Révolution mais de toute politique de réforme les hautes classes dont une partie aurait pu être tentée par l'exemple de générosité que donnèrent en 1789 quelques-uns des nobles de France et les classes moyennes. En fait, l'adresse envoyée à la Convention par la ville de Sheffield, par les chefs d'industrie aussi bien que par les ouvriers, démontre que les classes moyennes n'étaient pas unanimes à blâmer les principes de la Révolution.

LA RÉPLIQUE DE FOX

La bourgeoisie industrielle était en plus d'un point sympathique à un mouvement qui devait accroître son action politique et qui répondait aussi à ces vastes pensées que développent parfois les grandes affaires. Fox traduisait ce sentiment de la partie la plus libérale des classes moyennes lorsqu'il s'écriait à la Chambre des Communes, le 1ᵉʳ février 1793 : « *Ne laissez pas se répandre la fatale opinion qu'entre ceux qui ont de la propriété et ceux qui n'en ont pas, il ne peut y avoir communauté d'intérêts et communauté de sentiments.* » Il s'appliquait à définir l'égalité en un sens qui n'inquiétait pas les intérêts de la bourgeoisie. « Ce ne sont pas les principes qui sont mauvais et doivent être réprouvés, mais l'abus qui en a été fait. C'est de l'abus des principes et non des principes mêmes qu'ont découlé tous les maux qui affligent la France. L'usage qu'ont fait les Français du mot d' « égalité » prête au plus haut degré aux objections. Si on le prend dans le sens où eux-mêmes l'ont pris, il n'est rien de plus innocent : car que disent-ils? « Tous les hommes sont égaux en droits ». J'accorde très bien cela : tous les hommes ont des droits égaux, *des droits égaux à des choses inégales;* l'un a un shilling, un autre a mille livres; l'un a un cottage, un autre a un palais; mais le droit chez les deux est le même, un droit égal de jouir, un droit égal d'hériter et d'acquérir, et de posséder l'héritage et l'acquisition. »

C'était une définition bien formelle et bien bourgeoise de l'égalité: en fait, elle répondait aux tendances dominantes de la bourgeoisie révolutionnaire de France; mais le mouvement social de la Révolution allait au delà : il était plus substantiel, il tendait à un certain rapprochement, à un équilibre des conditions et des fortunes.

Fox atténuait et amortissait le sens du mot « égalité » pour réagir contre la propagande de panique et de terreur des privilégiés. Peut-être, dans l'instabilité et l'inquiétude de l'esprit anglais à ce moment, eût-il dépendu de Pitt, s'il s'était porté du côté de Fox, de constituer un parti de réformes politiques qui aurait compris une part importante de la bourgeoisie industrielle et de la classe ouvrière et qui aurait étendu la puissance de la démocratie sans mettre un moment en question la propriété. Mais il y avait chez les possédants et les dirigeants un commencement de frayeur et le ministère, en cette fin de 1792, croyait avoir intérêt à fomenter ces craintes plus qu'à les calmer.

L'EFFET DES VICTOIRES FRANÇAISES

C'est que les victoires de la France avaient brusquement modifié le point de vue de Pitt et démenti ses prévisions. Il ne voulait pas intervenir dans les affaires intérieures de la France et il avait tenu l'Angleterre à l'écart de la première coalition parce qu'il croyait que la France désorganisée, livrée à l'anarchie, succomberait à l'assaut des puissances européennes.

Ainsi, l'Angleterre, pour son action politique et surtout commerciale dans le monde, avait un double bénéfice, le bénéfice de la paix, qui lui permettait de produire beaucoup, et le bénéfice de l'abaissement de la France, rivale sur les marchés. Mais voici qu'au lieu d'être abaissée et affaiblie, la France de la Révolution abat les rois, refoule les armées ennemies, s'agrandit par la libre adhésion de la Savoie, pénètre en Allemagne, occupe la Belgique. Voici qu'en Belgique elle fait acte d'autorité et, brisant par sa seule volonté un traité qui liait plusieurs puissances, traité placé sous la protection de l'Angleterre, elle rend aux Belges la libre navigation de l'Escaut. Voici donc que la France déborde sur l'Europe et qu'il est à craindre qu'elle n'utilise, au profit de son commerce et de ses manufactures, la vaste influence qu'elle s'assure par la force des armes et par la propagande de ses principes. Si l'Angleterre n'intervient pas, si la Prusse et l'Autriche, déjà fatiguées sans doute de la lutte, sont abandonnées à elles-mêmes, la France retrouvera bientôt la paix, et une paix triomphante, rayonnante, qui fera d'elle, dans l'ordre économique, la rivale heureuse de l'Angleterre.

Bien mieux, au moment où la France semble près de se débarrasser par la victoire du fardeau de la Révolution, elle passe ce fardeau aux autres peuples; elle le rejette sur l'Angleterre même qui voit son calme intérieur troublé, sa Constitution menacée, et qui, si elle ne se défend pas à temps, si elle n'écrase pas les germes de Révolution que les souffles orageux de France disséminent sur son sol, sera absorbée longtemps, au grand détriment de son indus-

.trie et de son commerce, par une crise politique et sociale que la
France semble précisément surmonter.

Le péril était d'autant plus grand que la France ne se bornait
point à agir par l'exemple, par la pure propagande des idées. Par
son décret du 19 novembre, par son décret du 15 décembre, elle

LE CAUCHEMAR DE L'ARISTOCRATIE
(D'après une estampe de la Bibliothèque Nationale)

promettait son appui aux peuples qui se soulèveraient contre leur
Constitution. Elle exaltait ainsi la Révolution universelle.

Etait-il possible encore, en cette fin de 1792, de rapprocher la
France et l'Angleterre? Il aurait fallu trouver une sorte de compromis. Il aurait fallu que le gouvernement anglais rendît, pour
ainsi dire, inoffensive la propagande révolutionnaire de la France,
en prenant lui-même l'initiative d'une réforme démocratique du
système politique de l'Angleterre. Et il aurait fallu que la France,

renonçant à toute provocation révolutionnaire, à toute jactance et à toute intervention au dehors, donnât à l'Angleterre l'assurance que ses justes intérêts en Europe et les traités qui les garantissaient ne seraient point menacés.

Sans doute l'ouverture de l'Escaut à la libre navigation ne blessait en rien les intérêts anglais immédiats; mais elle témoignait de la facilité avec laquelle la France révolutionnaire substituait le droit international nouveau, fondé par elle, au droit positif des traités. Que des garanties fussent données à l'Angleterre contre l'entraînement des prétentions françaises et que l'Angleterre cessât de craindre, pour son régime intérieur, l'inévitable propagande de la Révolution en faisant une juste part à l'esprit de réforme et de démocratie, à ces conditions la paix pouvait encore être maintenue.

FOX LUTTE CONTRE LE COURANT BELLIQUEUX

C'est dans cet esprit que luttait Fox, mais presque sans espoir, car la fureur des passions soulevées chez les deux peuples rendait presque impossible toute négociation sérieuse et sensée. C'est en vain que Fox, avec le plus noble courage, tentait de frayer cette voie moyenne. C'est en vain qu'il glorifiait les conquêtes de la liberté en France et désavouait les excès de la propagande. C'est en vain aussi qu'il tentait de ramener à de modestes proportions la question de l'Escaut.

Ses paroles irritaient, au lieu de l'apaiser, l'orgueil national tous les jours plus ombrageux. Il s'écriait, le 13 décembre 1792, dans le débat sur l'adresse : « L'honorable gentleman qui a soutenu la motion a jugé convenable de dire, comme preuve qu'il existe un esprit dangereux dans ce pays, que cet esprit s'est manifesté par l'attitude découragée et déprimée de certaines personnes quand les nouvelles de la reddition de Dumouriez arrivèrent en Angleterre. Voilà donc ce que l'on considère comme un signe de mécontentement et comme une préférence pour les doctrines républicaines! Que des hommes soient tristes et abattus quand ils apprennent que les armées du despotisme ont triomphé d'une armée combattant pour la liberté, si cet abattement est la preuve que des hommes sont mécontents de la Constitution anglaise et ligués avec les étrangers pour la détruire, je me dénonce moi-même et je me livre comme un coupable à mon pays, car j'avoue librement, que lorsque j'entendis parler de la capitulation ou de la retraite de Dumouriez, lorsque j'appris la possibilité de la victoire des armées de l'Autriche et de la Prusse sur les libertés de la France, mon esprit fut triste et je fus abattu. Comment un homme qui aime la Constitution de l'Angleterre, qui en porte les principes dans son cœur, peut-il souhaiter le succès du duc de Brunswick après la lecture de son manifeste qui viole toutes les doctrines qu'un Anglais tient pour sacrées, qui foule aux pieds tout principe de justice, d'humanité, de liberté et de vrai gouvernement, et au nom duquel les armées coalisées entrèrent dans le royaume de France, où elles n'avaient rien à faire? Et lorsqu'il parut que ces armées avaient des chances de succès, pouvait-il y avoir un seul homme ayant des sentiments anglais qui ne fût pas triste? Je l'avoue hautement, je n'ai jamais éprouvé en ma vie une plus sincère tristesse et plus d'abattement, car je voyais, dans le triomphe de cette conspiration, non seulement la ruine de la liberté en France, mais la ruine de la liberté en Angleterre, la ruine de la liberté de l'homme. »

Il proclamait, le 14, la grandeur de la France : « Quiconque me prête l'opinion que l'agrandissement de la France est chose indifférente à mon pays, se méprend sur moi grossièrement. La France s'est certainement agrandie. Elle a déconcerté les prédictions de ce gentleman qui, durant la dernière session, en parlant des adversaires de la Grande-Bretagne sur le continent, s'est écrié : « Il n'y « a de danger d'aucun côté; quand je regarde la carte de l'Europe « j'y vois un vide autrefois appelé la France ». Ce vide, le gentleman doit avouer maintenant qu'il s'est rempli. Je ne veux point rappeler les traditions militaires des Français. Ils se sont souvent conduits de telle sorte que je crois que le pouvoir de la France peut être redoutable à notre pays. Elle était formidable sous la monarchie, quand elle était alliée à l'Espagne et l'amie de l'Autriche. Mais la France avec ses finances presque ruinées, la France en hostilité avec l'Autriche et pas certainement en amitié avec l'Espagne, est plus formidable maintenant : elle est plus formidable par ses libertés dont les effets dépassent tout calcul humain. Tous les habitants de l'Europe qui ont quelque intérêt à la cause de la liberté, sympathisent avec les Français et souhaitent leurs succès, parce qu'ils voient en eux des hommes qui luttent contre les tyrans et les despotes pour se donner un gouvernement libre. »

Sans doute il combattait la propagande armée, « cette tyrannie de donner la liberté par contrainte » (*the tyranny of giving liberty by compulsion*). Mais si, au lieu de se donner comme des libérateurs, les Français avaient prétendu simplement user du droit de conquête, quelle est la Cour d'Europe qui aurait le droit de leur jeter la pierre?

« Les Etats de Brabant étaient un gouvernement libre et légal d'après les traités. Mais étaient-ils libres sous la maison d'Autriche, sous Joseph, Léopold ou François? Oh! oui, lorsque Dumouriez fit à Bruxelles une entrée triomphale et lorsque les gouverneurs autrichiens firent leur sortie par une poterne, ils laissèrent derrière eux

une déclaration aux Etats restaurant leur grande charte, la *joyeuse
entrée*, qui avait été le perpétuel sujet de dispute avec leur souverain : voilà le gouvernement qui agissait de façon si honorable
avec ses sujets et qui prétend couvrir la France de honte! »

Quant à l'ouverture de l'Escaut, la Hollande ne se plaint pas : de
quel droit l'Angleterre serait-elle sur ce point plus susceptible que
son alliée directement intéressée? Mais les clameurs de colère et de
haine grandissaient, et la tentative suprême de Fox demandant, le
16 décembre, qu'un ambassadeur fût envoyé en France, afin qu'une
discussion courtoise réglât les différends et dissipât les malentendus, fut accueillie presque avec insulte. Burke, déchaîné, prêcha
entre l'Angleterre et la France la guerre éternelle.

> *Littora littoribus contraria, fluctibus undas..*
> *Imprecor, arma armis : pugnent ipsique nepotes.*

(Je soulève les rivages contre les rivages, les flots contre les flots,
les armes contre les armes; qu'ils combattent, eux et leurs descendants.)

Toute negociation officielle avec la France révolutionnaire fut
dénoncée comme une honte et une contamination. Grey, Courtney,
Sheridan tentèrent d'inutiles efforts contre la tempête. A la
Chambre des lords, lord Grenville répondit au nom du ministère,
avec une violence inaccoutumée, à lord Landsdowne, qui avait
courageusement proposé l'envoi d'une ambassade auprès de la
République française : « Ce serait, dit-il, une démarche dégra-
dante et la dignité de la nation en serait souillée. »

LE FANATISME ANTIFRANÇAIS

Ce qu'il y avait de grave, c'est que ce n'étaient pas seulement les
classes dirigeantes qui se passionnaient ainsi. Le peuple, les prolétaires, à l'exception de quelques groupes d'élite, étaient fanatisés
contre la France. Les dirigeants avaient réussi à leur persuader
que la France voulait jeter en Angleterre la flamme de la Révolution pour dévorer son commerce et son industrie. Et les salariés
exaspérés croyaient lutter contre la menace de la famine et de la
ruine.

Brissot, qui suivait d'assez près les affaires d'Angleterre, a très
bien vu cela, et il l'a noté dans son rapport du 12 janvier 1793 à la
Convention.

« La marche du ministère avait été très astucieuse. Les succès
de la France l'inquiétaient sur le sort de l'aristocratie qui domine
en Angleterre à l'ombre de la royauté. Il craignait qu'un exemple

aussi séduisant n'y trouvât enfin des imitateurs, et, pour l'éviter, il fallait brouiller les deux nations, *populariser* cette guerre, faire détester les nouveaux républicains par les Anglais mêmes qui se faisaient gloire de les estimer.

« Comment parvenir à ce point? La route était simple. Un peuple déjà vieux et dont une grande partie est aisée, doit tenir à sa Constitution, parce que là est son repos, là sont ses jouissances. C'était là aussi que devait toucher le ministère. Il n'est pas d'Anglais qui ne soit convaincu que la Constitution anglaise a beaucoup de défauts, que la corruption du gouvernement est sans bornes; mais chacun voulait la réforme sans convulsion et si l'on touchait à la Constitution, pouvait-on éviter les convulsions? Qui pouvait calculer les calamités qu'elle entraînerait? La terreur de ces calamités glaçait presque tous les esprits; elle les glaçait d'autant plus qu'on leur exagérait les inconvénients de la Révolution française, que les émigrés leur en faisaient des tableaux hideux, que le ministre anglais prenait un soin particulier à noircir tous ces tableaux.

« Dans cette disposition des esprits, il suffisait au ministère de sonner le tocsin sur l'anarchie, et de crier que la Constitution était en danger; car, à ce mot *Constitution en danger*, l'homme en place craignait pour ses appointements, le noble pour ses titres, le prêtre pour sa superstition, le propriétaire pour sa terre, *l'ouvrier pour son pain;* dès lors, la conspiration contre toute révolution devenait nécessairement universelle. »

C'est ainsi que la foule brûlait l'effigie de Paine dans la plupart des villes et des plus importants villages du Northumberland et du Durham. C'est ainsi que la maison du grand savant Priestley était mise à feu et saccagée. Francis disait amèrement à la Chambre des Communes le 15 décembre :

« Suis-je libre dans cette discussion? Si j'hésite, si je balance entre la guerre et la paix, si je délibère avant de prononcer, mon intégrité sera-t-elle aussitôt contestée et ma loyauté suspecte? »

Le vent d'orage emportait les paroles de Fox.

LES ILLUSIONS DES *RÉVOLUTIONS DE PARIS*

D'ailleurs sa politique de modération et de conciliation était bafouée en France comme en Angleterre. Je ne suis point surpris de trouver ce jugement sévère dans le journal *les Révolutions de Paris* (numéro du 1ᵉʳ au 6 décembre); car le grave journal croit que la Révolution va éclater en Angleterre et, naturellement, il n'a que du dédain pour ceux qui, comme Fox, se contenteraient d'une réforme.

« Commencement de révolution en Angleterre... Oui, le peuple anglais deviendra libre. Est-il permis d'en douter, puisqu'il veut être notre ami? Pour devenir libre, il lui faut une révolution, eh bien! il la fera! Les symptômes en sont déjà sur tous les visages et la volonté dans tous les cœurs. En vain George et son ministre Pitt veulent conjurer l'orage, il gronde sur leurs têtes et ne tardera pas deux mois à éclater. Les moyens violents qu'ils emploient ne serviront qu'à hâter l'explosion, et ne feront pas, à coup sûr, rehausser les fonds qui sont baissés de 12 p. 100.

« Des sociétés révolutionnaires s'étaient formées à Londres avec un club central de correspondance qui les liait entre elles et assurait le succès de leurs opérations. Des pamphlets vigoureux, lancés dans le public, préparaient les esprits à la première crise de révolution. Qu'a fait la Cour? Elle a fait fermer tous les clubs par la force armée, elle a défendu de se rassembler, sous peine d'être traité en séditieux; elle a interdit la faculté d'écrire, en ordonnant aux grand jurés et aux magistrats de faire poursuivre les auteurs de tous ouvrages révolutionnaires. Déjà le seul journaliste patriote qu'il y ait à Londres, Perry, auteur de l'*Argus*, a été obligé de s'enfuir en France, pour avoir conseillé au peuple de prendre les armes. Déjà beaucoup d'imprimeurs ont été arrêtés, et l'on instruit leur procès; *le peuple se souviendra qu'il y a cent mille mousquets dans la Tour de Londres.*

« L'inquisition la plus odieuse s'exerce sur les voyageurs et sur les livres; on veut empêcher la circulation des journaux français; le gouvernement tremble; il voit s'approcher le moment de la crise et tâche de l'éloigner; mais tous les efforts sont vains. L'armement très actif, commencé sous le prétexte de soutenir les Hollandais, mais en effet dirigé contre les Jacobins de France et d'Angleterre, n'aura pas seulement le temps de s'achever; tout est prêt à Londres et en Écosse; il ne faut plus qu'une étincelle pour allumer l'incendie; et telle doit être la marche de la révolution anglaise, que la Cour aura beau faire résistance ouverte ou prêter le flanc, rien ne peut empêcher cette révolution de s'accomplir; il faut au peuple anglais une représentation nationale, l'exclusion de tous les privilèges, l'abolition de la royauté. Il n'y a qu'une manière d'être libre et la Constitution anglaise est un contre-sens en liberté.

« Tous les aristocrates anglais conviennent bien que cette *excellentissime* Constitution est vicieuse, qu'il y a de grands abus à réformer; mais l'exemple de la France les effraie, ils voulaient endormir le peuple par un rapprochement de ce qu'on appelle les deux partis. Le ministre Pitt, et *Fox, chef de l'opposition, qui ne vaut guère mieux que lui*, ne sont pas éloignés de ce raccommodement; s'il avait le malheur de s'effectuer, et qu'on s'en tînt là, on réformerait effectivement quelques abus, on réduirait quelques pensions, on donnerait une représentation à telle ou telle grande ville qui n'est pas représentée au Parlement et l'on diminuerait celle de tel hameau composé de six feux, dont le *seigneur* envoie deux députés, etc., etc..., et le roi resterait toujours le maître absolu de la force civile et militaire. Autant vaudrait se contenter de faire les ongles et les cheveux d'un malade qui aurait la gangrène aux viscères.

« Non, non, il n'en sera pas ainsi. Si l'Angleterre doit être l'amie, l'alliée de la France, il faut qu'elle soit république comme elle. Il n'est pas de nation en Europe à qui, par ses mœurs et sa position, le régime démocratique soit plus propre. Elle sera donc une république. Après dix-huit siècles d'injustice et de tyrannie, on verra donc deux peuples voisins, que la détestable politique des Cours avaient longtemps rendus ennemis, réunis à la fin pour faire triompher sur tout le globe la cause de l'humanité, de la liberté. Français! quel exemple vous avez donné! Il est donc vrai que l'arrêt de mort de tous les tyrans est dans l'acte qui vous constitue républicains. »

Quelle épaisseur de sottise et de fanfaronnade! Quelle ignorance des mœurs et du développement des autres peuples! Songez que cela est écrit en décembre 1792, qu'à ce moment la France est engagée en Belgique, en Allemagne, en Italie; que, malgré ses victoires, elle se heurte partout à des difficultés et à des défiances. Songez qu'il y a un intérêt de premier ordre pour elle et pour la Révolution elle-même, à ne pas épuiser dans une lutte sans fin ses ressources, son crédit et sa liberté même. Songez que la neutralité bienveillante ou l'alliance de l'Angleterre permettrait à la Révolution de dissoudre vite ces coalitions qui la menacent, de retrouver la paix, et, avec la paix, la détente des passions et des haines qui surexcitaient la Gironde et la Montagne. Il fallait faire un effort immense pour obtenir cette neutralité de l'Angleterre et voici qu'un des grands journaux, le plus pédant de tous, l'éternel donneur de conseils, somme l'Angleterre de devenir république! Il ne lui suffit pas qu'elle réforme sa Constitution dans le sens de la démocratie. Il faut encore qu'elle ait sa journée du 10 août, qu'elle soit de point en point la plagiaire de la France. Ces fanfarons stupides s'émeuvent à la pensée qu'un accord pourrait intervenir entre Pitt et Fox; or cet accord ne pourrait signifier qu'une chose : c'est que Pitt, sentant grandir dans une partie du pays, et à la Cour même, la politique de guerre, s'unirait à Fox pour y mieux résister. Dans cette hypothèse, Fox et Pitt auraient certainement rétabli les relations officielles avec la France, cherché un moyen d'entente avec elle. Ils lui auraient sans doute demandé d'interpréter dans un sens pacifique le décret inquiétant du 19 novembre et de renoncer à toute invasion en Hollande.

La paix, et l'extension du droit du suffrage, cela ne suffit pas aux sentencieux rédacteurs du journal de Prudhomme. Ils vont à la guerre contre l'Angleterre avec une inconscience et une infatuation qui épouvantent. Le journal récidive, sous le titre : *Suite de la Révolution anglaise*, dans le numéro du 15 au 22 décembre. Il annonce que la Cour d'Angleterre fait des préparatifs de guerre et il déclare sans hésiter que la guerre sera le signal d'un soulèvement universel en Irlande, en Écosse et à Londres. Et, répondant à la partie du message où George III dit : « J'ai conservé avec soin une stricte neutralité dans la guerre actuelle du continent et me suis interdit toute intervention dans les affaires intérieures de la France », il écrit :

« Il n'y a rien de plus faux que ces allégations ministérielles et royales. Mais comment le cabinet de Saint-James l'entend-il? *Il semble vouloir se faire un mérite de ne s'être point mêlé de nos affaires. En avait-il le droit? Le pouvait-il? Et cette neutralité dont il se targue n'est-elle pas plutôt le fait d'une fausse prudence et d'une conduite lâche qui a mal réussi ?* »

Toute négociation devient impossible quand les faits sont à ce point dénaturés. La vérité certaine, évidente, c'est que jusqu'à ce moment l'Angleterre avait voulu la paix et avait évité tout ce qui pouvait la compromettre.

Le journal de Prudhomme traite de haut le ministre Lebrun, qui avait envoyé au ministère anglais une communication de forme modérée :

« Nous sommes fâchés de voir que le ministre Lebrun ne se soit pas placé à la hauteur des principes de la République dont il est un des organes, vis-à-vis du cabinet de Saint-James, qui ose encore aujourd'hui parler et agir ainsi. Nous l'avons déjà dit : depuis que le peuple français a retrouvé les droits de la souveraineté, *il ne doit plus entrer en négociations avec aucun cabinet de l'Europe. C'est de peuple à peuple qu'il faut traiter désormais.* La République française doit désavouer son ministre des Affaires étrangères toutes les fois qu'il la compromet ainsi, et lui défendre d'entretenir dans les Cours voisines des agents accrédités ou non, chargés par lui de solliciter et d'obtenir des audiences particulières de la nature de celles que Lebrun a dit, dans son dernier discours à la Convention, s'être ménagées auprès du ministère anglais. Ce n'est point avec Pitt, ce n'est point avec George, que la République a des intérêts à démêler ou des rapports à établir; elle ne les connaît pas, puisqu'ils ne sont point chargés des mandats du peuple, elle n'a à traiter qu'avec le peuple anglais légalement représenté et quand il se sera déclaré souverain. »

Ou cela ne signifie rien, ou cela veut dire que la France laissera se créer entre elle et les pays de l'Europe tous les malentendus et qu'elle subira une guerre indéfinie tant que l'Allemagne, l'Italie,

DÉPUTÉ A LA CONVENTION NATIONALE

Quoniam iniquitatem meam ego cognosco,   *Je reconnais ma faute, et mon crime odieux,*
et peccatum meum contra me est semper.   *A chaque instant du jour, est présent à mes*
                                                  [yeux.

(D'après une estampe de la Bibliothèque Nationale)

l'Autriche, l'Angleterre, la Russie même, n'auront pas fait une révolution démocratique et républicaine. Je conviens que les tentatives réconciliatrices de Fox devaient paraître bien mesquines et bien pauvres à des hommes qui se complaisaient à d'aussi vastes pensées.

LES ILLUSIONS DE KERSAINT

Dans le curieux discours, beaucoup plus tempéré, mais étrangement équivoque, que Kersaint fit à la Convention le 1er janvier, il maltraite également Fox :

« J'aperçois, dans les mouvements du gouvernement anglais, trois motifs également distincts, étrangers au peuple anglais : 1° La haine du roi contre les Français et ses craintes pour sa couronne, seul motif de l'intérêt qu'il a manifesté pour Louis XVI; cet intérêt est fortifié par celui des nobles et des épiscopaux, vos ennemis naturels; — 2° Les inquiétudes du premier ministre Pitt, maître absolu de l'Angleterre depuis huit ans, et que les orages d'une révolution et ceux d'une guerre menacent également de sa chute et ce parti tient à l'autre par l'aristocratie de la finance et les nombreux agents du gouvernement; la guerre formera la coalition de ces deux intérêts et telle est leur force qu'ils entraîneront l'Angleterre.

« 3° *L'ambition et le génie de Fox et les intrigues de son parti, cherchant à profiter des circonstances pour s'emparer du gouvernement, flattant avec adresse les diverses espérances de réformation qu'il croit propres à agiter le peuple anglais, espérances que la seule idée de révolution a changées en crainte; et, ce motif, échappant aux chefs de l'opposition, les a laissés à la merci du gouvernement : juste châtiment, exemple mémorable qui doit avertir les hommes libres du danger de l'intrigue. La cause de cet événement, qui sera peut-être fatal au monde, est dans le caractère de ce célèbre orateur qui soutient, par son génie, la réputation d'un parti, dernier et frêle appui des défenseurs de la liberté en Angleterre. Ami des Droits de l'Homme et flatteur du roi, frondeur du gouvernement et superstitieux admirateur de la Constitution britannique, aristocrate-populaire, royaliste-démocrate, Fox n'a qu'un but, celui de s'élever sur les ruines de son rival et de se venger une fois de tant de défaites parlementaires, non moins fatales à ses intérêts qu'à sa gloire.* »

J'avoue que je ne comprends pas. Kersaint reproche à Fox son rôle intermédiaire et ambigu. Mais, qu'attend-il donc de lui et que pouvait-il en attendre? Voulait-il que Fox affirmât à la Chambre des Communes les principes de l'extrême démocratie et la répu-

blique? C'était renoncer d'un coup à toute influence parlementaire,
à tout espoir de modérer la politique anglaise, de l'orienter vers
les réformes et vers la paix. Kersaint constate que « la peur de la
Révolution a changé en crainte les espérances de réformation ».
Mais la démocratie absolue ne pouvait être réalisée d'emblée, en
Angleterre comme en France, que par des voies révolutionnaires et
Fox, de l'aveu même de Kersaint, n'aurait fait qu'aggraver la
réaction belliqueuse.

Ou bien, au contraire, Kersaint eût-il voulu que Fox gardât le
silence, même sur les idées de réformes, qu'il s'abstînt d'attaquer
Pitt et le ministère? Par là, il aurait rassuré les intérêts conservateurs et il aurait diminué l'excitation contre-révolutionnaire; il
aurait aussi affermi Pitt qui résistait à la guerre et de toute façon
il aurait accru les chances de paix. Est-ce là ce que Kersaint veut
dire? C'était demander le suicide du parti libéral anglais. C'était
renoncer pour l'Angleterre non seulement à la révolution démocratique, mais à toute réforme, à toute atténuation des privilèges
mêmes que l'exemple de la Révolution française rendait à peu près
intenables.

Il n'y a dans le discours de Kersaint ni déclamations, ni fanfaronnades. Les vues fines et justes y abondent. Ce qui y fait défaut,
c'est une direction ferme et une conclusion logique et courageuse.
Il ne flatte pas la Convention et la France de l'espérance que la
nation anglaise prendra parti pour la Révolution. Il ne dénonce
pas la prétendue perfidie de la politique de Pitt. Non, il croit et il
dit que Pitt veut la paix; mais que, s'il est obligé par les passions
contre-révolutionnaires de l'Angleterre de déclarer la guerre, il y
entraînera aisément le peuple entier.

« Le prudent adversaire de Fox (Pitt) a besoin, à ce moment, de
toutes ses forces; car il faut qu'ensemble il défende sa popularité
et son parti évidemment aristocrate, la royauté et son pouvoir évidemment absolu. Et, si la guerre éclate, peut-il être sûr de conserver, malgré les événements qui l'accompagneront, cette prépondérance qu'on lui dispute même au sein de la paix? C'est un fait connu
en Angleterre et qu'une foule d'exemples a changé en axiome politique, que le ministère qui y déclare la guerre ne la voit jamais
finir. Pitt voit dans la guerre le terme de son autorité. Pitt ne veut
donc pas la guerre... »

Et encore :

« Pitt est sage et habile : il veut préserver son administration
des embarras inséparables d'une révolution, et sans doute qu'il
espère y parvenir en accélérant le retour de la paix en Europe. »

Ainsi, selon Kersaint, non seulement Pitt ne veut pas jeter l'Angleterre dans la guerre, mais il désire le rétablissement de la paix
générale. Seulement, il a à compter avec de grandes forces sociales

qui poussent à la guerre : c'est l'aristocratie foncière et épiscopale d'un côté, l'aristocratie d'argent de l'autre :

« L'aristocratie bourgeoise et financière se trouve en Angleterre dans une proportion beaucoup plus grande qu'elle n'était en France lors de la Révolution de 1789; ces hommes sont aujourd'hui les auxiliaires de la Cour et du Parlement et font un grand bruit de nos désordres, de notre anarchie, de notre faiblesse et des malheurs de ces journées que nous voudrions pouvoir effacer de notre histoire; ils en épouvantent les gens de la campagne et le clergé britannique, les épiscopaux emploient l'hypocrisie qui leur est propre et leur crédit sur l'esprit du peuple pour effacer l'impression produite par nos succès et l'évidence des vérités que nous avons proclamées. »

En sorte que le jour où le gouvernement le voudra, c'est toute la nation anglaise qui se lèvera fanatisée pour la guerre. « Mais le peuple anglais proprement dit est-il dans des dispositions hostiles à notre égard et son gouvernement pourra-t-il en disposer à volonté pour nous faire une guerre injuste? Je dois le dire, les habitants de Londres et des villes principales d'Angleterre sont travaillés, en ce moment, avec une perfide adresse, afin de les exciter à la guerre. »

Ainsi, tandis que les niais du *Journal de Prudhomme* repoussaient toute idée de négociation avec Pitt et voulaient une entente directe avec « le peuple », comme si le peuple était organisé, comme s'il était indemne des passions chauvines et rétrogrades, Kersaint constatait que le peuple anglais, à la moindre impulsion du pouvoir, se précipitait dans la guerre et il voyait en Pitt le seul ami de la paix. Kersaint va jusqu'à regretter que Fox ajoute aux difficultés contre lesquelles Pitt se débat. Puisque Fox n'osait pas poser nettement les principes de la démocratie, il ferait mieux de se taire, de ne pas harceler le ministère. En le pressant, en l'interrogeant, il l'oblige ou à désavouer les abus de la Constitution anglaise et à surexciter ainsi les passions réactionnaires des classes dirigeantes, ou à se solidariser avec ces abus qu'en des temps plus calmes il réformerait.

« George III, par passion, veut la guerre; Fox veut entraîner le ministère dans de fausses démarches et le contraindre à défendre les abus du gouvernement. » Comment Pitt sortira-t-il de cet embarras? Comment échappera-t-il à la fois à la révolution et à la guerre? Comment donnera-t-il satisfaction, en quelque mesure, aux passions haineuses du roi et aux instincts conservateurs des classes dirigeantes, sans se jeter dans une aventure? C'est ici que Kersaint fait une hypothèse tout arbitraire : « Pitt espère sortir de ce mauvais pas en offrant sa médiation aux puissances belligérantes. » Et c'est pour imposer cette médiation, pour obliger surtout la

France à l'accepter, qu'il fait semblant de vouloir la guerre. Il croit que la France fatiguée cédera.

« Pitt a pour lui la force du gouvernement, dont toutes les branches sont entre les mains de ses créatures; il a pour lui la théorie de la corruption, son éloquence et la clef de la trésorerie. Nos transfuges et l'aristocratie qui l'environnent le poussent aux deux partis qu'il paraît avoir embrassés, savoir : de nous arrêter dans le cours rapide de nos victoires sur terre, par la crainte d'une guerre maritime, et de nous amener à des accommodements avec nos ennemis à l'aide de sa médiation... Une négociation en faveur des émigrés *mixtes*, j'entends ceux qui n'ont pas pris les armes, est aussi dans les vues de Pitt. »

C'est en effet une hypothèse arbitraire : car il n'y a aucun fait, aucun acte qui permette de supposer que Pitt voulait intervenir en ce sens. Ou il voulait la paix, et il savait bien que la France n'accepterait pas la moindre immixtion de l'étranger dans sa politique intérieure; ou il était résolu à la guerre, et il avait tout intérêt à lui donner un autre caractère que celui que lui avaient donné la Prusse et l'Autriche. Il voulait se prévaloir jusqu'au bout de la sagesse avec laquelle l'Angleterre s'était abstenue de toute ingérence dans les affaires françaises et donner à la France révolutionnaire le rôle de provocatrice. C'est ce qui ressort encore de la réponse adressée le 31 décembre par lord Grenville à une communication de Chauvelin. Il se plaint du fameux décret du 19 novembre, qui « annonce aux séditieux de toutes les nations quels sont les cas dans lesquels ils peuvent compter d'avance sur l'appui et le secours de la France, et qui réserve à la France le droit de s'ingérer dans nos affaires intérieures, au moment où elle le jugera à propos, et d'après des principes incompatibles avec les institutions politiques de tous les pays de l'Europe. Personne ne peut se dissimuler combien une pareille déclaration est propre à encourager partout le désordre et la révolte. Personne n'ignore combien il est contraire au respect que les nations indépendantes se doivent réciproquement, *ni combien elle répugne aux principes que le roi a suivis de son côté, en s'abstenant toujours de se mêler, de quelque manière que ce fût, de l'intérieur de la France.* »

Ainsi, Kersaint se trompait sur la politique de Pitt; mais là où son erreur était plus grave, c'est lorsqu'il disait que Pitt ne voulait pas sérieusement la guerre, que les préparatifs n'étaient qu'une parade pour effrayer la France. Sans doute Pitt ne cherchait pas la guerre, il préférait la paix; mais les embarras qu'il pouvait avoir en Ecosse, en Irlande et en Angleterre même, n'étaient pas assez grands pour l'empêcher d'envisager sérieusement l'hypothèse de la guerre. Et, en se flattant qu'il n'y avait là qu'une démonstration

un peu vaine, Kersaint se dispensait et il dispensait la Convention
de chercher passionnément le moyen de conjurer ce suprême péril.
Du moins avertissait-il loyalement la France que toute la propagande révolutionnaire en Angleterre était restée à peu près inefficace : « *Je ne puis vous dissimuler que, si Pitt est conduit à la
guerre, il disposera de sa nation.* »

LE RAPPORT DE BRISSOT

Brissot, lui aussi, quoiqu'il connût les choses anglaises mieux
que la plupart des Conventionnels, n'avait pas regardé le problème
en face. Il avait vécu au jour le jour, avec un optimisme très
superficiel. La décision du ministère anglais, suspendant après le
Dix-Août tout rapport diplomatique officiel avec la France, aurait
dû l'avertir cependant qu'il y avait là une situation difficile et qui
demandait les ménagements les plus délicats. Dans le rapport qu'il
présente le 12 janvier 1793, au nom du Comité de défense générale,
sur *les dispositions du gouvernement britannique envers la France
et sur les mesures à prendre*, il y a un exposé qui serait un singulier aveu d'ignorance s'il n'était surtout une tentative pour excuser
une trop longue insouciance et des imprudences répétées :

« Telle était la disposition du cabinet britannique vers la fin du
mois de novembre, que toutes les difficultés s'aplanissaient insensiblement. Lord Grenville commençait à reconnaître le gouvernement de la France, qu'il avait d'abord intitulé : *Gouvernement de
Paris*. On jouait bien quelquefois le scrupule sur le caractère de
notre agent, on affectait de ne pas se dire autorisé, tandis qu'on
provoquait et donnait des explications. Une seule difficulté semblait arrêter les négociations. Le Conseil exécutif de France voulait
négocier par un ambassadeur accrédité; le ministère anglais dési-
rait que ce fût par un agent secret, et même il ne tenait pas bien
fermement à cette querelle d'étiquette, si l'on en juge par quelques
paroles de lord Grenville, qui attestait à notre ambassadeur que les
formes n'arrêteraient jamais le roi d'Angleterre lorsqu'il s'agirait
d'obtenir des déclarations rassurantes et profitables pour les deux
parties.

« Pitt, de son côté, ne témoignait, au commencement de
décembre, *que le désir d'éviter la guerre et d'en avoir le témoignage du ministère français;* il regrettait que l'interruption de correspondance entre les deux cabinets produisît des malentendus.

« Le Conseil exécutif, d'après ces protestations, avait le droit
d'espérer que des tracasseries n'entraîneraient point la guerre entre
la France et l'Angleterre ; il ne savait pas que des dispositions
apparentes pour la paix n'étaient dictées que par la crainte, que
par l'inquiétude sur le sort d'une comédie qui se préparait.

« Tout à coup, la scène change; le roi d'Angleterre, par deux
proclamations du 1er décembre, ordonne de mettre la milice sur
pied, convoque le Parlement pour le 16 décembre, lorsqu'il ne doit
s'assembler que dans le cours de janvier, fait marcher des troupes
sur Londres, fortifie la Tour, l'arme de canons, et déploie un
appareil formidable de guerre.. Et contre qui tous ces préparatifs
étaient-ils destinés? Contre le livre des *Droits de l'Homme de*
Thomas Paine. Le ministre annonçait que cet ouvrage avait per-
verti tous les esprits, qu'il s'était formé une secte révolutionnaire
qui voulait renverser le gouvernement anglais, le remplacer par
une Convention nationale; que cette secte avait ses comités secrets,
ses clubs, ses correspondances; que ses liaisons étaient étroites
avec les Jacobins de Paris; qu'elle envoyait des apôtres pour exciter
la révolte par toute l'Angleterre... Ces mesures du ministère anglais
remplirent, et au delà, toutes ses espérances. Il se fit une coalition
rapide et nombreuse de toutes les créatures de la Cour, des hommes
en place, des nobles, des prêtres, de riches propriétaires, de tous les
capitalistes, des hommes qui vivent des abus. Ils inondèrent les
gazettes de leurs protestations de dévouement pour la Constitution
anglaise, d'horreur pour notre Révolution, de haine pour les anar-
chistes; *et la secousse qu'ils imprimèrent à l'opinion publique fut*
telle qu'en moins de quelques jours toute l'Angleterre fut aux
genoux des ministres : que la haine la plus violente succéda, dans
le cœur de presque tous les Anglais, à la vénération que leur avait
inspirée la dernière révolution de la France. »

Quoi! en quelques jours, un si prodigieux renversement des
esprits? Ce serait impossible s'il n'y avait pas eu, dans toute la
pensée et dans toute la vie anglaises, un fond conservateur. Oui,
beaucoup d'Anglais avaient de la sympathie et même de la vénération pour une Révolution de liberté; ils en excusaient même parfois la violence et étaient prêts à s'inspirer de ses principes pour
réformer peu à peu dans le sens de la démocratie, leur Constitution; mais à la triple condition que cette réforme ne prendrait pas
des allures révolutionnaires, que la France ne se permettrait
aucune ingérence dans les affaires intérieures de l'Angleterre, et
qu'elle ne profiterait pas de sa propagande sur le continent pour
s'agrandir des peuples voisins et modifier à son profit l'équilibre
de l'Europe.

LES CORRESPONDANCES ANGLAISES DE BRISSOT

Voilà les craintes et les scrupules qu'il fallait ménager, et Brissot se reprochait sans doute tout bas de s'être laissé aller au cours des événements, de n'avoir eu ni fermeté ni prévoyance dans la politique avec l'Angleterre. Sans doute, les très nombreuses correspondances de Londres que Brissot, depuis le Dix-Août, insère dans son journal, *Le Patriote français*, n'avaient pas le ton de fanfaronnade du *Journal de Prudhomme*. Elles marquent bien, il est vrai, les progrès de l'esprit révolutionnaire en Angleterre. Elles exagèrent singulièrement les forces de résistance que cet esprit opposerait en cas de guerre au ministère anglais et à la Cour. Ainsi, une lettre du 9 octobre dit :

« La Cour de Saint-James est dans un très grand embarras sur les affaires de France... En Irlande, en Ecosse et dans le Nord, il n'y a qu'un cri en faveur d'une égale représentation. Il paraît ce jour une adresse d'un des premiers clubs de Londres, ce qui occupera assez le ministre pour nous laisser tranquilles. »

Une autre, du 10 octobre, dit :

« Notre supplément de révolution (le Dix-Août) a fait ici une vive sensation; elle *me paraît* approuvée par les peuples et blâmée par la Cour. *On pense* que si le ministère déclarait la guerre contre la France, le peuple, indigné, s'agiterait, et *peut-être* se fâcherait sérieusement. » Mais, comme on voit, jusque dans cet optimisme révolutionnaire il y a des réserves et des doutes.

Parfois, les correspondants avertissent Brissot que de savantes manœuvres divisent le peuple même. Je lis dans le numéro du 2 octobre, à l'article « Londres » :

« Les derniers événements arrivés en France ont réconcilié la famille royale : le père et le fils sont de la meilleure intelligence. La peur qui a saisi les têtes couronnées s'est aussi emparée d'eux. *Le roi n'aime pas le ministre Pitt* parce qu'il s'oppose à la guerre. Le gouvernement paraît disposé à vouloir négocier ostensiblement avec vous..... Les esprits qui aiment à chercher les événements dans l'avenir croient difficile que l'Angleterre échappe à des mouvements révolutionnaires, mais ils varient sur le plus ou moins grand éloignement de ces mouvements. — On veut faire ici la guerre au peuple par le peuple même; par exemple, attendez-vous à voir une insurrection adroitement ménagée ici pour empêcher l'exportation des blés. On n'est pas tant inquiet sur la quantité des blés, qu'on n'a le désir de nuire à votre Révolution. On cherche un prétexte pour vous tracasser, et ne doutez pas que, si votre roi périssait par quelque assassinat, on partirait de là pour

LA CONQUÊTE DE L'EGALITÉ
Ou les trames déjouées: allégorie de la journée du 10 août 1792; dédié aux Républicains français
(D'après une estampe de la Bibliothèque Nationale)

soulever la nation anglaise contre vous; aussi veillez bien sur lui. »

Il n'y a pas là, évidemment, un entraînement révolutionnaire irrésistible; et Brissot aurait pu, dès lors, prévoir qu'il suffirait de quelque imprudence de la France pour provoquer contre elle un vif courant. Il insère pourtant, en décembre, à cette période décisive où il n'y avait plus une faute à commettre, des communications étrangement optimistes et provocatrices. Une longue correspondance, publiée le 8 décembre, constate que « le ministère sort enfin de l'irrésolution qui l'avait accompagné pendant la dernière Révolution de France et prend des mesures rigoureuses soit pour le dedans, soit pour le dehors. »

Mais il ajoute : « Le cabinet de Saint-James n'a vu qu'avec peine l'ouverture de l'Escaut, *mais l'indifférence qu'a montrée le peuple anglais à ce sujet, lui a fait voir que ce peuple ne craignait plus les Français comme rivaux, et applaudissait même à un acte de justice.* »

Quelle illusion !

« Le cabinet est divisé en deux partis; lord Hawkesbury, à la tête de l'un, et royaliste outré, veut la guerre; Pitt s'y oppose et croit que le jeu de l'Angleterre est la neutralité : il est à craindre que le premier parti ne l'emporte. C'était la force de ce parti qui avait décidé Pitt à se jeter dans les bras de Portland et de Fox, mais la négociation est totalement rompue et l'opposition se prépare à rompre des lances vigoureuses; elle doit blâmer le ministère de n'avoir pas reconnu la République française, elle doit s'élever contre la guerre avec la France et solliciter un bon système de réforme pour l'intérieur. *L'opposition et la Nation entière sont contre la guerre* et le ministère en sera pour ses préparatifs, si même il n'en paie personnellement les frais. »

Mais, quel crime alors de ne pas donner au parti de la paix, par la conduite la plus mesurée et la plus prudente, la force de résister au parti de la guerre! Or, comment se termine une correspondance accueillie par Brissot, dans le numéro du 6 décembre? Après avoir démontré que Pitt veut la paix et les avantages de tout ordre qu'il y trouve, économiques et politiques, elle conclut :

« Vous le verrez proposer lui-même la réforme de la représentation parlementaire. Par tous ces moyens, il espère se garantir du progrès de la maladie française. Mais ici le mal est non seulement dans l'abus, mais dans la réforme de l'abus. Quand une fois on commence, on ne sait plus où la réforme s'arrête. Pitt ne calcule pas mieux quand il croit arrêter le goût de l'innovation par des peines portées contre les prédicateurs d'idées séditieuses. Ces prédicateurs accéléreront la Révolution infailliblement. Il n'y a pas d'apparence que le cabinet de Saint-James veuille rompre avec vous pour l'ouverture de l'Escaut. *Peut-être serait-il obligé de le faire, si la France attaquait la Hollande. Cependant, comme les risques de ce cabinet sont toujours les mêmes, dans ce cas, vous pouvez toujours aller de l'avant; votre jeu est de pousser votre fortune à l'extrême, et de faire voyager le drapeau tricolore à Saint-Pétersbourg si vous le pouvez.* »

Ainsi, sous prétexte que, en toute hypothèse, les embarras intérieurs du ministère anglais resteront les mêmes et que les risques de révolution lui rendent difficile en tous cas de déclarer et de soutenir la guerre, il faut que la France renonce à tout ménagement, envahisse la Hollande, même si c'est là un *casus belli* avec l'Angletere. *Pousser sa fortune à l'extrême*, voilà les conseils donnés à la France à cette heure vraiment tragique, où elle doit au contraire se garder de toute ivresse, limiter et surveiller ses propres efforts sous peine de sombrer dans le despotisme militaire. Et Brissot fait accueil à ces frivoles conceptions! Il a l'air de faire sienne cette tactique funeste! Et personne ne se lève dans la Convention pour rappeler la France révolutionnaire à la sagesse, à la réalité!

Brissot a prévu le parti dangereux que nos ennemis au dehors tireraient du décret du 19 novembre. Il l'a dit un moment dans son journal, mais il n'a pas eu le courage de s'y opposer. Il sait que l'Angleterre, déjà émue par l'ouverture de l'Escaut, redoute une entreprise armée de la France sur la Hollande; et il reproduit l'appel aux Bataves où Condorcet, le 1ᵉʳ décembre, les provoque à la Révolution. Il n'ignore pas que les provocations révolutionnaires venues de France exaspèrent presque toutes les classes anglaises et il n'avertit pas la Convention! Et il ne proteste pas contre son président Grégoire qui répond, comme nous l'avons vu, à la députation d'un club anglais, qu'une Convention nationale siégera bientôt en Angleterre!

L'ERREUR DES RÉVOLUTIONNAIRES FRANÇAIS

Robespierre aussi se tait. Lui qui, au commencement de 1792, avait si courageusement lutté contre la politique de guerre et dénoncé les illusions, lui qui avait rappelé que la Révolution française n'avait pu se produire que parce que, à l'origine, les classes possédantes et éclairées y participèrent, lui qui avait dit que le peuple seul était impuissant; avec quelle force il eût pu établir qu'il n'y avait aucune chance d'entraîner dans un mouvement de révolution cette Angleterre où les classes privilégiées, bien loin d'aider les « basses classes » pour une œuvre de liberté et de progrès, étaient soutenues par les « basses classes » pour une œuvre de conservation et de privilège! Lui qui redoutait si justement que des longues guerres, indéfiniment continuées, sortît enfin le despotisme militaire, de quels accents prophétiques il aurait pu annoncer l'épuisement prochain de la France révolutionnaire surmenée par une lutte disproportionnée contre le monde ! Une chance s'offrait de limiter cette lutte, c'était de maintenir la paix avec l'Angleterre. L'effort commun et presque désespéré de tous les partis révolutionnaires aurait dû être de sauver cette chance unique de paix et de liberté. Pourquoi ne le firent-ils pas? Pourquoi n'eurent-ils qu'une politique inconsistante et contradictoire, faite tour à tour de provocations et de concessions ? C'est peut-être parce qu'une double griserie commençait à envahir la France : griserie de liberté expansive, griserie de gloire militaire. C'est surtout parce que tous les partis, tous les individus étaient absorbés par des luttes fratricides, parce qu'ils craignaient qu'une démarche de sagesse, de modération et de bon sens fût interprétée par la faction rivale comme une sorte de trahison.

Ils se haïssaient les uns les autres, ils se calomniaient les uns les autres, ils avaient peur les uns des autres et ils ne pouvaient pratiquer, dans cet isolement, dans cette défiance, une politique qui ne pouvait réussir que par l'accord de tous. L'Europe n'aurait pas vu un signe de faiblesse dans une politique de paix et de prudence que la Révolution aurait adoptée, pour ainsi dire, d'un seul front et d'un seul cœur.

Mais quoi! Robespierre calomniait la Gironde et prétendait qu'elle avait voulu livrer la France à Brunswick; la Gironde calomniait Robespierre, elle l'accusait de prétendre à la dictature et elle ramassait contre lui d'ignominieux papiers de police. Mme Roland et Buzot détestaient Danton qui aurait pu couvrir de sa magnifique audace une politique de prudence et de transaction. Danton, absorbé jusqu'au 15 janvier par sa mission en Belgique, et d'ailleurs traité en suspect par la Gironde, ne pouvait pas créer un grand mouvement pacifique; et Roland envenimait toutes les querelles des radotages de sa bonhomie fielleuse et apeurée. Cette lourde nuée de haines tourbillonnait, cachait à tous l'horizon. Pendant qu'ils se déchiraient, ils laissaient se préparer la guerre entre l'Angleterre et la France, c'est-à-dire une des plus grandes catastrophes de l'histoire universelle. Sans doute, plus d'un Conventionnel commençait à avoir conscience du péril, mais peu le voyaient distinctement et plus rares encore, ceux qui osaient l'avouer.

LA CLAIRVOYANCE DE BARAILLON

Je ne trouve guère à ce moment que les viriles paroles, trop amères, il est vrai, et désenchantées, d'un Conventionnel obscur, le représentant de la Creuse, Jean-François Baraillon : dans une opinion imprimée du lundi 7 janvier, il annonçait le funeste et prochain élargissement de la guerre :

« La guerre est sans contredit le pire de tous les fléaux! Quelles en seront les suites? Les voici: ces champs si fertiles seront bientôt incultes, faute de bras; la durée de la disette qui nous tourmente, peut-être la famine, se prolongeront à l'infini.

« Faut-il vous représenter ensuite l'abolition des sciences et des arts, l'extinction de cette brillante jeunesse qui fait votre espoir, qui doit tirer du néant les générations futures auxquelles vous êtes redevables de tant de succès?

« Faut-il vous faire sentir enfin que la liberté publique risque d'être sacrifiée, qu'il peut même arriver un instant où il n'y aura plus de sûreté pour personne? Que de reproches ne mériterions-nous pas alors de la part de la postérité, envers laquelle nous avons contracté un si grand engagement.

« *Ceux qui, pour perdre la République, désirent la voir aux prises avec toute l'Europe, sont certainement à la veille de jouir.*

« *Je sais que nos politiques, à vue myope, se persuadent que les peuples sont surtout pour nous, parce que notre cause, assure-t-on, est la leur. Eh bien! c'est encore là un rêve, une chimère.*

« *L'amour de la liberté ne fera pas autant de prosélytes qu'on l'imagine. Les idées vraiment philosophiques, dont on l'accompagne, sont trop abstraites, conséquemment à la portée de trop peu de gens.*

« *D'ailleurs, tous n'attachent pas le même sens à ce mot* « *liberté* »; *chacun veut en jouir à sa manière; et tel peuple que, par cela même, nous traiterions de barbare, nous regarderait à son tour comme de vrais sauvages. Peu de gens voudront de la nôtre, je vous l'annonce, la suite vous le prouvera.*

« *Nous prétendons éclairer les nations, disons-nous; l'entreprise est belle, mais bien difficile. Les préjugés, hélas! se répandent comme le torrent et la vérité arrive toujours au pas de la tortue.*

« *Ne calculons donc que sur nos armées et sur nos finances et sachons d'avance que nous rencontrerons les couteaux des Francfurtois et les faux des Niçards des montagnes.*

« *L'on compte sur le peuple anglais; mais son gouvernement, qui nous exècre, le maîtrise encore. La partie la plus éclairée est, à la vérité, pour nous; et c'est au plus le cent cinquantième du tout.*

Croit-on, de bonne foi, que les prêtres, les nobles qui alimentent nos émigrés, que la multitude, qui a appris à nous détester dès son enfance, soient tout à coup devenus nos amis? Ce serait un grand prodige.

« *Nos nombreuses victoires, nos rapides succès nous étourdissent sur l'avenir. Sans prévoir que la fortune est inconstante, que nous pouvons être accablés par le nombre, l'on ne s'en persuade pas moins qu'à notre voix, toutes les nations vont embrasser notre système tyrannicide et changer la forme de leur gouvernement.*

« *Mais que l'on se désabuse : les hommes puissants y ont pourvu. Partout, l'on représente les Français comme des anthropophages qui se dévorent entre eux. Il est si facile d'en imposer aux ignorants et les ignorants composent malheureusement la presque totalité du genre humain. C'est en vain que nous exaltons notre liberté; les gens de bien des autres Etats l'ont en horreur; il n'en est pas un seul qui ne préférât le séjour de Constantinople à celui de Paris. Tels sont cependant les effets de quelques erreurs de notre part, et de l'atrocité des méchants.*

« *Pourrions-nous désabuser les hommes trop crédules, leur faire entendre la vérité!*

« *Voulez-vous des preuves de ce que j'avance, en voici : Examinez ce petit nombre de déserteurs prussiens et autrichiens qui vous arrive malgré l'appât, très attrayant sans doute, que vous leur avez offert.*

« *Voyez les habitants de Porrentruy formant un Etat distinct et très circonscrit à côté du vôtre.*

« *Considérez les différents partis qui se manifestent en Belgique, et leur tendance à former une république particulière.*

« *Écoutez les cris des Brabançons en faveur de leurs nobles et de leurs prêtres.*

« *Entendez enfin la ville de Francfort se pavaner, en face de la Convention, d'être libre et impériale.*

« *Certainement, il n'est pas un seul peuple mécontent de son gouvernement, et ils le sont tous, qui ne voulût être délivré, pas un qui ne désire notre secours, notre appui; et malgré cela, il ne s'en trouvera guère qui penseront comme nous.*

« *Tous aimeraient à profiter de nos travaux, de notre or, de notre sang, aucun ne voudrait partager nos dépenses, nos périls. Les Belges eux-mêmes, les Brabançons, je le prédis, nous embarrasseront, nous nuiront même par la suite beaucoup plus qu'ils ne nous serviront.*

« *Nous faisons donc, j'ai le courage de le dire lorsque tout le monde approuve ou se tait, une guerre de dupes. Nous nous affichons, en pure perte, les Don Quichotte du genre humain et, loin d'obtenir de la reconnaissance, nous ne multiplierons que les méconlents, les ingrats et nos ennemis.*

« *Convenons, malgré notre « pouvoir révolutionnaire »,* NOTRE FORFANTERIE GIGANTESQUE, *qu'il est 'tel despote dont nous aurions cependant besoin. Combien Sélim III, par exemple, ne nous servirait-il pas, s'il lui plaisait de faire l'utile diversion qu'il peut opérer! Il liendrait à la fois les deux cours impériales en échec...*

« *Pour la réussite de notre système, il faudrait que la presque totalité des humains ne se trouvât pas sous la férule des prêtres et des nobles, qu'elle entendît notre idiome, que les gouvernements ne corrompissent point les sources de l'instruction... etc., etc.* »

Oui, paroles amères et désenchantées, paroles excessives aussi et injustes. Car, à la fanfaronnade et à la forfanterie, il se mêlait certainement une large part de générosité; car ce n'est pas en vain que la Révolution a passionné dans le monde les plus hauts esprits et remué çà et là des portions dormantes des multitudes humaines. Ce prodigieux ébranlement, s'il n'a point réalisé partout la démocratie, lui a ouvert partout et préparé les voies de l'avenir. D'ailleurs, c'est pour ajourner indéfiniment le jugement du roi que Baraillon s'efforçait de faire peur à la Convention, et cet ajournement, qui n'eût pas mis un terme aux luttes fratricides des factions, aurait été une cause nouvelle de faiblesse. Mais quel malheur que les chefs de parti Brissot, Robespierre, Danton, n'aient pu s'accorder pour mesurer les périls effroyables au devant desquels allait la Révolution!

Oui, il est vrai que la propagande universelle pour la liberté était parfois le déguisement de l'instinct criminel de domination. Oui, il est vrai que l'orgueil de Louis XIV était passé dans les veines du peuple souverain qui devait le transmettre à Napoléon. Oui, il est vrai que cet orgueil colossal suscitait des illusions colossales, et que la France révolutionnaire s'était promis des peuples un trop facile enthousiasme et un trop sympathique accueil. Oui, il est vrai qu'un gigantesque héroïsme était gâté par une « forfanterie gigantesque » et que la liberté était perdue si la France ne resserrait pas ses efforts, ne tendait point vers la paix. Mais les partis qui s'insultaient et se dévoraient avaient vraiment d'autres soucis.

Ainsi, c'est à une Angleterre hostile, comme à une Allemagne hostile, comme à une Suisse hostile que la Révolution va se heurter. Ce n'est point à dire que l'action de la Révolution sur l'Angleterre ait été vaine. Elle y souleva un moment de si hautes vagues que tous les pouvoirs établis prirent peur.

Le socialiste anglais Hyndman croit qu'il y eut là une crise décisive. Il croit que l'effort de réaction et de compression auquel Pitt se livra, dès la fin de 1792, et jusqu'à sa mort, a écrasé pour une longue suite de générations les germes les plus vigoureux de démocratie. Il croit que cette défaite de la Révolution continue à peser sur toute l'histoire anglaise, que si la démocratie n'y a pas abouti à des formes logiques, si le prolétariat n'a pas su s'y constituer un pouvoir politique distinct, c'est parce que les énergies admirables qui s'éveillèrent à la fin du xviii° siècle sous l'exemple de la Révolution française furent anéanties. Il me semble que Hyndman exagère les effets de cette crise. La démocratie ne fut pas éliminée d'Angleterre; mais elle comprit qu'elle ne s'y introduirait et ne s'y acclimaterait qu'en ménageant les habitudes du génie anglais, ses méthodes d'évolution et d'adaptation. Le magnifique mouvement chartiste prouve que les énergies de démocratie ne furent pas refoulées pour longtemps par Pitt et ses collaborateurs. Et l'extension lente, mais pour ainsi dire continue, du droit de suffrage a assuré, par des moyens conformes à la Constitution anglaise, la victoire des démocrates de 1792 et de 1793.

LES DÉMOCRATES ANGLAIS ET LE SUFFRAGE UNIVERSEL

Ce qui me frappe au contraire, ce qui atteste que l'idée de démocratie suscitée par la Révolution française et mêlée par elle à la vie anglaise ne pouvait plus être retranchée de cette vie, c'est que, même après la première série des mesures violentes de réaction prises par le ministère anglais à la fin de 1792 et au commencement de 1793, même après la déclaration de guerre, la question de la réforme parlementaire et du droit électoral se pose avec une ampleur qu'elle n'avait jamais eue jusque là.

C'est en effet la revendication explicite du suffrage universel qui commence à se produire. Le 21 février, Smith lit une pétition signée de 2.500 habitants de Nottingham où il est dit « qu'avec la Constitution actuelle en ce qui touche la représentation au Parlement, on amuse le pays avec le nom de représentation du peuple, alors que la chose n'est pas; que le droit d'élection a cessé d'appartenir au peuple, et que par là la confiance du peuple au Parlement est affaiblie, sinon détruite ». La pétition, par suite, prie la Chambre « de considérer le mode convenable d'effectuer une réforme dans le Parlement, et elle suggère, comme base d'un plan général de réformes, que le droit électoral soit en proportion du nombre des adultes mâles dans le royaume ».

Fox se déclara tout à fait opposé au fond de la pétition, c'est-à-dire au suffrage universel : « La demande d'admettre tous les adultes au droit de vote me paraît aussi pleinement extravagante qu'à l'honorable gentleman »; mais il maintint que les pétitionnaires avaient le droit de formuler cette revendication. Pitt la fit

CARTE DES MEMBRES DE LA CONVENTION NATIONALE EN 1793
(D'après une estampe de la Bibliothèque Nationale)

écarter, sans débat, comme injurieuse pour la Chambre. 21 voix
seulement contre 109 admirent la discussion.

Le 2 mai 1793, M. Duncombe donne lecture aux Communes, tout

en faisant les plus expresses réserves personnelles, d'une pétition
d'habitants de Sheffield. Elle émanait de marchands et artisans
(*tradesmen*). « Considérant que la Chambre des Communes n'est
pas dans le juste sens des mots que vos pétitionnaires sont obligés
d'employer pour des raisons de forme « les Communes de la
Grande-Bretagne assemblées en Parlement », puisqu'elles ne sont
pas librement élues par la majorité du peuple entier (*by a majority
of the whole people*), mais par une très petite portion de ce peuple,
et que, à raison de la façon partiale dont ses membres sont envoyés
au Parlement et de la longueur de la législature, ils ne sont pas
les représentants réels, sincères et indépendants du peuple entier
(*they are not the real, fair and independent representatives of the
whole people of Great Britain*)... Vos pétitionnaires sont amis de
la paix, de la liberté et de la justice. Ils sont, en général, des commerçants et des artisans (*tradesmen and artificers*), qui ne possèdent pas de tenure libre et qui conséquemment n'ont point de
suffrage pour le choix des membres du Parlement; mais, quoiqu'ils
ne soient pas des tenanciers libres, ils sont des hommes et ils ne
croient pas qu'on a agi correctement avec eux en les excluant du
droit des citoyens. Leur enjeu vaut celui des « freeholders » et,
qu'il soit petit ou grand, peu importe; puisqu'ils payent le plein
des taxes réclamées d'eux et qu'ils sont des membres paisibles et
loyaux de la société, ils ne voient pas de raison pourquoi ils ne
seraient point consultés sur les intérêts communs du pays commun. Ils croient que ce sont les hommes qui sont représentés, non
la terre d'un tenancier libre ou la maison d'un marchand du bourg.

« Ce n'est pas surtout à cause des lourdes et fâcheuses taxes qui
pèsent sur eux que vos pétitionnaires demandent une réforme des
abus, qui sont trop notoires pour être niés par les hommes les plus
prévenus : c'est au moins autant pour l'emploi qui est fait de cet
argent que pour cet argent même. Ils aiment leur pays et ils veulent
contribuer d'une partie de leur dernier shilling à le soutenir, s'ils
sont assurés que chaque shilling est bien dépensé. Ils demandent
donc la correction des abus puisqu'ils sont convaincus que de là
dépendent la paix, le bonheur et la prospérité de leur pays. »

Comme pour la pétition de Nottingham, la majorité de la Chambre
jugea que celle-ci était « indécente et irrespectueuse » et, malgré
les efforts de Fox qui répéta « qu'il n'y avait pas dans le royaume
d'ennemi plus constant et plus décidé de la représentation générale
et universelle qu'il ne l'était lui-même », mais que le droit de
pétition devait s'exercer très largement, la Chambre, par 29 voix
contre 108, refusa de discuter la pétition de Sheffield.

Ainsi la démocratie pure, le suffrage universel n'avaient pas un
seul défenseur à la Chambre des Communes. Et pourtant l'idée du

suffrage universel était beaucoup plus présente, beaucoup plus active qu'avant la Révolution française.

Quand, le 2 mai, après le rejet de la pétition de Sheffield, Grey se leva pour en lire une autre qui, conçue en termes mesurés, s'imposa à la Chambre, c'est en somme sur le suffrage universel que porta le débat. Non que le texte même de la pétition formulât une demande en ce sens. Elle se bornait à protester contre la répartition inégale des sièges entre les diverses corporations et collectivités qui déléguaient au Parlement, contre la trop longue durée des législatures et contre la corruption. Elle laissait la solution indéterminée, et l'on sait que les orateurs libéraux qui soutenaient la pétition étaient hostiles au suffrage universel. Malgré cela, c'est toujours en combattant les principes de la Révolution française, c'est en dénonçant les effets du suffrage universel en France, que Pitt et les orateurs de la majorité ministérielle repoussaient la pétition.

En vain Sheridan, Francis, Fox, Erskine, s'évertuaient-ils à exorciser le fantôme de la Révolution. En vain répétaient-ils : « Il ne s'agit pas de la France, mais de l'Angleterre. Il ne s'agit pas du suffrage universel, mais d'une prudente extension du droit de suffrage ». En vain essayaient-ils d'embarrasser Pitt en lui rappelant son projet de réforme parlementaire de 1785. Il répondait : « Un abîme s'est ouvert, l'abîme de la Révolution, l'abîme de la démocratie, le gouffre sans fond du suffrage universel où toute autorité disparaît ». En sorte que si le suffrage universel fournissait le prétexte souhaité d'écarter même une modeste réforme, il était là comme une obsession. A partir de ce jour il n'est plus une revendication théorique ou une thèse d'école : il est mêlé à la vie politique anglaise et il s'y réalisera progressivement.

X

LA PENSÉE SOCIALE ANGLAISE

WHITBREAD ET LE MINIMUM DE SALAIRE

De même que la grande agitation européenne provoquée par la France de la Révolution a suscité en Angleterre des conceptions politiques plus larges, de même elle y a donné aux problèmes économiques un tour nouveau. Marx a noté, dans le chapitre XXVIII du *Capital*, l'importance de cette motion de Whitbread sur le minimum des salaires dont j'ai parlé. Il dit : « Sur ces entrefaites, *les circonstances économiques* avaient subi une révolution si radicale qu'il se produisit un fait inouï dans la Chambre des Communes. Dans cette enceinte où depuis plus de quatre cents ans on ne cessait de fabriquer des lois pour fixer au mouvement des salaires le maximum qu'il ne devait en aucun cas dépasser, Whitbread vint proposer, en 1796, d'établir un minimum légal pour les ouvriers agricoles. » Tout en combattant la mesure, Pitt convint cependant que « les pauvres étaient dans une situation cruelle ».

Sans doute ce sont les « circonstances économiques », c'est la croissance de la grande industrie et du système manufacturier qui faisaient éclater le cadre rigide des salaires. Mais Marx néglige complètement (et c'est un vice essentiel de son œuvre) l'action des causes politiques. Visiblement, l'ébranlement démocratique de la Révolution française a contribué à renverser le point de vue. Encore en 1789, le Parlement d'Écosse décidait que les statuts d'Élisabeth étaient applicables aux salaires.

Comment Marx peut-il dire que, *sur ces entrefaites*, c'est-à-dire de 1789 à 1796, les circonstances économiques ont assez changé, pour que de la législation du maximum des salaires on passât à des projets sur le minimum ? « Sur ces entrefaites », est un mot bien vague et bien peu scientifique pour dissimuler la Révolution française et l'action sociale de l'idée de démocratie; et l'ironie de Marx se fût exercée terriblement en toute autre occasion contre

quiconque eût introduit la Révolution française sous ce pseudo-
nyme : « sur ces entrefaites ». Il est malaisé pourtant d'oublier que
ce même Whitbread qui proposa le minimum de salaire fut, en
Angleterre, un des plus courageux défenseurs de la France et de
la Révolution française, un des libéraux qui allaient le plus loin
dans la voie de la réforme parlementaire et électorale.

GODWIN

Mais, ce n'est pas seulement dans l'ampleur nouvelle donnée à
la question du droit de suffrage, ce n'est pas seulement dans la
direction nouvelle donnée à la législation des salaires que se
marque l'action politique et sociale de la Révolution française sur
l'esprit anglais. Elle éclate dans une œuvre admirable et hardie où
l'extrême démocratie politique aboutit au socialisme communiste
le plus original et le plus audacieux. C'est de l'œuvre de Godwin
que je veux parler : *Enquiry concerning Political Justice*. Elle est
si vaste, elle se rattache par tant de liens à toute la tradition de la
pensée anglaise et de la pensée française, elle annonce et prépare
par tant de germes tout le mouvement ultérieur de l'esprit anglais,
notamment toute la pensée de Robert Owen, qu'il faudrait une
longue étude pour en bien formuler le sens et en bien mesurer la
valeur. Je ne puis noter que les points de contact les plus vifs de
la pensée de Godwin et du mouvement révolutionnaire.

Que l'influence de la Révolution française sur son esprit et sur
sa doctrine ait été grande, cela est hors de doute. Comment la
Révolution n'aurait-elle pas retenti dans une œuvre écrite en 1792
et publiée à Londres le 7 janvier 1793, c'est-à-dire à un moment où
toute l'Angleterre était comme frémissante des passions diverses
ou contraires soulevées par la Révolution? Quand Godwin adressait
à la Convention cet exemplaire de son livre que nous avons vu aux
mains de Forster, il tenait à marquer lui-même tout ce que sa
pensée devait à la France révolutionnaire. Aussi bien, dans sa préface même, dans la première, celle qui porte précisément la date
du 7 janvier, il reconnaît lui-même explicitement ce lien, tout en
réservant l'indépendance un peu hautaine de sa pensée. « Il peut
être utile de décrire le progrès par lequel l'esprit de l'auteur a été
conduit à ses sentiments présents. Ils ne sont pas la suggestion
d'une soudaine effervescence de l'imagination. La recherche politique a tenu longtemps une grande place dans les préoccupations
de l'écrivain : il y a maintenant douze ans qu'il est persuadé que
la monarchie est une forme de gouvernement essentiellement cor-

rompue. Il doit cette conviction aux écrits politiques de Swift et à
la pratique des historiens latins.

« A peu près au même temps, il tira plus d'un stimulant addi-
tionnel de certaines productions françaises sur la nature de
l'homme, qui tombèrent dans ses mains dans l'ordre suivant : *le
Système de la Nature* (de d'Holbach), les œuvres de Rousseau et
celles d'Helvétius. Longtemps avant qu'il projetât l'œuvre présente, son esprit était familier avec quelques-unes des spéculations
qu'on y rencontre touchant la justice, la gratitude, les droits de
l'homme, les promesses, les serments et l'omnipotence de l'opinion; *l'utilité d'un gouvernement le plus simple possible* (c'est-à-
dire de la démocratie sous la forme pure) *ne lui apparut qu'en conséquence des idées suggérées par la Révolution française. Il doit
au même événement la détermination d'esprit qui a donné naissance au présent ouvrage.* »

Ainsi nous n'avons point affaire, si je puis dire, à un esprit
momentané, et ce n'est pas le fugitif et noble reflet des vives
flammes de la Révolution que nous allons surprendre dans le livre.
La pensée de Godwin a de larges assises d'étude, de travail et de
méditation. Il n'est pas à la merci des impressions passagères : et,
pas plus qu'il ne dérive toute sa pensée des sources révolutionnaires, pas plus qu'il ne s'est donné tout entier, par mode et
engouement, à la Révolution, il n'est disposé à la renoncer quand
la mode tourne et quand, en Angleterre, les colères s'élèvent :

« La période dans laquelle ce livre fait son apparition est singulière. Le peuple d'Angleterre a été excité assidûment à déclarer
son loyalisme, et à noter comme dangereux tout homme qui n'est
pas prêt à signer le Shiboleth de la Constitution. De l'argent a été
rassemblé par souscription volontaire pour défrayer les dépenses
de ceux qui poursuivent les hommes assez audacieux pour pro-
mulguer des opinions hérétiques et qui les accablent à la fois sous
l'autorité du gouvernement et sous les ressentiments individuels.
C'est un accident qu'on ne prévoyait pas quand l'ouvrage fut
entrepris et on ne supposera point qu'un tel accident peut produire
la moindre altération dans la pensée d'un écrivain.

« Tout homme, si on en croit la rumeur publique, doit être poursuivi, qui fait appel au peuple par des journaux ou des pamphlets
inconstitutionnels; et on ajoute que des hommes doivent être
punis, même pour quelques paroles irréfléchies qui leur auront
échappé dans la chaleur de la conversation et des débats. Il faut
savoir maintenant si, en sus de ces dangereuses entreprises sur
notre liberté, un livre peut tomber sous le bras du pouvoir civil,
lorsque, ayant comme objet explicite de détourner du tumulte et
de la violence, il est par sa vraie nature un appel aux hommes
d'étude et de réflexion. On verra si une tentative peut être faite

pour supprimer l'activité de l'esprit et mettre un terme aux recherches de la science. En ce qui le concerne personnellement, l'auteur a une résolution très nette. Quelle que puisse être la conduite de ses compatriotes, ils ne seront point capables de troubler sa tranquillité. Le devoir auquel il se considère comme le plus lié, c'est d'aider au progrès de la vérité; et, s'il doit souffrir à cause de cela, c'est une souffrance qui apporte avec elle sa consolation... C'est le propre de la vérité d'être sans crainte et de prouver à tout adversaire sa force victorieuse. »

C'est un beau et calme défi aux fureurs de la réaction anglaise. Mais, dans la passion de la vérité combattue, Godwin ne s'engage pas au delà de la ligne qu'il s'est tracée. C'est surtout aux maîtres de la pensée du XVIII° siècle qu'il se rattache, à d'Holbach, à Helvétius, à Rousseau, et en outre à Locke. Or, quelles que soient les différences de conception de ces hommes, ils se rencontrent tous en un point : la puissance souveraine de l'éducation. Godwin est l'adversaire de toute doctrine d'innéité; c'est le milieu qui forme l'homme; le prétendu libre arbitre est un leurre et, s'il existait, serait un péril, parce qu'il livrerait les individus humains au hasard de décisions arbitraires; les actions des hommes ont leur source dans leurs opinions et leurs opinions sont l'effet des circonstances où ils vivent. De là une extraordinaire plasticité de la nature humaine et l'espérance d'un progrès indéfini de l'humanité, puisqu'il suffira de créer un milieu politique et social toujours plus sain et plus harmonieux pour que toutes les facultés humaines se développent avec une puissance croissante et dans un ordre croissant.

De là aussi une conception égalitaire : car l'action de ce milieu pouvant s'exercer également sur tout homme, tout régime de caste et de privilège devient un non-sens : on peut raisonnablement attendre de tous les individus un développement sensiblement égal. En tout cas, il n'est pas possible de savoir d'avance en quel groupe d'hommes sont les germes les plus excellents : les hautes facultés intellectuelles et morales sont disséminées à travers la diversité infinie des conditions et des tempéraments et il faut permettre à tous les hommes de grandir librement pous s'assurer qu'aucun germe d'intelligence et de vertu ne sera contrarié.

Voilà l'impulsion générale que Godwin a reçue du sensualisme anglais et du matérialisme français et qu'il transmettra à Robert Owen. Ce n'est donc pas la Révolution française qui a formé le fond premier des idées de Godwin et, à dire vrai, l'influence de d'Holbach, d'Helvétius et, en général, du matérialisme français était moins forte sur l'ensemble des révolutionnaires français que sur Godwin lui-même.

L'INFLUENCE DE LA RÉVOLUTION SUR GODWIN

Mais la Révolution de France eut sur Godwin deux effets très précis, et qu'il a très nettement marqués lui-même.

D'abord, elle lui a manifesté la vertu de la démocratie. Il a compris que la simplicité du gouvernement démocratique pur (opposé aux combinaisons et aux complications des gouvernements mixtes) était le milieu le plus large et le plus sain à toutes les initiatives et activités individuelles. Il avait bien jusque là considéré la monarchie comme un gouvernement corrompu, mais on devine qu'il se demandait si le gouvernement de tous par tous était possible. Le magnifique optimisme révolutionnaire de la France, affirmant et réalisant la souveraineté nationale, lui donnant bientôt sa forme logique et suprême, la forme républicaine, et constituant sur la base large et simple de la volonté populaire un gouvernement capable des plus fermes résistances, avait donné de l'audace à la pensée de Godwin; et rien n'est plus glorieux pour la Révolution française que d'avoir ainsi dépassé par sa hardiesse la hardiesse des penseurs et d'avoir porté les esprits, sur l'aile robuste de l'action, au delà même de leur rêve.

En second lieu, quand Godwin ajoute qu'elle a déterminé en lui la volonté d'écrire et de publier ce livre, il convient que c'est d'elle qu'il tient la notion d'un devoir social. Il ne suffit plus au philosophe d'accumuler en silence les idées, il faut qu'il intervienne dans le mouvement de la pensée humaine et qu'il contribue à former la conscience de tous. Mais cette intervention, c'est surtout, c'est presque exclusivement sous la forme de l'éducation qu'il la conçoit. En France, la Révolution est un combattant qui tranche les difficultés avec le glaive; pour Godwin le progrès est un éducateur qui dénoue peu à peu les liens des esprits et prépare ainsi, doucement, l'évolution des institutions elles-mêmes.

GODWIN ET LA VIOLENCE

Ce n'est point par prudence, ce n'est point par ménagement pour la réaction anglaise menaçante, c'est par respect pour la force souveraine de l'éducation que Godwin s'oppose à l'action soudaine et violente; il répugne aux méthodes de révolution. L'essentiel est de délier les esprits de l'aveugle soumission à l'autorité, de la déférence servile. « Le respect pour les supérieurs, quand ils ne sont supérieurs qu'en rang et en puissance, est ce qu'il y a de plus

MÉRIL, TAMBOUR AU 15ᵉ RÉGIMENT DE CHASSEURS
— *Tu ne m'empêcheras pas, peut-être, de battre de l'autre main*
(D'après une estampe de la Bibliothèque Nationale)

contraire à la raison. » Même le respect pour ceux qui sont supérieurs en sagesse et en science n'est raisonnable que dans de certaines limites.

Oui, quand il s'agit de fonctions spéciales exigeant un savoir
spécial, comme la construction d'une maison ou l'éducation des
enfants, il est sage à moi de m'en remettre à ceux qui ont une
particulière compétence. Mais, quand il s'agit de ces choses de justice politique qui tombent sous le sens commun de l'humanité,
c'est un crime à moi de ne pas exercer mes facultés propres. Et
quand tous les esprits seront éveillés et actifs, les gouvernements
ne pourront durer contre le vouloir secret, mais efficace, des
esprits. Ils seront minés, en quelque sorte, dans leurs fondements
intellectuels et ils s'affaisseront sans qu'il soit besoin d'employer
contre eux la violence, pas plus qu'il est nécessaire d'appliquer
la pioche à une maison dont la base est ruinée.

« Il est assez connu maintenant que l'empire du gouvernement
est fondé sur l'opinion; et ce n'est pas assez pour lui que nous nous
refusions pour notre part à le renverser par la violence, il faut
encore que l'opinion nous détermine à lui fournir un appui permanent.

« Aucun gouvernement ne peut subsister dans une nation, si les
individus s'abstiennent purement et simplement d'une résistance
tumultueuse, mais censurent au fond de leur cœur et méprisent
l'institution gouvernementale. »

Aussi le plus pressant devoir est d'organiser en quelque sorte
cette grève des esprits, cette retraite des consciences, se refusant à
soutenir de leur adhésion intérieure le privilège et la tyrannie. Il
est plus sensé d'attendre cette sorte d'effondrement du pouvoir que
de le provoquer par un coup de force aventureux. Si un homme
veut opposer une résistance matérielle, il ne sait pas s'il sera suivi;
il ne sait pas si l'état d'un grand nombre d'esprits est concordant
au sien; il ignore si le même plan de reconstruction est adopté par
les autres.

« Le chercheur spéculatif qui vit dans un État où les abus sont
notoires et les plaintes fréquentes ne sait pas dans quelle mesure
ce qu'il essaie d'ébaucher est manifeste à l'esprit de ses concitoyens. » Même si une majorité paraît se soulever contre ce régime,
il n'est pas facile de savoir où elle tend. Peut-être n'est-elle irritée
que par des causes superficielles, par la forme d'une taxe, et s'op-
poserait-elle bientôt à tout changement qui creuserait plus profondément que le grief. Si donc on a confiance en la force de la vérité,
si l'on croit que le système d'égalité est vrai, il convient d'attendre
qu'il ait peu à peu rallié les esprits. Visiblement, dans ces maximes
générales, Godwin songe à la crise de l'Angleterre. Il entend crier
par une partie du peuple : « Plus d'excise! » Il constate l'agitation

d'une partie de la Nation : mais il ne sait pas quelle est la profondeur de ce mouvement, et c'est à une œuvre d'éducation qu'il croit nécessaire d'abord de se vouer.

« La grande cause de l'humanité, qui se plaide maintenant à la face de l'univers, a deux sortes d'ennemis, les amis de l'antiquité et les amis de la nouveauté qui, impatients de tout délai, sont inclinés à interrompre violemment le calme, incessant, rapide et heureux progrès que la pensée et la réflexion font manifestement dans le monde. L'humanité serait heureuse si les personnes qui s'intéressent avec le plus de zèle à ces grandes questions voulaient limiter leur action à répandre, sous toutes les formes possibles, un esprit de recherche et à saisir toute occasion de pousser la masse des connaissances politiques et d'en étendre la communication. »

Oui, mais un pareil esprit d'attente, d'enquête prolongée et patiente est l'indice qu'il n'y a pas une suffisante poussée des forces sociales dans le sens d'une grande transformation; il est certain que Godwin ne sent pas monter des profondeurs une revendication vigoureuse et nette. Il marque avec force les inconvénients et les périls des révolutions, mais il avertit nettement qu'il y aurait lâcheté et égoïsme à se détourner de l'œuvre du progrès humain, à répudier de grands et nécessaires changements sociaux parce que, très souvent, ils sont accompagnés de violences révolutionnaires. Les révolutions ont souvent une origine étroite et procèdent d'un idéal un peu court. Quand l'humanité a un but restreint et prochain, elle s'impatiente de tout obstacle, mais quand elle a un but élevé, vaste et lointain, quand elle sait que le progrès est infini et qu'après une transformation ou même une révolution la souffrance et les iniquités abonderaient encore, elle attend avec plus de patience des changements dont elle a d'avance mesuré les effets limités. Il y a donc quelque étroitesse et quelque humilité de vue dans l'action révolutionnaire. De plus la révolution suscitée par l'horreur de la tyrannie devient souvent elle-même une tyrannie. Il n'y a pas de période plus redoutable pour la liberté. « Quand tout est en crise, on redoute même l'effet d'un mot et toute libre communication de pensée, toute libre recherche de la science sont suspendues. » Et les effets des convulsions révolutionnaires se prolongent pendant plusieurs générations, les deux partis qui ont lutté par la force ne peuvent renoncer de longtemps à leur animosité réciproque. Presque toujours la Révolution est sanglante; et l'atteinte portée par des hommes à d'autres hommes est une des plus grandes tristesses de l'histoire.

« Hélas! dit Godwin, avec un accent profond et un sens admirable de la dignité tout ensemble et de la souffrance humaines, la plupart des hommes qui vivent maintenant sont pauvres, leurs moyens de jouissance sont bien étriqués et ce n'est guère que de

nom qu'ils participent à la dignité d'homme. La mort est donc, en
soi, le moindre des maux humains. Un tremblement de terre, qui
parfois anéantit par centaines de mille des individus humains,
peut être déploré à cause de l'angoisse des survivants; mais, pour
ceux qui sont détruits, l'événement, si on veut bien le juger avec
sang-froid, n'a rien que de banal. Les lois de la nature, qui produisent ces catastrophes, peuvent être l'objet de recherches étendues; mais les effets n'ont rien que de vulgaire. Le cas est tout à
fait différent quand l'homme tombe sous les coups de l'homme.
Alors d'innombrables passions mauvaises sont engendrées ; les
auteurs et les témoins de ces meurtres deviennent durs, implacables et inhumains. Ceux qui perdent un ami par une catastrophe
de cette sorte sont remplis d'indignation et de ressentiment. La
défiance se propage de l'homme à l'homme et les liens les plus chers
de la société humaine sont dissous. Il est impossible d'imaginer
un état plus défavorable à la culture de la justice et à la diffusion
de la bienveillance. »

Je ne sais, mais sous le voile un peu ample et flottant de ces
phrases générales, il me semble démêler le front sanglant des
égorgeurs de septembre, le long et triste cortège de haines et de
fureurs qui du 14 juillet au 5 octobre, du 10 août au 2 septembre,
accompagnait la Révolution française en marche. Comme le grand
communiste français Babeuf, le grand communiste anglais Godwin
sent en lui l'humanité s'émouvoir aux violences des Révolutions,
mais Babeuf, jeté dans la tourmente, essaiera à son tour de l'action
violente pour sauver la liberté menacée, pour susciter la justice
sociale. Godwin, au contraire, comme ceux que l'on appellera plus
tard les socialistes utopistes, compte sur la seule force de la
lumière pour transformer la société. Il semble considérer comme
négligeable la résistance des égoïsmes, le volontaire aveuglement
des privilégiés, ou du moins il croit que le progrès des connaissances générales amènera des changements gradués qui se réali-
seront, sinon sans effort, du moins sans violence.

GODWIN ET LA MÉTHODE SCIENTIFIQUE

« La politique est une science (*Politic is a science*). Les traits
généraux de la nature de l'homme peuvent être compris, et un
mode peut être déterminé qui, considéré en lui-même, est le mieux
adapté à la condition de l'homme en société. Si ce plan (d'organisation) ne peut être appliqué partout et subitement, les modifications qui y peuvent être apportées selon les variations des cir-

constances, et les degrés où il peut être réalisé, sont aussi un objet de recherche scientifique.

« Il est évidemment de la nature de la science d'être progressive. Par combien de stages a passé l'astronomie avant de recevoir le degré de perfection qui lui fut donné par Newton! Comme les balbutiements de la science de l'esprit étaient imparfaits avant qu'elle ait atteint la précision du siècle présent! La connaissance politique est, sans aucun doute, dans son enfance, et, comme elle a affaire à la vie et à l'action, à mesure qu'elle deviendra plus vigoureuse, elle manifestera une influence plus constante et moins précaire sur la marche de la société humaine. C'est la loi historique de toutes les sciences de n'être d'abord connues que d'un petit nombre d'hommes avant de descendre dans les diverses classes et catégories de la comuunauté. »

Ainsi, il y aura une croissance parallèle de la science, de la politique et des progrès sociaux. Sans doute, les connaissances vagues qui, dans l'ordre politique, ont usurpé le nom de science, ne peuvent avoir aucune action. Mais il n'en est pas de même de la science politique exacte et précise qui va se constituant peu à peu.

D'ailleurs, « c'est un malentendu de supposer que, parce que nous n'avons pas de commotions populaires et de violences, la génération où nous vivons ne bénéficiera pas de l'amélioration de nos principes politiques ». Tout progrès de la pensée a son contre-coup nécessaire dans les institutions, et « c'est encore une méprise de supposer que le système de confiance en la seule raison est calculée pour ajourner la réforme fondamentale à des distances incommensurables. Il est dans la nature de toute science et de tout progrès d'être d'abord faible et en quelque manière imperceptible en sa marche première. Ses débuts sont comme accidentels : peu y prennent garde, et la croissance en est obscure, et il en résulte qu'après une longue préparation, le progrès s'accélère soudain à un degré inattendu. »

Cette accélération, cette diffusion de tout progrès sont accrues aujourd'hui par l'imprimerie, qui multiplie indéfiniment les effets et les forces. Ainsi, Godwin estime que la méthode d'évolution qui s'impose à la fois au mouvement social et à la science, n'est pas une méthode d'ajournement, et que, par le bénéfice d'une sage et solide préparation, elle peut bientôt égaler en rapidité les effets de la méthode révolutionnaire. C'est un effort visible du grand penseur pour concilier la méthode de prudence, de préparation et « d'opportunisme », qui lui paraît convenir à toute l'humanité, mais particulièrement sans doute à la nation anglaise, avec l'impatience de réforme, de progrès profond et fondamental que la Révolution française avait déchaînée dans le monde. C'est une joie pour l'historien de noter les croisements des courants, les combinaisons infinies des pensées et des forces. Mais Godwin ne veut pas que cette méthode de sagesse puisse être interprétée comme un lâche reniement du progrès humain, et des dures conditions que trop souvent y met l'histoire. L'expérience démontre que les révolutions ont été presque toujours accompagnées de circonstances pénibles. Elle démontre aussi que les révolutions ont été nécessaires au progrès humain.

« Après tout, on ne peut oublier que, si révolution et violence ne sont pas en connexion nécessaire, la révolution et la violence ont été trop souvent contemporaines des grands changements du système social (*revolution and violence have too often been coeval with important changes of the social system*). Ce qui s'est si souvent produit dans le passé peut sans doute, à l'occasion, se produire dans l'avenir. Le devoir donc des véritables hommes politiques est de retarder les révolutions quand ils peuvent les empêcher. Il est raisonnable de croire que plus tard elles se produisent, et plus les vraies notions politiques sont comprises, moindres sont les inconvénients attachés à la révolution. *L'ami du bonheur humain doit essayer de prévenir la violence, mais ce serait la marque d'un tempérament faible et valétudinaire de détourner ses yeux avec dégoût des affaires humaines et de ne pas contribuer de nos efforts et de notre attention à la félicité générale, parce que, peut-être, à la fin, la violence interviendra.* C'est notre devoir de tirer le meilleur parti possible des circonstances qui peuvent naître et de ne pas nous retirer parce que la marche des choses ne s'accorde pas entièrement avec notre idée des convenances. Les hommes qui s'irritent contre la corruption et s'impatientent de l'injustice et qui, par cet état d'esprit, favorisent les fauteurs de révolution, ont une noble excuse à leurs erreurs : c'est qu'elles sont l'excès d'un sentiment vertueux. »

Noble combinaison de prudence politique, de sagesse scientifique et de générosité humaine. Godwin se refuse à désavouer l'ardeur révolutionnaire de la France, tout en recommandant à l'Angleterre une autre méthode.

L'ANTIÉTATISME DE GODWIN

En dehors des raisons générales qu'il a déduites, Godwin a deux raisons particulières de ne pas aimer les révolutions. Il n'aime pas les gouvernements. Tout gouvernement lui paraît un mal, et on peut dire de lui qu'il est le premier grand théoricien « libertaire ». Il croit que, dans une société mieux organisée et mieux éduquée, la force contraignante et le châtiment deviendront inutiles. C'est une libre et universelle entente qui assurera la marche de la société, et les gouvernements devenus inutiles s'évanouiront d'eux-mêmes, parce que l'opinion, où est toute leur force, se sera peu à peu retirée d'eux.

« Tout gouvernement ne peut durer sans confiance, et cette confiance au gouvernement ne peut exister sans ignorance. Les vrais soutiens d'un gouvernement sont les faibles et les incultes, non les sages. A proportion que la faiblesse et l'ignorance diminueront, la base du gouvernement sera réduite. C'est un événement qu'on ne doit pas considérer avec alarme. Une catastrophe de cet ordre serait la vraie « belle mort » du gouvernement. Si l'annihilation de l'aveugle confiance et de l'opinion implicite peut se produire un jour, il y aura nécessairement, à la place de ces erreurs usées, un libre concours de tous pour promouvoir le bien-être général (*an unforced concurrence of all in promoting the general welfare*). Mais, quelle que puisse être à cet égard la suite des événements et la future société politique, il est toujours bon de se rappeler que c'est là la caractéristique du gouvernement et la pierre de touche de l'institution. On peut douter à quelque degré que l'espèce humaine puisse jamais s'émanciper de l'état de sujétion et de tutelle où elle est; mais c'est là sa destinée, il peut être salutaire aux individus et profitable à l'ensemble de s'en souvenir. »

Ainsi, l'homme prudent et avisé qui ne croit qu'au progrès mesuré, aux évolutions continues, n'imagine point follement un brusque passage de l'état de servitude à l'état « d'anarchie », mais il croit qu'à mesure que la valeur individuelle des hommes et leur disposition à s'obliger librement les uns les autres grandiront, tout pouvoir de contrainte, c'est-à-dire tout gouvernement, tendra à s'affaiblir et à disparaître. Et, si incertaine, si lointaine en tout cas que soit cette mort des gouvernements, c'est un noble idéal pour tout individu de régler sa vie de telle sorte que le gouvernement soit inutile. Mais, pendant les crises révolutionnaire, tous les ressorts de l'activité se tendent, toutes les forces de gouvernement se concentrent, qu'il s'agisse du gouvernement menacé ou du nouveau gouvernement révolutionnaire et c'est une raison de plus à cet individualiste fier et hautain, qui ne conçoit la démocratie et le communisme même que comme le moyen suprême de développer les individus, pour écarter le plus possible toute hypothèse de révolution.

DÉFIANCE DE GODWIN POUR LES ASSOCIATIONS POLITIQUES

Il a aussi, et par un sentiment analogue, l'horreur et le dégoût des « associations politiques ». On sait avec quel mépris et quelle colère Fourier, quelques années après, parlera des clubs de la Révolution et on se souvient que Lange opposait aux réunions orageuses des sections les sages et calmes associations de chefs de famille qui, dans son plan, devaient gérer les magasins communs d'approvisionnement. Tous ces grands constructeurs sociaux, épris d'un rêve de liberté vaste et de vaste harmonie, n'aiment guère les associations de combat, qui divisent la nation, lient les individus de la chaîne courte des partis et font obstacle à l'association générale. De même, Godwin leur reproche de prendre la partie pour le tout, de déchaîner l'esprit de contention et de dispute, de substituer les approbations ou les improbations de coterie aux jugements calmes et sains de la science et de supprimer la libre communication des intelligences en groupant les hommes qui acceptent d'avance un même mot d'ordre et répètent les mêmes formules. Or, les Révolutions ont cet effet fâcheux de multiplier les associations politiques, les groupements de lutte.

Godwin est si épris du libre développement des individus, qu'il rejette comme oppresive la théorie du contrat social. Ce prétendu contrat est une chimère et, s'il existait, il serait un lien obscur et mystique pour la volonté. Ce qui est vrai, c'est qu'une décision de la communauté ne vaut que si elle est l'expression de la volonté générale. Tous les individus doivent donc participer à la délibération. Mais chacun n'est tenu envers la décision commune que par son adhésion individuelle. S'il n'y a pas unanimité la minorité peut s'incliner par prudence, par sagesse, et pour ne pas briser le mécanisme des délibérations communes, mais elle reste juge des raisons qui la lient : elle n'est pas tenue par un contrat. Godwin maintient toujours éveillé dans l'individu, même quand il cède, le sentiment de son droit.

GODWIN ET L'ÉGALITÉ SOCIALE

La monarchie et l'aristocratie, qui asservissent et qui exploitent, sont intolérables. Elles ne peuvent se soutenir que par le mensonge. La démocratie, au contraire, quels que puissent être ses vices et ses périls, a cet avantage immense de reposer sur la vérité,

TERRE DES ESCLAVES   TERRE DE LA LIBERTÉ

Arrivé là, on ne recule pas

(D'après une estampe de la Bibliothèque Nationale)

de faire appel à la vérité. Elle n'enveloppe pas le pouvoir d'obscurité et de mystère, elle proclame le droit de chaque individu vivant, elle oblige tout homme à faire prévaloir par la discussion sa pensée, et, par là, elle est la forme de gouvernement la plus voisine de la science.

Mais, c'est à la condition de ne pas s'arrêter à l'organisation politique, toujours superficielle et chaotique, de la société; c'est à la condition de réaliser l'égalité véritable, l'égalité sociale qui seule donnera à tout homme des objets précis à étudier, des intérêts substantiels et clairs à administrer et qui le sauvera ainsi du charlatanisme gouvernemental, aussi bien des fictions du parlementarisme que des mensonges grossiers de la monarchie et de l'aristocratie.

Cette préoccupation d'égalité sociale est constante chez Godwin. Toujours il constate l'écrasement des pauvres, des « basses classes », et la nécessité de les relever par une meilleure répartition des fruits du travail, par un changement complet dans le système de la propriété : le socialisme est le fond et le terme de son livre. Ce qu'il reproche le plus aux formes politiques d'inégalité et de privilège, c'est qu'elles recouvrent et protègent l'iniquité sociale.

« L'aristocratie est intimement unie à une extrême inégalité des possessions. Aucun homme ne peut être un membre utile de la société, à moins que ses talents ne soient employés d'une façon utile à l'avantage général. Dans toute société, le produit, c'est-à-dire les moyens de contribuer aux besoins et aux convenances de ses membres, est d'une quantité déterminée. Que peut-il y avoir de plus désirable et de plus juste que de voir ce produit lui-même réparti, selon quelque degré d'égalité, entre tous? Quoi de plus injurieux que l'accumulation en un petit nombre de mains des superfluités et des moyens de luxe avec la suppression totale du bien-être, de la subsistance simple mais large du grand nombre? On peut calculer que le roi, même d'une monarchie limitée, reçoit comme salaire de son office un revenu équivalent au travail de cinquante mille hommes! Et représentons-nous encore les parts faites à ses conseillers, à ses nobles, aux riches bourgeois qui veulent imiter la noblesse, à leurs enfants et alliés. Est-ce miracle qu'en de tels pays, les ordres inférieurs de la communauté soient épuisés sous un fardeau de misère et de fatigue immodérées (*penury and immoderate fatigue*)? Quand nous voyons la richesse d'une province étalée sur la table d'un grand, pouvons-nous être surpris que ses voisins n'aient pas de pain pour apaiser le cri de la faim?

« Et cette condition faite à des êtres humains peut-elle être considérée comme le suprême fonctionnement de la sagesse politique? Il est impossible qu'en un semblable état les vertus émi-

nentes ne soient pas extrêmement rares. Les hautes et les basses
classes sont également corrompues par cette situation contraire
à la nature. Mais, pour laisser de côté en ce moment les hautes
classes, quoi de plus évident que la tendance du besoin à contracter les facultés intellectuelles? La situation que l'homme sage doit
désirer pour lui-même et pour ceux auxquels ils s'intéresse est
une situation alternée de travail et de relâche, d'un travail qui
n'épuise pas l'organisme, d'un repos qui ne dégénère pas en indolence. Ainsi l'industrie et l'activité sont en force, le corps est maintenu en santé, et l'esprit apte à la méditation et au progrès. Ce
serait là la condition de toute l'espèce humaine si les objets de nos
besoins étaient équitablement répartis. Peut-il y avoir un système
plus digne de désapprobation que celui qui convertit les quatre-
vingt-dix centièmes au moins des êtres humains en bêtes de somme,
détruit tant de pensées, rend impossibles tant de vertus et extirpe
tant de bonheur? »

Et si l'on objecte à Godwin que l'argument est étranger au sujet
de l'aristocratie et qu'il porte contre la propriété elle-même, il en
convient, mais il ajoute, avec ce sens pratique qui se combine en lui
aux plus vastes et aux plus lointaines hardiesses, que le régime
aristocratique aggrave l'inégalité.

« L'inégalité des conditions est l'inévitable conséquence de l'institution de la propriété. Oui, il est vrai que beaucoup d'inconvénients dérivent de la propriété même, sous la forme la plus simple
où on peut la concevoir, mais ces inconvénients, si haut qu'on les
évalue, sont fort aggravés par les opérations de l'aristocratie.
L'aristocratie détourne de son cours naturel le fleuve de la richesse
qui pourrait porter dans toutes les parties de la nation non le
ravage, mais la fécondité et la joie; l'aristocratie s'applique, avec
un soin continu, à accumuler la richesse aux mains d'un petit
nombre de personnes.

« En même temps qu'elle essaie de rendre difficile l'acquisition
de la propriété personnelle, l'aristocratie a grandement accru cet
appétit d'acquisition. Tous les hommes ont naturellement soif de
distinction et de prééminence, et leur désir n'est pas fixé sur la
richesse comme sur le seul objet; ils se passionnent aussi pour
toute supériorité de tout genre, grâce, savoir, talent, sagesse, vertu.
Et il n'apparaît point que ces derniers objets soient poursuivis par
leurs fidèles avec moins de passion que la richesse l'est par ses
adorateurs. La richesse serait beaucoup moins l'objet de la passion
universelle si l'institution politique, plus que sa naturelle influence,
ne faisait pas d'elle la route vers l'honneur et le respect.

« Il n'y a pas de méprise plus grave que celle des personnes,
bien à leur aise et entourées de tout le confort de la vie qui
s'écrient : « Nous trouvons que les choses sont bien comme elles

sont » et qui considèrent âprement tous les projets de réforme comme les romans de visionnaires et les « déclamations de ceux qui ne sont jamais contents ». Est-ce donc bien qu'une si grande part de la communauté soit maintenue dans une pénurie abjecte, rendue stupide par l'ignorance, et repoussante par les vices, perpétuée dans un état de nudité et de faim, aiguillonnée sans cesse à commettre des crimes, et victime des lois sans merci qu'ont faites les riches pour l'opprimer ? Est-ce sédition de rechercher si cet état de choses ne peut être remplacé par un meilleur? Ou peut-il y avoir rien de plus déplaisant pour nous-mêmes que de nous écrier : « Tout est bien », seulement parce que nous sommes à notre aise, sans égard à la misère, à la dégradation et au vice qui peuvent être en d'autres le produit de cet état mauvais?

« C'est sans doute une pernicieuse erreur qui s'est glissée chez certains réformateurs et les conduit à s'abandonner sans cesse à l'acrimonie et à la colère, qui les dispose souvent à trop de complaisance pour des projets de correction et de violence. Mais si nous croyons que la douceur et un amour infini des hommes sont les instruments les plus efficaces du bien public, il ne suit pas de là que nous devons fermer nos yeux sur les calamités qui existent, ou cesser de tendre, d'une aspiration ardente, à leur suppression. »

L'accent est profond et sincère. Certes, il peut nous paraître que Godwin réduit trop ce qu'il appelle « l'influence naturelle » de la richesse. Il semble croire trop aisément qu'en brisant la forme aristocratique de la société, on brisera par là même la puissance abusive de la richesse. Et, pour nous, qui avons vu la richesse garder son action, son caractère de privilège, dans la démocratie, même républicaine, il y a là une sorte d'illusion un peu puérile.

Il ne faut pas oublier cependant que Godwin, en brisant toute la législation d'aristocratie, ouvrait les voies à l'avenir et au socialisme même. Il n'est pas un utopiste édifiant sur des nuées lointaines une cité chimérique. Il sait à quels obstacles immédiats et formidables se heurte, non seulement l'égalité parfaite, mais la tendance à l'égalité; et c'est cette tendance qu'il veut, en quelque sorte, libérer. Aussi bien, quand il dit que c'est l'institution politique qui consacre la puissance de la richesse, ce mot a pour lui un sens très large; il ne s'agit pas seulement de la forme gouvernementale ou du système électoral, mais de l'ensemble des lois, y compris les lois dites civiles, qui assurent à une classe le monopole de la propriété et de la puissance.

A propos des abus du système présent, par exemple à propos des trop larges pensions et émoluments que le gouvernement distribue aux fonctionnaires de tous ordres, c'est jusqu'au fond de l'iniquité sociale que va Godwin; c'est la racine de toute richesse, le travail surmené et exploité qu'il met à nu.

« Ces pensions et traitements sont pris sur le revenu public, sur les taxes imposées à la communauté. Peut-être n'a-t-on considéré que rarement la nature de l'impôt. Quelques personnes ont supposé que le superflu de la communauté pouvait être recueilli et mis à la disposition du pouvoir représentatif ou exécutif. Mais c'est une grosse erreur. Les superfluités du riche sont pour la plus grande part inaccessibles à la taxation : *Toute richesse, dans la société civilisée, est le produit de l'humaine industrie. Etre riche, c'est essentiellement posséder une patente qui autorise un homme à disposer du produit de l'industrie d'un autre homme. La taxation par suite ne peut tomber sur le riche qu'en tant qu'elle a pour effet de diminuer son luxe. Mais cela ne se produit que dans un très petit nombre de cas et à un degré très faible. Son véritable effet est d'imposer un surcroît de travail à ceux que le travail a déjà plongés profondément dans l'ignorance, la dégradation et la misère. La partie dominante et gouvernante de la communauté est comme le lion qui chasse avec les animaux plus faibles. Le propriétaire du sol prend d'abord une part disproportionnée du produit, le capitaliste suit et se montre également vorace. Et pourtant on pourrait se passer de ces deux classes, sous la forme où elles apparaissent aujourd'hui, avec un autre mode de société. La taxation vient enfin et impose un nouveau fardeau à ceux qui sont déjà courbés jusqu'à terre. Quel est celui qui, appelé à choisir et ayant vraiment un esprit d'homme, acceptera de recevoir de l'Etat, comme salaire, le morceau péniblement gagné qui, par l'impôt, a été arraché à la main du paysan?* »

Le capitaliste, dont parle ici Godwin, c'est évidemment le grand fermier : c'est surtout sous la forme de la propriété terrienne et du capitalisme terrien que l'aristocratie des richesses lui apparaît : et par là il se rattache bien à une époque où, malgré les progrès rapides de l'industrie et des manufactures, c'est encore la propriété terrienne qui apparaît, politiquement et économiquement, dominante. Mais Godwin connaît aussi le nouveau développement industriel et, dans son plan de la société future, il fait entrer un merveilleux progrès du machinisme.

Ce qui est tout à fait remarquable dans Godwin, c'est qu'on trouve réunies en lui les spéculations purement philosophiques et morales d'un Mably, les préoccupations pratiques d'un réformateur animé par l'exemple de la Révolution française, et les larges vues d'avenir, les grandes espérances d'évolution illimitée que suggère aux esprits le vaste renouvellement du monde.

Seule une longue et subtile analyse pourrait discerner tous ces éléments et en déterminer la proportion.

Il condamne à fond l'inégalité sociale : il proclame d'abord le droit égal de tous les hommes à toutes les jouissances de la vie. « Les êtres humains participent à une commune nature; ce qui est utile et agréable à un homme serait utile et agréable à un autre homme. Il suit de là, sur les principes d'une égale et impartiale justice, que les biens du monde forment un fonds commun où un homme a des titres aussi valides qu'un autre homme de prendre ce dont il a besoin. Il apparaît, à cet égard, que tout homme a une sphère de droit dont la limite est marquée par la sphère égale du droit des autres hommes. J'ai droit aux moyens de subsistance : tout homme y a droit aussi; j'ai droit à toute jouissance que je puis goûter sans nuire à moi-même et aux autres : tout autre homme y a, au même titre, un droit d'une égale étendue. »

Mais diverses sont, dans les sociétés compliquées d'aujourd'hui, les catégories de biens auxquelles l'homme peut prétendre. « Il en est quatre : il y a d'abord la subsistance; il y a en second lieu les moyens de progrès intellectuel et moral; il y a en troisième lieu les jouissances peu coûteuses (par exemple la vue de la nature, les voyages à pied); et enfin il y a les jouissances qui ne sont nullement nécessaires à une existence saine et vigoureuse et qui ne peuvent être obtenues qu'avec beaucoup de travail et d'industrie :

« C'est cette classe de biens qui s'interpose surtout comme un obstacle sur la voie de l'égale répartition. »

Ainsi, c'est avec les produits de l'industrie un peu raffinée et les objets de luxe, c'est avec tout ce qui dépasse les besoins élémentaires d'une vie saine et simple, que commence l'inégalité, et il semble que Godwin est tenté de supprimer l'inégalité en invitant les hommes à retourner à la simplicité primitive.

« Nous verrons plus bas dans quelle mesure les articles de cette dernière catégorie peuvent être admis dans le pur mode d'existence sociale. Mais, dès maintenant, il faut noter l'infériorité de cette classe de besoins et d'objets sur ceux des catégories précédentes. Sans elle nous pouvons jouir, en une large mesure, d'activité, de contentement et de bonne humeur. Et comment ces superfluités sont-elles habituellement procurées? C'est en réduisant une multitude d'hommes en des points essentiels, et déplorablement, au-dessous du nécessaire, qu'un homme s'assure à lui-même le luxe le plus somptueux, mais, en soi, le plus insignifiant. Supposons que ce problème se pose nettement devant un homme, et qu'il dépende de sa décision immédiate, en renonçant à ce luxe, de donner à cinq cents êtres humains: loisir, contentement, dignité consciente et tout ce qui peut affiner et élargir l'intelligence humaine, il est difficile de concevoir qu'il hésite. Mais, quoique cette alternative ne puisse se poser pour un individu, il se peut très bien que ce soit là la vraie solution, quand il s'agit de l'espèce. »

Cela est d'autant plus raisonnable que le luxe ne serait point en lui-même un élément de plaisir, sans l'assaisonnement de la vanité, et qu'il ne paraît pas impossible de donner un objet plus haut à l'orgueil humain. Mais, comment aller à l'égalité de fait, à l'égalité réelle, avec le système de propriété d'aujourd'hui? Godwin procède à une analyse profonde de la propriété : il la décompose en ses formes pour retenir celles qui sont des garanties de liberté, pour condamner celles qui sont des moyens d'oppression; et, par cette analyse même, nous sommes avertis que ce n'est pas à une spéculation de philosophe moraliste que nous avons à faire, mais à l'effort de pensée d'un homme épris de réalité et qui cherche comment il pourra faire entrer dans les choses son idéal.

« Les hommes ne vivent que du produit du travail humain. Mais, entre le moment où ils commencent à produire et le moment où ils peuvent consommer le produit, il y a un intervalle; et, pendant ce temps, il faut qu'ils consomment : qui sera gardien, qui sera distributeur de la provision nécessaire? Voilà le problème de la propriété. »

Et l'on voit que Godwin ne distingue pas très nettement les provisions consommables, qui alimentent les producteurs avant la réalisation du produit, et les moyens de production. Il commence bien pourtant à démêler que c'est la propriété des moyens de produire qui est l'essentiel de la propriété, puisque les produits consommables lui apparaissent surtout comme une provision permettant le travail.

GODWIN ET LA PROPRIÉTÉ

« Il y a trois degrés de propriété.

« Le premier et le plus simple degré consiste dans mon droit permanent sur les choses qui, attribuées à moi, produisent une plus grande somme de bénéfice et de plaisir qu'attribuées à tout autre. » Evidemment Godwin pense ici à ce qui subsiste de vague propriété commune, primitive et élémentaire, dans les sociétés civilisées d'aujourd'hui, et qui est représentée, par exemple, par le droit de glanage et de pacage, par différents droits d'usage assurés à tout homme et dont l'exercice ne peut être réglé que par la loi de la plus haute utilité pour tous et pour chacun.

Il y a un second degré de propriété, où l'appropriation individuelle semble plus forte et plus précise :

« C'est le droit qu'a tout homme sur les produits de sa propre industrie, de son propre travail, même sur cette portion dont il ne peut faire usage lui-même. »

Attenter à cette propriété, c'est interdire, en fait, à un homme de produire tels et tels objets : c'est donc supprimer en lui le libre choix, la libre activité de l'entendement; c'est réduire la créature humaine à la condition la plus vile. Il est bien vrai qu'ici le droit de propriété n'apparaît plus incontestable : il n'est pas démontré, en effet, que l'homme qui a produit tel objet est celui qui en fera le meilleur usage, qui en tirera, en somme, le plus de joie; il n'est pas démontré surtout que, dans les échanges auxquels va donner lieu la part des produits qu'il ne consomme pas lui-même, il se conduit avec sagesse et dans le plus grand intérêt commun. Mais, si chaque individu intervenait pour régler l'emploi des produits créés par un autre individu, ce serait une « anarchie universelle ». Et si les hommes intervenaient collectivement, ce serait une contrainte infinie et un « esclavage universel ». Cette seconde forme de la propriété doit donc, même si elle n'est pas toujours pleinement justifiée, garder un libre jeu.

Mais il est un troisième degré de propriété, « celui qui excite le plus la vigilante attention des hommes dans les Etats civilisés de l'Europe », celui qui est l'objet des convoitises les plus passionnées et des efforts les plus hardis.

« *C'est le système, quelles qu'en soient d'ailleurs les formes particulières, qui donne à un homme la faculté de disposer des produits de l'industrie d'un autre homme. Il n'y a presque aucune espèce de richesse, de dépense ou de luxe existant dans une société civilisée, qui ne procède expressément du travail manuel, de l'habileté corporelle* (corporal industry) *des habitants du pays. Les productions spontanées de la terre sont peu de chose et ne contribuent que faiblement à la richesse, au luxe, à la splendeur. Tout homme peut calculer, à chaque verre de vin qu'il boit, à chaque ornement qu'il attache à sa personne, combien d'individus ont été condamnés à l'esclavage et à la sueur, à une incessante besogne, à une insuffisante nourriture, à un labeur sans trêve, à une déplorable ignorance et à une brutale insensibilité, pour qu'il ait ces objets de luxe. Les hommes s'en imposent étrangement à eux-mêmes lorsqu'ils parlent de la propriété qui leur est léguée par leurs ancêtres. La propriété est produite par le travail quotidien des hommes qui existent maintenant. Tout ce que leurs ancêtres ont légué aux possédants d'aujourd'hui, c'est une patente moisie qu'ils exhibent comme un titre à extorquer de leur prochain ce que leur prochain produit.* »

Le problème est posé en termes d'une netteté terrible; Marx lui-même n'a pas dit avec plus de force que c'est le travail, et le travail vivant, qui est le vrai créateur de toute richesse et il faut se rappeler, si nous voulons comprendre la Révolution française dans toutes ses directions et dans toutes ses profondeurs, que, de l'aveu de

LA CAUSE DES ROIS
La Victoire terrassant les rebelles
(D'après une estampe de la Bibliothèque Nationale)

Godwin lui-même, c'est l'ébranlement de la Révolution qui le décida à publier ces affirmations hardies, à donner corps à ces idées. Mais c'est la solution qui, pour Godwin, semble flottante. Les communistes d'aujourd'hui ne songent pas un instant à arrêter la production des objets de luxe, tout le travail délicat et puissant de l'industrie moderne. Ils veulent, au contraire, en transférant graduellement à la collectivité des travailleurs le capital de production, répandre peu à peu sur tous la richesse et l'éclat.

On se demande parfois, en lisant Godwin, s'il ne serait pas tenté d'arrêter tout ce mécanisme de production, tant ses effets présents sur la condition de la plupart des hommes lui apparaissent funestes. Il semble attiré, à certaines heures, par une sorte de simplicité primitive et de communisme pseudo-spartiate. Le travail a pris, dans les sociétés modernes, des formes si repoussantes, il est si iniquement exploité, que c'est le travail même que Godwin, en son âpre critique socialiste, semble vouloir éliminer (comme l'ont fait parfois d'ailleurs certains disciples authentiques ou prétendus du marxisme) :

« Ce qu'il y a de plus désirable, dit Godwin, pour la société humaine, c'est la quantité de travail manuel, de labeur corporel, et particulièrement cette part de travail qui n'est pas le résultat d'un libre choix, mais qui est imposée à un homme par la nécessité de ses affaires, soit réduite dans les limites les plus étroites possibles. Qu'un homme puisse jouir d'un certain bien-être, même banal, si ce bien-être n'est pas accessible à un autre membre de la communauté, cela est mauvais, absolument parlant. Tous les raffinements du luxe, toutes les inventions qui tendent à donner emploi à un grand nombre de mains laborieuses (à une grande quantité de main-d'œuvre), sont directement opposés à la propagation du bonheur. Chaque taxe additionnelle imposée au pays, chaque nouveau canal ouvert aux dépenses des ressources publiques, à moins que cela ne soit compensé (ce qui est rarement le cas) par un retranchement équivalent sur le luxe des riches, sont autant d'ajouté à la masse générale d'ignorance, de besogne écrasante et de labeur. Le gentleman de campagne qui, en nivelant une éminence ou en introduisant une nappe d'eau dans son parc, trouve de l'ouvrage pour des centaines de pauvres industrieux, est ennemi, et non, comme on l'imagine communément, ami de l'espèce humaine. Supposons que, dans un pays, il y a maintenant dix fois plus d'industrie et de travail manuel qu'il y a trois siècles. Sauf pour ce qui est nécessaire à entretenir une population accrue, cette main-d'œuvre est dépensée pour les plus coûteuses fantaisies des riches. Bien peu est employé à accroître le bonheur et le bien-être des pauvres. C'est à peine s'ils subsistent aujourd'hui et il faut bien qu'ils aient subsisté aux temps reculés dont je parle.

« Ceux qui, par fraude ou par force, ont usurpé le pouvoir d'acheter et de vendre le travail de la grande masse de la communauté, sont assez disposés à prendre soin que cette masse ne puisse jamais faire plus que subsister. Un objet d'industrie ajouté ou retranché au stock général produit une différence momentanée, mais les choses retournent vite à leur état antérieur.

« *Si chaque travailleur de la Grande-Bretagne pouvait et voulait aujourd'hui doubler la quantité de son travail, il pourrait, pour un temps court, tirer quelque avantage de la masse accrue des commodités produites. Mais les riches découvriront vite le moyen de monopoliser les produits nouveaux, comme ils ont fait des anciens. Une petite partie seulement consistera en produits essentiels à la subsistance de l'homme, ou sera distribuée équitablement à la communauté. Tout ce qui est l'objet de luxe et superfluité viendra accroître les jouissances des riches, et peut-être, en réduisant le prix des objets de luxe, augmenter le nombre de ceux auxquels ces jouissances sont accessibles. Mais cela n'apportera aucun allégement à la grande masse de la communauté. Les membres les plus favorisés de celle-ci ne donneront pas à leurs inférieurs un salaire plus élevé pour vingt heures de travail, je suppose, qu'ils ne faisaient pour dix.* »

Ne dirait-on pas une des pages les plus âpres du *Capital*, où Marx montre l'effroyable exploitation du travail et l'avidité du capitalisme anglais buvant tout l'effet utile du labeur ouvrier? Il semble même, au dernier trait, que Godwin a voulu noter, sous forme d'hypothèse, l'incessant effort du capital pour allonger le plus possible la durée du travail. Qu'on ne se hâte donc pas de dire que Godwin, par cette proscription au moins apparente du luxe, ne fait que répéter les lieux communs des moralistes et des sermonnaires, ou qu'il retombe dans le communisme élémentaire, rétrospectif et chimérique de plusieurs écrivains français du xviiie siècle, car, d'abord, cela est d'un autre accent.

Il y a vraiment, sous ces couleurs sombres, l'expérience de la vie sociale anglaise; c'est elle, avec ses dures et implacables transformations, qui est comme le fond noir de cette cruelle peinture. Il semble, il est vrai, que Godwin, en haine des formes nouvelles d'oppression que la croissance du luxe et de l'industrie a déchaînées, veuille rayer les trois derniers siècles de l'histoire anglaise, revenir au xve siècle, à cette période précapitaliste qui précéda aussi la brutale concentration de la propriété terrienne. Mais ne semble-t-il point aussi parfois que, comme Marx, quand il nous décrit la douloureuse et violente genèse du capitalisme, il déplore que l'humanité ne se soit pas arrêtée au stade antérieur? Et pourtant il sait bien qu'il est impossible d'enchaîner le mouvement de l'histoire et que ce serait funeste, puisque le capitalisme est la condition du socialisme. Godwin, avec un sens évidemment moins net de l'éternelle et nécessaire évolution, ne se retourne point, lui non plus, vers le passé. Qu'on se rappelle d'ailleurs qu'au moment même où il paraît condamner la production des objets de luxe, il se demande *dans quelle mesure* ils pourront trouver place dans une société plus simple, et c'est un jour ouvert sur l'avenir. Ce qui le distingue d'ailleurs et de Mably et de Rousseau et d'Helvétius, c'est que pour ceux-ci l'égalité primitive est à jamais disparue, que l'humanité peut regretter ce paradis de la communauté, mais que, surchargée de besoins, de vices et de complications, elle ne le retrouvera plus. Godwin, au contraire, a la ferme espérance que l'égalité de fait est possible. Ce qui, pour nos moralistes sociaux, est un reflet de l'innocence première attardé au couchant, est pour Godwin une promesse d'avenir, une lueur d'aurore qui commence à percer à l'Orient. Et, après avoir affirmé le droit égal de tous les hommes, après avoir analysé les formes diverses de propriété qui s'adaptent à ce droit ou qui le nient, après avoir dénoncé comme la plus odieuse exploitation de la masse par une minorité audacieuse ou rusée, cette forme de la propriété qui permet à un homme de s'approprier les produits du travail d'un autre homme, il se demande comment cet ordre inique pourra disparaître, comment l'égalité sociale et la justice pourront se réaliser. Ce n'est pas comme un souvenir utopique du passé qu'il caresse du regard : c'est un programme d'avenir qu'il cherche, dès maintenant, à appliquer. Et comment aurait-il pu se jouer en des rêves futiles, comment aurait-il pu séparer la pensée de l'action et faire de l'idéal je ne sais quel pâle fantôme des premiers temps de l'humanité, à l'heure même où dans la Révolution française et par elle l'homme espérait, agissait, créait ?

La Révolution, à sa fournaise ardente, refondait la société humaine, elle refondait presque l'esprit humain. Comment Godwin n'eût-il pas songé à proposer, si je puis dire, à tout ce métal en fusion, le moule d'égalité et de justice que, longuement et en silence, son esprit avait construit ? C'est pour cela qu'il se hâte d'écrire son livre : c'est pour cela qu'il l'adresse à la Convention.

Oh ! certes, nous le savons déjà, ce n'est pas de la violence, ce n'est pas de la brutalité révolutionnaire qu'il attend la réalisation de ses idées : c'est seulement d'une transformation des esprits et des mœurs. Tant que cette rénovation intellectuelle et morale ne sera pas accomplie, la propriété doit être respectée.

« Il n'y aurait que misère et absurdité dans un système qui permettrait à tout homme de se saisir de ce qu'il désire. Si, par une institution positive, la propriété était égalisée, sans un changement contemporain dans les dispositions et les sentiments des hommes, elle redeviendrait inégale le lendemain. Les mêmes maux croîtraient de nouveau rapidement, et nous n'aurions rien gagné à une tentative qui, en violant les habitudes et les inclinations de plusieurs hommes, en aurait rendu misérables des milliers. Ce serait un régime de contrainte et de perpétuel châtiment, si le gouvernement devait prendre en main la gestion du tout et distribuer à chacun le pain quotidien. Il est permis de supposer que des lois agraires, ou d'autres du même genre, qui ont été imaginées pour abattre l'esprit d'accumulation, méritent d'être regardées comme des remèdes plus pernicieux que le mal qu'elles sont destinées à guérir. »

Il ne faut, dans la distribution de la richesse, aucune contrainte, ou individuelle, ou collective. Les hommes viendront d'eux-mêmes à « estimer la richesse à sa vraie valeur et à regarder l'accumulation et le monopole comme les sceaux du malheur, de l'injustice et du déshonneur »; mais comment serait-il possible de les en détourner par la force?

« Si un individu, par l'effet d'une plus grande ingéniosité ou d'une plus infatigable industrie, obtient une plus grande proportion des nécessités ou des agréments de la vie que son prochain, et, les ayant obtenus, décide de les convertir en moyens d'inégalité permanente, cette conduite n'est pas telle qu'on puisse entreprendre justement et sagement de la réprimer par des voies de coercition. Si, l'inégalité étant ainsi introduite, les membres plus pauvres de la communauté sont, ou assez dépravés pour vouloir, ou dans une situation assez malheureuse pour devoir se faire eux-mêmes les serviteurs salariés, les ouvriers d'un homme plus riche, cela non plus n'est probablement pas un mal qui puisse être corrigé par l'intervention du gouvernement. Mais, quand nous sommes parvenus à ce point, il devient difficile de mettre des bornes à la croissance de l'accumulation chez un homme, de la pauvreté et de l'infortune chez un autre. »

GODWIN ET L'HÉRITAGE

Et non seulement Godwin constate l'impossibilité d'arrêter par la loi cette évolution capitaliste qu'il déplore; non seulement elle lui apparaît comme un fait profond qui, procédant de la liberté humaine égarée, ne peut être aboli que par la liberté humaine éclairée et redressée : mais il se refuse à troubler ce mouvement. Un moment il se demande s'il ne serait pas possible de le modérer en supprimant les lois qui garantissent l'héritage et la liberté de tester :

« Que devons-nous penser, dit-il, de la protection donnée à l'héritage et aux libéralités testamentaires? Il n'y a aucun mérite, dans le fait d'être né le fils d'un riche, plutôt que le fils d'un pauvre, qui puisse nous autoriser à appeler tel homme à l'abondance et à condamner tel autre à une invincible détresse. Sûrement, nous avons le droit de nous écrier que c'est assez de maintenir des hommes dans leur usurpation (car n'oublions jamais que la propriété accumulée est usurpation) durant leur vie. C'est par la plus extravagante fiction que l'on étend encore l'empire du propriétaire au delà même de son existence naturelle et qu'on lui donne le droit de disposer des événements, quand lui-même n'est plus dans le monde. »

Mais Godwin, soucieux de ne pas affaiblir le ressort de l'activité individuelle et de ne pas lier la volonté des hommes, même quand elle s'égare, résiste à l'idée d'abolir l'héritage.

« Les arguments, dit-il, qui peuvent être apportés en faveur de la protection accordée à l'héritage et aux donations testamentaires, sont plus forts qu'on ne l'imaginerait d'emblée. Nous avons essayé de montrer que les hommes doivent être protégés dans la disposition de la propriété qu'ils ont personnellement acquise : soit qu'ils la dépensent pour les objets dont ils ont besoin, ou pour les objets de luxe qui flattent leur pensée; soit qu'ils la transfèrent à d'autres hommes dans la proportion que dicte la justice ou que leur suggère leur jugement erroné. Essayer de leur enlever des mains cette libre disposition, à la période de leur décès, serait une tentative manquée et pernicieuse. Si nous les empêchons de donner sous la forme ouverte et explicite d'un legs, nous ne les empêcherons pas de transférer leurs biens avant leur mort, et nous ouvrons la porte à des vexations et à des litiges perpétuels. La plupart des personnes sont naturellement inclinées à donner leurs biens, après décès, à leurs enfants; lorsque donc elles n'ont pas exprimé leurs sentiments à cet égard, il est raisonnable de présumer ce qu'elles auraient fait, et lorsque la communauté dispose ainsi (au profit des enfants) de la propriété, c'est l'intervention la plus douce et la plus justiciable. Et, lorsque le testateur a exprimé une partialité capricieuse, cette injustice doit, le plus souvent, être protégée, car on ne pourrait l'empêcher sans s'exposer à des injustices plus grandes. »

Godwin se borne donc à demander que les privilèges d'ordre féodal et aristocratique, qui aggravent le privilège de propriété, soient supprimés.

« Quoiqu'il puisse être vrai que l'héritage et le privilège de tester sont les conséquences nécessaires du système de propriété, dans une communauté dont les membres sont enveloppés de préjugés et d'ignorance, il n'est pas difficile de trouver des cas, dans tous les pays policés de l'Europe, où l'institution civile, au lieu de garantir seulement, dans les inégalités d'accumulation, ce qui ne

peut être prudemment enlevé, s'est appliquée elle-même, et de parti
pris, à rendre ces inégalités plus grandes et plus oppressives. C'est
par éxemple, le système féodal, le système des rangs, des droits
seigneuriaux, des amendes, des corvées de transport, des substitutions (*entails*); c'est la distinction dans la propriété foncière en
franche tenure (*freehold*), tenure enregistrée (*copyhold*), et seigneurie (*manor*). Nous reconnaissons là la politique des hommes
qui, s'étant créé une supériorité par les moyens que nous avons
indiqués, en ont abusé pour monopoliser tout ce que leur rapacité
peut saisir, en opposition avec l'intérêt général. »

GODWIN ET L'ABOLITION DE LA FÉODALITÉ

Godwin ne veut procéder qu'avec ménagement à la suppression
du système féodal, et, ici encore, le grand « utopiste » révèle un
sens très net de l'histoire et de l'évolution.

« Il existe souvent, dans une communauté, des abus qui, quoiqu'ils ne soient à l'origine qu'une sorte d'excroissance, se sont à la
longue tellement incorporés aux principes de la vie sociale, qu'ils
ne peuvent être soudainement arrachés sans qu'on s'expose aux
plus redoutables calamités. Les droits féodaux et les privilèges du
rang n'ont, considérés en eux-mêmes, aucune légitimité. *Les inégalités de propriété constituent peut-être un état par lequel il était
nécessaire que nous passions et qui a été l'excitant originaire au
développement des facultés de l'esprit humain.* Mais il serait difficile de montrer que la féodalité et l'aristocratie ont produit un
excédent de bien. Oui, et pourtant, si elles étaient soudainement et
instantanément abolies, deux maux suivraient nécessairement.
D'abord, la réduction abrupte de milliers d'hommes à une condition
qui est l'inverse de celle à laquelle ils ont été accoutumés jusqu'ici,
qui est peut-être la plus favorable au bonheur humain et au mérite
humain, mais dont l'habitude les a rendus entièrement incapables,
serait une source continuelle de tristesse et de souffrance. On peut
douter que la plus juste cause de réforme demande qu'en son nom
nous condamnions des classes entières d'hommes à l'infortune. En
second lieu, toute tentative brusque pour abolir des pratiques, dont
l'introduction ne peut en aucune façon se légitimer, serait interprétée comme une attaque à la société elle-même et accompagnée
de convulsions redoutables et de pronostics sombres. »

Ainsi, c'est avec les révolutionnaires modérés de France, avec
ceux qui s'appliquaient le plus à maintenir une indemnité aux
droits féodaux supprimés, que Godwin aurait été d'accord. Quel
contraste, semble-t-il, entre la hardiesse des principes, qui sont

la négation même de toute propriété exploiteuse, et la modération,
on peut dire la modicité des conclusions immédiates! Il y a parfois,
en ce grand penseur révolutionnaire, qui conçoit une autre constitution du monde social et qui va bien au delà des Montagnards les
plus audacieux et des Jacobins les plus frénétiques, comme une
nuance de modérantisme et presque d'esprit feuillant. Mais, c'est
ce contraste même qui donne aux spéculations hardies de Godwin
toute leur valeur et tout leur sens. Il apparaît, précisément à son
souci de ménager les transitions, qu'il n'est ni un chimérique, ni
un fantaisiste. S'il était un romancier social, s'il se bornait à convertir en un vague idéal le vague regret d'une prétendue félicité
primitive, ou s'il écrivait, lui aussi, à la mode de Mercier, son *Paris
en l'an 2000*, que lui importeraient les obstacles? Pourquoi se
préoccuperait-il de heurter le moins possible, dans la plus grande
et la plus profonde des transformations, les intérêts et les habitudes? Mais il prend sa propre pensée au sérieux: il veut vraiment,
réellement, conduire la société humaine en mouvement à une forme
nouvelle, d'où la propriété accapareuse et exploiteuse aura disparu;
il sait qu'il n'y peut arriver que par étapes et il s'intéresse aux
progrès prochains, quelque disproportionnés. qu'ils paraissent à
son suprême idéal, parce qu'ils y acheminent, parce que tout au
moins ils ouvrent les voies.   ,

LE RÉALISME DE GODWIN

C'est cet accent de sérieux, c'est cette couleur de réalité qui fait,
à mes yeux, la valeur exceptionnelle. de l'œuvre de Godwin. Son
plan d'égalité sociale n'est pas une chimère abstraite : il s'assouplit
et s'adapte au prodigieux mouvement que la Révolution française
développe. Et, dans la prudence, dans « l'opportunisme » de son
programme immédiat, Godwin n'oublie pas un instant la haute
lumière de justice, la grande idée d'égalité vers laquelle il se dirige.

Ah! comme il a hâte de fonder enfin la société nouvelle, et de
débarrasser l'humanité de toutes les tares que lui inocule le système de la propriété privilégiée! Le premier effet, la première tare,
c'est l'esprit de servitude. Intrigue servile des courtisans à la Cour,
intrigue servile du pauvre auprès du riche dont il attend un bienfait; abjection des valets devant le maître opulent, dont ils devan-
cent les caprices, dont ils flattent les manies; servilité mielleuse
du marchand avec sa clientèle; servilité du candidat dans les élec-
tions populaires : partout des hommes pliés.

Et, partout aussi, le spectacle et l'étalage de l'injustice, la
richesse étant devenue la seule mesure de toute valeur et tout mérite

DAVID, SERGENT DES GRENADIERS DE BRESSUIRE
(D'après une estampe de la Bibliothèque Nationale)

vrai étant ravalé par elle. De là, un endurcissement égoïste des hommes à l'iniquité familière; de là, l'âpre convoitise de tous, parce que tous veulent se procurer la valeur fausse, mais souveraine, qui prime ou annihile toutes les autres.

Et encore, un troisième effet funeste du système actuel de propriété, c'est qu'il est niveleur : oui, il nivelle la nature humaine, il l'uniformise et l'abaisse. En rendant difficile et presque impossible l'affirmation sociale des valeurs qui ne sont pas la fortune, il détourne les hommes de déployer leurs facultés dans les sens les plus variés; il ne leur assigne qu'un but, il ne leur ouvre qu'une voie; et tandis que des sommets multiples auraient pu surgir du multiple effort humain, il n'y a là qu'une hauteur informe, disgracieuse et colossale, celle que forme la richesse accumulée, amas pesant qui barre l'horizon.

« L'esprit d'oppression, l'esprit de servilité, l'esprit de fraude, voilà les fruits immédiats du système actuel de propriété. »

Et il a si bien faussé et aveuglé les esprits que les hommes l'acceptent comme la forme du droit, qu'ils se plaignent d'inégalités et d'injustices superficielles, et ne songent pas à mettre en cause l'inégalité essentielle, l'injustice fondamentale.

« *Rien*, dit Godwin, *n'a excité une désapprobation plus marquée que les pensions et la corruption à prix d'argent qui font que des centaines d'individus sont récompensés non pour servir le public, mais pour le trahir, et que les gains si rudes du travail sont employés à engraisser les serviles adhérents du despotisme.* MAIS LE RÔLE DES RENTES DES TERRES D'ANGLETERRE EST UNE LISTE DE PENSIONS BIEN PLUS FORMIDABLE QUE CE QUI EST SUPPOSÉ ÊTRE EMPLOYÉ A OBTENIR DES MAJORITÉS MINISTÉRIELLES. TOUS LES RICHES, ET SPÉCIALEMENT LES RICHES HÉRÉDITAIRES, DOIVENT ÊTRE CONSIDÉRÉS COMME LES SALARIÉS D'UNE SINÉCURE, DONT LES OUVRIERS ET LES MANUFACTURIERS FOURNISSENT LES ÉMOLUMENTS, ET DONT LES PUISSANTS DÉPENSENT LE REVENU DANS LE LUXE ET LA PARESSE. »

Observez, en passant, que, quoique Godwin signale le mal de la propriété accapareuse dans toute l'étendue de l'activité sociale, aussi bien industrielle qu'agricole, c'est surtout encore sous la forme foncière que le privilège de propriété lui apparaît le plus odieux. Il oppose les « manufacturiers », en même temps que les ouvriers, aux landlords ; c'est qu'une grande partie de l'industrie anglaise était exercée encore par des artisans, par de modestes bourgeois qui fournissaient, comme ces pauvres industriels de Nottingham et de Sheffield, dont j'ai cité la pétition, une grande quantité de travail. Mais surtout, en soulignant ce remarquable passage, j'ai voulu saisir sur le vif le procédé de Godwin : il rattache aux revendications déjà populaires et acceptées les revendications plus hardies de son propre système : il s'applique à montrer dans sa grande affirmation d'égalité sociale la suite logique, le complément nécessaire des trop timides projets de réforme qui sont déjà accueillis par l'opinion; et il insère ainsi son idée dans le mouvement général. Oui, vous avez bien raison, ô hommes, de vous plaindre de ces listes de pensions qui dévorent, au profit de quelques oisifs, une large part du produit de votre travail. Mais la rente foncière, la rente de cette grande propriété anglaise qui entretient le luxe d'une aristocratie paresseuse et dépensière, n'est-ce pas une liste de pensions formidable? La propriété n'est-elle pas la sinécure par excellence, l'office de parade et d'exploitation? Ainsi, par des analogies audacieuses, Godwin élargissait en une révolution sociale de propriété, le mouvement de protestation ou de réforme qui s'ébauchait partout dans le monde. Ainsi, sur l'arbre de la liberté et de la démocratie planté par la Révolution, il greffait le socialisme égalitaire. Et comment cette splendide bouture ne prendrait-elle pas sur l'arbre révolutionnaire plein de vie et de sève montante?

GODWIN ET SES PRÉDÉCESSEURS

Godwin avait la conscience claire de ce qui le séparait de ses prédécesseurs, de ceux qui, avant lui, proposèrent aux hommes des systèmes d'égalité. Dans une curieuse note, où il donne ses références, les exemples et les autorités dont il se réclame, je vois bien qu'il parle de Sparte, de la Crète, du Pérou et du Paraguay, et il peut sembler qu'il y a quelque enfantillage à rapprocher ces formes diverses de communisme vrai ou supposé, de ce que serait le communisme du monde moderne européen. Mais ce ne sont là à ses yeux que des indications, « des autorités pratiques », qui établissent qu'en fait il n'est pas impossible d'échapper au système de la propriété. Ce ne sont pas des modèles et, visiblement, la réglementation autoritaire du Pérou et du Paraguay est tout à fait contraire au communisme individualiste et libertaire de Godwin.

Je vois bien aussi qu'il se réfère à la *République* de Platon; mais il se hâte d'ajouter :

« Il serait frivole d'objecter que les systèmes de Platon et autres sont pleins d'imperfections. Cela fortifie plutôt leur autorité, puisque l'évidence de la vérité qu'ils affirmaient était si grande qu'elle gardait ses prises sur leur intelligence, quoiqu'ils ne connussent pas encore le moyen d'écarter les difficultés qui y étaient attachées. »

Sans aucun doute, Godwin entrevoit bien le moyen d'écarter ces difficultés; et ce moyen souverain, c'est la puissance d'éducation,

de vérité et de sincérité que contient la démocratie absolue. Mais,
quelle phrase significative sur Mably : « Mably, dans le livre de
la Législation, a expliqué largement les avantages de l'égalité, *et
ensuite, il a abandonné le sujet, de désespoir, dans l'opinion que la
dépravation humaine était incorrigible.* »

Ce sujet, Godwin le reprend et il ne désespère pas. Le vieux
monde où vivait Mably s'est si soudainement écroulé, tant de vices
anciens ont été déracinés, tant de vertus nouvelles ont apparu, un
peuple tout entier s'est montré capable de tant de fermeté et de
virile indépendance qu'il n'est plus raisonnable de douter et d'assigner des limites au progrès de la race humaine. Ainsi le souffle
puissant de la Révolution soulevait la grande espérance socialiste.
Ainsi, le système de l'égalité prétendait, dans le vaste mouvement
du monde, à une croissante réalité. Et Godwin, en une formule
magistrale, concluait :

« L'égalité des conditions ou, en d'autres termes, une égale
admission de tous aux moyens de perfectionnement et de joie, c'est
la loi que la voix de la justice impose rigoureusement à l'humanité.
*Tous les autres changements dans la société ne sont bons que s'ils
sont des fragments de cet état idéal et des degrés pour y atteindre.* »

La Révolution française, devenue en quelque façon la Révolution
européenne, apparaissait à Godwin comme un fragment et comme
un degré.

GODWIN RÉPOND AUX OBJECTIONS

Et quelle objection peut-on faire à ce système d'égalité? Peut-on
lui opposer la fragilité de la nature humaine?

Mais si elle est avide de prééminence et de distinction, c'est vers
d'autres supériorités que la supériorité de richesse que peut se
porter son désir.

Dira-t-on que cet état est absolument contraire à toutes les tendances présentes des hommes, et que, même réalisé un moment, il
ne durerait pas?

« Sans doute, il est éloigné de tous les modes de penser et d'agir
qui prévalent aujourd'hui. Une longue période de temps doit probablement s'écouler avant qu'il puisse être entièrement réalisé.
Mais, s'il est conforme aux lois de la raison, il aura des chances
toujours plus grandes de se réaliser à mesure que la raison se
développera : et le progrès de la raison est illimité... Oui, si le privilège de propriété était détruit par la force, ou même s'il était
renoncé par la minorité privilégiée avant que l'humanité elle-même
fût mûre pour un ordre nouveau, l'inégalité ne tarderait pas à

renaître après une période de barbarie; mais il ne s'agit pas d'abolir la propriété par la contrainte, ou de l'abdiquer un moment par l'effet d'un entraînement partiel : elle disparaîtra dans le progrès de l'éducation générale, c'est le sens même de la communauté qui préviendra, sans contrainte et sans répression, toutes les pensées d'accumulation égoïste, d'accaparement et de monopole. »

Dira-t-on que ce système d'égalité encouragera la paresse, qu'il endormira l'industrie des hommes?

« Nous voyons dans les pays commerçants les miracles qu'opère l'amour du gain. Leurs habitants couvrent la mer de leurs flottes, étonnent l'humanité par les raffinements de leur ingéniosité, tiennent sous la force de leurs armes de vastes continents dans des régions éloignées du globe, sont capables de défier les plus puissantes confédérations, et, accablés de taxes et de dettes, semblent acquérir une prospérité nouvelle sous l'accumulation des charges. »

Est-ce à cette puissante Angleterre capitaliste, dont Godwin déploie l'action et l'audace en un tableau qui rappelle celui de Pitt, que l'on peut proposer je ne sais quel système de désintéressement et d'inertie?

« Pouvons-nous rompre à la légère avec des motifs d'action qui apparaissent si prodigieusement efficaces? Une fois établi en principe dans la société qu'un homme ne peut appliquer à son usage personnel plus que ce qui lui est nécessaire tout homme va devenir indifférent aux entreprises qui mettent maintenant en jeu l'énergie de ses facultés. Une fois établi en principe que tout homme sans être obligé d'exercer ses propres facultés, a droit à une part du superflu des autres, l'indolence deviendra bientôt universelle. Une pareille société, ou sera languissante, ou sera obligée, pour sa propre défense, de retourner à ce système de monopole et de sordide intérêt, que des théoriciens raisonneurs accuseront toujours en pure perte. »

Et en réponse à cette objection comme en réponse à toutes les autres, Godwin dit :

« L'égalité, pour laquelle nous plaidons, est une égalité qui se réalisera dans un état de grande perfection intellectuelle. Une révolution aussi heureuse ne peut se produire dans les affaires humaines que lorsque l'esprit public sera arrivé à un haut degré de lumière. Et comment les hommes à ce haut degré de lumière ne reconnaîtraient-ils point eux-mêmes qu'une vie alternée d'agréables repos et de saine activité est infiniment supérieure à une vie de paresse abjecte? Supérieure, non seulement en dignité, mais en joie. »

Dans la communauté égalitaire « aucun homme ne se considérera lui-même comme totalement dispensé de l'obligation du travail manuel, nul ne sera paresseux par situation ou par vocation. Il n'y aura pas d'homme assez riche pour se coucher dans une perpétuelle indolence et pour s'engraisser du travail de ses compagnons. Les mathématiciens, les poètes et les philosophes puiseront un surcroît de félicité et d'énergie dans ce travail des mains qui, revenant par intervalles, leur fera sentir qu'ils sont des hommes ». Dès lors, tous les métiers frivoles et vains ayant disparu, toute la procédure compliquée des sociétés où pullulent les conflits étant écartée, les armées de terre et de mer étant abolies, des forces innombrables, aujourd'hui détournées et gaspillées, deviendront disponibles pour la production abondante des objets utiles à tous. Et cette production, même abondante, répandue sur la totalité des citoyens, ne demandera à chacun d'eux qu'une faible part de son temps. Il n'y aura plus d'aristocratie égoïste et vaine, pour absorber une large part de la force du travail, comme jadis elle immobilisait, avec ses suites féodales, une large part des forces vives du pays.

« Aux temps féodaux, le grand seigneur invitait les pauvres à venir et à manger des produits de son fonds, à la condition de porter sa livrée et de se former en longues files pour faire honneur à leurs hôtes de noble naissance. Maintenant que les échanges sont plus faciles, le seigneur a renoncé à ce mode assez primitif, et il oblige les hommes qu'il entretient de son revenu à employer à son service leur habileté et leur industrie. »

De même que les seigneurs ont licencié leurs suites féodales, ils devront licencier leurs suites ouvrières, et c'est à la production d'une richesse solide et utile à tous que toute la main-d'œuvre sera réservée. Il n'y a guère aujourd'hui qu'un vingtième de la population qui se livre vraiment à un travail utile. « Si donc ce travail, au lieu d'être fait par un petit nombre des membres de la communauté, était réparti amicalement sur le tout, il n'occuperait que la vingtième partie du temps de chaque homme. Si nous comptons que le travail d'un ouvrier est de dix heures par jour, quand nous avons déduit les heures réservées au sommeil, à la récréation et aux repas, nous aurons calculé largement. Il suit de là qu'une demi-heure par jour employée au travail manuel par chaque membre de la communauté, suffirait à procurer tout le nécessaire. Qui songerait donc à se soustraire à un travail aussi limité? »

GODWIN ET LA RÉPUBLIQUE SOCIALE

Perspective lointaine? dira-t-on peut-être, quoique le progrès de l'esprit aille s'accélérant toujours, quoique « la pensée suscite indéfiniment la pensée ». Mais, en tout cas, perspective certaine. Et, ici encore, c'est dans la ligne prolongée du mouvement politique et social constaté par lui que Godwin situe sa société idéale : elle sera le terme d'une évolution dont le sens est déjà manifeste. On a pu le voir par ce qu'il dit des suites féodales. Mais, surtout, c'est la ferveur de l'espérance républicaine qui lui permet de présager la ferveur plus grande de l'espérance sociale. Si la superficielle égalité politique provoque dans le monde une si prodigieuse attente et un si prodigieux enthousiasme, que sera-ce de la grande et profonde égalité humaine?

« *On a constaté, dit Godwin, que l'avènement d'un gouvernement républicain est accompagné d'un enthousiasme public et d'un irrésistible élan. Faut-il croire que l'égalité, qui est le vrai républicanisme, sera moins efficace? Il est vrai que dans une république, cet esprit, tôt ou tard, devient languissant. Le républicanisme n'est pas un remède qui aille à la racine du mal. L'injustice, l'oppression et la misère peuvent trouver place encore dans les demeures où il semble que réside le bonheur. Mais, qu'est-ce qui peut limiter le progrès de la ferveur et la perfection de l'esprit, là où le monopole de la propriété est inconnu ?* »

Ainsi, la pensée de Godwin utilise tout ensemble et domine les événements. Cette ferveur d'espérance républicaine et d'enthousiasme républicain, c'est le souffle chaud de la Révolution française. Godwin écrivait les derniers chapitres de son livre, ceux dont je viens de citer des extraits, juste à l'heure où la Convention proclamait la République : et la grande émotion humaine qui a saisi les multitudes est interprétée par lui comme un signe des prodigieuses facultés de renouvellement et d'espérance généreuse que contient le cœur de l'homme. Mais, en même temps qu'il respire cette âme ardente de la Révolution et de la République, il dit à la Révolution : « Tu n'es qu'une première figure, bien pauvre encore et étriquée, de la liberté et de la joie. » Il dit à la République : « Tu n'es qu'une apparence de République, puisque tu respectes encore cette aristocratie fondamentale qui réside dans le privilège de propriété. C'est dans l'égalité sociale seulement que tu trouveras l'accomplissement de tes tendances, la réalisation de tes idées, la plénitude de ton être. »

Ainsi il se fait, pour ainsi dire, porter par l'histoire, sans la détourner de sa route, mais en l'avertissant de hausser le front vers des buts plus lointains. Pas plus que la société nouvelle, née de la Révolution, ne pourra réaliser pleinement la liberté, la justice et la paix, tant qu'elle n'aura pas poussé jusqu'à l'abolition du privilège de la propriété, elle ne pourra assurer la paix entre les nations.

GODWIN ET LA GUERRE

La Révolution française, avec la Constituante, avait répudié toute guerre de conquête, annoncé le règne de la paix, et un moment les peuples avaient tressailli de joie. Mais la guerre était maintenant déchaînée en Europe par l'égoïsme des privilégiés et des aristocrates; et ces guerres provoquées par l'aristocratie féodale, toute aristocratie de propriété les provoquera.

« L'ambition est, de toutes les passions humaines, celle qui fait les ravages les plus étendus. Elle ajoute district à district et royaume à royaume. Elle verse le sang et la souffrance sur toute la surface de la terre. Mais, cette passion même, aussi bien que les moyens de la satisfaire, est le produit du système dominant de propriété. C'est seulement par une accumulation de propriété qu'un homme obtient un empire irrésistible sur une multitude d'autres. Rien n'est plus aisé que de plonger dans la guerre une nation ainsi organisée. Si, au contraire, l'Europe était peuplée d'habitants ayant tous le nécessaire et aucun le superflu, qu'est-ce qui pourrait engager en un état d'hostilité les différents pays? Si vous voulez conduire les hommes à la guerre, vous devez les amorcer par certains appâts; ou, à défaut de ces appâts, il faudrait décider par la persuasion chaque individu. Mais, comment serait-il possible. rien que par de tels moyens de persuasion, de décider un peuple à égorger un autre peuple? *Il est clair que la guerre, avec tous ces maux, est le fruit de l'inégalité de propriété.* Aussi longtemps que cette source de jalousie et de corruption demeure, *il est chimérique (visionary) de parler de la paix universelle.* Aussitôt que cette source sera séchée, la conséquence se produira nécessairement. C'est l'accumulation de propriété aux mains de quelques chefs qui fait de l'humanité une masse grossière, que l'on peut ployer et manier comme une machine brute. Ecartez cette pierre d'achoppement, tout homme sera uni à son prochain par des liens d'affection et de mutuelle tendresse, mille fois plus qu'aujourd'hui; car alors chaque homme pensera et jugera par lui-même. »

Ainsi, le grand rêve pacifique de la Révolution naissante ne prendra corps que dans une organisation sociale égalitaire et, ici encore, Godwin prend son élan du mouvement révolutionnaire pour le dépasser. Quelle était, en ces magnifiques visions d'avenir, la joie de son âme, Godwin l'a dit plus tard.

GODWIN ET LE PROBLÈME DE LA POPULATION

Il avait touché dans son livre à la question de la population. Il avait assuré qu'il était possible à la terre, mieux aménagée, de nourrir un plus grand nombre d'hommes.

LA QUERELLE DES BRIGANDS
(D'après une estampe de la Bibliothèque Nationale)

« Il a été calculé que la culture pourrait être assez perfectionnée en Europe pour nourrir cinq fois le nombre actuel de ses habitants. Il y a dans la société humaine un principe qui fait que toujours la population est ramenée au niveau des moyens de subsistance. Ainsi, parmi les tribus errantes de l'Amérique et de l'Asie, nous ne trouvons jamais, dans le cours des temps, que la population se soit assez accrue pour rendre nécessaire la culture de la terre. Ainsi, chez les nations civilisées de l'Europe, par l'effet du monopole territorial, les moyens de subsistance sont contenus dans certaines limites et, si la population excède, les classes inférieures ne peuvent plus se procurer les choses nécessaires à la vie. Il y a, à coup sûr, un extraordinaire concours de circonstances qui introduisent des changements incessants à cet égard; mais, ordinairement, le niveau de la population est resté stationnaire pendant des siècles. On peut considérer que le système dominant de propriété étouffe d'innombrables enfants au berceau. »

GODWIN ET MALTHUS

C'est ce passage de Godwin qui fut l'occasion du livre de Malthus sur la Population, et l'économiste s'applique à railler l'optimisme du grand penseur qui croyait que de plus de justice sortirait plus de richesse vraie. Et, lorsque Godwin, tardivement, en 1820, se décide à répliquer à Malthus, sa pensée se reporte avec émotion vers son livre de la Justice politique, vers cette époque heureuse où la ferveur de la République faisait éclore dans les esprits et dans les âmes les plus beaux fruits. Il parle avec amertume du long triomphe de l'ombre de Malthus, qui depuis vingt ans domine les esprits, et il se reproche presque comme une faute d'avoir donné l'occasion à ce livre de naître.

« Lorsque j'écrivis mes *Recherches sur la justice politique*, je me flattais moi-même de l'espoir de rendre un important service à l'humanité. J'avais échauffé mon esprit de tout ce qu'il y avait de grand et d'illustre dans les républiques de Grèce et de Rome, qui avaient été pour moi des sujets favoris de méditation, presque depuis mon enfance. Je fus ensuite animé (animated) par la révolution d'Amérique, qui commença comme j'avais juste vingt ans, et par la Révolution de France (quoique je n'aie jamais approuvé le mode selon lequel celle-ci s'était accomplie et les excès qui marquèrent, à quelque degré, ses débuts); j'étais animé aussi par les spéculations des érudits et des philosophes qui m'avaient précédé en Angleterre et dans d'autres parties de l'Europe, et qui avaient, pour ainsi dire, accompagné chaque pas de ces événements.

« Je pensais qu'il était possible de réunir tout ce qu'il y avait de meilleur et de plus libéral dans la science de la politique, de le condenser, de l'ordonner plus fortement en un système, et de le pousser plus loin que n'avaient fait les écrivains antérieurs.

C'est donc bien de la pensée du xviii⁰ siècle, animée par la grande action révolutionnaire de la France, qu'est sorti le socialisme révolutionnaire de Godwin; il est, si l'on peut dire, la synthèse de la philosophie du XVIIIᵉ siècle et de la Révolution française. Il trouve sans doute que celle-ci est allée vers un but trop humble, par des moyens trop violents; mais précisément parce qu'il ne se livre pas à elle sans réserve, il peut la dépasser, il s'anime (c'est le mot décisif qu'il emploie) aux ardentes et admirables énergies qu'elle développe, mais, ces énergies, il les applique à une formule sociale plus vaste. Et, telle était l'ardeur des esprits et des âmes autour de lui, que ce livre étrange qui déconcertait les révolutionnaires eux-mêmes excita la plus vive attention.

LE SUCCÈS DU LIVRE DE GODWIN

« Ce livre parut, pendant quelque temps, répondre pleinement à ce que j'en pouvais attendre de plus favorable, je ne puis me plaindre qu'il soit tombé de la presse comme un enfant mort-né et qu'il n'ait pas éveillé une grande curiosité chez mes concitoyens. Je n'avais pas la faiblesse de supposer qu'il balaierait immédiatement toute erreur devant lui, comme un flux puissant des vagues de l'Océan; je saluai l'opposition qu'il rencontra, directe ou indirecte, d'arguments ou de facéties, comme un symptôme non équivoque du résultat que je désirais si passionnément. »

Et maintenant que la réaction est venue, maintenant que l'économie capitaliste triomphe, maintenant que le silence et l'oubli se font sur ce qu'on appelle, dit amèrement Godwin, les « spéculations visionnaires » de la grande époque créatrice, Godwin semble leur jeter, avant de mourir, un regard d'adieu. Il ne les mêlera pas à son livre sur la population, qui a un objet distinct; mais il leur réserve, au plus profond de son âme et de sa pensée, une place de prédilection.

« Je me suis à peine permis, dit-il, de rappeler les belles visions (si toutefois elles doivent s'appeler des visions) qui enchantaient mon âme et animaient ma plume quand j'écrivais cet ouvrage (the beautiful visions which enchanted my soul and animated my pen). »

Comme de l'Océan chauffé par le soleil montent des nuées d'or, de la vaste et chaude Révolution mouvante les premiers rêves socialistes montaient. Rêves féconds comme la nuée qui va au loin susciter la vie!

GODWIN ET LE LUXE

Mais quoi! Godwin, par l'âpre condamnation du luxe, par le niveau spartiate passé, semble-t-il, sur les joies de la vie et la puissance inventive de l'industrie raffinée, ne se sépare-t-il point de la vie elle-même? Ne rompt-il point avec le monde moderne? Il semble parfois déclarer la guerre à la civilisation même et rêver une simplification de l'existence qui en serait l'appauvrissement.

« *L'objet de la société présente est de multiplier le travail, l'objet de la société future sera de le simplifier.* »

Mais, qu'il n'y ait point de méprise : ce que combat Godwin c'est le luxe aristocratique, luxe de vanité et de privilège; ce n'est pas le luxe délicat, sobre et sévère auquel toute l'humanité pourra s'élever d'un effort collectif après avoir assuré à tous le nécessaire du corps et de l'esprit.

« On m'oppose — et la vérité de cette maxime ne sera pas contestée — que le raffinement vaut mieux que l'ignorance. Il vaut mieux être un homme qu'une brute, par suite, les attributs qui séparent l'homme de la brute sont les plus dignes d'affection et de culture. Elégance de goût, délicatesse de sentiment, profondeur de pénétration, étendue de science, sont parmi les plus nobles ornements de l'homme. Mais, tout cela, dit-on, est lié à l'inégalité; tout cela est une conséquence du luxe. C'est le luxe qui a construit les palais et peuplé les cités. C'est pour obtenir une part de ce luxe, qu'il constate chez ses riches voisins, que l'artiste développe tous les raffinements de son art. C'est à cela que nous devons l'architecture, la peinture, la musique et la poésie... Les arts n'auraient jamais été cultivés si un état d'inégalité n'avaient pas permis à quelques hommes d'acheter, et n'avaient pas excité d'autres hommes à acquérir le talent de produire pour vendre. Dans un état d'égalité nous serions tous riches, et, si l'égalité est rétablie, nous redeviendrons tous barbares. Ainsi, nous voyons (comme dans le système de l'optimisme) que le désordre, l'égoïsme, le monopole et la misère, tout ce qui semble discordant, contribue à l'harmonie admirable et à la magnificence du tout. Le progrès intellectuel, l'élargissement de science et d'art que nous constatons et que nous espérons plus grand encore, valait vraiment d'être acheté au prix d'une injustice et d'une misère partielles. »

Si cela est vrai, dit Godwin, si les progrès de la civilisation humaine doivent être achetés par la misère et la dégradation du plus grand nombre des hommes, Rousseau avait raison de préférer l'état sauvage. Mais, heureusement, il n'en est pas ainsi; l'humanité n'est pas soumise à cette déplorable alternative, ou d'être inculte, ou d'être injuste.

Il se peut (et ici encore s'affirme le sens de l'évolution de Godwin) « qu'un état de luxe et d'inégalité ait été un stage par lequel il était nécessaire de passer pour arriver au but de la civilisation. La seule garantie que nous ayons enfin de l'égalité des conditions, c'est une persuasion générale de l'iniquité de l'accumulation et de l'inutilité de la richesse dans la poursuite du bonheur. Mais, cette persuasion ne peut être établie dans un état sauvage; et elle ne peut être maintenue si nous retombons dans la barbarie. Ce fut le spectacle de l'inégalité qui, tout d'abord, excita la grossièreté des barbares à un effort continu, en vue d'acquérir. Et ce fut cet effort qui procura les loisirs d'où se développèrent la littérature et l'art.

« *Mais quoique cette inégalité ait été nécessaire comme prélude à la civilisation, elle n'est pas nécessaire pour la maintenir. Nous pouvons abattre l'échafaudage quand l'édifice est achevé.*

Ainsi, selon Godwin, l'histoire n'est pas une longue décadence. Elle n'est pas tombée d'un régime primitif d'égalité dans une inégalité éternelle. Elle est un progrès constant vers la civilisation et l'égalité vraie; et même l'inégalité brutale qui a sévi sur toute une période de l'histoire humaine n'est qu'un oyen de réaliser une égalité supérieure.

Ce n'est point, en effet, une grossière égalité de misère et d'ignorance qui est proposée aux hommes. La suppression du luxe n'est, au fond, que la suppression du privilège; mais toute l'humanité peut et doit se développer dans la joie.

« Si nous entendons par le luxe les jouissances qu'un individu se procure à l'exclusion des autres, affligés de privations imméritées et de fardeaux accablants, le luxe ainsi compris est un vice. Mais si nous entendons par luxe (et c'est souvent le cas), des conditions d'existence qui ne sont point absolument nécessaires à nous maintenir en santé, ce luxe, s'il est susceptible de se communiquer à tous les hommes, est vertueux. La fin de la vertu, c'est d'ajouter à la somme des sensations agréables. Or, la vraie règle de la vertu, c'est l'impartialité qui nous interdit de consacrer au plaisir d'un seul individu des efforts qui doivent être employés au plaisir de tous. Mais, dans ces limites, chaque homme a le droit et le devoir d'ajouter à la somme des plaisirs. »

Et, ce grand luxe égalitaire, la société humaine pourra aisément se le donner.

« Nous avons vu que le travail d'une demi-heure par jour fourni par chaque membre de la communauté suffirait probablement à procurer tout ce qui est nécessaire à la vie. Par suite, cette quantité de travail, quoiqu'aucune loi ne la prescrive et qu'aucune pénalité directe ne l'impose, s'imposera d'elle-même aux efforts par la puissance de l'intelligence et aux faibles par le sentiment de la honte.

Après cela, comment les hommes dépenseront-ils ce qui leur reste de temps? Ce n'est pas probablement dans la paresse, et tous les hommes n'emploieront pas non plus le plein de leur temps à des travaux intellectuels. Il y a bien des choses, fruit de l'humaine industrie, qui, sans être nécessaires à la vie, contribuent à la joie. Une grande partie du temps disponible sera donc consacrée par une société éclairée à la production de ces choses. Un travail de cette sorte est conforme aux plus hautes exigences du bonheur. Le travail est aujourd'hui une calamité, parce qu'il est imposé par la nécessité de l'existence et parce qu'il est trop souvent exclu de toute participation aux moyens de savoir et de progrès. Quand il sera volontaire, quand il cessera d'entraver le perfectionnement des hommes et qu'il en sera, au contraire, devenu une part, ou tout au moins converti en une source d'amusement et de variété, il sera non une calamité, mais un bienfait. »

Il n'y a donc aucun ascétisme dans la conception de Godwin; il semble n'arrêter un moment le courant de génie humain que pour en former une masse qui puisse se répandre sur tout. Ainsi se précisent les lignes de l'organisation sociale désirée et rêvée par Godwin. Aucune contrainte, aucun acte d'autorité; c'est le progrès de la raison et de la conscience qui fera tomber les privilèges, il sera intolérable aux hommes de songer à leurs jouissances individuelles et égoïstes avant d'avoir contribué à assurer l'essentiel de la vie à tous. Ainsi, tout d'abord, tous les hommes fourniront une part égale de travail pour créer les produits nécessaires à tous; ils utiliseront pour cela les mécanismes toujours plus perfectionnés; mais ils ne songeront pas à se les approprier pour en faire à leur profit un moyen d'accumulation et de domination.

GODWIN ET LA PRODUCTION

Mais comment Godwin se figure-t-il la production? Il répugne à la concevoir sous la forme de la coopération, du travail collectif. Cet égalitaire, ce communiste, est un individualiste ombrageux; il veut épargner le plus possible à l'être humain le contact prolongé; la lourde pression continue de la masse humaine. Ne pouvoir travailler qu'avec les autres, quelle servitude! Il faut que l'individu participe à la vie commune, par là seulement il apprend à connaître, et en lui-même et dans les autres, l'humanité. Mais il faut que ce soit une libre communication et que l'individu puisse se retirer toujours à volonté dans sa solitude intérieure; Godwin ne veut ni des repas en commun, ni, s'il est possible, du travail en commun. Va-t-il donc rétrograder jusqu'au travail parcellaire et médiocre de l'artisan, qui commence à être éliminé par le travail collectif des manufactures et par la puissance compliquée des mécanismes? Non, mais il lui paraît, au contraire, que l'extrême progrès du mécanisme sera de rétablir l'individualité du travail.

« Toute coopération surérogatoire doit être évitée avec soin, le travail commun et les repas communs.

« Mais, n'y a-t-il pas une coopération dictée par la nature même du travail à accomplir? Elle doit aller en diminuant. Le concert forcé du travail produit plus de froissements que de sympathies. A présent, à coup sûr, la considération des maux de la coopération cède à sa nécessité. Mais une telle coopération sera-t-elle toujours commandée par la nature des choses? Nous n'avons pas de compétence pour le décider. A présent, pour abattre un arbre, pour creuser un canal, pour manœuvrer un vaisseau, le travail de plusieurs est nécessaire, mais le sera-t-il toujours? Quand nous songeons aux machines compliquées qu'a créées l'ingéniosité humaine, aux diverses sortes de moulins, de machines à tisser, de machines de navires, ne sommes-nous pas étonnés de l'économie de travail qui en résulte? Qui peut dire où s'arrêtera ce progrès? A présent, ces inventions alarment la partie laborieuse de la communauté, et elles peuvent produire une détresse temporaire, quoique dans la suite elles procurent les plus grands avantages à la multitude humaine? Mais, dans une société fondée sur le travail égal, leur utilité n'est pas contestable.

Dès lors, il n'est pas démontré du tout que les opérations les plus étendues ne seront pas à la portée d'un seul homme, et qu'une seule charrue ne pourra suffire à tout un champ et accomplir son office sans qu'il soit besoin de surveillance. C'est en ce sens que le célèbre Franklin considérait que « l'esprit serait un jour le maître de la matière.

« La conclusion du progrès, qui a été esquissée, est qu'enfin le travail manuel cessera d'être nécessaire. Il peut être instructif à cet égard d'observer comment le sublime instinct des âges précédents a anticipé ce qui nous apparaît comme la perfection future de l'humanité. C'était une loi de Lycurgue qu'aucun Spartiate ne pouvait être employé à un travail manuel. Dans ce but, et avec ce système, il était nécessaire que les Spartiates eussent aussi des esclaves voués à de dures besognes. La matière, ou pour parler plus exactement, les lois certaines et permanentes de l'univers seront les ilotes de la période que nous considérons. Nous finirons ainsi, ô législateur immortel, au point par où vous avez commencé. »

Quelles vues sublimes! Mais c'est la magnifique puissance de rénovation attestée par la Révolution française qui suggère à Godwin ces espérances illimitées. La crise qui traverse le monde est terrible; mais elle peut enfanter de grandes choses.

« La condition de l'espèce humaine en ce moment est critique et alarmante. Mais nous avons des raisons sérieuses d'espérer que l'issue de cette crise sera exceptionnellement bienfaisante. »

Et pourquoi l'évolution humaine s'arrêterait-elle à l'ordre nouveau qui va naître? Elle ira au delà. Godwin espère que le mouvement sera sans violence.

« Il est faux, dit-il, qu'il n'y ait que les classes inférieures qui souffrent de l'inégalité et que, dès lors, elles seront obligées de recourir à la force. »

GODWIN ET L'ÉGALISATION DES CONDITIONS

Toutes les classes en souffrent : et, quand elles en auront conscience, elles se prêteront toutes à des transformations bienfaisantes. C'est là le sens évident du mouvement humain.

« Il n'est pas difficile de marquer, dans le progrès de l'Europe moderne de la barbarie à la civilisation, une tendance vers l'égalisation des conditions. Dans les temps féodaux, comme maintenant dans l'Inde et dans d'autres parties du monde, les hommes naissaient à un degré déterminé, et il était presque impossible à un paysan de s'élever au rang du noble. Excepté les nobles, personne n'était riche, car le commerce intérieur ou extérieur existait à peine. Le commerce fut comme un engin qui abattit ces barrières, qui semblaient imprenables, et renversa les préjugés des nobles, qui étaient assez portés à croire que leurs serviteurs n'étaient pas de la même espèce qu'eux. L'instruction fut un autre et plus puissant engin. »

Peu à peu, la condition de l'homme pauvre, mais instruit s'est relevée : il a cessé de se condidérer comme l'humble client des nobles, et une fierté nouvelle dresse une nouvelle hiérarchie des valeurs de la vie. Au terme de ce mouvement, la richesse perdra la prééminence que la noblesse a perdue.

LA CRISE EUROPÉENNE

Ainsi, au feu de la Révolution française, la grande espérance socialiste de Godwin s'anime. Ainsi, le vaste mouvement révolutionnaire qui, en France par Lange, Dolivier et Babeuf, suscite les premiers germes et les premières formes du communisme et du fouriérisme, qui, en Allemagne, passionne Fichte et l'auteur inconnu du livre qu'admirait Forster, donne l'essor, en Angleterre, à ce magnifique communisme de Godwin, tout imprégné de liberté. C'eût été manquer à la Révolution française et en rétrécir misérablement le sens que de ne pas montrer les rayonnements et prolongements multiples de sa pensée. Mais, que de forces de conservation et de réaction s'opposaient encore, en Allemagne, en Angleterre, à l'action révolutionnaire! Et comme les imprudences et les outrecuidances de la Révolution avaient animé contre elle le juste orgueil national et la profonde défiance des peuples!

L'Italie était moins prête encore que l'Allemagne et l'Angleterre à la recevoir : malgré le génie de quelques-uns de ses penseurs, malgré Beccaria, malgré Filangieri, malgré Verri, elle était endormie dans une superstition indolente.

Qu'on lise Gorani, qui a tracé de la vie napolitaine et romaine de si vivants tableaux, on verra que le peuple était complice d'un despotisme à la fois familier et dégradant. Est-ce le sentiment de cette impuissance italienne qui irrita contre la France de la Révolution l'orgueil maladif d'Alfieri? Il se vante, dans ses *Mémoires*, quand il est passé en France en 1791, d'avoir fermé les oreilles et les yeux pour ne rien voir, pour ne rien entendre des hommes et des choses de la Révolution. C'est pour la noble Italie qu'il avait rêvé un grand rôle d'émancipation, la gloire d'une seconde Renaissance plus profonde et plus humaine. Et sans doute, il souffrait jusqu'au désespoir et jusqu'à la haine, de voir qu'elle n'y était point préparée, et que les Barbares prenaient les devants.

Partout, en cette fin de 1792, le monde organisait sourdement ses forces de résistance contre la Révolution. Il en était ébranlé, mais il luttait pour étouffer par la force les pensées et les élans admirables qu'elle éveillait en lui. La conscience universelle, un moment séduite et entraînée, se resserrait, se repliait, s'armait de défiance, de jalousie, d'orgueil et de crainte; les peuples subissaient une crise profonde à l'heure où s'ouvrait, en France, le tragique procès du roi.

TABLE DES GRAVURES

TABLE DES MATIÈRES

TABLE DES MATIÈRES